L'OURS ET LE DRAGON

1

Avec *Octobre rouge, Tempête rouge, Jeux de guerre, Le Cardinal du Kremlin, Danger immédiat, La Somme de toutes les peurs, Sans aucun remords, Dette d'honneur, Sur ordre* et les séries *Op'Center* et *Net Force*, Tom Clancy est aujourd'hui le plus célèbre des auteurs de best-sellers américains, l'inventeur d'un nouveau genre : le thriller technologique.

Paru dans Le Livre de Poche :

TOM CLANCY

L'Ours et le dragon

1

ROMAN TRADUIT DE L'AMÉRICAIN PAR JEAN BONNEFOY

ALBIN MICHEL

Titre original :

THE BEAR AND THE DRAGON

Publié par G.P. Putnam's Sons, New York

L'histoire admire le *Sage* mais elle élève le *Brave*.

Edmund Morris

La Mercedes blanche

Se rendre au travail, c'était la même corvée partout et le passage du marxisme-léninisme au capitalisme chaotique n'avait pas amélioré les choses. Au contraire, même. Malgré les larges avenues, la circulation à Moscou était devenue encore plus difficile, maintenant que presque tout le monde pouvait avoir une voiture, et que la file de gauche des grands boulevards n'était plus réservée par la milice aux membres du Politburo ou du Comité central qui l'utilisaient comme une voie privée, comme au temps des princes tsaristes et de leur attelage à troïka. Désormais, c'était la file destinée à tout automobiliste qui tournait banalement à gauche, qu'il ait une limousine Zil ou une banale voiture particulière. Dans le cas de Serguéï Nikolaïevitch Golovko, il s'agissait d'une Mercedes 600 blanche – le gros modèle : carrosserie classe S et 12 cylindres de puissance germanique sous le capot. Il n'y en avait pas des masses à Moscou et, de fait, c'était une extravagance qui aurait dû lui faire honte... mais non. Peut-être n'y avait-il plus de Nomenklatura mais le rang gardait ses privilèges et il était président du SVR. Son appartement de fonction était également vaste, au dernier étage d'une tour sur Kutusovsky Prospekt. L'immeuble était assez récent et bien construit, jusqu'à l'équipe-

9

ment électroménager, lui aussi d'origine allemande, qui avait été de tout temps un luxe réservé aux plus hauts dignitaires du régime.

Il ne conduisait pas lui-même. Pour ça, il avait Anatoly, un ancien agent des Spetsnaz[1]. Un homme trapu, qui portait un pistolet sous son pardessus et conduisait la voiture avec une agressivité féroce tout en l'entretenant avec un soin maniaque. Les vitres étaient recouvertes d'une pellicule de plastique noir qui empêchait de voir à l'intérieur ; quant aux vitres proprement dites, elles étaient formées d'une épaisse couche de polycarbonate conçue pour résister à tout impact, y compris à des balles de 12,7 mm – c'était du moins ce qu'avaient garanti à Golovko les responsables du service achats, seize mois plus tôt. Le blindage alourdissait la voiture de près d'une tonne par rapport à une S-600 de série, mais la puissance et les reprises ne semblaient pas en pâtir. C'était plutôt la qualité inégale du revêtement des chaussées qui finirait par avoir raison de la voiture. Le pays ne maîtrisait pas encore trop bien les techniques de revêtement routier, songea Golovko en feuilletant son quotidien du matin. C'était un journal américain, l'*International Herald Tribune* : une excellente source d'informations puisque c'était le fruit de la collaboration du *Washington Post* et du *New York Times* qui s'avéraient deux des services de renseignements les plus efficaces de la planète, bien qu'un tantinet trop arrogants pour être considérés comme de vrais pros tels que Sergueï Nikolaïevitch et ses collègues.

Il était entré dans le renseignement au temps où l'agence s'appelait encore le KGB, Comité pour la sécurité de l'État. Il persistait à y voir le meilleur service de renseignements ayant jamais existé, même s'il avait finalement connu l'échec. Golovko émit un soupir. Si l'URSS ne s'était pas effondrée au tout début

---

1. Unités d'élite du renseignement soviétique *(N.d.T.)*.

des années 1990, sa position de directeur lui aurait valu de siéger d'office au Politburo, et de devenir ainsi un homme de pouvoir à la tête d'une des deux seules superpuissances de l'époque, un homme dont le seul regard aurait pu faire trembler les plus forts... Et puis à quoi bon ? se demanda-t-il soudain. Ce n'était qu'une illusion, malvenue pour un homme censé privilégier avant tout l'objectivité. Une dichotomie qui lui avait toujours paru cruelle. Le KGB avait toujours été à la recherche des faits bruts, mais c'était pour en rendre compte à des gens imbus de leur rêve, qui déformaient ensuite cette vérité pour la faire coller avec celui-ci. Quand la vérité avait fini par transparaître, le rêve s'était soudain évaporé tel un nuage de vapeur dans le vent, et la réalité s'était déversée avec la violence d'une inondation consécutive à la débâcle du printemps. Alors, tous ces hommes brillants du Politburo qui avaient fondé leur vie sur ces rêves avaient découvert qu'ils n'étaient que frêles roseaux et la réalité une faux impitoyable, et que leur salut était le cadet des soucis pour celui qui maniait cet instrument. Mais Golovko, lui, était d'une autre trempe. Travaillant sur les faits bruts, il avait été en mesure de poursuivre son travail, car son gouvernement avait toujours besoin de lui. En fait, son autorité était même plus importante que jamais, car un homme qui connaissait bien le monde réel et qui était même intimement lié à certains de ses plus grands dirigeants se trouvait en position idéale pour conseiller le président. De sorte qu'il avait son mot à dire aussi bien sur la politique étrangère que sur la défense ou les affaires intérieures. Des trois domaines, le dernier était le plus délicat, ce qui avait été rarement le cas auparavant. C'était même devenu le plus dangereux. Bizarre, quand même. Auparavant, au seul énoncé (souvent crié, du reste) de ces mots : « sécurité de l'État », le citoyen soviétique se figeait sur place, car le KGB avait été l'organe le plus redouté du précédent gouvernement, avec des pouvoirs dont seul aurait osé rêver le *Sicherheitsdienst* de Reinhard Heydrich : le pouvoir d'arrêter, emprisonner, interroger et tuer n'importe quel citoyen, sans appel ni recours. Mais cela aussi, c'était du passé. Désormais, le KGB avait éclaté et la branche dévolue à la sécurité intérieure n'était plus que l'ombre d'elle-même, alors que le SVR – précédemment, Première Direction principale – poursuivait la collecte d'informations, mais sans avoir les moyens matériels du temps où il s'agissait d'appliquer la volonté (sinon la lettre de la loi) du gouvernement communiste. Ses prérogatives actuelles demeuraient malgré tout fort vastes, se dit Golovko en repliant son journal.

Il n'était plus qu'à un kilomètre de la place Dzerjinski. Là aussi, changement : la statue de Félix[1], l'Homme de Fer, avait disparu. Spectre à jamais redoutable pour tous ceux qui savaient qui était l'homme dont l'effigie de bronze se tenait dressée sur cette place, mais là encore, ce n'était plus aujourd'hui qu'un souvenir lointain. L'immeuble derrière n'avait toutefois pas changé. Jadis siège imposant de la compagnie d'assurances Rossiya, il avait acquis la célébrité par la suite sous le nom de Loubianka, un mot redoutable même dans ce pays redoutable dirigé par Joseph Staline, avec ses sous-sols emplis de cellules et de salles d'interrogatoire. Au cours des ans, la plupart de ces fonctions avaient été transférées plus à l'est, à la prison de Lefortovo, à mesure que (ne dérogeant pas à la règle) se développait et proliférait la bureaucratie du KGB, envahissant tous les bureaux et les recoins du vaste édifice, jusqu'à ce que secrétaires et archivistes

---

1. Félix Dzerjinski (1877-1926), fondateur en 1917 de la Tcheka, ancêtre de ce qui au cours des ans allait devenir le GPU (Guépéou) puis le NKVD, et enfin le KGB, de 1953 à sa dissolution en octobre 1991, et son éclatement en quatre agences en octobre 1991 *(N.d.T.)*,

finissent par occuper tous les espaces (remodelés entre-temps) où jadis Kamenev et Ordjonikidzé avaient été torturés sous les yeux de Iagoda et de Beria. Golovko se dit qu'il y avait bien des fantômes en ces murs...

Mais une nouvelle journée de travail avait commencé. Réunion d'état-major à huit heures quarante-cinq, puis le train-train habituel des briefings et des discussions, déjeuner à midi un quart, et avec de la veine, il reprendrait la voiture pour s'en retourner chez lui aux alentours de six heures du soir, le temps de se changer avant de se rendre à la réception à l'ambassade de France. Il se délectait à l'avance de la chère et des vins, sinon de la conversation.

Une autre voiture intercepta son regard. C'était la jumelle de la sienne : une autre grosse Mercedes classe S, blanche elle aussi, elle aussi dotée de vitres recouvertes de plastique noir. Elle fonçait dans le matin clair, au moment où Anatoly ralentissait, bloqué derrière un camion-benne, un de ces milliers de gros bahuts qui avaient envahi les artères de Moscou. Celui-ci était plutôt chargé d'outillage que de déblais. Il y avait un autre camion cent mètres plus loin, qui avançait au pas comme si son chauffeur n'était pas sûr de sa route. Golovko se dandina sur son siège, c'est tout juste s'il pouvait apercevoir, juste devant, l'autre gros bahut... il avait hâte de se retrouver dans son bureau pour déguster sa première tasse de thé, ce même bureau qui avait été jadis celui de Beria.

... le camion-benne, un peu plus loin. Un homme s'était dissimulé à l'arrière. Et voilà qu'il se redressait et qu'il tenait...

« Anatoly ! » s'écria rudement Golovko, mais son chauffeur, collé derrière le premier camion, ne pouvait pas voir la benne.

... c'était un RPG, un tube mince à l'extrémité bulbeuse. Le viseur était relevé et alors que l'autre camion venait de s'arrêter, l'homme se releva sur un genou et pivota pour braquer son lance-roquettes sur la seconde Mercedes...

... l'autre chauffeur le vit et tenta d'obliquer mais il était bloqué par le flot de la circulation matinale et...

... signature visuelle bien dérisoire, un fin panache de fumée surgit à l'arrière du tube lance-roquettes mais la partie bulbeuse jaillit droit vers le capot de la Mercedes blanche.

La roquette explosa juste au pied du pare-brise. Pas de boule de feu comme les affectionnent les réalisateurs de films hollywoodiens : juste un éclair bref, une fumée grise, mais le grondement de la détonation balaya la place tandis qu'une large déchirure aplatie s'ouvrait à l'arrière du coffre du véhicule, preuve manifeste que tous ses occupants étaient morts. Golovko l'avait compris sans même avoir à y réfléchir. Puis l'essence prit feu et la voiture s'embrasa, incendiant en même temps quelques mètres carrés d'asphalte. La Mercedes s'immobilisa presque aussitôt, ses pneus gauche ayant été déchiquetés par l'explosion. La benne devant Golovko freina en catastrophe et Anatoly fit un écart sur la droite, les yeux mi-clos à cause de l'explosion mais pas au point de...

« Govno ! » Cette fois, Anatoly découvrit ce qui s'était passé et il agit immédiatement. Il continua dans la file de droite, écrasa l'accélérateur et se mit à zigzaguer en profitant des brèches dans le trafic. La plupart des véhicules s'étaient maintenant arrêtés et Anatoly repérait les trous pour s'y introduire, ce qui lui permit d'arriver à l'entrée du garage en moins d'une minute. Les gardes armés étaient déjà en train de converger vers le centre de la place, en même temps que les renforts jaillis des baraquements alentour. Le commandant du groupe, un lieutenant, avisa la voiture de Golovko, la reconnut et lui fit signe d'entrer puis demanda à deux de ses hommes de l'accompagner jusqu'au point de débarquement. Leur heure d'arrivée était dorénavant le seul élément normal de cette journée qui débutait à peine. Golovko descendit et, aussitôt, deux jeunes recrues vinrent se coller étroitement à son lourd pardessus. Anatoly descendit à son tour, le pistolet à la main, le manteau entrouvert, regardant derrière lui la porte du garage, avec une inquiétude soudaine dans les yeux. Il tourna vivement la tête.

« Amenez-le à l'intérieur ! » Et à cet ordre, les deux soldats firent franchir sans ménagement à Golovko les doubles portes de bronze tandis que surgissaient d'autres renforts de la sécurité.

« Par ici, camarade directeur », dit un capitaine en uniforme en prenant Sergueï par le bras pour le conduire vers l'ascenseur réservé à la direction. Une minute plus tard, il entrait en titubant dans son bureau ; son cerveau avait encore du mal à appréhender ce à quoi il venait d'assister juste trois minutes plus tôt. Bien entendu, il s'approcha de la fenêtre pour regarder en bas.

La milice fonçait déjà vers les lieux de l'attentat : trois flics à pied. Puis apparut une voiture de patrouille, sinuant parmi la circulation arrêtée. Trois automobilistes étaient descendus de leur véhicule pour s'approcher de l'épave en feu, cherchant peut-être à porter secours aux victimes. Courageux de leur part, jugea Golovko, mais parfaitement vain. Il pouvait désormais embrasser toute la scène, malgré la distance de trois cents mètres. Le pavillon faisait une bosse, le pare-brise avait disparu et il pouvait voir par un trou fumant l'intérieur de ce qui, quelques minutes plus tôt, était encore une luxueuse berline, détruite par l'une des armes les plus économiques jamais produites en masse par l'Armée rouge. Les occupants avaient dû être déchiquetés sur le coup par les fragments de métal propulsés à près de dix mille mètres par seconde. S'étaient-ils même rendu compte de ce qui leur arrivait ? Sans doute pas. Peut-être le chauffeur avait-il eu le temps de se douter de quelque chose mais le propriétaire assis à l'arrière devait sans doute être en train de lire son journal avant de passer de vie à trépas sans autre avertissement.

C'est à cet instant que Golovko sentit ses genoux flageoler. Cela aurait pu être lui... lui qui aurait pu voir soudain s'il existe une vie après la mort, un des plus grands mystères de l'existence, mais qui jusqu'ici n'avait guère occupé ses réflexions... Mais quel qu'ait pu être l'auteur de ce massacre, quelle avait été réellement sa cible ? En tant que patron du SVR, Golovko n'était pas homme à croire aux coïncidences, et il n'y avait pas tant de Mercedes S-600 blanches dans les rues de Moscou, n'est-ce pas ?

« Camarade directeur ? » C'était Anatoly à la porte de son bureau.

« Oui, Anatoly Ivanovitch ?

– Vous vous sentez bien ?

– Mieux que lui », répondit Golovko en s'écartant de la fenêtre. Il avait besoin de s'asseoir. Il essaya de bouger son fauteuil pivotant sans tituber car il sentait effectivement ses jambes se dérober sous lui. Il s'assit, plaqua les deux mains sur son bureau et considéra le plan de travail en chêne avec sa pile de papiers à lire... vision de routine d'une journée qui n'allait certainement pas être monotone. Il releva les yeux.

Anatoly Ivanovitch Chelepine n'était pas homme à montrer sa peur. Il avait atteint le grade de capitaine dans les Spetsnaz avant d'être repéré par un recruteur du KGB cherchant un candidat au poste de commandant de la Huitième Direction de la garde. Poste qu'il avait accepté juste avant la dissolution du service. Anatoly était devenu le chauffeur et le garde du corps de Golovko ; cela faisait maintenant plusieurs années, au point qu'il faisait désormais partie de sa famille officielle : tel une sorte de fils aîné, Chelepine était tout dévoué à son patron. Âgé de trente-trois ans, c'était un homme intelligent, grand, blond, avec des yeux bleus qui étaient en ce moment bien plus écarquillés que d'habitude, car même s'il avait passé une bonne partie de sa vie à apprendre comment affronter et utiliser la violence, c'était la première fois qu'il en était le témoin direct. Anatoly s'était souvent demandé quel effet cela pouvait faire de supprimer une vie, mais jamais une seule fois dans sa carrière il n'avait envisagé de perdre la sienne, et certainement pas dans un attentat, et encore moins à un jet de pierre de son lieu de travail. Lorsqu'il était installé derrière son bureau attenant à celui de Golovko, sa tâche s'apparentait plus à celle d'un secrétaire particulier. Et comme tous ceux qui occupaient de telles fonctions, il avait fini par se montrer négligent dans sa mission initiale qui était de protéger un homme qu'après tout personne n'oserait attaquer... et voilà que son petit monde bien confortable venait d'être réduit en miettes, aussi sûrement et complètement que celui de son patron.

Curieusement, mais c'était prévisible, ce fut ce dernier qui récupéra le premier.

« Anatoly ?

– Oui, directeur ?

– Nous devons découvrir qui est mort dans cet attentat, et vérifier si ça n'aurait pas dû être nous à sa place. Appelle le quartier général de la milice et vois ce qu'ils fabriquent.

– Tout de suite. » Le beau visage juvénile s'éclipsa prestement.

Golovko inspira un grand coup et se leva, jetant un dernier coup d'œil à la fenêtre. Une voiture de pompiers était arrivée sur les lieux et les soldats du feu étaient en train d'arroser l'épave de mousse pour finir d'étouffer les dernières flammes. Une ambulance était également là, mais Sergueï Nikolaïevitch savait que c'était inutile. La première tâche était d'obtenir l'immatriculation du véhicule et d'en identifier le propriétaire ; partant de là, de déterminer si l'infortuné avait trouvé la mort à la place de Golovko ou s'il avait été la victime d'une vengeance personnelle. La rage n'avait pas encore pris le pas sur le choc consécutif à l'événement. Peut-être viendrait-elle plus tard, songea Golovko en se dirigeant vers ses lavabos privés car il sentait soudain ses sphincters le trahir. Cela lui parut une épouvantable marque de fragilité : comme beaucoup, il était imprégné de culture cinématographique. Or les acteurs étaient toujours hardis et résolus, peu importait que leur univers soit écrit par avance et leurs réactions mûrement répétées... et que rien de tout cela n'eût le moindre rapport avec ce qui vous arrivait dans la vraie vie quand des explosifs vous tombaient dessus sans avertissement.

Qui veut ma mort ? se demanda-t-il après avoir tiré la chasse.

À quelques kilomètres de là, l'ambassade des États-Unis avait un toit en terrasse sur lequel se dressaient quantité d'antennes, la plupart connectées à toute une batterie de récepteurs plus ou moins perfectionnés, à leur tour raccordés à des magnétophones tournant à vitesse lente pour économiser la bande magnétique. Dans la salle des magnétophones, une douzaine d'opérateurs, civils et militaires, tous des spécialistes de la langue russe, rendaient compte à la NSA, l'Agence pour la sécurité nationale, située à Fort Meade dans le Maryland, entre Baltimore et Washington. La journée venait de débuter et ces agents étaient en général à leur poste avant même les fonctionnaires russes dont ils étaient chargés de surveiller les communications. La police locale utilisait les mêmes bandes de fréquence et strictement les mêmes types d'appareils que leurs homologues américains au début des années soixante-dix, et donc les écouter était un jeu d'enfant : les transmissions n'étaient même pas encore cryptées. Ils écoutaient donc de manière routinière pour repérer un éventuel accident de la circulation qui pourrait impliquer un gros bonnet, mais surtout pour tâter le pouls de la capitale russe, où le taux de criminalité ne cessait de croître. Il était toujours utile au personnel de l'ambassade de savoir quels quartiers éviter et de se tenir au courant d'une éventuelle agression contre un des nombreux résidents américains.

« Une explosion ? » demanda au radio un sergent. Puis il tourna la tête vers une femme derrière lui. « Lieutenant Wilson, la police signale une explosion juste devant le centre de Moscou.

— Quel genre d'explosion ?

— On dirait que c'est une voiture qui a sauté. Les pompiers sont déjà sur place, une ambulance... » Il brancha un casque pour mieux détecter le trafic vocal. « D'accord... une Mercedes blanche, numéro d'immatriculation... » Il prit un bloc, l'inscrivit. « Trois morts, le chauffeur et deux passagers et... oh, merde !

— Qu'y a-t-il, Reins ?

— Sergueï Golovko... » Le sergent Reins avait fermé les yeux et il avait plaqué une main contre l'écouteur à son oreille. « Il ne roule pas dans une Mercedes blanche ?

— Je ne peux pas encore vous confirmer, mon lieutenant... » Une nouvelle voix : « Le capitaine au poste de police. Il vient d'annoncer qu'il arrivait. En tout cas, ils ont l'air tous pas mal excités, m'dame. Il y a du trafic sur toutes les fréquences. »

Le lieutenant Susan Wilson se balançait d'avant en arrière sur sa chaise pivotante. Fallait-il ou non prévenir la hiérarchie ? On ne pouvait pas vous fusiller pour ne pas avoir averti vos supérieurs, non ? Quoique... « Où est le chef de poste ?

— En route vers l'aéroport, mon lieutenant. Il devait

se rendre aujourd'hui à Saint-Pétersbourg, vous vous souvenez ?

– D'accord. » Elle se retourna vers son propre tableau de commande et décrocha le téléphone crypté – un STU-6 – pour appeler Fort Meade. Sa clef de cryptage personnelle en plastique était déjà introduite dans la fente idoine et le téléphone relié et synchronisé avec un appareil identique, au quartier général de la NSA. Elle enfonça la touche dièse pour établir la communication.

« Poste de garde, dit une voix à l'autre bout du monde.

– Ici station de Moscou. Nous avons tout lieu de croire que Sergueï Golovko a failli être assassiné.

– Le directeur du SVR ?

– Affirmatif. Une voiture identique à la sienne vient d'exploser place Dzerjinski, et l'heure correspond à celle où il se rend d'habitude au travail.

– Confiance ? » demanda la voix masculine désincarnée. Ce devait être un officier de grade intermédiaire, sans doute un militaire, qui se tapait la garde de nuit, entre vingt-trois heures et sept heures du matin. Sans doute un aviateur. « Confiance » était un des termes à la mode chez les aviateurs.

« Nous tenons l'info des transmissions de la police... enfin, de la milice de Moscou. Nous avons pas mal de trafic en vocal et, d'après mon opérateur, toutes les voix paraissent surexcitées.

– OK. Vous pouvez nous transmettre le tout ?

– Affirmatif, répondit Wilson.

– Parfait, on va faire ça. Merci de nous avoir prévenus, on reprend la main à partir de maintenant. »

« Bien compris, station de Moscou, terminé », entendit le commandant Bob Teeters. Il était nouveau à ce poste à la NSA. Ancien pilote breveté avec deux

20

mille cent heures de vol aux commandes de C-5 et de C-17, il s'était blessé le coude gauche dans un accident de moto huit mois auparavant, et sa perte de mobilité avait, à son grand dam, mis fin à sa carrière de pilote. Il se recyclait maintenant dans l'espionnage, ce qui, quelque part, était plus intéressant d'un point de vue intellectuel, même s'il ne gagnait pas au change, en tant qu'ancien aviateur. Il fit signe à un sous-off, un premier maître de la marine, en lui demandant d'écouter la ligne de transmission ouverte avec Moscou. Ce que fit le marin, qui coiffa un casque et lança en même temps le traitement de texte de son ordinateur. En sus d'être sous-officier, ce marin était un spécialiste de la langue russe et donc compétent à cette tâche de traduction simultanée. Il se mit à taper, traduisant à mesure les interceptions de transmissions radio de la police russe ; son texte s'affichait en simultané à l'écran de l'ordinateur du commandant Teeters.

J'AI LE NUMÉRO D'IMMATRICULATION, JE VÉRIFIE, indiquait la première ligne.

BIEN, FAITES AU PLUS VITE.

JE FAIS DE MON MIEUX, CAMARADE. (NOTE DU TRADUCTEUR : C'EST-Y QUE LES RUSSKOFS AURAIENT DES ORDIS POUR FAIRE CE BOULOT, MAINTENANT ?)

JE L'AI : MERCEDES BENZ BLANCHE, CARTE GRISE AU NOM DE G.G. AVSYENKO (PAS SÛR DE L'ORTHOGRAPHE), 677 PROTOPOV PROSPEKT, APPARTEMENT 18A.

LUI ? JE CONNAIS CE NOM !

Ce qui est toujours bon pour quelqu'un..., songea le commandant Teeters, mais pas si bon pour cet Avsyenko. Bien, et quoi maintenant ? L'officier de garde responsable était un autre marin, le contre-amiral Tom Porter. Installé dans son bureau du bâtiment principal, il était peut-être en train de regarder tranquillement la télé en sirotant un café. Il était temps de secouer tout ça. Il appela son numéro.

« Amiral Porter.

– Monsieur, ici le commandant Teeters, au centre de surveillance. Une nouvelle vient de nous tomber de Moscou.

– Laquelle, commandant ? demanda la voix lasse.

– La station de Moscou a cru au début que quelqu'un aurait pu tuer Golovko, le directeur du KG... du SVR, je veux dire.

– Comment ça, commandant ? » La voix était soudain plus alerte.

« Il s'avère qu'il ne s'agit sans doute pas de lui, amiral. Un dénommé Avsyenko... » Teeters épela. « Nous récupérons les interceptions des fréquences radio de la police russe, expliqua le commandant. Je n'ai pas encore vérifié le nom.

– Quoi d'autre ?

– C'est tout ce que j'ai pour l'instant, amiral. »

Dans l'intervalle, un officier supérieur de la CIA – Tom Barlow – avait pris le relais à l'ambassade. Étant le troisième dans l'échelon hiérarchique sur cette opération, il ne voulait pas se rendre en personne sur les lieux, mais il fit presque aussi bien : il appela un copain journaliste au bureau de CNN sur sa ligne directe.

« Mike Evans.

– Mike, c'est Jimmy, dit Tom Barlow, énonçant un mensonge éculé et convenu à l'avance. Place Dzerjinski, le meurtre d'un type en Mercedes. Ça paraît sanglant et plutôt spectaculaire.

– OK, répondit le journaliste en notant rapidement. Je mets quelqu'un dessus. »

Barlow regarda sa montre : huit heures cinquante-deux, heure locale. Evans était un rapide dans une chaîne d'infos qui ne chômait pas non plus. Barlow se dit qu'ils auraient une équipe sur place dans moins de vingt minutes. La camionnette aurait sa liaison directe en bande Ku avec un satellite, qui rebasculerait le signal vers le siège de CNN à Atlanta, liaison descendante qui serait interceptée grâce aux antennes du ministère de la Défense, à Fort Belvoir, Virginie, d'où il serait disséminé, par renvoi vers les satellites gouvernementaux, aux divers services intéressés. Un attentat contre le directeur Golovko pouvait en effet intéresser quantité de gens.

Puis Barlow alluma son Compaq de bureau et ouvrit le fichier des identités russes répertoriées par la CIA.

Une copie de ce même fichier se trouvait sur un certain nombre d'ordinateurs de la CIA à Langley, Virginie, et sur le clavier de l'une de ces machines installée dans la salle d'opérations de l'agence, au sixième étage de l'immeuble de l'ancien siège, des doigts se mirent à taper A-V-S-Y-E-N-K-O, pour n'obtenir en réponse que le message suivant : RECHERCHE SUR TOUT LE FICHIER TERMINÉE. AUCUNE CORRÉLATION. Ce qui provoqua un grognement de l'opérateur. Donc, le nom était mal orthographié.

« Bon sang, mais pourquoi ce nom a-t-il quelque chose de familier ? demanda-t-il à haute voix. Alors que la machine ne trouve rien...

— Attends voir, intervint une collègue qui se pencha pour écrire le nom autrement. Essaie ça... » Là non plus, rien. Ils essayèrent une troisième variante.

« Gagné ! Merci, Beverly, dit l'officier de garde. Oh, ouais, d'accord, on connaît ce client. Raspoutine. Un ancien roi de la pègre... Eh bien, regarde un peu ce qui lui est arrivé après être retourné dans le droit chemin », rigola l'officier.

« Raspoutine ? demanda Golovko. Un salaud de *Nekulturniy*, hein ? » Il se permit l'esquisse d'un sourire. « Mais qui diable voudrait sa mort ? » demanda-t-il à son chef de la sécurité qui prenait l'affaire encore plus au sérieux que le directeur. C'est que sa tâche était soudain devenue bien plus compliquée. Pour commencer, il devait annoncer à Sergueï Nikolaïevitch que la Mercedes blanche n'était plus son véhicule personnel. Trop voyante. Puis il allait devoir demander aux sentinelles en armes postées aux angles du toit du bâtiment pour quelle raison elles n'avaient pas repéré un type planqué avec un lance-roquettes antichar RPG dans la benne d'un camion, et cela, à moins de trois cents mètres de l'immeuble qu'ils étaient censés garder ! Et pourquoi elles n'avaient même pas non plus pris la peine d'envoyer un message radio avant que la Mercedes de Gregory Filopovitch Avseïenko ne soit pulvérisée par l'explosion. Il avait déjà poussé pas mal de jurons depuis le début de la journée et il sentait que ce n'était pas fini.

« Cela faisait combien de temps qu'il s'était retiré des affaires ? demanda ensuite Golovko.

– Depuis 1993, camarade directeur », répondit le commandant Anatoly Ivanovitch Chelepine : il venait, quelques secondes auparavant, de poser la même question.

Le premier grand dégraissage dans le service, songea Golovko, mais il semblait que le proxénète avait bien réussi sa reconversion dans le privé. Assez bien en tout cas pour se payer une Mercedes 600... et assez bien aussi pour se faire liquider par les ennemis qu'il avait dû se faire en cours de route... à moins qu'il n'ait sans le savoir sacrifié sa vie contre celle d'un autre. Cette dernière question demeurait encore sans réponse. Entre-temps, le directeur avait retrouvé sa maîtrise de soi. Assez en tout cas pour que son esprit se remette à fonctionner. Golovko était trop intelligent pour demander tout de go : mais qui pourrait bien en vouloir à ma vie ? Il n'était pas né de la dernière pluie. Les hommes dans sa situation se faisaient des ennemis, dont certains mortels... mais la plupart étaient néanmoins trop malins pour commettre un tel forfait. Se lancer dans une vendetta était toujours une pratique dangereuse à l'échelon qui était le leur, raison pour laquelle il n'y en avait jamais. Le milieu du renseignement international était remarquablement calme et civilisé. Certes, des agents mouraient encore. Quiconque était surpris à se livrer à l'espionnage pour un gouvernement étranger allait au-devant de très sérieux ennuis... nouveau régime ou pas – le crime contre la sûreté de l'État restait ce qu'il était – mais ces mises à mort se conformaient – quelle était déjà l'expression des Américains ? – aux clauses de sauvegarde de la liberté individuelle. Oui, c'était ça. Les Américains et leurs avocats... Quand les avocats ne tiquaient pas, ça devenait un acte civilisé.

« Qui d'autre était à bord ? s'enquit Golovko.

– Son chauffeur. Nous avons son nom. Un ex-milicien. Et une de ses femmes, semble-t-il, qu'on n'a pas encore identifiée.

– Que savons-nous des habitudes de l'ami Gregory ? Que faisait-il dans le coin ce matin ?

– Nul ne le sait à l'heure qu'il est, camarade, répondit le commandant Chelepine. La milice travaille dessus.

– Qui s'occupe de l'affaire ?

– Le lieutenant-colonel Chablikov, camarade directeur.

– Yefim Konstantinovitch... oui, je le connais. Un type bien, admit Golovko. Je suppose qu'il aura besoin de prendre son temps, hein ?

– Cela demande du temps, en effet », reconnut Chelepine.

Plus que pour que Raspoutine rencontre son destin, songea Golovko. La vie était si bizarre, elle qui paraissait devoir durer toujours... pour se révéler tellement brève, une fois qu'on l'avait perdue... et ceux-là ne risquaient pas de revenir vous raconter l'effet que ça faisait... Sauf à croire aux revenants, à Dieu ou à une vie après la mort, autant de notions qui avaient été passablement négligées durant l'enfance de Golovko. Un autre grand mystère, du reste, s'avisa le maître espion. Pour la première fois de son existence, il en avait réchappé de justesse. C'était troublant, mais à la réflexion, pas aussi terrifiant qu'il eût pu l'imaginer. Le directeur se demanda s'il pouvait qualifier cela de courage. Il ne s'était jamais considéré comme un homme courageux, pour la simple et bonne raison qu'il n'avait jamais affronté de danger physique immédiat. Non qu'il eût cherché à éviter le risque : simplement, il ne l'avait jamais frôlé jusqu'à aujourd'hui. Et une fois l'épreuve passée, il découvrit qu'il était moins perplexe que curieux. Pourquoi diable une telle chose lui était-elle arrivée ? Et qui pouvait en être l'auteur ? C'étaient les questions auxquelles il devait répondre s'il ne voulait pas que pareille mésaventure se reproduise à l'avenir. Être courageux une fois, c'était amplement suffisant, estima Golovko.

Le Dr Benjamin Goodley arriva à Langley à cinq heures quarante du matin, cinq minutes plus tôt que d'habitude. Son boulot lui interdisait quasiment toute vie sociale, ce qui lui semblait profondément injuste. N'était-il pas en âge de se marier, d'autant qu'il pouvait se prévaloir d'une belle gueule et de belles perspectives d'avenir tant dans son métier que dans ses affaires... Peut-être pas autant dans ce dernier domaine, rectifia l'agent de renseignements en garant sa voiture à l'emplacement réservé aux personnalités, tout près du porche en ciment de l'ancien siège de la CIA. Il conduisait un Ford Explorer parce que c'était l'engin idéal pour la conduite par temps de neige, or celle-ci n'allait pas tarder. En tout cas, l'hiver approchait et dans la région du district fédéral, cette saison était des plus imprévisibles, surtout à en croire les écologistes qui brandissaient la menace d'un réchauffement planétaire susceptible de provoquer cette année un hiver particulièrement rigoureux. La logique de ce raisonnement lui échappait. Peut-être qu'il ferait bien d'en discuter avec le nouveau conseiller scientifique du président, si ça valait la peine. En tout cas, celui-ci savait au moins s'exprimer avec des mots d'une seule syllabe.

Goodley franchit le sas et monta dans l'ascenseur. Il pénétra dans la salle des opérations à cinq heures cinquante.

« Hé, Ben ! lança une voix.

– Salut, Charlie. Quelque chose d'intéressant ?

– Je sens que celle-là va te plaire, Ben, promit Charlie Roberts. Un grand jour pour la Sainte Russie.

– Oh ? » Plissement d'yeux. La Russie préoccupait Goodley, tout comme son patron. « C'est quoi ?

– Oh, une broutille. Juste un type qui a tenté d'éliminer l'ami Sergueï Nikolaïevitch. »

Sa tête pivota comme celle d'un hibou. « *Quoi ?*

– T'as parfaitement entendu, Ben, mais ils se sont gourrés de voiture avec leur lance-roquettes et ils ont éliminé un autre gars qu'on connaît bien... enfin, qu'on *connaissait* bien, rectifia Roberts.

– Bon. Reprends depuis le début.

– Peggy, repassez la vidéo, demanda Roberts à son officier de permanence avec un geste théâtral.

– Waouh ! s'exclama Goodley au bout d'à peine cinq secondes. Bon, et c'était qui alors ?

– Je te le donne en mille : Gregory Filipovitch Avseïenko.

– Inconnu au bataillon, avoua Goodley.

– Tenez, dit l'officier de permanence en lui tendant une chemise en kraft. Son dossier du temps où il était au KGB. Un vrai petit ange, observa-t-elle avec un ton neutre où perçait un net dégoût.

– Raspoutine ? s'étonna Goodley en parcourant la première page. Oh, OK, j'ai entendu parler de ce client.

– Idem pour le patron, je parie.

– Ça, je le saurai dans deux heures, sûr. » Goodley s'était fait la réflexion à haute voix. Il poursuivit : « Et qu'est-ce qu'en dit la station de Moscou ?

– Le chef de poste est en ce moment à Saint-Pétersbourg pour une conférence commerciale, ça fait partie de sa couverture. Ce que nous avons vient de son second. L'hypothèse la plus probable est que soit Avseïenko s'était fait de solides inimitiés dans la mafia russe, soit que Golovko était la véritable cible et qu'ils se seraient gourrés de bagnole. Personne ne peut trancher à l'heure qu'il est. » Le tout suivi d'un haussement d'épaules éloquent.

« Qui pourrait vouloir éliminer Golovko ?

– Leur mafia ? Quelqu'un a réussi à mettre la main sur un RPG et c'est pas vraiment le truc qu'on trouve chez le quincailler du coin. Ce qui signifie que l'auteur est sans doute un élément bien introduit dans le milieu du crime... mais qui était la véritable cible ? Avseïenko avait dû avoir le temps de se faire des ennemis, mais Golovko doit en avoir aussi, ou des rivaux, en tout cas. » Elle haussa de nouveau les épaules. « À vous de choisir.

– Le patron aime bien avoir des informations un peu plus précises, avertit Goodley.

– Moi aussi, Ben, moi aussi, répondit Peggy Hunter. Mais c'est tout ce dont je dispose en l'état actuel des choses, et ces putains de Russes ne sont pas mieux lotis que nous.

– On a un moyen quelconque de suivre leur enquête ?

– Notre attaché juridique, Mike Reilly, est censé être très lié avec leurs flics. Il a réussi à en faire admettre un bon paquet au centre de formation supérieure de l'Académie nationale du FBI, à Quantico.

– Peut-être qu'on peut demander au FBI de lui dire de fouiner ? »

Peggy Hunter haussa encore une fois les épaules. « Ça peut pas faire de mal. Au pire, on aura une réponse négative, et au point où on en est... »

Goodley acquiesça. « OK. C'est la recommandation que je vais faire. » Il se leva. Puis, en route vers la porte, il remarqua : « Le patron pourra pas se plaindre que le monde est ennuyeux, aujourd'hui. » Il prit avec lui la cassette de CNN et retourna dans son 4x4.

Le soleil essayait de se lever tant bien que mal. L'autoroute George Washington était déjà encombrée de cadres zélés pressés de gagner leur bureau en avance, sans doute des employés du Pentagone pour la plupart, estima Goodley alors qu'il traversait le pont et passait devant l'île Roosevelt. La surface du Potomac était calme et placide, presque huileuse, comme l'eau de la retenue d'un barrage électrique. Le thermomètre de bord indiquait une température extérieure de 6 degrés et la météo du jour annonçait des maxima d'environ 10 degrés, un temps moyennement couvert et des vents faibles. Bref, une journée pas déplaisante pour une toute fin d'automne, même s'il n'allait guère en profiter, coincé qu'il serait au bureau le plus clair du temps.

L'activité commençait de bonne heure à la Maison-Blanche, nota-t-il en arrivant. L'hélicoptère Blackhawk venait de redécoller lorsqu'il se gara à son emplacement réservé et les motards s'étaient déjà rassemblés devant l'entrée Ouest. Cela suffit à l'amener à vérifier l'heure à sa montre : non, il n'était pas en retard. Il descendit de voiture en hâte et, tenant ses documents et la cassette dans les bras, il se précipita vers l'intérieur.

« B'jour, Dr Goodley, l'accueillit un garde en uniforme.

– Salut, Chuck. » Habilité ou pas, il devait passer sous le détecteur de métaux. Les papiers et la cassette furent inspectés à la main... comme s'il allait tenter d'introduire une arme dans la place, s'irrita-t-il brièvement. Cela dit, ils avaient déjà eu quelques sueurs froides, c'est vrai. Et ces gars étaient formés pour ne se fier à personne.

Ayant franchi avec succès le contrôle de sécurité quotidien, il prit à gauche, escalada les marches quatre à quatre, puis de nouveau à gauche vers son bureau où une âme charitable (il ignorait si c'était un des employés ou un des agents du service) avait déjà allumé sa machine à café avec son mélange favori. Il se versa une tasse, puis alla s'installer derrière son bureau pour faire le tri dans ses papiers mais aussi dans ses pensées. Il réussit à descendre la moitié de la tasse avant de récupérer tout son fourbi en vue de la dernière étape, les trente mètres de marche jusqu'au bureau présidentiel. Le chef était déjà là.

« Salut, Ben.

— Bonjour, monsieur le président, répondit son conseiller à la sécurité.

— Bien, alors, quoi de neuf sur la planète ? demanda le chef de l'exécutif.

— Il semblerait que quelqu'un ait tenté d'assassiner Sergueï Golovko, ce matin.

— Oh ? » fit le président Ryan en levant les yeux de sa tasse de café. Goodley le mit au fait, puis il introduisit la cassette dans le magnétoscope du Bureau Ovale et pressa la touche lecture.

« Bigre », observa Ryan. Ce qui avait été une luxueuse berline n'était plus qu'un tas de débris bon pour la casse.

« Et ils ont eu qui, à sa place ?

— Un certain Gregory Filipovitch Avseïenko, cinquante-deux ans...

— Ce nom me dit quelque chose...

— Il est mieux connu sous le nom de Raspoutine.

L'ancien directeur de l'École des Moineaux du KGB... »

Les yeux de Ryan s'agrandirent. « Cet enculé ! D'accord, et qu'a-t-il fait depuis ?

– Il s'est fait mettre à la retraite aux alentours de 1993 et, de toute évidence, a poursuivi dans la même branche ; et il semble qu'il y ait fait sa pelote – à en juger sa bagnole, en tout cas. Il était accompagné d'une jeune femme en plus de son chauffeur. Ils ont été tués tous les trois. »

Ryan hocha la tête. L'École des Moineaux avait été pendant des années l'établissement où les Soviétiques formaient de séduisantes jeunes femmes à devenir des prostituées au service de leur pays, à l'intérieur comme à l'étranger, parce que, depuis que le monde est monde, les hommes à femmes ont souvent eu la langue plus aisément déliée par certaines formes de lubrification. Pas mal de secrets avaient été transmis au KGB par cette méthode et les femmes avaient également servi à recruter à l'étranger des taupes travaillant pour le compte des agents du KGB. De sorte qu'après la fermeture de son bureau officiel, Raspoutine – les Soviétiques l'avaient surnommé ainsi à cause de son don pour plier les femmes à sa volonté – avait tout bonnement décidé d'exercer son activité antérieure dans le nouveau contexte de la libre entreprise.

« Bref, Avseïenko pourrait avoir suffisamment irrité le milieu moscovite pour que certains soient prêts à l'éliminer et Golovko n'aurait rien à voir avec tout ça ?

– Correct, monsieur le président. La possibilité n'est pas exclue, mais nous n'avons aucun indice à l'appui de l'une ou l'autre hypothèse.

– Comment en avoir ?

– L'attaché juridique de l'ambassade a de bons contacts avec la police russe, suggéra le conseiller.

– D'accord, alors appelez Dan Murray au FBI, qu'il demande à ses gars de fouiner. » Ryan avait déjà envisagé d'appeler directement Golovko – après tout, cela faisait plus de dix ans qu'ils se connaissaient, même si leur premier contact s'était effectué quand le Russe avait fourré son pistolet sous le nez de Jack sur une des pistes de l'aéroport Cheremetyevo de Moscou –, puis il s'était ravisé : il ne pouvait pas dévoiler aussi vite son intérêt, même si un peu plus tard, à l'occasion d'un entretien privé, il serait toujours en mesure de l'interroger, mine de rien, sur l'incident. « Idem avec Ed et MP à la CIA.

– Entendu. » Goodley nota le tout sur son calepin. « Ensuite ? »

Goodley tourna la page. « L'Indonésie procède à des manœuvres navales qui ont éveillé la curiosité des Australiens... » Ben poursuivit de la sorte son compte rendu matinal pendant vingt minutes encore, couvrant les affaires politiques, de préférence aux questions militaires, car c'était le tour qu'avait pris la sécurité nationale, ces dernières années. Même le commerce des armes avait diminué au point qu'un nombre non négligeable d'États traitaient désormais leurs institutions militaires plus comme de vulgaires boutiques que comme d'authentiques instruments de pouvoir.

« Bref, le monde tourne à peu près rond, aujourd'hui ? résuma le président.

– Si l'on excepte ce gros nid-de-poule à Moscou, c'est apparemment le cas, monsieur. »

Le conseiller à la sécurité auprès du président s'éclipsa et Ryan examina son programme de la journée. Comme d'habitude, il n'avait guère de temps libre. Les seuls moments sur son planning où il n'avait personne dans son bureau étaient ceux où il devait se consacrer à la lecture des dossiers pour la réunion suivante – certains ayant été parfois préparés plusieurs semaines à l'avance. Il ôta ses lunettes de lecture (il les détestait) pour se masser les paupières, prévoyant déjà la migraine matinale qui n'allait pas manquer de l'assaillir d'ici une trentaine de minutes. Un nouveau survol rapide de la page ne révéla pas le moindre moment de distraction. Pas de visite de scouts du Wyoming, ou de l'équipe championne de base-ball, encore moins de Miss Tomate Olivette d'Imperial Valley en Californie, bref rien pour lui donner matière à sourire. Non, aujourd'hui, c'était une journée cent pour cent boulot.

Et merde.

Par nature, la fonction présidentielle était un enchevêtrement de contradictions. L'homme le plus puissant du monde était quasiment dans l'incapacité d'exercer son pouvoir, hormis dans les circonstances les plus extrêmes qu'il était censé éviter plutôt que rechercher. En fait, la fonction présidentielle était surtout une fonction de négociation, d'abord et avant tout avec le Congrès ; une procédure à laquelle Ryan n'était guère préparé jusqu'à ce qu'il reçoive une formation accélérée sous l'égide d'Arnold van Damm, le secrétaire général de la présidence. Par chance, Arnie effectuait lui-même une bonne partie de ces négociations, puis il venait au Bureau Ovale pour expliquer quelles étaient sa décision et sa position (à lui Ryan) sur tel ou tel problème, afin que lui (van Damm) puisse ensuite rédiger un communiqué ou faire une déclaration dans la salle de presse. Ryan se dit qu'un avocat devait sans doute traiter son client de la sorte les trois quarts du temps, veillant à défendre ses intérêts au mieux tout en s'abstenant de lui expliquer en quoi ils consistaient jusqu'à ce que la décision soit déjà prise. Le président, expliquait à l'envi son conseiller, devait être tenu à l'abri des négociations directes avec qui que ce soit – surtout avec le Congrès. Et, se remémora Jack, il avait bénéficié jusqu'ici d'une chambre relativement docile. Qu'est-ce que ça devait être pour ses prédécesseurs confrontés à un parlement hostile !

Et sacré bon sang de bonsoir, se dit-il pour la énième fois, qu'était-il donc venu faire dans cette galère ?

La campagne électorale avait été un enfer – même si, à en croire Arnie, ç'avait été une véritable sinécure. Jamais moins de cinq discours par jour, le plus souvent jusqu'à neuf, dans le plus d'endroits différents possible et devant les groupes les plus divers... mais absolument toujours le même laïus, tiré de fiches en carton qu'il gardait soigneusement dans sa poche, avec juste à chaque fois des changements mineurs effectués à la hâte à bord de l'avion présidentiel par des conseillers qui essayaient tant bien que mal de suivre le plan de vol. Le plus incroyable, c'est qu'il n'était jamais arrivé à les prendre en défaut. Pour introduire un semblant de variété, il intervertissait parfois l'ordre des fiches. Mais l'intérêt de la chose s'était évanoui au bout de trois jours.

Oui, si l'enfer existait, les campagnes électorales étaient ce qui s'en rapprochait le plus : devoir s'écouter rabâcher les mêmes choses, jusqu'à ce que votre cerveau commence à protester et que l'envie vous prenne de vous livrer à des changements aléatoires, absurdes, qui ne risquaient d'amuser que vous et risquaient surtout de vous faire passer pour un cinglé devant votre auditoire. Et ça, il ne pouvait se le permettre, parce qu'on attendait d'un candidat à la présidence qu'il fût un automate parfait, plutôt qu'un être humain faillible.

Il y avait quand même eu un côté positif : pendant les dix semaines de cette course d'endurance, Ryan avait baigné dans un océan d'amour. Les vivats assourdissants de la foule, que ce soit sur le parking du centre commercial de Xenia, Ohio, ou au Madison Square Garden de New York, ou encore à Honolulu, Fargo ou Los Angeles... C'était partout pareil. Des foules immenses de simples citoyens qui à la fois refusaient et célébraient le fait que John Patrick Ryan fût l'un d'entre eux – un type semblable à eux, quoique pas vraiment non plus. Dès sa première allocution officielle à Indianapolis, peu après son accession à la magistrature suprême dans des conditions dramatiques, il s'était rendu compte à quel point cette forme d'adulation pouvait avoir l'effet d'un narcotique. Cela s'était accompagné du désir d'apparaître parfait, de savoir dire son texte convenablement, d'avoir l'air sincère – et sincère, il l'était bien sûr, mais la tâche eût été bien plus aisée s'il n'avait dû l'accomplir qu'une fois ou deux, et pas trois cent onze...

Partout, les journalistes lui posaient les mêmes questions, écrivaient ou enregistraient les mêmes réponses, avant de les présenter comme des nouvelles fraîches dans la presse locale. Dans chaque ville et village, les éditoriaux avaient loué Ryan en se plaignant que cette élection n'était qu'une mascarade, excepté au Congrès, et là, Ryan avait mis les pieds dans le plat en donnant sa bénédiction aux candidats des deux grands partis, en voulant ainsi préserver son indépendance, au risque de braquer tout le monde.

Certes, cet amour n'avait pas été universellement partagé. Il y avait eu les protestataires, les râleurs patentés des débats télévisés de fin de soirée qui citaient son passé professionnel, critiquaient ses mesures radicales pour endiguer l'épidémie de fièvre Ebola déclenchée par des terroristes et qui avait en ces jours sombres mis en péril la nation [1]. « D'accord, ça a marché dans ce cas particulier, mais... » car il y avait toujours un *mais* – et surtout pour critiquer sa politique, qui, répétait Jack discours après discours, ne relevait pas du tout de la politique mais du simple bon sens.

Durant toute cette période, Arnie avait été un don du ciel, sachant répondre à chaque objection. Ryan

---

1. Cf. *Sur ordre*, Albin Michel, 1997 *(N.d.T.)*, Le Livre de Poche, n⁰⁰ 17066 et 17067.

avait de la fortune, disait l'un. « Mon père était agent de police », était la réponse. « J'ai mérité ce que j'ai gagné jusqu'au dernier sou... du reste (et de poursuivre avec un sourire engageant) aujourd'hui, mon épouse gagne bien plus que moi. »

Ryan n'y entendait rien en politique : « La politique fait partie de ces domaines sur lesquels tout le monde a des idées arrêtées mais personne ne réussit à les faire marcher. Eh bien moi, je n'ai peut-être pas d'idées arrêtées, mais je vais m'arranger pour que ça marche ! »

Ryan avait mis dans sa poche la Cour suprême : « Désolé, je ne suis pas non plus avocat », avait-il expliqué lors de la réunion annuelle de l'association du Barreau, « mais je sais faire la différence entre le bien et le mal, et c'est ce que font les juges. »

Entre les conseils stratégiques d'Arnie et les répliques préparées par Callie Weston, il avait réussi à parer à toutes les attaques sérieuses, et à riposter en général avec des réponses de son cru, légères et pleines d'humour – relevées par quelques fortes paroles délivrées avec cette conviction farouche mais calme de celui qui n'a plus grand-chose à prouver. Bref, avec un bon encadrement et au terme de longues heures de préparation, il avait réussi à se présenter comme Jack Ryan, type normal.

Détail d'autant plus remarquable, son geste le plus astucieux du point de vue politique avait été accompli sans aucune aide extérieure.

« Bonjour, Jack, dit le vice-président en ouvrant la porte à l'improviste.

– Hé, Robby. » Ryan leva les yeux de son bureau et sourit. Il avait encore l'air un rien engoncé en costume, nota Jack. Certains étaient nés pour porter l'uniforme et Robert Jefferson Jackson était du nombre, même si au revers de tous ses vestons, il arborait la petite barrette de ses Ailes d'Or, symbole des pilotes de l'aéronavale.

« Il y a eu des problèmes à Moscou, annonça Ryan, et il expliqua brièvement la situation.

— C'est un peu inquiétant, observa Robby.

— Demande à Ben de te faire un topo complet. Ça donne quoi, ton emploi du temps pour aujourd'hui ? s'enquit le président.

— Juliet au carré, Mike au carré. » C'était leur code personnel JJMM. *Les jours se suivent, c'est le même merdier.*

« Réunion avec le Conseil de l'Espace, de l'autre côté de la rue, dans vingt minutes. Puis ce soir, faut que je descende dans le Mississippi pour un discours demain matin à l'Ole Miss [1].

— Tu prends le manche ?

— Hé, Jack, le seul avantage de ce foutu boulot, c'est qu'au moins je peux piloter de nouveau. » Jackson avait insisté pour être habilité sur le VC-20B qu'il pilotait le plus souvent pour les déplacements officiels à travers le pays sous le nom de code « Air Force Two ». Ça en jetait dans les médias, et c'était de surcroît la meilleure thérapie pour un pilote de chasse qui regrettait de ne plus pouvoir contrôler son zinc, même si d'un autre côté cela avait paru ennuyer l'équipage de l'appareil officiel. « Mais je te ferai dire que c'est toujours pour régler les détails qui te font chier, ajouta-t-il avec un clin d'œil.

— C'est ta seule façon de pouvoir espérer une augmentation, Robby. Et des quartiers sympas, rappela-t-il à son ami.

_____

1. Surnom amical de l'Université du Mississippi. Pour reprendre une formule célèbre : « L'université délivre un diplôme... mais personne ne peut se targuer d'être diplômé de l'Ole Miss. » Son campus principal est à Oxford, avec d'autres sites à Jackson et Tupelo. De tout temps, sa faculté de droit a été réputée pour préparer l'équivalent de ceux qu'on appelle chez nous les grands commis de l'État *(N.d.T.)*.

– T'as oublié la solde de pilote », rétorqua du tac au tac le vice-amiral R.J. Jackson, pilote de l'aéronavale à la retraite. Il marqua un temps d'arrêt à la porte, se retourna : « Cet attentat, ça nous dit quoi sur la situation là-bas en Russie ? »

Jack haussa les épaules. « Rien de bon. Ils sont pas foutus de prévoir les choses, tu trouves pas ?

– J'imagine, admit le vice-président. La question reste de savoir comment leur filer un coup de main.

– Ça, j'y ai pas encore réfléchi, admit Jack. Et on a de notre côté suffisamment de problèmes économiques qui pointent à l'horizon, avec l'Asie qui part à vaul'eau...

– Va bien falloir que je m'y mette, à toutes ces histoires d'économie, admit Robby.

– Demande à George Winston de te faire un topo, suggéra Ryan. C'est pas si dur, tu sais, il s'agit en gros d'apprendre une nouvelle langue. Points d'inflexion, tendances, fluctuations, et ainsi de suite. George connaît bien son affaire. »

Jackson acquiesça. « Bien noté, monsieur.

– "Monsieur" ? C'est quoi ce plan, Rob ?

– Vous westez toujours le chef des armées, ô gwand homme ! » lui lança Robby avec un large sourire assorti d'un accent du vieux Sud. « Moi, j'suis jamais qu'le bwas dwoit, c'qui veut di' qu'j'dois wégler toutes les me'des.

– Eh bien, vois ça plutôt comme un stage de formation, Rob, et remercie le ciel de bénéficier des conditions idéales... Moi, je n'ai pas eu cette chance.

– Je m'en souviens, Jack, je m'en souviens. J'étais là comme responsable numéro trois, n'oublie pas. Et tu t'es débrouillé comme un chef. Pourquoi crois-tu sinon que j'aurais sacrifié ma carrière... pour tes beaux yeux, peut-être ?

– Tu veux dire que ce n'était pas pour l'appartement de fonction et les chauffeurs ? »

Le vice-président hocha la tête. « Et c'était pas non plus pour être le premier des blacks. C'est juste que je suis pas capable de dire non quand mon président me demande quelque chose, même si c'est une bourrique comme toi. Allez, à plus, vieux.

– On se revoit au déjeuner, Robby », lança Jack comme la porte se refermait.

« Monsieur le président, le directeur Foley sur la trois », annonça l'interphone.

Jack décrocha le poste crypté et pressa le bouton idoine.

« Salut, Ed.

– Salut, Jack, on a du nouveau sur Moscou.

– Par quel biais ? demanda aussitôt Ryan, histoire surtout d'évaluer les informations qu'il s'apprêtait à recevoir.

– Des interceptions », répondit aussitôt le directeur de la CIA, sous-entendant que celles-ci étaient à peu près fiables. C'était en effet à la surveillance des communications qu'on se fiait le plus, les gens n'ayant pas coutume de se mentir à la radio ou au téléphone. « Il semble que l'affaire ait une priorité très élevée, là-bas, et les miliciens en parlent sans détour à la radio.

– D'accord, et vous avez quoi ?

– Au premier abord, ils estiment que Raspoutine était bien la cible de l'attentat. C'était un gros ponte du milieu, il se faisait un blé noir grâce à son... personnel féminin, expliqua Foley, maniant l'euphémisme, or il cherchait à diversifier ses activités. Peut-être aura-t-il marché sur les plates-bandes de quelqu'un qui n'aura pas apprécié. »

« C'est ce que tu penses ? demanda Mike Reilly.

– Mikhaïl Ivanovitch, je ne sais trop quoi penser. Je suis comme toi, on ne m'a pas appris à croire aux coïncidences », répondit Oleg Provalov, inspecteur dans la milice moscovite. Ils étaient dans un bar qui s'adressait à la clientèle étrangère, à en juger par la qualité de la vodka qu'on y servait.

Reilly n'était pas franchement un nouveau venu dans la capitale russe. Il y séjournait depuis déjà quatorze mois et auparavant il avait été chef adjoint du bureau new-yorkais du FBI – mais sans travailler pour le contre-espionnage. Reilly était un expert de la lutte contre le crime organisé ; il avait passé quinze années fort chargées à traquer les cinq grandes familles de la mafia new-yorkaise qui constituaient Cosa Nostra. Les Russes le savaient, aussi n'avait-il eu aucun mal à nouer de bonnes relations avec leurs flics, surtout depuis qu'il s'était débrouillé pour faire bénéficier plusieurs dirigeants de la milice d'un stage de perfectionnement en Amérique, dans le cadre du programme de l'Académie nationale du FBI – un diplôme fort convoité dans les services de police américains.

« Vous avez déjà eu ce genre d'assassinat en Amérique ? »

Reilly secoua la tête. « Non. Chez nous, on peut sans grand problème s'acheter une arme classique, mais pas des roquettes antichars. En outre, l'usage d'une telle arme qualifie aussitôt l'agression comme un crime fédéral, et les gens de la mafia ont appris à l'éviter comme la peste. Certes, ils nous ont déjà fait le coup de la voiture piégée, admit-il, mais uniquement pour tuer les occupants du véhicule. Ce genre de plan est un rien trop spectaculaire au goût de ces messieurs. Alors, dis-moi, c'était quel genre de bonhomme, votre Avseïenko ? »

Provalov renifla avec mépris avant de lâcher : « C'était un maquereau. Il exploitait les femmes, les forçait à écarter les jambes et leur piquait leur fric. Ce n'est pas moi qui vais le regretter, Michka. Et pas grand monde non plus, mais je suppose qu'il laisse un vide qui ne tardera pas à être comblé.

– Tu penses malgré tout que c'était lui la cible, et pas Sergueï Golovko ?

– Golovko ? S'en prendre à lui aurait été de la folie. Le chef d'un service d'État de cette envergure ? Je ne pense pas que nos criminels aient ce culot. »

Peut-être, songea Reilly. Mais on ne se lance pas non plus dans une enquête importante en faisant des suppositions, quelles qu'elles soient, Oleg Gregorievitch...

Malheureusement, il ne pouvait pas lui dire une chose pareille. Ils étaient amis, mais Provalov était susceptible, conscient qu'il était que son service ne faisait pas vraiment le poids face au FBI. Il l'avait appris lors de son séjour à Quantico. Pour l'heure, il se contentait de la routine, fouinant un peu au hasard, envoyant ses enquêteurs d'une part interroger les associés connus d'Avseïenko pour voir s'il n'aurait pas évoqué des ennemis, des différends, des frictions quelconques, et d'autre part faire la tournée des indics pour savoir si quelqu'un dans les bas-fonds moscovites n'aurait pas non plus évoqué une telle éventualité.

Les Russes avaient besoin d'un coup de main en matière de police criminelle, Reilly le savait. Pour le moment, ils n'avaient même pas réussi à localiser le camion-benne. D'accord, il y en avait plusieurs milliers, et celui qu'ils recherchaient pouvait avoir été dérobé sans même que son propriétaire et/ou utilisateur le sache. Des témoins oculaires ayant d'autre part signalé que la roquette avait été lancée vers le bas, on n'avait guère d'espoir de retrouver des traces du tir à l'intérieur de la benne pour aider à l'identification du véhicule. Or il leur fallait d'abord l'identifier sans ambiguïté s'ils voulaient récupérer des cheveux et des fibres de tissu. Comme de juste, personne n'avait relevé le numéro d'immatriculation, personne non plus ne s'était baladé dans les parages avec un appareil photo... enfin, jusqu'à plus ample informé. Parfois, un témoin se manifestait le lendemain ou le surlendemain dans les enquêtes importantes, on traquait toutes les brèches, or en général, la brèche venait de quelqu'un qui était incapable de tenir sa langue. Si tous ceux qu'ils interrogeaient savaient rester muets, aucun flic ne gagnerait sa vie. Par chance, le criminel n'était pas aussi circonspect – à l'exception des plus malins et Moscou, Reilly avait pu s'en rendre compte, en comptait un certain nombre.

Ils se rangeaient en deux catégories : la première était composée d'ex-agents du KGB victimes d'une succession de dégraissages massifs, à l'instar de ce qui s'était produit dans les forces armées américaines. Ces criminels potentiels étaient redoutables : des spécialistes expérimentés des opérations clandestines, parfaitement formés, sachant recruter et opérer de manière invisible – des individus qui selon Reilly avaient su damer le pion au FBI malgré tous les efforts de la division contre-espionnage du service.

L'autre catégorie était un lointain reliquat du régime communiste défunt. On les appelait des *tolkatchi* – le mot signifiait littéralement « incitateurs », au sens de « pousse-au-crime » ; sous le régime précédent, ces personnages avaient servi à en graisser les rouages pour lui permettre de fonctionner. C'étaient des intermédiaires dont le carnet d'adresses fourni aidait à régler les problèmes, plutôt que des guérilleros utilisant des chemins connus d'eux seuls pour faire de la contrebande. Avec la chute du communisme, leurs talents étaient devenus réellement lucratifs car quasiment personne ne comprenait le fonctionnement du capitalisme ; or la capacité à faire tourner la machine était désormais plus précieuse que jamais... et en plus, aujourd'hui, elle rapportait considérablement plus. L'argent attirait toujours le talent et dans un pays qui en était encore à apprendre ce que voulait dire la force de la loi, enfreindre celle-ci était la pente naturelle pour des individus doués de ce talent – d'abord en se vendant au plus offrant puis, presque aussitôt après, en se mettant à leur propre compte. Les anciens *tolkatchi* étaient devenus les hommes les plus riches du pays. Avec cette fortune était venu le pouvoir. Et avec le pouvoir, la corruption. Et avec la corruption, le crime ; au point que le FBI était désormais presque aussi actif à Moscou que l'avait jamais été la CIA. Et à juste titre.

Car l'union entre l'ancien KGB et les anciens *tolkatchi* était en train de créer l'empire criminel le plus puissant et le plus complexe de toute l'histoire de l'humanité.

De sorte que Reilly devait convenir que ce Raspoutine – un nom qui littéralement signifiait « débauché » – pouvait fort bien avoir appartenu à cet empire et que sa mort pouvait y être liée. À moins qu'ils ne fassent entièrement fausse route. L'enquête s'annonçait décidément passionnante.

« Eh bien, Oleg Gregorievitch, si jamais tu as besoin d'aide, je ferai mon possible pour te la procurer, promit l'agent du FBI.

– Merci, Michka. »

Ils se séparèrent, chacun ruminant ses pensées.

1

Les échos de l'explosion

« Bon, alors qui étaient ses ennemis ? insista le lieutenant-colonel Chablikov.

– Gregory Filipovitch en avait plein. De toute évidence, il n'avait pas la langue dans sa poche. Il insultait bien trop de gens et...

– Quoi d'autre ? coupa Chablikov. Il ne s'est pas fait pulvériser en pleine rue juste pour avoir froissé les sentiments de certains criminels !

– Il commençait à caresser l'idée de se lancer dans l'importation de drogue, annonça l'indic.

– Oh, oh ? Raconte-moi ça...

– Grisha avait des contacts avec des Colombiens. Il les avait rencontrés en Suisse trois mois plus tôt et il essayait de les convaincre de lui amener de la cocaïne via le port d'Odessa. J'ai entendu raconter qu'il organisait une filière pour faire remonter la dope jusqu'à Moscou.

– Et comment comptait-il les payer ? » demanda le lieutenant-colonel de la milice. La monnaie russe ne valait pour ainsi dire pas un kopeck.

« En devises fortes. Grisha en avait récupéré de grosses sommes de ses clients occidentaux et de certains clients russes. C'est qu'il s'y entendait pour les satisfaire... s'ils y mettaient le prix. »

Raspoutine, songea le lieutenant-colonel... nul doute qu'il avait mérité son surnom de débauché. Vendre le corps de jeunes filles – et aussi de quelques garçons, Chablikov le savait – contre des devises fortes. Assez pour avoir de quoi s'acheter une grosse berline allemande (payée cash, ses agents avaient déjà vérifié la transaction), avant d'envisager l'importation de drogue. Tout cela exigeait d'avoir un sérieux volant de liquidités, ce qui voulait dire qu'il prévoyait de fourguer également sa dope contre des devises fortes, vu que les Colombiens devaient être modérément intéressés par des roubles.

Décidément, Avseïenko n'était pas une grosse perte pour son pays. Celui qui l'avait tué aurait mérité une médaille... Sauf que quelqu'un n'allait sans aucun doute pas tarder à occuper le poste laissé vacant et reprendre le contrôle de son réseau de proxénétisme ; et le successeur risquait d'être plus malin. C'était le problème avec les criminels. Il y avait là un véritable processus darwinien à l'œuvre : la police en capturait certains – et même un bon nombre – mais ce n'étaient jamais que les bas du bulbe, alors que les petits malins le devenaient toujours plus. Il semblait que, dans cette course, la police dût toujours être à la traîne parce que c'étaient toujours ceux qui enfreignaient la loi qui avaient l'initiative.

« Ah oui, alors, à part lui, qui d'autre importe de la drogue ?

– J'ignore son identité. Il y a des rumeurs, bien sûr, et je connais pas mal de petits revendeurs, mais savoir qui est l'organisateur du réseau, ça...

– Eh bien, cherche, ordonna Chablikov d'une voix tranquille. Ça ne devrait pas trop te fatiguer.

– Je verrai ce que je peux faire, promit l'indicateur.

– Et tâche de le faire vite, Pavel Petrovitch. Et tant que tu y es, essaie également de me découvrir qui a repris l'empire de Raspoutine.

– Oui, camarade lieutenant-colonel », fit l'autre, avec son habituelle mimique d'acquiescement servile.

La fonction de policier de haut rang assurait du pouvoir, songea Chablikov. Le vrai, celui qu'on pouvait imposer à son prochain, ce qui le rendait si délectable. Dans ce cas précis, il avait dicté à une petite gouape ce qu'elle avait à faire, et ce serait fait, sinon son informateur risquait d'être arrêté et de voir tarir sa source de revenus. En échange, le criminel bénéficiait dans une certaine mesure d'une protection. Tant qu'il savait ne pas aller trop loin dans l'illégalité, il n'avait rien à craindre de la police. Ce devait être la même chose partout, estima le lieutenant-colonel. Sinon, comment la police pourrait-elle collecter les renseignements indispensables sur ceux qui, eux, allaient trop loin ? Aucun service de police sur la planète n'avait le temps matériel d'enquêter sur tout, de sorte que faire jouer les criminels contre leurs homologues était encore la méthode la plus simple et la plus économique pour recueillir des informations.

Le seul point à ne jamais perdre de vue était que les indicateurs restaient des criminels et donc des individus à qui on ne devait pas se fier aveuglément, qui avaient un peu trop tendance à mentir, exagérer, voire inventer ce que leur patron voulait entendre. Aussi Chablikov devait-il prendre avec des pincettes tout ce que lui révélait ce malfrat.

De son côté, Pavel Petrovitch Klusov avait lui aussi ses doutes, à fréquenter ainsi ce lieutenant-colonel corrompu. Chablikov n'était pas un ancien agent du KGB mais un flic de carrière, aussi n'était-il pas aussi malin qu'il se l'imaginait : il était plutôt habitué aux petites magouilles et aux arrangements en douce avec ceux qu'il poursuivait. C'était sans doute ainsi qu'il avait réussi à parvenir jusqu'à ce grade relativement élevé.

Il savait obtenir des renseignements en traitant avec des individus de sa trempe. L'indicateur se demanda si le lieutenant-colonel avait un compte en devises quelque part. Ce ne serait pas inintéressant de découvrir où il vivait, quel genre de voiture il conduisait, lui ou sa femme. Mais Klusov ferait malgré tout ce qu'on lui avait demandé, parce que ses activités « commerciales » personnelles prospéraient grâce à la protection de Chablikov... Un peu plus tard dans la soirée, il pourrait sortir boire un verre avec Irina Aganovna, qui sait, coucher avec elle et en profiter pour découvrir à quel point Avseïenko était regretté par ses anciennes... employées.

« Oui, camarade lieutenant-colonel, répondit Klusov. Je ferai comme vous dites. J'essaierai de vous recontacter demain.

– Tu n'essaieras pas, Pasha, tu le feras », rectifia Chablikov, sur le ton d'un instituteur gourmandant un mauvais élève.

« L'opération est déjà en route, annonça Zhang au premier secrétaire et Premier ministre.

– J'espère simplement que celle-ci se déroulera mieux que les deux précédentes », répondit sèchement son interlocuteur. Les risques qui l'accompagnaient étaient d'une tout autre ampleur. Les deux premières fois, avec la tentative du Japon pour modifier radicalement l'équilibre dans la ceinture pacifique et les efforts de l'Iran pour créer une nouvelle nation à partir des ruines de l'Union soviétique [1], la Chine populaire n'avait pas fait grand-chose... sinon encourager les belligérants en sous-main. Cette tentative, en revanche, était différente. Enfin, on n'avait rien sans rien, n'est-ce pas ?

« Je... nous avons joué de malchance.

---

1. Cf. *Sur ordre, op.cit. (N.d.T.).*

– Peut-être... » L'autre hocha distraitement la tête tout en s'ingéniant à ranger des papiers sur son bureau.

Zhang Han San sentit son sang se glacer. Le Premier ministre du Conseil des affaires d'État de la République populaire de Chine était un homme connu pour sa froideur, mais il avait toujours manifesté une certaine bienveillance à l'égard de son ministre sans portefeuille. Zhang faisait partie de ces rares élus dont le Premier ministre écoutait les avis. Et il ferait certainement de même aujourd'hui, mais sans pour autant lui témoigner l'ombre d'un sentiment.

« Nous ne nous sommes pas démasqués et nous n'avons rien perdu », poursuivit Zhang.

Son supérieur ne releva pas la tête. « Sauf qu'il y a désormais un ambassadeur des États-Unis à Taipei. » Et maintenant, on parlait d'un traité d'entraide militaire dont le seul but était de permettre à la marine américaine de croiser entre l'île et le continent, de mouiller régulièrement dans les ports, voire d'installer une base permanente (dont la construction serait sans aucun doute intégralement payée par l'argent taiwanais)... et qui était destinée exclusivement à remplacer leur ancienne base de Subic Bay aux Philippines, ne manqueraient-ils pas d'expliquer avec une fausse candeur.

L'économie avait littéralement explosé après que les États-Unis eurent à nouveau reconnu diplomatiquement Taiwan, et ce, grâce à l'afflux massif de capitaux frais venus du monde entier. Alors que l'essentiel de cet argent aurait dû revenir de plein droit à la République populaire de Chine si l'Amérique n'avait pas changé ses orientations du tout au tout.

Mais le président Ryan n'en faisait qu'à sa tête, c'est du moins ce que prétendaient les services secrets, n'hésitant pas à braver les conseils politiques et diplomatiques de son entourage à Washington – même si l'on disait que le secrétaire d'État Adler, le ministre américain des Affaires étrangères, avait pleinement soutenu cette décision stupide de son chef de l'exécutif.

La température corporelle de Zhang dégringola encore d'un degré. Ses deux plans s'étaient déroulés en gros comme il l'avait prévu, non ? Dans aucun des deux cas son pays n'avait eu à pâtir de quoi que ce soit – bon, d'accord, ils avaient perdu quelques chasseurs la dernière fois, mais de toute façon, ces appareils s'écrasaient régulièrement avec leurs pilotes... Dans le cas de Taiwan, surtout, la Chine avait agi avec discernement, en autorisant le ministre Adler à faire directement l'aller-retour entre Pékin et sa province rétive de l'autre côté du détroit de Formose, faisant mine ainsi de les reconnaître – ce qui n'était certes pas l'intention de la Chine populaire mais plutôt le moyen de manifester leur contribution aux efforts de paix du chef de la diplomatie américaine et ainsi paraître à leurs yeux plus raisonnable... alors, pourquoi Ryan avait-il pris une telle décision ? Avait-il deviné le jeu de Zhang ? C'était possible, mais il était plus probable qu'il y ait eu une fuite, un informateur, un espion proche des hautes sphères du gouvernement chinois. Les services de contre-espionnage examinaient cette éventualité. Rares étaient ceux à prétendre connaître ce qui sortait de sa tête – et de son bureau – et tous seraient dûment interrogés, en même temps que des techniciens inspecteraient ses lignes téléphoniques et jusqu'aux murs de son bureau. Se serait-il trompé ? Non, sûrement pas ! Même si le Premier ministre inclinait à penser l'inverse...

Zhang examina ensuite sa position vis-à-vis du Politburo. Elle aurait pu être meilleure. Trop de membres le considéraient comme un aventurier par trop influent. C'était un bruit facile à répandre, d'autant que tous s'empresseraient de recueillir les fruits de ses succès politiques et se montreraient à peine moins empressés de le lâcher si la situation devait mal tourner. Enfin, c'étaient les risques inhérents au pouvoir dans son pays.

« Même si nous voulions écraser Taiwan, sauf à choisir l'arme nucléaire, il faudrait des années et des moyens considérables pour y parvenir, et ce serait en fin de compte un bien grand risque pour un bien maigre profit. Mieux vaut que la Chine populaire connaisse une réussite économique telle qu'ils en soient réduits à venir nous implorer de les réintégrer dans notre giron. Ce ne sont pas des ennemis puissants, après tout. Ils ne gênent même plus grand monde sur la scène internationale. » Mais pour Dieu sait quelle raison, ils gênaient tout particulièrement le Premier ministre, se remémora Zhang, comme quelque allergie qui irriterait son épiderme sensible.

« Nous avons perdu la face, Zhang. Cela suffit pour le moment.

– La face, mais pas le sang, Xu, ni les richesses.

– Des richesses, ils en ont à revendre », fit remarquer le Premier ministre, toujours sans daigner regarder son interlocuteur. Et c'était vrai. La petite île de Taiwan était immensément riche grâce aux efforts laborieux de sa population essentiellement chinoise, qui faisait commerce de quasiment tout quasiment partout, et le rétablissement des relations diplomatiques avec les États-Unis avait accru à la fois leur prospérité économique et leur influence sur la scène internationale. Malgré qu'il en ait, Zhang ne pouvait se cacher ces deux vérités.

Qu'est-ce qui a bien pu clocher ? se demanda-t-il de nouveau. N'avait-il pas joué un jeu subtil ? Son pays avait-il jamais menacé ouvertement la Sibérie ? Non. Les chefs de l'Armée populaire de libération avaient-ils même été mis au fait de ses plans ? Eh bien, oui, il devait bien l'admettre, certains d'entre eux en tout cas, mais seuls les plus fidèles à la tête de l'état-major et un petit nombre d'officiers de haut rang... ceux qui auraient eu à exécuter les plans le jour venu. Mais tous ces soldats savaient tenir leur langue et si jamais ils s'aventuraient à parler à qui que ce soit... mais non, aucun risque, parce qu'ils connaissaient le sort qui attendait ceux qui révélaient des choses qu'il valait mieux taire dans une société comme celle-ci et parce qu'ils savaient qu'à leur niveau, tous les murs avaient des oreilles. Ils n'avaient même pas émis le moindre commentaire sur l'avant-projet initial, se contentant de régler les questions d'intendance, comme ne peuvent s'empêcher de le faire tous les officiers supérieurs. De sorte qu'éventuellement un archiviste quelconque avait été à même d'examiner les plans, mais cela restait malgré tout hautement improbable. La sécurité au sein de l'APL était excellente. Du seconde classe au général de brigade, les soldats n'avaient pas plus de liberté qu'une machine-outil boulonnée au sol d'un atelier, et le temps de parvenir aux plus hauts rangs de la hiérarchie, ils avaient quasiment oublié la notion d'initiative individuelle, sauf peut-être pour les stricts problèmes d'ordre technique, comme le choix du type de pont à construire pour franchir tel ou tel cours d'eau. Non, pour Zhang, ils auraient aussi bien pu être de simples machines, et on pouvait tout autant s'y fier.

Ce qui le ramenait à la question initiale : pourquoi diable ce Ryan avait-il rétabli les relations diplomatiques avec la prétendue « République de Chine » ? S'était-il douté des initiatives du Japon et de l'Iran ? L'incident avec l'avion de ligne[1] avait sans aucun doute ressemblé à l'accident qu'il était censé simuler et, par la suite, la Chine populaire avait invité la marine américaine à venir sur zone pour « maintenir la paix », comme ils se plaisaient à le dire, comme si la paix était une bête qu'on pouvait mettre en cage pour mieux la surveiller. En réalité, c'était précisément l'inverse.

---

1. Cf. *Sur ordre, op. cit. (N.d.T.).*

C'était la guerre qu'on tenait en cage et qu'on relâchait au moment opportun.

Ce président Ryan avait-il donc deviné les intentions chinoises de procéder au démantèlement de ce qui restait de l'ex-Union soviétique, et décidé alors de punir la Chine populaire en reconnaissant les renégats de Taiwan ? C'était possible. Certains le trouvaient d'une perspicacité inhabituelle pour un homme politique américain... mais après tout, c'était un ancien agent de renseignements, et sans doute un bon, se remémora Zhang. C'était toujours une erreur de sous-estimer l'adversaire, comme les Japonais et les Iraniens l'avaient appris à leurs dépens. Ce Ryan avait réagi avec adresse aux deux plans de Zhang, et pourtant, il n'avait même pas émis le moindre murmure de protestation contre la République populaire de Chine. Il n'y avait pas eu la moindre manœuvre militaire américaine contre la Chine, même indirecte, pas la moindre « fuite » à l'intention des médias américains, et rien à se mettre sous la dent pour les agents du contre-espionnage opérant depuis l'ambassade de Chine à Washington. De sorte qu'il en revenait encore et toujours à la question initiale : pourquoi Ryan avait-il agi ainsi ? Il n'en savait rien. Et ne pas savoir était des plus crispant pour un homme politique à son niveau de responsabilité. Sous peu, le Premier ministre risquait de l'interroger et il faudrait qu'il ait matière à lui répondre. Pour l'heure, toutefois, le chef du gouvernement se contentait de feuilleter les papiers sur son bureau, dans l'intention manifeste de lui signifier son mécontentement mais sans pour autant trahir quoi que ce soit de ses émotions.

À dix mètres de là, de l'autre côté de la porte de bois massif, des émotions, Lian Ming en avait. La chaise de secrétaire sur laquelle elle était assise était un modèle luxueux, acheté au Japon, d'un prix qui devait représenter quatre ou cinq mois de salaire d'un ouvrier qualifié... en tout cas bien supérieur à celui de la bicyclette neuve dont elle aurait bien eu besoin.

Diplômée d'université en langues modernes, elle maniait suffisamment l'anglais et le français pour se débrouiller dans n'importe quelle ville du monde, ce qui l'avait conduite à parcourir toutes sortes de documents diplomatiques ou confidentiels pour le compte de son patron, qui était pour sa part infiniment moins doué pour les langues. Le siège luxueux avait été sa façon de la remercier pour le talent qu'elle déployait à organiser ses journées et son travail. Voire un peu plus.

2

La déesse morte

C'est là que tout était arrivé, se rappela Chester Nomuri. La vaste place Tienanmen, la « place de la Paix Céleste », avec sur sa droite les murailles massives de la Cité interdite, évoquait... quoi, au juste ? À bien y réfléchir, il se rendit compte qu'il n'avait rien à quoi la comparer. S'il existait quelque part une autre place comparable, il ne l'avait jamais visitée et n'en avait pas non plus entendu parler.

Et pourtant, les pavés de pierre semblaient encore être maculés de sang. Il aurait presque pu en sentir l'odeur, même si les faits remontaient à plus de dix ans... tous les étudiants, guère plus jeunes que lui à l'époque en Californie, réunis pour manifester contre le régime. Le mouvement était dirigé moins contre le régime en tant que tel que contre la corruption aux plus hauts niveaux du pouvoir, et comme il était prévisible, ce genre de mobilisation avait eu le don d'irriter fortement les corrompus. Enfin, c'était en général ainsi que les choses se passaient. En Occident comme en Orient, ce n'est qu'avec discrétion qu'on pouvait se permettre de critiquer la nature profonde d'un homme de pouvoir, mais ce pays était sans aucun doute le moins bien placé pour se livrer à une telle activité, compte tenu de sa longue tradition de violence aveugle. Et cet endroit en était comme le symbole...

... Pourtant, la première fois que certains ici avaient osé le faire, les soldats dépêchés pour procéder au nettoyage avaient renâclé. Et c'est surtout cela qui avait dû terrifier le plus les dirigeants douillettement installés dans leurs bureaux confortables : lorsque les organes de l'État refusaient de se plier à la volonté de celui-ci, c'est à ce moment qu'on pouvait vraiment parler de « révolution » – qui plus est, à l'endroit même où une révolution avait déjà eu lieu, révolution que l'on commémorait justement ici. Tant et si bien que les premières troupes avaient dû être retirées et remplacées par d'autres, réquisitionnées bien plus loin : de jeunes soldats (le soldat est toujours jeune, se dit Nomuri). Ils n'avaient pas encore été contaminés par les mots et les pensées de ceux de leur génération qui manifestaient sur la place, ils n'étaient pas encore enclins à sympathiser avec eux, pas encore prêts à se demander franchement pourquoi le gouvernement qui leur avait donné leurs armes et leur uniforme désirait les voir frapper ces gens au lieu d'écouter ce qu'ils avaient à dire... alors ils s'étaient comportés comme les automates abrutis qu'on leur avait appris à être.

Là, à quelques mètres à peine, un peloton de ces mêmes soldats de l'Armée populaire de libération paradait, avec quelque chose d'inhumain dans leurs uniformes de laine verte, et surtout cette étrange allure de poupées de cire, comme s'ils étaient maquillés, jugea Chet qui était à deux doigts d'aller les regarder sous le nez pour s'en assurer. Il se détourna en hochant la tête. Il n'était pas venu en Chine pour ça. Décrocher cette mission pour la Nippon Electric Company avait été bien assez compliqué. C'était déjà suffisamment barbant d'avoir deux casquettes : à la fois chef comptable de la NEC et agent de la CIA. Pour remplir avec succès sa deuxième mission, il devait également réussir la première, et pour réussir la première, il devait jouer à fond l'authentique cadre japonais, celui qui consacrait son moindre souffle au bien de son entreprise. Enfin, ça lui permettait toujours de ramasser deux salaires, et les Japonais ne payaient pas si mal, loin de là. Surtout au taux de change actuel, en tout cas.

Nomuri se dit que tout cela dénotait une confiance manifeste en ses capacités – il avait établi au Japon un réseau d'agents décemment productifs qui dorénavant rendraient compte à d'autres officiers du service – mais trahissait aussi un certain désespoir. L'Agence s'était révélée singulièrement impuissante à établir un réseau d'espionnage efficace en République populaire de Chine. Langley n'avait pas su recruter beaucoup de Sino-Américains au bercail... sans compter que l'un d'eux avait échoué dans une prison fédérale pour n'avoir pas su choisir entre ses deux patries. Le fait est qu'on laissait certaines agences fédérales manifester un certain racisme, et désormais tout Chinois de souche était fortement suspect pour le siège de la CIA. Enfin, il n'y pouvait pas grand-chose – pas plus qu'il ne pouvait tenter lui-même de se faire passer pour Chinois. Pour beaucoup d'individus de type européen racistes et myopes, tous ceux qui avaient des yeux bridés se ressemblaient, mais ici à Pékin, Nomuri, avec ses ancêtres cent pour cent japonais (même s'ils étaient intégralement de la variété sud-californienne), estimait détonner à peu près autant que Michael Jordan. Ce n'était pas le genre de situation propre à mettre à l'aise un espion dépourvu de toute couverture diplomatique, surtout depuis que le ministère chinois de la Sécurité d'État redoublait de zèle et bénéficiait d'un soutien actif. Ici, dans la capitale chinoise, le MSE se montrait tout aussi efficace que le KGB naguère à Moscou et sans doute pas moins impitoyable. La Chine, songea Nomuri, avait des millénaires de tradition dans l'art de torturer les criminels ou autres fâcheux... et ici, ses traits ethniques ne lui seraient pas d'un grand secours. Les Chinois commerçaient avec les Japonais uniquement parce que c'était pratique – nécessaire était même un terme plus exact – mais il n'y avait pas le moindre amour entre les deux nations. Le Japon avait tué plus de Chinois pendant la Seconde Guerre mondiale que Hitler de juifs, un fait qu'on ne mesurait guère ailleurs dans le monde, excepté bien sûr ici, et tous ces éléments ne faisaient qu'ajouter à un climat de racisme et de xénophobie qui remontait au bas mot à Kubilai Khan.

Mais Nomuri avait trop bien l'habitude de se fondre dans le paysage. Il était rentré à la CIA pour servir son pays et aussi s'amuser un peu, enfin, c'est ce qu'il avait cru à l'époque. Il avait bien vite appris à quel point le travail d'espion était une affaire terriblement sérieuse, puis découvert le défi que représentait la tâche de se fondre dans des endroits où l'on n'était pas censé se trouver, d'obtenir des informations qu'on n'était pas censé recueillir, puis de les transmettre à des personnes qui n'étaient pas censées les avoir. Pourtant, ce n'était pas uniquement la fierté de servir son pays qui l'avait conduit à rester dans le métier, c'était aussi le frisson, le plaisir de savoir ce que d'autres ignoraient, de battre des gens à leur propre jeu, sur leur propre terrain.

Sauf qu'au Japon, il ressemblait à tout le monde. Pas ici à Pékin. De surcroît, il mesurait quelques centimètres de plus que le Chinois moyen – conséquence du régime alimentaire et du confort américains – et il était mieux vêtu que la majorité de la population avec ses habits de style occidental. Ce dernier point, il pouvait aisément y remédier. Le visage et la carrure, c'était plus délicat. Pour commencer, Chet estima qu'il allait devoir changer de coupe de cheveux. Au moins cela lui permettrait-il de se fondre dans la foule, vu de dos, et ainsi de semer une éventuelle filature par un agent du MSE. Il disposait d'une voiture, fournie par la NEC, mais il avait aussi un vélo, de marque chinoise, plutôt qu'un coûteux modèle européen. Si on l'interrogeait à ce sujet, il répondrait que c'était un très bon exercice – et puis, n'était-ce pas une excellente bicyclette socialiste ? Mais si on lui posait ces questions, c'est qu'on aurait remarqué sa présence : il se rendit compte qu'au Japon, il s'était relâché à force de diriger son petit réseau pépère. Car il savait qu'il pourrait toujours se fondre dans un lieu aussi intime qu'un établissement de bain, où il pourrait parler de femmes, de sport et de quantité d'autres sujets mais rarement d'affaires. Au Japon, toutes les négociations commerciales étaient secrètes à un niveau ou à un autre : même auprès d'amis intimes avec qui il évoquerait sans gêne aucune les défauts de son épouse, un employé japonais n'aborderait jamais ce qui se passait au bureau tant que ce n'était pas passé dans le domaine public. Et ça, sans aucun doute, c'était le rêve en matière de sécurité pour un réseau d'espionnage.

En regardant autour de lui comme n'importe quel touriste, il se demanda s'il pourrait agir de même ici. Mais d'abord et avant tout, il remarqua les regards qui s'attardaient sur lui alors qu'il traversait l'immense place. Il se demanda quel effet cela avait fait d'entendre des chars d'assaut rouler sur ces pavés... Il s'immobilisa un instant, rassemblant ses souvenirs. C'était ici même que cela s'était passé, non ? Le type avec la serviette et le sac à provisions qui avait bloqué à lui seul un peloton de chars, rien qu'en restant planté devant... tout simplement parce que le troufion aux commandes du blindé ne s'était pas senti capable d'écraser ce pauvre type, même si son capitaine avait dû lui gueuler dessus dans ses écouteurs depuis son poste au sommet de la tourelle. Ouais, c'était à cet endroit précis que cela s'était passé. Plus tard, bien sûr, au bout d'une semaine environ, le gars à la serviette s'était fait arrêter par le MSE, en tout cas d'après les renseignements de la CIA, et il avait été emmené pour interrogatoire parce qu'on voulait savoir ce qui avait pu le convaincre de se livrer à ce geste politique aussi spectaculaire que stupide, tant contre le gouvernement que contre les forces armées de son pays. Cela avait dû sans doute durer un certain temps, songea l'agent de la CIA, toujours immobile à l'endroit où cet homme courageux avait manifesté son esprit de résistance... parce que ses interrogateurs n'avaient tout bonnement pas pu croire qu'il pouvait être seul et avoir agi de son plein gré – l'idée même d'agir de son plein gré n'était pas spécialement encouragée sous un régime communiste, de sorte qu'elle restait entièrement étrangère à ceux qui étaient chargés de faire subir la volonté de l'État à quiconque s'avisait d'en enfreindre les règles. Nul n'avait su qui était l'homme à la serviette, mais ce qu'on savait, c'est qu'il était mort aujourd'hui – les sources étaient formelles. Un fonctionnaire du MSE s'en était ultérieurement vanté non sans satisfaction devant un interlocuteur qui avait de lointaines accointances avec les États-Unis. Il avait été tué d'une balle dans la nuque et sa famille – une femme avec un bébé, d'après la source – avait reçu la facture de la balle de revolver nécessaire pour exécuter le mari/père/contre-révolutionnaire/ennemi de l'État en question. Telle était la justice en République populaire de Chine.

Et comment appelaient-ils déjà les étrangers, ici ? Des « diables ». Ouais, songea Nomuri, bien sûr, Arthur. Le mythe de la supériorité était aussi vivant ici qu'il l'avait été sur le Kurfürstendam du Berlin d'Adolf Hitler. Le racisme était le même partout sur la planète. Idiot. C'était la seule leçon que son pays avait enseignée au monde, estimait Chester Nomuri, même si l'Amérique devait encore l'assimiler elle-même.

C'était une pute, et une pute de luxe, jugea Mike Reilly, en la contemplant, assis de l'autre côté de la glace. Ses cheveux avaient été outrageusement décolorés dans quelque luxueux institut de beauté moscovite (il faudrait du reste qu'elle ne tarde pas à y retourner car il y avait un peu de brun aux racines), mais cela faisait ressortir ses pommettes et ses yeux, d'un bleu comme il n'en avait vu chez aucune autre femme. C'était sans doute cela qui attirait ses nombreux clients... la couleur, mais sûrement pas l'expression. Son corps aurait pu être pris pour modèle par Phidias pour sculpter quelque déesse digne de l'adoration des foules, avec ces courbes amples, ces jambes peut-être plus fines que la normale au goût d'un Russe, mais qui n'auraient pas détonné à l'angle de Hollywood et Vine, même si le carrefour n'avait plus vraiment sa réputation d'antan...

Cependant l'expression, l'expression qu'on lisait dans ces yeux adorables aurait arrêté net le cœur d'un marathonien. Reilly hocha la tête. Qu'est-ce qui pouvait transformer une femme à ce point-là ? Il n'avait pas souvent travaillé sur des affaires de prostitution – pour la police locale, ce n'était qu'une banale infraction –, en tout cas pas assez, supposa-t-il, pour comprendre l'âme des prostituées. Leur regard avait quelque chose d'effrayant. Seuls les hommes était censés être des prédateurs. C'était du moins l'opinion de la majorité d'entre eux. Mais cette femme en était le vivant contre-exemple.

Son nom était Tania Bogdanova. Elle disait avoir vingt-trois ans. Elle avait un visage d'ange, le corps d'une star de cinéma. C'était de son cœur et de son âme que l'agent du FBI était le moins sûr. Peut-être était-elle simplement fabriquée différemment du commun des mortels, comme semblaient l'être tant de criminels endurcis. Peut-être avait-elle été victime de sévices sexuels dans sa jeunesse. Mais même à vingt-trois ans, cette jeunesse était quelque chose de bien lointain, à en juger à sa façon de considérer son interrogateur. Reilly baissa les yeux pour examiner son dossier fourni par le QG de la milice. Il ne contenait qu'une seule photo d'elle – un cliché noir et blanc pris de loin, avec un micheton (plutôt un *Michka*, rectifia mentalement Reilly) – et sur cette photo, le visage apparaissait animé, juvénile, et aussi enjôleur que celui de la jeune Ingrid Bergman devant Bogart dans *Casablanca*. Tania savait jouer la comédie. Si c'était la véritable Tania qu'il avait devant lui, comme c'était sans doute le cas, alors celle de la photo était une création, un personnage de théâtre, une illusion – superbe, certes, mais potentiellement un grand danger. La fille assise de l'autre côté de la glace sans tain pouvait fort bien être capable d'arracher les yeux d'un type avec sa lime à ongles puis de les boulotter tout crus avant de se rendre à son rendez-vous suivant aux Quatre Saisons, le nouvel hôtel/centre de congrès moscovite.

« Qui étaient ses ennemis, Tania ? demanda le milicien, dans la salle d'interrogatoire.

– Qui étaient ses amis ? répondit-elle d'une voix lasse. Des amis, aucun. Des ennemis, une tripotée. » Son élocution était châtiée et presque raffinée. On indiquait que son anglais était également excellent. Enfin, ce devait être indispensable, vu sa clientèle... et cela lui valait sans doute quelques billets supplémentaires, qu'il s'agisse de dollars, de livres ou d'euros – pourvu que ce soit une devise forte – en échange desquels elle concédait un rabais, souriant avec coquetterie lorsqu'elle l'annonçait à ses clients, qu'ils s'appellent John, Jean, Johannes ou Ivan. Avant ou après ? se demanda Reilly. Il n'avait jamais payé pour faire l'amour même si, en regardant Tania, il comprenait pourquoi certains hommes étaient prêts à le faire...

« Quels sont ses tarifs ? glissa-t-il à Provalov.

– Largement au-dessus de mes moyens, grommela

l'inspecteur. Quelque chose comme six cents euros, plus peut-être pour une soirée entière. Elle est cliniquement saine, ce qui est pour le moins remarquable. Avec une jolie collection de préservatifs dans son sac... de marques américaines, françaises, japonaises.

– Quelle est sa formation ? Danseuse classique, quelque chose comme ça ? » demanda l'agent du FBI, reconnaissant implicitement sa grâce.

Grognement amusé de Provalov. « Non, ses nibards sont trop gros, et elle a un trop grand gabarit. Elle doit faire dans les cinquante-cinq kilos, j'imagine. Bien trop pour être portée et lancée dans les airs par ces petites tapettes du Bolchoï... Cela dit, elle pourrait faire mannequin dans notre industrie de la mode encore balbutiante mais non, pour répondre à ta question, non, ses origines sont tout ce qu'il y a de plus banales. Son père, aujourd'hui décédé, était ouvrier d'usine et sa mère, décédée également, était vendeuse dans une épicerie. Tous deux sont morts des méfaits de l'alcool. Notre Tania ne boit qu'avec modération. Éducation dans l'enseignement d'État, pas de diplômes particuliers. Pas de frère ni de sœur, la petite Tania est bien seule au monde... et depuis un bail déjà. Cela fait bientôt quatre ans qu'elle travaillait pour Raspoutine. Je doute que l'École des Moineaux ait jamais sorti une pute aussi bien roulée que celle-ci. Gregory Filipovitch lui-même a bien souvent recouru à ses services ; quant à savoir si c'est pour le sexe ou simplement pour l'accompagner en public, nous n'en savons rien, et on ne peut pas dire qu'elle ne soit pas décorative, hein ? Mais quelle qu'ait pu être l'affection qu'il a pu lui témoigner, comme tu peux le constater, ce n'était pas réciproque.

– A-t-elle des proches ? »

Signe de dénégation de Provalov. « Pas à notre connaissance. Pas même une copine digne d'intérêt. »

L'interrogatoire se déroula sans problème, nota Reilly, une vraie partie de plaisir. Un de plus, déjà le vingt-septième concernant la disparition de G.F. Avseïenko – mais jusqu'à présent, tout le monde semblait avoir omis le fait qu'il y avait eu deux autres occupants dans la voiture, même s'ils n'avaient sans doute rien à voir dans l'affaire. Bref, cela ne faisait guère avancer l'enquête. Ce qu'il leur fallait surtout, c'était retrouver le camion, mettre enfin la main sur des indices concrets. Comme la plupart des agents du FBI, Reilly croyait aux preuves tangibles, aux éléments qu'on pouvait tenir dans la main, puis transmettre à un juge ou à des jurés, afin qu'ils puissent vraiment toucher du doigt qu'ils détenaient à la fois la preuve d'un crime et un élément désignant son auteur. Les témoins oculaires, en revanche, étaient souvent menteurs : dans le meilleur des cas, l'avocat de la défense pouvait sans grand-peine les désarçonner de sorte qu'ils étaient rarement crus par les flics ou les jurés. Or, le camion pouvait avoir conservé des résidus de la déflagration au moment du tir du missile antichar, voire des empreintes digitales sur le papier huilé que les Russes utilisaient pour envelopper leurs armes, n'importe quoi... le mieux encore serait un mégot d'une cigarette fumée par le chauffeur du véhicule ou le tireur, car le FBI pourrait alors corréler l'ADN des résidus de salive avec celui de n'importe quel individu. C'était l'un des meilleurs parmi les derniers trucs utilisés par le service (une probabilité de six cents millions contre un était un argument difficilement contestable, même par des avocats grassement payés). L'un des projets fétiches de Reilly était d'amener la police russe à employer l'identification par ADN, mais pour ce faire, il leur faudrait avancer le financement du matériel de laboratoire, ce qui risquait de poser un problème – les Russes étaient apparemment toujours dépourvus de liquidités pour tout projet important.

Tout ce dont ils disposaient pour l'instant, c'était des débris de l'ogive du missile (incidemment, c'était incroyable la quantité de pièces capables de survivre à un lancement et une détonation) ; or, ces débris portaient un numéro de série qui était en cours de vérification, même s'il était douteux que cet élément puisse les mener quelque part. Malgré tout, il fallait tout vérifier parce qu'on ne pouvait savoir à l'avance quels indices étaient ou non précieux avant d'avoir atteint la ligne d'arrivée, laquelle se trouvait le plus souvent devant le bureau d'un juge, avec douze personnes dans un box sur votre droite. Du point de vue de la procédure, les choses se passaient quelque peu différemment ici, mais l'essentiel était de réussir à mettre dans la tête des flics russes qu'il conseillait que l'objectif de toute enquête était de pouvoir se forger une conviction. Ça commençait à rentrer, lentement chez la plupart, plus vite pour quelques-uns, tout comme le fait qu'obliger un suspect à bouffer ses couilles n'était pas une technique d'interrogatoire efficace. Ils avaient bien adopté une constitution, mais s'habituer à la respecter n'était pas encore entré dans les mœurs et ça prendrait du temps. Dans ce pays, l'idée de séparation des pouvoirs leur était aussi étrangère qu'un martien. Le problème, songea Reilly, c'était que ni lui ni personne ne savait de combien de temps disposaient les Russes pour rattraper le reste du monde.

Il y avait ici bien des sujets d'admiration, en particulier dans le domaine artistique. Grâce à son statut de diplomate, Reilly et sa femme avaient souvent des invitations aux concerts (qu'il appréciait) et au ballet (que sa femme adorait) et dans ces deux domaines, ils n'avaient de leçons à recevoir de personne ; mais pour le reste, le pays n'avait jamais réussi à combler son retard. Certains à l'ambassade – des anciens de la CIA déjà présents avant la chute de l'URSS – affirmaient toutefois que les progrès avaient été incroyables. Mais si cela était vrai, se dit Reilly, alors la société à cette époque devait offrir un spectacle réellement affreux même si le Bolchoï devait toujours rester le Bolchoï, malgré tout.

Dans la salle d'interrogatoire, Tania Bogdanova demanda si c'était fini.

« Oui, merci d'être venue. Il se peut qu'on vous recontacte.

– Servez-vous de ce numéro, dit-elle en tendant sa carte de visite. C'est celui de mon portable. » Encore un progrès occidental à Moscou pour ceux qui avaient des devises : et de toute évidence, Tania en avait.

Son interrogateur était un jeune sergent de la milice. Il se leva poliment et alla lui ouvrir la porte, manifestant la courtoisie qu'elle en était venue à exiger des hommes. Dans le cas des Occidentaux, c'était pour ses attributs physiques. Dans celui de ses compatriotes, c'était sa tenue qui leur révélait sa fortune toute récente. Son expression était celle d'une enfant qui avait bien failli se faire gronder pour une bêtise. Ce que papa pouvait être bête, proclamait ce sourire. Il semblait peut-être déplacé sur ce visage angélique mais il était bien là, de l'autre côté du miroir.

« Oleg ?

– Oui, Michka ? » Provalov se retourna.

« Elle est pas nette, mec. Elle est mouillée dans le truc, lui dit Reilly, recourant pour s'exprimer à l'argot des flics américains.

– Je suis d'accord, Michka, mais je n'ai rien pour la garder au trou, pas vrai ?

– Je suppose que non. Mais ça pourrait être intéressant de la tenir à l'œil.

– Si j'avais les moyens de la tenir, j'irais un peu plus loin qu'avec l'œil, Mikhaïl Ivanovitch. »

Grognement narquois de Reilly. « Ouais, j'ai déjà entendu ce refrain.

– Mais elle a un cœur de glace.

– De fait... », admit l'agent du FBI. Et le jeu dans

lequel elle s'était mouillée était au mieux un sale jeu, au pire, un jeu mortel.

« Alors, qu'est-ce qu'on a ? demanda Ed Foley, quelques heures plus tard, sur la rive du fleuve qui faisait face à Washington.

– *Gornischt* jusqu'ici – "pas grand-chose", répondit en yiddish américain son épouse Mary Pat.

– Jack tient absolument à être tenu au courant en permanence.

– Eh bien, dis au président qu'on fait ce qu'on peut pour que le courant passe mais que tout ce qu'on a jusqu'ici vient de l'attaché juridique. Il est très lié aux flics sur place mais ces derniers ne semblent pas plus avancés que nous. Il est possible qu'on ait voulu attenter à la vie de Sergueï Nikolaïevitch, mais l'attaché pense que la véritable cible était Raspoutine.

– Il ne devait pas manquer d'ennemis, j'imagine », concéda le patron du renseignement.

« Merci », conclut le vice-président, devant une salle comble. Le but du discours tenu dans le gymnase de l'université était d'annoncer que huit nouveaux destroyers allaient être construits aux chantiers navals Litton, sur la côte du golfe du Mexique, ce qui voulait dire de l'emploi et de l'argent pour l'État – des sujets de préoccupation toujours d'actualité pour le gouverneur qui s'était levé pour applaudir à tout rompre, comme si l'équipe de football d'Ole Miss venait de flanquer la pâtée à celle du Texas. C'est qu'on ne rigolait pas avec le sport, dans le Sud. Avec la politique politicienne non plus, se dit Robby, en retenant un juron. Il était écœuré par cette activité qui s'apparentait, à ses yeux, aux pratiques médiévales de marchandage sur une place de village, mes trois beaux cochons contre ta vache, tope là autour d'une chope de bière amère. Était-ce vraiment ainsi qu'on gouvernait un pays ? Il sourit en hochant la tête. Enfin, les magouilles politiciennes, il en avait connu aussi dans la marine, et il avait fréquenté ces hauteurs ; mais il avait réussi à s'en sortir en étant un officier exemplaire, et surtout le meilleur putain de pilote de chasse à jamais décoller d'un porte-avions. En dernier ressort, il savait bien que tous les pilotes de chasse sans exception, assis dans leur cockpit à attendre le signal du catapultage, éprouvaient le même sentiment... c'est juste qu'il était lucide dans sa perception de lui-même.

Il y eut la séance habituelle de poignées de main à la descente de la tribune avant de se voir guider par les membres de son service de protection rapprochée dans l'ombre inhospitalière des couloirs, puis à travers l'escalier et la sortie par la petite porte pour rejoindre sa limousine gardée par une autre escouade d'hommes armés, l'œil aux aguets, comme sans doute jadis les mitrailleurs d'un B-17 quelque part au-dessus d'une ville boche, imagina le vice-président. L'un des gardes lui ouvrit la porte et Robby se coula sur le siège.

« *Tomcat* est en route », annonça dans son micro le chef du détachement de sécurité du VP au moment où démarrait la limousine.

Robby ouvrit la chemise avec ses dossiers alors que le véhicule s'engageait sur l'autoroute pour rejoindre l'aéroport.

« Du nouveau dans la capitale ?

— Pas que je sache », répondit l'agent du service de protection rapprochée.

Jackson acquiesça. Les membres de ce qu'on appelait traditionnellement le Service secret étaient des types dévoués. Le responsable du détachement devait avoir le grade de capitaine et le reste de ses hommes celui d'aspirant ou de lieutenant, et c'est ainsi qu'il les considérait. Des subordonnés peut-être, mais de valeur, des professionnels aguerris qui méritaient bien un sourire et un petit signe de tête quand tout s'était bien passé, ce qui était presque toujours le cas. La plupart auraient fait d'excellents aviateurs – et les autres sans doute d'excellents Marsouins.

La limousine s'approcha enfin du VC-20B garé dans un coin isolé de la partie de l'aéroport réservée à l'aviation générale, entouré là aussi par d'autres membres de la sécurité. Le chauffeur immobilisa le véhicule à six mètres à peine du pied de l'échelle.

« C'est vous qui nous ramenez à la maison, monsieur ? s'enquit le chef du détachement, devinant la réponse, qui ne se fit pas attendre :

– Je veux, Sam ! »

Cela ne ravit pas vraiment le capitaine de l'armée de l'air officiellement désigné pour être copilote sur ce vol et pas du tout le lieutenant-colonel censé être le commandant de bord du Gulfstream III modifié. Mais le vice-président aimait tenir le manche – en l'occurrence la barre du volant –, ne laissant au colonel que la responsabilité de la radio et de la surveillance des instruments de bord. Certes, l'appareil effectuait le plus clair de son vol en pilotage automatique et on pouvait difficilement dire non au vice-président. Conséquence, le capitaine s'installerait à l'arrière et le colonel dans le siège de gauche, mais juste pour glander. Enfin, se consola ce dernier, le vice-président avait toujours de bonnes histoires à raconter, et il était plutôt compétent pour un petit gars de la marine.

« Clair à droite, annonça Jackson quelques minutes plus tard.

– Clair à gauche, confirma le pilote.

– Démarrage moteur un », enchaîna Jackson, suivi, trente secondes plus tard par : « Démarrage moteur deux. »

La jauge à ruban s'éleva en douceur. « Tout se passe bien, monsieur », annonça le lieutenant-colonel d'aviation. Le G était équipé de réacteurs Rolls-Royce Spey, les mêmes qui avaient naguère motorisé les versions britanniques du chasseur Phantom F-4, mais fiabilisés.

« Tour pour Air Force Two, prêt au roulage.

– Air Force Two pour la Tour, vous êtes clair pour rouler sur la trois.

– Roger, Tour, AF-Two au roulage via la trois. »

Jackson débloqua les freins et laissa l'appareil s'ébranler : ses réacteurs d'avion de chasse avaient à peine dépassé le régime de ralenti mais ils engloutissaient néanmoins le kérosène en quantités phénoménales. Sur un porte-avions, vous aviez des personnels de pont en chemise jaune pour vous guider. Ici, il fallait suivre l'itinéraire inscrit sur le diagramme clipé au centre de la barre, tout en surveillant les abords pour être sûr qu'un crétin en Cessna 172 ne venait pas se jeter en travers de votre route comme un chat errant sur un parking de supermarché. Finalement, ils arrivèrent au bout de la voie de circulation et firent un virage pour se positionner à l'extrémité de la piste d'envol.

« Tour pour Gamelle, demandons autorisation de décoller. » Ça lui avait échappé machinalement.

Rire dans les haut-parleurs : « Vous êtes pas à bord de l'*Enterprise*, Air Force Two, et on n'a pas de chien jaune [1] à mettre à votre disposition, mais vous êtes autorisé à décoller, monsieur.

– Roger, Tour, AF-Two roule.

– Votre indicatif était vraiment "Gamelle" ? demanda le lieutenant-colonel comme l'appareil se mettait à rouler.

– C'est mon premier commandant qui me l'a collé dessus quand j'étais encore un bleu. Et depuis, il m'est resté. » Le vice-président secoua la tête. « Bon Dieu, qu'est-ce que ça paraît loin...

---

1. Sur un porte-avions, sobriquet du directeur de pont d'envol, ainsi surnommé à cause de sa tenue – pour des raisons de visibilité et de sécurité, chaque catégorie du personnel de pont revêt une tenue de couleur spécifique *(N.d.T.)*.

– V-1, monsieur », annonça ensuite l'officier de l'armée de l'air, suivi par : « V-R. »

Une fois atteint le régime de décollage, Jackson tira doucement le manche et fit décoller l'appareil. Le colonel rétracta le train tandis que Jackson tournait le volant d'un centimètre à gauche et à droite, afin de faire osciller imperceptiblement les ailes, comme il le faisait toujours pour s'assurer que l'appareil répondait bien à ses commandes. C'était le cas, et moins de trois minutes plus tard, le G était passé en pilotage automatique, programmé pour virer, grimper et gagner son palier de vol à trente-neuf mille pieds.

« Ennuyeux, non ?

– Juste une autre façon de dire *sûr*, monsieur », nota l'officier de l'armée de l'air.

C'était bien une réflexion de pilote de cargo, songea Jackson. Aucun pilote de chasse n'aurait osé dire ça tout haut. Depuis quand piloter était censé être... D'un autre côté, Robby dut bien l'admettre, quand il était en voiture, il bouclait toujours sa ceinture avant de démarrer, et il n'avait jamais commis d'imprudence, même à bord d'un chasseur. Mais il était outré que ce zinc, comme presque tous les appareils récents, fasse l'essentiel du boulot qu'on l'avait formé à accomplir lui-même. Cet engin serait même capable de se poser tout seul... bon, d'accord, la marine avait des systèmes équivalents à bord de ses porte-avions mais aucun pilote d'aéronavale digne de ce nom n'y recourait sauf ordre explicite, ce que Robert Jefferson Jackson avait toujours réussi à éviter. Ce voyage allait être consigné en heures de pilotage dans son journal de bord même si ce n'était pas vraiment le cas. Le vrai pilote était une puce électronique, quant à lui, sa fonction se résumait à être là pour intervenir en cas de pépin. Or il n'y en avait jamais. Même avec ces foutus moteurs. Dans le temps, les réacteurs tenaient dix heures maxi avant de devoir être remplacés. Aujourd'hui, vous aviez dans la flotte de G des Spey qui avaient douze mille heures de vol...

L'un d'eux avait même dépassé les trente mille. Rolls-Royce avait été prêt à le remplacer gratis : ses ingénieurs tenaient à le récupérer pour le démonter afin de comprendre pourquoi il avait marché aussi bien, mais le propriétaire du zinc, témoignant d'une perversité prévisible, avait refusé de s'en séparer. Le reste de la structure du Gulfstream était d'une fiabilité comparable et l'électronique de bord était du dernier cri, comme Jackson put le constater en examinant l'écran couleur du radar météo. Celle-ci était d'un noir amicalement limpide pour l'instant, révélant ce qui était sans doute des masses d'air calme presque jusqu'à Andrews. Il n'y avait jusqu'ici aucun instrument capable de détecter les turbulences mais à leur altitude de croisière de trente-neuf-zéro, elles étaient plutôt rares et Jackson n'était guère sujet au mal de l'air. Du reste, ses mains restaient à quelques centimètres du volant, en cas d'imprévu... Il en venait parfois presque à le souhaiter, car cela lui permettrait de faire la preuve de ses qualités de pilote... mais non, ça n'arrivait jamais. Voler était devenu une activité par trop routinière depuis son enfance avec un F-4N et le début de sa maturité aux commandes d'un F-14A Tomcat. Et peut-être que c'était mieux ainsi. Ouais, bien sûr.

« Monsieur le vice-président ? » C'était la voix de la sergent radio de bord. Robby se retourna et la découvrit, tenant dans sa main une liasse de papiers.

« Ouais, sergent ?

– Un message urgent qui vient de tomber sur l'imprimante. »

Elle tendit les feuilles à Robby.

« Colonel, à vous la main », dit le VP au lieutenant-colonel assis à sa gauche.

« L'avion est au pilote », confirma le colonel, alors que Robby commençait la lecture du message.

C'était toujours pareil, même si c'était aussi toujours différent. La couverture arborait les avertissements traditionnels de confidentialité. Pendant un temps, cela l'avait impressionné que le simple fait de présenter un bout de papier à la personne qu'il ne fallait pas puisse vous conduire directement au pénitencier fédéral de Leavenworth – à l'époque, d'ailleurs, c'était encore la prison de la marine, aujourd'hui désaffectée, située à Portsmouth, New Hampshire. Mais à présent qu'il assumait un poste de haut responsable à Washington, il savait qu'il pouvait fourguer quasiment n'importe quel document à un journaliste du *Washington Post* sans que personne bronche. C'était moins parce qu'il était au-dessus des lois que parce qu'il faisait partie de ceux qui décidaient de leur champ d'application. Ce qui était si terriblement secret et sensible en l'occurrence était le fait que la CIA ne savait foutrement rien sur l'éventuelle tentative d'attentat contre le grand manitou de l'espionnage russe ; ce qui voulait dire que personne à Washington n'en savait rien non plus.

3

La question des richesses

Le problème était le commerce – pas vraiment la tasse de thé du président mais enfin, à son niveau, tout problème était assez embrouillé pour que même ceux qu'on croyait maîtriser finissent par devenir au mieux bizarres, au pire totalement étrangers.

« George ? dit Ryan à George Winston, son secrétaire au Trésor.

– Monsieur le prés...

– Sacré bon Dieu, George ! » Il faillit en renverser son café.

« D'accord, d'accord... » L'autre hocha la tête docilement « C'est pas facile de s'habituer... Jack. » Ryan en avait sa claque des fastes présidentiels et la règle qu'il avait instaurée était qu'ici, dans le Bureau Ovale, il s'appelait Jack, au moins pour le cercle de ses proches, dont Winston faisait partie. Après tout, comme il s'en était moqué plus d'une fois, dès qu'il aurait quitté cette prison de marbre, les rôles pourraient bien s'inverser et ce serait à son tour de travailler à Wall Street sous les ordres de *Trader*, comme l'appelait le service de sécurité, quand il aurait repris son activité civile à New York. Une fois qu'il aurait quitté la présidence – ce dont Jack implorait chaque soir le ciel à genoux, du moins s'il fallait en croire les rumeurs –, il lui faudrait bien retrouver un emploi quelque part, et les sociétés boursières lui tendaient les bras. Ryan y avait montré des dons peu communs, se rappelait Winston. Son dernier exploit en la matière avait été une entreprise californienne baptisée Silicon Alchemy, une de ces innombrables boîtes d'informatique, mais c'était justement la seule à avoir suscité l'intérêt de Ryan. Et il avait géré si habilement l'introduction en Bourse de cette société que ses parts personnelles de SALC (c'était son symbole sur l'affichage de la cote) étaient désormais estimées à un peu plus de quatre-vingts millions de dollars, faisant de Ryan (et de loin) le président le plus riche de l'histoire des États-Unis. Un élément qu'Arnold van Damm, le secrétaire général de la Maison-Blanche, avait, avec son sens politique habituel, évité d'ébruiter dans la presse. Celle-ci avait en effet toujours tendance à considérer tout homme riche comme un sombre requin de l'industrie, excepté les propriétaires des journaux ou chaînes de télé qui étaient, bien sûr, des anges de civisme. Bref, l'information n'était guère connue, même au sein du petit monde des gros investisseurs de Wall Street, ce qui était déjà remarquable en soi. Si Ryan devait un jour regagner « The Street », son seul prestige suffirait à lui rapporter de l'argent même s'il restait chez lui à dormir sur ses deux oreilles. Et Winston l'admettait volontiers, c'était amplement mérité, quoi que puisse en penser la meute de chiens des médias.

« Les Chinois ? demanda Jack.

– Affirmatif, patron », confirma Winston avec un signe de tête. « Patron » était un qualificatif que Ryan pouvait supporter, et c'était de toute façon le terme maison qu'employaient les agents du service de sécurité – lequel dépendait, par parenthèse, du ministère de Winston – pour identifier l'homme qu'ils avaient mission de protéger. « Ils ont un léger problème de liquidités, et ils cherchent un moyen d'arranger ça avec nous.

— Léger, comment... ? demanda le président.

— Il semble qu'on pourrait étaler la dette, quelque chose comme... oh, soixante-dix milliards par an.

— Comme on dit, c'est une somme rondelette... »

George Winston opina. « Tout chiffre qui présente plus de neuf zéros représente une somme rondelette, et mine de rien, ça fait déjà plus de six zéros par mois.

— Et ils en ont besoin pour quoi faire ?

— On n'a encore aucune certitude mais il semble qu'une bonne partie soit liée à leur budget militaire. Les industries françaises de l'armement sont sur le coup, depuis que les Rosbifs ont mis l'embargo sur leur contrat avec Rolls-Royce pour la vente des réacteurs. »

Le président acquiesça, tout en continuant de parcourir le rapport. « Ouais, Basil en avait dissuadé leur Premier ministre. » Il faisait allusion à Sir Basil Charleston, chef du renseignement britannique, parfois baptisé (abusivement) le MI-6. Basil était un vieil ami de Ryan, du temps où ce dernier travaillait à la CIA. « C'était une décision remarquablement courageuse.

— Ma foi, nos amis de Paris ne semblent pas avoir partagé cette opinion.

— Comme c'est bien souvent le cas », reconnut Ryan. Il y avait quelque chose de bizarre dans cette dichotomie inhérente au comportement des Français quand on traitait avec eux. Dans certains domaines, ils étaient moins des alliés que de véritables frères de sang, mais dans d'autres, c'est tout juste s'ils se comportaient comme de vulgaires associés et Ryan avait toujours eu du mal à comprendre la logique de leurs sautes d'humeur. Enfin, songea le président, c'est à cela que me sert le Département d'État... « Bref, d'après vous, la Chine populaire serait en train de reconstituer son arsenal ?

– À fond la gomme, mais sans trop insister sur la marine, ce qui aurait plutôt tendance à rassurer nos amis de Taiwan. »

Cela avait été une des initiatives de politique étrangère du président Ryan après qu'il eut mis un terme aux hostilités avec la défunte République islamique unie[1], à nouveau séparée en deux entités, l'Iran et l'Irak, qui au moins vivaient en paix désormais. Les véritables raisons de la reconnaissance officielle de Taiwan n'avaient jamais été dévoilées au public. Il semblait évident pour Ryan et pour Scott Adler que la République populaire de Chine avait joué un rôle dans la seconde guerre du Golfe, de même que dans le conflit précédent avec le Japon. Pour quoi au juste ? Eh bien, certains experts de la CIA pensaient que la Chine lorgnait sur les richesses minérales du sous-sol de la Sibérie orientale... c'était en tout cas ce que suggéraient les interceptions de courriers électroniques des industriels japonais qui avaient poussé leur pays à un conflit presque ouvert avec l'Amérique. Dans ces messages, ils désignaient la Sibérie sous le terme de « Zone de ressources septentrionale », allusion non voilée à une génération précédente de stratèges nippons qui avaient baptisé l'Asie du sud « Zone de ressources méridionale ». C'était au temps d'un autre conflit, la Seconde Guerre mondiale. Toujours est-il que Ryan et Adler avaient admis d'un commun accord que la complicité manifeste de la Chine avec les ennemis de l'Amérique exigeait des contre-mesures et par ailleurs la République de Chine à Taiwan était une démocratie, elle, avec un parlement issu du suffrage populaire, et cela, c'était une chose que l'Amérique était censée respecter.

« Vous savez, il vaudrait mieux à tout prendre qu'ils refourbissent leur marine et menacent Taiwan. Nous

---

1. Cf. *Sur ordre, op. cit. (N.d.T.).*

sommes aujourd'hui en bien meilleure position pour les en empêcher qu'au moment où...

— Vous croyez vraiment ? demanda le secrétaire au Trésor, en coupant le président.

— C'est l'opinion des Russes, en tout cas, confirma Jack.

— Dans ce cas, pourquoi les Russes vendent-ils autant de matériel aux Chinois ? demanda Winston. Ce n'est pas logique.

— George, il n'est écrit nulle part que le monde doive être logique. » C'était un des aphorismes préférés de Ryan. « C'est une des premières leçons qu'on apprend en pratiquant l'espionnage. En 1938, vous savez quel était le premier partenaire commercial de l'Allemagne ? »

Le secrétaire au Trésor sentit venir le coup. « La France ?

— Tout juste. Par la suite, en 1940 et 1941, ils ont multiplié les échanges avec les Russes. Ça n'a pas été non plus une franche réussite, pas vrai ?

— Et tout le monde de me vanter les vertus modératrices du commerce, railla le ministre.

— Peut-être entre particuliers, mais souvenons-nous que les gouvernements ont moins des principes que des intérêts... en tout cas, les plus primitifs, ceux qui n'ont pas encore tout pigé...

— Comme la Chine communiste ? »

Ce fut à Ryan d'acquiescer. « Ouais, George, comme ces petits salopards à Pékin. Ils gouvernent un pays d'un milliard d'habitants, mais ils le font comme s'ils étaient la réincarnation de Caligula. Personne n'a pris la peine de leur expliquer qu'ils ont le devoir de protéger les intérêts des gens qu'ils gouvernent... enfin, peut-être que ce n'est pas tout à fait exact, admit Ryan, dans un accès de générosité. Ils ont cet encombrant modèle théorique parfait, édicté par Karl Marx, peaufiné par Lénine, puis mis en application chez eux par un pervers sexuel bedonnant du nom de Mao.

– Oh ? Pervers ?

– Ouais. » Ryan leva les yeux. « Nous avions son dossier à Langley. Mao avait un faible pour les vierges, et plus elles étaient jeunes, mieux c'était. Peut-être aimait-il lire la crainte dans leurs jolis yeux juvéniles... c'est en tout cas l'opinion d'un de nos consultants psy... un peu comme lors d'un viol où il s'agit moins de sexe que de pouvoir. Enfin, j'imagine qu'on aurait pu connaître pire... au moins, c'étaient des filles, observa Jack d'une voix sèche, et historiquement, leur culture est un peu plus libérale que la nôtre en ces matières. » Hochement de tête. « Vous devriez voir les topos qu'on me refile chaque fois qu'un grand dignitaire étranger vient en visite, les trucs à savoir sur leurs manies personnelles... »

Rire étouffé : « Vous croyez que j'y tiens vraiment ? »

Grimace : « Sans doute pas. Parfois, je regrette d'avoir ces documents. Vous les installez ici même dans ce bureau, ils se montrent charmants, très professionnels, et vous, vous sentez que vous pourriez occuper toute cette putain de réunion à essayer de deviner où ils planquent leurs cornes et leurs sabots. » Certes, ça pouvait toujours être distrayant, mais on considérait en général que c'était comme lorsqu'on joue gros au poker : plus on en sait sur le joueur adverse, mieux ça vaut, même s'il y a de quoi dégueuler lors de la cérémonie de bienvenue sur la pelouse Sud de la Maison-Blanche. Mais c'étaient les obligations de la fonction présidentielle, se dit Ryan. Et dire que les gens se battaient comme des chiffonniers pour décrocher le poste. Et ça continuerait lorsqu'il quitterait la fonction. Alors, Jack, est-ce que c'est franchement ton boulot de protéger ton pays contre les rats qui lorgnent l'endroit où se trouve le bon fromage ?

Ryan hocha de nouveau la tête. Tant de doutes. Certes ils ne cessaient de l'assaillir, mais surtout ils ne faisaient qu'empirer. C'était quand même bizarre qu'il soit capable de se remémorer jusqu'au moindre détail toutes les étapes qui l'avaient conduit à ce poste, et en même temps de se demander plusieurs fois par heure comment diable il avait pu finir par échouer là... et surtout comment diable il arriverait à s'en sortir. Enfin, il n'avait pas la moindre excuse, ce coup-ci. Il s'était bel et bien présenté pour briguer un deuxième mandat de président. Si l'on pouvait le qualifier ainsi ; soit dit en passant, Arnie van Damm s'y refusait, lui. Il le méritait pourtant de plein droit, ayant rempli parfaitement ses obligations, un fait sur lequel s'accordaient quasiment tous les spécialistes en droit constitutionnel du pays, ce dont du reste tous les grands réseaux d'information n'avaient pas manqué de débattre jusqu'à plus soif.

Enfin, se dit Jack, je n'avais pas trop le temps de regarder la télé à l'époque. Mais cela se ramenait en définitive à ceci : les gens que vous deviez fréquenter parce que vous étiez président étaient souvent des individus que vous n'auriez jamais invités chez vous de votre plein gré, et cela n'avait rien à voir avec un manque de manières ou de charme personnel, toutes qualités que, détail pervers, ces personnages déployaient généreusement. L'une des leçons que lui avait apprises Arnie dès le début était que la principale qualité requise pour faire carrière dans la politique n'était ni plus ni moins que la capacité à se montrer aimable avec les gens qu'on méprisait, puis de s'entendre avec eux comme si vous étiez des amis d'enfance.

« Bien, alors, qu'est-ce qu'on sait de nos très chers amis chinois ? demanda Winston. Je parle des amis actuels, s'entend.

– Pas grand-chose. On bosse dessus. L'Agence a du

pain sur la planche, même si on a déjà commencé à débroussailler le terrain. On continue de récupérer des interceptions. Leur réseau téléphonique est une vraie passoire et ils utilisent bien trop souvent leurs téléphones mobiles sans cryptage des transmissions. Certains sont des hommes d'une vigueur enviable, George, mais enfin, rien de franchement scandaleux qu'on ne sache déjà. Cela dit, il est de fait que bon nombre ont des secrétaires qui sont très... proches de leur patron. »

Le secrétaire au Trésor ne put réprimer un sourire. « Eh bien, rien de nouveau sous le soleil, et pas seulement celui de Pékin.

— Même à Wall Street ? s'enquit Jack Ryan, avec un haussement de sourcils théâtral.

— Ça, je ne peux l'affirmer avec certitude, monsieur, mais j'ai pu entendre ici ou là certaines rumeurs. » Winston sourit de cette diversion bienvenue.

Et même jusque dans ces murs, se dit Ryan. Ils avaient changé la moquette depuis longtemps, bien sûr, de même que tout le mobilier, à l'exception du bureau présidentiel. L'un des problèmes associés à cette fonction était le poids du fardeau que vous laissaient ses précédents titulaires. On disait que l'opinion avait la mémoire courte mais c'était tout sauf vrai. Surtout quand on entendait les murmures, suivis de rires étouffés et accompagnés de regards entendus, voire de gestes non équivoques qui vous mettaient au comble de l'embarras à l'idée d'être la cible de ces ricanements. Le mieux que vous puissiez faire était de vous efforcer de mener une vie sans reproche, mais même ainsi, vous pouviez au mieux espérer qu'on vous imagine assez malin pour ne pas vous faire prendre, *parce que, après tout, ces politiciens, c'étaient tous les mêmes, pas vrai ?* L'un des problèmes quand on vivait dans un pays libre, c'était que n'importe qui hors les murs de ce palais/prison pouvait penser et dire ce qu'il voulait. Et Ryan n'avait même pas le droit dont jouissait n'importe quel citoyen lambda de flanquer son poing dans la figure du connard qui lui sortirait ce genre de ragot sans être à même de l'étayer. Ça pouvait paraître injuste, mais d'un simple point de vue pratique, cela aurait contraint Ryan à faire la tournée des bistrots et s'amocher pas mal les phalanges pour un bénéfice minime. Et d'un autre côté, envoyer des flics assermentés ou des marines armés jusqu'aux dents régler le problème n'était pas non plus la meilleure façon d'utiliser les pouvoirs présidentiels...

Jack était conscient d'être bien trop susceptible pour supporter ce boulot. Les professionnels de la politique avaient un cuir endurci en comparaison duquel celui d'un rhinocéros avait la finesse d'un pétale de rose, parce qu'ils s'attendaient à devoir encaisser des gnons, que ce soit à tort ou à raison. En entretenant cette carapace épaisse, ils atténuaient en partie la douleur, jusqu'à ce que l'adversaire finisse par se lasser ; telle était du moins la théorie. Peut-être que cela marchait pour certains. Ou peut-être tout simplement que ces salauds étaient dépourvus de conscience. Au choix.

Mais Ryan avait une conscience, lui. C'était le choix qu'il avait fait depuis fort longtemps. Vous étiez bien obligé de vous regarder dans la glace au moins une fois par jour, en général à l'heure du rasage.

« Bon, d'accord, revenons aux problèmes des Chinois, George, ordonna le président.

— Ils s'apprêtent à relancer leur économie – à sens unique, s'entend. Ils découragent leurs citoyens d'acheter américain, mais tout ce qu'ils peuvent fourguer, ils le vendent. Jusques et y compris certaines des jeunes vierges de Mao sans doute.

— Qu'est-ce qu'on a pour étayer ça ?

— Jack, je prête une grande attention aux résultats et j'ai pas mal d'amis dans les milieux d'affaires qui ratissent le terrain et savent susciter la confidence derrière un verre. Et en général, ce qu'ils peuvent apprendre finit par remonter jusqu'à moi. Vous savez, pas mal de Chinois de souche souffrent d'un étrange handicap : leur organisme ne tolère pas l'alcool. Dès le second verre, ils sont dans le même état que nous avec une bouteille entière de Jack Daniel's, mais certains de ces idiots veulent absolument faire mine de tenir le coup. Une histoire d'hospitalité, j'imagine. Toujours est-il que quand ça se produit, ma foi, les langues se délient... Ça fait un bout de temps que ce petit manège se produit, mais ces derniers temps, on a décidé de le pratiquer de manière systématique. Tous ces cadres supérieurs qui fréquentent certaines boîtes un peu particulières... Bon, je suis le patron du service de protection présidentielle, or, il se trouve que ce service a également en charge la fraude économique... Et comme pas mal de mes amis savent qui je suis et ce que je fais désormais, disons qu'ils sont tout prêts à coopérer sans discuter, ce qui me permet de récupérer quantité de tuyaux intéressants. L'essentiel file droit chez mes collègues de l'immeuble d'en face.

– Je suis impressionné, George. Et vous refilez vos tuyaux en sous-main à la CIA ?

– Je suppose que j'aurais pu mais j'ai eu peur qu'ils ne se vexent et m'accusent de marcher sur leurs plates-bandes, enfin, vous voyez le topo. »

Ryan se mit à rouler des yeux. « Pas Ed Foley. C'est un vrai pro depuis toujours, et il n'a pas encore été imprégné par l'esprit bureaucratique de Langley. Demandez-lui de passer vous voir à votre bureau à l'heure du déjeuner. Il ne se formalisera pas de ce que vous faites. Idem avec Mary Pat. Elle est à la direction des opérations. MP est une fille pragmatique, ce qu'elle veut, elle aussi, c'est des résultats.

– Bien vu. Vous savez, Jack, c'est incroyable ce que les gens peuvent être bavards, et les trucs qu'ils peuvent raconter quand les circonstances s'y prêtent.

– Sinon, comment auriez-vous gagné tout cet argent à Wall Street, George ? nota Ryan.

– Le plus souvent, parce que j'en savais plus que le gars d'en face, reconnut Winston.

– Eh bien, c'est pareil pour moi ici. OK, si nos petits amis suivent le mouvement, qu'est-ce qu'on devrait faire...

– Jack – non, maintenant, c'est au président que je parle –, cela fait maintenant pas mal d'années que nous finançons l'expansion industrielle des Chinois. Ils nous vendent des produits, qu'on leur paie cash ; ensuite, soit ils gardent cet argent en le plaçant sur le marché international, soit ils achètent des biens à d'autres pays, souvent des articles qu'ils pourraient aussi bien se procurer chez nous, mais peut-être moitié moins cher. Si l'on parle d'"échanges commerciaux", c'est parce que, en théorie, on troque sa production contre celle du voisin – comme les gamins dans la cour de récréation, d'accord ? Le seul problème, c'est qu'ils ne jouent pas selon ces règles. Ils font aussi du dumping juste pour récupérer des dollars, en nous revendant leurs produits moins cher qu'à leurs concitoyens. Et là, techniquement, il y a déjà au moins deux infractions aux règlements fédéraux. Enfin, bon. » Winston haussa les épaules. « Ce sont des règlements qu'on aurait tendance à appliquer de manière quelque peu sélective, mais il n'empêche qu'ils sont là et que c'est la règle. Écrite noir sur blanc dans la LRCE, la loi de réforme du commerce extérieur qu'on a votée il y a quelques années, suite aux petites entourloupes que nous avaient faites les Japs...

– Je m'en souviens, George. Ça a même déclenché un début de guerre ouverte qui a coûté un certain nombre de vies [1] », observa sèchement le chef de l'exé-

---

1. Cf. *Dette d'honneur*, Albin Michel, 1995, Le Livre de Poche, n°s 17015 et 17016.

cutif. Et le pire, peut-être, c'est que ça avait enclenché le processus qui avait mené Ryan à la Maison-Blanche.

Le secrétaire au Trésor acquiesça. « Certes, mais c'est toujours la loi, et pas un simple décret de circonstance destiné exclusivement au Japon. Jack, si nous appliquons aux Chinois les mêmes lois commerciales que celles qu'ils nous infligent, cela va sérieusement entamer leur balance du commerce extérieur. Est-ce une si mauvaise chose ? Non, pas avec le déséquilibre de notre balance commerciale avec eux. Vous savez, s'ils se mettent à fabriquer des voitures et décident de jouer au même jeu qu'avec tout le reste de leurs articles manufacturés, notre déficit commercial risque de plonger à vitesse grand V, et franchement je commence à en avoir ma claque de financer leur développement économique, qu'ils réalisent ensuite grâce à de l'équipement lourd acheté au Japon et en Europe. S'ils veulent procéder à des échanges avec les États-Unis d'Amérique, pas de problème, mais qu'il s'agisse au moins d'échanges véritables. On est capables de tenir notre rang dans n'importe quelle guerre commerciale équitable avec n'importe quel pays au monde, parce que les travailleurs de ce pays savent bosser aussi bien que tous les autres et même mieux que beaucoup. Mais si on les laisse tricher avec les règles, Jack, on se fait avoir et ça, je n'apprécie pas plus qu'autour d'une table de poker. Et ici, mon vieux, les enjeux sont bougrement plus élevés.

– Cent pour cent d'accord, George. Mais on ne va pas non plus leur mettre le pistolet sur la tempe, n'est-ce pas ? Ce ne sont pas des choses qui se font avec un État, surtout de cette taille, sauf à avoir d'excellentes raisons. Notre économie tourne plutôt pas mal, en ce moment, non ? On peut bien se permettre un geste magnanime.

– Peut-être, Jack. Mais ce à quoi je pensais, ce n'était pas vraiment à un pistolet, mais plutôt à une forme de... pression amicale. Le flingue est toujours là dans son étui – en l'occurrence, c'est le statut de nation la plus favorisée et ils le savent pertinemment, et nous savons qu'ils le savent. La LRCE est un texte que nous pouvons appliquer à n'importe quel pays, et je me prends à penser que l'idée sous-jacente à cette loi est foncièrement saine. Elle a pratiquement servi d'arme à exhiber devant pas mal de pays mais on n'a jamais tenté de voir ce qu'elle donnait avec la Chine. Comment ça se fait ? »

Le président haussa les épaules, sans le moindre embarras. « Parce que je n'en ai pas encore eu l'occasion et qu'avant moi, trop de gens dans cette ville jouaient des coudes pour aller leur lécher le cul.

– Ça vous laisse un mauvais goût dans la bouche, monsieur le président.

– Possible, admit Jack. Bon, vous devriez en discuter avec Scott Adler. Tous les ambassadeurs collaborent avec lui.

– Qui a-t-on en poste à Pékin ?

– Carl Hitch. Diplomate de carrière, bientôt la soixantaine, réputation censément excellente, c'est son bâton de maréchal.

– La récompense pour toutes ces années à passer la brosse à reluire ? »

Ryan hocha la tête. « Quelque chose comme ça, je suppose. Je ne peux pas trop dire. Le Département d'État, ce n'était pas ma branche. » La CIA, c'était déjà bien assez lourd, s'abstint-il d'ajouter.

C'était un bureau bien plus chouette, estima Bart Mancuso. Et les épaulettes sur son uniforme blanc étaient désormais un peu plus lourdes, avec leurs quatre étoiles au lieu des trois qu'il avait portées au titre de COMSUBPAC. Mais le commandement des forces sous-marines dans le Pacifique, c'était fini... Son ancien patron, l'amiral Dave Seaton, l'avait bombardé CNO, chef des opérations navales, et là-dessus, le président (ou un de ses proches) avait décidé qu'il avait la carrure pour devenir le prochain commandant en chef de la zone Pacifique. Et c'est ainsi qu'il se retrouvait à occuper le bureau qu'avaient occupé jadis Chester Nimitz en personne et, après lui, quantité d'autres excellents et même fort brillants officiers de marine. Un sacré chemin depuis Plebe Summer à Annapolis, voilà bien des années, d'autant qu'il n'avait eu depuis qu'un seul commandement en mer, sur l'USS *Dallas*. Une affectation certes remarquable, y compris les deux missions dont il n'avait toujours pas le droit de parler à quiconque. Et avoir eu comme camarade de bord (quoique une seule fois et brièvement) l'actuel président n'avait sans doute pas pu nuire à sa carrière.

La nouvelle affectation s'accompagnait d'une somptueuse résidence de fonction, d'une assez belle équipe de marins et de sous-offs pour veiller sur lui et son épouse (les enfants étaient désormais tous à l'université), sans oublier la routine, chauffeurs, voitures officielles et, maintenant, des gardes du corps armés parce que, ô surprise, il y avait des gens dans le coin qui ne portaient pas dans leur cœur les amiraux. Au titre de commandant d'un théâtre d'opérations, Mancuso était sous les ordres directs du ministre de la Défense, Anthony Bretano, qui lui-même rendait compte directement au président Ryan. En échange, Mancuso bénéficiait de nouveaux avantages. Dorénavant, il jouissait d'un accès direct à toutes sortes d'informations fournies par le renseignement, y compris le saint des saints, les sources et les méthodes – à savoir l'origine des informations, et les moyens employés : étant le principal exécutant américain sur le quart de la surface de la planète, il devait être au courant de tout, afin d'être en mesure de savoir quel conseil donner à son ministre de tutelle, qui, à son tour, conseillerait le président sur les opinions, intentions et désirs du CINCPAC [1].

Le Pacifique, estima Mancuso au sortir de son tout premier tour d'horizon matinal, semblait OK. Il n'en avait pas toujours été ainsi, bien entendu, en particulier récemment, quand il avait participé à un conflit d'envergure notable (le mot « guerre » était devenu un terme politiquement fort incorrect) avec les Japonais, qui avait entraîné entre autres la perte de deux de ses sous-marins nucléaires [2], détruits par la traîtrise et la fourberie. Telle était en tout cas son opinion, même si un observateur plus objectif aurait pu qualifier d'habile et d'efficace la tactique employée par l'ennemi.

Jusqu'ici, on l'avait informé de la position et de l'activité de tous ses sous-marins, mais désormais, il avait également des informations sur les porte-avions, croiseurs, frégates, destroyers, amphibies et auxiliaires, sans oublier les forces de l'infanterie de marine, voire de l'aviation et de l'armée de terre qui, techniquement, relevaient de sa responsabilité de commandant en chef d'un théâtre d'opérations. Tout cela signifiait que la réunion d'information matinale se prolongerait jusqu'au troisième café, à la fin duquel il lorgnerait avec convoitise son bras droit, assis à quelques mètres à peine de son bureau. C'est que son coordinateur du renseignement, baptisé J-2 dans le jargon militaire, était un général de brigade de l'armée de terre, détaché à ce poste, et qui se débrouillait plutôt bien. Le dénommé Mike Lahr avait, entre autres états de service, enseigné les sciences politiques à West Point. Devoir prendre en compte les facteurs politiques était une nouveauté dans la carrière de Mancuso mais cela accompagnait naturellement l'extension territoriale de son commandement. Le CINCPAC avait lui aussi été « détaché » auprès des autres armes, bien sûr, aussi

---

1. *Commander-In-Chief Pacific Command (N.d.T.).*
2. Cf. *Dette d'honneur, op. cit.*

était-il en théorie versé dans les capacités et les orientations de celles-ci, mais sa confiance en ses aptitudes éventuelles s'effaçait devant le poids de la responsabilité de savoir utiliser ces forces de manière professionnelle. Certes, il avait des subordonnés pour le conseiller en la matière, mais sa tâche était de savoir faire un peu plus que poser des questions, et pour Mancuso, cela signifiait qu'il allait devoir mouiller sa chemise pour voir l'aspect concret des choses, parce que c'était là que les petits gars affectés à son théâtre d'opérations risquaient de verser leur sang s'il ne faisait pas son boulot de manière correcte.

L'équipe était un projet commun, d'un côté d'Atlantic Richfield et BP, de l'autre de la principale société russe de prospection pétrolière. Celle-ci avait le plus d'expérience mais le moins d'expertise et les méthodes les plus primitives. Cela ne voulait pas dire que les prospecteurs russes étaient idiots. Loin de là. Deux étaient des géologues dont les capacités d'intuition théorique avaient impressionné leurs collègues américains et britanniques. Mieux encore, ils avaient saisi les avantages du tout nouveau matériel d'exploration presque aussi vite que les ingénieurs qui l'avaient conçu.

On savait depuis des années que cette partie de la Sibérie orientale était du point de vue géologique la copie conforme de l'Alaska et du Grand Nord canadien, qui avaient révélé de vastes champs pétrolifères que leurs pays de tutelle s'étaient empressés d'exploiter. Le plus dur avait été d'amener sur place l'équipement adéquat pour vérifier que cette similitude allait plus loin que les simples apparences.

Installer le matos aux bons endroits avait été un véritable cauchemar. Livrés sur wagon-plateau depuis le port de Vladivostok (ils étaient bien trop lourds pour être transportés par avion), les camions-vibreurs avaient passé ensuite un mois à traverser la région pour se rendre dans le Nord par leurs propres moyens, en partant de la gare de Magdagatchi, via Aïm et Ust Maïa, pour finalement rallier leur site de sondage, situé à l'est de Kazatchye.

Mais ce qu'ils y avaient découvert les avait estomaqués. Depuis Kazatchye, sur la Iana, jusqu'à Kolymskiy, sur la Kolyma, s'étendait, sous le sol de la Iakoutie orientale, un champ pétrolifère comparable par sa taille à celui du golfe Persique. Les camions-vibreurs et les véhicules équipés de matériel informatique de sismique-réflexion avaient révélé une sucession de dômes souterrains parfaits en quantité ahurissante, certains situés à moins de six cents mètres de profondeur, soit quelques dizaines de mètres à peine sous la couche de permafrost ; forer à travers celle-ci serait à peu près aussi difficile que trancher un gâteau de mariage avec un sabre de cavalerie. L'étendue du champ ne pourrait être délimitée précisément qu'avec des forages d'exploration – plus d'une centaine, avait estimé l'ingénieur en chef américain, à en juger par sa taille approximative – mais aucun des prospecteurs n'avait encore vu de gisement pétrolier aussi vaste et prometteur durant toute sa vie professionnelle. Les contraintes d'exploitation seraient bien sûr loin d'être négligeables. L'Antarctique exceptée, aucune région de la planète n'avait de climat plus hostile. Apporter sur place le matériel de production exigerait des années d'investissements échelonnés : d'abord construire des pistes d'atterrissage, sans doute aménager des ports pour les cargos qui seuls pourraient livrer (et encore seulement durant les brefs mois d'été) l'équipement lourd indispensable à la pose de l'oléoduc seul capable de transporter le pétrole. Sans doute aboutirait-il à Vladivostok, estimaient les Américains. Les Russes pourraient le vendre depuis ce port, d'où des superpétroliers le transporteraient ensuite à travers le Pacifique, destination le Japon, l'Amérique ou ailleurs, bref, là où l'on avait besoin d'or noir, c'est-à-dire en gros à peu près partout. Autant de clients pour faire entrer des devises fortes. Il faudrait encore bien des années pour que la Russie ait les moyens de construire les installations de raffinage indispensables pour permettre à ses industries et ses habitants d'utiliser son pétrole, mais comme souvent, la manne rapportée par la vente du brut sibérien pourrait servir à s'approvisionner ailleurs en produits raffinés qui pourraient être plus aisément importés par les ports de Russie occidentale et, de là, alimenter les oléoducs existants. La différence de prix de revient entre, d'un côté, ce négoce et, de l'autre, la construction d'un gigantesque oléoduc forcément coûteux était de toute façon négligeable et la décision finale était en général prise pour des raisons plus politiques que commerciales.

Précisément au même moment, et à moins de mille kilomètres de là, une autre équipe de géologues se trouvait à l'extrémité orientale des monts Sikhote-Aline, dans le territoire de Khabarovsk. Certaines des tribus semi-nomades de la région, qui depuis des siècles vivaient de l'élevage de leurs troupeaux de rennes, avaient un jour apporté dans un bureau de l'administration des bouts de cailloux jaune brillant.

Rares étaient ceux à ignorer ce que représentaient ces cailloux, du moins au cours des trente derniers siècles, et une équipe de topographes avait été aussitôt dépêchée par l'université d'État de Moscou, qui restait l'école la plus prestigieuse du pays. Ils avaient pu se rendre sur place en avion car leur équipement était infiniment plus léger, et les dernières centaines de kilomètres avaient été parcourues à dos de cheval, un merveilleux anachronisme pour ce groupe de scientifiques bien plus habitués à emprunter l'excellent réseau de métro de la capitale moscovite.

Leur première découverte avait été celle d'un octogénaire qui vivait isolé avec son troupeau et un fusil pour repousser les loups. Ce citoyen avait vécu seul depuis la mort de sa femme, vingt ans plus tôt, à peu près oublié des divers gouvernements successifs de son pays, son existence n'étant connue que des quelques commerçants d'une morne bourgade, trente kilomètres plus au sud, et son état mental reflétait sa longue solitude. Il arrivait à tuer trois ou quatre loups par an, et il en gardait les peaux, comme le ferait un chasseur ou un berger mais avec une différence : il prenait ses fourrures, puis, après les avoir lestées de pierres, les déposait dans le lit de la petite rivière qui coulait près de sa cabane.

Dans la littérature occidentale, l'histoire de Jason et des Argonautes ainsi que celle de leur quête héroïque de la Toison d'or est connue depuis longtemps. Mais ce n'est que depuis peu qu'on a découvert que la légende avait un fondement bien réel : les hommes des tribus d'Asie Mineure déposaient les peaux de leurs moutons dans les torrents pour y récupérer la poussière d'or transportée depuis les dépôts situés en amont, changeant ainsi les ternes fibres de laine en une étoffe à l'apparence presque magique.

Ce n'était guère différent ici : les peaux de loup que les géologues avaient trouvées dans la cabane du vieil ermite ressemblaient au premier abord à des sculptures de maîtres de la Renaissance, voire d'artisans de l'Égypte du temps des pharaons, tant la couche dorée qui les recouvrait était régulière. Et puis les explorateurs découvrirent que chaque fourrure pesait la bagatelle d'une soixantaine de kilos, et qu'il y en avait trente-quatre en tout ! Assis avec le maître des lieux autour de l'incontournable bouteille de vodka, ils avaient appris qu'il s'appelait Pavel Petrovitch Gogol, que c'était un ancien combattant qui avait lutté contre les fascistes durant la Grande Guerre patriotique et que, fait notable, il avait été par deux fois nommé Héros de l'Union soviétique pour ses exploits de franc-tireur, en particulier lors des batailles de Kiev et de Varsovie. La patrie finalement reconnaissante l'avait autorisé à retourner sur les terres de ses ancêtres – il s'avérait en définitive qu'il descendait de ces aventuriers russes qui avaient exploré la lointaine Sibérie orientale au tout début du XIXe siècle – où il avait été bien vite oublié par des bureaucrates peu curieux. Ceux-ci ne s'étaient jamais demandé d'où venait la viande de renne mangée par les populations locales ou qui pouvait toucher les chèques de pension d'ancien combattant qui lui permettaient d'acheter des munitions pour son antique pétoire. Pavel Petrovitch savait la valeur de l'or qu'il avait découvert mais il n'en avait jamais dépensé une once, car il se satisfaisait de son existence d'ermite. Le dépôt d'or situé à quelques kilomètres en amont de l'endroit où les loups allaient faire leur dernière baignade – pour reprendre l'expression de Pavel, lancée entre un œil pétillant et une lampée de vodka – s'avéra remarquable, peut-être presque autant que les filons découverts en Afrique du Sud dans les années 1850 et devenus par la suite les mines d'or les plus riches de l'histoire du monde. Si le filon était resté méconnu, c'était pour plusieurs raisons, en gros liées à l'épouvantable climat sibérien qui, d'abord, empêchait toute prospection et, ensuite, recouvrait tous les cours d'eau d'une épaisse couche de glace pendant des périodes si longues que personne n'avait jamais eu l'occasion de remarquer la poussière d'or déposée dans leur lit.

Les deux équipes de prospection, tant pétrolière qu'aurifère, s'étaient rendues sur place munies de téléphones-satellite pour rendre compte plus rapidement des résultats de leurs recherches. C'est ce qu'elles firent l'une comme l'autre, et par coïncidence, le même jour.

Le système global de communication par satellite

Iridium qu'elles utilisaient constituait une avancée remarquable dans le domaine des télécommunications [1]. Muni d'un appareil aisément transportable, on pouvait communiquer avec la constellation de satellites en orbite basse qui échangeaient leurs signaux à la vitesse de la lumière puis les envoyaient vers des satellites de communication classiques, lesquels se chargeaient de les faire redescendre au sol qui était l'endroit où se trouvaient après tout les usagers la majeure partie du temps.

Le réseau Iridium avait été conçu pour accélérer les communications à l'échelle planétaire. Il n'avait certainement pas été conçu pour assurer la confidentialité de celles-ci. Il y avait des moyens d'y parvenir mais il revenait aux utilisateurs individuels de prendre eux-mêmes leurs dispositions en ce sens. Il était dorénavant possible de trouver sur le marché des systèmes de cryptage sur 128 bits ; ceux-ci étaient extrêmement difficiles à craquer même par les pays les plus avancés avec leurs services d'écoute ultraconfidentiels... ou du moins, c'est ce que prétendaient ceux qui commercialisaient ces systèmes. Mais le plus remarquable était que fort peu de gens s'en souciaient. Paresse ou négligence, cela avait facilité la vie de la NSA, l'Agence pour la sécurité nationale installée à Fort Meade, dans le Maryland, entre Baltimore et Washington. Là, un réseau d'ordinateurs baptisé « Échelon » était programmé pour écouter toutes les conversations qui traversaient les ondes, et se verrouiller sur un certain nombre de

---

1. Après la faillite en 2000 d'Iridium Inc. de Motorola, faute de clients dissuadés par le coût prohibitif des communications, la constellation de satellites Iridium a été sauvée *in extremis* par le Pentagone qui a signé avec Iridium Satellite LLC (opérateur Boeing) pour des services limités aux unités militaires isolées. Depuis mars 2001, ceux-ci doivent s'étendre également à l'aviation, la marine ou aux entreprises de prospection/exploitation opérant en zones dépourvues de tout réseau de communication : forêts, déserts, régions polaires, océan *(N.d.T.)*.

mots clés. La plupart étaient censés avoir un rapport avec les questions de sécurité nationale, mais depuis la fin de la guerre froide, la NSA et les autres services d'écoute avaient dévié leur attention vers les questions économiques, et certains des nouveaux mots clés entrés dans la banque de données étaient « pétrole », « gisement », « brut », « mine », « or » et ainsi de suite... le tout en trente-huit langues. Quand l'un de ces mots tombait dans l'oreille électronique d'Échelon, le reste de la conversation interceptée était enregistré sur un support électronique puis transcrit – et éventuellement traduit – par ordinateur. Ce n'était en aucun cas un système infaillible, et les nuances de langage restaient difficiles à démêler par un programme informatique – sans compter la tendance qu'ont beaucoup de gens à marmonner quand ils sont au téléphone – mais quand le logiciel se plantait, l'original de la conversation était réécouté par un linguiste, et la NSA en employait un certain nombre...

Les comptes rendus parallèles sur les deux découvertes, l'or et le pétrole, arrivèrent avec cinq heures d'écart, et remontèrent bien vite la chaîne de commandement, pour aboutir sous la forme d'une évaluation classée ultra-prioritaire destinée à atterrir sur le bureau du président, juste après son petit déjeuner du lendemain, via son conseiller à la sécurité, le Dr Benjamin Goodley. Dans l'intervalle, les données auraient été épluchées par une équipe de membres du conseil scientifique et technologique de la CIA, épaulés par des experts de l'Institut du pétrole de Washington, dont les spécialistes avaient une longue expérience de relations cordiales avec divers organismes gouvernementaux. L'évaluation préliminaire – on prenait soin de souligner le terme, par crainte d'éventuelles poursuites au cas où l'estimation devait s'avérer incorrecte – recourait toutefois à un certain nombre de superlatifs choisis avec soin.

« Bigre », observa le président à huit heures dix, heure de la côte Est. « OK, gros comment, ces filons, Ben ?

– Vous ne faites pas confiance à nos grands manitous de la technique ? le taquina son conseiller à la sécurité.

– Ben, tout le temps que j'ai bossé sur l'autre rive, je n'ai pas une seule fois réussi à les prendre en défaut, mais en revanche, je veux bien être pendu si je ne les ai pas surpris en flagrant délit de sous-estimation, et pas qu'une fois. » Ryan marqua un temps. « Mais, bon Dieu, si ces chiffres représentent une estimation basse, les implications sont énormes.

– Monsieur le président (Goodley ne faisait pas partie du premier cercle), il s'agit là d'une affaire qui se chiffre en milliards, combien au juste, nul ne peut le dire, mais on peut tabler sur des rentrées équivalant à deux cents milliards de dollars en devises fortes, sur une durée de cinq à sept ans minimum. C'est une manne sur laquelle on ne cracherait pas.

– Et l'estimation haute ? »

Goodley se carra une seconde dans son siège, inspira un grand coup. « J'ai dû revérifier. Un trillion représente mille milliards... Le chiffre est encore au-dessus. C'est une pure spéculation, bien sûr, mais je me suis laissé dire que les gars de l'Institut du pétrole employés par la CIA ont passé le plus clair de leur temps à répéter "Sacré nom de Dieu !".

– Bonne nouvelle pour les Russes », observa Jack, en parcourant les feuillets du rapport imprimé arborant le sigle SNIE – Special National Intelligence Estimate, « Évaluation spéciale des services nationaux de renseignements ».

« Tout à fait, monsieur, admit le conseiller à la sécurité.

– Il serait temps qu'ils aient un peu de chance, pour changer, admit le chef de l'exécutif. OK, faites parvenir une copie de ce rapport à George Winston. Il nous faut son évaluation de ce que cela signifie pour nos amis de Moscou.

– Je pensais contacter certains responsables d'Atlantic Richfield. Des ingénieurs qui ont participé à l'exploration. J'imagine qu'ils vont toucher leur pourcentage. Leur président est un gars nommé Sam Sherman. Vous le connaissez ? »

Un signe de tête. « Juste de nom. Vous pensez que je devrais rattraper le coup ?

– Si vous voulez de l'information solide, ça ne peut pas faire de mal. »

Ryan opina. « OK, je vais peut-être demander à Ellen de me le retrouver. » Ellen Sumter, sa secrétaire personnelle, était installée à cinq mètres de là, derrière la porte ouvragée, sur sa droite. « Quoi d'autre ?

– Ils continuent de battre la campagne pour retrouver les auteurs de la mort du proxénète à Moscou. Rien de nouveau de ce côté.

– Ça serait sympa de toujours savoir ce qui se passe sur la planète, pas vrai ?

– Ça pourrait être pire, monsieur, observa Goodley.

– C'est vrai. » Ryan retourna la copie du compte rendu matinal posée sur son bureau. « Quoi d'autre ? »

Goodley hocha la tête et, prenant le ton d'un présentateur de journal : « Eh bien, c'est tout pour ce matin, monsieur le président. » Il sourit.

4

Coups de sonde

Peu importait la ville ou le pays, se dit Mike Reilly. Le travail de police restait le même. On interrogeait les témoins éventuels, on interrogeait les personnes impliquées, on interrogeait la victime.

Mais pas la victime, cette fois-ci. Grisha Avseïenko ne parlerait plus. Le médecin légiste chargé de l'autopsie avoua qu'il n'avait pas vu un tel carnage depuis l'époque de son service militaire en Afghanistan. Mais c'était prévisible. Le RPG était conçu pour faire des trous dans les engins blindés ou les casemates en béton, une tâche plus difficile que de détruire une voiture particulière, même une coûteuse limousine blindée comme celle immobilisée place Dzerjinski. Cela voulait dire que l'identification des débris macabres serait difficile. Il s'avéra qu'un fragment de mâchoire présentait suffisamment de dents plombées pour confirmer avec certitude que le défunt était bel et bien Gregory Filipovitch Avseïenko, ce que les échantillons d'ADN devaient confirmer par la suite (le groupe sanguin correspondait également). Il ne restait pas grand-chose du corps pour confirmer l'identification – ainsi le visage avait-il entièrement disparu, tout comme l'avant-bras gauche qui avait arboré un tatouage. La mort avait été instantanée, indiqua le légiste après que les restes eurent été remis dans un récipient en plastique qui se retrouva par la suite dans une caisse en chêne sans doute en vue de son incinération – la milice moscovite devait toutefois s'assurer auparavant de l'existence de parents éventuels pour savoir ce qu'il convenait de faire de la dépouille. Sans doute finirait-elle incinérée, estima l'inspecteur Provalov, c'était rapide, efficace, et une urne était quand même moins encombrante qu'un cercueil.

Provalov transmit le rapport d'autopsie à son collègue américain. Il n'avait pas escompté y trouver de révélations bouleversantes, mais s'il avait appris une chose de sa collaboration avec le FBI, c'était qu'on vérifiait tout soi-même, car prédire l'issue d'une enquête criminelle s'apparentait à deviner le gagnant d'un tournoi de foot quinze jours avant le début de la compétition. L'esprit des criminels fonctionnait de manière trop aléatoire pour permettre ce genre de prédiction.

Et cela, pour la partie la plus facile. Le rapport de l'autopsie du chauffeur était pratiquement vide. Les seules informations exploitables avaient été le groupe sanguin et le type tissulaire (qui pourraient toujours être corrélés avec les éléments de son dossier militaire, si l'on arrivait à le retrouver), car le corps avait été pulvérisé au point qu'on n'avait pu rien retrouver permettant une identification même si, ironie perverse, les papiers d'identité étaient restés intacts dans le portefeuille, ce qui sans doute donnait la possibilité aux enquêteurs d'affirmer qui était la victime. Même chose pour l'occupante de la voiture dont le sac à main, posé à sa droite sur le siège arrière, avait survécu quasiment intact avec ses papiers d'identité... on ne pouvait certainement pas en dire autant du visage et de la partie supérieure du torse.

Reilly examina les portraits des victimes – on pouvait supposer qu'elles leur correspondaient. Le chauffeur avait des traits parfaitement banals, peut-être un peu plus fins que la moyenne des gens d'ici. La femme était une des putes de luxe du proxénète. Sa photo provenait de son dossier de police. C'était une chouette nana qui aurait pu tourner un bout d'essai à Hollywood et sans aucun doute s'exhiber en poster dans *Playboy*. Cela dit, ils n'avaient rien de plus.

« Eh bien, Michka, as-tu enquêté sur tellement de crimes semblables que tu es devenu blasé ? observa Provalov.

– Tu veux une réponse franche ? » Reilly secoua la tête. « Pas vraiment. Nous ne traitons pas tellement d'homicides, excepté ceux qui surviennent sur le domaine fédéral – réserves indiennes ou bases militaires. Cela dit, j'ai déjà traité plusieurs rapts d'enfants, et on ne s'y fait jamais. » Surtout depuis que l'enlèvement crapuleux était devenu passible de la peine de mort, se garda d'ajouter Reilly. Désormais, les enfants étaient enlevés par les maniaques sexuels et en moyenne tués dans les cinq heures, souvent avant que le FBI ait eu le temps d'intervenir sur demande de la police locale. De tous les crimes sur lesquels Mike Reilly avait travaillé, c'étaient de loin les pires ; de ceux qui vous poussaient à faire un tour au bar du service et à boire quelques bières de trop avec des collègues aussi déprimés et silencieux que vous, avant de vous jurer de mettre le grappin sur le salopard, quoi qu'il en coûte. Et la plupart du temps, ledit salopard était appréhendé, inculpé et condamné, les plus chanceux à la peine de mort. Ceux qui étaient jugés dans les États où on l'avait abolie se retrouvaient mêlés à la population carcérale où ils découvraient le traitement que les détenus pour vol à main armée réservaient aux violeurs d'enfants.

« Mais je vois ce que tu veux dire, Oleg Gregorievitch. C'est la seule chose qu'on a toujours du mal à expliquer au citoyen lambda. » Le plus insupportable avec les clichés pris sur le lieu du crime ou ceux du rapport d'autopsie, c'était l'insondable tristesse qui s'en dégageait, ce sentiment que la victime avait été privée non seulement de sa vie mais de toute dignité. Et ces clichés étaient particulièrement macabres. La beauté d'une Maria Ivanovna Sabline n'était plus qu'un souvenir, et gardé tout au plus par ceux qui avaient monnayé ses charmes. Qui pleurait sur la mort d'une pute ? Sûrement pas les clients, qui s'empressaient d'en choisir une autre sans réfléchir plus loin. Sans doute même pas ses collègues dans le commerce de la chair et du désir, et si elle avait laissé une famille, celle-ci en conservait sans doute moins l'image de la pauvre fille qui avait mal tourné que celle d'une enfant adorable qui s'était salie en simulant la passion, quand elle était aussi insensible que le médecin légiste blasé qui l'avait mise en pièces sur la table en inox copieusement rayé de la morgue municipale. Était-ce donc ce qu'étaient les prostituées, se demanda Reilly, des pathologistes du sexe ? Certains osaient à leur sujet parler de crime sans victime. Ceux-là, Reilly leur aurait volontiers mis sous le nez ces clichés, pour voir s'ils continueraient de tenir ce discours sur les femmes qui faisaient commerce de leur corps.

« Autre chose, Oleg ? demanda Reilly.

– Nous continuons d'interroger ceux qui ont pu connaître les victimes. » Suivi par un haussement d'épaules.

« Il a froissé quelqu'un qu'il ne fallait pas », dit un indicateur, accompagnant lui aussi sa remarque d'un haussement d'épaules pour souligner à quel point la question était absurde. Comment, sinon, un personnage de la stature d'Avseïenko pouvait-il trouver la mort d'une façon aussi spectaculaire ?

« Et de qui s'agit-il ? » insista le milicien, sans vraiment attendre de réponse, mais on posait malgré tout la question parce qu'on ne pouvait pas présumer de la réponse avant d'avoir entendu celle-ci.

« Ses collègues à la Sécurité de l'État, suggéra l'indic.

– Oh ?

– Qui d'autre pourrait l'avoir éliminé de cette manière ? Une de ses filles se serait servie d'un couteau. Un mac rival aurait employé un flingue ou un surin un peu plus gros, mais un lance-roquettes antichar... faut pas déconner ! Où est-ce qu'on trouve ce genre de matos ? »

Certes, il n'était pas le premier à formuler cette objection, même si la police locale devait prendre en compte que toutes sortes de munitions, lourdes ou légères, avaient mystérieusement quitté les casernes de ce qui était jadis l'Armée rouge pour se retrouver sur le marché fort actif de la contrebande d'armes.

« Bon, alors, tu as des noms à nous refiler ? insista le sergent de la milice.

– Pas un nom, mais un visage. C'est un type grand, solidement bâti, genre soldat, rouquin, le teint clair avec quelques taches de rousseur, des yeux verts. » L'indic marqua une pause. « Ses amis le surnomment "le Gamin", à cause de son aspect juvénile. Il a appartenu dans le temps à la Sécurité d'État, mais sans être espion ou travailler dans le contre-espionnage. Il avait une autre mission, mais je ne sais pas trop laquelle. »

Le milicien se mit alors à prendre des notes plus détaillées, ses pattes de mouche devenant soudain plus nettes et lisibles sur la page jaune du calepin.

« Et ce type était mécontent d'Avseïenko.

– C'est ce que j'ai entendu dire.

– Et la raison de ce mécontentement ?

– Ça, j'en sais rien, mais Gregory Filipovitch avait le chic pour froisser les mecs. Il savait fort bien s'y prendre avec les femmes, d'accord. Pour ça, il avait un don manifeste, mais ça n'avait pas déteint sur ses relations avec les hommes. Beaucoup le croyaient pédé, mais ce n'était pas le cas, bien sûr. Chaque nuit, il avait une nouvelle femme dans son lit, et ce n'étaient pas les plus moches. Mais pour une raison quelconque, il ne s'entendait pas avec les mecs, même à la Sécurité d'État où il se targuait d'avoir été jadis considéré comme une véritable institution nationale.

– C'est sûr, ça ? » observa le milicien qui sentait revenir la lassitude. Si tous les criminels avaient une manie, c'était bien celle de se vanter. Il avait entendu ce couplet au moins un millier de fois.

« Oh, que oui. Gregory Filipovitch prétendait avoir fourni des maîtresses à toutes sortes d'étrangers, y compris des ministres, et il affirmait qu'elles continuaient de fournir des informations inestimables à la patrie. Je le crois volontiers, ajouta l'indic, repartant dans ses commentaires. Contre une semaine avec un de ces anges, moi aussi, je serais prêt à me mettre à table. »

Et qui ne le ferait pas ? admit le milicien en étouffant un bâillement.

« Bien, mais alors comment Avseïenko a-t-il pu froisser des hommes aussi influents ? redemanda le flic.

– Je vous ai dit que je n'en savais rien. Allez interroger "le Gamin", peut-être qu'il aura la réponse, lui.

– On a dit que Gregory allait se lancer dans l'importation de drogue », reprit le flic, jetant un nouvel hameçon en se demandant quel genre de poisson pouvait être tapi dans ces eaux calmes.

L'indic opina. « C'est vrai. C'est ce qu'on a dit. Mais je n'en ai jamais eu la moindre preuve.

– Qui aurait pu ? »

L'autre haussa de nouveau les épaules. « Ça, j'en sais rien. Une de ses filles, peut-être. Je n'ai jamais saisi comment il envisageait d'organiser son éventuel réseau de distribution. Se servir de ses filles aurait été bien sûr une solution logique, mais risquée pour elles... et pour lui aussi, parce que les putes auraient pu le trahir, devant l'éventualité d'un séjour dans les camps. Donc, ça laisse quoi ? demanda l'indic, pour la forme. Il lui aurait fallu constituer un nouveau réseau, avec tous les risques qui vont avec. Alors, oui, je crois qu'il envisageait de se lancer dans le trafic de drogue et d'en tirer de gros bénéfices, mais Gregory n'avait aucune envie de finir en prison et je pense que ce n'était resté pour lui qu'une idée, sans plus. Je ne crois pas qu'il avait pris sa décision. Je doute qu'il se soit vraiment lancé dans une activité concrète avant de trouver la mort. »

Le flic enchaîna avec la suggestion suivante : « Des rivaux qui auraient eu la même idée ?

– Si vous avez besoin de cocaïne ou d'autres drogues, vous savez très bien qu'il y a des filières pour ça. »

Le milicien leva la tête. En fait, il était loin d'avoir la même assurance que son interlocuteur. Il avait certes entendu des bruits, des rumeurs, mais sans obtenir d'éléments concrets des indicateurs à qui il pouvait se fier (si tant est qu'un flic pût vraiment se fier à un indicateur). On évoquait bien sûr la chose dans les rues de Moscou mais à l'instar de bon nombre de ses collègues dans la capitale, il s'attendait à voir la came apparaître d'abord à Odessa, le grand port de la mer Noire, une ville dont la tradition d'activité criminelle remontait au temps des tsars et qui aujourd'hui, depuis le retour de la liberté du commerce avec le reste du monde, tendait à conduire – non, conduisait bel et bien la Russie à toutes sortes d'activités illicites. S'il y avait un trafic de drogues dures à Moscou, c'était une activité encore si récente, si marginale, qu'il n'était pas encore tombé dessus. Il nota mentalement de vérifier de quoi il retournait auprès de ses collègues à Odessa.

« Et qui pourraient être ces individus ? » insista le sergent. Si un réseau de distribution était en train de se développer à Moscou, autant qu'il en sache un peu plus.

Le boulot de Nomuri pour la Nippon Electric Company consistait à placer des ordinateurs de bureau haut de gamme et des périphériques. Pour lui, cela voulait dire le gouvernement de Chine populaire dont les dirigeants ne pouvaient qu'avoir ce qui se faisait de mieux et de plus récent en toutes circonstances, qu'il s'agisse de voitures ou de maîtresses, toujours aux frais de l'État bien sûr, qui se payait à son tour sur la population, que ces bureaucrates représentaient et défendaient de leur mieux. Comme souvent, la Chine aurait pu choisir des marques américaines, mais dans ce cas précis, elle avait décidé d'acheter les machines un peu moins chères (et moins performantes) de l'industrie informatique japonaise, tout comme elle avait, depuis déjà plusieurs années, jeté son dévolu sur les Airbus de préférence aux Boeing – ce qui aurait dû servir de leçon aux Américains. Ils s'en étaient brièvement émus, puis ils s'étaient empressés de l'oublier : c'était leur façon de gérer ces petites humiliations, en contraste flagrant avec les Chinois, qui eux n'oubliaient jamais rien.

Quand le président Ryan avait annoncé le rétablissement de relations diplomatiques entre les États-Unis et Taiwan, les répercussions avaient ébranlé les allées du pouvoir de Pékin avec la violence d'une secousse sismique. Nomuri n'était pas encore sur place pour avoir été le témoin des remous que la décision avait engendrés, mais les contrecoups en étaient encore bien visibles et il en avait perçu des échos depuis son arrivée à Pékin. Les questions qu'on lui adressait étaient parfois si directes, l'exigence d'une explication si manifeste qu'il en était venu à se demander s'il n'avait pas été démasqué, si ses interlocuteurs ne savaient pas qu'il était en réalité un agent de la CIA infiltré clandestinement dans la capitale de la Chine populaire, sans aucune immunité diplomatique. Mais non. Ce n'était que les répercussions d'une authentique rage politique. Paradoxe, les dirigeants chinois essayaient de leur côté d'éviter de mettre de l'huile sur le feu parce qu'eux aussi devaient faire des affaires avec les États-Unis, devenus désormais leur partenaire commercial numéro un, et source d'un vaste excédent en devises indispensables au gouvernement pour se livrer aux fameuses activités que Nomuri avait pour mission de découvrir. Et voilà pourquoi il se retrouvait ici, dans le bureau privé d'un des hauts dignitaires du régime.

« Bonjour », dit-il en s'inclinant avec un sourire devant la secrétaire. Il savait qu'elle travaillait pour un ministre important du nom de Fang Gan dont le bureau était voisin. Elle était étonnamment bien habillée pour son niveau hiérarchique somme toute modeste, dans un pays où l'originalité en matière de mode se limitait à la couleur des boutons de la veste Mao qui était la tenue obligée de tout fonctionnaire au même titre que le treillis en laine kaki pour les soldats de l'Armée populaire de libération.

« Bonjour, répondit la jeune femme. Êtes-vous Nomuri ?

– Oui et vous êtes... ?

– Lian Ming », répondit la secrétaire.

Un nom intéressant, nota Chester. En mandarin, *Lian* signifiait « saule gracieux ». Elle était petite, comme la plupart de ses compatriotes, avec des yeux noirs, un visage carré, desservi par des cheveux courts dont la coupe évoquait le plus sombre des années cinquante aux États-Unis, et encore, uniquement pour les enfants déshérités du fin fond des Appalaches. Bref, un visage typiquement chinois, comme on l'appréciait dans ce pays ancré dans ses traditions. Mais la vivacité du regard trahissait l'intelligence et la culture.

« Vous êtes venu discuter d'ordinateurs et d'imprimantes », dit-elle d'un ton neutre. De toute évidence, le sentiment de son patron de tenir une place centrale dans l'univers avait déteint sur elle.

« Oui, tout à fait. Je pense que vous trouverez notre nouveau modèle d'imprimante à jet d'encre particulièrement attrayant.

– Et pourquoi donc ?

– Parlez-vous anglais ? s'enquit Nomuri, dans cette langue.

– Bien sûr, répondit Ming sans broncher.

– Alors, ce sera plus facile à expliquer. Si vous effectuez la translittération du mandarin en caractères alphabétiques, alors notre imprimante reproduit automatiquement les idéogrammes, comme ceci. » Et de sortir de sa chemise plastifiée une feuille qu'il tendit à la secrétaire. « Nous travaillons également sur une imprimante laser qui permettra d'obtenir un rendu encore plus fin.

– Ah », observa la secrétaire. La qualité des caractères était en effet superbe, largement comparable à ceux des monstrueuses machines à écrire qu'on devait utiliser pour taper les documents officiels – l'autre choix étant de les rédiger à la main puis de les reproduire au photocopieur, en général un Canon, encore et toujours une marque japonaise. C'était long, fastidieux, et c'était le cauchemar de toutes les secrétaires.

« Et les variantes d'inflexion ? » s'enquit-elle.

La question était judicieuse, nota Nomuri. La langue chinoise était essentiellement flexionnelle. Selon l'accent qu'on y mettait, un même mot pouvait avoir jusqu'à quatre significations différentes, et cela déterminait également la forme de l'idéogramme qui le symbolisait.

« Les caractères apparaissent-ils de manière identique à l'écran de l'ordinateur ? demanda la secrétaire.

– C'est possible, d'un seul clic, lui assura Nomuri.

Il peut y avoir un petit problème comme qui dirait de conflit logiciel... dans la mesure où cela vous amène à penser simultanément dans deux langues », la prévint-il avec un sourire.

Ming rit. « Oh, ça, on a l'habitude. »

Ses dents auraient mérité un bon orthodontiste, estima Nomuri, mais il n'y en avait pas des masses à Pékin, pas plus d'ailleurs que d'autres spécialistes en médecine bourgeoise, la chirurgie plastique, par exemple. Enfin, il avait réussi à la faire rire, c'était déjà ça.

« Voulez-vous que je vous fasse une démonstration de nos nouveaux produits ? demanda l'agent de la CIA.

– Bien sûr, pourquoi pas ? » Elle parut presque déçue qu'il ne soit pas en mesure de le faire sur-le-champ.

« Excellent, mais il faudra que vous me donniez l'autorisation de faire monter mon matériel... c'est rapport à votre personnel de sécurité, voyez-vous... »

Comment ai-je pu oublier ? la vit-il se réprimander, avec un plissement d'yeux éloquent. Tant qu'à faire, autant bien ferrer la prise.

« Est-ce que vous pouvez prendre ça sur vous ou est-ce que vous devez en référer à un supérieur ? » Le point le plus vulnérable du bureaucrate communiste était son sens aigu de sa place dans la hiérarchie.

Sourire entendu : « Oh, bien sûr, je peux tout à fait décider de vous accorder cette autorisation. »

Il sourit lui aussi : « Parfait. Je peux être ici avec tout mon équipement, disons... à dix heures ?

– Bien. Passez par l'entrée principale. On vous y attendra.

– Merci, camarade Ming », dit Nomuri en gratifiant d'une petite courbette la jeune secrétaire (et sans doute maîtresse de son ministre). Il se dit qu'elle avait du potentiel, mais il devrait se montrer prudent, tant pour elle que pour lui, songea-t-il en attendant l'ascenseur. C'était pour cela que Langley le payait si bien, sans compter le salaire princier de la Nippon Electric Company qui était son gagne-pain officiel. Il en avait bien besoin du reste pour survivre ici. Le coût de la vie était déjà élevé pour un Chinois. Pour un étranger, c'était pire, parce que pour les étrangers tout était (forcément) spécial. Les appartements étaient spéciaux (et presque à coup sûr truffés de micros). La nourriture qu'il achetait dans une boutique spéciale était plus chère – même si, de ce côté, il n'y voyait pas d'objection car elle était sans doute plus saine.

La Chine était de ces pays affligés, selon le terme de Nomuri, du syndrome des dix mètres. Tout paraissait parfait, et même impressionnant, jusqu'à ce qu'on s'en approche à moins de dix mètres. C'est alors qu'on constatait que les pièces n'étaient pas assemblées si bien que ça. Ainsi avait-il découvert qu'il pouvait être particulièrement inquiétant d'entrer dans un ascenseur. Avec ses habits confectionnés en Occident (les Chinois classaient le Japon parmi les pays occidentaux, ce qui aurait amusé quantité de gens, tant au Japon qu'en Amérique ou en Europe), il était aussitôt repéré comme un *qwai*, un diable étranger, avant même qu'on ne découvre son visage. Dès que cela se produisait, les regards changeaient : passant à la simple curiosité mais parfois à la franche hostilité, parce que les Chinois n'étaient pas aussi bien habitués que les Nippons à dissimuler leurs sentiments, ou alors peut-être que c'était le cadet de leurs soucis, se dit l'agent de la CIA en cachant les siens derrière un visage impénétrable. Une pratique qu'il avait eu l'occasion d'apprendre lors de son séjour à Tokyo. Il avait retenu la leçon, ce qui expliquait à la fois qu'il ait un bon poste chez NEC et qu'il n'ait jamais été démasqué en mission.

L'ascenseur marchait relativement bien, mais quelque part, quelque chose clochait. Peut-être, encore une fois, parce que les pièces ne semblaient pas parfaitement ajustées. Nomuri n'avait jamais éprouvé cette

110

impression au Japon. Les Nippons avaient peut-être bien des défauts, mais c'étaient des ingénieurs compétents. Il en allait sans doute de même avec les Taiwanais, mais Taiwan, comme le Japon, avait un système capitaliste qui encourageait la performance en distribuant du travail, des bénéfices et des salaires confortables aux travailleurs qui faisaient du bon boulot. La Chine en était encore à apprendre les rudiments du capitalisme. Elle exportait beaucoup mais jusqu'ici, les articles qu'elle mettait sur le marché étaient soit de conception relativement simple (les chaussures de sport), soit manufacturés selon des critères précis élaborés ailleurs puis recopiés servilement sur place (les gadgets électroniques). Bien sûr, c'était en train de changer. Les Chinois n'étaient pas plus manchots que les autres, et même le communisme ne pouvait pas les entraver indéfiniment. Pourtant, les industriels qui commençaient à innover et lancer sur le marché des produits réellement nouveaux étaient traités par leurs dirigeants tout au plus comme de vulgaires paysans ayant une productivité inhabituelle. Ce n'était pas une pensée très réjouissante pour tous ces hommes industrieux qui se demandaient parfois, en buvant un verre, pourquoi ceux qui apportaient la richesse à leur patrie se voyaient traiter de la sorte par ceux-là mêmes qui s'estimaient capables de diriger les orientations politiques et culturelles du pays. Nomuri sortit reprendre sa voiture en se demandant combien de temps cela pourrait encore durer.

Toutes ces orientations économiques et politiques relevaient de la schizophrénie. Tôt ou tard, les industriels allaient se révolter et exiger d'avoir leur mot à dire dans la gestion politique du pays. Il était plus que probable que le mouvement avait déjà commencé. Si oui, les réactions n'avaient pas dû se faire attendre, assorties de menaces à peine voilées contre ceux qui se manifestaient un peu trop bruyamment. Donc, peut-être que les dirigeants industriels chinois attendaient leur heure, et, dans l'intervalle, ils s'épiaient mutuellement à chacune de leurs réunions, en se demandant lequel oserait le premier sauter le pas qui lui vaudrait honneurs et gloire, avec le statut envié de héros, à moins (hypothèse plus probable) que sa famille ne se voie facturer la balle de 7.62 nécessaire à l'expédier dans cet autre monde promis par Bouddha mais dont le gouvernement niait l'existence avec mépris.

« Donc, ils n'ont pas encore rendu l'annonce publique. C'est un peu bizarre, nota Ryan.

– Effectivement, admit Ben Goodley en hochant la tête.

– Une idée pour expliquer cette rétention d'informations ?

– Non, monsieur... à moins que quelqu'un cherche à en tirer un quelconque profit immédiat mais autrement, non... » *Cardsharp* [1] haussa les épaules.

« Racheter des actions d'Atlantic Richfield ? Ou d'un constructeur d'engins de terrassement...

– Ou simplement préempter des terrains quelque part en Sibérie orientale, suggéra George Winston. Mais ce serait indigne d'honorables serviteurs de l'État. »

Le président rit au point de devoir reposer sa tasse. « En tout cas, sûrement pas dans cette administration », fit-il remarquer. Aux yeux de la presse, un des traits de l'équipe gouvernementale réunie par Ryan était d'être composée plus ou moins de ploutocrates, et non pas d'honnêtes « travailleurs ». C'était comme si les médias s'imaginaient que l'argent apparaissait entre les mains de certains individus bénis du ciel comme par miracle ou à la suite de quelque activité inqualifiable et louche, mais jamais par le travail. C'était l'un des préjugés les plus bizarres au sein du monde politique :

1. Tricheur professionnel *(N.d.T.)*.

la fortune ne viendrait pas du travail mais d'une autre source mystérieuse, jamais vraiment définie mais toujours implicitement suspecte.

« Ouais, Jack, dit Winston en riant à son tour. On en a tous mis assez de côté pour nous permettre d'être honnêtes. Du reste, qui diable pourrait avoir besoin d'une mine d'or ou d'un gisement de pétrole ?

– Pas de précisions sur la taille de l'un ou de l'autre ? »

Signe de dénégation. « Négatif, monsieur. Cela dit, l'information initiale se confirme bien. Les deux découvertes sont de grande envergure. Surtout le gisement de pétrole. Mais le filon aurifère n'est pas mal non plus.

– Cet afflux de métal précieux risque de déséquilibrer le marché, intervint le secrétaire au Trésor. Tout dépendra de la vitesse de son introduction. Il pourrait également entraîner la fermeture de nos mines du Dakota.

– Pourquoi ? demanda Goodley.

– Si le filon russe est aussi prometteur que le suggèrent les premiers éléments, ils seront en mesure de réduire de vingt-cinq pour cent le coût moyen d'extraction, malgré la rigueur des conditions climatiques. La baisse concomitante du prix de l'or sur le marché international rendra non rentable la poursuite de l'exploitation de nos mines. » Winston haussa les épaules. « Ce qui obligera à suspendre celle-ci en attendant une inévitable remontée des cours. Car il est probable que, passé l'enthousiasme des débuts, nos amis russes calmeront un peu le jeu, ne serait-ce que pour engranger des bénéfices... plus réguliers. Je gage que les autres producteurs, en gros les Sud-Africains, leur proposeront de les rencontrer pour les conseiller sur la meilleure façon de rentabiliser leur filon. En général, les jeunots écoutent les conseils des anciens. Ainsi les Russes ont-ils coordonné leur production de diamants avec les gens de chez De Beers. Et cela depuis longtemps, quand le pays s'appelait encore l'URSS. Les affaires sont les affaires, même pour les cocos. Donc, on va proposer notre aide à nos amis de Moscou ? » demanda *Trader* en se tournant vers *Swordsman*.

Ryan hocha la tête. « Je ne peux pas encore. Pas question qu'ils apprennent qu'on est au courant. Serguéï Nikolaïevitch se demanderait fatalement comment on a procédé et il se douterait bien que c'est grâce au renseignement électronique. Or, c'est une méthode de collecte d'informations qu'on cherche dans la mesure du possible à garder secrète. » Sans doute en pure perte, Ryan en était conscient, mais le jeu avait ses règles et tout le monde s'y conformait. Golovko pouvait nourrir des soupçons, mais il n'aurait jamais de certitude absolue. Bon, je ne cesserai sans doute jamais de raisonner en espion, dut bien admettre le président. Tenir sa langue et garder les secrets était pour lui une tendance naturelle... un peu trop naturelle, le mettait souvent en garde Arnie van Damm. Un gouvernement démocratique moderne était censé jouer la transparence, comme un rideau déchiré permet aux voisins de mater à leur guise l'intérieur d'une chambre à coucher. C'était une idée à laquelle Ryan n'avait jamais vraiment pu se faire. C'était à lui de décider qui avait le droit de savoir et quand il jugerait bon de l'en informer. Il s'y conformait même quand il savait avoir tort, pour l'unique raison que c'était ainsi qu'on lui avait enseigné à servir le gouvernement, sous les ordres d'un amiral qui s'appelait James Greer. On avait du mal à se défaire de ses vieilles habitudes.

« J'appellerai Sam Sherman chez Atlantic Richfield, suggéra Winston. S'il me lâche le morceau, alors c'est que l'information peut être rendue publique, enfin quasiment.

– Est-ce qu'on peut se fier à lui ? »

Winston acquiesça. « Sam joue franc-jeu. On ne

peut pas lui demander de trahir ses actionnaires mais il sait où réside l'intérêt de la nation, Jack.

– OK, George, enquête discrète.

– Affirmatif. À vos ordres, monsieur le président !

– Bon sang, George !

– Jack, quand allez-vous apprendre à vous décrisper un peu dans ce foutu putain de boulot ? intervint le secrétaire au Trésor.

– Le jour où je déménagerai de ce foutu putain de musée pour redevenir un homme libre », rétorqua Ryan mais il hocha docilement la tête. Winston avait raison. Il devait apprendre à exercer sa fonction présidentielle avec un peu plus de décontraction. Sa nervosité le desservait lui-même mais elle desservait également le pays. Ce qui permettait d'autant plus aisément à certains de le titiller, or George Winston faisait partie de ceux qui adoraient se livrer à ce jeu – peut-être parce que ça l'aidait lui-même à décompresser, se dit Ryan ; un peu comme les exercices que fait un acteur avant d'entrer en scène. « George, à votre avis, pourquoi devrais-je absolument faire ce boulot de manière décontractée ?

– Jack, parce que vous êtes là pour travailler efficacement, or rester crispé en permanence ne vous rend pas plus efficace pour autant. Soyez réactif, mon vieux, je ne sais pas, moi, apprenez peut-être à aimer certains aspects de votre fonction.

– Lesquels, par exemple ?

– Merde... » Winston haussa les épaules et, d'un signe de tête éloquent, indiqua le bureau des secrétaires. « Ce ne sont pas les jeunes et jolies stagiaires qui manquent...

– Ça va, on a assez donné », bougonna Ryan. Puis il réussit effectivement à se relaxer et même à esquisser un sourire. « En plus, j'ai épousé une chirurgienne. Que je m'avise de faire ce genre de petite erreur et je pourrais bien me réveiller avec un gros manque...

– Ouais, je suppose que c'est mauvais pour le pays d'avoir à sa tête un président sans queue, hein ? On risquerait de ne plus être respectés sur la scène internationale. » Winston se leva. « Bon, faut que je retourne au boulot examiner mes statistiques.

– La situation économique se présente bien ?

– Pas à me plaindre. Mark Gant non plus. Le tout, c'est que le président de la Réserve fédérale n'aille pas toucher aux taux d'intérêt, mais je suppose qu'il n'en fera rien. L'inflation est quasiment nulle et je ne vois nulle part de signe d'emballement.

– Ben ? »

Goodley consulta ses notes, comme s'il avait oublié quelque chose. « Ah, ouais... Vous savez quoi ? Le Vatican vient de nommer un nonce apostolique en Chine populaire.

– Oh ? Et alors ? demanda Winston, s'arrêtant à mi-chemin de la porte.

– Les gens ont tendance à oublier que le Vatican est un État souverain et qu'il en a donc toutes les prérogatives. Y compris celle de la représentation diplomatique. Le nonce apostolique est un ambassadeur... mais aussi un espion, nota Ryan.

– Vraiment ? s'étonna Winston.

– George, les services secrets du Vatican sont les plus vieux du monde. Plusieurs siècles. Alors, oui, le nonce recueille de l'information pour la transmettre à la hiérarchie pontificale parce que les gens se confient à lui... quel meilleur confesseur qu'un prêtre, après tout ? Ils savent si bien s'y prendre qu'il nous est arrivé déjà de faire l'effort de craquer leurs transmissions. Dans les années trente, le Département d'État avait un cryptographe qui s'en occupait à plein temps, apprit à son ministre un Ryan redevenu prof d'histoire.

– Et on continue ? » La question s'adressait à Goodley, le conseiller à la sécurité auprès du président. Ce dernier se tourna d'abord vers son chef pour avoir son quitus avant de répondre : « Oui, monsieur. Ford Meade continue de jeter un œil sur leurs messages. Leurs chiffres sont un peu dépassés et on peut les craquer par la force brute.

— Et les nôtres ?

— Celui actuellement en vigueur est baptisé Tapdance. La génération de ses clefs est totalement aléatoire et donc il est en théorie infrangible... à moins que quelqu'un commette la gaffe de réutiliser le même segment, mais avec environ six cent quarante-sept millions de transpositions possibles par clef quotidienne, c'est assez peu probable...

— Six cent quarante-sept millions ?

— Elles sont consignées sur un CD-Rom. »

La conversation s'était orientée vers les problèmes de sécurité des transmissions. « Et pour les communications téléphoniques ? »

— Vous parlez du STU ? demanda Goodley qui eut droit à un signe d'assentiment. Là aussi, cryptage logiciel, avec une clef de 256 k générée par ordinateur. On peut effectivement la casser, mais encore faut-il disposer d'une machine, du bon algorithme et avoir au moins quinze jours devant soi... et là, plus le message est court, plus il est difficile à décrypter. Les gars de Fort Meade sont en train de jouer avec des équations de physique quantique pour les appliquer au décryptage et ils semblent obtenir des résultats, mais si vous tenez à avoir une explication, il faudra vous adresser à plus compétent, admit Goodley. Tout cela me passe largement au-dessus de la tête.

— Ouais, vous pouvez demander des tuyaux à l'ami Gant, suggéra Ryan. Il m'a l'air de toucher sa bille en informatique. Du reste, ça serait pas mal non plus que vous le mettiez au fait de ces découvertes en Russie. Peut-être qu'il pourra nous modéliser leurs effets éventuels sur l'économie russe.

— Ce ne sera valable que si chacun suit les règles du

117

jeu, objecta Winston. S'ils s'entêtent dans la corruption qui mine leur économie depuis plusieurs années, on ne peut faire strictement aucune prévision, Jack. »

« Il n'est pas question de laisser cela se reproduire, camarade président », dit Sergueï Nikolaïevitch après avoir bu un demi-verre de vodka. Cela restait toujours la meilleure du monde, même si c'était peut-être l'unique production russe dont il pouvait encore être fier. Ce qui l'amena à méditer, l'air sombre, sur l'état de décrépitude dans lequel avait sombré son pays.

« Sergueï Nikolaïevitch, que proposez-vous ?

– Camarade président, ces deux découvertes sont un don du ciel. Si nous les exploitons à bon escient, nous pouvons transformer notre pays... ou du moins le placer sur la bonne voie. Les rentrées en devises fortes seront colossales, et nous pourrons employer cet argent pour reconstituer notre infrastructure au point d'être enfin capables de réformer notre économie. À la condition... (il leva un doigt en guise d'avertissement) de ne pas laisser une petite bande d'escrocs détourner cet argent vers des comptes en Suisse ou au Liechtenstein. Là-bas, il ne nous profite en rien, camarade président. »

Golovko s'abstint d'ajouter qu'en revanche une petite élite d'individus bien placés en profiterait grassement. Il n'ajouta pas non plus que lui-même serait du nombre, comme du reste le président. Mais l'occasion était franchement trop bonne. L'intégrité était une vertu plus répandue chez ceux qui pouvaient se l'offrir, et tant pis pour les leçons de morale de la presse, se dit l'espion professionnel. D'abord, qu'avaient-ils fait pour son pays ou pour n'importe quel autre, du reste ? Tout ce dont ils étaient capables, c'était de dénoncer uniment le travail honnête de certains et le travail malhonnête d'autres, sans trop se fouler eux-mêmes... et puis d'abord, ils étaient aussi faciles à soudoyer que n'importe qui, non ?

Le président l'interrompit dans ses ruminations : « Eh bien, qui a obtenu la concession pour exploiter ces ressources ?

— Pour le pétrole, notre propre compagnie de prospection, plus une société américaine, Atlantic Richfield. De toute façon, ce sont eux qui ont le plus d'expérience de l'exploitation pétrolière dans ces conditions climatiques, d'ailleurs nos ingénieurs ont beaucoup appris d'eux. Je vous suggère de proposer un accord de prestation de services, calculé généreusement, mais surtout pas de participation proportionnelle à la propriété du gisement. Le contrat de prospection était du reste dans cette ligne : généreux en termes absolus, mais sans aucune participation aux résultats d'exploitation du gisement découvert.

— Et pour l'or ?

— C'est encore plus facile. Aucun ressortissant étranger n'a été impliqué dans cette découverte. Le camarade Gogol aura un intérêt sur celle-ci, bien sûr, mais c'est un homme âgé, sans héritiers et, semble-t-il, de goûts fort simples. Une cabane chauffée convenablement, un fusil de chasse tout neuf suffiront sans doute à son bonheur, si j'en crois les rapports à son sujet.

— Et la valeur de ce filon ?

— Pas loin de soixante-dix milliards. Et tout ce dont nous avons besoin, c'est de nous procurer une certaine quantité de matériel de terrassement, le meilleur provenant de la firme américaine Caterpillar.

— Est-ce bien nécessaire, Sergueï ?

— Camarade président, les Américains sont en quelque sorte nos amis, et cela ne peut pas faire de mal de rester en bons termes avec leur président. Et par ailleurs, leur matériel lourd reste le meilleur du monde.

— Supérieur à celui des Japonais ?

– Pour ce type de travail, oui, mais légèrement plus cher », répondit Golovko, en se disant que les gens étaient vraiment tous pareils : malgré l'éducation reçue dans sa jeunesse, chaque homme semblait foncièrement un capitaliste dans l'âme, cherchant par tous les moyens à rabioter sur les coûts et à accroître ses profits, souvent au point d'en oublier les intérêts supérieurs. Enfin, c'est bien pour cela que Golovko était ici.

« Et qui voudra de cette manne ? »

Fait rare dans ces murs, un rire retentit : « Camarade président, tout le monde, absolument tout le monde. Mais soyons réalistes, nos militaires seront en première ligne.

– Évidemment, reconnut le président russe avec un soupir résigné. Comme toujours. Oh, au fait, du nouveau dans l'attentat contre votre voiture ? » demandat-il en levant les yeux de ses papiers.

Golovko hocha la tête. « Aucun progrès notable, non. On admet à présent que cet Avseïenko était bien la cible, et que l'identité des véhicules ne serait qu'une coïncidence. La milice poursuit son enquête.

– Tenez-moi au courant, voulez-vous ?

– Bien entendu, camarade président. »

5

Manchettes

Sam Sherman était un de ces individus que le temps n'avait pas épargnés, même s'il y avait sa part de responsabilité. Passionné de golf, il se déplaçait sur le parcours en voiturette électrique. Il était bien trop gros pour marcher plus de quelques centaines de mètres par jour. C'était plutôt triste pour un homme qui avait jadis joué chez les Tigres de Princeton. Enfin, songea Winston, le muscle se transformait en lard si on ne l'utilisait plus. Mais l'obésité n'avait pas altéré ses facultés mentales. Sherman était sorti cinquième d'une promotion qui n'était pas remplie d'abrutis, avec à la fois une licence de géologie et une de gestion. Il avait complété ces premières peaux d'âne avec une maîtrise à Harvard et un doctorat de l'université du Texas, celui-ci également en géologie, de sorte que Samuel Price Sherman pouvait non seulement discuter de roches avec les prospecteurs mais aussi de finance avec son conseil d'administration : c'était une des raisons qui expliquaient que le titre d'Atlantic Richfield était l'un des plus sains de toutes les entreprises pétrolières. Son visage était tanné par le soleil et la poussière des champs de prospection, son ventre gonflé par toutes les bières partagées avec les paysans dans bien des trous perdus pour faire passer les hot dogs et la mal bouffe

121

qui avaient la faveur des gens qui travaillaient dans ce milieu. Winston était surpris que Sam ne fume pas, en plus. Puis il avisa la boîte posée sur son bureau. Des cigares. Et sans doute de qualité. Sherman pouvait se payer les meilleurs, mais – héritage des manières policées des anciens élèves des universités huppées de Nouvelle-Angleterre – il évitait d'en allumer un devant un hôte qui pouvait être gêné par leur épais nuage de fumée bleue.

Le siège d'Atlantic Richfield était ailleurs, mais comme souvent avec les grosses entreprises, il n'était pas inutile d'avoir des bureaux à Washington : un bon moyen d'influer sur les parlementaires avec des soirées somptueuses. Installé dans l'angle du dernier étage, le bureau personnel de Sherman était fort cossu, avec une épaisse moquette beige. Le meuble derrière lequel il se tenait était en acajou ou en chêne teinté, poli comme du verre, et il avait sans doute coûté plus de deux ans du salaire de sa secrétaire.

« Alors, quel effet ça fait de bosser pour le gouvernement, George ?

– C'est vraiment un changement de perspective. Maintenant, je peux influer sur toutes les choses contre lesquelles j'avais l'habitude de râler... de sorte que j'ai plus ou moins renoncé à le faire.

– Ça, c'est un sérieux sacrifice, vieux, répondit Sam avec un rire. C'est quasiment comme de passer à l'ennemi, non ?

– Eh bien, il faut parfois savoir rembourser ses dettes, Sam, et puis faire de la bonne politique, ça peut se révéler divertissant.

– Ma foi, je n'ai pas à me plaindre de ce que vous êtes en train de faire, toi et tes petits copains. L'économie semble plutôt apprécier. Bien... » Sherman se redressa dans son fauteuil confortable. Il était temps de changer de sujet. Et il voulait également faire sentir à son hôte que son temps était précieux. « Mais tu n'es pas venu me voir pour papoter. » Et prenant un ton officiel : « Que puis-je pour vous, monsieur le ministre ?

— La Russie... »

Les yeux de Sherman cillèrent imperceptiblement, sans doute comme lorsqu'on abat la dernière carte dans une partie aux enchères élevées. « Oui, eh bien ?

— Tu as une grosse équipe de prospection qui travaille avec les Russes... ils ont fait bonne pêche ?

— George, c'est une question sensible que tu abordes là. Si tu dirigeais encore Columbus, tu serais passible de délit d'initié. Merde, sachant ce que je sais, moi-même je ne peux même plus racheter des actions de notre boîte.

— Est-ce que ça veut dire que tu le regrettes ? demanda Trader avec un sourire.

— Bah, de toute façon, ça sera rendu public d'ici peu. Ouais, George. Il semble bien qu'on ait découvert le plus vaste gisement de pétrole de tous les temps, plus grand encore que le golfe Persique, plus grand que le Mexique, encore bougrement plus vaste que la baie de Prudhoe et l'Ouest canadien réunis... Je te parle d'un truc énorme, des milliards et des milliards de barils de ce qui a tout l'air d'un brut d'excellente qualité qui attend juste qu'on le pompe gentiment de sous la toundra. Un gisement qu'on comptera en années de production, pas seulement en barils.

— Plus grand que le Golfe ? »

Sherman confirma d'un signe de tête. « De quarante pour cent, et c'est une estimation basse. Le seul hic, c'est la localisation. Extraire ce brut va pas être du gâteau – pour démarrer la production, en tout cas. C'est déjà une affaire de vingt milliards de dollars rien que pour l'oléoduc. En comparaison, l'Alaska prend des allures de concours de plage, mais ça vaut largement le coup.

— Et votre intérêt à la sortie ? » s'enquit le secrétaire au Trésor.

La question suscita un froncement de sourcils. « On est en cours de négociation. Les Russes semblent vouloir nous régler des honoraires de consultant, nets, quelque chose comme un milliard de dollars par an – le chiffre qu'ils avancent pour l'instant est plus faible, mais tu sais comment se passent les marchandages à ce stade, hein ? Ils disent deux cents millions, mais ils tablent sur un milliard l'an sur sept à dix ans, j'imagine. Et certes, c'est pas mal en échange du travail qu'on aura à fournir, mais moi, je tiens à avoir un minimum de cinq pour cent sur la production, et j'estime que notre demande n'a rien de déraisonnable. Ils ont de bons géologues mais personne au monde ne peut renifler le pétrole sous la glace aussi bien que mes gars, et les Russes ont encore pas mal de choses à apprendre avant de savoir exploiter un gisement comme celui-ci. Nous, on a déjà bossé dans ce genre de conditions climatiques. Personne n'est mieux placé que nous, même les gars de BP, et pourtant c'est pas des manches... mais pas de doute, on est les meilleurs du monde, George. C'est le marché qu'on leur a mis dans les mains. Ils peuvent le faire sans nous, mais avec notre aide, ils se feront bien plus de blé, et surtout bougrement plus vite, ils le savent pertinemment, et on sait qu'ils le savent. Alors mes avocats discutent avec les leurs – en fait, ils ont confié les négociations à des diplomates. » Sherman ne put retenir un sourire. « Ils font pas le poids face à mes spécialistes. »

Winston acquiesça. Le Texas était une pépinière de bons juristes. Comme disait la rumeur, c'était parce qu'au Texas, il y avait encore plus de types à tuer que de chevaux à voler. En outre, l'industrie pétrolière payait grassement et au Texas, comme partout ailleurs, l'argent attirait le talent.

« Quand l'annonce officielle sera-t-elle faite ?

– Les Russes essaient de garder le couvercle dessus. Un des trucs que nous ont signalé nos avocats, ce qui les inquiète, c'est l'organisation de l'exploitation : en gros, leur souci premier, c'est ceux qu'ils aimeraient mieux tenir à l'écart, à savoir leur mafia et compagnie. C'est qu'ils ont de sérieux problèmes de corruption et j'avoue que je compatis... »

Winston savait qu'il pouvait ignorer ce qui allait suivre. L'industrie pétrolière faisait des affaires dans le monde entier. Régler les problèmes de corruption à petite échelle (dix millions de dollars ou moins) ou même à une échelle gigantesque (dix milliards de dollars ou plus) faisait partie intégrante de l'activité des entreprises comme celle que dirigeait Sam, et le gouvernement américain n'avait jamais trop cherché à creuser la question. Même s'il y avait des lois fédérales régissant le comportement des entreprises américaines à l'étranger, une bonne partie de ces textes étaient appliqués de façon sélective, et cet exemple était loin d'être le seul. Même à Washington, les affaires restaient les affaires.

« ... Bref, ils essaient de garder le secret jusqu'à ce qu'ils aient abouti à un arrangement convenable, conclut Sherman.

– T'as d'autres infos ?

– Comment ça ? demanda Sherman en guise de réponse.

– Une autre bonne aubaine dans le même genre, crut bon d'expliquer Winston.

– Non, je ne suis pas avide à ce point. George, je n'ai pas l'impression que tu aies saisi l'ampleur de cette découverte. C'est un gisement qui...

– Du calme, Sam, je sais additionner deux et deux aussi bien qu'eux », assura-t-il à son hôte.

Sherman, lui, n'avait perçu que son hésitation : « Un truc que je devrais savoir ? Donnant, donnant, George. J'ai joué franc-jeu avec toi, n'oublie pas.

– Un filon d'or.

– Quelle taille ?

– Ils ne sont pas encore sûrs. L'Afrique du Sud au moins. Peut-être plus.

– Vraiment ? Ma foi, c'est pas mon domaine d'expertise, mais on dirait que nos amis russes ont enfin une bonne année pour changer. Tant mieux pour eux.

– Tu les aimes bien ?

– À vrai dire, ouais. Ils me font vraiment penser aux Texans. Capables de se faire d'excellents amis comme des ennemis mortels. Ils savent s'amuser et, bon Dieu, ces mecs savent boire. Il serait temps que la chance tourne pour eux. Dieu sait qu'ils ont donné, question guigne. Tout ça va sacrément pousser leur économie, et en gros, il y a là-dedans rien que du positif, surtout s'ils arrivent à régler cette histoire de corruption et à empêcher la fuite des capitaux qui pourraient leur être utiles, au lieu d'aller se perdre sur l'ordinateur de quelque banque suisse. C'est que leur nouvelle mafia est rusée et coriace... et assez effrayante. La preuve : ils viennent d'avoir un type que je connaissais, là-bas.

– Vraiment ? Et qui donc, Sam ?

– On l'appelait Grisha. Il coachait des poules de luxe, à Moscou. Il gérait plutôt bien son petit commerce. C'était une bonne adresse à connaître quand on avait des exigences particulières... », glissa Sherman. Winston nota mentalement l'information, bien décidé à l'examiner d'un peu plus près.

« Ils l'ont tué ? »

Sherman opina. « Ouaip, l'ont fait sauter au bazooka, et en pleine rue... même que ça a fait la une de CNN, rappelle-toi... » La chaîne d'infos en continu avait présenté ça comme un crime crapuleux sans autre intérêt que sa brutalité spectaculaire, un fait divers oublié dès le lendemain.

George Winston s'en souvenait vaguement, et il mit la chose de côté. « Tu vas souvent là-bas ?

– Pas trop, non. Deux fois cette année. En général, je fais un saut avec mon Gulfstream V, en décollant direct de Reagan ou de Dallas/Fort Worth. Le vol est long, mais d'une traite. Et non, je n'ai pas encore visité le nouveau gisement. Je compte m'y rendre d'ici quelques mois mais je tâcherai d'attendre que le temps soit plus clément. Putain, tu sais pas ce que c'est que le froid tant que t'es pas allé dans le Grand Nord en plein hiver. Le problème, c'est qu'il fait nuit à ce moment-là, alors de toute façon, autant patienter jusqu'à l'été. Cela dit, mieux vaut pas s'encombrer à trimbaler ses clubs. T'as pas le moindre terrain de golf dans ce coin de la planète, George.

— Eh bien, t'auras qu'à prendre un fusil et te taper un ours, ça fait de très belles descentes de lit, suggéra Winston.

— J'ai laissé tomber. De toute façon, j'en ai déjà trois à mon tableau de chasse. Celui-ci est même classé numéro huit au livre Boone et Crockett des records », répondit Sherman en indiquant une photo sur le mur opposé. Et de fait, c'était un sacré gros ours polaire. « J'ai fait deux gosses sur ce tapis », crut bon d'ajouter le président d'Atlantic Richfield, avec un sourire matois. La fourrure en question était étendue devant la cheminée de sa chambre, à Aspen, Colorado, une station où sa femme aimait bien aller skier en hiver.

« Pourquoi as-tu laissé tomber ?

— Mes enfants pensent qu'il n'y a plus assez d'ours polaires. Toutes ces conneries écologiques qu'on leur enseigne à l'école, aujourd'hui...

— Ouais, compatit le secrétaire au Trésor, alors qu'ils font de si beaux tapis.

— Enfin, bon, celui-là, de tapis, menaçait certains de nos ouvriers de la baie de Prudhoe dans les années... oh, 1975, si ma mémoire est bonne, et je l'ai eu à soixante mètres avec ma Winchester. Du premier coup, assura le Texan. Je suppose qu'aujourd'hui, on le laisserait tuer un homme avant de le mettre en cage et de le transporter ailleurs, pour empêcher que la pauvre bête soit trop traumatisée, pas vrai ?

– Sam, je suis secrétaire au Trésor. Je laisse la faune et les petits oiseaux à la Protection de l'environnement. Je fais pas une fixation sur les arbres... en tout cas, pas avant qu'on n'en ait transformé la pulpe en papier-monnaie... »

Rire étouffé de son hôte : « Désolé, George. Mais j'arrête pas d'entendre ce refrain à la maison. Peut-être que c'est à cause de Disney. Toutes les bêtes sauvages portent des gants blancs et dialoguent en bon anglais du Middle West.

– Courage, Sam. Au moins, ils ont laissé de nouveau les superpétroliers repartir de Valdez. Au fait, tu détiens quelle proportion du gisement Alaska/Canada ?

– Pas tout à fait la moitié, mais mine de rien, cette histoire a réduit pendant un bout de temps mes actionnaires au pain et à l'eau.

– Donc, entre celui-là et celui de Sibérie, combien d'options d'achat te laisseront-ils exercer ? » Sam Sherman touchait déjà un joli pécule, mais à son échelon, le niveau des revenus se mesurait au nombre de titres que votre travail avait fait grimper et que vous cédaient invariablement les membres du conseil d'administration, qui eux-mêmes voyaient leur portefeuille d'actions prendre de la valeur grâce à vos efforts.

Sourire entendu, puis haussement de sourcils : « Un gros paquet, George. Un sacré beau paquet. »

« La vie conjugale vous réussit, Andrea », observa le président Ryan en adressant un sourire à sa garde du corps attitrée. Elle s'habillait mieux et elle avait de toute évidence la démarche plus allègre. Il n'aurait su dire si son teint était devenu plus éclatant ou si ce n'était qu'un changement de maquillage. Jack avait appris à ne jamais faire de remarque sur le maquillage féminin. Il se plantait régulièrement.

« Vous n'êtes pas le seul à l'avoir remarqué, monsieur.

– On hésite à dire de telles choses à une femme, surtout quand on s'y connaît aussi peu que moi », confia Jack dont le sourire s'élargit. Cathy, son épouse, disait toujours qu'elle était obligée de lui choisir elle-même ses habits tellement ses goûts laissaient à désirer. « Mais le changement est suffisamment marqué pour que même un homme comme moi soit capable de le voir.

– Merci, monsieur le président. Pat est un type vraiment bien, même pour un rat de bureaucrate.

– Qu'est-ce qu'il fait en ce moment ?

– En ce moment, il est monté à Philadelphie. Le directeur Murray l'a envoyé s'occuper d'un braquage de banque. Deux flics tués.

– J'ai vu ça à la télé, la semaine dernière. Moche. »

Sa garde du corps acquiesça. « Surtout de la manière dont ça s'est produit. Deux balles dans la nuque. Mais c'est le genre de branque qu'on rencontre. Quoi qu'il en soit, le directeur Murray a décidé de s'occuper de l'affaire avec un inspecteur itinérant de la division centrale, et en général ça veut dire que c'est Pat qui s'y colle.

– Dites-lui d'être prudent. » L'inspecteur Pat O'Day avait sauvé la vie de sa fille moins d'un an auparavant et cet acte lui avait valu l'éternelle sollicitude du chef de l'État.

« C'est ce que je lui répète tous les jours.

– Bien. Voyons à quoi ressemble mon emploi du temps. » Ses rendez-vous « d'affaires » étaient déjà sur son bureau. Andrea Price-O'Day lui donnait un récapitulatif chaque matin, après son tour d'horizon sur les questions de sécurité nationale avec Ben Goodley.

« Rien de spécial après le déjeuner. Une délégation

de la Chambre nationale de commerce à treize heures trente, puis à quinze heures, les Red Wings de Detroit – ils ont gagné la coupe Stanley cette année. Séance photo avec les connards de la télé, le cirque habituel, mettons une vingtaine de minutes.

– Je devrais refiler le bébé à Ed Foley. C'est lui, le fan de hockey...

– C'est un supporter des Caps, monsieur, et les Red Wings leur ont mis quatre buts à zéro en finale. Le directeur Foley pourrait y voir un affront personnel, observa O'Day avec un demi-sourire.

– C'est ma foi vrai. Enfin, l'an dernier, on avait réussi à récupérer des maillots et des gadgets pour son fiston, hein ?

– Oui, monsieur.

– Sympa, comme sport, le hockey. Peut-être que je devrais essayer d'assister à un ou deux matches. Vous pouvez m'arranger ça ?

– Sans problème, monsieur. Nous avons des accords avec toutes les fédérations sportives. Le stade de Camden nous a même attribué une loge spéciale – ils nous ont laissé intervenir sur son aménagement, enfin, pour les normes de sécurité. »

Ryan bougonna. « Ouais, faut que je pense à tous ces gens qui veulent ma mort.

– C'est mon boulot de m'en occuper, monsieur, pas le vôtre.

– Sauf quand vous m'interdisez d'aller faire les magasins ou d'aller au cinéma. » Ni Ryan ni sa famille n'avaient vraiment réussi à s'habituer aux contraintes imposées au chef de l'exécutif et à ses proches. C'était particulièrement dur pour Sally qui avait commencé à sortir avec des garçons (ce qui était déjà une épreuve pour son père), or ce genre de rendez-vous était toujours délicat avec une voiture pour ouvrir la marche et une derrière (quand le jeune homme conduisait lui-même), ou une voiture officielle avec un chauffeur et un collègue armé devant (quand il ne conduisait pas), plus des tireurs d'élite dans tous les coins. Cela tendait à refroidir les ardeurs du jeune homme en question... et Ryan s'était gardé de dire à sa fille que pour sa part ça lui allait fort bien, car il redoutait de la voir bouder une semaine. Wendy Merritt, la garde du corps attitrée de Sally, s'était révélée à la fois une excellente professionnelle et une espèce de grande sœur idéale. Elles passaient au moins deux samedis par mois à faire les boutiques avec un détachement réduit (en fait, il ne l'était absolument pas mais c'était l'impression qu'avait Sally Ryan quand ils parcouraient les galeries marchandes d'Annapolis pour dépenser de l'argent, une activité pour laquelle toutes les femmes semblaient avoir une prédisposition génétique). Que ces sorties aient été préparées plusieurs jours à l'avance, avec inspection de tous les sites par la sécurité et renforts de jeunes agents choisis pour leur relative invisibilité qui se pointaient une heure avant l'arrivée de Shadow, n'avait pas une seule fois effleuré la jeune Sally Ryan. Cela valait mieux d'ailleurs, car ses problèmes de sorties avec les garçons l'irritaient déjà bien assez, comme le fait d'être suivie par un bataillon armé (pour reprendre ses termes) quand elle se rendait à son lycée à Annapolis. D'un autre côté, le petit Jack trouvait ça hyper-cool, et il avait récemment appris à tirer à l'École du service de sécurité de Beltsville, Maryland, avec la bénédiction paternelle (une chose que Jack n'avait pas laissé s'ébruiter dans la presse, de peur de se voir cloué au pilori à la une du *New York Times*. Il était socialement incorrect d'encourager son fils à toucher – pour ne pas dire utiliser – un objet aussi maléfique en soi qu'un pistolet !). Le garde du corps attitré de Petit Jack était un jeune type du nom de Mike Brennan, Irlandais du sud de Boston, un rouquin déluré qui jouait souvent à chat avec le fils du président sur la pelouse sud de la Maison-Blanche.

« Monsieur, nous ne vous interdisons jamais rien, protesta Price.

– Certes, j'avoue que vous êtes plus subtils que ça. Vous savez que j'ai trop d'égards pour mon prochain et quand vous me racontez tout ce que vous devez vous taper pour que j'aille simplement m'acheter un hamburger, ça me fait en général reculer... comme une vraie mauviette, merde ! » Le président secoua la tête. Rien ne le terrifiait plus que la perspective de finir par s'habituer à tout ce déploiement de gorilles... Comme s'il s'était brusquement découvert du sang bleu et se retrouvait traité comme un roi, qu'on laisserait tout juste se torcher le cul tout seul. Nul doute que ses prédécesseurs en ces murs s'y étaient fort bien habitués, eux, mais c'était une chose que John Patrick Ryan Senior tenait à éviter. Il savait très bien qu'il n'était pas exceptionnel à ce point et qu'il ne méritait pas tout ce bataclan... du reste, quand il se levait le matin, la première chose qu'il faisait, c'était filer aux chiottes. Il avait beau être chef de l'exécutif, il n'en avait pas moins une vessie de prolétaire. *Et Dieu merci.*

« Où est Robby, aujourd'hui ?

– Monsieur, le vice-président est en Californie, parti visiter la base de Long Beach et faire un discours au chantier naval. »

Sourire en coin : « Je lui en fais sacrément baver, non ?

– C'est le boulot du vice-président, intervint Arnie van Damm, depuis la porte. Et puis, Robby est assez grand garçon, ajouta le secrétaire général de la Maison-Blanche.

– Tes vacances t'ont réussi », observa Ryan. Son ami avait un joli bronzage. « T'as fait quoi ?

– Le plus clair du temps, lézarder sur la plage et lire tous les bouquins que j'avais en retard. J'ai cru mourir d'ennui.

– Tu aimes vraiment ces conneries, pas vrai ? demanda Jack, un brin incrédule.

– C'est mon boulot, monsieur le président... Hé, Andrea ! ajouta-t-il en tournant légèrement la tête.

– Bonjour, monsieur van Damm. » Elle se tourna vers Jack. « C'est tout ce que j'ai pour vous ce matin. Si vous avez besoin de moi, vous savez où me trouver. » Son bureau était situé juste de l'autre côté de la rue, au-dessus du nouveau PC du service de protection présidentiel, baptisé JOC – Joint Operations Center.

« D'accord, Andrea, merci. » Sa garde du corps se retira vers son bureau, d'où elle se rendrait aussitôt au PC du JOC. « Arnie, un café ?

– Pas de refus, chef. » Le secrétaire général prit son fauteuil habituel et se servit une tasse. Le café de la Maison-Blanche était particulièrement délicieux, mélange pour moitié d'arabicas de Colombie et de la Jamaïque, et ça, c'était un privilège présidentiel auquel Ryan pouvait s'habituer volontiers. Il espérait bien trouver une boutique où en acheter, une fois qu'il serait libéré de ce foutu boulot.

« Bien, j'ai déjà eu droit à mon briefing sur la sécurité nationale et à celui sur ma protection personnelle. Allez, à toi, file-moi ma leçon de politique.

– Merde, Jack, c'est ce à quoi je m'emploie depuis plus d'un an, désormais, et on peut pas dire que tu fasses des progrès. »

Ryan fit mine de réagir à cette insulte feinte. « C'est un coup bas, ça, Arnie. Je fais de gros efforts et même ces connards de journalistes trouvent que je m'en sors plutôt bien.

– La Réserve fédérale fait un excellent boulot pour gérer l'économie, et cela n'a pas grand-chose à voir avec toi. Mais comme c'est toi le président, c'est toi qui en retires le crédit quand tout va bien, et c'est parfait, mais n'oublie surtout pas que t'auras également droit aux reproches dès que s'annonceront les pépins –

et il y en aura, n'en doute pas – parce qu'il se trouve que c'est toi qui occupes le fauteuil et que nos concitoyens s'imaginent que tu peux d'un coup de baguette magique faire tomber la pluie pour arroser leurs fleurs puis faire revenir le soleil quand ils partent en piquenique. » Arnie but une gorgée de café et reprit : « Tu sais, Jack, on n'est pas vraiment sorti de ces idées monarchiques. Des tas de gens croient vraiment que tu as ce genre de pouvoir personnel...

– Mais ce n'est pas le cas, Arnie, alors comment... ?

– C'est un fait, Jack. Il n'a pas besoin d'être logique. Tu dois faire avec. »

Ce que je peux adorer ces leçons, se dit Ryan.

« Bon, alors, c'est quoi le programme d'aujourd'hui ?

– La Sécurité sociale. »

Ryan se détendit. « J'ai potassé le sujet. L'un des piliers de la vie politique du pays. Tu y touches, t'es mort. »

Ils passèrent la demi-heure suivante à discuter des problèmes, de leurs causes et de l'irresponsabilité du Congrès, jusqu'à ce que Jack se carre contre son dossier avec un soupir.

« Pourquoi n'apprennent-ils donc rien, Arnie ?

– Qu'est-ce qu'ils ont besoin d'apprendre ? nota Arnie avec ce sourire des initiés de Washington, ceux qui ont reçu la bénédiction divine. Ils ont été élus. Donc ils doivent déjà tout savoir. Sinon, comment auraient-ils pu arriver ici ?

– Mais pourquoi, bon Dieu, ai-je accepté ce foutu poste ? fit mine de s'étonner Jack.

– Parce que t'as eu une crise de conscience et décidé de rendre service à ton pays, bougre de tête de mule, voilà pourquoi.

– Et comment se fait-il que tu sois le seul à pouvoir me parler comme ça ?

– En dehors du vice-président ? Parce que je suis

ton prof. Bon, revenons à la leçon du jour. Cette année, on pourrait effectivement ne pas toucher à la Sécurité sociale. Sa situation fiscale est suffisamment saine pour qu'elle tienne encore sept ou huit ans sans intervention, ce qui veut dire que tu peux refiler le bébé à ton successeur...

– Ce n'est pas éthique, Arnie, coupa Ryan.

– Exact, admit son mentor. Mais c'est de bonne politique, et très présidentiel. On appelle ça ne pas réveiller le chat qui dort.

– On ne fait pas ça quand on sait que dès son réveil, il risque de te griffer.

– Jack, t'as vraiment raté une vocation de roi. Tu y excellerais, dit van Damm, apparemment sincère.

– Personne ne peut exercer un tel pouvoir.

– Je sais : "Le pouvoir corrompt et le pouvoir absolu c'est quand même vachement cool." En tout cas, c'est ce que disait un membre de l'entourage d'un de tes prédécesseurs.

– Et on l'a pas pendu pour avoir sorti ça ?

– Il va également falloir travailler votre sens de l'humour, monsieur le président. C'était censé être un bon mot.

– Le plus effrayant dans ce boulot, c'est que je n'arrive pas à y trouver le moindre humour. Quoi qu'il en soit, j'ai dit à George Winston de m'étudier mine de rien ce qu'on pourrait faire avec la Sécurité sociale. Et quand je dis mine de rien, je veux dire confidentiellement.

– Jack, si tu as une faiblesse en tant que président, c'est bien celle-ci. Cette manie du secret.

– Mais si on fait ça au grand jour, on est sûr de se faire écharper avant d'avoir réussi à obtenir un début de résultat, avec la presse sur le dos pour réclamer des informations dont on ne dispose pas encore, et qui racontera ce qui lui chante ou ira interroger un quelconque abruti qui inventera des conneries, et ensuite ce sera à nous d'y répondre.

— Je vois que tu commences à apprendre, jugea Arnie. C'est exactement ainsi que ça fonctionne.

— Ce n'est pas ma définition personnelle du verbe fonctionner.

— C'est Washington, le siège du pouvoir. Rien n'est censé tourner ici de façon efficace. Ça épouvanterait l'Américain moyen si son gouvernement se mettait à fonctionner convenablement.

— Putain, et si je démissionnais ? » Jack leva les yeux au plafond. « Si j'arrive même pas à faire tourner ce foutu bordel, pourquoi suis-je ici, sacré nom de Dieu ?

— Tu y es parce qu'un pilote de 747 japonais a décidé d'écraser son zinc sur la Chambre, il y a quinze mois[1].

— Je suppose, Arnie, mais j'ai quand même l'impression d'avoir usurpé ma place.

— Ma foi, d'après mes critères initiaux, tu es un usurpateur, Jack. »

Ryan leva les yeux. « Critères initiaux ?

— Même quand Bob Fowler a remporté les élections au parlement d'Ohio, Jack, même lui n'a pas fait autant d'efforts que toi pour jouer franc-jeu et il s'est fait bouffer par le système, lui aussi. Ça ne t'est pas encore arrivé, et c'est ce que j'apprécie chez toi. Plus exactement, c'est ce qu'apprécie le citoyen lambda. Ils ne partagent peut-être pas toutes tes positions mais tout le monde est conscient que tu fais de louables efforts, et ils sont certains que tu n'es pas corrompu. Et c'est le cas. Bien, revenons à la Sécurité sociale...

— J'ai dit à George de constituer une petite cellule, de leur faire jurer le secret, de leur donner un certain nombre de recommandations, en précisant que chaque

---

1. Cf. *Dette d'honneur, op. cit.*

fois qu'ils se réunissent, au moins l'un d'eux doit faire le guet à l'extérieur.

– Qui dirige ?

– Mark Gant. L'informaticien de George. »

Le secrétaire général resta quelques instants songeur. « C'est finalement aussi bien que tu agisses dans la discrétion. On ne l'aime pas trop sur la Colline. Trop monsieur je-sais-tout.

– Parce que eux, non ? répliqua Swordsman.

– Tu as déjà fait preuve de naïveté, Jack. Tu as eu un succès mitigé avec les candidats que tu as voulu faire élire et qui n'appartenaient pas au sérail. Bon nombre étaient des types très bien, mais tu as oublié de prendre en compte les séductions qui accompagnent les mandats électifs. L'indemnité n'est pas si faramineuse, mais les avantages en nature si, et des tas de gens adorent se voir traités en princes. Des tas de gens adorent sentir qu'ils peuvent exercer un pouvoir sur leurs concitoyens. Ceux qui étaient là avant eux, ceux que ce commandant de bord nippon a rôtis dans leur fauteuil, c'étaient des gens très bien eux aussi, au début, mais la nature de la fonction est de séduire et captiver. En fait, ton erreur a été de les laisser conserver leurs équipes. Honnêtement, je crois que le problème vient d'eux et pas de leurs chefs. Quand tu te retrouves entouré de dix ou douze personnes qui n'arrêtent pas de te dire à quel point t'es génial, tôt ou tard, tu finis par croire ces conneries.

– C'est pour ça que tu te gardes de le faire avec moi.

– Ça ne risque pas, non, lui assura Arnie en se levant pour partir. Pense à dire à Winston de me tenir au fait de son projet sur la Sécurité sociale.

– Pas de fuites, hein ! insista Ryan.

– Moi ? Provoquer une fuite ? Moi ? répliqua Arnie, les mains écartées, l'air candide.

– Ouais, toi, Arnie. » Quand la porte se referma, le

président se dit qu'Arnie aurait fait un excellent espion. Il mentait aussi bien qu'un jésuite et il était capable de manipuler mentalement avec une adresse de jongleur toutes sortes d'idées contradictoires... en réussissant à ne jamais en lâcher une. Ryan était le président en exercice, mais le seul membre de son administration qui restait irremplaçable était le secrétaire général dont il avait hérité de Bob Fowler, par le truchement de Roger Durling...

Et malgré tout, songea-t-il, dans quelle mesure n'était-il pas manipulé par ce subordonné ? La vraie réponse était qu'il n'en savait rien et quelque part, c'était troublant. Il faisait confiance à Arnie, mais c'est parce qu'il n'avait pas le choix. Jack aurait été incapable de se débrouiller sans lui... mais était-ce une si bonne chose ?

Sans doute pas, dut-il reconnaître, tout en consultant sa liste de rendez-vous. Mais ce n'était pas mieux non plus pour lui de se retrouver ici, dans le Bureau Ovale. Arnie était dans le pire des cas un désagrément supplémentaire attaché à la fonction, et dans le meilleur, un fonctionnaire d'une honnêteté scrupuleuse, dur à la tâche et totalement dévoué...

... exactement comme tout le monde à Washington, ajouta mentalement une petite voix cynique.

6

Expansion

Moscou a huit heures de décalage horaire avec Washington, une perpétuelle source de désagrément pour les diplomates qui soit ont un jour de retard, soit sont trop en avance pour que leur horloge interne leur permette de travailler efficacement. Le problème était encore plus accentué pour les Russes car dès cinq ou six heures du soir, ils avaient déjà un petit coup dans le nez, et vu la vitesse toute relative des échanges diplomatiques, la soirée était déjà bien avancée quand les diplomates américains émergeaient de leurs « déjeuners de travail » pour lancer une démarche, un communiqué, voire une simple lettre de réponse à ce que leurs homologues russes avaient pondu la veille. Dans les deux capitales, bien sûr, il y avait toujours une équipe de nuit chargée de lire et d'évaluer les éléments avec un peu plus d'à-propos, mais c'étaient des subalternes ou, dans le meilleur des cas, des arrivistes pas encore tout à fait parvenus, qui se retrouvaient devant la lourde responsabilité d'avoir à choisir entre deux maux : soit réveiller leur patron pour une broutille ne méritant pas un coup de fil nocturne, soit retarder jusqu'après le petit déjeuner une nouvelle dont le ministre ou secrétaire d'État aurait dû être informé l'avant-veille sans faute... Et plus d'une carrière s'était faite ou brisée sur ces futilités apparentes.

Dans ce cas précis, aucune peau de diplomate n'était en danger. Il était dix-huit heures trente en ce printemps russe, le soleil était encore haut dans le ciel, prélude à ces « nuits blanches » qui faisaient à juste titre la réputation des étés dans ce pays.

« Oui, Pasha ? » dit l'inspecteur Provalov. Il avait mis Klusov à la place de Chablikov. Cette affaire était trop importante pour être laissée aux mains d'un autre – et, par ailleurs, il n'avait jamais vraiment fait confiance à Chablikov. Ce type avait quelque chose d'un petit peu trop corrompu.

Pavel Petrovitch Klusov n'était pas précisément un modèle publicitaire pour la qualité de vie dans la nouvelle Russie. Avec son mètre soixante-cinq à peine, il pesait près de quatre-vingt-dix kilos : c'était un type massif qui évacuait l'essentiel de ses calories sous forme liquide, qui se rasait mal (quand il y songeait) et dont les rapports avec le savon étaient moins intimes qu'il aurait fallu. Ses dents plantées de travers étaient jaunies par manque de brossage de la pellicule de nicotine due à la consommation des mauvaises cigarettes sans filtre de fabrication locale. Il avait dans les trente-cinq ans et sans doute une chance sur deux de parvenir à quarante-cinq, estimait Provalov. Même si ce ne serait pas une grosse perte pour la société. Klusov était un petit truand qui n'avait même pas le talent (ou le courage) de s'adonner au grand banditisme. Mais il connaissait ceux qui le faisaient, et de toute évidence, il leur tournait autour comme un petit chien, rendant de menus services, genre aller chercher une bouteille de vodka. Mais surtout, il n'avait pas ses oreilles dans sa poche, ce que bien des gens (et surtout les grands criminels) semblaient curieusement incapables d'imaginer.

« Avseïenko s'est fait rétamer par deux gars de

Saint-Pétersbourg. Je ne connais pas leur nom, mais je pense qu'ils ont été engagés par Klementi Ivanovitch Suvorov. Les assassins sont d'anciens Spetsnaz ayant l'expérience des missions en Afghanistan, frisant la quarantaine, à mon avis. Un blond, un roux. Après avoir liquidé Grisha, ils sont remontés vers le nord avant midi, sur un vol Aeroflot.

– Excellent, Pasha. As-tu vu leur visage ?

– Non, camarade inspecteur. Je tiens l'info de... de quelqu'un que je connais, dans un bar. » Klusov alluma une nouvelle cigarette au mégot de la précédente.

« Et ta relation t'a-t-elle dit pourquoi notre ami Suvorov avait fait tuer Avseïenko ? » Et surtout, qui diable est ce fameux Klementi Ivanovitch Suvorov ? se demanda le policier. Il n'avait jamais entendu ce nom jusqu'à maintenant, mais il ne voulait pas que Klusov le sache. Pas encore. Mieux valait lui paraître omniscient.

L'indic haussa les épaules. « Les deux étaient des anciens du KGB, peut-être que le service avait une dent contre lui.

– Que fait au juste Suvorov, à présent ? »

Nouveau haussement d'épaules. « J'en sais rien. Personne ne sait. Je me suis laissé dire qu'il vivait bien, mais quant à la source de ses revenus... mystère.

– La cocaïne ?

– C'est possible, mais je peux pas l'affirmer. » Une des qualités de Klusov, c'est qu'au moins il n'inventait pas des trucs. Il racontait la vérité (à peu près) nue... enfin, la plupart du temps, se dit l'inspecteur de la milice.

Provalov échafaudait déjà des hypothèses. OK, un ancien agent du KGB avait engagé deux ex-Spetsnaz pour éliminer un autre ex-collègue spécialisé dans le proxénétisme. Ce mystérieux Suvorov avait-il contacté Avseïenko pour lui proposer de coopérer sur une affaire de drogue ? Comme bien des policiers moscovites, il n'avait jamais porté dans son cœur le KGB. C'étaient, les trois quarts du temps, des brutes arrogantes trop imbues de leur pouvoir pour faire des enquêtes sérieuses, sauf contre les étrangers pour qui les raffinements de la vie civilisée étaient jugés indispensables ; on redoutait sinon que leur pays ne traite les citoyens (ou pis, les diplomates) soviétiques de la même manière.

Mais un bon nombre d'agents du KGB avaient été lâchés par leur service de tutelle et bien peu s'étaient reconvertis dans des tâches subalternes. Non, ils avaient été entraînés au complot, beaucoup avaient séjourné à l'étranger où ils avaient eu l'occasion de rencontrer toutes sortes de gens, dont la majorité, Provalov en était sûr, pouvait être incitée à se livrer à des opérations illégales, l'incitation prenant invariablement la couleur de l'argent. En échange, les gens étaient prêts à tout, comme le savaient tous les flics du monde.

Suvorov. Faut que je retrouve sa trace, se dit le milicien en buvant distraitement une gorgée de vodka. Examiner ses antécédents, jauger son expertise, récupérer une photo. Suvorov, Klementi Ivanovitch.

« Autre chose ? » demanda l'inspecteur.

Klusov hocha la tête. « Non, c'est tout ce que j'ai découvert.

– Eh bien, c'est déjà pas si mal. Remets-toi au turf, et appelle-moi dès que t'as du nouveau.

– Oui, camarade inspecteur. » L'indic se leva pour prendre congé. Il laissa la note au flic qui la régla sans trop se formaliser. Oleg Gregorievitch Provalov était depuis assez longtemps dans la police pour se rendre compte qu'il avait peut-être mis le doigt sur quelque chose d'important. Bien sûr, on ne pouvait pas encore être certain à ce stade, tant qu'on n'avait pas tout examiné, toutes les options, toutes les impasses, ce qui pouvait prendre du temps... mais si cela se confirmait, alors ça valait le coup. Sinon, ce ne serait jamais qu'un nouveau coup pour rien, cas fréquent dans la police.

Provalov réfléchit au fait qu'il avait omis de demander à son indicateur de lui préciser l'identité de celui qui lui avait livré tous ces nouveaux tuyaux. Ce n'était pas un oubli mais peut-être s'était-il laissé distraire par la description des prétendus ex-Spetsnaz qui auraient commis l'attentat. Il avait encore celle-ci dans la tête et sortit son calepin pour la noter. Un blond, un rouquin, expérience de l'Afghanistan, résidant tous les deux à Saint-Pétersbourg, retour en avion avant midi le jour de l'attentat. Il pourrait donc vérifier le numéro du vol pour ensuite inspecter la liste d'embarquement, via les nouveaux ordinateurs d'Aeroflot connectés au système de réservation mondial, puis il confronterait celle-ci avec la liste des criminels connus ou suspectés qu'il avait sur sa machine, et enfin avec les archives de l'armée. En cas de corrélation, il enverrait un policier interroger le personnel de bord de ce vol Moscou-Saint-Pétersbourg pour voir si quelqu'un n'avait pas remarqué les suspects. Ensuite, il demanderait à ses collègues de Saint-Pétersbourg de procéder sur eux à une enquête discrète – adresse, activité, casier judiciaire éventuel – qui pourrait déboucher sur un interrogatoire. Même s'il n'avait pas le droit de le mener lui-même, il pouvait toujours y assister comme témoin. Un bon moyen de les jauger car c'était irremplaçable : leur expression, leur façon de s'exprimer, leur attitude ; avaient-ils ou non l'air nerveux, est-ce qu'ils soutenaient le regard de leur interrogateur ou au contraire le fuyaient-ils ? Fumaient-ils et, si oui, de quelle manière : rapide, nerveuse ? avec une lenteur méprisante ? ou bien simplement distraite, comme ce serait le cas s'ils étaient innocents.

L'inspecteur de la milice régla la note et sortit.

« Tu devrais choisir un coin plus chic pour tes

rendez-vous, Oleg », suggéra dans son dos une voix familière. Provalov se retourna.

« C'est une grande ville, Michka, les bars sont nombreux et la plupart sont mal éclairés.

– Mais j'ai réussi à trouver le tien, Oleg, lui rappela Reilly. Bon, alors qu'est-ce que t'a appris ? »

Provalov lui résuma les informations de la soirée.

« Deux tireurs des Spetsnaz ? J'imagine que ça se tient. Et ça irait chercher combien ?

– Ce serait pas donné... Disons, dans les cinq mille euros, jugea l'inspecteur alors qu'ils remontaient la rue.

– Et qui aurait une somme pareille à dépenser ?

– Un membre de la mafia moscovite... Michka, tu le sais très bien, ils sont plusieurs centaines à en avoir les moyens et Raspoutine n'était pas le plus aimé des hommes... Au fait, j'ai un nouveau nom : Klementi Ivanovitch Suvorov.

– Qui est-ce ?

– Je l'ignore. Ça ne me dit rien mais Klusov s'est comporté comme si j'aurais dû parfaitement le connaître. Bizarre que ce ne soit pas le cas, s'étonna tout haut Provalov.

– Ce sont des choses qui arrivent. Moi aussi, j'en ai eu comme ça qui sortaient de nulle part. Donc, tu vérifies ?

– Oui, je fais une recherche sur le nom. De toute évidence, c'est un ancien du KGB, lui aussi.

– Ils sont partout, observa Reilly en invitant son ami dans un nouveau bar d'hôtel.

– Qu'est-ce que tu feras, toi, quand ils dissoudront la CIA ? demanda Provalov.

– Je me marrerai », promit l'agent du FBI.

D'aucuns baptisent Saint-Pétersbourg la Venise du Nord, à cause des cours d'eau et des canaux qui la traversent, même si son climat, surtout l'hiver, ne pourrait être plus différent. Et c'est justement près d'un de ces cours d'eau que se manifesta l'indice suivant.

Un habitant l'avait repéré un matin alors qu'il se rendait au travail et, avisant un milicien à l'angle de la rue, il lui avait fait signe. Le policier était venu voir pour regarder par-dessus la balustrade dans la direction qu'on lui désignait.

On n'y voyait pas grand-chose mais il ne fallut qu'une seconde au flic pour reconnaître de quoi il s'agissait : pas un détritus, pas le cadavre d'un animal mais le sommet d'un crâne humain, aux cheveux blonds ou châtain clair. Suicide ou meurtre, ce serait à la police d'enquêter. Le milicien se dirigea vers la cabine la plus proche pour prévenir son QG et, une demi-heure plus tard, une voiture se pointait, bientôt rejointe par une fourgonnette noire. En attendant, le milicien avait grillé deux cigarettes dans l'air frais du matin, en jetant de temps en temps un coup d'œil en contrebas pour s'assurer que l'objet était toujours là. Les policiers en voiture étaient des inspecteurs de la Brigade criminelle. Le fourgon était occupé par deux techniciens, en fait des agents du service de la voirie, même s'ils étaient payés par la milice locale. Ces deux hommes jetèrent un œil par-dessus la balustrade, ce qui leur suffit à vérifier que la récupération du corps serait une tâche physiquement pénible mais pas compliquée. On posa une échelle et le plus jeune, après avoir revêtu une combinaison étanche et enfilé des moufles en caoutchouc, descendit et saisit par le col le corps immergé, pendant que son partenaire l'observait en prenant des photos et que les trois policiers contemplaient la scène en fumant à quelques mètres de là. C'est à cet instant que se produisit la première surprise.

La procédure habituelle était de passer un collier flexible sous les aisselles du cadavre, comme ceux qu'utilisent les hélicoptères de sauvetage, puis de le

145

hisser au treuil ensuite. Mais quand le technicien voulut passer le collier sous le corps, un des bras refusa obstinément de bouger. Le technicien s'échina en vain plusieurs minutes à essayer de soulever le bras raidi du cadavre... jusqu'à ce qu'il découvre qu'il était fixé par des menottes à un autre bras.

Cette révélation amena les deux inspecteurs à jeter leur clope dans l'eau. Ce n'était sans doute pas un suicide puisque cette forme de disparition se pratiquait rarement comme un sport d'équipe. Il fallut encore dix minutes au rat d'égout (c'était le surnom qu'ils donnaient à leurs presque collègues) pour fixer le collier d'arrimage, puis il escalada l'échelle et se mit à hisser le fardeau.

Sa teneur se révéla bien vite : deux hommes, plutôt jeunes, plutôt bien habillés. Morts depuis plusieurs jours, à en juger par les visages bouffis et défigurés. L'eau glacée avait ralenti la croissance et l'appétit des bactéries qui se repaissaient des cadavres mais à lui seul, l'élément liquide avait eu sur ceux-ci un effet qui n'était pas vraiment ragoûtant et ces deux visages évoquaient... celui d'un Pokémon, songea un des flics, oui, un de ces horribles Pokémon comme ceux que convoitait un de ses gamins. Les deux rats d'égout mirent les corps dans des sacs en plastique pour les transporter à la morgue où ils seraient autopsiés. Pour l'instant, tout ce qu'ils pouvaient en dire, c'est qu'ils étaient tout ce qu'il y a de plus morts. Ils étaient manifestement complets mais leur état empêchait de repérer une éventuelle blessure par balle ou par arme blanche. Deux cadavres anonymes, un vaguement blond, l'autre rouquin. Qui avaient apparemment séjourné dans l'eau trois ou quatre jours. Et qui étaient sans doute morts ensemble, vu les menottes, à moins que le premier n'ait tué le second avant de se suicider en se jetant dans l'eau, ligoté au cadavre, auquel cas il aurait pu s'agir de deux homosexuels, songea le plus cynique des deux

146

inspecteurs. Le flic auteur de la découverte reçut l'ordre de retourner au poste remplir les procès-verbaux de circonstance ; un endroit, songea le milicien, agréablement chaud et douillet. Rien de tel que la découverte d'un ou deux cadavres pour vous refroidir une journée déjà glaciale.

Les deux employés hissèrent les sacs dans leur fourgonnette, direction la morgue. Les sacs n'étaient pas fermés à cause des menottes et les deux macchabées reposaient côte à côte sur le plancher du véhicule, comme deux amants se tendant la main par-delà la mort – comme ils l'avaient fait dans la vie ? se demanda tout haut l'un des flics. Son collègue se contenta de bougonner en reprenant le volant.

Par chance, c'était une journée calme à la morgue de Saint-Pétersbourg. Le Dr Aleksander Koniev, médecin légiste de garde, feuilletait dans son bureau une revue médicale quand le coup de fil le tira de son ennui matinal. Un double meurtre ? C'était toujours passionnant, d'autant qu'il était fanatique de polars, en général importés d'Angleterre ou d'Amérique, ce qui avait l'intérêt supplémentaire de lui permettre d'entretenir son anglais. Il était déjà en salle d'autopsie quand les corps arrivèrent, furent déposés sur des civières et conduits dans la salle. Il lui fallut un moment pour saisir pourquoi les deux civières avaient été poussées côte à côte.

« Bigre, fit-il avec un sourire sardonique, ils ont été tués par la milice ?

– Pas officiellement », répondit l'inspecteur en chef, sur le même ton. Il connaissait Koniev.

« Très bien. » Le médecin légiste mit en route le magnétophone. « Nous avons deux cadavres de sexe masculin, encore habillés. Il est manifeste que les deux ont été immergés dans l'eau... où les a-t-on repêchés ? » demanda-t-il en levant les yeux vers les flics. Ils répondirent. « Immergés dans l'eau douce de la

Neva. À première vue, j'estimerais ce temps de séjour dans l'eau à trois ou quatre jours après la mort. » Ses mains gantées tâtonnèrent autour d'une tête, puis de l'autre. « Ah... les deux victimes semblent avoir été tuées par balle. Toutes deux présentent un orifice d'entrée au centre de la région occipitale. L'impression première est qu'il a été provoqué par une arme de petit calibre. Nous vérifierons cela plus tard, Evgueni, dit-il, cette fois en regardant son assistant. Enlève les vêtements et emballe-les, on les examinera plus tard.

– Oui, camarade docteur. » L'assistant éteignit sa cigarette et s'avança avec ses ciseaux.

« Tous les deux tués par balle ? s'enquit l'inspecteur adjoint.

– Tous les deux ; dans la nuque, confirma Koniev. Oh, ils ont été menottés après leur mort, ce qui est bizarre. Pas d'ecchymose manifeste autour des poignets. Pourquoi l'avoir fait ensuite ?

– Pour maintenir les deux corps ensemble », répondit l'inspecteur en chef. *Mais pourquoi était-ce si important ?* Le ou les assassins seraient-ils d'une méticulosité excessive ? Mais il était dans la Brigade criminelle depuis assez longtemps pour savoir qu'on n'arrivait jamais à expliquer complètement tous les crimes qu'on avait élucidés, et encore moins ceux qu'on venait juste de découvrir.

« Eh bien, tous les deux étaient en bonne condition physique, nota Koniev alors que son assistant achevait de les dévêtir. Hmmm, qu'est-ce que c'est que ça ? » Il s'approcha et vit un tatouage sur le biceps gauche du blond, puis il se tourna vers l'autre pour vérifier... « Les deux corps portent le même tatouage. »

L'inspecteur en chef s'approcha pour voir, en se disant tout d'abord que son collègue avait peut-être raison en fin de compte et qu'il s'agissait d'une histoire d'homosexuels et puis... « Les Spetsnaz : l'étoile rouge et l'éclair. Ces deux-là étaient en Afghanistan. Anatoly, pendant que le docteur poursuit son examen, allons fouiller leurs vêtements. »

Ce qu'ils firent et, une demi-heure après, ils avaient conclu que les deux hommes portaient des vêtements de qualité, plutôt chers, mais dans les deux cas sans le moindre élément d'identification. Cela n'avait rien d'inhabituel, mais les flics, comme tout un chacun, préfèrent qu'on leur mâche le travail. Ni portefeuille, ni papiers, ni billets, ni trousseau de clefs, ni épingle de cravate. Bon, ils pourraient toujours les retrouver grâce aux étiquettes des vêtements et personne ne leur avait sectionné le bout des doigts, donc ils pouvaient également les identifier grâce à leurs empreintes. Les auteurs du double meurtre avaient été assez rusés pour priver la police de certains indices, mais pas suffisamment pour les supprimer tous.

Qu'est-ce que cela voulait dire ? La meilleure façon d'éviter une enquête criminelle était de faire disparaître les corps. Sans corps, pas de preuve de la mort et donc, pas de meurtre, juste une personne disparue qui pouvait avoir décampé avec son amant ou sa maîtresse, ou banalement décidé de refaire sa vie ailleurs. Et se débarrasser d'un cadavre n'était quand même pas si difficile, si on réfléchissait un brin. Par chance, la plupart des meurtres, même sans être dus à un coup de tête, étaient souvent irréfléchis, et la majorité des criminels étaient des imbéciles qui se trahissaient par la suite en parlant trop.

Mais pas cette fois-ci. S'il s'était agi d'un crime sexuel, il le saurait déjà. Les auteurs de ce genre d'agression avaient tendance à s'en vanter, dans une sorte de désir pervers d'assurer leur arrestation et leur condamnation, car ce genre d'individu était apparemment incapable de tenir sa langue.

Non, ce double meurtre avait toutes les caractéristiques du professionnalisme. Les deux victimes tuées de la même manière, et ensuite seulement, menottées ensemble... sans doute pour mieux les dissimuler. Aucune trace de lutte. Deux hommes de toute évidence athlétiques, entraînés, dangereux. Ils avaient été pris par surprise et cela signifiait en général par quelqu'un qu'ils connaissaient et dont ils ne se méfiaient pas. Que des criminels ne se méfient pas de leurs semblables était un fait qu'aucun flic n'arrivait vraiment à saisir. « Loyauté » était un mot qu'ils auraient eu du mal à épeler, et encore moins un principe auquel ils adhéraient et pourtant, tous les criminels semblaient curieusement s'y référer.

Sous le regard attentif des inspecteurs, le médecin légiste préleva du sang sur les deux cadavres en vue d'examens toxicologiques. Peut-être les avait-on drogués avant de leur loger une balle dans la tête. Guère probable mais possible. À vérifier. On prit des échantillons des vingt ongles qui sans doute ne donneraient rien non plus. Enfin, les empreintes digitales, en vue d'une identification définitive. Cela prendrait du temps. Le sommier de Moscou était d'une inefficacité notoire et les inspecteurs devraient se débrouiller de leur côté dans l'espoir de découvrir eux-mêmes l'identité de ces deux cadavres.

« Evgueni, ces deux-là, j'aurais évité de m'en faire des ennemis, dit le premier inspecteur.

— Je suis bien d'accord avec toi, admit son aîné. Mais soit quelqu'un n'a pas eu peur d'eux..., soit il les redoutait au point de prendre des mesures radicales. » En vérité, les deux flics étaient surtout habitués aux affaires simples à élucider : celles dans lesquelles le tueur avouait presque aussitôt ou bien avait commis son forfait devant de nombreux témoins. Celui-ci défiait leurs capacités et ils comptaient rendre compte à leur supérieur, dans l'espoir d'obtenir des renforts.

Ils regardèrent les légistes prendre des clichés des visages mais ceux-ci étaient si abîmés qu'ils en étaient quasiment méconnaissables, rendant les photos à peu près inexploitables pour l'identification. Toutefois, c'était la règle avant l'ouverture du crâne, et le Dr Koniev suivait scrupuleusement la règle. Les policiers sortirent pour passer plusieurs coups de fil et fumer dans une ambiance un peu moins sordide. À leur retour, les deux balles étaient dans des récipients en plastique et Koniev leur annonça que la cause présumée des deux décès était la pénétration d'un projectile unique dans le cerveau, avec à chaque fois des traces de poudre manifestes sur le cuir chevelu. Les deux victimes avaient été tuées à bout portant, à moins de cinquante centimètres de distance, apparemment avec une balle classique de 2,6 grammes, tirée d'un pistolet PSM calibre 5,45. Cela aurait pu donner lieu à une remarque puisque c'était l'arme de service de la police russe, mais bon nombre de ces armes s'étaient retrouvées aux mains de la pègre.

« Du travail de professionnel, commenta Evgueni.

— Sans aucun doute, approuva Anatoly. Et maintenant...

— Maintenant, tâchons de trouver qui étaient ces deux tristes sires. Et ensuite, qui étaient leurs ennemis. »

La cuisine chinoise de Chine était loin de valoir celle de Los Angeles, estima Nomuri. En première analyse, c'était sans doute à cause des ingrédients. Si la Chine populaire avait un organisme de contrôle alimentaire, on ne l'en avait pas averti avant son départ et lorsqu'il pénétra dans le restaurant, sa première idée fut qu'il n'avait pas vraiment envie d'inspecter les cuisines. Comme la majorité des établissements pékinois, c'était une petite affaire familiale, aménagée au rez-de-chaussée d'une maison particulière et préparer les repas de vingt clients dans une cuisine de logement ouvrier standard devait exiger pas mal d'acrobaties. La table ronde était trop petite, de piètre qualité, la chaise était bancale ; cela dit, le simple fait qu'un tel établissement existe témoignait des changements radicaux dans la direction politique de ce pays.

Mais sa mission de ce soir était assise en face de lui : Lian Ming. Elle portait le classique bleu de chauffe qui était quasiment l'uniforme des petits et moyens fonctionnaires des divers ministères. Ses cheveux taillés court lui faisaient comme un casque. Les critères de la mode dans cette ville avaient dû être établis par quelque connard raciste qui détestait les Chinoises et faisait de son mieux pour les rendre les moins séduisantes possible. Il n'avait pas encore vu une seule femme habillée d'une manière qui fût agréable, à l'exception peut-être de quelques produits importés de Hongkong. L'uniformité était un problème en Orient, ce manque total de diversité, à moins de compter les étrangers qui se montraient toujours plus nombreux, mais ils détonnaient dans le paysage. Chez lui, sur le campus de l'université de Californie, on pouvait avoir (enfin, *voir*, rectifia mentalement l'agent de la CIA) à peu près tous les types de femmes existant sur la planète : blanches, noires, jaunes, latines... des femmes africaines, européennes... et ces dernières déclinées en tout un tas de variantes : brunes Italiennes volcaniques, Françaises hautaines, Germaniques flegmatiques ou petites Anglaises bien éduquées. Et des Canadiennes, des Espagnoles (qui s'échinaient à se démarquer des hispanisantes locales), plus une tripotée de Nippones d'origine (qui se différenciaient elles aussi de la version locale, même si dans ce cas, c'était à l'initiative de ces dernières), une vraie macédoine. Là-bas, le seul élément d'uniformisation était l'atmosphère californienne qui voulait que chaque individu s'efforçât d'être présentable et séduisant car tel était le commandement suprême de la vie en Californie, patrie du roller et du surf, or les silhouettes élancées allaient avec ces deux loisirs.

Pas ici. Ici, tout le monde s'habillait pareil, parlait pareil, avait la même allure et en gros agissait de la même façon.

... Cette jeune femme exceptée. Il y avait quelque chose là-dessous, estima Nomuri, et c'est pour ça qu'il l'avait invitée à dîner.

On appelait cela de la séduction, et de tout temps cela avait fait partie de la panoplie du bon espion, même si c'était une première pour Nomuri. Il n'avait pas vraiment eu une vie de moine au Japon, où les mœurs avaient changé depuis une vingtaine d'années, permettant aux jeunes gens de se rencontrer et de... communiquer au niveau le plus élémentaire, mais là-bas, ironie sauvage et (pour Nomuri) passablement cruelle, les Japonaises les plus disponibles avaient un faible pour les Américains. D'aucuns disaient que c'était parce que ces derniers étaient mieux équipés que la moyenne des mâles nippons, sujet de glousse-ments infinis chez ces jeunes filles qui avaient décou-vert la liberté sexuelle depuis peu. Cela tenait aussi au fait que l'Américain avait la réputation de mieux traiter les femmes que son homologue nippon, et comme la femme japonaise était infiniment plus servile que son homologue occidentale, il était somme toute rentable pour les deux côtés qu'un partenariat se fût développé. Seulement, Chet Nomuri était un espion sous la cou-verture d'un employé japonais et il avait si bien appris à se fondre dans la société nippone que ses femmes le considéraient comme un autochtone parmi d'autres, tant et si bien que sa vie sexuelle se retrouvait entravée par ses qualités professionnelles ; l'agent trouvait cela un tantinet injuste, lui qui avait été imprégné, comme tant d'autres Américains, des films de James Bond avec ses innombrables conquêtes : M. Zig-Zig Pan-Pan, comme on l'appelait aux Antilles. Enfin, Nomuri

153

n'avait pas non plus manié le pistolet, en tout cas plus depuis ses stages à la Ferme, l'école de formation de la CIA (où, du reste, il ne s'était pas non plus spécialement illustré).

Mais avec celle-ci, il sentait une ouverture sous le vernis de neutralité, et rien dans le règlement n'interdisait de coucher pendant le travail, sinon quelle atteinte au moral des troupes ! Ces récits de conquêtes étaient un sujet de conversation répandu lors des trop rares réunions que l'Agence organisait, en général à la Ferme, afin de permettre aux apprentis espions de confronter leurs méthodes ou leurs techniques, et les confidences après le travail dérivaient souvent dans cette direction. Mais depuis son installation à Pékin, la vie sexuelle de Chet Nomuri s'était limitée à hanter les sites pornographiques sur le Net. Quelle qu'en soit la raison, la culture asiatique permettait d'assouvir ses besoins de ce côté et même si Nomuri n'en était pas très fier, ses pulsions sexuelles avaient besoin d'un exutoire.

Avec un petit effort, Ming aurait pu être jolie, estima Nomuri. D'abord, des cheveux longs. Ensuite, peut-être une autre monture de lunettes. Les siennes avaient l'attrait du fil barbelé recyclé. Puis un soupçon de maquillage. Quel genre, Nomuri n'aurait su dire... il n'était pas expert en la matière, mais sa peau avait une qualité ivoirine qu'une légère touche d'apprêt aurait aisément pu rendre séduisante. Mais dans cette culture, à l'exception des acteurs de théâtre (dont le maquillage avait la subtilité d'un néon de Las Vegas), les soins cosmétiques se résumaient à la toilette matinale. Son grand atout, c'étaient les yeux, estima-t-il : ils étaient vifs et charmants. Il y avait de la vie dans ces yeux. Quant à la silhouette, c'était difficile à juger sous ces fringues.

« Alors, le nouveau système informatique marche bien ? s'enquit-il après l'obligatoire gorgée de thé vert.

– C'est magique, répondit-elle, rougissant presque. Les caractères sortent magnifiquement, et l'impression laser est impeccable, on dirait un travail de calligraphe.

– Qu'en pense votre ministre ?

– Oh, il est ravi. Je travaille plus vite maintenant, et il ne peut que se montrer satisfait ! lui assura-t-elle.

– Suffisamment pour passer commande ? demanda Nomuri, retrouvant sa couverture de représentant.

– Ça, il faudra que je demande au responsable administratif mais je pense que vous serez satisfait de sa réponse. »

Chez NEC, ils seront ravis, songea l'agent de la CIA, en se demandant à nouveau combien d'argent il avait déjà pu rapporter à la firme. Son patron à Tokyo se serait étranglé avec son saké s'il avait su pour qui Nomuri travaillait réellement, mais ce dernier avait obtenu toutes ses promotions au mérite, tout en travaillant au noir pour sa véritable patrie. C'était un heureux hasard que son activité réelle et sa couverture aient pu se fondre aussi harmonieusement. Cela, plus le fait qu'il avait été élevé dans une famille très traditionaliste, qui parlait les deux langues... et, plus essentiel encore, qui avait le sens du *on*, du devoir envers le pays natal, lequel transcendait le respect affiché pour sa culture d'origine. Il le tenait sans doute d'avoir vu la plaque encadrée de son grand-père, l'insigne des combattants d'infanterie posé sur son coussin de velours bleu, entouré des rubans et des médailles récompensant la bravoure, l'Étoile de bronze avec le V de la victoire, la citation présidentielle et les médailles commémoratives des campagnes menées lorsqu'il était troufion au 442e régiment d'assaut en Italie et dans le sud de la France. Baisé par l'Amérique, son grand-père avait arraché ses droits à la naturalisation de la façon la meilleure et la plus indiscutable qui soit avant de s'en retourner chez lui reprendre l'activité de paysagiste qui avait imprégné l'éducation de ses fils et petits-fils, non sans avoir transmis à l'un d'eux le sens du devoir envers la patrie. Et en plus, ça pouvait être amusant.

C'était le cas en ce moment, songea Nomuri en fixant les yeux sombres de son invitée pour tâcher de savoir ce qu'elle pensait. Elle avait deux ravissantes petites fossettes aux coins de la bouche et, finalement, un fort joli sourire sur un visage sinon assez quelconque.

« Ce pays est tellement fascinant, remarqua-t-il. Au fait, votre anglais est très bon. » Et il valait mieux, car pour sa part, il ne maniait pas aussi bien le mandarin et on ne séduit pas une femme avec le seul langage des signes.

Sourire ravi. « Merci. Je travaille effectivement très dur.

— Quelles sont vos lectures ? s'enquit-il avec un sourire engageant.

— Des histoires romantiques : Danielle Steel, Judith Krantz. Comparé à ce que nous connaissons ici, l'Amérique offre aux femmes tellement plus d'occasions de s'épanouir.

— L'Amérique est un pays intéressant mais chaotique, observa Nomuri. Au moins, dans cette société, chacun sait où est sa place.

— Oui. » Elle acquiesça. « Il y a là quelque chose de sécurisant, mais c'est parfois excessif. Même un oiseau en cage a parfois envie d'ouvrir les ailes.

— Je vais vous dire la chose que je n'aime pas ici.

— Laquelle ? » demanda Ming, pas du tout scandalisée, ce que Nomuri trouva de bon augure. Peut-être ferait-il bien de dénicher un roman de Steele pour voir ce qu'elle y trouvait.

« Vous devriez vous habiller autrement. Votre tenue ne vous met pas en valeur. Les femmes devraient se vêtir de manière plus séduisante. Au Japon, il y a plus de variété et vous pouvez au gré de votre humeur choisir de vous habiller à l'orientale ou à l'occidentale. »

Elle gloussa. « J'ai un faible pour les sous-vêtements. Ça doit être si doux sur la peau... Ce n'est pas une pensée très socialiste », ajouta-t-elle en reposant sa tasse. Le serveur arriva et, avec l'accord de Nomuri, elle commanda du mao-taï, un redoutable alcool local. Le garçon revint presque aussitôt avec un flacon et deux petits gobelets de porcelaine avant de les servir délicatement. L'agent de la CIA faillit s'étrangler à la première gorgée, tant le breuvage était fort, mais ça vous réchauffait indubitablement l'estomac. Il nota qu'il eut pour effet de faire rosir Ming et il eut l'impression fugitive qu'une porte venait de s'entrouvrir un bref instant... on était sans doute sur la bonne voie.

« Tout ne peut pas être socialiste, jugea Nomuri avant une autre gorgée précautionneuse. Ce restaurant est bien une entreprise privée, n'est-ce pas ?

— Oh, oui. Et la nourriture y est meilleure que celle que je prépare. Je ne suis pas douée pour la cuisine.

— Vraiment ? Alors peut-être que vous me laisserez parfois vous confectionner des petits plats ? suggéra Chet.

— Oh ?

— Bien sûr ». Il sourit. « Je sais faire la cuisine à l'américaine et je peux m'approvisionner dans une boutique réservée pour avoir les ingrédients convenables. » Même s'ils étaient de piètre qualité, vu leurs conditions de transport, ils étaient malgré tout bougrement meilleurs que la saloperie disponible sur les marchés publics, et elle n'avait sans doute jamais goûté à un bon steak. Pourrait-il justifier auprès de la CIA la présence de bœuf de Kobe sur ses notes de frais ? Sans doute. Les gratte-papier de Langley ne s'intéressaient pas tant que ça aux agents en mission.

« C'est vrai ?

— Bien sûr. Il y a certains avantages à être un diable

étranger », lui dit-il avec un sourire matois. Elle réagit par un petit rire. Excellent. Nomuri reprit prudemment une gorgée de ce propergol. Elle venait de lui dire ce qu'elle avait envie de porter. Logique, également, pour cette culture. Si agréables que soient les sous-vêtements, ils demeuraient néanmoins discrets.

« Eh bien, que pouvez-vous encore me raconter sur vous ? enchaîna-t-il.

– Il n'y a guère à raconter. J'ai un poste inférieur à mes qualifications mais il procure du prestige... disons, pour des raisons politiques. J'ai une formation de secrétaire de direction. Mon employeur... eh bien, en théorie, je suis employée par l'État, comme la majorité d'entre nous mais en fait, je travaille pour mon ministre de tutelle comme s'il était dans le secteur capitaliste et me payait de sa poche. » Elle haussa les épaules. « Je suppose qu'il en a toujours été ainsi. Je vois et j'entends des choses intéressantes. »

Ne surtout pas l'interroger tout de suite là-dessus. Plus tard, sûrement, mais pas maintenant.

« C'est pareil avec moi, les secrets industriels et ainsi de suite. Ah... » Il renifla. « Mais assez causé boutique. Non, Ming, parlez-moi vraiment de vous.

– Là encore, il n'y a pas grand-chose à dire. J'ai vingt-quatre ans. Je suis instruite. Je suppose que je dois m'estimer heureuse d'être en vie. Vous connaissez le sort de bon nombre de nos petites filles à la naissance... »

Nomuri acquiesça. « J'en ai entendu parler. Une pratique écœurante. » C'était plus que cela : on citait des pères qui jetaient leur fille dans un puits en espérant que leur femme leur donnerait un fils la fois suivante. Un bébé par famille était quasiment la loi en Chine populaire et comme la plupart des lois en pays communiste, celle-ci était appliquée impitoyablement. On laissait souvent un bébé non autorisé venir à terme mais au moment de la naissance, sitôt qu'apparaissait le sommet de la tête du nouveau-né, l'obstétricien ou la sage-femme prenait une seringue remplie de formaldéhyde, la plantait dans la fontanelle et appuyait sur le piston. Sans être qualifiée de politique gouvernementale officielle, la pratique l'était néanmoins. Alice, la sœur de Nomuri, était elle-même gynécologue-obstétricienne diplômée de l'université de Californie à Los Angeles, et il savait qu'elle risquerait la prison pour moins que ça : elle aurait préféré s'empoisonner plutôt que d'accomplir un acte aussi barbare et serait prête à tirer au pistolet sur celui qui oserait lui ordonner une telle chose. Malgré tout, certains bébés de sexe féminin arrivaient à y échapper, et ils étaient souvent abandonnés pour être adoptés dans la majorité des cas par des Occidentaux, puisque les Chinois n'avaient pas besoin de ces filles. Si l'on avait infligé ce sort à des juifs, on aurait crié au génocide, mais des Chinois, ce n'était pas ce qui manquait... Pourtant, poussée à l'extrême, cette méthode mènerait à leur extinction, mais ici on parlait juste de contrôle des naissances. « Le jour viendra où la culture chinoise saura de nouveau reconnaître la valeur des femmes, Ming. C'est sûr.

– Je suppose, concéda-t-elle, pas totalement convaincue. Comment les femmes sont-elles traitées au Japon ? »

Nomuri se permit un rire. « La question est plutôt comment elles nous traitent, et ce qu'elles daignent supporter de nous !

– Vraiment ?

– Oh oui. Ma mère a dirigé la maisonnée jusqu'à sa mort.

– Intéressant. Êtes-vous croyant ? »

Pourquoi cette question ? se demanda Nomuri.

« Je n'ai jamais pu me décider entre shintoïsme et bouddhisme zen », répondit-il, sincère. Il avait certes reçu le baptême méthodiste mais avait depuis bien des années abandonné le christianisme. Au Japon, il avait étudié les religions locales, afin de les comprendre et de mieux s'intégrer ; mais même s'il avait appris beaucoup de choses, aucune n'avait réussi à le séduire ; c'était sans doute la faute de son éducation américaine. « Et vous ?

– Un moment, j'ai été tentée par le Falun Gong, mais jamais sérieusement. J'ai un ami qui s'y est engagé à fond. Il est en prison aujourd'hui.

– Ah, c'est triste. » Nomuri compatit tout en se demandant si cet ami avait été proche. Le communisme restait un système de croyance jaloux de ses prérogatives et fort intolérant vis-à-vis de la concurrence. La religion baptiste était la dernière mode, surgie d'un coup comme par miracle. Nomuri estima qu'elle avait été diffusée grâce à Internet, un média que les rites protestants américains, surtout les baptistes et les mormons, avaient exploité d'abondance ces derniers temps. Jerry Falwell était en train d'installer ici une tête de pont religieuse et/ou idéologique. Remarquable... quoique. Le problème avec le marxisme-léninisme, et apparemment aussi avec le maoïsme, c'est qu'ils ne savaient pas offrir à l'âme humaine ce qu'elle désirait. Et les petits chefs communistes n'y pouvaient pas grand-chose. Du reste, le Falun Gong n'était même pas une religion, pas au sens où l'entendait Nomuri, mais pour une raison qui lui échappait, il avait inquiété les dirigeants chinois au point qu'ils lui étaient tombés dessus comme s'il s'était agi d'un authentique mouvement politique contre-révolutionnaire. Il avait entendu dire que les dirigeants condamnés passaient un sale moment dans les prisons locales.

L'idée n'avait rien de bien agréable. Certaines des tortures les plus vicieuses avaient été inventées dans ce pays où la valeur de la vie humaine était bien moindre que chez lui, se rappela Chet. La Chine était un pays très ancien à la culture très ancienne mais par bien des aspects, ces gens auraient aussi bien pu être des

160

Klingons, tant leurs valeurs différaient de celles dont avait été nourri Chester Nomuri.

« En fait, je ne suis pas très porté sur les convictions religieuses, reconnut-il.

— Convictions ? interrogea Ming.

— La foi, crut-il bon de rectifier. Mais parlons d'autre chose... avez-vous un homme dans votre vie ? Un fiancé, peut-être ? »

Soupir. « Non, pas depuis un bout de temps.

— Vraiment ? Ça m'étonne, observa-t-il avec une galanterie étudiée.

— Je suppose que nous sommes différentes des Japonaises », admit la jeune femme, avec une touche de tristesse dans la voix.

Nomuri prit le flacon et leur reversa à tous les deux un peu de mao-tai. « Eh bien, en attendant, fit-il avec un sourire et un sourcil arqué, je vous propose de trinquer à notre amitié.

— Merci, Nomuri-san.

— Je vous en prie, camarade Ming. » Il se demanda si cela prendrait du temps. Peut-être pas, en fin de compte. On pourrait alors passer aux choses sérieuses.

7

Pistes en cours

C'était le genre de coïncidence qui avait fait la renommée universelle du travail de police. Provalov appela le QG de la milice et comme il enquêtait sur un homicide, on lui passa le chef de la Brigade criminelle de Saint-Pétersbourg, un capitaine. Quand il informa celui-ci qu'il recherchait des ex-Spetsnaz, le capitaine se souvint de la réunion matinale où deux de ses hommes avaient signalé la découverte de deux corps portant peut-être des tatouages de Spetsnaz, et cela lui suffit à basculer l'appel sur ses collègues.

« Vraiment ? L'attentat au lance-missiles, à Moscou ? demanda Evgueni Petrovitch Ustinov. Qui était la victime, au juste ?

– La cible principale s'est révélée être Gregory Filipovitch Avseïenko. C'était un souteneur, indiqua Provalov à son collègue du Nord. Les autres victimes étaient son chauffeur et une de ses filles, mais elles n'étaient pas directement visées. »

Cela allait sans dire : on ne se servait pas d'un lance-missiles pour liquider un chauffeur et une pute.

« Et vos sources vous disent que ce sont deux ex-Spetsnaz qui auraient tiré ?

– Exact. Et qu'ils ont pris l'avion pour Saint-Pétersbourg peu après.

– Je vois. Eh bien, de notre côté, nous avons repêché hier dans la Neva deux individus correspondant à votre signalement : pas loin de la quarantaine tous les deux, et tous les deux tués d'une balle dans la nuque.

– Pas possible ?

– Oui. Nous avons relevé leurs empreintes. On attend les données du fichier central de l'armée pour les corréler. Mais ça risque d'être long.

– Laissez-moi voir ce que je peux faire, Evgueni Petrovitch. Voyez-vous, sur les lieux, se trouvait également Sergueï Nikolaïevitch Golovko, et nous redoutons qu'il ait été en fait la véritable cible des terroristes.

– Ce serait bien ambitieux de leur part, observa Ustinov, froidement. Peut-être que nos amis de la place Dzerjinski peuvent faire accélérer leurs abrutis des archives ?

– Je les appellerai pour voir, promit Provalov.

– Bien. Autre chose ?

– Un autre nom : Suvorov, Klementi Ivanovitch, censément ex-agent du KGB mais c'est tout ce que j'ai pour le moment. Est-ce que le nom vous dit quelque chose ? » On aurait presque pu l'entendre hocher la tête au bout du fil, nota Provalov.

« *Niet*, jamais entendu parler, répondit l'inspecteur tout en notant le nom. Le rapport ?

– Mon informateur pense qu'il est l'instigateur du crime.

– Je vais vérifier dans nos archives, voir si on a quelque chose sur lui. Un ancien du "Sabre et du Bouclier", hein ? Combien de ces gardiens de l'État ont-ils mal tourné ? demanda le flic de Saint-Pétersbourg, pour la forme.

– Un certain nombre, reconnut son confrère de Moscou, avec une grimace.

– Votre Avseïenko... du KGB, lui aussi ?

– Affirmatif. Il aurait dirigé l'École des Moineaux. »

L'information fit se marrer Ustinov. « Oh, un maquereau formé par l'État. Merveilleux. Bien, les filles ?

– Adorables, confirma Provalov. Largement au-dessus de nos moyens.

– Un homme, un vrai, n'a pas besoin de payer pour ça, Oleg Gregorievitch, nota le flic de Saint-Pétersbourg.

– C'est vrai, mon ami. Du moins, pas tout de suite, en tout cas, ajouta Provalov.

– C'est ma foi vrai ! » Un rire. « Vous me tenez au courant de vos résultats ?

– Oui, je vous faxe mes notes.

– Excellent. Je ferai de même de mon côté », promit Ustinov. Dans la police criminelle, tous les flics du monde se tenaient les coudes. Aucun pays ne récompense le meurtre à titre personnel. Les États se réservent ce privilège.

Dans son sinistre bureau moscovite, l'inspecteur Provalov passa plusieurs minutes à consigner ses notes. Il était trop tard pour téléphoner au RVS et leur demander de secouer un peu leur service des archives. Mais il se promit de le faire le lendemain à la première heure. Puis vint le moment de partir. Il saisit son pardessus au portemanteau et descendit récupérer sa voiture de fonction. Il se rendit dans un bar proche de l'ambassade américaine, le Boris Godounov, un troquet chaleureux et sympathique. Il n'était pas installé depuis cinq minutes quand une main familière se posa sur son épaule.

« Salut, Michka, dit Provalov sans se retourner.

– Tu sais, Oleg, ça fait du bien de voir que les flics russes sont comme les Américains.

– Vous faites pareil à New York ?

– Je veux, mon neveu, confirma Reilly. Après une

longue journée à traquer les malfrats, quoi de mieux que deux ou trois verres avec tes potes ? » L'agent du FBI fit signe au patron de les servir comme d'habitude : vodka-soda. « Sans compter qu'on abat aussi du vrai boulot dans ce genre d'endroit. Alors, du nouveau dans l'affaire du mac ?

— Oui, on a peut-être retrouvé les deux auteurs du massacre de Moscou. Morts. » Provalov descendit sa vodka cul sec, puis fournit les détails à l'Américain avant de conclure : « Ton avis ?

— Soit une punition, soit une précaution, vieux. J'ai déjà vu ça chez nous.

— Précaution ?

— Ouais, je l'ai vu faire à New York. La mafia a éliminé Joey Gallo, en public, et ils voulaient signer leur acte, alors ils ont engagé un tueur pour se charger du boulot, mais le pauvre bougre s'est fait liquider à son tour. Précaution, Oleg. Comme ça, le sujet ne risque pas de balancer l'identité de ses commanditaires. Le second tireur s'est éclipsé tranquillement, on ne l'a jamais retrouvé. Ou il pourrait s'agir d'une punition : celui qui les a payés pour faire le boulot les a liquidés parce qu'ils s'étaient trompés de cible. À toi de choisir, vieux.

— Bref, c'est plus compliqué qu'il n'y paraît. »

Reilly acquiesça. « Ouais. Enfin, ça te donne toujours de nouvelles pistes à explorer. Peut-être que tes deux tireurs auront parlé à quelqu'un. Merde, ils tenaient peut-être même un journal, va savoir... » C'était comme de balancer un caillou dans une mare. Dans une affaire comme celle-ci, les vagues ne cessaient de s'étendre. Contrairement à un petit crime conjugal bien tranquille, où le mec descend sa femme parce qu'elle court le guilledou, ou qu'elle lui a servi son dîner en retard, puis vient se confesser en pleurant comme un veau. De la même manière, ce crime avait fait beaucoup de bruit, or c'était bien souvent ceux qu'on élucidait parce que tout le monde en parlait, et forcément, dans le lot, il y avait des gens qui savaient des choses utiles. Il suffisait d'envoyer des gars sur le terrain user leurs semelles et sonner aux portes jusqu'à ce qu'on ait obtenu ce qu'on voulait. Ces flics russes n'étaient pas idiots. Ils manquaient peut-être un peu de cet entraînement qui pour Reilly allait de soi, mais sinon, ils avaient de bonnes réactions, et en définitive, si on suivait la bonne méthode, on finissait toujours par élucider les affaires, parce que dans l'autre camp, ils n'étaient pas si malins. Les plus malins n'enfreignaient pas la loi d'une manière si flagrante. Non, le crime parfait était celui qu'on ne découvrait jamais, où l'on ne retrouvait jamais le corps de la victime, les fonds détournés par une malversation, ou les traces du passage d'un espion. Une fois qu'on savait qu'un crime avait été commis, on avait déjà un point de départ, et c'était comme de détricoter un pull : quand on tirait, tout venait très vite.

« Dis-moi, Michka, qu'est-ce qu'ils valaient, vos adversaires de la mafia, à New York ? » demanda Provalov en attaquant son deuxième verre.

Reilly l'imita. « C'est pas comme dans les films, Oleg. Ce sont de petits malfrats. Ils sont incultes. Certains sont même de vrais cons. Leur seul atout était jadis qu'ils ne parlaient pas, ils appelaient ça l'*omertà*, la loi du silence. Ils se sacrifiaient et ne coopéraient jamais. Mais les temps ont bien changé. Les immigrés de Sicile se sont éteints et la nouvelle génération s'est ramollie... pendant qu'on s'endurcissait. Il est bien plus tentant de faire trois ans que de s'en taper dix derrière les barreaux. Sans compter que l'organisation est partie à vau-l'eau. Ils ont cessé de s'occuper des familles quand le père était au trou, et ça, ça flanque un coup au moral. Alors, ils se sont mis à nous causer. Et puis on a fait des progrès, de notre côté, avec la surveillance électronique... aujourd'hui on parle ouvertement d'"opérations spéciales", alors qu'avant, on se faisait traiter de "plombiers"... il faut dire qu'on oubliait parfois de demander un mandat. Bref, dès les années soixante, un parrain de la mafia ne pouvait plus aller pisser un coup sans qu'on entende le bruit de la chasse.

— Et ils n'ont jamais riposté ?

— Tu veux dire nous chercher des noises ? Se payer un agent du FBI ? » L'idée fit sourire l'Américain. « Oleg, personne, absolument personne ne se frotte au FBI. Depuis toujours, et même encore maintenant aujourd'hui, on nous considère comme la main droite de Dieu en personne, et ceux qui voudraient nous chercher des crosses le sentiraient passer. Du reste, ça ne s'est jamais produit, mais les malfrats le redoutent toujours. On arrange parfois un peu les règles mais sans jamais vraiment les enfreindre – du moins, pas à ma connaissance. Mais si tu menaces un truand de représailles graves s'il franchit la ligne, il y a des chances qu'il te prenne au sérieux.

— Pas ici. Ils ne nous respectent pas à ce point.

— Eh bien, il vous faudra le susciter, ce respect, Oleg. » Et c'est vrai que ce n'était pas plus compliqué que ça, comme concept, même si sa mise en application, Reilly en était bien conscient, risquait de ne pas être aussi simple. Est-ce que ça exigerait que les flics d'ici sortent de temps en temps de leur réserve pour faire comprendre aux truands qu'on ne rigolait pas avec le crime de lèse-majesté ? Cela faisait partie intégrante de l'histoire de l'Amérique, songea l'agent du FBI. Qu'il s'agisse de shérifs de l'Ouest comme Wyatt Earp, Bat Masterson ou Wild Bill Hickock, de rangers comme Lone Wolf Gonzales ou de marshals comme Bill Tilghman et Billy Threepersons, les flics de ce temps-là veillaient moins à faire respecter la loi qu'à l'incarner par leur seule dégaine. En Russie, on ne trouvait pas de policier de légende équivalent. Peut-être qu'il leur en faudrait un. Cela faisait partie de l'héritage de tous les flics d'Amérique, et à force de regarder les westerns et les séries télévisées, ses concitoyens étaient imprégnés de l'idée qu'enfreindre la loi risquait de faire débarquer ce genre de personnage dans leur existence, et qu'ils n'avaient rien à y gagner. Le FBI s'était développé à une époque de recrudescence de la criminalité, pendant la Grande Dépression, et il avait su exploiter la tradition du western avec les méthodes et la technologie modernes pour créer sa propre mystique institutionnelle. Cela avait nécessité d'arrêter un paquet de criminels et d'en descendre également un certain nombre en pleine rue.

En Amérique, on voyait dans le flic un personnage légendaire qui ne se contentait pas de faire respecter la loi mais qui protégeait aussi la veuve et l'orphelin. Ce genre de tradition n'existait pas ici. La développer résoudrait pas mal de problèmes de l'ex-Union soviétique. S'il en subsistait une ici, elle était plus d'oppression que de protection. Pas de John Wayne, pas de Melvin Purvis dans le cinéma russe, et la culture de ce pays en pâtissait. Même si Reilly aimait bien y travailler, même s'il avait fini par apprécier ses homologues russes, il avait parfois l'impression d'avoir été largué dans une décharge avec ordre de la rendre aussi nette que les rayons d'une boutique de luxe. Tous les ingrédients étaient là, mais les organiser faisait paraître trivial le nettoyage par Hercule des écuries d'Augias. Oleg avait certes la motivation et les dons nécessaires, mais cette tâche le dépassait. Reilly n'aurait pas voulu être à sa place, néanmoins il devait l'aider de son mieux.

Le Russe reprit : « Je ne t'envie pas tellement, Michka, mais j'aimerais bien que nos forces jouissent du même statut que dans ton pays.

– Ça ne s'est pas fait tout seul, Oleg. C'est le fruit de beaucoup d'années de travail et d'un tas de types bien. Peut-être que je devrais te montrer un film de Clint Eastwood...

– *L'Inspecteur Harry* ? Je l'ai vu. » Distrayant, songea le Russe, mais pas franchement réaliste.

« Non. *Pendez-les haut et court.* L'histoire d'un marshal, du temps du Far West, à l'époque où les hommes étaient de vrais hommes et où les femmes étaient reconnaissantes. En fait, ce n'est même pas vrai. Il n'y avait pas tant de crimes que ça au Far West. »

La remarque amena le Russe à lever les yeux, surpris.

« Alors, pourquoi tous les films racontent-ils le contraire ?

– Oleg, les films doivent être excitants, or il n'y a rien de bien excitant à regarder pousser le blé ou paître des troupeaux. L'Ouest américain a été colonisé en majorité par des anciens combattants de la guerre de Sécession. Ça avait été un conflit dur et cruel, mais celui qui avait survécu à la bataille de Shiloh n'était pas homme à se laisser intimider par un rigolo à cheval, armé ou pas. Un prof à l'université d'Oklahoma a même écrit un bouquin là-dessus, il y a une vingtaine d'années. Il a épluché les archives et découvert qu'en dehors de quelques fusillades dans les saloons – les flingues et le whisky, ça fait un mélange détonant, pas vrai ? – il n'y avait pas tant de criminalité que ça au Far West. Les habitants étaient capables de se défendre tout seuls, et les lois étaient plutôt strictes – il n'y avait pas des masses de récidivistes – mais en définitive, les gens avaient des fusils et ils savaient s'en servir, et ça, c'est extrêmement dissuasif pour les mauvais garçons. Quand t'y réfléchis, un flic risque moins de te flinguer qu'un honnête citoyen énervé. Il a pas envie de se carrer toute la paperasse s'il peut l'éviter, pas vrai ? » L'Américain rigola, but un coup.

« De ce côté, on est pareils, Michka, convint Provalov.

– Et, tiens en passant, tous ces duels au pistolet qu'on voit dans tous les films... Le type qui tire, à peine a-t-il dégainé. Si ça s'est déjà produit, je n'en ai jamais entendu parler. Non, tout ça, c'est des conneries hollywoodiennes. Tu peux pas dégainer et tirer avec précision en faisant comme ça. Sinon, on nous l'aurait appris, à Quantico. Hormis pour ceux qui s'entraînent pour des exhibitions, des numéros de cirque ou des tournois – mais là, l'angle et la distance sont toujours les mêmes –, c'est tout bonnement impossible.

– T'en es sûr ? » Les légendes ont la vie dure, surtout chez un flic plutôt pas con mais qui a vu sa dose de westerns.

« J'étais instructeur principal dans ma division et je peux te dire que j'étais pas foutu d'y arriver.

– T'es bon tireur, pas vrai ? »

Reilly acquiesça avec une modestie inhabituelle. « Pas mauvais, admit-il. Pas mauvais du tout. » Il y avait moins de trois cents noms au tableau de l'Académie du FBI identifiant ceux qui avaient réussi un sans-faute à l'épreuve de tir du concours de sortie. Mike Reilly était du nombre. Il avait été en outre directeur adjoint des forces de l'ordre du SWAT[1], lors de sa première affectation, à Kansas City, avant de rejoindre les joueurs d'échecs du service de lutte contre la mafia.

Il avait un peu l'impression de se balader tout nu sans son fidèle SW 1076 automatique, mais c'était la vie au service diplomatique du FBI, se dit l'agent. Et puis, la vodka était bonne et il y prenait goût. De ce côté, la plaque « CD » sur sa voiture aidait beaucoup. C'est que les flics d'ici distribuaient facilement les contredanses. Dommage qu'ils n'aient pas la même efficacité vis-à-vis de la grande criminalité.

---

1. *Special Weapons and Tactics*, l'équivalent américain de nos CRS *(N.d.T.)*.

« Donc, en résumé, notre ami le souteneur était sans doute la cible principale ?

– Oui, je pense que c'est probable, mais pas encore tout à fait certain. » Il haussa les épaules. « Mais on garde l'hypothèse Golovko. Après tout, observa Provalov après une grande lampée de vodka, ça nous permet d'avoir un sérieux coup de main des autres services. »

Reilly ne put qu'en rire. « Oleg Gregorievitch, pour ce qui est de savoir naviguer dans la bureaucratie, je n'ai pas de leçon à te donner. Je n'aurais pas pu mieux faire ! » Sur quoi, il fit signe au barman. La prochaine tournée serait pour lui.

Internet devait être la meilleure invention en matière d'espionnage, estima Mary Patricia Foley. Elle bénissait également le jour où elle avait recommandé personnellement Chester Nomuri à la direction des opérations. Ce petit Nisei[1] avait déjà quelques jolis succès à son actif pour un gars de moins de trente ans. Il avait fait un boulot superbe au Japon, et s'était immédiatement porté volontaire pour l'opération Gengis à Pékin. Sa couverture d'agent commercial chez NEC n'aurait pas pu mieux convenir aux exigences de la mission, et il semblait s'y trouver comme un poisson dans l'eau. La partie la plus facile, apparemment, était de faire sortir les informations.

Six ans plus tôt, la CIA était allée faire un tour dans la Silicon Valley (sous un prête-nom, évidemment) pour commander chez un fabricant de modems une petite série de modèles très spéciaux. En fait, pour beaucoup, il aurait paru plutôt longuet vu que son temps de connexion était de quatre à cinq secondes plus long que la normale. Mais ce qu'on ne pouvait pas deviner, c'est que les quatre dernières secondes de grésillement ne représentaient pas un banal bruit blanc

---

1. Japonais immigré de la seconde génération *(N.d.T.)*.

électronique mais le signal de couplage d'un système de cryptage qui, intercepté par une oreille indiscrète, donnait effectivement l'impression d'un bruit aléatoire. Donc, tout ce que Chester avait à faire, c'était préparer son message et le transmettre. Par mesure de sécurité supplémentaire, les messages étaient recryptés à l'aide d'un système à clef de 256 bits conçu tout spécialement à la NSA et ce double chiffrement était si complexe que même les batteries de superordinateurs de cette agence ne pouvaient le craquer qu'avec difficulté et encore, après un temps de calcul long et coûteux. Ensuite, il suffisait de déposer un nom de domaine quelconque et de prendre un abonnement auprès d'un des nombreux fournisseurs d'accès. Le système pouvait même être utilisé pour des transmissions directes d'ordinateur à ordinateur – en fait, c'était son application d'origine, et même si l'adversaire avait installé une bretelle sur la ligne, il lui faudrait un génie mathématique et le plus gros superordinateur de chez Sun Microsystems pour commencer à décrypter le message.

Lian Ming, lut Mary Pat, secrétaire de... Lui ? Pas mal en effet, comme source potentielle. Le plus charmant était que Nomuri évoquait les possibilités sexuelles que sous-entendait le recrutement ; ce garçon avait quelque chose d'innocent ; il avait dû sans doute rougir en rédigeant cette note, se dit la directrice adjointe des opérations de la CIA. Mais il avait néanmoins évoqué la chose parce qu'il était la franchise même dans tout ce qu'il faisait. Il était temps de lui accorder une promotion assortie d'une augmentation de salaire. Elle en prit note sur un Post-it à coller sur son dossier. James Bond-san, songea-t-elle avec un rire. La partie la plus facile était la réponse : APPROUVÉ. AGISSEZ. Elle n'avait pas besoin d'ajouter « avec précaution ». Nomuri savait se tenir en mission, ce qui n'était pas toujours le cas des jeunes agents. Puis elle décrocha le téléphone et appela son mari sur la ligne directe.

« Ouais, chérie ? dit le directeur du renseignement.

– Occupé ? »

Ed Foley savait que ce n'était pas une question que sa femme posait à la légère. « Jamais trop occupé pour toi, bébé. Descends. » Et il raccrocha.

Le bureau du directeur de la CIA est relativement long et étroit, avec des baies du sol au plafond qui donnent sur les bois et le parking réservé aux visiteurs de marque. Derrière, ce sont les arbres dominant la vallée du Potomac et l'autoroute George-Washington, et pas grand-chose d'autre. L'idée que quelqu'un ait pu avoir une vue directe sur une partie quelconque de cet immeuble (sans parler du bureau du patron) aurait causé de sérieuses brûlures d'estomac aux responsables de la sécurité. Ed quitta des yeux sa paperasse quand sa femme entra et vint s'asseoir dans le fauteuil en cuir en face de son bureau.

« Bonnes nouvelles ?

– Encore meilleures que le livret scolaire d'Eddie », répondit-elle avec ce sourire doux et sexy qu'elle réservait exclusivement à son époux. Et il fallait qu'elles soient bonnes. Edward Foley Junior faisait des étincelles à l'école polytechnique Rensselaer de New York, tout comme dans l'équipe de hockey qui s'illustrait presque toujours en championnat national. Le petit Ed allait peut-être décrocher une place dans l'équipe olympique, même s'il excluait une carrière de hockeyeur professionnel : il gagnerait trop bien sa vie comme ingénieur informatique pour perdre son temps avec un objectif si dérisoire. « Je crois en effet qu'on pourrait tenir le bon bout.

– Quoi donc, chérie ?

– Quelque chose comme la secrétaire particulière de Fang Gan. Nomuri essaie de la recruter et d'après lui ça s'annonce plutôt bien.

174

– Gengis », observa Ed. Ils auraient dû choisir un autre nom, mais à la différence de la majorité des opérations de l'Agence, celui-ci n'avait pas été généré par un ordinateur du sous-sol. En fait, on n'avait pas appliqué cette mesure de sécurité pour la simple raison que personne ne s'était attendu à ce que la mission donne le moindre résultat. La CIA n'avait jamais infiltré d'agent dans les rouages du pouvoir de la Chine communiste. À tout le moins, pas au-dessus du rang de capitaine de l'Armée populaire de libération. C'était à cause des problèmes habituels : d'abord, il leur fallait recruter un Chinois de souche et la CIA n'avait guère rencontré de succès de ce côté ; ensuite, l'agent en question devait être parfaitement doué pour les langues et avoir la capacité à se fondre dans la culture locale. Pour tout un tas de raisons, ça n'était jamais arrivé. Et puis Mary Pat avait suggéré d'essayer Nomuri. Sa société traitait beaucoup d'affaires en Chine, après tout, et le jeune agent avait de l'initiative. C'est ainsi qu'Ed avait donné son accord, sans trop escompter de résultats. Mais une fois encore, son épouse s'était révélée avoir de meilleures intuitions que lui. Nombreux étaient ses collègues à estimer que Mary Pat Foley était le meilleur officier que l'Agence ait eu depuis vingt ans, et elle était bien décidée à leur donner raison. « Quels risques, pour Chet ? »

Mary Pat hocha la tête. « Il reste près de la source mais il sait être prudent et son matériel de transmission est le meilleur dont nous disposions. Sauf attaque de front, du genre on te ramasse parce qu'on n'aime pas ta coupe de cheveux, il ne devrait pas rencontrer de problème. Quoi qu'il en soit... » Elle lui tendit la retranscription du message venu de Pékin.

Le directeur le lut trois fois avant de le lui rendre. « Ma foi, s'il a envie de coucher... ce n'est peut-être pas très habile, chérie. Pas très bon de se lier à ce point avec son agent...

– Je sais bien, Ed, mais on joue les cartes qu'on a reçues... Et si on fournit à la nana un ordinateur comme celui qu'utilise Chet, elle ne devrait pas trop craindre non plus pour sa sécurité, pas vrai ?

– Sauf s'ils envoient quelqu'un démonter la bécane, nota Foley, qui réfléchissait tout haut.

– Oh, bon Dieu, Ed, même nos meilleurs cerveaux se choperaient une putain de migraine pour piger comment marche le truc. J'ai dirigé personnellement le projet, tu as oublié ? Si je te dis qu'il n'y a rien à craindre.

– Relax, chérie... » Le directeur leva la main. Quand Mary employait ce genre de langage, c'est que l'affaire lui tenait à cœur. « Ouais, je sais, le truc est sûr, mais je suis le mec anxieux et toi la cow-girl, tu te souviens ?

– OK, mon lapin en sucre. » Le tout dit avec le sourire habituel de séduction complice.

« Tu lui as déjà donné le feu vert ?

– C'est mon agent, Eddie. »

Hochement de tête résigné. C'était injuste qu'il soit obligé de bosser avec son épouse. Mais il ne l'emportait pas non plus dans les discussions domestiques. « D'accord, chérie. C'est ton opération, tu t'en occupes, mais...

– Mais quoi ?

– Mais on remplace le nom *Gengis*. Dès que cette histoire est en route, on passe à un cycle de remplacement mensuel. Ce terme-ci a des connotations manifestes, or on se doit de garder une sécurité maximale. »

Elle ne pouvait qu'être d'accord. Lorsqu'ils travaillaient sur le terrain, ils avaient dirigé un agent connu dans la légende de la CIA sous le nom de code *Cardinal*, le colonel Mikhaïl Semyonovich Filitov, qui avait travaillé au Kremlin pendant plus de trente ans, leur fournissant des informations d'une valeur inestimable sur tout ce qui concernait les armées soviétiques, sans compter quelques renseignements politiques de première importance. Pour des raisons bureaucratiques perdues dans les brumes du temps, le Cardinal n'était pas considéré comme un agent infiltré, ce qui l'avait sauvé de la trahison d'Aldrich Ames qui avait dénoncé une douzaine de citoyens soviétiques travaillant pour les États-Unis. Pour Ames, le prix de la trahison était d'environ cent mille dollars par nom donné. Le couple Foley avait regretté qu'on lui ait laissé la vie sauve, mais ils n'avaient pas à se substituer à la justice [1].

« D'accord, Eddie, changement mensuel. Tu es toujours tellement prudent. Tu appelles ou c'est moi ?

— On va attendre qu'elle nous donne quelque chose d'utile avant de tout bouleverser, mais d'accord, changeons le nom Gengis. L'allusion à la Chine est par trop évidente.

– OK. » Sourire espiègle. Puis de suggérer : « Qu'est-ce que tu dirais de *Sorge* en attendant ? » Richard Sorge, l'un des plus grands espions de tous les temps, un Allemand qui avait travaillé pour les Soviétiques et sans doute aussi l'homme qui avait empêché Hitler de gagner sur le front de l'Est contre Staline. Bien que le sachant, le dictateur soviétique n'avait pas levé le petit doigt pour lui éviter l'exécution. « La gratitude, avait dit un jour Iosif Vissarionovitch, est une maladie de chien. »

Le directeur du renseignement acquiesça. Sa femme avait un sens de l'humour développé, surtout quand elle l'appliquait au travail. « À ton avis, quand saurons-nous si elle est prête à jouer le jeu ?

— À peu près dès que Chet l'aura sautée, je suppose.

— Mary, est-ce que tu as déjà...

— En mission ? Ed, c'est une affaire d'homme, pas de nana, lui dit-elle avec un sourire éclatant tandis qu'elle récupérait ses papiers avant de regagner la porte. Sauf avec toi, mon lapin en sucre. »

1. Cf. *Le Cardinal du Kremlin*, Albin Michel, 1989, Le Livre de Poche, n° 7586.

Le DC-10 d'Alitalia se posa avec un quart d'heure d'avance par suite de vents favorables. Le cardinal Renato DiMilo en fut si ravi qu'il murmura une prière de reconnaissance. Appartenant de longue date à la diplomatie vaticane, il avait l'habitude des vols interminables, mais cela ne voulait pas dire qu'il les appréciait. Il portait son costume noir et rouge (la pourpre cardinalice) qui ressemblait plus à un uniforme officiel, et pas vraiment confortable, en plus, bien que taillé sur mesure dans une des meilleures boutiques de Rome. L'un des inconvénients de son statut à la fois clérical et diplomatique était qu'il n'avait pu se mettre à l'aise pendant le vol, mais il avait au moins pu se débarrasser de ses chaussures – pour s'apercevoir que ses pieds avaient gonflé : les renfiler n'avait pas été une sinécure. Ce qui avait suscité un soupir (plutôt qu'un juron) alors que l'appareil roulait vers l'aérogare. L'hôtesse de l'air l'avait aidé à rejoindre la porte avant pour lui permettre de descendre le premier. L'un des avantages de son statut était qu'il n'avait qu'à brandir son passeport diplomatique au contrôle d'immigration ; dans le cas présent, un haut fonctionnaire du gouvernement chinois était là pour l'accueillir au bout de la piste.

« Bienvenue dans notre pays, dit-il, la main tendue.

– Je suis ravi d'être ici », répondit le cardinal, notant que ce communiste athée ne baisait pas son anneau, comme l'exigeait le protocole. Enfin, le christianisme en général et le catholicisme en particulier n'étaient pas vraiment en odeur de sainteté en Chine populaire... Mais si les communistes chinois voulaient entrer dans le monde civilisé, alors il leur faudrait accepter la représentation du Saint-Siège, point final. Du reste, le cardinal comptait bien faire son travail pastoral et, qui sait, peut-être réussir à en convertir un ou deux. On avait vu plus étrange et l'Église catholique, apostolique et romaine avait su mater des ennemis autrement formidables.

Avec un signe de la main et une petite escorte, le sous-ministre mena son distingué visiteur par une coursive jusqu'à l'emplacement où la voiture officielle et leur convoi attendaient.

« Comment s'est passé votre vol ? demanda le sous-fifre.

– Un peu longuet mais pas désagréable. » Réponse de circonstance. Les diplomates devaient toujours faire comme s'ils adoraient prendre l'avion, alors même que les équipages trouvaient lassants des trajets de cette longueur. C'était le boulot du fonctionnaire d'observer le nouvel ambassadeur du Vatican, de voir comment il se comportait, avec quelle curiosité il regardait par les fenêtres de la voiture, même si dans ce cas, il ne se démarquait guère des autres diplomates prenant leur premier poste à Pékin. Ils traquaient les différences : la forme des bâtiments était inédite pour eux, tout comme la couleur des briques : ils en scrutaient les détails de près, puis de loin, pour constater à quel point des choses qui étaient en gros les mêmes devenaient d'autant plus fascinantes par leurs différences somme toute microscopiques quand on les examinait d'un œil objectif.

Il leur fallut vingt-huit minutes pour arriver à la résidence-ambassade. C'était un bâtiment ancien qui datait du début du siècle précédent, jadis la (vaste) résidence d'un missionnaire méthodiste américain – qui de toute évidence aimait ses aises capitalistes, nota le fonctionnaire – avant de connaître plusieurs reconversions dont, avait-il appris la veille, celle en bordel pour le quartier des ambassades dans les années 1920-1930, parce que les diplomates aussi aimaient bien leurs aises. Avec pour pensionnaires des Chinoises ou des Russes qui prétendaient toutes être de vieille noblesse tsariste, c'est du moins ce qu'il avait entendu dire.

Après tout, il est vrai que les Occidentaux adoraient sauter des baronnes ou des comtesses, comme si elles avaient des organes différents... Ça, il le tenait d'un des archivistes du ministère qui s'intéressait à ce genre de détail. Les manies personnelles du président Mao n'étaient pas archivées mais son goût de toujours pour la défloration des gamines de douze ans était bien connu au ministère des Affaires étrangères. Tous les grands de ce monde avaient leurs manies bizarres ou dégoûtantes, le jeune fonctionnaire le savait bien. Aux grands hommes les grandes aberrations.

La voiture s'arrêta devant la vieille maison à charpente en bois : un policier en uniforme ouvrit la porte au dignitaire du Vatican, il le salua même, ce qui lui valut un hochement de tête du prélat coiffé d'une calotte rouge rubis.

Sous le porche attendait un autre étranger, monseigneur Franz Schepke, sous-chef de mission diplomatique. C'était en général la personne qui s'occupait vraiment des affaires pendant que l'ambassadeur – le plus souvent nommé pour des raisons politiques – régnait surtout dans son bureau. Ils ne savaient pas encore si tel serait le cas ici.

Schepke avait ce côté très allemand de ses ancêtres : grand, sec, des yeux gris-bleu insondables, et un merveilleux don pour les langues qui lui avait permis non seulement de maîtriser les arcanes de la langue chinoise mais également le dialecte local et son accent. Au téléphone, on pouvait confondre cet étranger avec un membre du parti, ce qui ne laissait pas de surprendre les fonctionnaires locaux guère habitués à voir des étrangers capables de parler le chinois, et encore moins de le maîtriser parfaitement.

L'Allemand, nota le fonctionnaire chinois, baisa l'anneau de son supérieur. Puis le cardinal lui serra la main et étreignit son jeune prêtre. Ils se connaissaient sans doute. Le cardinal DiMilo conduisit Schepke vers son escorte et fit les présentations. Ils s'étaient déjà vus à de nombreuses reprises, bien sûr, de sorte que le fonctionnaire chinois en conçut surtout l'impression que le nonce apostolique était quelque peu arriéré. On déposa bientôt les bagages dans la résidence et le fonctionnaire chinois regagna sa voiture pour se rendre au ministère des Affaires étrangères où il ferait son rapport de premier contact. Le nonce n'était plus dans sa prime jeunesse, indiquerait-il, un vieux bonhomme pas désagréable, peut-être, mais pas vraiment une lumière. En d'autres termes, l'ambassadeur occidental relativement typique.

À peine les deux prélats étaient-ils entrés que Schepke se tapota l'oreille droite avant de parcourir du doigt l'intérieur du bâtiment.

« Partout ? demanda le cardinal.

– *Ja, doch* », répondit monseigneur Schepke dans sa langue natale, avant de passer au grec. Non pas le grec moderne, mais le grec classique, celui que parlait Aristote, une langue perpétuée seulement par une poignée de lettrés à Oxford et dans quelques autres universités occidentales. « Bienvenue, Éminence.

– Même les déplacements en avion arrivent à durer trop longtemps. Pourquoi ne pas voyager par mer ? La transition d'un point à un autre serait bien plus douce.

– La malédiction du progrès », suggéra l'Allemand sans grande conviction. Le vol Rome-Pékin ne durait jamais que quarante minutes de plus que celui de Rome à New York, après tout, mais Renato était un homme d'une autre génération, plus patiente.

« L'homme qui m'a escorté, que pouvez-vous m'en dire ?

– Il s'appelle Qian. Quarante ans, marié, un fils. Il sera notre contact avec les Affaires étrangères. Intelligent, cultivé, mais communiste convaincu, comme son père », dit Schepke, s'exprimant avec aisance dans une langue apprise bien des années auparavant au séminaire. Son patron et lui savaient que ce dialogue était sans doute enregistré et qu'il allait faire tourner en bourriques les linguistes du ministère des Affaires étrangères. Enfin, ce n'était pas de leur faute si ces gens étaient incultes.

« Et le bâtiment est intégralement câblé ? demanda DiMilo en se dirigeant vers une desserte sur laquelle trônait une bouteille de vin rouge.

– On doit le supposer, confirma Schepke avec un signe de tête, pendant que le cardinal se servait un verre. J'aurais pu faire scanner le bâtiment mais trouver ici des gens fiables n'est pas facile et... » Et ceux capables de faire un nettoyage correct profiteraient de l'occasion pour poser leurs propres micros : qu'ils travaillent pour l'Amérique, l'Angleterre, la France, Israël, tous s'intéressaient à ce que le Vatican pouvait savoir.

Le Vatican était un État indépendant, d'où le statut de diplomate du cardinal DiMilo, même dans un pays où les convictions religieuses étaient mal vues dans le meilleur des cas, et piétinées dans le pire. Le cardinal Renato DiMilo était dans les ordres depuis un peu plus de quarante ans, dont l'essentiel passé à la nonciature du Saint-Siège. Ses dons pour les langues n'étaient pas inconnus au sein de son service, mais même là ils étaient rares, et plus encore à l'extérieur où les gens consacraient beaucoup de temps à leur étude. Mais DiMilo les apprenait sans peine et était lui-même surpris de voir les autres incapables d'une telle aisance. En sus d'être prêtre et diplomate, DiMilo était agent de renseignements – tous les ambassadeurs sont censés l'être, mais il l'était bien plus que la majorité de ses homologues. L'une de ses missions était de tenir le Vatican (et donc le pape) informé de ce qui se passait dans le monde, pour que le Vatican (et donc le pape) puisse agir, ou du moins exercer son influence dans la bonne direction.

DiMilo connaissait fort bien le pape actuel. Ils étaient déjà amis bien des années avant qu'il ne soit élu souverain pontife – en l'occurrence, pontife signifiait « bâtisseur de pont », au sens où le prêtre est censé établir une passerelle entre l'homme et son Dieu. DiMilo avait servi le Vatican dans sept pays. Avant la chute de l'Union soviétique, il s'était spécialisé dans les pays d'Europe de l'Est, où il avait appris à débattre des mérites du communisme avec ses plus vigoureux défenseurs, en général pour leur plus grand inconfort et pour son plus grand amusement. Ici, ce serait différent, estima-t-il. Il n'y avait pas que la vulgate marxiste. La culture même était bien différente. Confucius avait défini la place du citoyen chinois deux mille ans auparavant, et cette place était différente de celle qu'enseignait la culture occidentale. Il y avait certes une place pour les enseignements du Christ, ici comme partout ailleurs, mais le terreau local n'y était pas aussi fertile pour le christianisme. Les autochtones qui découvraient les missionnaires catholiques étaient surtout motivés par la curiosité et, une fois mis en contact avec les Écritures, ils trouvaient la foi chrétienne encore plus curieuse, tant elle différait des enseignements plus anciens de leur pays. Même les croyances « normales » plus conformes à l'héritage des traditions chinoises, comme le mouvement spiritualiste oriental connu sous le nom de Falun Gong, avaient été l'objet d'une répression impitoyable. Le cardinal DiMilo se dit qu'en fin de compte il avait échoué dans une des dernières nations païennes, une où le martyre était encore une éventualité pour l'infortuné – ou l'heureux élu, tout dépendait du point de vue. Il but une gorgée de vin en essayant de sentir quelle heure il était pour son corps, sans tenir compte de celle affichée à sa montre. En tout cas, le vin était bon et lui rappela son pays, un endroit qu'il n'avait jamais vraiment quitté, même à Moscou ou à Prague. Pékin, toutefois... Pékin risquait de s'avérer un défi.

8

Subordonnés et coordonnés

Ce n'était pas la première fois pour lui. Dans son genre, c'était une mission passionnante, excitante, et un rien dangereuse, à cause du lieu et de l'heure. Mais c'était surtout un exercice qui faisait travailler la mémoire et le coup d'œil. Le plus dur était encore de convertir les unités britanniques en système métrique. Les mensurations de la femme idéale étaient censées être 36-24-36, pas 91, 44-60, 96-91, 44...

La dernière fois qu'il s'était rendu dans ce genre d'endroit, c'était dans la galerie marchande de Beverly, à Los Angeles, et c'était pour Maria Castillo, une voluptueuse Latino-Américaine qui avait été ravie de son erreur, quand il avait cru qu'elle faisait 24 de tour de taille et non un bon 27... Avec les femmes, il convenait de se tromper par défaut pour les chiffres et par excès pour les lettres. Si vous preniez un soutien-gorge de taille 36B au lieu de 34C, elle ne vous en voudrait pas, mais si pour le tour de taille vous confondiez 27 et 24, elle l'aurait sans doute mauvaise. Le stress, se dit Nomuri en hochant la tête, revêtait bien des formes et des tailles. Il n'avait pas envie de se planter parce qu'il voulait que Ming soit son informatrice, mais surtout parce qu'il voulait aussi qu'elle soit sa maîtresse, raison de plus pour ne pas commettre d'impair.

La couleur, c'était le plus facile : rouge. Évidemment. C'était encore un pays où le rouge était une « bonne » couleur, ce qui était parfait parce que le rouge avait toujours été le choix le plus percutant pour les sous-vêtements féminins, la couleur de l'aventure, des gloussements et... de l'immoralité. Et l'immoralité servait ses objectifs tant biologiques que professionnels. Cela dit, il n'était pas au bout de ses peines. Ming n'était pas grande, cinq pieds, pas plus – un mètre cinquante, calcula-t-il en faisant mentalement la conversion. Elle était petite mais pas vraiment menue. On ne connaissait pas vraiment l'obésité en Chine. Les gens ne mangeaient pas trop, sans doute à cause du souvenir persistant d'une époque où la nourriture était rare et où c'était tout bonnement impossible. Ming aurait été jugée grosse en Californie, estima Chester, mais c'était simplement sa morphologie. Elle était trapue parce qu'elle était de petite taille, et aucun régime, aucun exercice, aucun maquillage n'y changeraient rien...

Bon, alors un soutien-gorge 34B, une culotte taille M, un petit coordonné en soie rouge, quelque chose de féminin... le côté rebelle, outrancier, une babiole qu'elle pourrait contempler seule devant sa glace en riant... avec peut-être un soupir en se découvrant à ce point différente vêtue ainsi, et peut-être un sourire, un de ces curieux sourires rentrés que savent avoir les femmes en de tels moments. Le moment où vous savez que vous les tenez... et que le reste n'est que formalité.

Le mieux, dans cette boutique, c'était le catalogue, conçu de toute évidence pour des hommes qui voulaient eux-mêmes acheter les articles, même si les attitudes des modèles leur donnaient parfois des airs de lesbiennes siliconées... Fantasmes, inventions. Nomuri se demanda si les modèles existaient réellement ou n'étaient que des créations infographiques. De nos jours, on pouvait faire ce qu'on voulait avec un ordinateur... transformer Rosie O'Donnell en Twiggy, ou démoder Cindy Crawford.

Bon, retour au boulot. C'était peut-être un lieu à fantasmes, mais pas pour tout de suite. OK, de la lingerie sexy. Un truc qui à la fois amuse et excite Ming... et lui avec : c'était la règle du jeu. Nomuri prit le catalogue sur la pile parce qu'il lui était plus facile de juger sur pièces. Il le feuilleta et s'arrêta à la page 26. Une fille noire servait de modèle et le mélange génétique dont elle était issue devait avoir des ingrédients de choix car ses traits auraient attiré aussi bien un membre du parti nazi qu'Idi Amin Dada. Mieux encore, le coordonné qu'elle portait (soutien-gorge pigeonnant et string) avait la couleur idéale, un rose pourpre que les Romains avaient jadis baptisé rose tyrien, la couleur des rayures sur la toge des sénateurs, que son prix et la coutume réservaient aux plus fortunés de la noblesse romaine. Ni vraiment rouge, ni vraiment pourpre. Le soutien-gorge était en satin et Lycra, et il se fermait sur le devant : le système le plus facile à attacher pour une fille et le plus intéressant à détacher pour un garçon, songea-t-il tout en se dirigeant vers les cintres correspondant aux articles. 34B. S'il était trop petit, ce n'en serait que plus flatteur... S ou M, pour le string ? Oh et puis merde, décida-t-il, un de chaque. Par précaution, il prit également un soutien-gorge à motifs triangulaires sans armatures et une petite culotte d'une couleur rouge orangé qui à elle seule aurait suffi à vous damner aux yeux de l'Église catholique. Sur un coup de tête, il ajouta plusieurs culottes assorties, en se disant qu'elles devaient se salir plus vite que les soutiens-gorge, quoique... Il avait beau être agent de la CIA, il n'en était pas sûr, sûr. Ce n'était pas le genre de truc qu'on vous enseignait à la Ferme. Il faudrait qu'il fasse un rapport là-dessus. Ça ferait marrer MP dans son bureau du sixième à Langley.

Encore un truc, songea-t-il. Du parfum. Les femmes

adoraient le parfum. Et sans doute plus encore ici. Toute la ville de Pékin empestait comme une aciérie, entre la poussière de charbon et tous les autres polluants atmosphériques – sans doute comme Pittsburgh au tournant du siècle précédent – et la triste vérité était que les Chinois ne se baignaient pas aussi scrupuleusement que les Californiens, et sûrement pas aussi régulièrement que les Japonais. Donc, un truc qui sente bon...

« Ange de rêve », c'était le nom. Le parfum existait en vaporisateur, en lotion et autres présentations qui étaient un mystère pour lui mais que Ming saurait élucider, elle, puisque c'était une fille, et que c'était la quintessence des trucs de fille. Donc, il en prit également, en réglant le tout avec sa carte de crédit NEC – ses patrons japonais comprendraient. Il y avait des virées sexuelles soigneusement organisées et chorégraphiées pour emmener les cadres japonais dans divers lieux d'Asie qui faisaient commerce du sexe. C'était sans doute comme cela que le sida avait débarqué dans l'archipel et pour cela aussi que Nomuri recourait au préservatif en toutes circonstances, sauf pour aller pisser. L'addition se montait à près de trois cents euros. La vendeuse enveloppa le tout et fit observer que la femme de sa vie avait bien de la chance.

Sûrement, se promit Nomuri. Les sous-vêtements coordonnés qu'il venait de lui acheter... leur matière semblait aussi douce que du verre flexible, quant à leur couleur, elle aurait damné un aveugle. La seule question était de savoir comment ils affecteraient une petite Chinoise boulotte, secrétaire particulière d'un ministre du gouvernement. Ce n'était pas comme s'il avait essayé de séduire Suzy Wong. Lian Ming était plus du genre cageot que canon, mais enfin, qui sait ? Amy Irvin, sa première conquête à l'âge mûr de dix-sept ans et trois mois, avait été assez canon pour l'inspirer... ce qui signifiait pour un garçon de son âge... qu'elle avait en gros les organes requis, que ce n'était pas la femme à barbe, et qu'elle s'était douchée au cours du dernier mois. Au moins Ming ne serait-elle pas comme toutes ces Américaines d'aujourd'hui qui passaient chez le chirurgien esthétique pour se faire remonter les fesses, gonfler les nibards et les lèvres jusqu'à les faire ressembler à un drôle de fruit fendu. Ce que les bonnes femmes pouvaient faire pour séduire les hommes... et ce que ces derniers pouvaient faire dans l'espoir de séduire les femmes. Quelle source d'énergie potentielle, songea Nomuri, en tournant la clef de contact de sa Nissan de fonction.

« C'est quoi, aujourd'hui, Ben ? demanda Ryan à son conseiller à la sécurité.

— La CIA essaie de monter une opération à Pékin. Provisoirement baptisée Sorge.

— Comme Richard Sorge ?

— Affirmatif.

— Ambitieux ! OK, raconte-moi.

— Un agent, du nom de Chester Nomuri, un clandestin infiltré à Pékin sous la couverture d'un représentant en ordinateurs de chez NEC. Il essaie de retourner la secrétaire d'un important ministre du gouvernement chinois, un certain Fang Gan...

— Qui est... ? s'enquit Ryan, sa tasse de café à la main.

— Une sorte de ministre sans portefeuille, il travaille avec le Premier ministre et son collègue des Affaires étrangères.

— Comme ce Zhang Han San ?

— Pas à un rang aussi élevé, mais oui. Il semble être une sorte de factotum à très haut niveau. Il a des contacts à la Défense et aux Affaires étrangères. De parfaites références idéologiques, il sert à sonder ses camarades du Politburo.

– Bond, coupa Ryan, sur un ton d'une neutralité étudiée. James Bond. Ce Nomuri, je le connais de nom. Il a fait du bon boulot pour nous, au Japon, quand j'avais votre poste[1]. C'est strictement une mission d'information, pas besoin de mon approbation ?

– Correct, monsieur le président. C'est Mme Foley qui s'en charge mais elle tenait à vous en avertir.

– OK, dites à MP que je suis intéressé par tout ce qui pourra en sortir. » Ryan réprima la grimace que lui inspirait l'idée de fouiller dans la vie privée – voire sexuelle – d'un individu.

« Bien monsieur. »

---

1. Cf. *Dette d'honneur*, *op. cit.* (*N.d.T.*).

9

Premiers résultats

Chester Nomuri avait appris bien des choses dans son existence, que ce soit auprès de ses parents, de ses professeurs ou de ses instructeurs à la Ferme, mais s'il avait encore une leçon à apprendre, c'était les vertus de la patience, du moins en ce qui concernait sa vie privée. Cela ne l'empêchait pas, néanmoins, d'être prudent. C'était du reste pourquoi il avait averti Langley de ses plans. Il était gênant de devoir informer une femme de ses visées sexuelles personnelles – MP avait beau être un agent brillant, elle restait toujours un peu coincée – mais il ne voulait pas que l'Agence aille s'imaginer qu'il courait la gueuse aux frais du contribuable, parce que, mine de rien, il aimait son boulot. L'excitation était au moins aussi enivrante que la cocaïne dont avaient tâté certains de ses potes à l'université.

Peut-être que c'était la raison pour laquelle Mme Foley l'aimait bien. Ils se ressemblaient. À la direction des opérations, on la surnommait la « Cow-Girl » : elle avait arpenté les rues de Moscou aux derniers jours de la guerre froide, avec la dégaine d'une véritable Annie du Far West, et même si elle s'était fait coincer par le KGB, elle n'avait rien balancé à ces salauds, et quelle qu'ait pu être l'opération qu'elle menait à l'époque (le secret restait toujours bien gardé), ce devait être un sacré gros truc car elle n'était plus jamais retournée en mission mais avait escaladé la hiérarchie de la CIA à la vitesse d'un écureuil sur un chêne. Le président appréciait son intelligence et quand on voulait se faire un ami dans le milieu, le président des États-Unis était là, parce qu'il connaissait le métier. Et puis, il y avait tout ce qu'on racontait sur lui. Exfiltrer le patron du KGB ? MP avait dû être dans le coup, c'était l'opinion générale à la Direction des opérations. Tout ce qu'ils savaient de l'affaire, même dans les murs de la CIA (à l'exception, bien sûr, de ceux qui avaient besoin de savoir – en gros, eux deux, disait-on), c'était ce qu'en avait publié la presse, et alors qu'en général les médias ne savent foutre rien des opérations noires, une équipe de CNN avait malgré tout réussi à fourrer une caméra sous le nez de l'ancien directeur du KGB désormais installé à Winchester en Virginie. Et même s'il n'avait rien révélé de renversant, la simple apparition du visage d'un homme dont le gouvernement soviétique avait annoncé la mort dans un accident d'avion était déjà un scoop. Nomuri jugea décidément qu'il bossait pour deux vrais pros, raison pour laquelle il les mettait au fait de ses projets, même si cela devait faire rougir Mary Patricia Foley, directrice adjointe des opérations de la CIA.

Il avait choisi un restaurant occidental. Il y en avait désormais bon nombre à Pékin, servant aussi bien les Chinois que les touristes nostalgiques du pays (ou méfiants à l'égard du système sanitaire local, sans doute à juste titre). La qualité n'approchait sûrement pas celle d'un vrai resto américain, mais c'était quand même infiniment plus ragoûtant que les rats frits qu'il soupçonnait de figurer au menu de bien des bouis-bouis pékinois.

Il était arrivé le premier et dégustait tranquillement un mauvais bourbon quand Ming apparut à la porte. Il lui fit signe en espérant ne pas avoir l'air trop godiche. Elle le vit faire et son sourire le rassura aussitôt. Ming était contente de le voir : c'était déjà la première étape de son plan pour la soirée. Elle se dirigea vers sa table, dans un coin du fond de la salle. Il se leva, témoignant d'une courtoisie inhabituelle dans ce pays où la femme est bien loin d'avoir la place qu'elle avait chez lui. Nomuri se demanda si cela allait changer, si tous ces meurtres de bébés filles pourraient soudain faire de Ming une denrée rare, malgré son physique quelconque. Il avait toujours du mal à surmonter l'idée de ces meurtres commis avec désinvolture ; il les gardait en tête, ne serait-ce que pour se rappeler qui étaient les bons et qui étaient les méchants.

« Ça me fait tellement plaisir de vous voir, dit-il avec un sourire engageant. J'avais peur que vous ne puissiez pas me rencontrer ici.

– Oh, vraiment ? Pourquoi ?

– Eh bien, votre supérieur... je suis sûr que... enfin... qu'il a besoin de vous, je suppose que c'est la façon courtoise de le dire », ajouta-t-il d'une voix faussement gênée. Il avait bien répété son numéro. La fille étouffa un petit rire.

« Le camarade Fang a plus de soixante-cinq ans. C'est un brave homme, un bon supérieur, un excellent ministre, mais il a des journées chargées et ce n'est plus un jeune homme. »

OK, donc il te saute, mais pas tant que ça, crut devoir traduire Nomuri. *Et peut-être que t'en voudrais un peu plus, avec un gars plus proche de ton âge, hein ?* Bien sûr, si à plus de soixante-cinq balais il se débrouillait aussi bien, il méritait le respect, mais Nomuri écarta cette réflexion.

« Avez-vous déjà mangé ici ? » L'endroit s'appelait « Chez Vincenzo » et se prétendait un restaurant italien. En fait, le patron était un Italo-Chinois de Vancouver dont l'italien approximatif lui aurait valu de se faire descendre par la mafia s'il s'y était essayé à Palerme, voire même dans le quartier italien de Manhattan, mais ici à Pékin, il avait tous les accents de l'authenticité.

« Non. » Ming parcourut du regard la salle qui devait lui paraître des plus exotiques. Sur chaque table trônaient une bouteille de vin vide enveloppée d'osier tressé, une chandelle rouge et dégoulinante fichée dans le goulot. Les nappes étaient à carreaux rouges. Le décorateur avait manifestement vu un peu trop de vieux films. Cela dit, on était aux antipodes d'un restaurant local, même avec des serveurs chinois. Boiseries sombres, patères près de la porte... on aurait pu se croire dans n'importe quelle ville de la côte Est des États-Unis où l'établissement serait passé pour un de ces petits restos italiens, un bistrot familial, bonne bouffe et pas de chichis.

« À quoi ressemble la cuisine italienne ?

– Bien préparée, c'est une des meilleures du monde, répondit Nomuri. Vous n'y avez jamais goûté ? Pas une seule fois ? Alors puis-je vous faire des suggestions ? »

Sa réaction fut charmante. Toutes les femmes sont les mêmes. Traitez-les comme il faut et elles fondront comme de la cire entre vos doigts, et vous pourrez les modeler à votre guise. Nomuri commençait à apprécier cette partie du boulot et un jour, l'expérience pourrait lui servir dans sa vie personnelle. Il fit signe au garçon qui s'approcha avec un sourire servile. Nomuri commença par commander du véritable vin blanc italien – bizarrement, la carte des vins était de qualité, avec des prix en conséquence, bien entendu – et des fettucine carbonara, l'archétype de l'étouffe-chrétien. Vu le gabarit de son invitée, il estima qu'elle ne cracherait pas sur des plats roboratifs.

« Alors, pas de problème avec le nouvel ordinateur et son imprimante ?

– Non, et le ministre Fang m'a félicitée devant tout le personnel pour ce choix judicieux. Grâce à vous, je suis une sorte de héros, camarade Nomuri.

– Je suis ravi de l'entendre, répondit l'agent de la CIA en se demandant si se faire appeler "camarade" était ou non de bon augure pour sa mission. Nous sortons également un nouvel ordinateur portable que vous pourriez utiliser chez vous – aussi puissant que votre machine de bureau, avec les mêmes caractéristiques, la même offre logicielle et, bien entendu, un modem pour l'accès Internet.

– Vraiment ? J'ai si rarement l'occasion d'y aller. Au travail, n'est-ce pas, on ne nous encourage pas vraiment à surfer sur le Net, sauf quand le ministre veut quelque chose de précis.

– Tiens donc ? Et qu'est-ce qui l'intéresse sur le Net ?

– Pour l'essentiel, les analyses politiques, américaines et européennes, surtout. Tous les matins, je lui imprime des extraits de journaux, le *Times* de Londres, le *New York Times*, le *Washington Post*, et ainsi de suite. Le ministre veut tout particulièrement savoir ce que pensent les Américains.

– Pas beaucoup, répondit Nomuri alors que leur vin arrivait.

– Pardon ? fit Ming, l'amenant à se retourner vers elle.

– Hmph... oh, les Américains, ils ne pensent pas beaucoup. Les gens les plus superficiels que je connaisse. Grandes gueules, peu cultivés, quant à leurs femmes... » Il laissa sa phrase en suspens.

« Oui, qu'est-ce qu'elles ont, leurs femmes, camarade Nomuri ? demanda Ming.

– Ahh... » Il but une gorgée de vin et fit signe au garçon de les servir. C'était un bon cru toscan. « Avez-vous déjà vu ce jouet américain, la poupée Barbie ?

– Bien sûr, elles sont fabriquées ici, en Chine populaire, vous savez.

– Eh bien, c'est ce que toutes les Américaines rêvent d'être : une grande perche aux gros seins avec une taille de guêpe. Mais ce n'est pas une femme. C'est un jouet, une poupée pour les enfants. Et à peu près aussi intelligente que l'Américaine moyenne. Vous croyez qu'ils sont doués pour les langues, comme vous ? Tenez : nous sommes en train de converser en anglais, une langue qui n'est ni votre langue maternelle, ni la mienne... mais nous dialoguons sans problème, non ?

– Certes, admit Ming.

– Combien d'Américains parlent mandarin, d'après vous ? Ou japonais ? Non, les Américains n'ont aucune éducation, pas le moindre raffinement. C'est un pays arriéré et leurs femmes le sont encore plus. Vous vous rendez compte qu'elles passent sur le billard pour se faire gonfler les seins, comme cette poupée stupide. C'est comique de les voir, surtout à poil, conclut-il.

– Ça vous est arrivé ? demanda-t-elle, comme de juste.

– Quoi donc ? De voir des Américaines à poil ? » Il obtint un signe d'assentiment. Impeccable. *Mais oui, Ming, j'ai roulé ma bosse.* « Effectivement. J'ai vécu là-bas quelques mois et l'expérience s'est révélée intéressante par son côté grotesque. Certaines peuvent être très mignonnes, mais rien de comparable à une Asiatique aux proportions harmonieuses. Et je ne parle pas de leurs manières. Une Américaine n'a pas les manières d'une Asiatique.

– Mais il y a beaucoup d'Asiatiques, là-bas. N'en avez-vous pas... ?

– Rencontré une ? Non, les longs-nez se les gardent. Je suppose qu'ils apprécient les vraies femmes, dans le même temps que leurs compatriotes se transforment en monstres. » Il saisit la bouteille pour remplir le verre de la jeune femme. « Mais en toute équité, les Américains sont experts en certaines choses...

– Lesquelles ? » Le vin lui déliait déjà la langue.

« Je vous montrerai plus tard. Peut-être que je vous dois une excuse, mais j'ai pris la liberté de vous acheter quelques articles d'origine américaine.

– Vraiment ? » Ses yeux brillaient d'excitation. Décidément, ça s'annonçait bien, se dit Nomuri. Il aurait intérêt à y aller mollo sur le vin. Enfin, une demi-bouteille, deux verres seulement, il devait pouvoir assurer... Et puis, comme disait la chanson, *qu'il est doux, l'instant du premier rendez-vous...* D'autant qu'il n'avait pas trop à se préoccuper de scrupules moraux ou religieux. C'était un des avantages du communisme, pas vrai ?

Les fettucine arrivèrent pile à temps et, surprise, elles n'étaient pas mauvaises du tout. Nomuri observa sa convive alors qu'elle saisissait sa fourchette pour attaquer le plat (pas de baguettes chez Vincenzo, ça valait mieux d'ailleurs pour des fettucine carbonara...). Ses yeux noirs s'agrandirent quand elle goûta les pâtes.

« Mais c'est rudement bon ! Elles doivent être faites avec plein d'œufs. J'adore les œufs », confia-t-elle.

Pense à tes artères, ma choute, songea l'agent. Il se pencha pour remplir à nouveau son verre. Elle le remarqua à peine, tant elle se régalait de bon cœur.

Arrivée à la moitié de son assiette, elle leva les yeux. « Je n'ai jamais dîné aussi bien », confia-t-elle.

Sourire chaleureux de Nomuri. « Je suis si content que ça vous plaise. » *Et attends d'avoir vu les petites culottes, ma poule.*

« Garde-à-vous ! »

Le général de division Marion Diggs se demanda ce que lui réservait sa nouvelle affectation. Cette deuxième étoile sur son épaulette[1]... il avait presque l'impression d'en sentir le poids supplémentaire, même si ce n'était pas vrai, bien sûr. Ses cinq dernières années sous l'uniforme n'avaient pas été inintéressantes. Premier commandant du 10ᵉ de cavalerie reconstitué – les Buffalo Soldiers –, il avait fait de ce régiment historique et honoré les maîtres instructeurs de l'armée israélienne, transformant le désert du Néguev en champ de manœuvres, et en l'espace de deux ans, il avait terrassé tous les généraux de brigade israéliens pour mieux les remettre sur pied, triplant leur efficacité au combat, de sorte que l'arrogance des fantassins de Tsahal était désormais justifiée. Puis il avait regagné le centre national d'entraînement dans le désert californien, où il avait fait de même avec ses propres troupes. Il s'y trouvait quand avait éclaté la guerre biologique, avec son 11ᵉ de cavalerie, le fameux Blackhorse Cavalry, les « Chevaux noirs » – et une brigade de la Garde nationale dont la maîtrise inattendue du matériel de combat perfectionné avait bougrement surpris les Blackhorses et leur commandant, le colonel Al Hamm. Tous s'étaient déployés ensuite en Arabie Saoudite, aux côtés du 10ᵉ régiment israélien, et ensemble ils avaient flanqué une pâtée mémorable à l'armée de l'éphémère République islamique unie. Après avoir brillé au grade de colonel, il s'était vraiment distingué comme général de brigade, ce qui lui avait ouvert toutes grandes les portes de la promotion, ainsi que de son nouveau commandement, celui qu'on baptisait indifféremment la « 1ʳᵉ DB », les « Côtes de Fer[2] » ou la « Division blindée d'Amérique ». Il s'agissait de la 1ʳᵉ division blindée, basée à Bad Kreuz-

---

1. Alors que nos généraux commencent avec deux étoiles (brigade) pour en rajouter une à mesure de l'avancement (division, corps d'armée, armée), les Américains se contentent de démarrer avec une, d'où ce décalage *(N.d.T.)*.

2. Surnom de la cavalerie de Cromwell *(N.d.T.)*.

nach en Allemagne, l'une des dernières divisions lourdes sous le drapeau américain.

Jadis, elles avaient été nombreuses. Deux corps ici même en Allemagne, le 1er et le 3e de blindés, le 3e et le 8e d'infanterie, plus deux régiments de cavalerie blindée, le 2e et le 11e et les sites de POMCUS[1] – de monstrueux dépôts de matériel – pour les unités basées en métropole comme le 2e de blindés et le 1er d'infanterie de Fort Riley, Kansas, qui pouvaient se redéployer en Europe aussi vite que le permettaient les transports aériens, y embarquer leur équipement, et filer sur le théâtre d'opérations. Toutes ces forces – et ça en faisait un sacré paquet, songea Diggs – avaient naguère fait partie des effectifs attachés à l'OTAN pour défendre l'Europe occidentale contre un pays appelé l'Union soviétique et son reflet inversé, le Pacte de Varsovie. D'énormes formations dont l'objectif de débarquement devait être le golfe de Gascogne, c'est tout du moins ce qu'avaient toujours pensé les spécialistes du renseignement stratégique au QG de Mons en Belgique. Et ça aurait fait un putain d'affrontement. Qui l'aurait remporté ? Sans doute l'OTAN, estima Diggs, mais tout aurait dépendu des ingérences politiques et des talents du commandement de part et d'autre.

Mais aujourd'hui, l'Union soviétique avait disparu. Et avec, la nécessité du maintien des Ve et VIIe corps en Allemagne de l'Ouest, tant et si bien que la 1re DB était à peu près l'unique vestige de ce qui naguère encore était une force de grande envergure. Même les régiments de cavalerie étaient partis, le 11e jouer les OpFor – ou « Forces opposées », c'est-à-dire les méchants – lors des manœuvres au Centre national d'entraînement, et le 2e dragons, aujourd'hui quasiment désarmé et posté à Fort Polk en Louisiane, afin d'es-

_____

1. *Pre-Positioned Overseas Material Configured in Unit Sets* : « Matériel prépositionné outre-mer et réparti par groupe d'unités » *(N.d.T.)*.

sayer d'élaborer une nouvelle doctrine pour des soldats sans armes. Ce qui ne laissait que les Côtes de Fer, passablement réduites en effectifs, mais qui n'en constituaient pas moins une force formidable. Contre quel opposant Diggs aurait à les engager dans l'éventualité où des hostilités se déclencheraient *ex abrupto*, il n'en avait pas la moindre idée.

Cela, bien sûr, était du ressort de son officier de renseignements G-2, le lieutenant-colonel Tom Richmond, et les exercices dans cette perspective étaient sous la responsabilité de son commandant des opérations, le colonel Duke Masterman, que Diggs avait extrait de force de sa sinécure au Pentagone. Il n'était pas rare dans l'armée américaine de voir un officier général prendre auprès de lui des cadets qu'il avait eu l'occasion de connaître au gré de leur parcours. C'était son boulot de veiller à leur carrière et le leur de prendre soin de leur mentor – le « pacha » pour les marins, le « rabbin » pour les flics de New York – dans une relation qui n'était pas sans rappeler celle d'un père avec ses fils. Ni Diggs, ni Richmond, ni Masterman n'espéraient mieux qu'un décrassage intéressant au sein de la 1re division de cavalerie et c'était déjà bien assez. Ils avaient vu l'éléphant – une expression qui datait de la guerre de Sécession – et tuer des gens avec des armements modernes n'avait rien d'une excursion à Disneyland. Non, une période tranquille d'exercices et de parcours du combattant leur suffirait amplement, estimaient-ils tous. Sans compter que la bière allemande était délicieuse.

« Eh bien, Mary, je vous confie le bébé », dit le général de division (admissible au corps d'armée) Sam Goodnight, après le salut officiel. « Mary » était un sobriquet qui lui collait à la peau depuis West Point, et il avait depuis longtemps renoncé à s'en formaliser. Mais seuls les officiers de rang supérieur au sien avaient le droit de l'appeler ainsi, et il n'y en avait plus tant que ça désormais, pas vrai ?

« Sam, on dirait que vous les avez bien formés, vos petits gars, observa Diggs pour l'officier qu'il venait de relever.

– Je suis tout particulièrement satisfait de mes troupes héliportées. Après le numéro des Apache en Yougoslavie, on a décidé de remettre à niveau nos gars. Ça a pris trois mois mais désormais, ils sont prêts à bouffer du lion... après l'avoir massacré avec leur canif.

– Qui les commande ?

– Le colonel Dick Boyle. Vous le verrez dans quelques minutes. Il a roulé sa bosse, et il sait se faire obéir.

– Ravi de l'entendre. » Ils montèrent dans un command-car datant de la Seconde Guerre mondiale pour passer en revue les troupes, cérémonie d'adieu pour Sam Goodnight et de réception pour « Mary » Diggs, un officier qui s'était fait une réputation de vrai dur à cuire. Son doctorat en gestion de l'université du Minnesota ne semblait pas peser bien lourd, sinon pour le tableau d'avancement et pour la boîte privée qui éventuellement voudrait l'engager après sa retraite, une possibilité qu'il devrait envisager désormais, même s'il estimait que deux étoiles ne représentaient pour lui que la moitié du parcours. Diggs avait fait deux guerres et s'était brillamment comporté les deux fois. Il y avait bien des façons de servir sous les drapeaux mais aucune n'était plus efficace que la victoire sur un champ de bataille, parce que, en définitive, le travail de l'armée consistait à tuer des gens et bousiller des choses avec une efficacité maximale. Ce n'était pas drôle mais c'était parfois nécessaire. On ne pouvait pas se permettre de le perdre de vue. On entraînait ses hommes pour le cas où, s'ils devaient se réveiller le lendemain en guerre, ils sachent se débrouiller, que leurs chefs soient là ou non pour le leur dire.

« Et l'artillerie ? s'enquit Diggs alors qu'ils passaient devant des obusiers de 155 autotractés.

– Aucun problème de ce côté, Mary. En fait, aucun problème nulle part. Vos chefs de brigade étaient tous là en 1991, comme commandants de bataillon ou d'escadron. Vos chefs de bataillon étaient déjà presque tous capitaines ou lieutenants. Ils sont parfaitement entraînés. Vous verrez », promit Goodnight.

Diggs savait qu'il pouvait lui faire confiance. Sam Goodnight était admissible au corps d'armée, ce qui voulait dire qu'il ne tarderait pas à décrocher sa troisième étoile, dès que le Sénat aurait approuvé la prochaine liste des promotions, et ça, on ne pouvait pas l'accélérer. Même le président n'y pouvait rien. Diggs avait postulé pour sa deuxième étoile six mois plus tôt, juste avant de quitter Fort Irwin pour un bref stage interarmes au Pentagone avant son retour en Allemagne. Sa division avait été désignée pour participer à des manœuvres importantes avec la Bundeswehr dans trois semaines. La 1re DB contre quatre brigades allemandes, deux de chars, deux d'infanterie mécanisée. Voilà qui promettait du boulot pour le colonel Masterman. C'était à lui de s'y coller. Duke était arrivé en Allemagne une semaine auparavant pour rencontrer son prédécesseur aux opérations (ce dernier partait aussi) afin de voir avec lui les règles et les préparatifs de l'exercice. Du côté allemand, le commandant en exercice était le général de division Siegfried Model. Siggy, comme l'appelaient ses collègues, descendait d'un commandant de la Wehrmacht du temps jadis et l'on disait également de lui qu'il regrettait la chute de l'URSS car quelque part, il aurait brûlé de faire sa fête à l'Armée rouge. Enfin, on disait la même chose de pas mal de généraux allemands (ou américains) et dans presque tous les cas, ce n'étaient que des paroles en l'air, parce que quiconque avait vu une fois un champ de bataille n'était jamais pressé d'en revoir un autre.

Bien sûr, songea Diggs, il ne restait plus tant que ça d'Allemands à avoir vu un champ de bataille.

« Ils m'ont l'air tout bons, Sam, commenta Diggs alors qu'ils achevaient de passer les hommes en revue.

– C'est bougrement dur de partir, Marion. Sacré nom de Dieu. » Il luttait pour retenir ses larmes, ce qui était un bon moyen de reconnaître qui étaient vraiment les durs à cuire dans ce métier. Diggs le savait. Quitter la tête de ses soldats, c'était comme de laisser votre môme à l'hôpital et peut-être même encore plus dur. Ils avaient tous été les enfants de Sam, et ils allaient devenir les siens, songea Diggs. Au premier abord, ils lui semblaient en effet sains et vigoureux.

« Ouais, Arnie », dit le président Ryan. Son murmure trahissait ses émotions mieux encore que s'il avait bougonné ou crié.

« Personne n'a jamais dit que ce serait du gâteau, Jack. Je ne sais pas pourquoi tu te plains. Tu n'as pas besoin de séduire les gens pour recueillir des fonds pour ta campagne, non ? T'as pas à lécher de culs. Tout ce que t'as à faire, c'est ton boulot, et ça te laisse quand même une heure par jour, allez, disons une heure et demie, pour regarder la télé et jouer avec tes mômes. » S'il y avait bien une chose qu'Arnie adorait, c'était de lui répéter à quel point il avait de la veine de faire ce putain de boulot.

« Mais je passe quand même la moitié de mes journées à perdre du temps à des conneries non productives au lieu de faire ce pour quoi on me paie.

– La moitié seulement, et il se plaint encore, dit Arnie, en s'adressant au plafond. Jack, tu ferais mieux de te décider à aimer ce bazar ou il va finir par te bouffer. C'est le côté agréable du boulot de président.

Et puis merde, vieux, t'as quand même été quinze ans fonctionnaire avant d'atterrir ici. Tu devrais adorer d'être improductif ! »

Ryan faillit en rire mais il réussit à se contenir. Arnie savait toujours faire passer ses leçons avec une pointe d'humour. Ça pouvait même en devenir gênant.

« Parfait, mais qu'est-ce que je leur promets, au juste ?

– Tu promets que tu soutiendras ce projet de barrage et de canal navigable.

– Mais c'est sans aucun doute un gâchis d'argent.

– Non, ce n'est pas du tout un gâchis d'argent. Cela crée des emplois dans les deux États concernés, ce qui intéresse non pas un, ni deux, mais trois sénateurs des États-Unis, qui tous t'apportent leur soutien indéfectible au Congrès, et que par conséquent, tu te dois de soutenir à ton tour. Tu les récompenses de leur aide en les aidant à se faire réélire. Et tu les aides à se faire réélire en leur permettant de créer dans les quinze mille emplois de BTP dans les deux États.

– Et de bousiller une superbe rivière pour (un coup d'œil au dossier posé sur son bureau)... la bagatelle de trois cent vingt-cinq milliards de dollars... sacré nom de Dieu ! (Long soupir.)

– Depuis quand t'as viré écolo ? Les truites ne votent pas, Jack. Et même si le trafic fluvial en amont continue de stagner, t'auras quand même un superbe plan d'eau pour les pêcheurs et les adeptes du ski nautique avec en prime quelques motels, peut-être un ou deux parcours de golf, des restos rapides...

– Je déteste dire et faire des choses que je ne sens pas, hasarda le président.

– Pour un homme politique, c'est comme le daltonisme ou une jambe cassée : un sérieux handicap, nota van Damm. Ça aussi, ça fait partie du boulot. Nikita Khrouchtchev l'a dit : "Les hommes politiques sont les mêmes partout, ils bâtissent des ponts là où il n'y a pas de rivières."

— Bref, on est censés dilapider les fonds publics ? Arnie, cet argent n'est pas le nôtre. C'est celui du contribuable. Il leur appartient, on n'a pas le droit de le jeter par les fenêtres !

— Le droit ? Qui t'a parlé d'une question de droit ? » Arnie prit un ton patient. « Ces trois sénateurs qui sont (un coup d'œil à sa montre) sur le point d'arriver ont approuvé ton projet de loi de finances sur la défense le mois dernier, au cas où t'aurais oublié, et tu peux avoir encore besoin de leurs voix à l'avenir. Bon, et la défense, c'était quand même important, non ?

— Oui, bien sûr, admit le président Ryan, un rien méfiant.

— Et faire passer ce projet de loi était ce qu'il fallait pour le pays, non ? » enchaîna van Damm.

Gros soupir. Il le voyait venir avec ses gros sabots. « Oui, Arnie, tout à fait.

— Et donc, accepter ce petit truc t'aide bel et bien à faire ce qui est bon pour le pays, non ?

— Je suppose. » Ryan détestait ce genre d'argument mais discuter avec Arnie relevait du débat avec un jésuite. On se retrouvait presque à coup sûr battu.

« Jack, nous vivons dans un monde imparfait. Tu ne peux pas espérer faire toujours ce qui convient. Tout au plus y parvenir la plupart du temps ; en fait, tu pourras t'estimer heureux si sur le long terme les trucs bien contrebalancent les trucs pas si bien que ça. La politique est l'art du compromis, l'art d'obtenir ce que toi, tu juges essentiel, en concédant aux autres les points mineurs, et en le faisant de telle manière qu'ils ont l'impression que c'est toi qui accordes, pas eux qui prennent, parce que c'est comme ça que tu restes le patron. Il faut que t'arrives à le comprendre. » Arnie marqua un temps pour boire une gorgée de café. « Jack, tu fais de gros efforts, et t'apprends plutôt bien, pour un bac + 4, mais tu dois t'imprégner de cette leçon à un point que tu n'imagines pas. Ça doit te devenir aussi naturel que de remonter ta braguette après avoir pissé. Tu n'as pas idée des progrès que t'as pu faire. » *Et c'est peut-être aussi bien*, ajouta mentalement Arnie.

« Quarante pour cent de la population ne trouvent pas que je fais du bon travail.

– Cinquante-neuf pour cent trouvent que si, et dans tes quarante, il y en a un certain nombre qui ont quand même voté pour toi ! »

Le scrutin avait été marqué par une envolée des votes par correspondance, et Mickey Mouse avait fait un très joli score, se rappela Ryan.

« Qu'est-ce que je fais qui leur déplaît tant ? demanda Ryan.

– Jack, si les sondages avaient existé du temps de Jésus, il aurait sans doute jeté l'éponge pour redevenir charpentier. »

Ryan pressa une touche sur son interphone. « Ellen, j'aurais besoin de vous.

– Oui, monsieur le président », répondit Mme Sumter, en réponse à leur code pas si secret. Trente secondes plus tard, elle apparaissait à la porte, un bras collé au corps. En s'approchant du bureau présidentiel, elle tendit la main : une cigarette était nichée au creux de sa paume. Jack la saisit et l'alluma avec un briquet à gaz, tout en sortant d'un tiroir un cendrier en cristal.

« Merci, Ellen.

– Bien sûr. » Elle se retira. Tous les deux jours, il lui glissait un billet pour régler sa note de cigarettes. Il faisait des progrès, arrivant en général à ne pas dépasser les trois clopes les jours les plus stressants.

« Que les médias te prennent pas à faire ça, avertit Arnie.

– Ouais, je sais. Je peux m'envoyer en l'air avec une secrétaire sur le tapis du Bureau Ovale mais si je me fais prendre à fumer, c'est pire que si j'étais pédophile. » Ryan tira longuement sur sa Virginia Slim, conscient également de ce que dirait sa femme si elle le surprenait. « Si j'étais roi, c'est moi qui ferais les lois, merde !

— Mais tu ne l'es pas, alors oublie.

— Mon boulot est de préserver, protéger et défendre le pays...

— Non, ton boulot est de préserver, protéger et défendre la Cons-ti-tu-tion, ce qui est infiniment plus compliqué. Souviens-toi, pour l'Américain moyen, "préserver, protéger et défendre" veut dire qu'il touche sa paie hebdomadaire, nourrit sa petite famille, passe chaque année une semaine à la mer ou peut-être à Disney World, et qu'il assiste à un match de foot tous les dimanches en automne. Ton boulot est de t'arranger pour qu'ils restent satisfaits et se sentent protégés, pas seulement des armées étrangères mais des vicissitudes de la vie. Le point positif, c'est que si tu fais ça, tu pourras encore rempiler pour sept ans et prendre ta retraite avec leur gratitude.

— T'as laissé de côté le problème de l'héritage. »

Arnie arrondit les yeux. « Héritage ? Tout président qui se soucie un peu trop de cette question fait offense à Dieu, et c'est presque aussi con que d'offenser la Cour suprême.

— Ouais et quand l'affaire de Pennsylvanie arrivera devant eux... »

Arnie leva les paumes comme pour se protéger d'un coup de poing. « Jack, je m'en soucierai le moment venu. Tu n'as pas suivi mon conseil au sujet de la Cour suprême et jusqu'ici, tu peux t'estimer heureux, mais si... non, quand ça va te péter à la gueule, ça ne sera pas joli-joli. » Van Damm préparait déjà leur stratégie de défense.

« Peut-être, mais moi, je ne vais pas m'en soucier. Il y a des fois où il vaut encore mieux laisser courir.

– Ouais, et d'autres où tu regardes pour éviter de te ramasser l'arbre sur le coin de la figure. »

L'interphone de Jack bourdonna à l'instant même où il écrasait sa cigarette. C'était Mme Sumter pour lui annoncer que les sénateurs venaient de franchir le portail Ouest.

« Je file, dit Arnie. Souviens-toi : tu vas soutenir leur projet de barrage et de canal sur cette putain de rivière et tu apprécies leur soutien. Ils répondront présent quand tu auras besoin d'eux. Jack. Souviens-t'en. Et tu auras besoin d'eux. Souviens-t'en aussi.

– Oui, papa », dit Ryan.

« Vous êtes venue à pied ? s'étonna Nomuri.

– Ça ne fait jamais que deux kilomètres », répondit Ming, désinvolte. Puis elle gloussa. « Ça m'a ouvert l'appétit. »

Ma foi, tu t'es jetée sur les fettucine comme un requin sur un surfeur. J'imagine que ton appétit n'a pas trop souffert.

Mais Nomuri était injuste. Il avait organisé cette soirée avec le plus grand soin et si elle était tombée dans son piège, c'était de sa faute à lui plus que de la sienne, non ? Et puis, elle avait malgré tout un certain charme, décida-t-il alors qu'elle montait dans sa voiture. Ils étaient déjà convenus qu'il l'amènerait chez lui pour qu'il puisse lui offrir le cadeau dont il avait déjà parlé. Il sentait déjà monter son excitation. Il avait préparé ça depuis plus d'une semaine et le frisson du chasseur était toujours le même, sans changement depuis des dizaines de milliers d'années... et il se demandait à présent ce qu'elle pouvait avoir derrière la tête. Elle avait bu deux pleins verres avec ses pâtes et s'était abstenue de dessert. Elle s'était quasiment levée d'un bond quand il lui avait proposé d'aller chez lui. Soit il était un maître dans l'art du piège, soit elle était plus que prête à sauter le pas... Le trajet en voiture était bref et il s'effectua sans un mot. Il se gara à son emplacement numéroté en se demandant si quelqu'un remarquerait qu'il avait de la compagnie ce soir. Il devait supposer qu'il était sous surveillance. Le ministère chinois de la Sécurité d'État s'intéressait sans doute à tous les étrangers résidant à Pékin puisque tous étaient des espions potentiels. Curieusement, son appartement n'était pas situé dans l'aile où logeaient les Américains et les autres Occidentaux. Ce n'était pas de la ségrégation délibérée mais le fait était là : les Américains avec une bonne partie des Européens, d'un côté... et les Taiwanais aussi, réalisa Nomuri. Donc, s'il y avait une surveillance, elle s'exerçait sur cette partie du complexe résidentiel. Un avantage maintenant pour Ming, et plus tard, qui sait, pour lui aussi.

Son aile était un bâtiment d'angle d'un étage sans ascenseur, version chinoise d'un complexe d'appartements avec jardin à l'américaine. Le logement était spacieux, près de cent mètres carrés, et sans doute dépourvu de micros. En tout cas, il n'en avait pas trouvé quand il avait emménagé et accroché ses photos, et son matériel de détection n'avait relevé aucun signal anormal – sa ligne téléphonique devait être sur écoute, bien entendu, mais ce seul fait n'impliquait pas que quelqu'un réécoutait les bandes tous les jours ou même toutes les semaines. Le MSE n'était qu'un service gouvernemental parmi d'autres et les services chinois ne devaient pas être si différents de leurs équivalents américains, ou français du reste : des fonctionnaires paresseux et sous-payés qui travaillaient le moins possible au service d'une bureaucratie qui n'encourageait guère l'initiative individuelle. Ils devaient passer le plus clair de leur temps à branler en clopant leurs infectes cigarettes.

Il avait posé sur sa porte une serrure Yale avec une gorge anti-effraction et un robuste mécanisme de verrouillage. Si on l'interrogeait là-dessus, il expliquerait que lorsqu'il représentait la NEC en Californie, il s'était fait cambrioler – les Américains étaient de telles brutes sans foi ni loi – et qu'il n'avait pas envie de voir cette mésaventure se reproduire.

« Alors, c'est ça la maison d'un capitaliste », observa Ming en regardant autour d'elle. Les murs étaient couverts de gravures, surtout des affiches de cinéma.

« Oui, enfin, la maison d'un employé. Je ne sais pas si je suis ou non un capitaliste, camarade Ming », ajouta-t-il, en souriant, le sourcil arqué. Il indiqua le canapé. « Mais je vous en prie, asseyez-vous. Je vous sers quelque chose ?

– Un autre verre de vin, peut-être ? » suggéra-t-elle en avisant le paquet-cadeau posé sur la chaise en face.

Sourire de Nomuri. « Certainement. » Il fila vers la cuisine où il avait mis au frigo une bouteille de chardonnay californien. Il s'empressa de la déboucher et revint dans le séjour avec deux verres. Il en tendit un à son invitée. « Oh, fit-il. Oui, c'est pour vous, Ming. » Et de lui tendre le paquet emballé de rouge (comme de juste).

« Je peux l'ouvrir maintenant ?

– Mais bien sûr. » Nomuri sourit, de son air le plus courtoisement concupiscent. « Peut-être que vous aimeriez mieux le déballer, eh bien...

– Vous voulez dire dans votre chambre ?

– Excusez-moi. C'est juste que vous préféreriez peut-être le faire dans l'intimité... Je vous prie de ne pas m'en vouloir si je vous parais par trop effronté. »

La gaieté qu'il lut dans son regard était éloquente. Ming but une gorgée de vin blanc, se dirigea vers la chambre et referma la porte. Nomuri prit son verre et alla s'asseoir sur le canapé pour attendre la suite des événements. S'il avait fait un choix malencontreux, elle pouvait fort bien lui jeter la boîte à la figure et partir avec fracas... c'était malgré tout peu probable. Plus certainement, même si elle le trouvait un peu trop effronté, elle allait garder le cadeau et la boîte, finir son vin, échanger avec lui des banalités, et puis prendre congé au bout d'une demi-heure, juste pour faire preuve de savoir-vivre – avec en fin de compte les mêmes résultats, sans l'affront manifeste – et Nomuri n'aurait plus qu'à se remettre en chasse d'une nouvelle recrue. Non, dans la meilleure hypothèse...

... La porte s'ouvrit et elle apparut, avec un petit sourire espiègle. Envolé, le bleu de chauffe. À la place, elle portait l'ensemble coordonné rouge orangé, celui avec le soutien-gorge qui s'ouvrait par-devant. Elle tendit son verre de vin comme pour le saluer ; il semblait bien qu'elle avait encore bu un petit coup, peut-être pour se donner du courage... ou faire tomber ses inhibitions.

Nomuri se sentit gagné par une appréhension soudaine. Il but lui aussi avant de se lever et se dirigea lentement, avec un soupçon d'inquiétude, vers la porte de la chambre.

Dans ses yeux aussi, il devina de l'inquiétude, un peu de crainte, et avec de la chance, on pouvait lire la même chose dans les siens, car toutes les femmes du monde aimaient les hommes chez qui on percevait un rien de vulnérabilité. Peut-être qu'après tout John Wayne n'avait pas eu autant d'action qu'il voulait, songea brièvement Nomuri. Puis il sourit.

« Je crois que j'ai choisi la bonne taille.

– Oui, et je suis merveilleusement bien dedans, on dirait une seconde peau, douce et soyeuse. » Toutes les femmes ont ce don, réalisa-t-il : celui de sourire et, quelle que soit l'apparence extérieure, de révéler la femme qui est à l'intérieur, souvent parfaite, tendre et désirable, coquette et modeste, et dès lors, tout ce qu'il vous restait à faire...

... Il tendit la main et lui caressa le visage avec

autant de douceur que le permettaient ses doigts légèrement tremblants. *Qu'est-ce qui m'arrive ? Moi, trembler ?* Les mains de James Bond ne tremblaient jamais. C'était le moment où il était censé la prendre dans ses bras et la mener prestement jusqu'au lit, puis la posséder comme un Vince Lombardi à la tête d'une équipe de football, comme le général Patton menant une attaque. Mais nonobstant ses prévisions triomphalistes, tout se passait autrement. Qui que soit cette jeune femme, quelles que soient ses intentions, elle se donnait délibérément à lui. Elle n'avait rien de plus à lui offrir. Et elle le lui donnait.

Il inclina la tête pour l'embrasser et là, il décela la senteur du parfum « Ange de rêve » et, quelque part, cela convenait à merveille à cet instant. Il sentit ses bras l'entourer plus tôt qu'il ne l'avait escompté. Ses mains à lui firent de même et il découvrit que sa peau était douce, comme de la soie, alors ses mains se mirent machinalement à la caresser. Il sentit une drôle de sensation contre sa poitrine et, baissant les yeux, il vit ses petites mains déboutonner sa chemise, puis elle riva ses yeux dans les siens et soudain, son visage n'était plus du tout quelconque. Il ôta ses boutons de manchette, et elle fit descendre sa chemise dans son dos, puis lui passa le maillot par-dessus la tête – enfin elle essaya, parce que ses bras étaient trop courts pour aller jusqu'au bout – alors, il la serra encore plus fort, et sentit les fibres de soie synthétique de son soutien-gorge neuf frotter son torse imberbe. C'est à ce moment que son étreinte se fit plus intense, son baiser plus insistant, qu'il prit son visage entre ses mains pour plonger son regard dans ces yeux noirs devenus soudain si profonds, et qu'il y vit la femme.

Il sentit ses mains qui s'affairaient pour dégrafer sa ceinture et défaire son pantalon qui lui tomba sur les chevilles. Il faillit s'étaler en avançant la jambe, mais Ming le rattrapa et ils éclatèrent de rire tous les deux comme il se débarrassait des mocassins et du pantalon avant de faire un pas vers le lit. Ming en fit un autre et pivota, s'exhibant devant lui. Il l'avait sous-estimée. Son tour de taille faisait bien dix centimètres de moins qu'il l'avait cru – ce devait être la faute à ce satané bleu de chauffe, songea-t-il aussitôt – et ses seins remplissaient le soutien-gorge à la perfection. Et même ces horribles cheveux courts semblaient soudain lui aller, quelque part en harmonie avec la peau ambrée et les yeux bridés.

Ce qu'il advint ensuite était à la fois facile et très, très difficile. Nomuri s'approcha, l'attirant vers elle, mais pas trop. Puis il laissa sa main lui effleurer la poitrine, sentant pour la première fois le sein sous la fibre arachnéenne du soutien-gorge, tout en guettant attentivement ses réactions. Elles furent imperceptibles même si ses yeux parurent se relaxer, peut-être même devenir un brin rieurs au contact de sa main, puis vint l'étape suivante, obligatoire. S'aidant des deux mains, il dégrafa la fermeture du soutien-gorge. Aussitôt, elle croisa les bras devant elle pour se couvrir. Allons bon, qu'est-ce que ça veut dire ? se demanda l'agent de la CIA, mais bientôt ses bras s'ouvrirent et elle l'attira vers elle, et leurs corps se rencontrèrent et il inclina la tête pour l'embrasser de nouveau, tandis que ses mains faisaient glisser les bretelles de soutien-gorge le long de ses bras pour le faire tomber. Il ne restait plus grand-chose à faire et tous deux, semblait-il, étaient mus désormais par un mélange de désir et de crainte. Elle baissa les mains et saisit l'élastique de son slip, les yeux à présent rivés dans les siens et cette fois, elle sourit, un vrai sourire qui le fit rougir parce qu'il était aussi prêt qu'on peut l'être, alors elle acheva de baisser son slip et il se retrouva en chaussettes, et puis ce fut à son tour de s'agenouiller pour descendre sa petite culotte de soie rouge. Elle finit de s'en défaire d'un coup de pied et tous deux s'écartèrent un peu pour se détailler mutuellement. Il examina ses seins qui n'étaient pas si petits, avec leurs mamelons bruns comme du terreau. Même si sa taille n'était pas celle d'un mannequin, elle était bien prise. Nomuri avança d'un pas, lui prit la main et la conduisit vers le lit, l'étendit avec un tendre baiser et dès lors, il cessa d'être un espion au service de son pays.

10

Les dures leçons du métier

La piste commençait à l'appartement de Nomuri et, de là, se dirigeait vers un site Web installé à Pékin, en théorie pour la Nippon Electric Company, mais en fait conçu pour la NEC par un citoyen américain qui travaillait pour plusieurs employeurs, l'un d'eux étant une couverture établie par et pour la CIA. Le point d'accès au courrier électronique de Nomuri était ainsi accessible au chef de poste de la CIA à Pékin qui, de fait, ne savait rien de Nomuri. C'était une mesure de sécurité à laquelle il aurait sans doute objecté, mais qu'il aurait admise comme caractéristique des choix de Mary Patricia Foley à la direction des opérations. En comparaison, l'antenne de Pékin ne s'était pas précisément couverte de gloire dans sa tentative de recrutement de hauts fonctionnaires du gouvernement pour servir de taupes aux Américains.

Le message que venait de télécharger le chef de poste n'était pour lui que du charabia, des lettres emmêlées qui auraient tout aussi bien pu être tapées par un chimpanzé de laboratoire en échange d'un régime de bananes. Il n'y prêta pas attention, se contentant de le réencrypter à l'aide de son propre système baptisé Tapdance (« claquettes ») avant de le basculer sur un réseau de transmissions gouvernemental qui l'émit vers un satellite de communications, lequel le fit redescendre sur Sunnyvale, Californie, d'où il transita par un second satellite pour être enfin reçu à Fort Belvoir, Virginie, sur la rive du Potomac opposée à la capitale fédérale. De là, le message emprunta une liaison terrestre sécurisée à fibre optique avec le QG de la CIA, à Langley, plus précisément avec Mercury, le centre de communications de l'Agence. Il y fut dépouillé du surencryptage ajouté par le poste de Pékin, révélant le charabia initial, et enfin, après un ultime transfert, arriva sur le terminal informatique personnel de Mme Foley, qui était le seul à posséder le logiciel de chiffrement et l'algorithme de sélection de la clef quotidienne correspondant au système équivalent installé sur l'ordinateur portable de Chet Nomuri, et baptisé Intercrypt. MP était en train de faire autre chose à ce moment-là et ce n'est qu'au bout de vingt minutes qu'elle se connecta sur son système personnel et nota l'arrivée d'un message Sorge. Cela éveilla aussitôt sa curiosité. Elle exécuta la commande lançant le décryptage, obtint du charabia et se rendit compte (mais ce n'était pas la première fois) que Nomuri était de l'autre côté de la ligne de changement de date et qu'il avait par conséquent utilisé une autre séquence pour la clef. *Eh bien, tu n'as qu'à régler la date à demain...* eh oui ! Elle fit une sortie papier du message pour son mari puis l'enregistra sur son disque dur, le cryptant automatiquement au moment de la sauvegarde. Ensuite, le bureau d'Ed n'était qu'à deux pas.

« Hé, chou », fit le directeur sans même lever les yeux. Ils n'étaient pas si nombreux ceux qui pouvaient entrer dans son bureau sans prévenir. Les nouvelles devaient être bonnes. MP avait un sourire radieux quand elle lui tendit la feuille.

« Chet a couché hier soir !

— Suis-je censé allumer un cigare ? demanda le patron de la CIA en parcourant le message.

216

– Ma foi, c'est déjà un pas.

– Pour lui, peut-être, répondit Ed Foley, l'œil pétillant de malice. J'avoue qu'on peut finir par se sentir excité lors de ce genre de mission, même si personnellement je n'ai jamais connu ce problème. » Les Foley avaient toujours travaillé sur le terrain en couple marié, et ils avaient suivi le stage de la Ferme ensemble. Voilà qui avait sauvé l'agent Foley de toutes les complications qu'avait dû rencontrer James Bond.

« Eddie, ce que tu peux être bonnet de nuit !

– Comment ça ?

– Ce pourrait être une véritable avancée. Cette petite chipie est la secrétaire personnelle de Fang Gan. Elle sait des tas de choses qui pourraient nous intéresser.

– Bon, et Chet a eu l'occasion de la tester hier soir. Chérie, ce n'est pas la même chose que de la recruter. On n'a pas encore d'agent sur place, rappela-t-il à son épouse.

– Je sais, je sais, mais je le sens bien, ce coup-ci.

– L'intuition féminine ? » Ed parcourut à nouveau le message, en quête de détails sordides, mais n'y trouva que les faits bruts, comme si le *Wall Street Journal* avait couvert cette entreprise. Enfin, au moins Nomuri savait-il se montrer discret. Pas de hampe rigide et frémissante plongeant dans son fourreau moite et chaud – même si Nomuri avait vingt-neuf ans, un âge où la hampe tendait à être rigide...

Chet est bien californien ? se dit Foley. Donc, sans doute pas puceau, et peut-être même expert, même si la première fois, on essayait surtout de voir si les pièces s'emboîtaient bien... c'était toujours le cas, du moins dans l'expérience de Foley, mais enfin, on avait quand même intérêt à vérifier. Il se rappela la blague de Robin Williams sur Adam et Ève : « Tu ferais bien de t'écarter, chérie. Je ne sais pas jusqu'où peut aller ce truc ! » La combinaison de prudence excessive et de vantardise échevelée commune au mâle de l'espèce. « Bon, d'accord et tu vas lui répondre quoi ? "Combien d'orgasmes avez-vous eus tous les deux ?"

– Sacré nom d'une pipe, Ed ! » Le coup d'épingle avait marché, nota le patron. Il voyait presque la vapeur sortir des oreilles de son épouse. « Merde, tu sais pertinemment ce que je vais lui suggérer. D'entretenir cette relation et de l'amener à lui parler de son boulot. Ça prendra du temps, mais si ça marche, ça vaut le coup d'attendre. »

Et si ça ne marche pas, Chester n'aura pas perdu au change, s'avisa Ed Foley. Il n'y avait pas tant de professions où coucher faisait partie des activités qui pouvaient vous valoir une promotion. Quoique...

« Mary ?

– Voui, Ed ?

– Ça ne te paraît pas bizarre que ce gamin nous rende compte de sa vie sexuelle ? Ça ne te fait pas rougir un peu ?

– Ce serait le cas s'il m'en parlait de vive voix. Le mail est plus approprié, j'imagine. Plus froid.

– À propos, tu es satisfaite de la sécurité des transmissions ?

– Ouais, on en a déjà parlé. Le message aurait aussi bien pu contenir des infos sensibles et le système de cryptage est très robuste. Nos gars de Fort Meade pourraient le casser, mais chaque fois en recourant à la force brute et ça peut prendre jusqu'à une semaine, même après avoir deviné la méthode de chiffrement. Quant au service interception, il faudrait qu'ils partent de zéro. Le portail du fournisseur d'accès a été conçu habilement et notre liaison avec lui ne devrait pas non plus poser de problème – et même, ce n'est pas parce qu'on intercepte une connexion Internet sur la ligne d'une ambassade qu'on est plus avancé pour autant. Précaution supplémentaire, un de nos agents consulaires a pour mission de télécharger en douce des images pornos d'un site local via le même fournisseur d'accès, au cas où quelqu'un là-bas se montrerait un peu trop malin. » L'idée était astucieuse : c'était le style d'activité qu'on aimait mieux garder secret, ce que le contre-espionnage chinois trouverait à la fois compréhensible et divertissant quand bien même il réussirait à l'intercepter.

« Des résultats intéressants ? s'enquit Foley, une fois encore pour titiller son épouse.

— Non, sauf si t'es branché pédophilie. Si tu t'amusais à télécharger ici ce genre d'images, le FBI pourrait venir frapper à ta porte.

— Le capitalisme a vraiment réussi à percer là-bas, hein ?

— Certains dignitaires du parti semblent apprécier ces choses. J'imagine qu'à l'approche des quatre-vingts balais, on a besoin de trucs spéciaux pour lancer la machine. » Mary Pat avait vu quelques-unes de ces photos, et ça lui avait suffi. Contrairement à ce que pouvaient s'imaginer les usagers de ce site, les gamines ne tombaient pas du ciel toutes nues, les jambes écartées, un sourire avenant sur leur visage poupin. Pas vraiment, mais son boulot n'était pas de jouer les censeurs. Parfois, on était bien obligé de collaborer avec ce type de pervers parce qu'ils détenaient des informations indispensables à votre pays. Si vous aviez de la chance et si l'information était vraiment utile, on pouvait s'arranger pour les faire passer à l'Ouest et venir s'installer aux États-Unis où ils pourraient (dans certaines limites) se livrer à leurs perversions, après avoir été informés de la législation en vigueur et des risques qu'il y avait à l'enfreindre. Ensuite, on s'en lavait les mains. L'un des problèmes de l'espionnage était qu'on ne traitait pas toujours avec les individus qu'on aimerait inviter chez soi. Mais il ne s'agissait pas de bonnes manières. Il s'agissait de recueillir des informations indispensables à la sauvegarde des intérêts stratégiques du pays, voire à prévenir une guerre. Souvent, des vies humaines étaient en jeu, directement ou non. Alors, on fréquentait quiconque détenait ce genre d'information, même s'il était loin d'être un saint.

« D'accord, chou. Tiens-moi au courant, conclut Foley.

– Entendu, lapin en sucre. » La directrice des opérations regagna son bureau et prépara sa réponse à Nomuri : MESSAGE REÇU. TENEZ-NOUS INFORMÉS DE VOS PROGRÈS. MP. TERMINÉ.

La réponse fut un soulagement pour Nomuri quand il vérifia son mail au saut du lit. Il était déçu de ne pas se réveiller avec de la compagnie, mais un tel espoir eût été irréaliste. Ming aurait été bien malavisée de passer la nuit ailleurs que dans son propre lit. Nomuri ne pouvait même pas la raccompagner chez elle. Elle était repartie discrètement, avec ses cadeaux – enfin, une partie –, pour regagner à pied son logement collectif où, espérait avec ferveur Nomuri, elle s'abstiendrait d'évoquer ses aventures avec ses compagnes d'appartement. Avec les femmes, on ne savait jamais. Ce n'était pas si différent avec les hommes, nota l'agent en se souvenant de l'université, où certains de ses potes s'étendaient longuement sur leurs conquêtes. À les entendre, on aurait cru qu'ils avaient tué un dragon avec un bâton de sucette. Nomuri ne s'était jamais livré à ces fanfaronnades. Soit il avait déjà une mentalité d'espion, soit il avait été imprégné de l'idée qu'un vrai gentleman gardait ses conquêtes pour lui. Mais les femmes ? C'était pour lui un mystère, comme cette manie qu'elles avaient d'aller aux toilettes à deux – il lui arrivait de se moquer de ces « réunions syndicales ». Quoi qu'il en soit, les filles étaient plus bavardes que les mecs. Ça, il en était sûr. Et alors qu'elles leur faisaient tant de cachotteries, combien de secrets livraient-elles à leurs amies ? Merde, il suffisait qu'elle raconte à sa copine de chambre qu'elle avait grimpé aux rideaux avec un cadre japonais, si jamais cette copine était une indic du MSE, elle recevrait la visite d'un agent du ministère qui, à tout le moins, lui conseillerait de ne plus jamais revoir Nomuri. Sans doute s'y ajouterait-il l'exigence de restitution de ces ordures bourgeoises dégénérées (entendez les sous-vêtements de chez Victoria's Secret), assortie d'une menace non voilée de perdre son poste au ministère si jamais on la revoyait dans la même rue que ce Japonais. Et cela sous-entendait aussi qu'il allait être filé, observé et étudié de près par le MSE et ça, c'était une menace à prendre au sérieux. Ils n'avaient pas besoin de le surprendre en flagrant délit d'espionnage. On était en pays communiste où la protection des libertés individuelles était un concept bourgeois ridicule et où les droits civiques se limitaient à faire ce qu'on vous disait. Son statut de ressortissant étranger en tractations commerciales avec le gouvernement pouvait lui valoir un traitement de faveur, mais c'était tout relatif.

Donc, il avait fait plus que s'envoyer en l'air, se dit Nomuri, une fois dissipés les souvenirs délicieux d'une soirée enfiévrée. Il avait franchi une grosse ligne rouge et sa sécurité dépendait désormais intégralement de la discrétion de Ming. Il ne lui avait pas demandé de tenir sa langue. Il n'avait pas pu. Ce genre de chose allait sans dire, au risque sinon de plomber ce qui était censé être un instant de joie et d'amitié... et plus, si affinités. Les femmes pensaient en ces termes, se rappela Chester, et même s'il risquait de se découvrir un rictus sardonique la prochaine fois qu'il se contemplerait dans la glace, il s'agissait du boulot, pas d'une question personnelle, se répéta-t-il en éteignant son ordinateur.

À un détail près. Il avait eu des rapports sexuels avec une jeune femme intelligente et pas entièrement déplaisante, et le problème était que quand vous donniez ainsi un petit bout de votre cœur, vous ne le récupériez jamais. Et son cœur, se rendit-il compte un peu tard, était vaguement connecté à sa queue. Il n'était pas James Bond. Il ne pouvait pas étreindre une femme comme une pute étreint un homme pour de l'argent. Il était incapable de se comporter en goujat sans cœur. L'avantage était au moins qu'il pouvait encore supporter de se regarder dans la glace. L'inconvénient était que cela risquait de ne pas durer s'il traitait Ming comme un objet et non comme une personne.

Nomuri avait besoin d'un conseil sur la conduite à tenir et il ne savait où l'obtenir. Ce n'était pas le genre de chose qu'on demandait par mail à Mary Pat ou à l'un des psys que l'Agence employait pour guider les agents dans leur tâche. On ne pouvait traiter le problème qu'en tête à tête avec une personne bien réelle, dont le langage corporel et le ton de la voix pouvaient vous livrer des indices. Non, le courrier électronique n'était pas vraiment la bonne méthode. Il fallait qu'il rentre en avion à Tokyo rencontrer un officier de la direction des opérations qui serait en mesure de lui conseiller un moyen de gérer la situation. Mais si jamais ce type lui disait de rompre tout contact physique avec Ming, qu'est-ce qu'il ferait ? Ce n'était pas comme avec n'importe quelle petite amie, et il avait sa vie privée lui aussi... Du reste, s'il rompait, quel effet cela aurait-il sur cet agent potentiel ? On n'évaluait pas vos facultés d'humanité quand vous vous engagiez à l'Agence, malgré tout ce que pouvaient raconter les livres ou voulait croire l'opinion. Toutes ces blagues autour d'une bière durant les nuits après les sessions d'entraînement lui semblaient bien lointaines à présent, tout comme leurs attentes ou leurs espoirs. Ils étaient tellement à côté de la plaque, ses collègues et lui, malgré tout ce qu'avaient pu leur raconter leurs instructeurs. Il n'était alors qu'un gosse, et dans une certaine mesure même encore au Japon, mais voilà tout soudain qu'il était un homme, seul dans un pays qui au mieux se montrait méfiant, au pire hostile à sa présence et à son pays. Enfin, le problème était désormais entre ses mains et il ne pouvait rien y changer.

Les collègues de Ming notèrent une légère différence dans son comportement. Il avait dû lui arriver quelque chose d'agréable, se dirent certaines, et elles s'en réjouirent, même si ce fut avec réserve et discrétion. Si la jeune femme désirait partager son expérience avec elles, tant mieux, sinon, tant mieux aussi, parce que certaines choses étaient intimes, même parmi un groupe de femmes qui partageaient quasiment tout, y compris les anecdotes concernant leur ministre, avec ses tentatives amoureuses tâtonnantes, laborieuses et parfois vaines. C'était un homme sage et en général aimable, même si en tant que patron il avait ses mauvais côtés. Mais Ming n'en remarquait aucun aujourd'hui. Son sourire était plus doux que jamais, ses yeux étincelaient comme des diamants, estima le reste de ses collègues du secrétariat. Toutes en étaient déjà passées par là, même si c'était moins fréquent pour Ming dont la vie amoureuse avait été assez vite écourtée. Si le ministre lui témoignait une affection un rien envahissante, c'était par des hommages trop rares et bien imparfaits. Ming s'installa derrière son ordinateur pour faire son courrier et ses traductions d'articles de la presse occidentale susceptibles d'intéresser le ministre. Ming était la plus douée en anglais de tout le service et le nouveau système informatique fonctionnait à merveille. L'étape suivante, à ce qu'on disait, était un ordinateur à commande vocale devant lequel il suffirait de parler pour que les caractères s'inscrivent à l'écran, un gadget sans aucun doute appelé à devenir le cauchemar de toutes les secrétaires de direction de la planète en

leur retirant une grande partie de leur utilité. Quoique...
Le patron ne pouvait pas sauter un ordinateur, n'est-ce
pas ? Même si le ministre Fang n'était pas à ce point
envahissant par ses exigences. Et puis il ne fallait pas
cracher sur les avantages en nature qu'il vous accordait
en échange.

Sa première tâche matinale lui prit comme d'habitude quatre-vingt-dix minutes, après quoi elle imprima
le résultat avant d'agrafer les pages, regroupées par
article. Ce matin, elle avait traduit des extraits du
Times, du *New York Times* et du *Washington Post*,
pour permettre à son ministre de connaître l'opinion
des diables étrangers sur la politique éclairée de la
Chine populaire.

Dans son bureau privé, le ministre Fang vaquait à
ses occupations. Le MSE avait deux rapports sur les
Russes : un concernant une découverte d'or, l'autre de
pétrole. Donc, se dit-il, Zhang avait eu raison sur toute
la ligne, encore plus même qu'il ne l'imaginait. La
Sibérie orientale était bel et bien une caverne d'Ali
Baba, dotée de tout ce dont on ne pouvait se passer.
Le pétrole, parce que c'était le sang de la société
moderne, et l'or, parce qu'en plus de la valeur
d'échange qu'il avait eue de tout temps et qu'il avait
encore, c'était un métal utilisé par la science et l'industrie. Quelle misère de voir de telles richesses tomber
aux mains d'individus incapables d'en faire bon
usage !

C'était si étrange, ces Russes qui avaient fait don au
monde du marxisme mais n'avaient pas su en tirer profit, et qui avaient fini par y renoncer avant de rater
également leur transition vers une société capitaliste
bourgeoise.

Fang alluma une cigarette, sa cinquième de la journée (il essayait de réduire sa consommation à l'ap-

proche de son soixante-dixième anniversaire) et posa sur son bureau le rapport du MSE, avant de se carrer contre son dossier pour tirer sur sa clope sans filtre et réfléchir aux informations de la matinée. La Sibérie, Zhang le répétait depuis pas mal d'années maintenant, disposait de tout ce dont la Chine avait besoin : bois et minerai en abondance – et plus encore même que prévu, indiquaient les rapports – mais aussi d'espace, et de l'espace, la Chine en avait besoin par-dessus tout.

Il y avait tout simplement trop de gens en Chine, et cela, malgré les mesures de contrôle des naissances qu'on pouvait qualifier de draconiennes, tant dans leur contenu que dans le caractère impitoyable de leur application. Ces mesures étaient un affront à la culture chinoise qui avait toujours considéré les enfants comme une bénédiction, et voilà que les impératifs sociaux avaient des résultats imprévus : les couples mariés n'ayant droit qu'à un enfant, ils choisissaient souvent les garçons au lieu des filles. Il n'était pas rare de voir un paysan s'emparer d'une gamine de deux ans et la précipiter dans un puits (les plus charitables leur rompaient le cou auparavant) pour se débarrasser de cet encombrant fardeau. Fang comprenait leurs raisons. Devenue grande, une fille se mariait et quittait le foyer pour entrer dans la vie d'un homme, alors qu'on pouvait toujours compter sur un garçon pour nourrir ses parents, les honorer et leur assurer la sécurité. Alors qu'une fille se contentait d'écarter les jambes pour le fils d'un autre couple... où était la sécurité des parents là-dedans ?

Cela avait été vrai dans le cas de Fang. En devenant haut dignitaire du parti, il avait pris soin de s'assurer que son père et sa mère disposent d'un logement confortable pour leurs vieux jours, car telles étaient les obligations d'un fils pour ceux qui lui avaient donné la vie. Dans l'intervalle, il s'était marié, bien sûr – son épouse était depuis longtemps décédée d'une maladie cardio-vasculaire – et il avait toujours témoigné le respect dû à ses beaux-parents... mais sans faire autant que pour sa propre famille. Même sa femme avait pu le comprendre et elle avait usé en sous-main de son influence d'épouse de dignitaire du parti pour prendre ses propres dispositions. Son frère mort jeune en combattant l'armée américaine en Corée n'était plus qu'un souvenir...

Mais le problème chinois dont personne ne parlait vraiment, même au niveau du Politburo, était que cette politique de contrôle des naissances affectait la courbe démographique du pays. En accroissant la valeur des garçons par rapport aux filles, la Chine entraînait un déséquilibre qui devenait statistiquement préoccupant. En l'espace d'une quinzaine d'années, on allait connaître une pénurie de femmes – certains disaient que c'était une bonne chose parce que cela leur permettrait ainsi d'aboutir plus vite au grand objectif national de stabilité démographique, mais cela voulait dire aussi qu'une génération entière de Chinois n'aurait pas de femmes à épouser ou fréquenter. Allait-on vers une recrudescence de l'homosexualité ? La ligne officielle de la Chine communiste voyait encore d'un mauvais œil cet avatar de la décadence bourgeoise, même si la sodomie avait été dépénalisée en 1998. Mais s'il n'avait plus de femmes pour assouvir ses envies, que devait faire un homme ? Par ailleurs, quand elles n'étaient pas tuées, les petites filles en surnombre étaient souvent abandonnées par leurs parents et adoptées par des couples occidentaux stériles. Elles étaient des centaines de milliers dans ce cas, jetées sur le marché comme ces chiots que les Américains vendaient dans leurs boutiques. Quelque chose en Fang se révoltait à cette idée, mais ce n'était après tout que du sentimentalisme bourgeois. La politique nationale dictait la conduite à suivre, et la politique était le moyen de parvenir aux objectifs.

Son existence était aussi confortable que le permettaient ses privilèges. En sus d'un bureau somptueux digne d'un capitaliste, il avait une voiture officielle avec chauffeur pour le ramener chez lui, un appartement luxueusement décoré avec des domestiques pour veiller à ses besoins, la meilleure nourriture que pouvait procurer son pays, des bonnes bouteilles, un téléviseur relié au satellite pour capter toutes sortes de programmes, y compris les chaînes pornos japonaises, car ses pulsions viriles ne l'avaient pas encore abandonné (il ne parlait pas japonais mais avec ces films, comprendre les dialogues n'était pas vraiment indispensable).

Fang continuait de faire de longues journées : il se levait tous les matins à six heures trente pour être à son bureau avant huit heures. Son équipe de secrétaires et de collaborateurs s'occupait bien de lui et certaines des femmes se montraient d'une docilité fort agréable, une (voire deux) fois par semaine. Rares étaient les hommes de son âge à avoir sa vigueur, Fang en était sûr, et contrairement au président Mao, il ne se livrait pas à la pédophilie, ce qu'il avait appris à l'époque et jugé passablement écœurant. Mais tous les grands hommes avaient leurs faiblesses sur lesquelles on passait justement à cause de leur grandeur. Quant à lui et ceux qui partageaient son statut social, ils avaient droit à tout ce qu'il fallait pour se reposer, entretenir leur corps avec une nourriture saine et ainsi supporter de longues et pénibles journées de travail, droit aussi à la détente et aux distractions indispensables à des hommes intelligents et vigoureux. C'est qu'il leur fallait vivre mieux que la majorité des citoyens de ce pays, et c'était du reste mérité. Diriger l'État le plus peuplé de la planète n'était pas une sinécure. Cela mobilisait toutes leurs ressources intellectuelles et ces ressources devaient être préservées. Fang leva les yeux au moment où Ming entrait avec sa chemise remplie de coupures de presse.

« Bonjour, camarade ministre, dit-elle d'une voix empreinte de respect.

– Bonjour, mon enfant. » Fang hocha la tête en un geste affectueux. Celle-ci partageait volontiers sa couche, raison pour laquelle elle méritait plus qu'un simple bougonnement. Enfin, il lui avait quand même procuré un superbe siège de bureau. Elle se retira, en s'inclinant comme toujours avec tout le respect qui était dû à sa figure paternelle. Fang ne releva rien de différent dans son attitude alors qu'il saisissait la chemise et parcourait les articles traduits, le crayon à la main pour y porter des annotations. Il les comparerait par la suite aux estimations du MSE sur le climat dans les autres pays et au sein de leurs gouvernements. C'était la manière qu'avait trouvée Fang de rappeler au ministère de la Sécurité d'État qu'il y avait encore des membres du Politburo capables d'avoir une pensée autonome. Le MSE avait échoué de façon notable à prédire la reconnaissance diplomatique de Taiwan, même si, en toute honnêteté, la presse américaine ne semblait guère plus apte à prédire les initiatives de ce président Ryan. Quel homme étrange, et certainement pas un ami de la Chine populaire. Les analystes du MSE le qualifiaient de paysan, et sous bien des aspects, ce qualificatif semblait approprié. Il avait des vues étrangement simplistes, un fait sur lequel le *New York Times* glosait fréquemment. Pourquoi le détestaient-ils à ce point ? N'était-il pas assez capitaliste à leur goût ou bien l'était-il trop ? Comprendre la presse américaine dépassait les capacités d'analyse de Fang mais il pouvait au moins digérer ce qu'elle racontait, ce dont n'étaient pas toujours capables les soi-disant experts en renseignements à l'Institut d'études américaines du MSE. Sur cette réflexion, Fang alluma une autre cigarette et se carra dans son fauteuil.

C'était un miracle, songea Provalov. Les archives centrales de l'armée avaient eu le dossier avec les empreintes et les photos des deux corps retrouvés à Saint-Pétersbourg mais elles avaient pris un malin plaisir à lui envoyer les dossiers plutôt qu'à Abramov et Ustinov, sans aucun doute parce que c'était lui qui avait cité le nom de Sergueï Golovko. L'évocation de la place Dzerjinski continuait de pousser les gens à faire leur boulot en temps et en heure. L'identité et les mensurations des victimes seraient faxées sans tarder à Saint-Pétersbourg pour permettre à ses collègues du Nord de voir ce qu'ils pouvaient en tirer. Noms et photos n'étaient qu'un début – des documents vieux de vingt ans révélant des visages juvéniles impassibles. Les archives du service étaient toutefois impressionnantes. Dans le temps, Piotr Alekseïevitch Amalrik et Pavel Borissovitch Zimianine avaient été considérés comme d'excellents éléments, intelligents, en parfaite condition physique... et surtout idéologiquement fiables, ce qui leur avait valu d'être intégrés à l'école des sous-officiers des Spetsnaz. Les deux hommes avaient combattu en Afghanistan où ils s'étaient du reste illustrés : ils en étaient revenus, ce qui n'était pas si commun pour les troupes des Spetsnaz à qui l'on avait confié tous les sales boulots dans une guerre particulièrement sale. Ils n'avaient pas rempilé, ce qui n'avait rien d'inhabituel : quasiment aucun soldat de l'armée soviétique ne se réengageait de son plein gré. Ils avaient repris la vie civile, recrutés tous les deux par la même usine de la banlieue de Leningrad, comme on l'appelait à l'époque. Mais Amalrik et Zimianine avaient trouvé bien morne la vie du citoyen ordinaire, et Provalov crut comprendre qu'ils avaient bientôt glissé sur une autre pente. Il faudrait que ses enquêteurs à Saint-Pétersbourg approfondissent la question. Il prit dans son tiroir de bureau une étiquette d'expédition et l'attacha par un élastique au paquet contenant les dossiers des deux hommes. Lequel serait transmis par courrier à Saint-Pétersbourg où Abramov et Ustinov pourraient s'amuser avec son contenu.

« Un certain M. Sherman, monsieur le ministre, annonça dans l'interphone la secrétaire de Winston. Ligne trois.

– Hé, Sam, dit le secrétaire au Trésor en décrochant. Quoi de neuf ?

– Notre gisement, là-haut dans le Nord, répondit le président d'Atlantic Richfield.

– Bonnes nouvelles ?

– On peut le dire. Nos prospecteurs disent que sa taille dépasse de cinquante pour cent nos premières estimations.

– Solide, cette info ?

– À peu près autant que tes bons du Trésor, George. Mon responsable sur le terrain est Ernie Bach. Il est aussi fort pour trouver du pétrole que toi dans le temps, pour les bons plans à Wall Street. » *Peut-être meilleur encore*, se garda d'ajouter Sam Sherman. Winston était connu pour être très imbu de sa personne. Cela dit, la remarque fit mouche.

« Bon, alors résume-moi tout ça, ordonna le ministre.

– Eh bien, quand l'exploitation va commencer, les Russes seront en position pour racheter toute l'Arabie Saoudite, avec le Koweit en prime et sans doute la moitié de l'Iran. En comparaison, l'est du Texas sera aussi minable qu'un pet dans une tornade. C'est un truc é-nor-me, George.

– Difficile, l'extraction ?

– Ce ne sera ni facile ni donné, mais d'un strict

point de vue technique, cela n'a rien de bien sorcier. Si tu cherches une valeur qui monte, choisis une société russe qui fabrique du matériel pour les climats froids. Ils vont avoir du pain sur la planche au cours des dix années à venir, conseilla Sherman.

– OK, et qu'est-ce que tu peux me dire des retombées économiques pour la Russie ?

– Difficiles à estimer. Il faudra entre huit et dix ans pour que le gisement atteigne son plein potentiel, et la quantité de brut que ça amènera sur le marché risque de faire plonger le cours. On n'a pas encore modélisé tout ça, mais ça pourrait faire un gros coup, quelque chose comme cent milliards de dollars par an, au cours actuel, s'entend.

– Pendant combien de temps ? » Winston aurait presque pu entendre son interlocuteur hausser les épaules.

« Vingt ans, peut-être plus. Nos amis moscovites tiennent encore à garder le secret, mais la nouvelle s'est ébruitée dans notre boîte. C'est comme de vouloir cacher le soleil levant, tu vois. Je donne un mois avant qu'elle fasse la une partout. Peut-être un peu plus, mais guère plus.

– Et le filon d'or ?

– Merde, George, de leur côté, c'est motus et bouche cousue mais mon contact à Moscou dit qu'ils ont comme qui dirait décroché le gros lot. Ça va sans doute faire plonger le cours mondial de l'or, entre cinq et dix pour cent, mais nos modèles indiquent qu'il y aura un rebond avant que les Russkofs ne commencent à vendre celui qu'ils auront extrait. Bref, notre ami russe... enfin, je veux parler de leur vieil oncle fortuné ; il vient de décrocher la timbale et de leur accorder la jouissance de tout le terrain, t'étais au courant ?

– Et pas d'effets négatifs de notre côté..., réfléchit Winston.

– Bigre, non. Ils vont devoir nous acheter tout un

tas de matériel lourd, et ils auront besoin d'une expertise que nous sommes les seuls à détenir. Et quand tout cela sera un peu retombé, le cours mondial du pétrole va redescendre, ce qui ne devrait pas non plus nous faire de mal. Tu sais, George, j'aime bien les Russes. Ça fait un bout de temps qu'ils ont la poisse, ces cons, mais peut-être qu'enfin le vent est en train de tourner pour eux.

— Pas d'objections de ce côté, Sam, assura Trader à son ami. Merci pour les tuyaux.

— Ma foi, ça vous empêche pas de continuer à me pomper des impôts. » *Bande de salauds.* Il s'abstint de le dire mais Winston l'entendit malgré tout, avec son rire ironique. « Allez, à plus, George.

— D'ac, bonne journée, Sam, et encore merci. » Winston coupa la communication, choisit une autre ligne et pressa la touche mémoire neuf.

« Ouais ? » répondit une voix familière. Dix personnes seulement avaient accès à ce numéro.

« Jack, c'est George. Je viens d'avoir Sam Sherman, d'Atlantic Richfield.

— La Russie ?

— Ouais. Le gisement serait moitié plus grand que leur estimation initiale. Ça fait sacrément gros. En fait, le plus gros gisement jamais détecté, plus gros que l'ensemble de tous ceux du golfe Persique. Extraire le pétrole ne sera pas donné mais Sam dit que ça n'a rien de complexe – difficile, mais ils savent comment s'y prendre : pas de nouvelle technologie à inventer, s'agit juste d'y mettre le prix – et pas tant que ça côté main-d'œuvre, parce que la leur est bien moins coûteuse que chez nous. Bref, les Russes vont devenir riches.

— Riches à quel point ? s'enquit le président.

— Dans les cent milliards de dollars par an, une fois que les puits fonctionneront à plein régime, et il y en a pour une bonne vingtaine d'années, si ce n'est plus. »

Sifflement de Jack à cette nouvelle. « Deux trillions de dollars... Ça fait une somme rondelette, George.

– C'est ce qu'on dit à Wall Street, monsieur le président, admit Winston. Sûr que ça fait une somme rondelette.

– Et quel effet aura ce pactole sur l'économie russe ?

– Ça ne devrait pas trop leur faire de mal. Ils vont se ramasser un paquet de devises fortes. Avec cet argent, ils pourront s'acheter tout ce qu'ils voudront, et surtout les machines pour fabriquer eux-mêmes ce dont ils ont besoin. Ils vont réindustrialiser leur pays, Jack, sauter à pieds joints dans le nouveau siècle, à supposer qu'ils aient assez de jugeote pour l'utiliser convenablement et ne pas tout laisser filer sur des comptes en Suisse.

– Comment peut-on les aider ? demanda le président.

– La meilleure réponse, c'est de se réunir autour d'une table, vous et moi, plus deux ou trois autres, avec nos homologues russes, et de leur demander de quoi ils ont besoin. Si on peut amener certains de nos industriels à bâtir des usines là-bas, ça leur donnera un petit coup de pouce, et ça fera sans aucun doute très bien à la télé.

– Noté, George. Faites-moi un topo là-dessus pour le début de la semaine prochaine et on verra si on peut trouver un moyen de glisser aux Russes qu'on est au courant. »

C'était la fin d'une autre journée trop longue pour Sergueï Golovko. Diriger le SVR avait déjà de quoi vous occuper à plein temps mais il devait aussi coacher Eduard Petrovitch Grushavoy, président de la république de Russie. Le président Grushavoy avait sa panoplie de ministres, certains compétents, d'autres choisis pour leur capital politique, ou simplement pour couper l'herbe sous le pied à l'opposition. Ils avaient encore une capacité de nuisance à l'intérieur du gouvernement de Grushavoy, mais moins qu'à l'extérieur de celui-ci. À l'intérieur, ils devaient se contenter d'armes de petit calibre, s'ils ne voulaient pas être tués par les ricochets.

Un bon point, c'est que le ministre de l'Économie, Vassily Konstantinovitch Solomentsev, était un homme intelligent et apparemment honnête, combinaison rarissime dans le spectre politique russe, plus encore que dans le reste du monde connu. Il avait bien sûr ses ambitions (quel ministre n'en avait pas) mais pour l'essentiel, il semblait vouloir la prospérité de son pays et ne cherchait pas à s'enrichir outre mesure. Golovko, pour sa part, n'y voyait pas d'inconvénient, tant que ça ne dépassait pas les bornes. Les bornes, pour Sergueï, étaient fixées à vingt millions d'euros. Plus, c'était de la goinfrerie, mais moins, cela restait admissible. Après tout, si un ministre contribuait avec succès à aider son pays, il était en droit de toucher une juste récompense. Le travailleur de la base n'y verrait aucun inconvénient si cela permettait d'améliorer son niveau de vie, estima le maître espion. On n'était pas en Amérique, ce pays noyé sous des lois prétendument éthiques, aussi vaines que contre-productives. Leur président, que Golovko connaissait bien, avait un aphorisme qu'il admirait : « Si vous devez consigner par écrit vos règles éthiques, vous avez déjà perdu. » Pas bête, ce Ryan, naguère un ennemi mortel, aujourd'hui un bon ami, apparemment du moins. Golovko avait entretenu cette amitié en fournissant son aide à l'Amérique lors de deux sérieuses crises internationales. Il l'avait fait parce qu'il y était tenu, avant tout par l'intérêt de son pays, et en second lieu parce que Ryan était un homme d'honneur, et peu enclin à oublier de telles faveurs. Et puis, ça avait également amusé Golovko qui avait passé l'essentiel de sa vie professionnelle dans un service voué à la destruction de l'Occident.

Mais lui, dans tout ça ? Quelqu'un avait-il ourdi sa propre destruction ? Quelqu'un avait-il désiré mettre fin à sa vie d'une façon aussi bruyante que spectaculaire sur les pavés de la place Dzerjinski ? Plus il retournait la question, plus elle devenait terrifiante. Peu d'hommes en bonne santé pouvaient envisager avec sérénité la fin de leur existence et Golovko ne faisait pas exception à la règle. Ses mains ne tremblaient jamais, mais il ne contesta pas le moins du monde les mesures de plus en plus drastiques prises par le commandant Chelepine pour le garder en vie. Chaque jour, sa voiture changeait de couleur, voire de marque, et les itinéraires pour gagner son bureau n'avaient en commun que leur point de départ ; le siège du SVR était assez vaste pour fournir au total cinq points d'arrivée à son parcours quotidien. Le plus malin, et Golovko admirait l'astuce, c'est que parfois il voyageait assis à l'avant du véhicule de tête, alors qu'un fonctionnaire quelconque était installé à l'arrière de la limousine qu'ils étaient censés protéger. Anatoly n'était pas un imbécile, et il lui arrivait à l'occasion d'avoir une étincelle de créativité.

Mais trêve de fariboles. Golovko secoua la tête et ouvrit le dernier dossier de la journée, parcourant tout d'abord son résumé... et son esprit se figea presque aussitôt, tandis que sa main se dirigeait machinalement vers le téléphone pour composer un numéro.

« Golovko », annonça-t-il à la voix masculine qui avait décroché. Il n'eut rien à rajouter.

« Sergueï Nikolaïevitch, le salua cinq secondes plus tard le ministre, d'une voix aimable. Que puis-je pour vous ?

– Eh bien, Vassili Konstantinovitch, me confirmer ces chiffres. Sont-ils possibles ?

– Ils sont plus que possibles, Sergueï. Ils sont aussi vrais que le soleil brille, annonça Solomentsev au chef du renseignement mais aussi ministre principal et conseiller du président Grushavoy.

– Putain ! marmonna le chef du renseignement. Et ce pactole est là depuis longtemps ? demanda-t-il, incrédule.

– Le pétrole, peut-être cinq cent mille ans ; l'or passablement plus, Sergueï.

– Et on ne s'en est jamais douté ?

– Personne n'a vraiment cherché, camarade ministre. En fait, je trouve la découverte du gisement d'or la plus intéressante. Il faut que je voie une de ces peaux de loup incrustées de paillettes. On dirait du Prokofiev, non ? Piotr et le loup d'or...

– Une idée amusante, certes, dit Golovko avant de l'écarter aussitôt. Qu'est-ce que ça va représenter pour notre pays ?

– Sergueï Nikolaïevitch, il faudrait que je sois devin pour vous répondre avec précision, mais ce pourrait être à long terme le salut de notre pays. Nous possédons désormais une chose dont tous les pays rêvent, surtout même deux en fait... et qui nous appartiennent en propre, elles sont sur notre territoire national. Pour en disposer, les étrangers seront prêts à payer des sommes énormes et encore, avec le sourire. Le Japon, par exemple. Nous pourrons répondre à leurs besoins énergétiques des cinquante prochaines années et dans le même temps, nous leur ferons faire une formidable économie de transport... quelques centaines de kilomètres de navigation pour leurs pétroliers au lieu de dix mille... Et peut-être l'Amérique aussi, même s'ils ont trouvé eux aussi leur énorme gisement à la frontière entre l'Alaska et le Canada. La question se résume à savoir comment nous pouvons mettre ce pétrole sur le marché. Nous allons bien entendu construire un oléoduc entre le gisement et Vladivostok mais on peut en envisager un aussi jusqu'à Saint-Pétersbourg afin de vendre plus facilement à l'Europe. En fait, nous pourrions sans trop de mal demander aux Européens, en particulier aux Allemands, de nous le construire, en échange d'un rabais substantiel. Sergueï, si nous avions seulement découvert ce pétrole il y a vingt ans, nous...

– Peut-être. » Il n'était guère difficile d'imaginer la suite : l'Union soviétique ne se serait pas effondrée mais se serait au contraire renforcée. Golovko n'entretenait pas de telles illusions. Le gouvernement soviétique aurait bien réussi à foutre en l'air cette manne comme il avait foutu en l'air tout le reste. La Sibérie avait été pendant soixante-dix ans la propriété du gouvernement soviétique mais il n'avait jamais eu l'idée de l'exploiter convenablement. Le pays n'avait pas les experts pour cela, mais il avait été trop fier pour confier la tâche à d'autres, de peur de dévaloriser l'image de la patrie. S'il y avait une chose qui avait tué l'URSS, ce n'était pas le communisme, pas même le totalitarisme ; c'était cet excès d'amour-propre qui était l'aspect le plus dangereux et le plus dévastateur de l'âme russe, engendré par un sentiment d'infériorité qui remontait aux Romanov, sinon plus loin. La mort de l'Union soviétique avait été de l'ordre du suicide, mais en plus lent et donc en plus douloureux. Golovko endura les deux dernières minutes de spéculations historiques d'un homme qui n'avait guère le sens de l'histoire avant de l'interrompre : « Tout cela est bel et bon, Vassili Konstantinovitch, mais l'avenir ? C'est là que nous allons tous vivre, après tout.

– Cela ne nous nuira guère, Sergueï, c'est le salut de notre pays. Il faudra dix ans pour retirer tout le bénéfice du gisement, mais ensuite, nous devrions avoir un revenu régulier pendant la durée d'au moins une génération et peut-être plus.

– De quelle forme d'aide aurons-nous besoin ?

– Les Américains et les Britanniques ont l'expertise qui nous manque, grâce à leur exploitation des champs pétrolifères d'Alaska. Ils ont le savoir-faire. Nous l'apprendrons et l'utiliserons. Nous sommes en ce moment même en négociation avec Atlantic Richfield, la compagnie pétrolière américaine, pour avoir un soutien technique. Ils se montrent avides mais c'est prévisible. Ils savent qu'ils sont les seuls à avoir ce que nous recherchons et que les payer pour l'obtenir nous reviendra moins cher que de le produire nous-mêmes. Alors, ils auront à peu près ce qu'ils exigent. Peut-être les paierons-nous en lingots d'or », suggéra Solomentsev sur un ton dégagé.

Golovko dut résister à la tentation de l'interroger trop précisément sur le filon aurifère. Le gisement pétrolier était autrement lucratif mais l'or plus agréable à contempler. Lui aussi, il avait envie de voir une de ces fourrures utilisées par ce Gogol pour récupérer les paillettes d'or. Et il conviendrait de s'occuper convenablement de cet ermite qui vivait au fond des bois... pas un problème majeur vu qu'il vivait seul et n'avait pas d'enfants. Quoi qu'il réussisse à obtenir, l'État ne tarderait pas à le récupérer, vu son âge. Et il y aurait sans aucun doute une émission de télé, et qui sait un long métrage, sur ce chasseur. Après tout, il avait traqué les Allemands, dans le temps, et des gars comme lui, les Russes continuaient de faire des héros. Voilà qui devrait suffire au bonheur de Pavel Petrovitch Gogol, non ?

« Que sait Eduard Petrovitch ?

– J'ai retenu l'information en attendant d'obtenir un compte rendu fiable et complet. Je l'ai maintenant. Je pense qu'il sera ravi lors du prochain Conseil des ministres, Sergueï Nikolaïevitch. »

Et il pourrait, se dit Golovko. Ces trois dernières années, le président Grushavoy avait été plus occupé qu'un prestidigitateur contraint de faire sortir des lapins d'un chapeau vide, s'il avait réussi à maintenir le cap du pays, cela confinait souvent au miracle. Peut-être était-ce le ciel qui remerciait ainsi l'homme pour ses efforts, même si le cadeau pouvait être empoisonné. Tous les compartiments du pouvoir voudraient leur part du gâteau pétrolier et doré, chacun avec ses besoins, tous présentés par leur ministre de tutelle comme vitaux pour la sécurité de l'État, et exposés dans des rapports à la logique sans faille et aux conclusions péremptoires. Qui sait, peut-être que certains diraient même la vérité, même si cette dernière était souvent un article rare dans les ministères. Chaque ministre avait un empire à édifier et mieux il l'édifiait, plus il s'approchait du siège au bout de la table occupé présentement par Eduard Petrovitch Grushavoy. Golovko se demanda si les choses se passaient ainsi du temps des tsars. Sans doute. La nature humaine ne changeait guère. Le comportement des gens à Babylone ou à Byzance ne différait sans doute pas beaucoup de celui qu'ils auraient lors du prochain Conseil des ministres, prévu pour dans trois jours. Il se demanda comment le président Grushavoy y ferait face.

« Y a-t-il déjà eu des fuites ? s'enquit Golovko.

— Des rumeurs, sans aucun doute, concéda le ministre Solomentsev, mais les dernières estimations datent de moins de vingt-quatre heures et il faut en général plus longtemps pour qu'une information s'ébruite. Je vous ferai parvenir ces documents... disons, demain matin ?

— Ce sera parfait, Vassili. Je les ferai examiner par mes propres analystes, afin de pouvoir présenter mon estimation personnelle de la situation.

— Je n'y vois aucune objection », répondit le ministre de l'Économie, ce qui ne laissa pas de surprendre Golovko. Mais enfin, on n'était plus en URSS. Le cabinet actuel était peut-être la contrepartie moderne du Politburo d'antan, mais plus personne n'y mentait... enfin, pas trop effrontément. Et ça, ça dénotait un sacré progrès pour son pays.

11

La foi de leurs pères

Il s'appelait Yu Fa An et se disait chrétien. C'était suffisamment rare pour que monseigneur Schepke l'ait invité aussitôt. Il découvrit un robuste quinquagénaire, à l'étrange chevelure poivre et sel qu'on rencontrait rarement en ces contrées.

« Bienvenue à notre ambassade. Je suis monseigneur Schepke. » Il fit une brève courbette puis lui serra la main.

« Merci. Je suis le révérend Yu Fa An », répondit le Chinois avec la dignité de la vérité, entre hommes d'Église.

« Tiens donc. Et de quelle confession ?

– Je suis baptiste.

– Ordonné ? Est-ce possible ? » Schepke invita son visiteur à le suivre et bientôt, ils se retrouvèrent devant le nonce apostolique. « Éminence, je vous présente le révérend Yu Fa An... de Pékin ? s'enquit (tardivement) Schepke.

– Oui, c'est exact. Mes paroissiens se trouvent en gros au nord-ouest d'ici.

– Soyez le bienvenu. » Le cardinal DiMilo quitta son fauteuil pour venir lui serrer chaleureusement la main avant d'indiquer à leur invité le confortable siège réservé aux visiteurs. Monseigneur Schepke sortit préparer du thé. « C'est un plaisir de rencontrer un coreligionnaire dans cette ville.

– Nous ne sommes pas assez nombreux, c'est un fait certain, Éminence », confirma Yu.

Monseigneur Schepke revint bien vite avec un plateau garni d'un service à thé, qu'il déposa sur la table basse.

« Merci, Franz.

– Je pensais que des citoyens de la ville devraient vous accueillir. J'imagine que vous avez été reçu officiellement par le ministre des Affaires étrangères et que cet accueil a été correct... et passablement froid ? » s'enquit Yu.

Le cardinal sourit tout en tendant une tasse à son invité. « Il fut correct, comme vous dites, mais il aurait pu en effet être plus chaleureux.

– Vous découvrirez que ce gouvernement est très à cheval sur le protocole, mais guère sur la sincérité », observa Yu. Son anglais avait un bien curieux accent.

« Vous êtes originaire de... ?

– Je suis né à Taipei. Dans ma jeunesse je suis allé en Amérique parfaire mon éducation. J'ai d'abord fréquenté l'université d'Oklahoma, mais j'ai ressenti l'appel de la vocation et je me suis rendu à l'université Oral Roberts, dans le même État. C'est là que j'ai décroché mon premier diplôme, d'ingénieur électricien, tout en poursuivant mes études religieuses pour avoir mon doctorat de théologie et recevoir l'ordination.

– Bien, et comment avez-vous abouti en Chine populaire ?

– Dans les années soixante-dix, le gouvernement du président Mao était positivement ravi de voir des Taiwanais venir s'installer ici... rejeter le capitalisme au profit du marxisme, voyez-vous, ajouta-t-il, l'œil pétillant de malice. Ce fut dur pour mes parents, mais ils ont compris. J'ai créé ma paroisse peu après mon arrivée. Le ministère de la Sécurité d'État ne l'a pas vu d'un très bon œil mais j'étais également ingénieur et à l'époque, l'État recherchait désespérément des ingénieurs comme moi. Il est remarquable de constater ce qu'il est dans ce cas prêt à accepter. Mais aujourd'hui, je suis prêtre à temps complet. » Sur ces paroles, Yu leva sa tasse de thé.

« Eh bien, que pouvez-vous nous dire de la situation en Chine, en ce moment ? demanda Renato.

– Le gouvernement est authentiquement communiste. Il ne se fie – et ne tolère – qu'à ceux issus du sérail. Même le Falun Gong qui n'est pas vraiment une religion[1] – à savoir un ensemble de convictions au sens où vous ou moi l'entendons – a été brutalement réprimé et mes paroissiens sont eux aussi persécutés. Rares sont les dimanches où plus du quart d'entre eux viennent assister aux services religieux. Je dois consacrer l'essentiel de mon temps à faire du porte à porte pour répandre l'Évangile parmi mes ouailles.

– Quels sont vos moyens de subsistance ? » s'enquit le cardinal.

Yu sourit avec sérénité. « Ce n'est pas mon souci premier. Les baptistes américains m'aident généreusement. En particulier, un certain nombre d'églises du Mississippi – beaucoup d'églises noires, du reste. Hier encore, j'ai reçu des lettres de là-bas. Un de mes camarades de promotion à l'université s'occupe d'une grande paroisse près de Jackson. Il s'appelle Gerry Patterson. Nous étions très liés à l'époque, et il reste un ami dans le Christ. Sa paroisse est prospère et il continue à veiller sur moi. » Yu faillit ajouter qu'il avait même bien plus d'argent qu'il n'en pouvait dépenser. En Amérique, une telle prospérité se serait traduite par une Cadillac et un somptueux presbytère. À Pékin, cela

---

1. Ce groupe a en effet tous les attributs et le comportement d'une secte, mais la vision américaine du problème diffère pour le moins de celle des Européens *(N.d.T.)*.

voulait dire une belle bicyclette et surtout des colis pour les nombreux paroissiens nécessiteux.

« Où logez-vous, mon ami ? » s'enquit le cardinal.

Le révérend Yu pêcha dans sa poche une carte de visite qu'il lui tendit. Comme souvent en Chine, elle portait au dos un plan schématique. « Peut-être me ferez-vous l'amabilité de vous joindre à mon épouse et moi pour le dîner. Tous les deux, bien sûr, ajouta-t-il.

– Ce serait avec plaisir. Avez-vous des enfants ?

– Deux, répondit Yu. Tous deux nés en Amérique, ce qui leur a permis d'échapper aux lois bestiales instaurées par les communistes.

– Je connais ces lois, lui assura le nonce apostolique. Mais avant que nous puissions les faire changer, nous avons besoin de plus de chrétiens. Je prie chaque jour en ce sens.

– Ah, moi aussi, Éminence. Moi aussi. Je présume que vous savez que votre résidence ici est, eh bien... »

Schepke se tapota l'oreille puis son doigt parcourut la pièce. « Oui, nous savons.

– Vous a-t-on attribué un chauffeur ?

– Oui, un geste fort aimable du ministre, nota Schepke. Il est même catholique. N'est-ce pas remarquable ?

– Pas possible ? fit mine de s'étonner Yu tout en hochant vigoureusement la tête en signe de dénégation. Ma foi, je suis sûr qu'il est malgré tout loyal envers son pays.

– Mais bien entendu », observa DiMilo. Ce n'était pas vraiment une surprise. Le cardinal était un vieux diplomate et il avait vu tous ces trucs au moins une fois. Les communistes chinois avaient beau être malins, l'Église catholique avait roulé sa bosse depuis bien plus longtemps, même si le pouvoir local répugnait à reconnaître le fait.

Le bavardage se poursuivit encore une demi-heure

avant que le révérend Yu ne prenne congé, sur une dernière poignée de main chaleureuse.

« Eh bien, Franz ? demanda DiMilo quand ils furent à l'extérieur, où la brise gênerait les micros éventuellement installés dehors.

– Première fois que je vois cet homme. J'entends parler de lui depuis que je suis ici. Le gouvernement chinois lui en a fait voir de toutes les couleurs, et à plusieurs reprises, mais c'est un homme de foi qui n'est pas dépourvu de courage. J'ignorais toutefois sa formation. Nous pourrons toujours vérifier.

– Pas une mauvaise idée », approuva le nonce apostolique. Non pas qu'il se méfiât de Yu ou qu'il ne le crût pas, mais par simple acquit de conscience. Jusqu'au nom de cet ancien camarade de classe, aujourd'hui pasteur quelque part dans le Mississippi. Cela faciliterait les recherches. Le message adressé à Rome partit une heure plus tard, par courrier électronique.

En l'occurrence, le décalage horaire travaillait à leur avantage, comme c'est le cas lorsque les demandes de recherche s'effectuent d'est en ouest et non l'inverse. En l'espace de quelques heures, la dépêche fut reçue, décryptée et transmise au service compétent. De là, un nouveau message, crypté lui aussi, fut envoyé à New York où le cardinal Timothy McCarthy, archevêque de New York et chef des opérations de renseignements du Vatican aux États-Unis, en reçut copie juste après le petit déjeuner. De là, c'était encore plus facile : le FBI demeurait un bastion des catholiques irlandais, même si ce n'était pas aussi net que dans les années trente, avec l'intrusion de quelques Italiens et Polonais. Le monde était imparfait, mais quand l'Église avait besoin de savoir quelque chose, et pour autant que cela ne nuise pas à la sécurité intérieure de l'Amérique, elle le savait en général très vite.

Surtout dans ce cas précis. L'université Oral Roberts était une institution très conservatrice et donc prête à coopérer aux enquêtes du FBI, officielles ou non. L'employé contacté ne prit même pas la peine de consulter son supérieur, si anodine était la requête téléphonique de l'inspecteur adjoint Jim Brennan, du bureau d'Oklahoma City. On put rapidement établir grâce aux archives informatiques qu'un certain Yu Fa An était diplômé de cette université ; il avait d'abord décroché une licence d'ingénieur électricien, avant de préparer pendant trois ans un doctorat de théologie ; les deux diplômes avaient obtenu une mention, indiqua l'employé, ce qui impliquait des notes toutes supérieures à B+. Le bureau des anciens élèves ajouta que l'adresse actuelle du révérend Yu était à Pékin, où il avait de toute évidence prêché l'Évangile avec courage en cette terre païenne. Brennan remercia l'employé, rédigea ses notes et répondit au mail du bureau de New York avant de se rendre à sa réunion matinale avec l'inspecteur responsable pour récapituler les activités du bureau local.

La procédure était légèrement différente à Jackson, Mississippi. Là, ce fut le responsable du bureau local qui contacta lui-même l'église baptiste du révérend Gerry Patterson, située dans un quartier chic de la capitale de l'État. La paroisse avait près de deux siècles d'ancienneté et c'était une des plus prospères de la région. Quant au révérend Patterson, il aurait difficilement pu être plus impressionnant, avec sa chemise blanche impeccable et sa cravate bleue à rayures. Il avait tombé la veste, vu la température ambiante. Il accueillit royalement l'agent du FBI, le mena dans son bureau somptueux et lui demanda ce qu'il pouvait faire pour lui. Dès la première question de son hôte, il s'exclama : « Yu ! Oui, un chic type, et un bon ami du temps de nos études. À l'époque, on l'avait surnommé Skip – Fa avait l'air tout droit sorti de *La Mélodie du bonheur*, vous voyez ? Un gars bien, et un excellent prédicateur. Il serait capable d'en remontrer à un téléévangéliste. Si je corresponds avec lui ? Je veux, oui ! Nous lui envoyons quelque chose comme vingt-cinq mille dollars chaque année. Vous voulez voir une photo ? Nous en avons une dans l'église même. Nous étions tous les deux bien plus jeunes, à l'époque, indiqua Patterson avec le sourire. Skip a vraiment des tripes. La tâche n'a rien de facile pour un prêtre chrétien en Chine, vous savez. Mais il ne se plaint jamais. Dans ses lettres, il garde toujours le moral. Il nous en faudrait mille de plus comme lui au sein de l'Église.

– Il vous impressionne à ce point ? demanda l'inspecteur Mike Leary.

– C'était un étudiant sympa, c'est un type bien aujourd'hui, et un excellent pasteur qui remplit son ministère dans des circonstances bien difficiles. Pour moi, Skip est un héros, monsieur Leary. » Ce qui était un témoignage de poids de la part d'un religieux de cette importance au sein de la hiérarchie baptiste.

L'inspecteur du FBI se leva. « Eh bien, c'est à peu près tout ce qu'il me fallait. Merci, mon révérend.

– Puis-je vous demander pourquoi vous êtes venu m'interroger sur mon ami ? »

Leary s'était attendu à la question, aussi avait-il préparé sa réponse. « Simple enquête de routine, mon révérend. Votre ami n'a aucun problème... tout du moins avec le gouvernement des États-Unis.

– Bonne nouvelle, dit le révérend Patterson, en serrant la main de son hôte avec un grand sourire. Vous savez, nous ne sommes pas la seule paroisse à nous occuper de Skip.

– Ah bon ?

– Bien sûr. Vous connaissez Hosiah Jackson ?

– Le révérend Jackson, le père du vice-président ? Je ne l'ai jamais rencontré mais je connais sa réputation. »

Patterson opina. « Ouaip. Hosiah est un sacré bonhomme. » Aucun des deux hommes ne s'attarda sur le fait qu'une quarantaine d'années auparavant, il aurait été inhabituel de voir un pasteur blanc tresser de telles couronnes à son homologue noir, mais le Mississippi avait bien changé, sous certains aspects plus vite même que le reste du pays. « J'étais chez lui il y a quelques années et nous avons eu l'occasion de discuter de divers sujets, dont celui-ci. Les paroissiens d'Hosiah envoient à Skip entre cinq et dix mille dollars chaque année, et il a rassemblé plusieurs autres paroisses noires pour qu'elles nous aident à soutenir Skip. »

Des paroisses blanches et noires du Mississippi qui s'unissent pour soutenir un prédicateur chinois ? Où va-t-on ? s'étonna l'inspecteur Leary. Le christianisme était peut-être après tout une force avec laquelle il fallait compter, et il s'empressa de regagner son bureau, satisfait d'avoir obtenu des résultats concrets, pour changer, même si ce n'était pas exactement pour le FBI.

Le cardinal McCarthy apprit de sa secrétaire que ses deux demandes d'information avaient obtenu une réponse dès avant l'heure du déjeuner, ce qui était impressionnant, même au vu de l'alliance objective FBI-Église catholique. Juste après son repas de midi, le cardinal McCarthy crypta lui-même les deux réponses avant de les envoyer à Rome. Il ignorait ce qui avait motivé cette enquête mais il se dit qu'il le saurait en son heure si elle était importante. Cela amusait le prélat de jouer les espions du Vatican en Amérique.

Cela l'aurait moins amusé de savoir que la NSA s'intéressait elle aussi à cette activité annexe du pasteur et qu'on avait mis sur l'affaire le monstrueux superordinateur Thinking Machines, Inc., installé dans les immenses sous-sols du complexe. Dans la vaste succession d'ordinateurs employés par l'Agence, cette machine, dont le constructeur avait fait faillite quelques années plus tôt, avait été à la fois l'orgueil puis le cauchemar du service, jusqu'à tout dernièrement, quand un des mathématiciens avait enfin trouvé une méthode pour l'exploiter. C'était une machine à architecture massivement parallèle censée fonctionner de manière assez analogue au cerveau humain, capable en théorie d'attaquer un problème sur plusieurs fronts simultanément, comme on pensait que procédait le cerveau de l'homme. Le problème était que personne ne savait au juste comment fonctionnait le cerveau humain et qu'en conséquence, élaborer un logiciel susceptible d'exploiter à fond le potentiel de puissance de cet ordinateur avait été impossible durant plusieurs années. Ce qui avait relégué l'imposante et coûteuse machine à l'emploi d'une banale station de travail. Et puis, un jour, quelqu'un s'était avisé que la mécanique quantique était devenue utile pour craquer les chiffres étrangers. S'étant demandé pourquoi ce devait être le cas, le chercheur décida d'attaquer le problème par la programmation. Sept mois plus tard, le résultat de ses cogitations avait débouché sur le premier d'une série de trois nouveaux systèmes d'exploitation pour la super-bécane de Thinking Machines et personne ne devait connaître la suite, classée. Toujours est-il que la NSA était désormais en mesure de décrypter n'importe quel chiffre créé à la main ou par une machine, et que ses analystes, riches de toutes ces nouvelles informations, s'étaient cotisés pour qu'un ébéniste leur fabrique une sorte d'autel païen à déposer devant la bécane afin de pouvoir y sacrifier d'hypothétiques boucs devant leur nouveau dieu (suggérer de sacrifier de jeunes vierges aurait provoqué l'ire du personnel féminin). La NSA était, depuis toujours, réputée pour son humour excentrique élevé au niveau d'une institution. La seule crainte réelle était que le monde apprenne un jour l'existence du système Tapdance concocté par l'agence, un système totalement aléatoire et par conséquent totalement inviolable, et de plus aisé à mettre en œuvre – mais c'était également un véritable cauchemar administratif propre à dissuader la plupart des gouvernements d'y recourir.

Le courrier électronique du cardinal fut intercepté par la NSA (c'était illégal mais c'était la routine) et donné à la bécane qui leur recracha le texte en clair. Celui-ci se retrouva très vite sur le bureau d'un analyste de l'agence qui (on avait pris soin de le vérifier auparavant) n'était pas catholique.

Curieux, se dit l'analyste. Pourquoi le Vatican s'intéresserait-il à un prêtre chinetoque ? Et pourquoi diantre passer par New York pour s'informer sur lui ? Oh, pigé, il a fait ses études ici, et il a des amis dans le Mississippi... Qu'est-ce que ça peut bien vouloir dire ?

Il était censé savoir ce genre de choses mais c'était tout au plus une théorie qui lui permettait d'opérer. Bien souvent, il ne savait pas le premier mot des données qu'il examinait mais au moins avait-il la franchise d'en informer son supérieur qui épluchait le tout, le codait pour le transmettre à la CIA où trois autres analystes l'étudiaient, décidaient qu'ils ne savaient trop qu'en faire et s'empressaient de l'archiver sur support électronique. En l'occurrence, les données furent enregistrées sur deux cassettes VHS numériques, la première destinée au bac de stockage « Prof », la seconde au bac « Grincheux » (la salle informatique de la CIA possédait sept unités semblables, toutes baptisées du nom d'un des Sept Nains), tandis que les références d'archivage étaient indexées sur le disque dur du système pour permettre éventuellement de retrouver ces éléments encore incompréhensibles pour le gouvernement américain. Cette situation n'était pas rare, bien sûr, raison pour laquelle la CIA conservait tous ces éléments dans un index informatique à multiples références croisées plus ou moins aisément accessibles, selon leur habilitation, à tous les personnels des deux bâtiments du QG de l'agence. La plupart des données des Sept Nains restaient là, à jamais abandonnées, empilement de notes vouées à n'intéresser que les plus arides des chercheurs.

« Et alors ? demanda Zhang Han San.

– Alors, nos voisins russes ont une veine de cocus », répondit Fang Gan en tendant la chemise à son supérieur, ministre sans portefeuille. Zhang était de sept ans son aîné et plus proche que lui du Premier ministre. Mais pas tant que ça et, du reste, il n'y avait pas vraiment de rivalité entre les deux hommes. « Ce que nous pourrions faire d'une telle manne..., observa-t-il, rêveusement.

– Certes. » Que n'importe quel pays pouvait utiliser cet or et ce pétrole de manière constructive était une lapalissade. L'important pour l'heure, c'était que la Chine n'en disposait pas.

« J'avais déjà prévu cette éventualité, tu sais.

– Tes plans étaient magistraux, mon ami », nota Fang, assis en face de lui, et il glissa la main dans son veston pour en sortir un paquet de cigarettes. Il l'exhiba, quêtant l'approbation de son hôte qui avait cessé de fumer cinq ans plus tôt. D'un geste, celui-ci lui indiqua que cela ne lui faisait rien et, d'une chiquenaude, Fang sortit une cigarette et l'alluma avec un briquet à gaz. « Mais tout le monde peut jouer de malchance.

– Pour commencer, les Japonais nous ont laissé tomber, et ensuite, ces fanatiques religieux de Téhéran, bougonna Zhang. Si l'un ou l'autre de nos prétendus alliés s'était comporté comme promis, à l'heure qu'il est, cet or et ce pétrole nous appartiendraient...

– Nul doute que nous saurions en faire bon usage, mais je suis pour le moins dubitatif quant à l'acceptation générale de notre prospérité nouvelle », observa Fang en tirant une longue bouffée.

La réaction fut un nouveau geste de la main pour balayer l'objection. « Tu crois que les capitalistes s'encombrent de principes ? Ils ont besoin d'or et de pétrole, et celui qui pourra les leur procurer au plus bas prix remporte la mise. Regarde donc avec qui ils commercent, mon vieil ami : avec tous ceux qui peuvent en avoir. Malgré tout le pétrole que possèdent leurs voisins mexicains, les Américains ne trouvent même pas le courage de s'en emparer. Quelle couardise ! Vis-à-vis de nous, les Japonais, comme nous l'avons appris à nos dépens, n'ont pas ce genre de scrupules. S'ils devaient acheter du pétrole à la société qui a fabriqué les bombes d'Hiroshima et de Nagasaki, ils le feraient. Ils appellent ça du réalisme », conclut Zhang avec mépris. Lénine lui-même avait vu juste, lui qui prédisait, non sans bon sens, que les nations capitalistes se battraient pour vendre à l'Union soviétique la corde avec laquelle les Russes les pendraient tous ensuite. Mais Lénine n'avait jamais envisagé l'échec du marxisme... Tout comme Mao n'avait pas prévu l'échec en Chine populaire de sa vision politico-économique parfaite. Il suffit de songer aux fameux slogans du Grand Bond en avant qui, entre autres choses, encourageaient les paysans à couler du fer dans leur arrière-cour. Que les scories obtenues n'aient même pas pu servir à faire des chenets, on ne s'en est pas beaucoup vanté, à l'Est comme à l'Ouest.

« Hélas, la fortune ne nous a pas souri et le résultat, c'est que ni le pétrole ni l'or ne sont à nous.

– Pour le moment, murmura Zhang.

– Comment cela ? » demanda Fang, qui crut n'avoir pas bien saisi.

Zhang leva les yeux, comme tiré de sa rêverie intérieure. « Hmph ? Oh, rien, rien, mon ami. » Sur quoi, la discussion passa aux affaires intérieures. Elle dura encore soixante-quinze minutes avant que Fang pût enfin regagner son ministère. Là, commença une autre routine. « Ming ! » appela-t-il avec de grands gestes tout en se dirigeant vers son bureau personnel.

La secrétaire se leva et trottina sur ses pas, fermant la porte derrière elle avant d'aller s'asseoir.

« Nouvelle entrée..., commença-t-il d'une voix lasse, car la journée avait été dure. Réunion d'après-midi habituelle avec Zhang Han San, au cours de laquelle nous avons discuté... » Il poursuivit, relatant en détail le contenu de la discussion. Ming en prit soigneusement note pour le consigner sur le journal officiel du ministre. Les Chinois étaient des diaristes invétérés et, par ailleurs, les membres du Politburo éprouvaient la nécessité, tant par obligation (pour les historiens) que par prudence (pour leur survie personnelle), de noter leurs moindres conversations sur les affaires de politique intérieure et extérieure, afin de témoigner de leur opinion et de la justesse de leurs vues si jamais un de leurs interlocuteurs devait s'avérer coupable d'une erreur de jugement. Même si, ce faisant, sa secrétaire personnelle (comme du reste celles de tous les membres du Politburo) avait accès à la plupart des secrets les plus confidentiels du pays, c'était d'une importance mineure puisque ces filles n'étaient que de simples robots, des dictaphones humains et guère plus... enfin, un petit peu plus, rectifiaient Fang et certains de ses collègues avec un sourire entendu. Il n'y avait pas beaucoup de dictaphones qui pouvaient vous sucer le pénis, n'est-ce pas ? Et Ming savait s'y prendre. Fang était un communiste, il l'avait toujours été, mais il n'était pas non plus un homme entièrement dépourvu de cœur, et il éprouvait pour Ming l'affection qu'un autre (et même lui, peut-être) aurait éprouvée pour une fille bien-aimée – sauf qu'en général on ne baisait pas sa propre fille... La dictée se poursuivit encore une vingtaine de minutes d'une voix ronronnante, sa mémoire hyper-entraînée restituant avec précision tous les éléments essentiels de son dialogue avec

Zhang, lequel devait sans aucun doute faire pareil en ce moment même avec sa propre secrétaire particulière – à moins que le ministre n'ait succombé à la pratique occidentale du dictaphone, ce qui n'aurait pas surpris Fang outre mesure. Car le ministre avait beau afficher son mépris des Occidentaux, il les imitait par bien des aspects.

Ils avaient également repéré le nom de Klementi Ivanovitch Suvorov. C'était, lui aussi, un ancien du KGB, membre à l'époque de la Troisième Direction principale, qui était un service hybride, chargé de superviser à la fois l'armée régulière soviétique et certaines opérations spéciales de forces telles que les Spetsnaz. Oleg Provalov tourna encore quelques pages du dossier rassemblé par Suvorov, y trouva une photo et des empreintes, et découvrit également que son affectation initiale avait été à la Première Direction principale, alias la Direction extérieure car sa tâche était de collecter des renseignements sur les pays étrangers. Pourquoi cette mutation ? En général, au KGB, on gardait toujours le même poste. Or un officier supérieur de la Troisième l'avait expressément débauché de la Première... Pourquoi ? K.I. Suvorov, nommément demandé par le général de division Pavel Konstantinovitch Kabinet. Provalov s'attarda sur ce nom. Il l'avait entendu quelque part, mais où... ? Le genre de trou de mémoire crispant pour un enquêteur de longue date. Provalov en fit une note qu'il mit de côté.

Donc, ils avaient un nom et une photo liés à ce fameux Suvorov. Avait-il connu Amalrik et Zimianine, feu les (supposés) assassins d'Avseïenko le mac ? Ça semblait possible. Au sein de la Troisième Direction, il pouvait avoir accès aux dossiers des Spetsnaz, mais cela n'aurait pu être qu'une coïncidence. La Troisième Direction du KGB s'occupait essentiellement de la surveillance politique des militaires, mais ce n'était plus une question primordiale pour l'État. Toute la clique de commissaires politiques, les *zampoliti* qui avaient été pendant si longtemps le fléau de la hiérarchie militaire soviétique, avait quasiment disparu.

Où es-tu en ce moment ? se demanda Provalov en regardant le dossier. Contrairement au fichier central de l'armée, les archives du KGB s'avéraient en général efficaces pour localiser les anciens espions et déterminer leur nouvelle activité. C'était un héritage de l'ancien régime qui aidait bien les services de police, mais pas dans ce cas...

Où es-tu ? Comment gagnes-tu ta vie ? Es-tu devenu un criminel ? un assassin ? Par leur nature même, les enquêtes pour meurtre engendraient plus de questions qu'elles n'apportaient de réponses, et souvent ces questions demeuraient à jamais insolubles parce qu'on ne pouvait pas explorer l'esprit d'un tueur ; quand bien même eût-ce été possible, ce qu'on y aurait trouvé n'aurait pas eu la moindre logique.

Cette affaire était déjà d'emblée complexe et ça ne faisait qu'empirer. Tout ce qu'il avait comme certitude, c'est qu'Avseïenko était mort, tout comme son chauffeur et une pute. Et maintenant, il en savait peut-être même encore moins. Il avait en effet supposé dès le début que le maquereau avait été la vraie cible, mais si ce Suvorov avait engagé Amalrik et Zimianine comme tueurs à gages, pourquoi un ancien (il avait vérifié) lieutenant-colonel de la Troisième Direction du KGB irait-il se décarcasser pour faire assassiner un proxénète ? Sergueï Golovko n'était-il pas une cible plus probable, ce qui du même coup expliquerait l'élimination des deux tueurs supposés, punis pour s'être trompés d'objectif ? L'inspecteur ouvrit un tiroir de son bureau pour en sortir un tube d'aspirine. Ce n'était pas la première migraine que lui provoquait cette enquête, et il avait comme l'impression que ce ne serait pas la dernière. Qui qu'ait pu être Suvorov, si Golovko avait été la cible, ce n'était pas lui qui avait pris la décision de le tuer. Il avait exécuté un contrat et, par conséquent, un autre était responsable de cette décision.

Mais qui ? Et pourquoi ?

Cui bono... question ancienne, assez ancienne pour que l'adage fût exprimé en une langue morte. *À qui profite le crime ?*

Il appela Abramov et Ustinov. Peut-être arriveraient-ils à coincer ce Suvorov, auquel cas il monterait interroger le bonhomme. Provalov rédigea son fax et l'expédia à Saint-Pétersbourg, puis il quitta son bureau pour rentrer chez lui. Il regarda sa montre. Juste deux heures de retard. Pas mal, pour ce genre d'enquête.

Le général de corps d'armée Gennady Iosifovitch Bondarenko embrassa du regard son bureau. Il avait sa troisième étoile depuis pas mal de temps déjà et se demandait parfois s'il irait plus loin. Il était soldat de métier depuis trente et un ans, et le poste qu'il avait toujours brigué était celui de général en chef des armées, commandant de l'armée russe. Bien des hommes de valeur (mais aussi des crapules) avaient été à ce poste. Gueorgui Joukov, d'abord, l'homme qui avait sauvé sa patrie des Allemands. On trouvait partout des statues de Joukov, et Bondarenko l'avait entendu faire des conférences quand il était tout jeune cadet, bien des années plus tôt. Il revoyait encore le visage de bouledogue, les yeux bleu glacier, le regard froid et déterminé d'un tueur, un authentique héros de l'Union soviétique que les politiciens ne pouvaient faire plier et dont les Allemands avaient appris à redouter le nom.

Que Bondarenko soit parvenu aussi haut n'était pas une surprise, même pour lui. Il avait commencé aux transmissions, rempilé brièvement chez les Spetsnaz en Afghanistan, où il avait par deux fois échappé de justesse à la mort, en redressant une situation désespérée. Il avait été blessé, il avait dû tuer de ses propres mains, ce qui n'était guère fréquent chez les colonels – peu du reste s'en vantaient, sinon au mess des officiers après quelques verres de gnôle avec leurs camarades.

Comme bien des généraux avant lui, Bondarenko était une sorte de général « politique ». Il avait accroché ses galons aux basques d'un quasi-ministre, Sergueï Golovko, mais en vérité, il n'aurait jamais obtenu les étoiles de général de corps d'armée sans un mérite authentique, et le courage sur le champ de bataille avait autant d'importance dans l'armée russe que dans toute autre armée. L'intelligence plus encore et, par-dessus tout, la réussite. Ses attributions correspondaient à celles du J-3 américain, le chef des opérations, dont la tâche était de tuer les hommes en temps de guerre, et de les entraîner en temps de paix. Bondarenko avait parcouru le globe, apprenant comment les autres armées formaient leurs hommes et passé au crible les leçons tirées avant de les appliquer à ses propres soldats. Après tout, la seule différence entre un soldat et un civil était l'entraînement, et Bondarenko ne voulait rien moins qu'amener l'armée russe au niveau d'excellence et de résistance qui lui avait permis de forcer les portes de Berlin sous le commandement de Joukov et de Koniev. Cet objectif était encore pour un avenir lointain, mais le général se disait qu'il en avait déjà solidement assuré les fondations. Dans dix ans, peut-être, son armée aurait atteint cet objectif, et il serait là pour le voir ; il serait bien sûr à la retraite, ses décorations encadrées et accrochées au mur, ses petits-enfants sautant sur ses genoux... et il reviendrait faire de temps à autre une tournée d'inspection et donner son opinion, comme le faisaient souvent les officiers généraux à la retraite.

Pour le moment, il n'avait plus rien à faire, mais pas vraiment envie de rentrer chez lui où sa femme recevait les épouses d'autres officiers. Bondarenko avait toujours trouvé tout cela ennuyeux. L'attaché militaire en poste à Washington lui avait envoyé un livre intitulé *Swift Sword*, « L'Épée agile », d'un certain Nicholas Eddington, colonel dans la Garde nationale américaine. Eddington... mais oui, c'était le colonel qui entraînait sa brigade dans le désert de Californie quand était venue la décision de déploiement dans le golfe Persique et ses troupes – en fait, des civils en uniforme – s'étaient fort bien comportées ; mieux que ça, même, estima le général russe. Elles avaient détruit tout ce qui passait à leur portée, aux côtés des formations régulières de l'armée américaine, les 10ᵉ et 11ᵉ régiments de cavalerie. Réunies, ces troupes de la taille d'une simple division avaient écrasé quatre corps entiers de formations mécanisées, comme un vulgaire troupeau de moutons dans l'enclos d'un abattoir. Même les gardes nationaux d'Eddington s'étaient illustrés. Leur succès, le général russe le savait, était en partie dû à leur motivation. L'attaque biologique contre leur patrie avait mis ces soldats dans une rage bien compréhensible, le genre de rage capable de transformer un piètre soldat en héros aussi facilement qu'on bascule un interrupteur. On appelait ça « la volonté de combattre ». C'était ce qui poussait un homme à mettre sa vie en jeu, et ce n'était donc pas une mince responsabilité pour les officiers dont la tâche était d'amener ces hommes à faire face au danger.

En feuilletant l'ouvrage, il vit que cet Eddington – également professeur d'histoire, indiquait le rabat de jaquette, détail intéressant – prêtait une attention toute particulière à ce facteur. Eh bien, peut-être était-il intelligent, en plus de chanceux. Il avait eu la bonne fortune de commander des militaires de réserve avec déjà pas mal d'années de service derrière eux, et même s'ils n'avaient eu qu'un entraînement à mi-temps pour se remettre à niveau, ils avaient appartenu à des unités stables, où tous les soldats se connaissaient les uns les autres, un luxe quasiment inconnu des soldats de l'armée régulière. Et ils disposaient en outre de l'IVIS[1], ce nouvel équipement révolutionnaire qui permettait à tous les hommes et tous les engins sur le terrain de connaître avec précision et souvent dans le moindre détail ce que savait leur commandant, et réciproquement, de lui transmettre tout ce qu'ils voyaient. Eddington confiait que cela lui avait considérablement facilité la tâche par rapport à n'importe quel autre commandant de brigade mécanisée.

L'officier américain soulignait également l'importance de savoir non seulement ce que disaient ses subordonnés mais aussi de savoir ce qu'ils pensaient, ce qu'ils n'avaient pas le temps de dire. Implicitement, c'était mettre l'accent sur la continuité au sein du corps des officiers, et cela, estima Bondarenko en inscrivant une note dans la marge, était une leçon essentielle. Il faudrait qu'il étudie ce bouquin en détail et demande à Washington d'en acheter une centaine d'exemplaires à distribuer à ses collègues officiers... peut-être même d'acquérir les droits de réimpression en Russie. Ce ne serait pas la première fois.

---

1. *In-Vehicle Information System* : « Système d'information embarqué ». Projet patronné à l'origine par l'administration fédérale des routes américaines, destiné à coordonner les recherches en navigation et pilotage automatique des véhicules routiers afin d'aboutir à une intégration coordonnée de tous ces systèmes. Récupéré ensuite par l'armée de terre pour la localisation de ses engins sur zone *(N.d.T.)*.

12

Conflits internes

« OK, George, allons-y », dit Ryan en dégustant son café. La Maison-Blanche avait quantité de rituels mais l'un d'entre eux avait évolué au cours de l'année écoulée : juste après le briefing quotidien sur le renseignement, Ryan rencontrait le secrétaire au Trésor, deux ou trois fois par semaine. Winston traversait en général la 15ᵉ Rue en empruntant le tunnel reliant la Maison-Blanche au bâtiment du Trésor, tunnel creusé du temps de Roosevelt. L'autre rituel était que les marins chargés de l'intendance servent le café et les croissants (au beurre) que les deux hommes appréciaient... au détriment de leur taux de cholestérol.

« La République populaire de Chine. Les négociations commerciales sont tombées à l'eau. Ils ne veulent pas respecter les règles.

– Qu'est-ce qui est en jeu ?

– Merde, Jack, vous voulez dire : qu'est-ce qui n'est pas en jeu ? » Trader mordit dans son croissant à la confiture. « Cette nouvelle société informatique lancée par leur gouvernement est en train de piller carrément un des systèmes brevetés par Dell – grâce auquel leur action avait grimpé de vingt pour cent, soit dit en passant... Ils se contentent de l'intégrer aux boîtiers qu'ils fabriquent pour leur marché intérieur mais aussi à ceux qu'ils commencent à vendre en Europe. C'est une putain de violation des traités sur le commerce mais aussi sur la propriété industrielle, mais quand nous le leur faisons remarquer à la table des négociations, ils l'ignorent et changent tout simplement de sujet. Cela pourrait coûter à Dell quelque chose comme quatre cents millions de dollars... une sacrée perte pour une entreprise, mine de rien. Si je siégeais à leur conseil d'administration, je serais en train de feuilleter les Pages jaunes pour y trouver le numéro d'Assassins du Monde. OK, c'est le premier point. Deuzio, ils nous ont dit que si nous faisions un peu trop de foin autour de ces désagréments "mineurs", Boeing pourrait tirer un trait sur la commande de 777 – des options sur vingt-huit appareils – au profit d'Airbus. »

Ryan hocha la tête. « George, où en est notre balance commerciale avec la Chine ?

– Soixante-dix-huit milliards, et en leur faveur, comme vous le savez.

– Scott s'en occupe au Département d'État ? »

Winston acquiesça. « Il a une équipe efficace, mais ils auraient besoin de directives un peu plus fermes.

– Et qu'est-ce qu'on en tire, de notre côté ?

– Eh bien, cela fournit à nos consommateurs tout un tas de produits bon marché, dont environ soixante-dix pour cent consistent en objets non technologiques : jouets, animaux en peluche, ce genre de trucs. Mais, Jack, trente pour cent sont des produits haut de gamme. Et ce pourcentage a doublé en deux ans et demi. D'ici peu, ça va commencer à nous coûter des emplois, tant par la réduction de notre part sur le marché intérieur que par la perte de marchés à l'exportation. Ils vendent chez eux quantité d'ordinateurs portatifs mais ils ne nous laissent pas accéder à leur marché, alors même qu'on pourrait leur tailler des croupières en termes de performances et de prix. Nous savons avec certitude qu'une partie de cet excédent de leur balance commerciale avec nous est réinvestie dans leur branche informatique. J'imagine qu'ils veulent la renforcer pour des raisons stratégiques.

– Et vendre des armes à des gens que l'on préférerait en voir dépourvus », ajouta le président. *Ce qu'ils font également pour des raisons stratégiques.*

« Ma foi, tout le monde n'a-t-il pas besoin d'un AK-47 pour remettre au pas le petit personnel ? » Quinze jours auparavant, on avait saisi dans le port de Los Angeles une cargaison de quatorze cents fusils d'assaut automatiques. Mais la République populaire de Chine avait nié toute responsabilité, même si les services secrets américains avaient pu localiser l'origine de la commande et la relier à certain numéro de téléphone localisé à Pékin. Ryan était au courant mais on n'avait pas autorisé la diffusion de l'information, par crainte qu'elle ne révèle les méthodes de collecte de renseignements – dans ce cas, à destination de la NSA à Fort Meade. Le nouveau réseau téléphonique de Pékin n'avait pas été installé par une firme américaine mais l'essentiel de sa conception avait été sous-traité par une entreprise qui avait signé un accord lucratif avec une agence du gouvernement des États-Unis. Ce n'était pas strictement légal mais quand la sécurité nationale était menacée, les règles étaient quelque peu différentes.

« Bref, ils ne jouent pas le jeu, c'est ça ?

– Pas vraiment, grommela Winston.

– Des suggestions ?

– Rappeler à ces petits connards de Chinetoques qu'ils ont vachement plus besoin de nous que nous d'eux.

– Vous avez intérêt à éviter de parler de la sorte à certains États, surtout ceux qui disposent de l'arme nucléaire, rappela Ryan à son ministre. Et je passe sur la connotation raciste.

– Jack, soit on joue sur un pied d'égalité, soit non.

Soit on joue franc-jeu, soit non. S'ils arrivent à nous piquer bien plus de fric que nous leur en piquons, ça veut dire qu'ils commencent à avoir pigé les règles... OK, OK, je sais (il leva les mains, sur la défensive), l'histoire avec Taiwan les met en rogne, mais c'était un bon plan, Jack. Vous avez fait ce qu'il fallait : les punir. Ces enculés ont tué des gens et ils ont sans doute eu des complicités lors de notre dernière aventure dans le golfe Persique, et surtout lors de l'attaque Ebola, bref, ils ont dû sentir venir le coup. Mais non, pas question de les châtier pour meurtre et complicité d'un acte de guerre contre les États-Unis, surtout pas ! Nous devons être trop grands et forts pour nous abaisser à de telles mesquineries. Mesquineries, mon cul, Jack ! Directement ou pas, ces salopards ont aidé ce Daryaei à tuer sept mille de nos concitoyens, et rétablir des relations diplomatiques avec Taiwan était pour eux le prix à payer – et si vous voulez mon opinion, ils s'en tirent à bon compte. Ils devraient le comprendre. Il serait temps qu'ils apprennent que le monde a des règles. Alors, ce qu'il faut, c'est leur montrer qu'on souffre quand on enfreint celles-ci, et s'arranger pour faire durer la leçon. Jusqu'à ce qu'ils aient pigé ça, ils vont nous emmerder de plus en plus. Tôt ou tard, il faudra qu'ils se l'enfoncent dans la tête. Je pense qu'on n'a que trop attendu.

— OK, mais mettez-vous à leur place : pour qui nous prenons-nous pour leur dicter des règles ?

— Conneries, Jack ! » Winston était un des rares à avoir la capacité (sinon vraiment le droit) de s'exprimer de la sorte dans le Bureau Ovale. C'était en partie la rançon de son succès, certes, mais aussi parce que Ryan respectait le parler vrai, même s'il pouvait être coloré. « Souvenez-vous, ce sont eux qui s'accrochent à nous. Nous, on joue franc-jeu. Le monde a des règles respectées par le concert des nations, et si Pékin veut en faire partie, eh bien, il devra se plier aux mêmes lois que les autres. Si vous voulez entrer dans le club, vous devez payer les frais d'inscription, mais ça ne vous donne pas pour autant le droit de vous promener sur le green avec votre voiture de golf. On ne peut pas jouer sur les deux tableaux. »

Ryan se fit la réflexion que le gros problème était que les dirigeants de pays totalitaires – surtout quand ces pays étaient vastes, puissants et importants – n'étaient pas du genre à se laisser dicter leur conduite. C'était encore plus vrai des dictatures. Dans une démocratie libérale, la notion de séparation des pouvoirs s'appliquait à tout le monde. Ryan était président, mais ça ne lui donnait pas le droit de braquer une banque parce qu'il avait besoin d'argent de poche.

« George, OK. Asseyez-vous avec Scott et tâchez de me pondre un truc qui puisse me convenir et je demanderai au Département d'État d'aller expliquer les règles à nos amis de Pékin. » *Et qui sait, peut-être que ça pourrait marcher, ce coup-ci.* Même si Ryan n'y aurait pas parié sa chemise.

La soirée s'annonçait cruciale, estima Nomuri. Bon, d'accord, il avait sauté Ming la veille, et ça ne semblait pas lui avoir déplu, mais maintenant qu'elle avait eu le temps d'y réfléchir à tête reposée, sa réaction serait-elle identique ? Ou s'aviserait-elle qu'il l'avait manipulée en la faisant boire avant d'abuser d'elle ? Nomuri avait son lot de succès amoureux, mais ce n'est pas pour autant qu'il se targuait de connaître la psychologie féminine.

Assis au bar du petit restaurant (pas le même que la veille), il fumait une cigarette, ce qui était nouveau pour lui. Il ne toussait pas, même si, avec les deux premières, la salle s'était mise à tourner autour de lui. L'empoisonnement au monoxyde de carbone... La fumée réduisait la quantité d'oxygène alimentant le cerveau, sans compter les autres aspects nuisibles. Mais cela lui rendait l'attente moins pénible. Il avait acheté un briquet Bic, bleu, décoré d'un drapeau chinois, qui donnait ainsi l'impression de flotter dans un ciel limpide.

Ouais, bon, je suis là à me demander si ma nana va se pointer et elle a déjà... (coup d'œil à sa montre) *dix minutes de retard.*

Nomuri héla le barman et commanda un autre whisky. D'une marque japonaise, buvable, pas outrageusement chère, et puis, de toute façon, l'alcool c'était toujours de l'alcool, hein ?

Bon, alors, tu te radines, Ming ?

Comme dans presque tous les bars de la planète, celui-ci avait un miroir derrière le comptoir et le Californien de naissance détailla ses propres traits d'un air inquisiteur, comme s'il était un autre, en se demandant ce qu'on pourrait y lire. Nervosité ? Soupçon ? Crainte ? Solitude ? Désir ? Quelqu'un pouvait être en train de le jauger en ce moment même, un agent du contre-espionnage chinois en planque dans la salle, veillant à ne pas regarder trop souvent en direction de Nomuri. À moins qu'il ne tire parti du miroir pour le surveiller indirectement. Ne se soit installé dans un angle, dos au mur, afin de se retrouver naturellement orienté vers l'Américain, alors que Nomuri serait obligé de se retourner pour le voir, lui laissant ainsi le temps de détourner les yeux, sans doute vers son partenaire (en général, cette activité se pratiquait en binôme), assis dans le même axe, ce qui lui permettait de surveiller la cible mine de rien. Tous les pays du monde avaient des forces de police ou de sécurité formées à ce genre de procédés et les méthodes étaient partout identiques parce que la nature humaine était la même partout, que le sujet soit trafiquant de drogue ou espion. C'était comme ça, se dit Nomuri, en regardant de nouveau sa montre. Onze minutes de retard.

No problemo, mec, les femmes sont toujours *en retard. C'est parce qu'elles n'ont pas la notion du temps ou qu'il leur faut une éternité pour s'habiller ou se maquiller, ou parce qu'elles oublient de porter une montre... ou plutôt sans doute parce que ça leur procure un avantage.*

Cela leur permettait peut-être d'apparaître plus précieuses aux yeux des hommes – après tout, c'étaient les hommes qui les attendaient. Pas l'inverse. Elles pouvaient ainsi exercer sur eux un chantage à l'affection, en leur donnant un sujet de crainte.

Chester Nomuri, anthropologue du comportement, grommela-t-il ironiquement en se regardant dans la glace.

Sacré nom de Dieu, mec, peut-être qu'elle fait des heures sup, ou qu'il y a des embouteillages, ou qu'une collègue de bureau avait besoin d'elle pour l'aider à déplacer un putain de meuble. Dix-sept minutes. Il pêcha une nouvelle mentholée et l'alluma à son briquet estampillé chinetoque. *L'Orient est rouge.* Ouais, et peut-être que c'était le dernier pays du monde à l'être encore... Mao n'en serait-il pas fier ?

Où es-tu ?

Enfin, si les éventuels agents du MSE qui le filaient avaient encore eu des doutes sur ce qu'il faisait, sûr qu'ils devaient savoir à présent qu'il attendait une bonne femme ; et vu son état de stress, la bonne femme en question devait l'avoir ensorcelé. Et ça, c'était pas censé arriver aux espions.

Bon, qu'est-ce que tu vas t'inquiéter pour ça, connard, juste parce que tu risques de pas tirer ton coup ce soir ?

Vingt-trois minutes de retard. Il écrasa sa clope et en alluma une autre. Si c'était leur truc pour contrôler les mecs, eh bien, il était efficace.

James Bond n'a jamais eu ces problèmes.

M. Zig-Zig Pan-Pan était toujours maître de ses femmes...

Et s'il y avait une preuve que Bond était un personnage de fiction, merde, c'était bien celle-là !

Au bout du compte, Nomuri était à tel point plongé dans ses réflexions qu'il ne vit même pas Ming entrer. Il sentit une petite tape sur son épaule, pivota d'un coup et découvrit...

... qu'elle arborait un sourire radieux, ravie de l'avoir surpris, ses yeux de jais tout plissés par le plaisir de l'instant.

« Je suis désolée de ce retard, s'excusa-t-elle. Fang avait besoin de moi pour retranscrire ses notes, et il m'a retenue tard au bureau.

— Il faudra que j'aille lui parler, à ce vieillard, lança Nomuri, malicieux, en se redressant sur son tabouret.

-- Tu l'as dit, c'est un vieillard et il n'écoute pas vraiment. Peut-être que son ouïe s'est altérée avec l'âge. »

Non, c'est sans doute délibéré. Fang était sans doute comme tous les autres petits chefs, il avait largement passé l'âge où l'on tenait compte des idées des autres.

« Alors, qu'est-ce que tu veux manger ? » demanda Nomuri et il obtint la meilleure réponse possible :

« Je n'ai pas faim. » Ses yeux pétillants en disaient long sur ce qu'elle désirait vraiment. Nomuri vida son verre, écrasa son mégot et sortit avec elle.

« Et alors ? demanda Ryan.

— Alors, ce n'est pas une bonne nouvelle, répondit Arnie van Damm.

— Je suppose que ça dépend du point de vue. Quand doivent-ils nous entendre ?

— Dans moins de deux mois, et ça aussi, c'est un message, Jack. Ces juges si à cheval sur les principes que tu as cru bon de désigner vont procéder aux auditions et si j'avais un pari à prendre, je te prédis qu'ils n'ont qu'une envie : casser l'arrêt. »

Jack se carra dans son fauteuil et leva un visage souriant vers son secrétaire général. « Et pourquoi est-ce si mauvais, Arnie ?

– Jack, c'est mauvais parce que bon nombre de nos concitoyens aiment avoir le choix entre l'avortement ou non. Voilà pourquoi. La liberté de choix. Et jusqu'ici, c'est la loi.

– Peut-être que ça pourra changer », commenta le président en consultant son agenda. Le ministre de l'Intérieur[1] devait arriver pour l'entretenir des parcs nationaux.

« Ce n'est pas vraiment une chose à espérer, sacré nom de Dieu ! Et de toute façon, on te le reprochera !

– OK, OK. Si ça se produit, je ferai remarquer que je ne siège pas à la Cour suprême des États-Unis, et que je suis en dehors de tout ça. S'ils décident dans le sens que j'imagine – et toi aussi, je pense –, l'avortement deviendra une affaire législative et le pouvoir législatif de "plusieurs États", pour reprendre les termes de la Constitution, sera à même de décider de la conduite à tenir en la matière... mais, Arnie, j'ai quatre gosses, souviens-toi. J'ai assisté à leur naissance, alors ne viens pas me raconter que l'avortement est une bonne chose. » Le quatrième petit Ryan, Kyle Daniel, était né durant la présidence et les caméras avaient été là pour voir son visage à la sortie de la salle de travail, permettant à tout le pays (et même au monde entier) de partager l'expérience. Cela avait fait monter de quinze points la cote de popularité de Ryan, pour la plus grande satisfaction d'Arnie à l'époque.

---

1. Rappelons ici qu'à la différence de son homologue français, aux États-Unis, le ministre de l'Intérieur ne s'occupe pas du maintien de l'ordre (qui dépend de son collègue... des Finances, le « secrétaire au Trésor »), mais de la mise en valeur des richesses nationales, de la protection et de l'aménagement du territoire *(N.d.T.)*.

« Sacré nom d'une pipe, Jack, je n'ai jamais dit ça. Mais il nous arrive, à toi comme à moi, de prendre des décisions choquantes, non ? Et nous ne dénions pas aux autres le droit de le faire eux aussi. Tiens, fumer, par exemple..., ajouta-t-il, juste pour faire enrager Ryan.

– Arnie, tu sais fort bien manier le verbe, et j'ai apprécié ton numéro. Je t'en donne acte. Mais il y a une différence entre allumer une putain de clope et supprimer une vie humaine.

– Vrai, si un fœtus est une vie humaine, ce qui est du ressort des théologiens, pas des hommes politiques.

– Arnie, c'est comme ça. Les défenseurs de l'avortement disent qu'un fœtus étant à l'intérieur du corps d'une femme, il est sa propriété et que c'est à elle d'en faire ce qu'elle veut. Parfait. Du temps de la République et de l'Empire romain, une femme et son enfant étaient la propriété du pater familias, le chef de famille, qui avait sur eux le droit de vie ou de mort. Tu crois qu'on devrait régresser à ce stade ?

– Évidemment non, puisqu'il donne aux hommes un pouvoir qu'il retire aux femmes, et qu'on a dépassé ça.

– Donc, tu as pris un problème éthique pour le ramener au niveau d'une basse querelle politique. Eh bien, Arnie, je ne mange pas de ce pain-là. Même le président a le droit d'avoir des principes moraux, ou bien suis-je censé mettre mes idées dans ma poche quand j'entame ma journée de travail ?

– Mais il n'a pas le droit de les imposer aux autres. Les principes moraux, c'est quelque chose qu'on garde pour soi.

– Ce que nous appelons la loi n'est ni plus ni moins que le consensus de l'opinion, l'ensemble de ses convictions sur ce qui est bien ou mal. Qu'il s'agisse de meurtre, de rapt d'enfants ou de franchissement d'un feu rouge, la société décide des règles à appliquer. Dans une république démocratique, nous le faisons par le pouvoir législatif en élisant des représentants qui partagent nos opinions. C'est ainsi que naissent les lois. Nous instaurons également une constitution, la loi suprême du pays, que l'on épluche avec soin parce que c'est elle qui définit ce que peuvent ou non décider les autres lois, et qui par conséquent nous protège de nos passions passagères. La tâche du judiciaire est d'interpréter les lois ou, dans ce cas, les principes constitutionnels qu'elles incarnent, dans leur application. Dans l'affaire "Roe contre Wade", la Cour suprême a outrepassé ses droits. Elle a légiféré. Elle a modifié la loi d'une façon que n'avaient pas prévue ses rédacteurs, et ce fut une erreur. Tout ce que fera cette annulation sera de ramener la question de l'avortement devant le pouvoir législatif, ce qui est le lieu où elle doit être traitée.

– T'as mis combien de temps à concocter ce petit speech ? » demanda Arnie. Le laïus de Ryan était trop bien léché pour être une improvisation.

« Un certain temps, admit le chef de l'exécutif.

– Eh bien, quand l'arrêt sera publié, prépare-toi à une tempête, l'avertit son secrétaire général. Je te parle de manifestations violentes, de reportages télévisés, et d'éditoriaux assez nombreux pour retapisser entièrement le Pentagone. Sans compter que tes gardes du corps craindront encore plus pour ta vie, celle de ta femme et de tes gamins. Si tu crois que je plaisante, interroge-les.

– Ça ne tient pas debout.

– Aucune loi locale, régionale ou fédérale n'oblige le monde à être logique, Jack. Les citoyens comptent sur toi pour que tu leur donnes une météo agréable et ils te reprochent le mauvais temps. C'est comme ça. Faut faire avec. » Sur ces bonnes paroles, c'est un secrétaire général de la Maison-Blanche fort remonté qui sortit rejoindre son bureau d'angle dans l'aile Ouest.

« Conneries », bougonna Ryan en feuilletant le dossier préparatoire à son entretien avec le ministre de l'Intérieur. Le patron des gardes forestiers. Également gardien des parcs nationaux, que le président n'avait l'occasion de voir que sur Discovery Channel, les rares soirs où il avait encore cinq minutes pour allumer la télé.

Il n'y avait pas grand-chose à dire de la tenue que portaient tous ces gens, se dit encore une fois Nomuri, à un détail près. Quand vous défaisiez les boutons pour découvrir des sous-vêtements de chez Victoria's Secret, eh bien, c'était comme de voir un film passer du noir et blanc au Technicolor. Cette fois, Ming le laissa se débrouiller tout seul, puis elle fit glisser la veste sur ses bras, avant d'ôter son pantalon. Le slip surtout était tentant, comme le reste de sa personne d'ailleurs. Nomuri la prit dans ses bras et l'embrassa passionnément avant de la déposer sur le lit. Une minute après, il était à côté d'elle.

« Alors, pourquoi étais-tu en retard ? »

Elle fit la grimace. « Toutes les semaines, le ministre Fang rencontre ses collègues et quand il revient, il me demande de retranscrire ses notes pour avoir par la suite un compte rendu écrit de tout ce qui s'est dit pendant ces réunions.

– Oh, et tu te sers de mon nouvel ordinateur ? » Il réprima le frisson qui le parcourut lorsqu'il entendit les paroles de la jeune femme. Cette fille pourrait être une sacrée source ! Nomuri inspira un grand coup pour afficher de nouveau un masque impassible de désintérêt poli.

« Bien sûr.

– Excellent. Et tu te sers du modem intégré ?

– Bien sûr, tous les jours, pour rapatrier les

dépêches d'agences occidentales et les extraits de journaux sur les sites correspondants.

– Ah, c'est très bien. » Il estima qu'il en avait assez fait pour aujourd'hui et, sa tâche accomplie, Nomuri se pencha pour un baiser.

« Avant de venir au restaurant, j'ai mis du rouge à lèvres, expliqua Ming. Je n'en mets pas au travail.

– Je vois. » Et l'agent de la CIA lui redonna un baiser, plus profond cette fois. Il sentit ses doigts se refermer autour de son cou. La raison de son retard n'avait rien à voir avec un manque d'affection. C'était à présent manifeste, alors que ses mains commençaient à divaguer elles aussi. Le coup du soutif qui s'ouvrait par-devant avait été un plan d'enfer. Un geste du pouce et de l'index et il s'ouvrait, dévoilant ses mignons petits seins et offrant à sa main deux nouveaux sites d'exploration. La peau à cet endroit était particulièrement soyeuse... et, jugea-t-il quelques secondes plus tard, également savoureuse.

Tout cela suscita un gémissement bien agréable et un tortillement de plaisir de son... quoi ? Son amie ? Oui, d'accord, mais pas que ça. Agent ? Non, pas encore. Amante, maîtresse, ça suffirait bien, ils n'abordaient jamais ce genre de questions à la Ferme, sinon pour vous mettre en garde contre une intimité excessive qui risquait de nuire à votre objectivité. Mais si vous ne vous rapprochiez pas un peu, vous ne recrutiez jamais l'agent. Bien sûr, Chester savait qu'en ce moment il faisait bien plus que se rapprocher un peu.

Son style était ringard, elle avait par contre une peau délicieuse, et le bout des doigts de Chester l'explorait en détail tandis que ses yeux plongeaient dans ceux de la jeune femme, et qu'il lui glissait de temps en temps un baiser. Et son corps n'était pas mal du tout. Une jolie silhouette, avec peut-être la taille un peu forte, mais enfin on n'était pas non plus sur la plage de Venice et la silhouette en sablier, même si elle rendait bien sur les photos, ce n'était rien d'autre qu'une illusion. Sa taille était plus fine que ses hanches, et ça suffisait amplement. On ne lui demandait pas de faire des défilés de mode à New York, d'ailleurs. *Ming n'est pas et ne sera jamais un top model. Faut que tu t'y fasses, Chet.* Puis vint le moment de mettre de côté le métier. Il était un homme juste vêtu d'un caleçon, près d'une femme vêtue juste d'un slip. Un slip assez grand pour faire un mouchoir, même si la couleur rouge orangé et la matière, en soie artificielle, n'étaient pas vraiment idéales, songea-t-il, amusé.

« Pourquoi souris-tu ?

– Parce que tu es jolie », répondit Nomuri. Et c'était vrai qu'elle l'était maintenant, avec ce sourire si particulier. Non, elle ne serait jamais mannequin, mais en toute femme il y avait de la beauté, même si elle n'en laissait rien paraître. Sa peau était superbe, et surtout ces lèvres avec le rouge qui renforçait leur douceur. Bientôt, leurs deux corps furent quasiment plaqués l'un contre l'autre, sensation chaude et agréable, alors qu'elle se blottissait sous son bras, tandis que sa main gauche continuait de jouer et de se balader. Il la chatouilla, elle rit, il la serra un peu plus fort, puis la relâcha pour poursuivre son exploration. Quand sa main dépassa le nombril, elle s'immobilisa, inerte, comme en une sorte d'invite. Le moment était venu de lui donner un nouveau baiser, tandis que le bout de ses doigts s'aventurait plus loin, et cette fois, c'est de l'humour qu'il lut dans ses yeux. À quel jeu croyait-elle donc jouer ?

Dès que sa main trouva l'élastique du slip, elle décolla les fesses du matelas. Il s'assit à moitié pour ôter sa culotte, elle l'aida d'un coup de pied qui envoya valser dans les airs le triangle de soie rouge, tel un cerf-volant, révélant...

« Ming ! fit-il d'un ton faussement accusateur.

– J'ai entendu dire que les hommes aimaient ça, dit-elle, l'œil allumé, avec un gloussement.

– Ma foi, j'avoue qu'effectivement, c'est différent, répondit Nomuri tandis que ses doigts couraient sur une peau encore plus douce que celle du reste du corps. T'as fait ça au bureau ? »

Éclat de rire. « Non, idiot ! Ce matin, chez moi ! Dans ma salle de bains, avec mon rasoir.

– C'était juste pour être sûr... » Puis la main de la jeune femme descendit pour lui faire pareil...

« Tu es différent de Fang, remarqua-t-elle dans un murmure enjoué.

– Oh, comment ça ?

– Je pense que le pire qu'une femme puisse dire à un homme c'est : "Est-ce que tu y es ?" C'est ce qu'une des secrétaires a dit à Fang, un jour. Il l'a battue. Le lendemain, elle est venue travailler avec deux yeux au beurre noir – il l'avait forcée à venir – et puis le lendemain soir... eh bien, il m'avait dans son lit, admit-elle, avec plus d'embarras que de honte. Pour me montrer qu'il était quand même un homme. Mais j'ai gardé mon opinion pour moi. C'est ce qu'on fait toutes, à présent.

– Et moi, tu vas me dire la même chose ? demanda Nomuri avec un sourire et un autre baiser.

– Oh, non ! Avec toi, c'est une saucisse, pas un haricot à écosser ! » lui dit-elle avec enthousiasme.

Il avait connu compliment plus élégant mais il s'en contenterait volontiers.

« Penses-tu qu'il est temps de ranger la saucisse ?

– Oh oui ! »

Et alors qu'il roulait sur elle, Nomuri vit deux personnes : d'abord une fille, une jeune femme avec ses pulsions qu'il allait tâcher d'assouvir. L'autre était un informateur potentiel, qui avait accès à des informations politiques dont l'importance aurait fait rêver un espion aguerri. Mais Nomuri n'en était pas vraiment un. Il était encore presque un débutant. Il songea qu'il allait devoir veiller sur elle, parce que si jamais il parvenait à la recruter, elle serait en danger de mort... il s'imagina son visage quand la balle entrerait dans le cerveau... non, c'était trop affreux. Nomuri dut faire un effort pour mettre de côté cette image alors qu'il s'introduisait en elle. S'il comptait la recruter, il devait s'acquitter convenablement de cette fonction. Et s'il y trouvait lui aussi du plaisir, eh bien, ce serait un bonus.

« Je vais y réfléchir », promit le président en raccompagnant le ministre de l'Intérieur. *Désolé, mec, mais on n'a pas l'argent pour faire tout ça.* Son ministre n'était certainement pas un mauvais bougre, mais il semblait être devenu l'otage des bureaucrates de son service, ce qui était peut-être le pire danger qui vous guettait à Washington. Ryan retourna s'asseoir pour lire les papiers que le ministre lui avait remis. Il n'aurait évidemment pas le temps de tout lire lui-même. Les bons jours, il pouvait parcourir les résumés tandis que le reste serait épluché par un membre de son équipe qui lui pondrait un mémo – en définitive, encore un résumé de résumé, et c'est à partir de ce document, élaboré par un collaborateur d'un peu plus d'une vingtaine d'années, que se déciderait en fait la politique du pays.

Et c'était complètement dingue ! songea Ryan avec colère. C'était lui qui était censé être le chef de l'exécutif. Lui qui était censé décider de la politique à suivre. Mais le temps du président était précieux. Si précieux en fait que d'autres le gardaient pour lui... en vérité, ils se le gardaient pour eux, l'empêchant de l'exploiter, parce que, en définitive, c'étaient eux qui décidaient de ce que Ryan devait voir ou ne pas voir. De sorte que tout en étant le chef de l'exécutif et celui qui choisissait en dernière analyse les orientations politiques, ces orientations étaient souvent basées uniquement sur les informations sélectionnées par d'autres. Et parfois, ça le préoccupait de se savoir contrôlé par les informations qui parvenaient jusqu'à son bureau, de même que la presse décidait de ce que l'opinion devait voir, faussant ainsi la vision qu'avait l'opinion des événements et des problèmes du jour.

Eh bien, Jack, toi aussi, t'es devenu l'otage des bureaucrates ? Difficile à dire, et difficile de remédier à la situation si tant est qu'un remède existât.

Peut-être est-ce pourquoi Arnie aime tant que je sorte de ces murs pour aller à la rencontre des gens, se dit-il.

Le problème le plus délicat venait de ce que Ryan était un expert en sécurité nationale et en politique étrangère. C'est dans ces domaines qu'il se jugeait le plus compétent. En revanche, face aux affaires intérieures, il se sentait déphasé. Cela tenait en partie à sa fortune personnelle. Il ne s'était jamais soucié du prix d'une baguette de pain ou d'une bouteille de lait – et moins encore depuis qu'il occupait la Maison-Blanche où l'on ne voyait de toute façon jamais de lait en bouteille mais uniquement en verre sur plateau d'argent, le tout servi par un sous-officier de marine qui venait vous l'apporter dans votre chauffeuse. Mais il y avait des gens que ce genre de problème préoccupait, ou à tout le moins celui du prix de la scolarité de leur petit dernier, et en tant que président, Ryan devait se pencher sur ces préoccupations. Il devait tâcher de maintenir l'équilibre pour que ces gens puissent gagner décemment leur vie, qu'ils puissent aller à Disney World chaque été, assister aux matches de foot chaque automne, et claquer chaque année leurs économies pour garnir le sapin de Noël.

Et merde, comment était-il censé y arriver ? Ryan se rappela la lamentation attribuée à l'empereur Auguste. Apprenant qu'il avait été divinisé de son vivant, qu'on avait érigé en son honneur des temples où le peuple faisait des sacrifices aux statues à son effigie, Auguste avait demandé, avec irritation : « Quand quelqu'un prie pour que je le guérisse de sa goutte, qu'est-ce que je suis censé faire ? » La question fondamentale était de savoir dans quelle mesure la politique gouvernementale entretenait un rapport avec la réalité. C'était une question rarement posée à Washington, même par les ultra-conservateurs qui, par idéologie, méprisaient le gouvernement et toutes les décisions qu'il pouvait prendre en matière de politique intérieure... bien qu'ils fussent souvent les premiers à vouloir brandir le drapeau et le sabre ; quant à savoir pourquoi ils y tenaient tant, Ryan n'y avait jamais trop réfléchi. Peut-être juste pour se démarquer des libéraux qui répugnaient aux démonstrations de force et s'en défiaient comme un vampire devant la croix, mais qui, comme les vampires, aimaient étendre le plus possible leur pouvoir sur la vie personnelle des individus pour mieux leur sucer le sang – en réalité, user de l'instrument de l'impôt pour prendre toujours plus afin de payer ce qu'ils réclamaient toujours plus à l'État.

Et malgré tout, l'économie semblait continuer à tourner, quoi que puisse faire le gouvernement. Les gens trouvaient du boulot, en général dans le secteur privé qui procurait des biens et des services que les consommateurs payaient volontiers avec ce qui leur restait après impôts. Et cependant, le terme de « service public » était une expression utilisée presque exclusivement par ou à propos du personnel politique, élu surtout. Mais est-ce que tout le monde ne servait pas le public, d'une manière ou d'une autre ? Les médecins, les enseignants, les pompiers, les pharmaciens. Pourquoi les médias réservaient-ils ce terme à Ryan et Robby Jackson, ainsi qu'aux cinq cent trente-trois membres de la Chambre ? Il hocha la tête.

Bigre... OK, je sais comment je suis arrivé ici, mais

quelle mouche m'a piqué de me représenter ? Cela avait fait plaisir à Arnie. Cela avait même fait plaisir aux médias. *Parce qu'ils aimaient t'avoir pour cible ?* Cathy ne lui avait pas mâché ses mots à ce sujet. Mais bon sang, pourquoi s'était-il laissé piétiner de la sorte ? Fondamentalement, il ne savait pas ce qu'il était censé faire à ce poste. Il n'avait pas réellement de programme ; en gros, il improvisait au jour le jour. Prenant des décisions tactiques (pour lesquelles il était singulièrement peu qualifié) au lieu de faire de grands choix stratégiques. Il n'avait rien envie de changer d'essentiel dans le fonctionnement de son pays. Certes, il y avait bien quelques problèmes à régler. La politique fiscale était à réviser et il laissait George Winston se colleter avec ça. Et la défense devait être renforcée, et cela, Tony Bretano s'en chargeait. Il avait une commission présidentielle pour examiner les problèmes de santé que son épouse supervisait en fait à distance, avec certains de ses collègues d'Hopkins, et tout cela dans la plus grande discrétion. Et il y avait aussi ce projet encore plus secret sur la Sécurité sociale, que traitaient George Winston et Mike Gant.

L'un des piliers de la vie politique du pays. Tu y touches, t'es mort. Mais la Sécurité sociale était une chose à laquelle tenaient réellement les Américains, non pas pour ce qu'elle était mais pour l'image erronée qu'ils s'en faisaient ; en fait, ils étaient conscients que cette image était fausse, à en juger par les sondages. Elle avait beau être aussi mal gérée que n'importe quelle autre institution financière, elle n'en restait pas moins une des promesses électorales faites par les représentants du peuple devant ce peuple. Et quelque part, malgré le cynisme ambiant (qui était considérable), l'Américain moyen comptait sur son gouvernement pour tenir ses promesses. Le problème était que les leaders syndicaux et les industriels qui avaient puisé dans les fonds de pension et s'étaient retrouvés dans une prison fédérale avaient causé bien moins de dégâts que les Congrès successifs... mais un escroc au Congrès n'était pas un escroc, enfin pas aux yeux de la loi. Après tout, le Congrès édictait les lois. Le Congrès faisait la politique gouvernementale, et ça, ça ne pouvait pas être mal, n'est-ce pas ? Encore une preuve, s'il en fallait une, que les rédacteurs de la Constitution avaient commis une erreur courante mais aux conséquences incalculables. Ils avaient supposé que les individus choisis par le Peuple avec un grand P pour diriger la nation seraient aussi honnêtes et honorables qu'eux. On entendait presque les « Oups ! » jaillissant de ces augustes tombes. Les rédacteurs de la Constitution avaient siégé dans une salle dominée par George Washington lui-même, et si jamais certains avaient été dépourvus d'honneur, il avait amplement de quoi leur fournir le complément, rien qu'en étant assis là à les contempler. *Mais le Congrès actuel n'a pas un tel personnage, à la fois mentor et dieu vivant, et c'est bien regrettable.* Le seul fait que la Sécurité sociale ait dégagé un profit jusque dans les années soixante en était la démonstration : le Congrès ne pouvait pas laisser se créer un profit. Le profit permettait aux riches de s'enrichir (et les riches devaient être mauvais, parce qu'on ne pouvait pas s'enrichir sans quelque part exploiter quelqu'un, ce qui n'avait toutefois jamais empêché les membres du Congrès d'aller quémander auprès d'eux des fonds pour leur campagne, bien entendu). Donc les profits devaient être dépensés et les taxes de Sécurité sociale (appelées primes, puisque la Sécurité sociale était en fait un système d'assurance vieillesse-reconversion-handicap-maladie) étaient reversées puis intégrées au budget général, pour être dépensées avec tout le reste. L'un des étudiants de Ryan du temps où il enseignait l'histoire à l'Académie navale lui avait envoyé une petite plaque à poser sur son bureau de la Maison-Blanche. Y était inscrit : LA RÉPUBLIQUE AMÉRICAINE DURERA JUSQU'AU JOUR OÙ LE CONGRÈS DÉCOUVRIRA QU'IL PEUT SOUDOYER LE PUBLIC AVEC L'ARGENT PUBLIC – ALEXIS DE TOCQUEVILLE. Ryan en avait tenu compte. Par moments, l'envie lui prenait de les étrangler tous, et Arnie ne se lassait pas de lui dire à quel point il avait un Congrès docile, surtout la Chambre des représentants, à l'inverse de la situation habituelle.

Le président bougonna et vérifia sur l'agenda quel était son prochain rendez-vous. Comme pour tout le reste, le président des États-Unis suivait un emploi du temps défini par d'autres, ses rendez-vous étaient fixés des semaines à l'avance, ses dossiers de réunions quotidiennes préparés la veille pour qu'il puisse savoir au moins qui devait y participer et ce dont il(s) ou elle(s) voulai(en)t lui parler, accompagnés de sa position raisonnée (définie dans ses grandes lignes par d'autres) sur la question. La position du président était en général suffisamment conciliante pour que le(s) visiteur(s) puisse(nt) quitter le Bureau Ovale satisfait(s) de la rencontre, et les règles étaient qu'on ne pouvait pas modifier l'emploi du temps, de crainte d'entendre le secrétaire général de la présidence s'exclamer : « Bon sang, mais qu'est-ce que tu vas encore me demander ! » Ce qui ne manquerait pas de faire sursauter aussi bien l'invité que les agents de la Sécurité postés juste derrière eux, la main toujours à proximité du pistolet – plantés là comme des robots, les traits impassibles mais l'œil ouvert, l'oreille aux aguets. Une fois leur service achevé, ils devaient sans doute filer vers leur bar habituel pour rigoler de ce que le président du conseil municipal de Petaouchnok avait pu sortir ce jour-là dans le Bureau Ovale – « Putain, t'as vu les yeux du patron quand l'autre couillon... ? » – parce que, se dit Ryan, c'étaient des types intelligents et pleins de jugeote qui par bien des côtés comprenaient mieux que lui son propre boulot. Et ils pouvaient. Ils avaient le double avantage d'avoir tout vu et de n'être responsables de rien. De sacrés veinards, se dit Jack en se levant pour accueillir son hôte suivant.

Si les cigarettes étaient agréables, c'était bien en ces circonstances, songea Nomuri. Le bras gauche enroulé autour de Ming, son corps niché contre le sien, il fixait le plafond, dans ces moments délicieux et détendus de redescente, tirant doucement sur sa mentholée pour mieux goûter l'instant ; il percevait la respiration de Ming et se sentait un homme, un vrai. Dehors, le ciel s'était assombri, le soleil s'était couché.

Nomuri se leva, fit un tour à la salle de bains, puis se dirigea vers la kitchenette. Il en revint avec deux verres de vin. Ming s'assit dans le lit et but une gorgée. Nomuri, quant à lui, ne put résister à l'envie de tendre le bras pour la caresser. Sa peau était si douce et appétissante.

« Mon cerveau ne marche toujours pas, annonça-t-elle après la troisième gorgée.

– Chérie, il est des moments où les hommes et les femmes n'ont pas besoin de cerveau.

– Eh bien, sûr que ta saucisse n'en a pas besoin, répondit-elle en se penchant pour caresser l'objet du délit.

– Doucement, mademoiselle ! Elle s'est tapée une belle course de fond ! avertit l'agent de la CIA avec un petit sourire.

– Oh, comme c'est chou. » Ming se pencha pour lui donner un petit baiser. « Et elle a gagné la course.

– Non, mais elle a quand même réussi à rester à ta hauteur. »

Nomuri alluma une autre cigarette. Puis il fut surpris de voir Ming fouiller dans son sac à main pour en sortir une des siennes. Elle l'alluma d'un geste gracieux et inspira une longue bouffée, avant de recracher la fumée par le nez.

« C'est une fille ou un dragon ? annonça Nomuri avec un sourire. Tu vas te mettre à cracher des flammes ? Je ne savais pas que tu fumais.

– Au bureau, tout le monde fume.

– Même le ministre ? »

Nouveau rire. « *Surtout* le ministre.

– Quelqu'un devrait lui dire que fumer est dangereux pour la santé, et pas bon du tout pour le yang.

– Une saucisse fumée n'est pas une saucisse ferme, énonça Ming, doctement, avec un sourire. D'où son problème, peut-être.

– Tu ne l'aimes pas beaucoup ton ministre, hein ?

– C'est un vieux bonhomme qui croit avoir un jeune pénis. Il confond personnel de bureau et bordel personnel. Enfin, ça pourrait être pire, admit Ming. Il y a belle lurette que je ne suis plus sa favorite. Ces derniers temps, il a jeté son dévolu sur Tchai, or elle est fiancée et Fang le sait. Ce n'est pas une attitude civilisée de la part d'un ministre haut placé.

– Il est au-dessus des lois ? »

Son reniflement était à la limite du dégoût. « Ils le sont tous, Nomuri-san, ce sont des ministres du gouvernement. Ce sont eux qui représentent la loi de ce pays, et peu leur importe l'opinion des autres ou leurs traditions... bien peu s'en aperçoivent, du reste. Ils sont corrompus à une échelle qui ferait rougir l'empereur d'antan, et ils se disent les gardiens du petit peuple, des paysans et des ouvriers qu'ils prétendent aimer comme leurs propres enfants. Enfin, j'imagine que parfois je ne suis jamais qu'une de ces paysannes, hein ?

– Et moi qui croyais que tu aimais ton ministre, l'aiguillonna Nomuri pour l'inciter à poursuivre. Alors, qu'est-ce qu'il te raconte ?

– Que veux-tu dire ?

– Ce travail en retard qui t'a retenue loin d'ici,

répondit-il en indiquant avec un sourire les draps froissés.

– Oh, des discussions entre ministres. Il tient un journal exhaustif de ses relations politiques... au cas où le président s'aviserait de le renvoyer, c'est son moyen de défense, un élément qu'il pourrait présenter à ses pairs. Fang n'a pas envie de perdre sa résidence officielle et tous les privilèges qui accompagnent la fonction. Alors, il tient des archives de tout ce qu'il fait, et, étant sa secrétaire, je retranscris toutes ses notes. Parfois, ça dure une éternité...

– Et tu fais ça sur ton ordinateur, bien sûr.

– Oui, le nouveau, et avec des idéogrammes parfaits grâce au logiciel que tu nous as donné.

– Tu stockes tout sur ta machine ?

– Oui, crypté sur le disque dur. Une technique apprise des Américains, quand on s'est introduits dans leurs archives militaires. On appelle ça un système de chiffrement robuste, mais ne m'en demande pas plus... Je sélectionne le fichier que je désire ouvrir, je tape la clef de décryptage et le fichier s'ouvre. Tu veux savoir quelle clef j'utilise ? » Elle gloussa. « YELLOW SUBMARINE ! En anglais, à cause du clavier – c'était avant d'avoir ton nouveau logiciel –... à cause de la chanson des Beatles. "We all live in a yellow submarine", quelque chose comme ça. Je l'avais entendue à la radio quand je débutais en anglais. J'ai passé une demi-heure à éplucher l'article "sous-marins" dans le dictionnaire puis dans une encyclopédie, à essayer de trouver pourquoi on peignait un bâtiment en jaune. Ah ! » Elle leva les mains au ciel.

La clef ! Nomuri avait du mal à dissimuler son excitation. Puis, l'air de rien : « Eh bien, ça doit faire un paquet de dossiers... tu es sa secrétaire depuis un bout de temps.

– Plus de quatre cents documents. Je leur attribue

des numéros, plutôt que de devoir inventer un nom à chaque fois. Aujourd'hui d'ailleurs, c'était le 487... »

Sacré nom de Dieu... 487 fichiers informatiques de conversations internes au Politburo. Une mine d'or !

« Et de quoi parlent-ils au juste ? Je n'ai jamais fréquenté de hauts fonctionnaires gouvernementaux, expliqua Nomuri.

— De tout ! répondit-elle en terminant sa cigarette. Qui a des idées au sein du Politburo, qui veut être sympa avec les Américains, qui veut les affronter, tout ce que tu peux imaginer. La politique de défense, la politique économique. Le dernier grand débat sur ce thème concernait l'attitude vis-à-vis de Hongkong. La ligne "Un pays, deux systèmes" a suscité des problèmes avec certains industriels de Pékin et de Shanghai. Ils s'estiment traités avec moins de respect qu'ils ne le mériteraient – s'ils s'installaient à Hongkong, je veux dire – et ça les chagrine. Fang est de ceux qui essaient de trouver un compromis propre à les satisfaire. Il pourrait y arriver. Il est très adroit.

— Ce doit être fascinant de voir toutes ces informations... d'être réellement en prise avec ce qui se passe dans ton pays, fit mine de s'extasier Nomuri. Au Japon, on ne sait jamais ce que font les zaibatsus ni les fonctionnaires du MITI... les trois quarts du temps, ruiner l'économie, les imbéciles. Mais comme personne ne le sait, on ne prend aucune mesure pour y remédier. Est-ce pareil ici ?

— Bien sûr ! » Elle alluma une autre clope. Elle s'enflammait, remarquant à peine qu'il ne s'agissait plus de conversation amoureuse. « J'ai étudié Marx et Mao. J'y ai cru. J'ai même cru que les ministres haut placés étaient des hommes honnêtes et intègres, je croyais à fond tout ce qu'on m'enseignait. Et puis j'ai vu comment l'armée a bâti son propre empire industriel, un empire grâce auquel les généraux sont riches, heureux et gras. Et j'ai vu comment les ministres exploitent les femmes, comment ils meublent leur appartement. Ils sont devenus les nouveaux empereurs. Ils ont trop de pouvoirs. Une femme est peut-être capable d'utiliser un tel pouvoir sans se laisser corrompre, mais pas un homme. »

Les féministes ont frappé, même ici ? se dit Nomuri. Peut-être qu'elle était trop jeune pour se souvenir de Mme Mao, Jiang Qing, elle qui aurait pu donner des leçons de corruption à la cour de Byzance.

« Enfin, les gens comme nous, ce n'est pas notre problème. Et toi au moins, grâce à ton poste, tu as la possibilité d'être au courant. Ça te rend encore plus unique, Ming-chan », fit Nomuri en lui passant la paume de sa main sur le mamelon gauche. Elle frémit à point nommé.

« Tu crois ?

– Bien sûr. » Un baiser, maintenant, doux et long, tandis qu'il se remettait à la caresser. Il était si près du but. Elle lui avait dit tout ce qu'elle savait... Elle lui avait même donné la putain de clef de cryptage ! Et son ordinateur était connecté par modem. Ce qui voulait dire qu'il pouvait l'appeler, et avec le logiciel adéquat, aller se balader sur son disque dur. Grâce à la clef, il pourrait récupérer des données et les balancer directement sur le bureau de Mary Pat. *Merde, d'abord je baise une Chinetoque, et juste après, j'ai la possibilité de baiser tout le pays*. Difficile d'espérer mieux, se dit l'agent en contemplant le plafond avec un sourire béat.

13

Agent de pénétration

Eh bien, il a laissé de côté l'aspect lubrique, ce coup-ci, constata Mary Pat quand elle eut allumé son ordinateur. L'opération Sorge progressait. Elle ne savait pas qui était cette jeune Ming, mais elle parlait un peu trop. Bizarre. Le MSE n'avait-il pas briefé toutes les secrétaires de direction ? Sans doute – l'inverse eût trahi une négligence remarquable – mais on pouvait également estimer que des quatre bonnes raisons pour se livrer à la traîtrise ou à l'espionnage (à savoir l'argent, l'idéologie, la conscience et l'ego), c'était l'ego qui était en jeu ici. Le ministre Fang abusait de sa jeune secrétaire, ce qu'elle appréciait modérément, et Mary Pat Foley le comprenait sans peine. Après tout, une femme n'avait guère qu'un seul trésor à offrir, et voir un homme de pouvoir s'en emparer de force n'était pas fait pour la rendre heureuse... même si, cruelle ironie, cet homme de pouvoir s'imaginait sans doute l'honorer de sa sollicitude biologique. Après tout, n'était-il pas un grand homme et elle, une simple paysanne ? L'idée ne valut qu'un reniflement de mépris tandis qu'elle buvait une gorgée de café. Qu'importaient la culture et la race, tous les hommes étaient pareils, en définitive. Ils étaient beaucoup à penser avec leur queue plutôt qu'avec leur tête. Eh bien, celui-ci, ça risque de lui coûter cher, conclut la directrice adjointe des opérations.

Ryan examinait puis écoutait régulièrement son Rapport quotidien d'activité (RQA). Couvrant les actions de renseignements menées par la CIA, il était préparé tous les jours en fin de soirée, et tiré au petit matin à moins de cent exemplaires, presque tous passés à la déchiqueteuse et brûlés par la suite le jour même. Quelques-uns (trois ou quatre peut-être) étaient archivés, en cas de problème avec les fichiers électroniques, mais même le président ignorait où se trouvait le site de stockage de ces archives. Il espérait simplement qu'il était bien gardé, de préférence par des marines.

Le RQA ne contenait pas tout, bien sûr. Certaines opérations étaient si confidentielles que même le président ne pouvait en être tenu informé. Ryan l'acceptait avec une sérénité remarquable. Le nom des sources devait rester secret, y compris pour lui, et les méthodes utilisées étaient souvent si pointues qu'il aurait de toute façon eu du mal à saisir la technologie employée. Mais une partie des « prises », les informations qu'obtenait la CIA par des sources confidentielles et des méthodes complexes, restait même parfois dissimulée au chef de l'exécutif, parce que certains renseignements devaient absolument provenir d'un nombre limité de sources. Le travail d'espion était de ceux où la plus infime erreur pouvait signifier la mort d'un élément inestimable ; cela se produisait parfois, mais personne n'en était ravi – même si certains hommes politiques le vivaient avec une indifférence exaspérante. Un bon officier de renseignements considérait ses agents sur le terrain comme ses propres enfants qu'il fallait protéger contre tous les risques de l'existence. Ce point de vue était nécessaire. Si on ne s'en souciait pas plus que ça, des gens mouraient – et les vies perdues étaient des informations perdues, or c'était la raison première de l'espionnage.

« OK, Ben, dit Ryan, en se calant contre le dossier de son fauteuil. Qu'est-ce qu'il y a d'intéressant ? demanda-t-il en feuilletant le résumé.

– Mary Pat a du nouveau en Chine. Même si on ne sait pas encore trop quoi. Elle surveille l'affaire de près. Le reste, vous pouvez l'avoir sur CNN. »

Un fait déprimant qui n'était pas si rare. D'un autre côté, le monde était relativement calme et les informations pointues n'étaient pas si indispensables... du moins en apparence, rectifia mentalement Ryan. On ne pouvait jamais savoir. Une autre leçon qu'il avait apprise à Langley.

« Peut-être que je lui passerai un coup de fil, dit-il en tournant la page. Ouah !

– Le gaz et le pétrole russes ?

– Ces chiffres sont exacts ?

– Il semble bien. Ils recoupent point par point ceux que Trader nous a transmis grâce à ses sources.

– Hmm », fit Ryan en parcourant les prévisions qui en résultaient pour l'économie russe, avant de plisser le front, un rien déçu. « Les gars de George ont procédé à une meilleure évaluation.

– Vous pensez ? Les économistes de la CIA ont plutôt un beau tableau de chasse.

– George vit là-dedans. C'est mieux que d'être un analyste universitaire, Ben. Les études, c'est parfait, mais le monde réel, c'est ça qui compte, ne l'oubliez pas. »

Goodley acquiesça. « Bien noté, monsieur.

– Tout au long des années quatre-vingt, la CIA a surestimé l'économie soviétique. Et vous savez pourquoi ?

– Non, je ne sais pas. Ça a coincé où ? »

Jack eut un sourire narquois. « Le problème est

moins ce qui a coincé que ce qui n'a pas coincé. On avait à l'époque un agent qui nous fournissait les mêmes informations qu'obtenait le Politburo. Il ne nous est jamais venu à l'esprit que le système se berçait de mensonges. Le Politburo basait ses décisions sur une chimère. Leurs chiffres étaient presque toujours faux parce que les sous-fifres se couvraient. Voilà.

— Et c'est pareil en Chine, vous pensez ? Après tout, c'est le dernier pays authentiquement marxiste.

— Bonne question. Vous n'avez qu'à demander à Langley. C'est le même genre de bureaucrate qu'à Pékin qui vous répondra, mais autant que je sache, nous n'avons pas d'agent infiltré dans leur gouvernement qui puisse nous donner les chiffres qu'on a envie d'entendre. » Ryan se tut pour contempler la cheminée en face de son bureau. Il faudrait qu'il demande au service de sécurité de lui faire un vrai feu, un de ces quatre... « Non, je pense que les Chinois ont de meilleurs chiffres. Ils peuvent se le permettre. Leur économie fonctionne, à leur manière. Non, s'ils s'abusent, ce doit être d'une autre façon. Mais ils s'abusent, malgré tout. C'est un penchant humain universel, et le marxisme n'a guère amélioré les choses. Même chez nous, on a beau avoir une presse libre et d'autres garde-fous, la réalité inflige souvent à nos hommes politiques de sérieux retours de manivelle. Partout, les gens ont des modèles théoriques qui s'appuient sur l'idéologie plutôt que sur les faits, et ces types trouvent en général une place dans l'enseignement ou la politique, parce que dans les professions en prise avec le réel, ce genre de rêveurs se voient châtier encore plus vite que les politiciens par les électeurs...

— Salut, Jack ! lança une voix, depuis la porte du couloir.

— Hé, Robby ! » Le président indiqua le plateau avec le café. Le vice-président Jackson s'en servit une tasse mais il négligea les croissants. Il se portait plutôt bien. Cela dit, Jackson n'avait jamais eu une carrure d'athlète. Tous ces pilotes de chasse qui tendaient à l'embonpoint, se dit Ryan. Peut-être que c'était un avantage génétique pour se protéger des forces g...

« J'ai lu le RQA de ce matin. Jack, cette histoire de gisement russe, il est vraiment aussi important ?

— Encore plus même, d'après George. Il a déjà eu l'occasion de te servir un cours d'économie ?

— Samedi, on doit faire un golf ensemble et d'ici là, je potasse Milton Friedman et deux ou trois autres pour être à niveau. C'est vrai que George connaît sa partie.

— Assez bien pour s'être fait une tonne de fric à Wall Street, confirma Ryan. Je veux dire, si tu convertis sa fortune en billets de cent dollars et que tu les pèses, t'auras effectivement une putain de tonne de fric.

— Ça doit être sympa, nota, bluffé, un Jackson qui n'avait jamais gagné plus de cent trente mille dollars par an avant de décrocher son poste actuel.

— C'est pas mal, mais le café d'ici est pas mauvais non plus.

— Il était meilleur sur le Big John, dans le temps.

— Où ça ?

— Le *John F. Kennedy*, quand j'étais officier et que je prenais mon pied... par exemple à me faire catapulter avec mes Tomcat.

— Robby, ça me gêne de te le faire remarquer, mais tu n'as plus vingt-cinq ans.

— Jack, on peut dire que tu as le chic pour illuminer mes journées. J'ai déjà eu l'occasion de frôler la mort, mais on est plus en sécurité, et on se marre nettement plus avec un chasseur collé au cul.

— Comment s'annonce ta journée ?

— Tu le croiras ou pas, mais il faut que je descende au Congrès passer quelques heures à présider le Sénat, juste histoire de montrer que je suis au courant des obligations que m'impose la Constitution. » Avant d'ajouter, avec un sourire : « Puis un dîner-débat à Baltimore sur le thème : qui fabrique les meilleurs soutiens-gorge ?

– Quoi ? » demanda Jack en levant les yeux de son rapport. Le problème avec Robby, c'est qu'on ne savait jamais trop quand il plaisantait.

« Congrès national des industries textiles. Ils font aussi des gilets pare-balles, mais l'essentiel de leurs fibres va aux soutifs, c'est en tout cas la conclusion de mes experts. Ils essaient de me concocter deux ou trois blagues pour mon discours.

– Un bon conseil : pense à chiader ton laïus.

– Tu me trouvais pourtant drôle, dans le temps, rappela Jackson à son vieil ami.

– Rob, je me croyais drôle, moi aussi, dans le temps, mais Arnie me dit que je manque de finesse.

– Je sais, pas de blagues polonaises[1]. L'an dernier, quelques Polaks ont découvert comment allumer leur télé et il y en a six ou sept qui ont même appris à lire. Sans oublier cette jeune Polonaise qui évitait de se servir d'un vibromasseur parce que ça lui écaillait les dents.

– Bon Dieu, Robby ! » Ryan faillit en renverser son café. « On n'a même plus le droit de *penser* de telles bêtises !

– Jack, je ne suis pas politicien. Je suis pilote de chasse. J'ai la combinaison, le chrono et la bite qui vont avec le titre, tu piges, mec ? lança le vice-président, tout sourire. Et j'ai le droit d'en sortir une bonne de temps en temps.

– Parfait, tâche quand même de te souvenir que t'es plus dans la salle d'alerte du *Kennedy*. Les médias sont dépourvus du sens de l'humour qu'on apprécie dans l'aéronavale.

– Ouais, sauf quand ils nous prennent sur le fait. Et

---

1. Aux États-Unis, le Polonais a (grâce à ses blagues et pour son malheur) le même enviable statut que le Belge en France *(N.d.T.)*.

là, c'est fou ce que ça devient marrant, observa le vice-amiral à la retraite.

— Rob, tu vois que tu commences à piger. J'en suis ravi. » Comme son subordonné s'éclipsait, Ryan eut juste le temps de voir le dos d'un costume bien coupé, accompagné d'un vague juron.

« Alors, Michka, une idée ? » s'enquit Provalov.

Reilly but une gorgée de vodka. Elle était ici d'une douceur écœurante. « Oleg, t'as qu'à secouer le prunier et voir ce qui en tombe. Ce pourrait être quasiment n'importe quoi mais quand je dis "j'en sais rien", ça veut dire "j'en sais rien". Et pour le moment, on n'en sait rien. » (Nouvelle gorgée.) « Ça t'a pas fait tilt que tes deux ex-Spetsnaz aient pris un sacré calibre pour dégommer un vulgaire souteneur ? »

Le Russe opina. « Oui, bien sûr, j'y ai réfléchi mais c'était un souteneur plutôt prospère, non ? Il avait énormément d'argent et une foule de contacts dans le milieu. C'était lui aussi un calibre. Peut-être qu'il a fait éliminer des gens. On n'a jamais réussi à le faire citer dans une enquête criminelle mais ça ne veut pas dire qu'Avseïenko n'était pas un type dangereux et donc digne d'un intérêt aussi poussé.

— Rien de nouveau du côté de ce Suvorov ? »

Signe de dénégation. « Non. On a son dossier du KGB et une photo, mais même si elle lui correspond, on ne l'a pas encore retrouvé.

— Ma foi, Oleg Gregorievitch, il semblerait que vous ayez une belle énigme sur les bras. » Reilly leva la main pour demander qu'on leur remette une tournée.

« C'est toi qui es censé être l'expert de la mafia, rappela à son hôte du FBI l'inspecteur russe.

— C'est vrai, Oleg, mais je ne suis pas une cartomancienne et pas non plus l'oracle de Delphes. Vous ne savez pas encore qui était la véritable cible et tant que vous ne l'aurez pas appris, vous n'avez que dalle. Le problème, c'est que pour identifier la véritable cible, vous devez mettre la main sur quelqu'un qui est au courant de l'attentat. Les deux trucs vont de pair, mec. T'en chopes un, t'as les deux. T'en chopes aucun, t'es bredouille. » Leurs vodkas arrivèrent. L'Américain régla et but une nouvelle lampée.

« Mon principal n'est pas ravi. »

L'agent du FBI acquiesça. « Ouais, nos patrons du Bureau sont pareils, mais ton boss est censé être au courant des problèmes qui se posent, pas vrai ? Si oui, il sait qu'il doit te donner le temps et les moyens d'abattre tes cartes. Combien d'hommes as-tu mis sur le coup ?

– Six ici et trois de plus à Saint-Pétersbourg.

– T'aurais peut-être intérêt à renforcer les effectifs, mec. » Au bureau new-yorkais du FBI, sur une affaire comme celle-ci, la Brigade criminelle ne mobiliserait pas moins de vingt flics, dont la moitié à plein temps. Mais la milice moscovite souffrait d'un cruel manque d'effectifs. Malgré le taux de criminalité que connaissait désormais la capitale, les flics devaient encore faire des pieds et des mains pour décrocher un soutien gouvernemental. Enfin, ça aurait pu être pire. Contrairement à une majorité de Russes, au moins les miliciens touchaient-ils leur paie.

« Tu m'as vidé, protesta Nomuri.

– J'ai toujours le ministre Fang, railla Ming avec un sourire.

– Ah ! ragea Chet. Tu me compares à un vieillard ?

– Eh bien, vous êtes tous les deux des hommes, mais mieux vaut une saucisse qu'un haricot à écosser, répondit-elle en saisissant le premier dans sa douce main gauche.

– Patience, poulette, permets-moi de récupérer de la

première course. » Sur ce, il la souleva pour la déposer à côté de lui. *Faut-il qu'elle m'aime bien. Trois nuits d'affilée. Je suppose que Fang n'est pas le mâle qu'il s'imagine être. Enfin, on ne peut pas gagner sur tous les tableaux, Charlie.*

Plus l'avantage d'avoir quarante ans de moins. Ça devait sûrement jouer, se dit l'agent.

« Mais tu cours si vite ! protesta Ming en frottant son corps au sien.

– Il y a une chose que j'aimerais te demander. »

Sourire enjôleur. « Qu'est-ce que ça pourrait être ? demanda-t-elle tandis que sa main redevenait baladeuse.

– Pas ça !

– Oh... ? » Sa déception était manifeste.

« Un truc pour le boulot », expliqua Nomuri. Encore heureux qu'elle ne perçoive pas son tremblement intérieur.

« Pour le travail ? Je ne peux pas te faire venir au boulot pour ça ! s'exclama-t-elle avec un rire, suivi d'un baiser affectueux.

– Non, juste un petit programme à installer sur ton ordinateur. » Nomuri tendit la main pour ouvrir le tiroir de la table de nuit et en sortit un CD-Rom. « Tiens, t'as qu'à l'introduire dans le lecteur, cliquer sur INSTALL et le balancer quand t'auras fini.

– Et qu'est-ce qu'il doit faire ?

– Ça t'intéresse ?

– Eh bien... » Une hésitation. Elle ne pigeait pas. « Je dois.

– Ça me permettra d'examiner ton ordinateur de temps en temps.

– Mais pour quoi faire ?

– À cause de la Nippon Electric – on fabrique ta machine, je te signale. ». Il se sentait déjà un peu plus détendu. « Ça permet à ma société de savoir comment se prennent les décisions économiques en Chine populaire, expliqua Nomuri, débitant un mensonge bien rodé. Cela nous permettra de mieux comprendre le processus, afin d'être plus efficaces commercialement. Et plus je suis efficace, plus je suis payé... et plus je peux offrir des choses à ma Ming chérie.

– Je vois », dit-elle, à tort.

Il se pencha pour déposer un baiser à un endroit particulièrement charmant. Il sentit son corps frémir comme il convenait. Bien, elle ne se braquait pas devant cette idée, à tout le moins, cela ne l'empêchait pas de laisser faire Nomuri, ce qui, sous plus d'un aspect, satisfaisait ce dernier. L'espion se demanda si un jour, sa conscience lui reprocherait d'avoir exploité cette fille de la sorte. Mais, se consola-t-il, les affaires sont les affaires.

« Personne ne saura ?

– Non, c'est impossible.

– Et ça ne va pas m'attirer des ennuis ? »

À cette question, il roula pour se jucher sur elle. Il lui saisit le visage à deux mains. « Est-ce que je ferais quoi que ce soit pour provoquer des ennuis à ma petite Ming-chan ? Jamais ! » Et d'accompagner sa déclaration d'un baiser brûlant.

Par la suite, on ne parla plus du CD-Rom qu'elle glissa dans son sac avant de partir. Un très joli sac, copie d'un modèle italien quelconque qu'on pouvait acheter à des vendeurs de rue et non pas un des modèles authentiques et « tombés du camion » comme on disait, et pas seulement à New York.

Chaque nouvelle séparation devenait un peu plus dure. Elle ne voulait jamais partir et c'est vrai que lui non plus ne voulait pas qu'elle s'en aille, mais c'était nécessaire. Partager un appartement attirerait les ragots. Pour Ming, il était bien sûr totalement exclu de dormir dans l'appartement d'un étranger à cause des consignes de sécurité et des leçons qu'elle avait reçues, en même temps que ses collègues, d'un fonctionnaire blasé du MSE. Sans compter qu'elle avait omis de rapporter ce contact à ses supérieurs ou au responsable de la sécurité comme il se devait... Pourquoi ? D'abord parce qu'elle avait oublié les règles, et aussi parce que, comme tant d'autres, elle tirait un trait entre sa vie privée et sa vie professionnelle. Que, dans son cas, il soit interdit de séparer les deux était un élément qu'avait abordé sa séance d'endoctrinement du MSE, mais d'une façon si maladroite que la leçon avait été oubliée aussitôt.

Résultat, elle ne savait plus trop où elle en était. Avec un peu de chance, elle n'aurait jamais à le savoir, songea Nomuri alors qu'il la regardait tourner le coin et disparaître. La chance, ça aiderait. Ce que les enquêteurs du MSE pouvaient faire subir à une jeune femme derrière les murs de l'équivalent pékinois de la Loubianka, mieux valait ne pas trop y songer... et sûrement pas quand on venait de lui faire l'amour à deux reprises au cours des dernières heures.

« Bonne chance, chérie », murmura Nomuri avant de refermer la porte et de se diriger vers la salle de bains pour prendre une douche.

14

(point) com

Nomuri passa une nuit blanche. Est-ce qu'elle allait le faire ? Faire ce qu'on lui avait dit ? Tout raconter à un officier de la sécurité, lui parler de lui ? Risquait-on de l'intercepter en possession du CD-Rom et de l'interroger à ce sujet ? Si oui, une inspection superficielle ne révélerait qu'un CD musical (la BO de *Rocky* signée Bill Conti), une copie pirate de mauvaise qualité comme on en trouvait tant en Chine populaire. Mais un examen plus approfondi de la surface métallisée aurait révélé la présence de la mince piste externe signalant à un lecteur de CD-Rom de sauter les pistes musicales pour accéder à celles abritant du code binaire.

Le disque ne contenait pas de virus, les virus circulant plutôt sur les réseaux pour infecter subrepticement un ordinateur comme leur équivalent organique infecte un être vivant. Non, ce programme entrait par la grande porte ; étant gravé sur un CD-Rom, il ne se manifestait que sous la forme d'une invite à l'écran : après un bref coup d'œil autour d'elle, Ming déplaça la souris pour cliquer sur la commande d'installation et aussitôt, tout disparut. Sitôt installé, le programme balaya le contenu du disque dur, recensa chaque document, en établit l'index puis compressa le tout sous la forme d'un petit fichier masqué sous le nom totalement anodin d'une bibliothèque utilisée par un tout autre programme. Seul un examen très attentif et ciblé effectué par un ingénieur-système compétent aurait pu détecter cette présence incongrue. La fonction réelle du programme n'aurait pu être déterminée que par une décompilation et une lecture en langage-machine, tâche pour le moins ardue. Ce serait comme de vouloir trouver une feuille anormale sur la branche d'un arbre dans une forêt où tous les arbres et toutes les feuilles se ressemblent, à l'exception de celle-ci, plus petite et racornie que les autres. La CIA et la NSA ne pouvaient plus engager les meilleurs programmeurs. Face à la concurrence de l'industrie électronique grand public sur le marché américain de l'emploi, le gouvernement ne faisait tout simplement pas le poids. Mais on pouvait toujours louer leurs services et le résultat était tout aussi bon. Et pourvu qu'on les paie suffisamment (du reste, en travaillant sous contrat avec l'administration, ils touchaient bien plus qu'en étant employés par elle), ils tenaient leur langue. De toute façon, ils ne savaient jamais vraiment de quoi il retournait.

En l'occurrence, il y avait un niveau supplémentaire de complexité qui remontait à plus de soixante ans. Quand les nazis avaient envahi les Pays-Bas en 1940, ils avaient engendré une situation peu commune. Ils y avaient en effet trouvé à la fois la population la plus collaborationniste mais aussi la Résistance la plus farouche. De toutes les nations occupées, c'était en Hollande qu'on trouvait la plus grande proportion d'engagés volontaires dans l'armée allemande – suffisamment pour former une division SS, la dSS Nordland. Dans le même temps, la Résistance néerlandaise devint la plus efficace d'Europe et dans ses rangs, on trouvait un brillant ingénieur mathématicien qui travaillait pour la compagnie nationale de téléphone. Dès les années vingt, l'extension du réseau téléphonique avait rencontré un barrage technologique.

Quand vous décrochiez votre combiné, vous étiez aussitôt relié à une standardiste qui vous raccordait manuellement à votre destinataire en introduisant une fiche dans la prise adéquate. Ce système était encore applicable avec un nombre réduit d'abonnés mais son exploitation avait rapidement révélé ses limites. La solution au problème, assez remarquablement, était venue d'un croque-mort du sud des États-Unis. Vexé de voir l'opérateur local orienter les familles endeuillées vers une entreprise de pompes funèbres concurrente, il avait inventé l'autocommutateur, qui permettait aux abonnés d'atteindre leur destinataire par simple composition d'un numéro sur un cadran rotatif. Ce système avait rendu d'inestimables services de par le monde mais il avait également exigé le développement de toute une branche nouvelle des mathématiques baptisée « théorie de la complexité », systématisée par la compagnie américaine AT&T dans les années trente.

Dix ans plus tard, grâce au simple ajout de chiffres au numéro composé, l'ingénieur hollandais avait appliqué cette théorie aux actions clandestines de la Résistance en créant des routages théoriques à l'intérieur des standards téléphoniques, permettant ainsi aux résistants d'appeler les autres membres du réseau sans connaître leur identité ni même le numéro réel qu'ils appelaient.

Ce bidouillage électronique avait été d'abord remarqué par un agent du contre-espionnage britannique qui, l'ayant trouvé fort astucieux, en avait discuté autour d'une bière avec un collègue américain dans un pub de Londres. Cet officier, comme la plupart de ses collègues de l'OSS choisis par Bill Donovan, était avocat dans le civil et, en l'occurrence, un avocat fort consciencieux, qui nota tout scrupuleusement avant de le transmettre par la voie hiérarchique. Son rapport sur l'ingénieur néerlandais aboutit sur le bureau du colonel William Friedman, alors le plus éminent décrypteur américain. Sans être lui-même expert en matériel, Friedman savait reconnaître un dispositif utile. Il savait aussi qu'il y aurait un après-guerre au cours duquel son agence – rebaptisée par la suite « National Security Agency » – poursuivrait à plein temps sa mission de décryptage des codes des autres pays et de création des siens propres. La capacité à mettre au point des réseaux de transmissions sécurisés grâce à un algorithme mathématique relativement simple lui avait paru un véritable don du ciel.

À la fin des années quarante et dans les années cinquante, la NSA avait eu les moyens de s'attacher les services des meilleurs mathématiciens du pays et l'une des tâches qu'on leur avait assignée avait été de collaborer avec AT&T pour mettre au point un système de commutation téléphonique universel susceptible d'être utilisé clandestinement par des espions américains en mission. À l'époque, AT&T était le seul vrai rival de la NSA dans le recrutement de mathématiciens de haut niveau, et, par ailleurs, l'entreprise avait toujours été le fournisseur quasiment exclusif de tous les services du gouvernement. Dès 1955, le contrat était rempli et, à un tarif étonnamment bon marché, AT&T avait commercialisé un modèle de central téléphonique qui devait être adopté quasiment dans le monde entier – l'entreprise justifiait ce bas prix par son désir de voir s'instaurer un standard de fait facilitant ainsi les communications internationales. Les années soixante-dix avaient vu l'arrivée des téléphones à clavier reliés par fréquence vocale à des standards électroniques encore plus faciles à gérer et bien plus simples d'entretien que les anciens commutateurs électromécaniques qui avaient fait jadis la fortune du croque-mort. Par ailleurs, leur bidouillage pour la NSA était également facilité. Les systèmes d'exploitation de réseaux, initialement distribués aux compagnies téléphoniques par le labo de recherche d'AT&T à Parsippany, New Jersey, étaient remis à niveau au moins une fois l'an, améliorant encore l'efficacité du réseau international, à tel point que quasiment plus aucune compagnie téléphonique ne s'en passait. Et, planqué dans ce système d'exploitation, il y avait six lignes de code binaire dont le concept opérationnel remontait à l'occupation de la Hollande par les nazis.

Ming termina l'installation et éjecta le disque qu'elle jeta dans la corbeille. Le moyen le plus facile de se débarrasser de matériel compromettant est d'en charger votre adversaire, par la grande porte, pas par une porte dérobée.

Rien de bien notable ne se passa durant les premières heures au cours desquelles Ming vaqua à ses tâches de bureau habituelles tandis que Nomuri rendait visite à trois entreprises commerciales pour y placer ses ordinateurs de bureau haut de gamme. Tout changea à dix-neuf heures quarante-cinq.

À cette heure, Ming était rentrée chez elle. Nomuri comptait prendre sa soirée ; Ming devait passer un peu de temps avec sa colocataire pour éviter de trop éveiller les soupçons : regarder la télé, bavarder, tout en songeant à son amant, même si, sans qu'elle le sache, le léger sourire qui illuminait son visage trahissait ses sentiments intimes. Il ne lui vint même pas à l'idée que sa compagne de chambre avait pu tout deviner et s'abstenait juste d'aborder le sujet par simple discrétion.

Au ministère, son ordinateur était depuis longtemps en veille automatique, moniteur éteint, et la diode à l'angle inférieur droit du boîtier était passée à l'ambre au lieu du vert indiquant l'activité. Le logiciel qu'elle avait installé un peu plus tôt dans la journée avait été adapté aux machines NEC qui, comme toutes les grandes marques, utilisait un code-source spécifique. Celui-ci néanmoins était connu de la NSA.

Sitôt installé, le programme Spectre (ainsi l'avait-on baptisé à Fort Meade) s'était intégré dans une niche réservée du système d'exploitation de la machine, qui était la toute dernière version de Windows. La niche avait été créée par un ingénieur de Microsoft dont l'oncle préféré avait trouvé la mort au-dessus du Nord-Vietnam aux commandes d'un chasseur bombardier F-105 et qui avait accompli son devoir patriotique entièrement à l'insu de son employeur. L'ajout s'intégrait également à la perfection au code-source de NEC, de sorte qu'il était quasiment indétectable, même avec une inspection ligne à ligne de celui-ci par un programmeur expert.

Le Spectre s'était mis aussitôt à la tâche, créant un répertoire et triant les documents enregistrés sur le disque dur de Ming, d'abord par date de création et/ou modification, puis par type de fichier. Certains fichiers, comme les fichiers-système, étaient ignorés. De même que le programme NEC de conversion en idéogrammes des caractères romains (en fait, les phonèmes anglais de la transcription écrite du mandarin) ; en revanche, le Spectre n'ignora pas les fichiers graphiques créés par ce logiciel. Il les recopia, de même que les répertoires téléphoniques et tous les autres fichiers-texte qu'il trouva sur le disque dur de 5 Go. L'ensemble de la procédure pilotée par le Spectre requit en tout et pour tout 17,4 secondes, au terme desquelles le nouveau répertoire était occupé par un vaste fichier.

La machine ne fit rien pendant une seconde et demie, puis se lança dans une nouvelle activité. Les ordinateurs de bureau NEC sont équipés d'un modem à haute vitesse. Le Spectre l'activa mais en coupant le haut-parleur de la carte-modem pour ne pas trahir l'établissement de la connexion (le haut-parleur servait de signal sonore d'alerte, le modem étant intégré, il n'y avait en effet pas de diodes clignotantes pour traduire visuellement son activité). Le programme demanda au modem de composer un numéro à douze chiffres au lieu des sept servant habituellement aux communications à l'intérieur de la zone d'appel de Pékin. Les cinq chiffres supplémentaires envoyèrent la porteuse d'appel fureter à l'intérieur des circuits de l'autocommutateur du central téléphonique pour en ressortir et se diriger vers un site défini quinze jours plus tôt par des ingénieurs de Fort Meade qui, bien entendu, n'avaient aucune idée de la destination de leur bidouille, de l'endroit où elle s'effectuerait ou de ceux qui y participeraient. Le signal arriva sur une prise téléphonique située derrière le bureau de Chester Nomuri et raccordée au modem de son ordinateur portatif – qui n'était pas un NEC parce que, pour ce genre d'application informatique, il valait mieux du matériel américain.

Nomuri regardait lui aussi la télé à ce moment, même si dans son cas, il s'agissait de CNN International, pour s'informer de ce qui se passait au pays. Puis il zappa sur une chaîne satellite japonaise parce que cela faisait partie de sa couverture. Ce soir, c'était un film de samouraïs comme il les aimait : le thème et la simplicité du traitement rappelaient ces westerns de série B qui avaient pollué la télé américaine dans les années cinquante. Il avait beau être cultivé et expert en renseignement, il aimait comme tout le monde les émissions débiles. Le bip du modem lui fit tourner la tête. Son ordinateur utilisait le même logiciel de communication que celui de la machine de Ming, mais il avait laissé l'option « haut-parleur à la connexion » pour être prévenu de l'arrivée d'un signal. Dans le même temps, un code à trois chiffres s'afficha sur son écran, lui indiquant la nature exacte du signal et sa provenance.

Oui ! exulta l'agent de la CIA en claquant violemment le poing droit dans la paume gauche. Oui, il avait infiltré son putain d'agent et voilà qu'arrivait la prise de l'opération Sorge. Une barre de progression en haut de l'écran indiquait que les données arrivaient au taux de 57 000 bits par seconde. Plutôt rapide. Ne restait plus qu'à espérer que le réseau téléphonique de ces cocos ne le gratifie pas d'une coupure quelque part entre le bureau de Ming, le central et son appartement. Ça ne devrait toutefois pas poser de problème. La ligne au départ du ministère devait être de première qualité, vu qu'elle desservait l'élite du parti. Et quant à la dernière section du trajet, entre le central et son appartement, il avait déjà eu l'occasion de la tester avec succès en recevant quantité de messages, la majorité envoyés par le siège de la NEC à Tokyo pour le féliciter d'avoir déjà dépassé son quota de ventes.

Ouais, eh bien, Chet, t'es pas si mauvais pour fourguer ta camelote, pas vrai ? observa-t-il en se dirigeant vers la cuisine. Il estima que ça méritait bien un petit coup. Au retour, il constata que le téléchargement n'était pas encore achevé

Merde. Elle m'en envoie combien comme ça ? Puis il se rendit compte que les textes qu'il recevait étaient en fait des fichiers graphiques car l'ordinateur de Ming n'enregistrait pas les idéogrammes sous la forme de phonèmes mais directement comme les images qu'ils étaient en réalité. Cela augmentait le poids des fichiers. De combien ? Il s'en rendit compte quarante minutes plus tard, quand le téléchargement eut pris fin.

À l'autre bout de la connexion électronique, le programme Spectre donna l'impression de s'interrompre mais en fait il s'était simplement mis en veille, comme un chien de garde s'assoupit, l'oreille toujours aux aguets. À la fin de la transmission, le programme modifia l'attribut de tous les fichiers qu'il avait envoyés. Dorénavant, il ne transmettrait que les fichiers nouveaux ou modifiés – ce qui réduirait d'autant la taille de la prochaine archive et la durée du transfert. Mais il n'établirait la connexion qu'en soirée, et seulement après quatre-vingt-dix minutes de totale inactivité de la machine, et uniquement lorsqu'il serait passé en mode veille complète. Une précaution indispensable et programmée.

« Putain », s'exclama doucement Nomuri en voyant la taille de l'archive téléchargée. S'il s'était agi d'images, c'était quasiment l'équivalent de vues pornos de toutes les putes de Hongkong. Mais sa tâche n'était encore accomplie qu'à moitié. Il lança à son tour un programme et en ouvrit le menu « Préférences ». Il avait déjà coché la case autocryptage. Quasiment tous les fichiers de son ordinateur étaient déjà cryptés, ce qui s'expliquait aisément par des raisons de confidentialité commerciale (les entreprises japonaises sont réputées pour leur goût du secret) mais certains de ces fichiers étaient surencryptés. Ceux transmis par le Spectre eurent droit au brouillage le plus robuste, dérivé d'un algorithme mathématique utilisant une clef de 512 bits, à laquelle s'ajoutait un élément aléatoire que Nomuri ne pouvait dupliquer. Celui-ci s'ajoutait à son mot de passe numérique (51240), le numéro de la rue où habitait sa première conquête à Los Angeles Est. Puis vint le moment de transmettre sa prise.

Ce programme était un proche parent de celui qu'il avait donné à Ming. Mais Nomuri composa le numéro d'un fournisseur d'accès Internet à Pékin puis envoya un courrier électronique adressé à pat-a-pain@brownienet.com. L'adresse « brownienet » était censée héberger un site destiné aux boulangers et pâtissiers, amateurs et professionnels, qui aimaient échanger des recettes après y avoir posté les photos de leurs créations à l'intention des amateurs, ce qui justifiait la taille parfois conséquente des fichiers transférés.

En fait, Mary Patricia Foley y avait bel et bien posté sa recette personnelle de la tarte aux pommes à la française dont elle était particulièrement fière, accompagnée d'une photo de son fils aîné prise avec son appareil numérique. Il s'agissait moins d'établir une bonne couverture que d'exhiber ses talents personnels de cuisinière, après qu'elle eut passé une heure un soir à parcourir les recettes déjà postées sur ce forum. Elle en avait essayé une, envoyée par une femme du Michigan quelques semaines plus tôt, et l'avait trouvée correcte mais sans plus. Les prochaines semaines, elle comptait bien essayer quelques recettes de préparation de pain qui paraissaient alléchantes.

C'était le matin quand Nomuri envoya son message électronique à La Pâte à pain, une authentique boulangerie située dans la ville de Madison, à trois rues du parlement du Wisconsin, et propriété d'une ancienne fonctionnaire de la CIA qui travaillait à la direction des sciences et de la technologie, aujourd'hui retraitée et grand-mère mais quand même trop jeune pour le tricot. Elle avait créé ce site Internet, acheté le nom de domaine, puis l'avait quasiment oublié, tout comme elle avait quasiment oublié toute sa carrière à Langley.

« Vous avez un message », annonça l'ordinateur quand MP établit sa connexion Internet et ouvrit son client de messagerie, la nouvelle version de Pony Express. Elle cliqua sur le bouton RÉCEPTION et vit que le message provenait de cgood@jadecastle.com. Le nom d'utilisateur était Gunsmoke. Le comparse du marshal Dillon était Chester Good.

RÉCEPTION EN COURS, annonça la boîte de dialogue à l'écran. Elle indiqua également une durée approximative du temps de téléchargement : 47 MINUTES !

« Putain... », murmura la directrice adjointe, et elle décrocha son téléphone. Elle pressa une touche, attendit une seconde que la voix qu'elle escomptait réponde et dit : « Ed, tu ferais bien de descendre voir...

– OK, chou, j'arrive dans une minute. »

Le directeur de la CIA entra, sa tasse de café matinal à la main, et découvrit son épouse tranquillement adossée à son fauteuil, à l'écart de son moniteur. Il ne l'avait pas souvent vue à l'écart de quoi que ce soit. Ce n'était pas dans sa nature.

« Ça vient de notre ami japonais ? s'enquit Ed.

– Apparemment, oui, répondit MP.

– Il y a de la matière ?

– Un sacré paquet, on dirait. Je suppose que Chester est un bon coup au pieu.

– Qui l'a formé ?

– Je ne sais pas mais on a intérêt à le transférer vite fait à la Ferme, qu'il transmette ses connaissances. À propos, ajouta-t-elle, changeant de ton et lorgnant de biais son époux, peut-être que tu pourrais prendre des cours de remise à niveau, mon lapin en sucre.

– C'est une plainte ?

– On peut toujours améliorer les choses... et, bon d'accord, j'aurais besoin de perdre six ou sept kilos, moi aussi », s'empressa-t-elle d'ajouter avant que le directeur du renseignement ne lui réponde dans la même veine. Il détestait quand elle faisait ça. Mais pas maintenant. Et sa main vint tendrement effleurer sa joue alors que la boîte à l'écran indiquait qu'il restait encore trente-quatre minutes de téléchargement.

« Qui est le gars de Fort Meade qui a nous concocté les programmes Spectre ?

– Ils l'ont sous-traité à une boîte de logiciels de jeux... un de leurs programmeurs, plutôt, rectifia Mme Foley. Ils lui ont refilé quatre cent cinquante mille pour le boulot. » Ce qui était plus que ce que le directeur du renseignement et la directrice adjointe des opérations gagnaient ensemble, avec la grille de salaire de la fonction publique qui empêchait à un haut fonctionnaire de toucher plus qu'un membre du Congrès, les parlementaires redoutant d'augmenter leur indemnité par crainte d'indisposer les électeurs.

« Appelle-moi dès que t'auras fini de le télécharger.

– Quel est notre meilleur spécialiste de la Chine ?

– Joshua Sears, doctorat de Berkeley, il dirige le service Chine à la direction du renseignement. Mais on dit que le gars de la NSA le surpasse pour les nuances linguistiques. Il s'appelle Victor Wang.

– On peut lui faire confiance ? » s'enquit MP. La méfiance vis-à-vis des Chinois d'origine au sein de l'appareil du renseignement américain avait atteint un niveau considérable.

« Merde, ce que j'en sais, moi... Tu sais, il faut bien faire confiance à quelqu'un, et Wang s'y colle deux fois par an depuis huit ans. Le régime de Pékin ne peut pas compromettre tous nos Chinois. Ce Wang est de la troisième génération, c'était un officier dans l'armée de l'air – un gars du renseignement électronique, formé à Wright-Patterson –, il n'a fait qu'acquérir son bâton de maréchal à la NSA. Tom Porter dit que c'est un tout bon.

– Bon, d'accord, laisse-moi le temps de voir de quoi il retourne, et on demandera à Sears d'y jeter un œil et ensuite, éventuellement, s'il le faut, on causera avec ton Wang. Mais souviens-toi, Eddie, à l'autre bout, il y a un agent du nom de Nomuri et une autochtone qui a deux yeux... »

Son mari l'interrompit d'un geste. « Et deux oreilles. Ouais, chou, je sais. On connaît. On a déjà donné. Et on a tous les deux ramené des T-shirts pour le prouver. » Et il ne risquait pas plus que sa femme de l'oublier. Garder en vie vos agents était aussi important pour un service de contre-espionnage que préserver son capital pour une société d'investissement.

Mary Pat ignora son ordinateur pendant vingt minutes, pour s'occuper plutôt du trafic de messages de routine transmis à la main depuis Mercury, sous-sol du bâtiment de l'ancien QG. Ce n'était pas spécialement facile mais néanmoins indispensable, car le service Clandestins de la CIA dirigeait des agents et des opérations partout dans le monde – du moins, il essayait, se corrigea Mary Pat. Sa tâche était de rebâtir la direction des opérations, de restaurer le renseignement humain, une capacité en grande partie détruite à la fin des années soixante-dix et qui ne se reconstituait que lentement. Ce n'était pas une mince affaire, même pour un expert en mission. Mais Chester Nomuri était un de ses chouchous. Elle l'avait repéré à la Ferme quelques années plus tôt, et elle avait décelé chez lui le talent, la motivation. Il était entré en espionnage comme on entre dans les ordres. C'était important pour son pays mais c'était aussi amusant, aussi amusant que de réussir un quinze mètres pour Jack Nicklaus sur le green d'Augusta. Qu'il y ajoute un peu de cervelle et d'expérience de la rue, avait à l'époque estimé Mary Pat, et elle avait décroché l'oiseau rare. Il était manifeste aujourd'hui que Nomuri répondait à ses attentes. Largement. Pour la première fois, la CIA avait un agent infiltré au sein même du Politburo chinois, et ça, on pouvait difficilement rêver mieux. Peut-être même que les Russes n'en avaient pas, même si on ne pouvait jamais être sûr. Mieux valait ne pas faire de pari sur le contre-espionnage russe.

« Téléchargement terminé », annonça la voix synthétique de l'ordinateur. La DAO fit pivoter sa chaise. Elle commença par enregistrer le fichier sur un second disque dur, puis sur un disque amovible introduit dans un lecteur externe. Ces sauvegardes effectuées, elle introduisit au clavier son code de décryptage, 51240. Elle ignorait pourquoi Nomuri avait choisi ce chiffre mais peu importait, l'essentiel était que personne d'autre ne le connaisse. Sitôt qu'elle eut appuyé sur la touche ENTRÉE, les icônes des fichiers changèrent. Ces derniers étaient déjà affichés sous forme de liste détaillée et MP cliqua sur le plus ancien. Une page remplie d'idéogrammes chinois apparut. Avec cet élément d'information, elle pressa une touche du téléphone pour avoir sa secrétaire : « Le Dr Joshua Sears, section Chine, direction du renseignement. Demandez-lui de monter me voir tout de suite. »

Cela prit six minutes interminables. Il en fallait pas mal pour faire frissonner Mary Patricia Kaminsky Foley, mais là c'était le cas. Ce qu'elle voyait sur son écran évoquait une feuille de papier maculée par le piétinement d'une compagnie de poulets ivres aux pattes trempées dans l'encre, mais derrière le graphisme, il y avait des mots et des pensées. Des mots secrets et des pensées cachées. Sur son écran, il y avait la possibilité de déchiffrer les pensées d'adversaires. De quoi remporter le tournoi de poker de Las Vegas, mais ici l'enjeu était autrement plus sérieux : c'était le genre d'avantage qui avait permis de gagner des guerres, d'infléchir le cours de l'histoire, et c'est en cela que résidait toute la valeur de l'espionnage, l'intérêt d'avoir un réseau de renseignements, parce que c'était en fait là-dessus que reposait le destin des nations...

... Et par conséquent, le destin des nations reposait sur la zigounette de Chet Nomuri et sur son habileté à s'en servir, se dit Mme Foley. Merde, le monde marchait sur la tête. Comment un historien parviendrait-il à faire passer cela ? À faire saisir l'importance de séduire une secrétaire anonyme, une subalterne, l'équivalent contemporain d'une paysanne, qui se contentait de retranscrire les idées des personnages influents mais qui, parce qu'elle s'était laissé convaincre de rendre ces idées accessibles à des tiers, modifiait le cours de l'histoire aussi sûrement que tourner le gouvernail changeait le cap d'un navire. Pour Mary Pat, directrice adjointe des opérations à la CIA, c'était un instant de plénitude comparable à un accouchement. Toute sa raison d'être reposait soudain sur ces idéogrammes affichés noir sur blanc par son moniteur – et elle n'était pas foutue de les déchiffrer. Elle aurait pu enseigner la littérature russe à l'université d'État de Moscou mais ses connaissances en chinois se cantonnaient au chop suey et au foo yong.

« Mme Foley ? (Une tête apparut à sa porte.) Je suis Josh Sears. » Grand, la cinquantaine, grisonnant avec un début de calvitie. Des yeux noisette. L'air de faire un peu trop souvent la queue à la cafétéria du sous-sol, estima la directrice.

« Je vous en prie, entrez, Dr Sears. J'ai besoin que vous me traduisiez quelque chose.

– Bien sûr. » Il prit une chaise, s'installa. Il regarda la DAO retirer quelques pages du bac de l'imprimante laser et les lui tendre.

« OK. Il est indiqué le 21 mars de cette année, à Pékin... hmph... le bâtiment du Conseil des ministres, eh ? Le ministre Fang s'adresse au ministre Zhang. » Le regard de Sears parcourut la page. « Madame Foley, c'est de la dynamite... Ils évoquaient la possibilité que l'Iran – non, l'ancienne URI – s'empare de tous les gisements de pétrole du golfe Persique et envisagent les conséquences éventuelles sur la Chine. Zhang semble afficher un optimisme prudent. Fang pour sa part est sceptique... oh, c'est un journal, n'est-ce pas ? Les notes de Fang sur une conversation privée avec Zhang.

– Ces noms vous disent quelque chose ?

– Les deux sont ministres sans portefeuille. L'un et l'autre membres du Politburo sans attribution directe. Cela veut dire qu'ils ont l'oreille du premier secrétaire et Premier ministre, Xu Kun Piao. Ils se connaissent depuis plus de trente ans, ça remonte largement à l'époque de Mao et Chou. Je ne vous apprends rien, les Chinois cultivent les relations durables. Il s'agit moins d'amitiés au sens où nous l'entendons que d'associations... Une forme de sécurité. Comme autour d'une table de jeu. On finit par connaître les tics et les aptitudes de l'autre, ce qui permet de jouer plus longtemps et plus détendu. Peut-être qu'on ne gagnera pas grand-chose, mais on n'y perdra pas non plus sa chemise.

– Donc, ils jouent sans prendre de risque ?

– Ce document en est la preuve. Comme on le soupçonnait, la Chine a soutenu les manœuvres de l'ayatollah Daryaei, mais sans jamais révéler publiquement ce soutien. En première lecture, il apparaît que ce Zhang est l'instigateur de ce plan. On a essayé de constituer un dossier sur Zhang – sur Fang aussi, du reste – sans grand succès. Qu'est-ce que j'ai besoin de savoir ? demanda-t-il en brandissant la page.

– C'est sous mot de code », répondit MP. Selon la réglementation fédérale, « top secret » indiquait le niveau de confidentialité le plus élevé mais en réalité, il y avait des degrés supérieurs dans le secret, qualifiés de « programmes d'accès réglementé » désignés par leur mot de code. « Celui-ci est baptisé Sorge. » Elle n'eut pas besoin de dire qu'il ne pouvait discuter de cette information avec qui que ce soit, et que même en rêver lui était interdit. Pas plus qu'elle n'eut à lui préciser que Sorge était le moyen pour lui d'obtenir une promotion et de voir grandir son influence au panthéon bureaucratique de la CIA.

« OK. » Il hocha la tête. « Qu'est-ce que vous pouvez me dire ?

– Ce que nous avons ici est un résumé des conversations de Fang avec Zhang, et sans doute d'autres ministres. Nous avons trouvé un moyen de pirater leurs archives. Nous pensons que ces documents sont authentiques », conclut MP.

Sears se douterait bien qu'on lui donnait des fausses pistes concernant les sources et les méthodes mais c'était à prévoir. En tant que responsable de haut niveau à la direction du renseignement, sa tâche était d'évaluer l'information obtenue de sources diverses, en l'occurrence de la direction des opérations. Si on lui fournissait de mauvaises informations, son évaluation serait également mauvaise, mais ce que Mme Foley venait de lui dire, c'est qu'on ne lui tiendrait pas rigueur de la qualité des informations initiales. Cela ne l'empêcherait pas de mettre en doute leur authenticité dans une ou deux notes internes, histoire de se couvrir.

« OK, m'dame. Dans ce cas, ce que nous avons là est de la pure nitroglycérine. On le soupçonnait mais en voici la confirmation. Cela veut dire que le président Ryan a fait le bon choix avec la reconnaissance diplomatique de Taiwan. La Chine communiste le sentait venir. Ils ont conspiré pour mener une guerre d'agression et comme nous nous sommes retrouvés impliqués, vous pouvez être sûre qu'ils ont également conspiré contre nous. À deux reprises, je parie. On verra si un autre de ces documents fait allusion à l'aventure japonaise. Souvenez-vous que les industriels japonais avaient nommément mis en cause Zhang. Ce n'est pas une certitude à cent pour cent, mais si ces documents le confirment, alors c'est quasiment une preuve testimoniale. Madame Foley, c'est une sacrée source que nous avons là.

– Votre évaluation ?

– Ça me paraît convaincant, dit l'analyste en parcourant de nouveau la page. On dirait bien une conversation à bâtons rompus : je veux dire, le ton est détendu, sans langue de bois ni même de jargon ministériel. Bref, cela correspond aux apparences, à savoir les notes d'une discussion politique informelle, en privé, entre deux collègues éminents.

– Un moyen de recouper l'information ? » s'enquit MP.

Signe de dénégation immédiat. « Non. Nous ne savons pas grand-chose sur ces deux bonshommes. Enfin, pour Zhang, on a l'évaluation du ministre Adler – vous savez, à partir de la navette diplomatique après que l'Airbus eut été abattu : elle confirme à peu près les révélations de ce fameux Yamata à la police nippone et à nos gars du FBI sur les méthodes employées par les Chinois pour les inciter à entrer en conflit avec nous, ainsi que sur leurs raisons. La Chine lorgne la

Sibérie orientale », crut bon de lui rappeler Sears, révélant sa connaissance de la politique et des objectifs des communistes chinois. « Pour Fang Gan, nous avons des photos de lui lors de réceptions, en veste Mao, sirotant du mao-taï et affichant leur sempiternel sourire bienveillant. On le sait très lié avec Xu, on dit qu'il aime jouer de cette influence – mais il n'est pas le seul – et c'est à peu près tout. »

Il n'était pas mauvais qu'il lui rappelle que cette pratique du jeu d'influence n'était pas un défaut limité à la Chine.

« Alors, votre opinion sur eux ?

– Fang et Zhang ? Ma foi, les deux sont ministres sans portefeuille. Donc, ils épaulent leur patron, peuvent le conseiller éventuellement. Le président Xu se fie à leur jugement. Ils sont membres à part entière du Politburo. Ils siègent à toutes les réunions, votent sur toutes les questions. Leur influence sur la politique consiste moins à la créer qu'à la modeler. Tous les ministres les connaissent. Et c'est réciproque. Ce sont deux vieux routiers, sexa- ou septuagénaires, mais ces gens-là ne ramollissent pas en vieillissant, comme ici. Les deux sont idéologiquement sains, ce qui veut dire qu'ils sont sans doute des communistes purs et durs. Cela sous-entend un caractère relativement impitoyable, qui s'ajoute à leur âge. À soixante-quinze ans, la mort commence à devenir quelque chose de concret. Vous ne savez pas combien de temps il vous reste à vivre, et ces gars ne croient pas en l'au-delà. Donc, quel que soit leur objectif, ils doivent s'empresser de le réaliser, voyez-vous.

– Le marxisme et l'humanisme ne font pas bon ménage...

– Pas vraiment, admit Sears ; rajoutez-y une culture où la valeur de la vie humaine est bien inférieure à celle qu'on lui attribue dans la nôtre...

– OK. Bon topo. Tenez... » Elle lui tendit les dix

pages imprimées. « Je veux une évaluation écrite après midi. Quel que soit votre travail actuel, Sorge a la priorité. »

Cela voulait dire une « mission au sixième » pour le Dr Sears. Il allait travailler directement pour les deux patrons. Il avait déjà un bureau privé, un ordinateur isolé de toute connexion extérieure et même du réseau local de la CIA, contrairement à la majorité des machines de l'Agence. Sears fourra les papiers dans sa poche de pardessus et prit congé, laissant Mary Pat devant les baies vitrées songer à l'étape suivante. En fait, c'était de la responsabilité d'Ed, mais ce genre de décision était pris collégialement, surtout quand le patron était votre mari. Cette fois, c'est elle qui lui rendrait visite.

La pièce où il travaillait était allongée, relativement étroite. Le bureau était installé près de la porte, à bonne distance du coin-salon. Mary Pat s'installa dans la chauffeuse qui lui faisait face.

« Comment ça se présente ? attaqua-t-il d'emblée.

– On a eu le nez creux de l'appeler Sorge. Ce truc est au moins aussi bon. »

Comme les dépêches envoyées de Tokyo à Moscou par Richard Sorge avaient sans doute sauvé l'URSS en 1941, la remarque lui fit hausser les sourcils. « Qui l'a examiné ?

– Sears. Il m'a l'air doué, au fait. Je n'avais jamais vraiment eu l'occasion de lui parler.

– Harry l'aime bien », nota Ed. Harry Hall était le directeur adjoint du renseignement ; il séjournait actuellement en Europe. « OK, donc il estime que c'est intéressant.

– Oh, que oui, Eddie.

– On va le montrer à Jack ? » Il était de toute manière hors de question de ne pas le montrer au président.

« Demain, peut-être ?

– Ça marche pour moi. » N'importe quel haut fonctionnaire peut toujours caser une heure dans son agenda pour filer à la Maison-Blanche. « Eddie, jusqu'où peut-on le divulguer ?

– Bonne question... Jack, sans problème. Peut-être, je dis bien peut-être, le vice-président. Le bonhomme me plaît assez, mais en général ce genre de truc n'entre pas dans ses attributions. Les Affaires étrangères, la Défense. Ben Goodley, aussi éventuellement. Mary, tu connais le problème. »

C'était le plus ancien et le plus fréquent avec tout ce qui touchait aux données confidentielles vraiment pointues. Si on les diffusait trop, on courait le risque de brûler l'information – avec le risque de faire tuer sa source – et donc la poule aux œufs d'or. D'un autre côté, si on ne l'exploitait pas un minimum, on pouvait aussi bien se passer d'œufs. Définir la limite à ne pas franchir était toujours une opération délicate en la matière. Le mode de diffusion importait également : on pouvait le transmettre crypté mais si un adversaire avait craqué votre code ? La NSA jurait que ses systèmes, en particulier Tapdance, étaient impossibles à casser mais les Allemands l'avaient cru aussi, avec leur machine Enigma [1].

Il était presque aussi risqué de confier l'information, même en main propre, à un haut fonctionnaire du gouvernement. Ces connards bavardaient trop. Ils en vivaient. Ils vivaient des fuites. Pour prouver qu'ils étaient importants, et être important à Washington, c'était savoir ce que les autres ignoraient. L'information était la monnaie d'échange dans cette partie de l'Amérique. L'avantage avec le président Ryan, c'est qu'il connaissait la chanson : il avait été directeur adjoint de la CIA et appréciait donc la valeur de la

---

1. La machine Enigma, utilisée à bord des *U-Boote* de la Kriegsmarine et la guerre des codes ont permis aux Alliés installés à Bletchley Park de déchiffrer les transmissions allemandes *(N.d.T.)*.

sécurité. Idem sans doute avec le vice-président Jackson, cet ancien pilote de l'aéronavale. Il avait sans doute vu des hommes perdre la vie à cause de renseignements erronés. Scott Adler était diplomate et le savait probablement aussi. Tony Bretano, à la Défense, travaillait en liaison étroite avec la CIA, comme tous ses prédécesseurs à ce poste, et l'on pouvait donc également lui faire confiance. Ben Goodley était le conseiller à la sécurité auprès du président, bref, difficile de l'exclure. En définitive, on arrivait à combien ? Deux personnes à Pékin. À Langley, les quatre directeurs principaux, renseignement et opérations, plus Sears à la DR. Sept. Puis le président, le vice-président, deux ministres et un conseiller. Douze. Et douze, c'était largement assez, surtout dans une ville où courait l'adage : *Si deux personnes sont au courant, ce n'est plus un secret.* Mais la raison d'être de la CIA était ce genre d'information.

« Choisis un nom pour la source, demanda Foley.

– *Songbird*[1], ça ira pour l'instant. » C'était devenu un truc sentimental chez MP, cette manie de baptiser les agents de noms d'oiseaux. Ça remontait au Cardinal[2].

« Pas mal. Tu me montres tes traductions, dès que tu les as ?

– Sûr, mon lapin en sucre. » Mary Pat se pencha par-dessus le bureau pour donner un baiser à son époux avant de réintégrer son domaine.

En y arrivant, MP rechercha sur son ordinateur le dossier Sorge. Il faudrait qu'elle le change. Même le nom de ce dossier à accès limité allait se retrouver classé au minimum secret-défense. Puis elle demanda une pagination et nota le résultat sur un calepin.

---

1. « Oiseau chanteur ». Mais c'est aussi le titre d'une célébrissime romance de Fleetwood Mac, écrite et interprétée au piano par Christine McVie *(N.d.T.)*.

2. *Le Cardinal du Kremlin, op. cit.*

1349 PAGES DE RECETTES BIEN REÇUES, écrivit-elle en réponse à cgood@jadecastle.com. VAIS LES ÉPLUCHER MERCI BCP. MARY. Elle cliqua sur la touche ENVOI et la lettre fila à travers le dédale électronique du Net. Mille trois cent quarante-neuf pages... De quoi occuper les analystes un sacré bout de temps. Derrière les murs de l'ancien QG, ils auraient entre les mains des fragments épars du dossier Sorge masqués sous d'autres noms de code transitoires choisis au hasard par un ordinateur au sous-sol, mais Sears serait le seul à connaître toute l'histoire et, du reste, il ne la connaissait pas vraiment, en fait. Pourtant, le peu qu'il savait suffirait presque à coup sûr à faire tuer cette Chinoise, une fois que le MSE aurait réalisé qui pouvait avoir accès à l'information. Et ils ne pourraient pas faire grand-chose à Washington pour la protéger.

Nomuri se leva de bonne heure et se connecta aussitôt pour récupérer son courrier électronique. Il était bien là, en septième position sur la liste, un message envoyé par pat-a-pain@brownienet.com. Il sélectionna le système de décryptage et composa sa clef... donc, toutes les pages avaient bien été reçues. Parfait. Nomuri envoya le message dans la corbeille, où son logiciel Norton Utilities non seulement l'effaça mais récrivit cinq fois de suite sur les secteurs où il avait brièvement séjourné, pour empêcher toute tentative de récupération ultérieure. Puis il élimina toute trace de l'envoi d'un courrier à brownienet.com sur son journal de sortie. Désormais, il n'existait plus la moindre trace de cet échange de courrier électronique, sauf si sa ligne de téléphone était sur écoute, ce dont il doutait. Et même alors, les données étaient brouillées, entièrement cryptées et donc irrécupérables. Non, les seuls risques dans cette opération étaient liés à Ming. Quant à lui et à son rôle d'organisateur, il était protégé par la méthode qu'employait l'ordinateur de la jeune femme pour le contacter, et désormais, ces messages seraient reroutés automatiquement sur brownienet.com, et effacés de la même manière, en l'affaire de quelques secondes. Non, il faudrait des as du contre-espionnage pour lui faire courir un risque quelconque.

15

Exploitation

« Qu'est-ce que ça veut dire, Ben ? demanda Ryan en notant un changement dans son emploi du temps matinal.

– Ed et Mary Pat veulent vous voir pour discuter. Ils n'ont pas dit de quoi, répondit Goodley. Le vice-président peut assister à la réunion, moi aussi, mais c'est tout, ils l'ont bien spécifié.

– Encore un changement de papier-toilette au Kremlin, je suppose », nota Ryan. C'était une blague éculée qui remontait aux heures sombres de la guerre froide, quand il était à la CIA. Il touilla son café et se carra dans son fauteuil. « OK. Quoi d'autre sur la planète, Ben ? »

« Alors, c'est cela, du mao-tai ? » demanda le cardinal DiMilo. Il s'abstint d'ajouter qu'il avait cru comprendre que les baptistes s'abstenaient de toute boisson alcoolisée. Bizarre, surtout quand on songeait que le premier miracle accompli par Jésus en public avait été de changer l'eau en vin lors des noces de Cana. Mais le christianisme avait bien des visages. Cela dit, le mao-tai était infect, pire que la plus mauvaise grappa. Avec l'âge, le cardinal préférait les boissons moins fortes. Il les digérait mieux.

« Je ne devrais pas en boire, admit Yu. Mais cela fait partie de mon héritage.

– Je ne connais aucun passage des Écritures qui interdise cette faiblesse humaine », observa le cardinal. D'ailleurs, le vin faisait partie intégrante de la liturgie catholique. Il vit que son hôte chinois avait tout juste mouillé ses lèvres. Ça valait mieux sans doute aussi pour son estomac, se dit l'Italien.

Il faudrait qu'il s'habitue aussi à la nourriture. Gourmet comme tant de ses compatriotes, le cardinal Renato DiMilo trouvait que la cuisine de Pékin ne valait pas celle des nombreux restaurants chinois de Rome. Le problème devait plus venir de la qualité des ingrédients que de leur préparation. En l'occurrence, l'épouse du révérend Yu n'y était pour rien : elle était retournée à Taiwan s'occuper de sa mère souffrante, comme s'en était excusé le pasteur à l'arrivée du cardinal. Monseigneur Schepke s'était chargé du service, tel un jeune aide de camp aux petits soins pour son général, s'était dit Yu en observant, amusé, son manège. Les catholiques avaient sans aucun doute leurs manies bureaucratiques. Mais ce Renato était un homme agréable, visiblement cultivé, et un diplomate aguerri auprès duquel Yu réalisa qu'il pourrait beaucoup apprendre.

« Ainsi donc, vous faites la cuisine ? Où avez-vous appris ?

– Presque tous les Chinois savent cuisiner. Nos parents nous l'enseignent quand nous sommes petits. »

Sourire de DiMilo. « Ce fut mon cas, également, mais je n'ai plus rien préparé depuis des années. J'imagine que plus je vieillis, moins on m'en laisse faire, hein, Franz ?

– J'ai moi aussi mes obligations, Éminence », répondit l'intéressé. Il buvait son mao-tai avec un peu

plus d'entrain. Ce devait être agréable d'avoir un estomac de jeune homme, songèrent les deux vieillards.

« Alors, comment trouvez-vous Pékin ? s'enquit Yu.

– Réellement fascinant. Nous autres Romains
sommes convaincus que notre ville est antique et chargée d'histoire mais la culture chinoise était déjà
ancienne quand les Romains n'avaient pas encore mis
deux pierres l'une sur l'autre. Et les œuvres d'art que
nous avons vues hier...

– La Montagne de Jade, expliqua Schepke. J'ai discuté avec notre guide mais elle en ignorait l'auteur ou
le temps qu'il lui a fallu pour la graver.

– Le nom des artisans et le temps nécessaire... tout
cela n'avait aucune importance pour les empereurs
d'antan. C'était une époque de grande beauté, certes,
mais aussi de grande cruauté.

– Et aujourd'hui ? s'enquit Renato.

– Aujourd'hui aussi, comme vous le savez, Éminence », confirma Yu avec un soupir prolongé. Ils dialo-
guaient en anglais et l'accent d'Oklahoma de leur hôte
fascinait ses visiteurs. « Le gouvernement est dénué de
respect pour la vie humaine, ce que vous et moi
regrettons.

– Changer cet état de fait ne sera pas facile », ajouta
monseigneur Schepke. Le problème n'était pas uniquement lié au régime communiste. La cruauté avait de
tout temps fait partie de la culture chinoise, au point
que quelqu'un avait dit un jour que la Chine était trop
vaste pour être gouvernée avec mansuétude, un aphorisme que tous les gauchistes du monde avaient récupéré un peu vite, ignorant le racisme d'une telle
déclaration. La Chine avait toujours été un pays de
foules grouillantes, or qui dit foule dit colère, et qui dit
colère dit mépris hautain des autres. En outre, la religion n'avait guère contribué à améliorer les choses.
Confucius, le personnage qui s'approchait le plus d'un
grand chef religieux, prêchait le conformisme à tout

crin. Alors que la tradition judéo-chrétienne parlait de la transcendance du bien et du mal, et des droits de l'homme qui en dérivaient, la Chine voyait l'autorité dans la Société, pas dans Dieu. Raison pour laquelle, estimait le cardinal DiMilo, le communisme avait si bien pris racine ici. Les deux modèles de société étaient similaires par leur absence de critères absolus du bien et du mal. Et c'était dangereux. Dans le relativisme résidait la chute de l'homme parce qu'au bout du compte, s'il n'existait pas de valeurs intangibles, quelle différence y avait-il entre un homme et un chien ? Et faute d'une telle différence, où reposait la dignité fondamentale de la personne humaine ? Même un penseur athée pouvait admettre le don le plus essentiel que la religion avait fait à la société humaine : la dignité de l'homme, cette valeur qu'on attribuait à la vie d'un seul être humain, cette idée simple que l'homme était plus qu'un animal. C'était le fondement de tout progrès moral parce que, sinon, la vie était condamnée au modèle décrit par Thomas Hobbes : une existence « horrible, brutale et brève ».

Le christianisme – mais aussi le judaïsme et l'islam, les trois religions du Livre – exigeait simplement de l'homme qu'il croie en l'évidence : qu'il y a bien un ordre dans l'univers, que cet ordre a une origine et que son origine est en Dieu. Le christianisme n'exigeait même pas qu'on croie en cette idée – plus maintenant, en tout cas –, mais simplement qu'on en accepte l'essence et surtout ses conséquences, à savoir la dignité et le progrès de l'homme. Était-ce si difficile ?

Pour certains, oui. En condamnant la religion « opium du peuple », le marxisme n'avait fait que prescrire une autre drogue, moins efficace : l'« avenir radieux » des Russes, mais un avenir qu'ils s'étaient montrés incapables de concrétiser. En Chine, les marxistes avaient eu le bon sens d'adopter certains aspects du capitalisme pour sauver l'économie de leur pays, mais pas le principe de la liberté de l'homme qui l'accompagne en général. Cela avait fonctionné jusqu'à présent, songea le cardinal, uniquement parce que la culture chinoise disposait déjà d'un modèle de conformisme et d'acceptation de l'autorité venue d'en haut. Mais combien de temps cela pourrait-il encore durer ? Et combien de temps la Chine pourrait-elle prospérer sans avoir au moins une idée de la différence entre ce qui est bien et ce qui est mal ? Faute de l'avoir, la Chine et les Chinois étaient voués à la perdition. Quelqu'un se devait de porter aux Chinois la parole du Christ, parce que, en plus du salut éternel, elle offrait aussi le bonheur temporel. Un pari intéressant... et dire que certains étaient trop stupides ou trop aveugles pour l'accepter. Mao, par exemple. Il avait rejeté toute forme de religion, même Confucius et Bouddha. Mais lorsqu'il s'était retrouvé dans son lit à l'article de la mort, à quoi avait pu penser le président Mao ? Quel avenir radieux avait-il envisagé en cet instant ? Que pensait un communiste sur son lit de mort ? Aucun des trois prélats n'avait envie de connaître ou même d'affronter la réponse à cette question.

« J'ai été déçu par le faible nombre de catholiques que l'on voit ici... si l'on exclut les étrangers et les diplomates, bien sûr. Les persécutions sont-elles violentes ? »

Yu haussa les épaules. « Tout dépend de la région, du climat politique et des potentats locaux du parti. Parfois, ils nous laissent tranquilles – surtout quand des étrangers sont en visite, avec leurs équipes de télévision. Parfois, ils peuvent se montrer très stricts et même ne pas hésiter à nous harceler directement. J'ai été interrogé bien des fois et soumis à la rééducation politique. » Il leva les yeux, sourit. « C'est comme quand un chien aboie après vous, Éminence. Vous n'avez pas besoin de lui répondre. Bien sûr, tous ces désagréments vous seront épargnés », souligna le pasteur baptiste, rappelant ainsi le statut de diplomate de DiMilo et l'immunité personnelle qui l'accompagnait.

Le cardinal saisit l'allusion, non sans une certaine gêne. Il n'estimait pas sa vie plus précieuse que celle de son prochain. Pas plus qu'il n'avait envie que sa foi parût moins sincère que celle de ce protestant chinois formé dans une de ces pseudo-universités perdues dans la Prairie américaine, quand il tenait, lui, son savoir de l'une des institutions les plus anciennes et les plus réputées de la planète, dont les origines remontaient à l'Empire romain et même au-delà, jusqu'aux assemblées d'Aristote. Si le cardinal Renato DiMilo tirait vanité de quelque chose, c'était de son éducation. Il avait reçu une éducation superbe et il le savait. Il était capable de discuter de la *République* de Platon en grec ou des plaidoiries de Cicéron en latin. Il pouvait débattre de la doctrine de Karl Marx avec un militant marxiste, dans la langue même que parlait le philosophe allemand, et en sortir victorieux parce que Marx avait laissé dans sa théorie politique de grands pans inexplorés.

Et sur la nature humaine, le cardinal en avait oublié plus que n'en savaient bien des psychologues. Il était dans la diplomatie vaticane parce qu'il savait lire dans les pensées – mieux encore, il savait lire dans les pensées de politiciens et de diplomates fort habiles à dissimuler celles-ci. Avec de telles aptitudes, il aurait pu être un joueur talentueux et fortuné, mais il avait préféré les consacrer à la Gloire de Dieu.

Sa seule faiblesse était, comme pour tout homme, qu'il ne pouvait prédire l'avenir, et donc ne pouvait voir la guerre mondiale que cette réunion allait en définitive déclencher.

« Donc, le gouvernement vous harcèle ? » demanda à son hôte le cardinal.

Haussement d'épaules. « De temps en temps. Je me propose de célébrer un office en public pour tester leur volonté de me priver de mes droits. Je suis bien sûr conscient qu'il y a un certain risque... »

Le défi était lancé avec habileté et le vieux cardinal le releva aussitôt : « Tenez-nous informés, Franz et moi, voulez-vous ? »

« Songbird ? demanda Ryan. Qu'est-ce que tu peux me raconter sur lui ?

— Tu tiens vraiment à le savoir, Jack ? crut devoir insister son ami.

— T'es en train de me dire qu'il vaudrait mieux pas ? » rétorqua le président. Puis il se rendit compte que Robby Jackson et Ben Goodley étaient également présents et qu'il pouvait savoir des choses qu'ils devaient ignorer. Même à ce niveau, les règles de confidentialité s'appliquaient. Le président hocha la tête. « OK. Laissons ça de côté pour l'instant.

— L'ensemble de l'opération est baptisé Sorge. Le nom changera périodiquement », expliqua Mary Pat à son auditoire. Fait inhabituel, les gardes du corps avaient été priés de se tenir à l'extérieur du Bureau Ovale le temps de la réunion – ce qui leur en révélait déjà bien trop au goût de la CIA – et l'on avait en outre enclenché un dispositif de brouillage spécial destiné à neutraliser tout appareil électronique présent dans la pièce. On s'en rendait compte sur la télé posée à gauche du bureau du président et réglée sur CNN : l'écran était désormais plein de neige mais, le son étant coupé, aucune friture désagréable ne perturbait la réunion. La possibilité de la présence de micros dans ce saint des saints était minime mais Sorge avait une telle importance qu'il fallait mettre tous les atouts de son côté. Les chemises avec le résumé du dossier avaient été déjà distribuées. Robby leva les yeux de la sienne.

« Des notes du Politburo chinois ? Sapristi..., murmura le vice-président Jackson. OK, motus sur les sources et les méthodes. Pas de problème pour moi, les gars. Bon, mais quelle est leur fiabilité ?

– Pour le moment, elle est estimée B+, répondit Mary Pat. On pense qu'elle va s'améliorer. Le problème est qu'on ne peut l'évaluer à A ou plus sans confirmation extérieure, or ces données viennent de trop loin au sein du gouvernement pour qu'une autre source puisse en vérifier la teneur.

– Aïe, observa Jackson. Donc, ce pourrait n'être que du pipeau. Joli, je le reconnais, mais faux.

– Peut-être, mais improbable. Il y a là-dedans des éléments trop sensibles pour avoir été livrés délibérément, même en vue d'une opération d'intox à grande échelle.

– Je suis en partie d'accord, concéda Ryan. Mais je vous rappelle à tous ce que disait Jim Greer : rien n'est trop dingue pour être vrai. Notre problème fondamental avec ces gens-là, c'est que leur culture est si différente sous tant d'aspects qu'ils pourraient aussi bien être des Klingons.

– Ma foi, on ne peut pas dire qu'ils nous manifestent une grande tendresse, observa Ben Goodley, en feuilletant rapidement le résumé. Merde, c'est bougrement explosif. On va le montrer à Scott Adler ?

– C'est notre recommandation, admit le patron de la CIA. Adler est fin psychologue et son avis sur certains éléments, je pense en particulier à la page cinq, sera fort intéressant. Idem pour Tony Bretano.

– D'accord donc pour Eagle et Thunder. Qui d'autre ? demanda Ryan.

– C'est tout pour l'instant », dit Ed Foley. Sa femme approuva d'un signe de tête. « Monsieur le prés... »

Regard noir de Ryan « Je m'appelle...

Main levée du directeur de la CIA. « D'accord, Jack, gardons provisoirement tout ceci en tout petit comité. On trouvera plus tard un moyen de filtrer l'information pour permettre à d'autres de savoir ce que nous avons appris. Mais surtout pas de quelle manière. Absolument jamais. Songbird est un élément trop précieux pour qu'on le perde.

– Potentiellement du niveau du Cardinal, n'est-ce pas ?

– Peut-être même meilleur, Jack, intervint Mary Pat. C'est quasiment comme si nous avions installé un micro dans leur salle du conseil et ce coup-ci, nous avons affiné nos méthodes. Nous redoublons de précautions avec cette source.

– OK. Qu'en disent les analystes ? demanda Ben Goodley. Notre meilleur spécialiste de la Chine populaire est le professeur Weaver, de l'université Brown. Vous le connaissez, Ed. »

Foley acquiesça. « Ouais, je le connais, mais on se calme pour l'instant. Nous avons déjà quelqu'un de très bien dans la maison. Laissez-moi le temps de voir ce qu'il peut nous sortir avant qu'on commence à disséminer tout ça. À propos, il s'agit de quelque chose comme quinze cents pages envoyées par la source, sans compter dorénavant l'info quotidienne. »

Ryan leva les yeux à cette dernière remarque. Une info quotidienne. Merde, comment avaient-ils arrangé leur coup ? *C'est reparti comme au bon vieux temps...* « OK. Primo, je veux une évaluation sur ce Zhang Han San. J'ai déjà vu le nom de ce salopard. Il a déclenché deux guerres où l'on s'est retrouvés embringués. Qu'est-ce qu'il nous mitonne encore ?

– Nous avons un psy de chez nous pour bosser là-dessus », répondit Mary Pat. *Après qu'on aura nettoyé l'information de tout ce qui se rapporte à la source.* « Il s'occupe de nos profils.

– Ouais, vu, je me souviens de lui. » D'un signe de tête, Ryan donna son accord. « Autre chose ?

– Comme d'hab, dit Foley en se levant. Vous évitez de laisser traîner ces documents sur vos bureaux, d'accord ? »

Acquiescement général. Tous avaient des coffres personnels à cet effet, et chaque coffre était relié au PC de la sécurité et placé sous vidéosurveillance vingt-quatre heures sur vingt-quatre. La Maison-Blanche était un excellent endroit pour stocker des documents et, par ailleurs, les secrétaires avaient une habilitation en béton. Mary Pat quitta le bureau d'un pas un peu plus léger. Ryan fit signe à son vice-président de rester tandis que les autres rejoignaient la porte Ouest.

Swordsman se tourna vers Tomcat : « Ton avis ?

— Tout ça m'a l'air bougrement explosif, Jack. Sacré nom de Dieu, comment se sont-ils démerdés pour mettre la main sur un truc pareil ?

— Si jamais ils se décident à me le dire, je ne pourrai même pas te le répéter, Rob, et je ne crois pas que je tienne à le savoir. C'est souvent pas joli-joli. »

L'ex-pilote de chasse acquiesça. « Je te crois volontiers. Pas aussi net que de se faire catapulter d'un pont d'envol et d'aller leur foutre sur la gueule, à ces salauds, pas vrai ?

— Ouais, mais tout aussi important.

— Hé, Jack, je sais bien. Genre bataille de Midway. En 42 déjà, Joe Rochefort et sa bande de joyeux drilles du renseignement ont évité au pays pas mal d'emmerdes avec nos petits copains bridés dans le Pacifique Ouest, en prévenant Nimitz de ce qui se pointait à l'horizon.

— Ouais, Robby... on retrouve comme qui dirait le même genre de copains. Si tu vois là-dedans matière à réagir, je veux que tu me le dises.

— Je peux déjà. Leur armée de terre et ce qui leur tient lieu de marine discutent ouvertement des tactiques pour nous affronter, contrer nos porte-avions et ainsi de suite. Tout ça relève en grande partie du doux rêve et de l'autosuggestion, mais ma question demeure : qu'est-ce qui leur prend de déballer tout ça sur la table ? Peut-être pour impressionner les ignares – les journalistes et autres crétins qui n'y connaissent que dalle en guerre navale – et peut-être aussi pour impressionner leurs concitoyens en leur montrant à quel point ils sont rusés et coriaces. Peut-être aussi pour mettre un peu plus la pression sur le gouvernement de Taiwan, mais s'ils veulent envahir l'île, il leur faudrait déjà se constituer une vraie marine avec de véritables capacités amphibies. Le hic, c'est que ça prendrait bien dix ans, et qu'on remarquerait sans doute tous ces gros canots gris en mer de Chine. Ils ont bien quelques sous-marins et les Russes – tu crois ça ? – continuent à leur vendre du matériel : ils viennent de leur fourguer un classe Sovremenny, équipé de missiles Sunburn, paraît-il. Ce qu'ils comptent en faire au juste, aucune idée. En tout cas, c'est pas comme ça qu'on construit une marine mais enfin, ils ne m'ont pas demandé mon avis. Non, ce qui me troue le cul, c'est de voir les Russes leur vendre l'équipement, et d'autres trucs aussi. C'est dingue, conclut le vice-président.

– Explique.

– Parce qu'au temps jadis, un type du nom de Gengis Khan a traversé tout le continent – toute la Russie, donc – jusqu'à la mer Baltique. Les Russkofs ont un grand sens de l'histoire, Jack. Ils ne l'ont pas oublié. Si je suis russe, de quels ennemis dois-je me méfier ? De l'OTAN ? Des Polonais ? Des Roumains ? Je ne pense pas. Mais tout là-bas, au sud-est, il y a un très grand pays avec une chiée d'habitants, une très belle panoplie d'armes, et une fort longue tradition de massacres de Russes. Mais enfin, je n'étais qu'un petit gars des opérations, et j'ai parfois tendance à faire de la parano sur ce que mes homologues d'en face pourraient imaginer. » Robby n'avait pas besoin d'ajouter que les Russes avaient en leur temps inventé la notion de paranoïa.

« C'est de la folie ! jura Bondarenko. Il y a quantité de façons de prouver que Lénine avait raison, mais ce n'est sûrement pas celle que je choisirais ! » Vladimir Ilitch Oulianov avait dit un jour que le temps viendrait où les pays capitalistes se battraient pour vendre à l'Union soviétique la corde qui servirait à les pendre. Il n'avait pas prévu la disparition du pays qu'il avait fondé et certainement pas que celui qui accomplirait sa prédiction puisse être la Russie.

Golovko ne pouvait pas donner tort à son hôte. Il avait émis les mêmes réserves quoique avec quelques décibels en moins, dans le bureau du président Grushavoy. « Notre pays a besoin de devises fortes, Gennady Iosifovitch.

— Certes. Et peut-être un jour aurons-nous également besoin des gisements de pétrole et des mines d'or de Sibérie. Qu'est-ce qu'on va faire quand les Chinetoques vont nous en priver ? insista Bondarenko.

— Le ministre des Affaires étrangères exclut cette possibilité, répondit Sergueï Nikolaïevitch.

— Parfait. Et ces pédés du ministère vont-il prendre les armes s'il s'avère qu'ils ont tort, ou est-ce qu'ils vont se tordre les mains en disant que ce n'est pas de leur faute ? Mes forces sont trop disséminées pour stopper une attaque chinoise, et voilà maintenant qu'on leur vend les plans du char T-99...

— Il leur faudra cinq ans pour lancer la production en série et d'ici là, on fabriquera le T-10 à Tcheliabinsk, pas vrai ? »

On passa sous silence le fait que l'Armée populaire de libération possédait déjà quatre mille exemplaires du T-80/90 de conception russe. Cela s'était produit des années plus tôt. Mais les Chinois n'avaient pas utilisé le canon de 115 russe, lui préférant le canon de 105 que leur avaient vendu les industries de défense israéliennes, un modèle connu des Américains sous la désignation M-68. Ils avaient été livrés avec trois millions d'obus, fabriqués selon les normes américaines, y compris des obus-flèches à uranium appauvri, sans doute issu des mêmes réacteurs qui produisaient leur plutonium militaire. Qu'est-ce que les politiciens avaient donc dans le crâne ? se demanda Bondarenko. On pouvait leur parler tant et plus, ils n'écoutaient jamais ! Ça devait être un phénomène typiquement russe, estima le général, plutôt qu'un problème politique. Staline avait exécuté l'agent de renseignements qui avait prédit (à juste titre, du reste) l'offensive allemande de juin 1941 contre l'Union soviétique. Et celle-ci était parvenue jusqu'aux portes de Moscou. L'exécuter, pourquoi ? Parce que sa prédiction était moins agréable que celle de Beria, qui avait eu le bon sens de raconter à Staline ce qu'il voulait entendre. Et Beria avait survécu, lui, alors qu'il s'était complètement trompé. Autant pour les lauriers du patriotisme.

« À condition d'avoir l'argent et que Tcheliabinsk n'ait pas été reconditionné pour fabriquer ces putains de machines à laver ! » La Russie avait cannibalisé son industrie d'armement encore plus vite que l'Amérique. Et à présent, on parlait de reconvertir les usines MiG dans la production automobile. Est-ce que ça s'arrêterait un jour ? se demanda Bondarenko. Il avait une nation potentiellement hostile à leur porte, et il avait devant lui des années d'efforts pour rebâtir l'armée russe qu'il souhaitait. Mais pour cela, il lui fallait demander au président Grushavoy ce qu'il ne pouvait lui offrir. Pour retrouver une armée russe convenable, il devait offrir aux soldats une solde décente, propre à attirer les jeunes patriotes aventureux prêts à endosser l'uniforme de leur pays pendant plusieurs années, et en particulier ceux qui sauraient apprécier suffisamment cette vie en uniforme pour envisager d'y faire carrière et devenir sous-officiers, cette épine dorsale sans laquelle aucune armée ne peut fonctionner. Mais pour ça, il fallait qu'un simple sergent gagne déjà presque autant qu'un ouvrier qualifié, ce qui n'était que justice puisque les capacités intellectuelles requises étaient en gros équivalentes. Or les gratifications qu'offrait l'uniforme étaient sans rapport avec celles qu'on pouvait trouver dans une usine d'électroménager. La camaraderie, la joie simple du soldat, tout cela exigeait des hommes à la mentalité bien particulière. Ces hommes, les Américains en avaient, tout comme les Britanniques et les Allemands, mais l'armée russe était privée de ces professionnels inestimables depuis l'époque de Lénine, le premier d'une longue cohorte de leaders à avoir sacrifié l'efficacité militaire à la pureté politique qu'exigeait le régime. Ou quelque chose de cet ordre, estima Bondarenko. Tout cela semblait si loin maintenant, même pour un homme formé comme lui dans ce système pervers.

« Général, n'oubliez pas, je vous prie, que je suis votre allié dans ce gouvernement », lui rappela Golovko. Encore heureux, du reste. Le ministre de la Défense était... eh bien, il parlait bien, mais il n'était pas vraiment capable de penser de même. Il savait répéter ce qu'on lui disait mais c'était à peu près tout. En somme, le politicien parfait.

« Merci, Sergueï Nikolaïevitch. » Le général inclina la tête avec respect. « Cela veut-il dire que je peux compter sur une partie du pactole qui nous est tombé du ciel ?

– Je ferai en temps voulu les recommandations idoines au président. »

Quand ce temps viendra, je serai à la retraite, en train d'écrire mes Mémoires ou ce qu'un général russe est censé faire pour s'occuper, se dit Bondarenko. Mais je peux au moins tenter d'esquisser l'amorce des programmes nécessaires à l'intention de mes successeurs, et peut-être donner mon avis sur le choix de celui qui prendra ma place à la direction des opérations.

Il ne comptait guère monter plus haut. Il était chef

des opérations (ce qui incluait la formation) et c'était déjà un objectif honorable.

« Merci, camarade ministre. Je sais que votre tâche est également difficile. Bien, avez-vous des informations à me donner sur la Chine ? »

Le ministre Golovko aurait voulu dire à ce général que le SVR ne disposait plus d'informateur fiable en Chine. Leur homme, un vice-ministre adjoint longtemps au service du KGB, avait pris sa retraite pour raisons de santé.

Mais il ne pouvait pas reconnaître que la dernière taupe russe dans la Cité interdite n'était plus opérationnelle, les privant ainsi de tout indice propre à leur permettre d'évaluer les intentions et les plans à long terme de la Chine communiste. Enfin, il y avait toujours leur ambassadeur en poste à Pékin ; l'homme n'était pas un imbécile, mais en général un diplomate ne voyait que ce que ses hôtes voulaient bien lui montrer. Idem pour les divers attachés militaires, tous agents de renseignements aguerris, mais eux aussi limités à ce que leurs homologues chinois daignaient leur laisser voir, sans compter que Moscou devait leur rendre la politesse, point par point, comme dans un ballet bien réglé. Non, estimait Golovko, rien ne remplaçait un espion bien formé dirigeant un réseau d'agents suffisamment introduits au cœur du système pour lui permettre de savoir ce qui se passait au juste et d'en informer son président. Il était rare qu'il dût admettre ne pas disposer d'éléments suffisants, or c'était ce qui venait de se produire, mais il n'allait pas avouer cette défaillance à ce soldat, gradé ou pas.

« Non, Gennady Iosifovitch, je n'ai aucun élément indiquant que les Chinois chercheraient à nous menacer.

– Camarade ministre, les découvertes en Sibérie sont trop vastes pour qu'ils n'aient pas envisagé l'intérêt qu'ils auraient à s'en emparer. À leur place, moi, j'élaborerais des plans en ce sens. Ils importent du pétrole et ces nouveaux gisements leur éviteraient cette sujétion, tout en leur permettant d'améliorer leur balance des paiements. Quant à l'or, camarade, faut-il en souligner l'intérêt ?

– Peut-être. » Golovko hocha la tête. « Mais leur économie semble en bonne santé pour l'instant, et les pays déjà prospères ne se lancent pas dans un conflit.

– L'Allemagne d'Hitler était prospère en 1941. Cela ne l'a pas empêchée d'amener son armée jusqu'à portée de tir de ce bâtiment », crut bon de lui rappeler le chef des opérations de l'armée russe. « Si votre voisin a un pommier, il vous arrive de cueillir une pomme même si vous êtes rassasié. Juste par gourmandise », suggéra Bondarenko.

Golovko ne pouvait réfuter la logique de l'argument. « Gennady Iosifovitch, vous et moi sommes de la même trempe. Nous guettons l'un et l'autre les dangers, même lorsqu'ils ne sont pas évidents. Vous auriez fait un excellent espion.

– Merci, camarade ministre. » Le général leva vers son hôte son verre de vodka presque vide. « Avant que je ne quitte mon poste, j'ai l'espoir de laisser à mon successeur un plan dont l'accomplissement rendra notre pays invulnérable à toute attaque, d'où qu'elle vienne. Je sais que je ne serai pas en mesure de le concrétiser mais je serai déjà heureux de jeter les bases d'un plan solide, si notre direction politique arrive à discerner le mérite de nos idées. » Et c'était bien là le problème. L'armée russe pouvait éventuellement contrer un ennemi extérieur, c'était l'ennemi intérieur qui posait le problème le plus inextricable. En général, on savait à quoi s'en tenir avec l'ennemi parce qu'on lui faisait face. Avec ses amis, c'était bien plus difficile, parce qu'on les avait derrière soi.

« Je vais m'arranger pour que vous puissiez exposer l'affaire vous-même devant le cabinet. Mais...

(Golovko éleva la main) vous devrez attendre le moment opportun.

– Je comprends ; espérons seulement que les Chinois nous en laisseront le temps. » Golovko vida son verre et se leva. « Merci de m'avoir permis de vous livrer le fond de mes pensées, camarade ministre. »

« Alors, où est-il ? demanda Provalov.

– Je n'en sais rien, répondit Abramov d'une voix lasse. Nous avons identifié un individu qui prétend le connaître, mais notre informateur n'a aucune idée de l'endroit où il vit.

– Très bien. Et vous, qu'est-ce que vous avez ? demanda-t-il à son collègue de Saint-Pétersbourg.

– Notre informateur dit que Suvorov est un ex-agent du KGB, licencié lors du dégraissage aux alentours de 1996, et qu'il doit résider à Saint-Pétersbourg, mais si c'est le cas, c'est sous un faux nom et avec de faux papiers, à moins que Suvorov ne soit déjà une identité d'emprunt. J'ai un signalement. La cinquantaine, taille et carrure moyennes. Cheveux blonds légèrement dégarnis. Traits réguliers. Yeux bleus. Pas de problème de santé. Célibataire. Fréquenterait des prostituées. J'ai envoyé plusieurs hommes en interroger. Sans résultat jusqu'ici », conclut l'enquêteur de Saint-Pétersbourg.

Incroyable, songea l'inspecteur Provalov. Avec tous nos moyens, nous sommes incapables d'obtenir un seul élément d'information fiable. Est-ce qu'ils poursuivaient des fantômes ? Bon, ils en avaient déjà cinq. Avseïenko, Maria Ivanova Sabline, un chauffeur dont il avait oublié le nom, et deux éventuels tueurs des Spetsnaz, Piotr Alekseïevitch Amalrik et Pavel Borissovitch Zimianine. Trois pulvérisés de manière spectaculaire un matin à l'heure de pointe et deux assassinés à Saint-Pétersbourg, leur mission accomplie – mais tués pour avoir réussi ou échoué ?

« Eh bien, prévenez-moi quand vous aurez du nouveau.

– Bien entendu, Oleg Gregorievitch », promit Abramov.

L'inspecteur de la milice raccrocha son téléphone et fit le ménage sur son bureau, rangeant tous ses dossiers « brûlants » dans le tiroir fermant à clef, puis il descendit, prit sa voiture de fonction et se rendit à son bar habituel. Reilly était déjà là ; il lui fit signe dès qu'il passa la porte. Provalov accrocha son pardessus et vint lui serrer la main. Il nota le verre qui l'attendait.

« Tu es un vrai camarade, Michka, dit le Russe en avalant sa première gorgée.

– Hé, je connais le problème, vieux, compatit l'agent du FBI.

– C'est pareil pour toi...

– Merde, j'étais encore un bleu quand j'ai bossé sur l'affaire Gotti. On s'est cassé le cul à coincer ce malfrat. Il a fallu trois jurys pour l'envoyer à Marion. Il est pas près d'en sortir... Marion est une prison particulièrement dure. » Même si cette notion était à tempérer par rapport aux prisons russes. Mais pour l'heure, le régime pénitentiaire local était le cadet de ses soucis. Quelle que soit la société, ceux qui enfreignaient la loi devaient être prêts à en assumer les conséquences et ce qui leur arrivait ensuite, c'était leur problème, pas le sien. « Alors, quoi de neuf ?

– Ce Suvorov. Impossible de le retrouver, Michka, c'est comme s'il n'existait pas.

– Vraiment ? » Pour Reilly, c'était et ce n'était pas une surprise. Une surprise parce que la Russie, comme bien des pays d'Europe, fichait les individus d'une manière qui aurait déclenché en Amérique une seconde révolution. Les flics russes étaient censés savoir où habitait chaque citoyen, héritage de ces heures sombres où le tiers de la population servait d'indic au KGB pour surveiller les deux autres tiers. Il était plutôt rare de voir des flics de quartier incapables de retrouver la trace de quelqu'un.

La situation n'était pas si surprenante, en revanche, parce que si ce Suvorov était réellement un ancien agent du KGB, alors il avait été parfaitement entraîné à disparaître, et ce n'était pas le genre d'adversaire qui se trahirait en parlant trop, comme tant de truands américains ou russes. Les criminels ordinaires se comportaient... eh bien, en criminels. Ils fanfaronnaient trop, et pas devant les bonnes personnes, en général devant d'autres criminels aussi loyaux que des serpents à sonnettes et tout prêts à balancer leur « ami » à la première occasion. Non, s'il correspondait bien au signalement des indics, ce Suvorov était un vrai pro, et ce genre de type faisait un gibier intéressant pour une chasse passionnante, et une longue chasse, en plus. Mais vous finissiez toujours par l'attraper parce que les flics n'abandonnaient jamais leurs recherches et que, tôt ou tard, le type commettait une erreur, minime peut-être, mais suffisante. Celui-ci ne devait plus fréquenter ses anciens potes du KGB, des gars qui auraient pu l'aider à se planquer, et qui ne parlaient qu'entre eux, et encore pas beaucoup. Non, il frayait désormais dans un autre milieu, pas vraiment amical ou sûr, et c'était pas de veine pour lui. Reilly avait parfois éprouvé une vague sympathie pour certains criminels, mais jamais pour les tueurs. Il y avait des limites à ne pas franchir.

« Il s'est terré dans un trou et l'a rebouché de l'intérieur, dit le Russe, non sans une once de frustration.

– OK, qu'est-ce qu'on sait de lui ? »

Provalov relata ce qu'il venait d'apprendre de ses collègues.

« Ils disent qu'ils vont interroger les putes, voir si elles le connaissent.

– Bonne idée, approuva Reilly. Je parie qu'il aime les poules de luxe. Comme notre Miss Tania, peut-être.

Tu sais, Oleg, peut-être qu'il connaissait Avseïenko. Peut-être qu'il fréquentait une de ses filles.

– C'est possible. Je peux toujours demander à mes hommes de vérifier.

– Ça peut pas faire de mal. » L'agent du FBI fit signe au barman de les resservir. « Tu sais, vieux, c'est une vraie enquête que vous avez sur les bras et j'aimerais pouvoir être sur le terrain avec vous pour vous filer un coup de main.

– T'aimes bien ça, hein ?

– Je veux, mon neveu. Plus l'affaire est difficile, plus la traque est passionnante. Et t'es rudement content à la fin quand t'as réussi à coincer ces salauds. Après la condamnation de Gotti, je te raconte pas la fiesta qu'on s'est payée à Manhattan. » Reilly leva son verre et lança : « À la tienne, mon gars, j'espère que tu te plais à Marion.

– Ce Gotti, il avait tué des gens ? demanda Provalov.

– Oh ouais, certains lui-même, d'autres par ses sbires. Son second, Salvatore Gravano, dit Sammy le Taureau, a viré repenti et nous a aidés à éclaircir l'affaire. Alors on lui a accordé le statut de témoin protégé, et ce corniaud n'a rien trouvé de mieux que de se remettre à fourguer de la came en Arizona. Résultat, il se retrouve au trou. Le con.

– C'est jamais que des criminels, comme tu dis, remarqua Provalov.

– Ouais, Oleg, sûr. Ils sont trop cons pour devenir honnêtes. Ils croient toujours pouvoir nous baiser. Et tu sais quoi ? Pendant un temps, ça marche. Mais tôt ou tard... » Reilly but une gorgée de vodka, hocha la tête.

« Même ce Suvorov, tu crois ? »

Sourire de Reilly à son nouvel ami. « Oleg, t'as déjà commis une erreur ?

– Au moins une par jour, bougonna le Russe.

– Alors, pourquoi crois-tu qu'il serait plus malin que toi ? Tout le monde commet des erreurs. Qu'on soit éboueur ou président des États-Unis. On fait tous des conneries de temps en temps. Ça fait partie de la nature humaine. Le truc, c'est que si tu le reconnais, tu peux aller loin. Ce gars est peut-être bien entraîné, mais on a tous nos faiblesses, et on n'a pas tous la jugeote pour les admettre, et plus on se croit malin, moins on est enclin à le faire.

– Tu sais que t'es un vrai philosophe ? » nota Provalov avec un sourire. Cet Amerloque lui plaisait. Ils étaient pareils, comme deux frères qu'on aurait échangés à la naissance.

« Peut-être, mais tu connais la différence entre un sage et un imbécile ?

– Je suis sûr que tu vas me le dire. » Provalov savait reconnaître les discours pontifiants et celui-là, il le voyait arriver gros comme un camion, avec sirène et gyrophare.

« La différence entre un sage et un imbécile tient à la taille de leurs erreurs. Tu ne confies pas à un imbécile des trucs importants. » La vodka me rend lyrique, nota Reilly. « Mais à un sage, si, et donc l'imbécile ne risque guère de faire une grosse boulette, alors qu'un sage, si. Oleg, un troufion ne peut pas perdre une bataille, mais un général, si. Les généraux sont intelligents, d'accord ? Faut être vraiment intelligent pour être chirurgien, mais on voit tous les jours des chirurgiens tuer des gens par accident. C'est dans notre nature de commettre des erreurs, et la cervelle ou l'expérience n'y peuvent foutrement rien. J'en fais. T'en fais. » Reilly leva de nouveau son verre. « Et pareil pour le camarade Suvorov. » Ça sera sa bite, songea Reilly. S'il aime bien traîner avec les putes, c'est sa bite qui le perdra. Pas de veine, mec. Mais il ne serait pas le premier à s'attirer des problèmes par cet appendice, se dit l'Américain. Et sans doute pas le dernier non plus.

« Alors, est-ce que ça a marché ? demanda Ming.

– Hmph ? » fit Nomuri. Bizarre. Elle était censée planer encore sur un petit nuage, blottie dans ses bras, alors qu'ils fumaient la cigarette après l'amour.

« J'ai fait ce que tu voulais que je fasse sur mon ordinateur. Ça a marché ?

– Je ne suis pas sûr, hasarda Nomuri. J'ai pas vérifié.

– Je ne te crois pas ! rit Ming. J'y ai réfléchi. Tu as fait de moi une espionne ! » Et d'éclater de rire.

« J'ai fait quoi ? ? ?

– Tu veux que je rende mon ordinateur accessible pour pouvoir y lire toutes mes notes, c'est ça ?

– Ça te pose un problème ? » Il lui avait déjà posé la question et il avait obtenu la bonne réponse. En serait-il de même à présent ? Elle avait sans nul doute vu clair dans son jeu, mais c'était prévisible, après tout. Si elle n'avait pas été intelligente, elle n'aurait pas fait un bon agent infiltré. Mais cela posé, quelle était la mesure de son patriotisme ? L'avait-il bien évaluée ? Assez remarquablement, il réussit à ne pas se crisper. Il se félicita de ce nouvel exemple de maîtrise dans l'art délicat de la duplicité.

Une seconde de réflexion, puis : « Non. »

Nomuri essaya de retenir un soupir de soulagement.

« Eh bien, dans ce cas, tu n'as pas de souci à te faire. À partir de maintenant, tu n'as plus à t'occuper de rien.

– Excepté de ceci ? s'enquit-elle avec un nouveau gloussement.

– Tant que je continuerai à te plaire, je suppose !

– Maître Saucisse !

– Hein ?

– Ta saucisse me plaît énormément », expliqua Ming en reposant la tête sur son torse.

Et, estima Chester Nomuri, c'était bien assez pour l'instant.

16

L'extraction de l'or

Pavel Petrovitch Gogol arrivait à en croire ses yeux uniquement parce qu'il avait déjà vu évoluer les divisions blindées de l'Armée rouge en Ukraine et en Pologne, quand il était jeune homme. Les véhicules chenillés qu'il contemplait à présent étaient encore plus gros et ils renversaient presque tous les arbres, ceux du moins qui n'étaient pas abattus à l'explosif. La brièveté de la saison ne permettait pas les raffinements de l'abattage et de la construction de routes tels qu'on les pratiquait dans l'Ouest déliquescent. Les géologues avaient localisé le filon aurifère avec une facilité déconcertante et c'était désormais une équipe de militaires du génie et de techniciens du génie civil qui traçaient une piste, ouvrant un passage à travers les arbres de la toundra, vidant des tonnes de gravier sur la plate-forme qui serait peut-être un jour une route convenablement revêtue, même si l'entretien posait toujours un problème dans ces conditions climatiques. C'est par ces routes qu'arriveraient l'équipement lourd de forage et les matériaux de construction pour bâtir les logements des mineurs qui envahiraient bientôt ce qui était naguère encore « sa » forêt. Ils lui avaient dit qu'en son honneur, la mine porterait son nom. Ça ou rien... Et ils lui avaient piqué presque toutes ses peaux de loup dorées – après l'avoir certes dédommagé, et sans doute fort généreusement, il devait l'admettre. Non, la seule chose de valeur qu'ils lui avaient donnée, c'était un nouveau fusil, un Steyr avec lunette Zeiss, une arme autrichienne de même calibre que sa 338 Winchester Magnum, plus que suffisante pour le gibier local. Le fusil était tout neuf – il n'avait tiré qu'une quinzaine de balles pour vérifier que la lunette était bien réglée. L'acier bleu était immaculé, la crosse en noyer d'un contact quasiment sensuel par la douceur de sa patine. Le nombre de Boches qu'il aurait pu tuer avec ce flingue ! Et le nombre d'ours et de loups qu'il pourrait abattre.

Mais ils voulaient qu'il quitte sa rivière et ses bois. Ils lui promettaient des semaines de séjour sur les plages de la mer Noire, un appartement confortable où il voulait dans le pays. Gogol renifla. Est-ce qu'ils le prenaient pour un citadin pantouflard ? Non, il était un homme, un vrai, un trappeur, un montagnard, redouté des loups et des ours, et même les tigres du Sud avaient dû entendre parler de lui. Cette terre était sa terre. Et pour dire vrai, il ne connaissait pas d'autre façon de vivre, et d'ailleurs il était trop vieux pour en changer. Ce qui pour les autres était du confort, il y voyait un désagrément, et quand viendrait pour lui l'heure de partir, il serait content de le faire dans les bois et d'abandonner sa dépouille aux loups ou aux ours. Ce ne serait que justice. Il en avait tué et dépouillé suffisamment, après tout, et tout gibier était bon à prendre.

Cela dit, la nourriture qu'ils avaient apportée (par avion, lui avaient-ils dit) était rudement bonne, surtout le bœuf, qui était plus moelleux que la viande de renne qui faisait son ordinaire, et puis, il avait du tabac frais pour sa pipe. Les journalistes de la télévision adoraient la pipe et ils l'encourageaient à leur narrer sa vie dans la forêt sibérienne et ses plus beaux récits de chasse. Mais il ne voyait jamais les reportages télévisés qu'on tournait sur lui ; il était trop loin de ce qu'ils appelaient parfois la « civilisation » pour avoir lui-même un récepteur. Malgré tout, il prenait soin de raconter ses histoires d'une voix claire et posée, pour que les enfants et les petits-enfants qu'il n'aurait jamais puissent voir quel grand homme il avait été. Comme tous ses semblables, Gogol se faisait une haute idée de lui-même, et il estimait qu'il aurait fait un excellent conteur dans les écoles, une idée qui n'était jamais venue à l'esprit de tous ces bureaucrates et fonctionnaires qui étaient venus bouleverser son existence. Au lieu de cela, ils voyaient en lui une vedette de la télé, un exemple de ces farouches individualistes que la Russie avait toujours vénérés d'un côté et brutalement réprimés de l'autre.

Mais le véritable sujet du reportage de quarante-six minutes que s'apprêtait à monter la chaîne nationale russe n'était pas vraiment ici. Il se trouvait dix-sept kilomètres plus loin, là où un géologue s'amusait à faire sauter dans sa main une pépite d'or grosse comme le poing, telle une vulgaire balle de base-ball, même si elle était bien plus pesante que son équivalent en acier. C'était tout simplement la plus grosse pépite qu'ils avaient trouvée. Ce filon, expliquaient les géologues devant les caméras, était à la hauteur des récits mythologiques, l'équivalent peut-être du jardin de Midas. Sa richesse, ils l'évalueraient avec précision après avoir creusé le sol, mais l'ingénieur en chef était prêt à parier qu'il ruinerait les mines d'Afrique du Sud, ce serait de loin le filon le plus important découvert jusqu'ici. Chaque jour, le contenu des cassettes était transmis à l'un des satellites de communication russes.

Comme la plus grande partie du pays était située trop au nord pour exploiter les classiques satellites géosynchrones en orbite au-dessus de l'équateur, la Russie était obligée d'utiliser des satellites à défilement qui survolaient régulièrement les régions les plus septentrionales. Ce n'était pas un problème pour la NSA. L'agence américaine avait des stations sur toute la planète et l'une d'elles, installée à Chicksands en Angleterre, intercepta la liaison montante et la bascula aussitôt vers un satellite de communications militaires américain qui transmit le signal à Fort Meade. Ayant eu le bon goût de ne pas être crypté, il put donc être transmis tel quel au service de traduction et de là, il fila vers les équipes de la CIA et des autres services de renseignements aux fins d'évaluation. Au bout du compte, le président des États-Unis eut l'occasion de voir le reportage une semaine avant le Russe moyen.

« Bigre, c'est qui ce bonhomme, Jim Bridger[1] ? » demanda Jack.

– Il s'appelle Pavel Petrovitch Gogol. C'est à lui qu'on attribue la découverte du gisement d'or. Regardez..., indiqua Ben Goodley alors que la caméra cadrait sur un alignement de fourrures de loup toutes dorées.

– Merde... elles mériteraient d'être exposées au Smithsonian... on dirait une scène d'un film de Lucas, observa Swordsman.

– Ou vous pourriez en offrir une à votre femme », suggéra Goodley.

Le président secoua la tête. « Du loup ? pas question !... mais peut-être que si c'était de la zibeline... vous croyez que ça passerait auprès de l'électorat ?

– Je pense que M. van Damm est mieux placé que moi pour vous répondre, indiqua le conseiller à la sécurité après quelques instants de réflexion.

– Ouais. Ça serait marrant de le voir nous amener une vache au beau milieu du Bureau Ovale. Cette cassette n'est pas classifiée ?

---

1. James Bridger, le Montagnard (1804-1881) : célèbre explorateur, mais aussi chasseur, trappeur et guide américain qui participa avec entre autres Jedediah Smith à l'expédition du général Ashley pour explorer le cours supérieur du Missouri. Célèbre par sa carrure imposante et son art de conteur, on lui doit la découverte de nombreux cols dans les Rocheuses, ainsi que celle du Grand Lac Salé *(N.d.T.)*.

– Si, mais uniquement "confidentiel".

– OK, je veux la montrer à Cathy, ce soir. » Ce niveau de confidentialité ne ferait peur à personne, pas même à un quotidien local.

« Vous voulez une version sous-titrée ou commentée hors champ ?

– On déteste tous les deux les sous-titres, l'informa Jack avec un regard entendu.

– Je vais demander à Langley de vous préparer ça, promit Goodley.

– Elle va devenir folle en découvrant cette fourrure. » Grâce aux revenus de son portefeuille en Bourse, Ryan était devenu connaisseur en fourrure et en joaillerie fine. Pour cette dernière, il avait un accord particulier avec Blickman's, un bijoutier du Rockefeller Center. Quinze jours avant Noël, un de leurs vendeurs était descendu en train à Washington, accompagné de deux vigiles armés qui n'avaient pas eu le droit d'entrer dans la Maison-Blanche (les gars de la sécurité avaient frisé l'apoplexie en apprenant que des types en armes se baladaient sur la pelouse mais Andrea Price-O'Day avait arrondi les angles), pour présenter au président quelque chose comme cinq millions de dollars de joyaux, dont leurs dernières créations sorties de l'atelier situé en face de leurs bureaux, et Ryan en avait acheté plusieurs. Sa récompense avait été de voir Cathy arrondir les yeux devant le sapin, avant de se lamenter de ne lui avoir pour sa part offert qu'un jeu de clubs de golf de chez Taylor. Mais Swordsman était ravi. Voir son épouse sourire le matin de Noël était pour lui un cadeau inestimable. En outre, ça prouvait qu'il avait su choisir les bijoux (cela vous valorisait toujours un homme), en tout cas aux yeux de sa femme. Mais bon sang... s'il avait pu lui avoir une de ces peaux de loup... L'idée l'effleura de tenter d'arranger le coup avec Serguei Golovko. Mais en quelle occasion pourrait-elle se mettre sur le dos un truc pareil ? Il fallait qu'il garde l'esprit pratique.

« Ouais, ça ferait chouette dans la penderie », reconnut Goodley, en notant le regard lointain de son patron.

La couleur irait si bien avec ses cheveux blonds, rêva Ryan quelques secondes encore avant de secouer la tête pour revenir sur terre.

« Quoi d'autre, aujourd'hui ?

– Du nouveau du côté de Sorge. Ça nous arrive par courrier, au sens propre.

– Important ?

– Mme Foley ne pense pas, mais vous savez ce que c'est.

– Oh ouais, même les pièces les plus infimes, une fois rassemblées, peuvent constituer un très joli puzzle. » Le contenu du téléchargement initial était à l'abri dans son coffre personnel. La triste vérité était que s'il avait eu matériellement le temps de le parcourir, cela lui en aurait laissé d'autant moins à consacrer à sa famille, et ça, il aurait fallu que ce soit bougrement important pour qu'il le concède.

« Alors, que vont faire les Américains ? demanda Fang.

– Sur la question des échanges ? Ils finiront par se résoudre à l'inéluctable et nous faire bénéficier de la clause de la nation la plus favorisée, et surtout, retirer toutes leurs objections à notre entrée de plein droit dans l'Organisation mondiale du commerce, répondit le ministre Zhang.

– Pas trop tôt, observa Fang Gan.

– C'est vrai », admit Zhang Han San. La Chine avait jusqu'ici habilement dissimulé sa situation financière, ce qui était un avantage insigne du régime communiste, auraient admis les deux ministres s'ils avaient eu l'idée de le comparer à une autre forme de gouvernement. La dure vérité était en fait que la Chine était quasiment à court de devises, après les avoir dépensées pour l'essentiel à se procurer des armes et des technologies militaires sur tous les marchés étrangers. Seuls quelques articles mineurs provenaient d'Amérique – en gros, des puces électroniques qui pouvaient être utilisées dans quasiment tous les appareils. Le matériel strictement militaire était acheté aux Européens et parfois aux Israéliens. Les armes que l'Amérique acceptait de vendre dans cette région du monde allaient aux renégats de Taiwan, qui les payaient comptant, bien entendu. Pour Pékin, c'était comme une piqûre de moustique : rien de grave, rien de menaçant, mais une irritation continuelle qu'ils grattaient sans cesse, ce qui ne faisait qu'aggraver les choses au lieu de les améliorer. Il y avait plus d'un milliard d'habitants en Chine continentale, alors qu'ils étaient moins de trente millions dans l'île de l'autre côté du détroit. La soi-disant République de Chine savait rentabiliser sa population, qui réalisait plus du quart des biens et des services que Pékin arrivait à produire chaque année avec quarante fois plus d'ouvriers et de paysans. Toutefois, si le continent convoitait ces biens, ces services et ces richesses, il ne leur enviait pas le système politico-économique à l'origine de ce résultat. Leur propre système était bien entendu de loin supérieur, puisque fondé sur une meilleure idéologie. C'est Mao lui-même qui l'avait dit.

Ni ces deux membres du Politburo, ni leurs collègues ne s'attardaient vraiment sur la réalité objective. Ils étaient aussi ancrés dans leur foi que l'était un prêtre occidental. Ils en venaient même à ignorer l'évidence que l'actuelle prospérité de la Chine populaire provenait des entreprises capitalistes autorisées par les dirigeants précédents, souvent malgré les cris et les protestations des autres dignitaires du régime. Ces derniers se vengeaient en déniant toute influence politique à ceux qui enrichissaient leur pays, persuadés que ce *statu quo* se poursuivrait éternellement, et que ces hommes d'affaires et ces industriels se contenteraient de leur fortune et de leur vie de luxe relatif tandis qu'eux, les théoriciens politiques, continueraient à gérer les affaires de la nation. Après tout, c'étaient toujours eux qui avaient en main les armes et les soldats. Et le pouvoir restait encore au bout du fusil.

« Tu en es certain ? demanda Fang Gan.

– Oui, camarade, tout à fait certain. Nous avons été bien bons avec les Yankees, ne trouves-tu pas ? Cela fait beau temps que nous n'avons plus brandi notre sabre sous le nez de ces bandits de Taiwan.

– Et les plaintes des Américains sur les échanges ?

– Qu'est-ce qu'ils comprennent aux affaires ? demanda Zhang, hautain. Nous leur vendons des articles grâce à leur qualité et à leur prix. Nous commerçons comme eux. J'admets volontiers que leurs usines Boeing fabriquent de bons avions, mais Airbus aussi et les Européens se sont montrés politiquement plus... accommodants. L'Amérique tempête parce que nous ne lui ouvrons pas notre marché, pourtant nous le faisons... lentement, bien sûr. Nous devons garder les excédents qu'ils nous laissent si aimablement et les consacrer à des biens essentiels à notre industrie. La prochaine étape sera de développer notre production automobile et de pénétrer leur marché, comme les Japonais l'ont fait naguère. Dans cinq ans, Fang, nous leur extorquerons encore dix milliards de dollars chaque année et cela, mon ami, n'est qu'une estimation basse.

– Tu crois vraiment ? »

Hochement de tête vigoureux. « Mais oui ! Nous ne commettrons pas l'erreur qu'ont faite les Japonais de leur vendre des petites berlines toutes moches. Nous avons déjà des contacts avec des stylistes américains qui nous aideront à dessiner des modèles conformes aux canons esthétiques de ces diables blancs.

– Si tu le dis.

– Quand nous aurons l'argent indispensable pour développer notre arsenal militaire, nous deviendrons la puissance dominante de la planète dans tous les domaines. Notre industrie sera la première. Et militairement, nous serons au centre du monde.

– Je crains que ces plans ne soient trop ambitieux, nota Fang, prudent. Pour aboutir, ils prendront déjà plus d'années qu'il ne nous en reste à vivre, mais quel héritage laisserons-nous à notre patrie si jamais nous l'orientons sur une voie erronée ?

– Quelle erreur vois-tu là-dedans, Fang ? Douterais-tu de nos idées ? »

Toujours cette question, songea Fang en retenant un soupir.

« Je me souviens de la phrase de Deng : "Peu importe que le chat soit noir ou blanc, pourvu qu'il attrape les souris." À quoi Mao avait répondu avec hargne : "Quel empereur a bien pu raconter ça ?"

– Mais ça importe, mon vieil ami, et tu le sais fort bien.

– C'est vrai », admit Fang, avec un hochement de tête résigné, préférant éviter une confrontation à cette heure tardive, alors qu'il avait déjà la migraine. Chez Zhang, l'âge accroissait encore la pureté idéologique qu'il avait déjà dans sa jeunesse et cela n'avait en rien tempéré son ambition impériale. Fang soupira derechef. Il n'était pas d'humeur à poursuivre le débat. Cela n'en valait pas la peine.

« Et s'ils refusent ? demanda-t-il quand même.

– Quoi ?

– S'ils refusent d'accepter. Si les Américains s'entêtent sur la question des échanges ?

– Ils n'en feront rien, assura Zhang à son vieil ami.

– Mais si le cas se présente malgré tout, camarade, que ferons-nous ?

– Oh, je suppose que nous pourrions les châtier d'une main et les encourager de l'autre, annuler certains contrats commerciaux avec eux, puis envisager d'en conclure de nouveaux. Cela a déjà marché bien des fois. » Zhang était confiant. « Ce président Ryan est prévisible. Nous n'avons qu'à contrôler la presse. Ne rien lui laisser qu'il puisse exploiter contre nous. »

Fang et Zhang poursuivirent leur discussion sur d'autres sujets, jusqu'au moment où ce dernier regagna son bureau et, une fois encore, dicta ses notes à Ming qui les entra sur son ordinateur. Le ministre caressa l'idée de l'inviter chez lui mais il se ravisa. Même si pour une raison quelconque, elle était devenue plus séduisante depuis une semaine, attirant ses regards par la douceur de ses sourires, il se sentait trop fatigué pour la bagatelle, bien que ce soit toujours un plaisir avec elle. Le ministre Fang ne se doutait pas que le compte rendu de sa discussion serait dans moins de trois heures sur un bureau à Washington.

« Qu'est-ce que vous en dites, George ?

– Jack, commença Trader, qu'est-ce que ce bon Dieu de truc et comment diable a-t-on mis la main dessus ?

– George, c'est un mémorandum interne, enfin, plus ou moins, en provenance du gouvernement de Chine communiste. Mais comment nous l'avons obtenu, ça, vous n'avez pas, je répète, vous n'avez absolument pas besoin de le savoir. »

Le document avait été nettoyé – blanchi, récuré – encore mieux que les revenus de la mafia. Tous les noms propres avaient été modifiés, de même que la syntaxe et les adjectifs, pour masquer les tics de langage. On estimait (« espérait » aurait été un terme plus approprié) que même les auteurs de ces phrases n'auraient pas reconnu leurs propres paroles. Mais le contenu en avait été préservé, et même amélioré, en fait, car les moindres nuances du mandarin avaient été traduites dans leur équivalent anglo-américain. C'est ce qui avait été le plus difficile. Les langues ne se traduisent pas si facilement. Ce que les mots dénotent est une chose. Ce qu'ils connotent en est une autre, et les connotations ne sont jamais identiques entre deux langues. Les linguistes employés par les services secrets étaient parmi les meilleurs du pays, des gens qui lisaient régulièrement de la poésie, qui parfois même publiaient des articles savants, sous leur propre nom, afin de faire partager leur science, et même leur amour de leur langue de prédilection.

Le résultat, ce sont d'excellentes traductions, estima Ryan, même s'il les lisait toujours avec un brin de circonspection.

« Ces enculés ! Encore en train de discuter du meilleur moyen de nous baiser. » Malgré sa fortune, George Winston avait gardé son langage des faubourgs.

« George, c'est une question commerciale, pas une affaire personnelle », hasarda le président, cherchant à détendre l'atmosphère.

Le secrétaire au Trésor quitta des yeux le compte rendu : « Jack, quand j'étais à la tête du groupe Columbus, je devais considérer tous mes actionnaires comme des membres de ma famille, d'accord ? Leur argent était aussi important à mes yeux que le mien. C'était mon obligation professionnelle de conseiller en investissement. »

Jack acquiesça « OK, George. C'est pour ça que je vous ai demandé d'entrer dans mon cabinet. Vous êtes honnête.

– Bien, mais maintenant, je suis secrétaire au Trésor, OK ? Ça veut dire que tous mes concitoyens font partie de ma famille, et ces salopards de Chinetoques s'apprêtent à les enculer tous... tous ces gens... (d'un geste, il indiqua les vitres épaisses du Bureau Ovale) qui nous ont fait confiance pour rétablir l'économie. Alors comme ça, ils veulent décrocher le statut de nation la plus privilégiée c'est ça ? Ils veulent entrer à l'OMC, c'est ça ? Eh bien, qu'ils aillent se faire foutre, merde ! »

Le président Ryan se permit un grand éclat de rire matinal, en se demandant si les gardes du corps avaient entendu la saillie de son ministre, et s'ils n'étaient pas en ce moment même en train de lorgner par les mouchards à la porte pour voir d'où venait tout ce bruit. « Allez, café et croissants, George. Et la gelée de raisin vient même de chez Smuckers. »

Trader se leva pour faire le tour du canapé en branlant du chef comme un étalon qui tourne autour d'une jument en chaleur. « OK, Jack, je me calme, mais vous êtes habitué à ce merdier, et pas moi. » Il marqua un temps, se rassit. « Bon, d'accord, là-haut, à Wall Street, on échange des vannes et des ragots, on complote même un peu, mais baiser délibérément les gens, ça non ! J'ai jamais, jamais fait une chose pareille. Et vous savez le pire ?

– Quoi donc, George ?

– Ils sont cons, Jack. Ils croient qu'ils peuvent réglementer le marché au gré de leurs petites théories politiques de merde, et qu'il va marcher au pas cadencé comme une bande de petits soldats à l'exercice. Ces connards seraient pas foutus de gérer une supérette et de faire des bénéfices, mais ça les gêne pas d'aller chambouler l'économie de tout un pays, et ils veulent chambouler la nôtre, en plus...

– Ça vous énerve à ce point ?

– Vous trouvez ça drôle ? dit Winston avec humeur.

– George, je ne vous ai jamais vu remonté comme ça. Cette passion me surprend.

356

– Vous me prenez pour qui, Jay Gould ?

– Non, non. Je pensais plutôt à J. P. Morgan. » La remarque eut l'effet désiré. Le ministre rigola.

« OK, là, vous m'avez eu. Morgan a été en fait le premier président de la Réserve fédérale, c'était un simple citoyen et il s'est plutôt bien débrouillé, mais c'est probablement une fonction honorifique, parce qu'il n'en reste plus des masses, des comme lui. OK, monsieur le président, je suis calmé. Et oui, d'accord, c'est une question commerciale, pas une affaire personnelle. Alors notre réponse à cette misérable attitude commerciale sera commerciale également. La Chine communiste ne décrochera pas le statut de NPF. Elle n'entrera pas à l'OMC... soit dit en passant, ils ne peuvent même pas y prétendre, vu la taille de leur économie. Et, je pense que dans la foulée, on peut leur agiter sous le nez la loi de réforme du commerce extérieur. Oh, et il y a encore un truc, et je suis surpris qu'il ne soit pas évoqué là-dedans, nota Winston en indiquant du doigt le compte rendu.

– Lequel ?

– On peut leur serrer le kiki vite fait, il me semble. La CIA n'est pas d'accord, mais Mark Gant estime que leur balance du commerce extérieur est limite-limite.

– Oh ? » fit le président en touillant son café.

Winston acquiesça énergiquement. « Mark est mon as de l'informatique, n'oubliez pas. C'est un as de la modélisation. Je lui ai monté son propre service pour qu'il garde l'œil sur un certain nombre de critères. J'ai récupéré le titulaire de la chaire d'économie à l'université de Boston pour bosser avec lui, Morton Silber. Un autre habitué des microprocesseurs. Bref, Mark a examiné les fondamentaux économiques de la Chine communiste et il estime qu'ils sont au bord du gouffre parce qu'ils sont en train de claquer tout leur fric, pour l'essentiel à acheter du matériel militaire et des machines-outils, comme s'ils avaient l'intention de fabriquer des chars et des équipements similaires. Toujours la vieille rengaine communiste, cette fixation sur l'industrie lourde. Ils ont vraiment raté le train de l'électronique. Ils ont bien des petites boîtes qui fabriquent des consoles de jeux et des babioles du même genre, mais ils n'ont aucune industrie électronique domestique digne de ce nom, mis à part cette usine qu'ils ont montée en piratant outrageusement Dell.

— Donc, vous pensez qu'on pourrait leur envoyer ça dans les gencives lors des négociations commerciales ?

— En fait, je compte bien le recommander à Scott Adler tout à l'heure, lors du déjeuner, dit le secrétaire au Trésor. Ils ont été prévenus, mais ce coup-ci, on va leur mettre la pression.

— Revenons-en à leur balance extérieure. Gros, le déséquilibre ?

— Selon Mark, ils sont largement déficitaires.

— Ils sont dans le rouge ? De combien ? insista le président.

— Au moins quinze milliards, selon lui. Couverts en grande partie par des garanties sur des banques allemandes, mais l'Allemagne préfère ne pas l'ébruiter – du reste, on ne sait pas trop pourquoi. Ce pourrait être une transaction normale, mais soit les Allemands, soit les Chinois veulent garder ça sous le manteau.

— Pas les Allemands, quand même ?

— Sans doute pas. Ça améliorerait plutôt l'image de leurs banques. Ça nous laisse donc les Chinois.

— Un moyen quelconque de le confirmer ?

— J'ai des amis en Allemagne. Je peux les sonder ou demander à quelqu'un de le faire à ma place. Mieux vaut procéder ainsi, d'ailleurs. Tout le monde sait maintenant que je suis salarié de l'État, et ça me rend sinistre, observa Winston, un sourire en coin. Cela dit, je déjeune avec Scott. Qu'est-ce que je lui raconte sur les négociations commerciales ? »

Ryan réfléchit quelques secondes. C'était un de ces moments, les plus terribles, tout bien pesé, où ses paroles allaient modeler la politique de son pays et, sans doute, d'autres aussi. Il était si facile de céder à la colère ou la désinvolture, de dire la première chose qui lui passait par la tête... Mais non, c'était trop grave, les conséquences potentielles étaient trop vastes, il ne pouvait se permettre de gouverner sur des coups de tête. Il devait réfléchir à la question en profondeur. Vite, peut-être, mais en profondeur.

« Nous devons faire comprendre aux Chinois que nous exigeons d'avoir un accès à leur marché intérieur identique à celui que nous leur avons accordé pour le nôtre, et que nous ne tolérerons pas qu'ils s'emparent des produits des firmes américaines sans une juste rétribution. George, je veux des conditions de jeu équitables pour tout le monde. S'ils refusent, ils vont souffrir.

— Bien dit, monsieur le président. Je vais passer le message au Département d'État. Vous voulez également que j'évoque ce point ? demanda Winston en brandissant le dossier Sorge.

— Non, Scott a déjà eu sa version. Et George, au fait, je vous demande de redoubler de prudence... À la moindre fuite, quelqu'un mourra », dit Swordsman, masquant délibérément le sexe de la source, quitte à induire en erreur son ministre. Mais là non plus, il n'y avait rien de personnel.

« Ça va filer directement dans mes dossiers confidentiels », promit Trader. Ce qui était un endroit parfaitement sûr, l'un et l'autre le savaient. « Sympa, de pouvoir lire le courrier des autres, pas vrai ?

— La meilleure source d'information, sans conteste, admit Ryan.

— C'est les gars de Fort Meade, hein ? Ils ont intercepté un portable via sa liaison satellite ?

— Les sources et les méthodes, George... Autant que vous restiez dans l'ignorance. Il y a toujours le risque de lâcher l'info par erreur et de se retrouver ensuite avec la mort de quelqu'un sur la conscience. Mieux vaut l'éviter, croyez-moi.

— Bien compris, Jack. Eh bien, faut que j'y aille. Et merci pour le café-croissants, patron.

— De rien, George. À plus tard. » Ryan examina son agenda tandis que le ministre regagnait la porte du couloir pour redescendre, sortir (l'aile Ouest ne jouxtait pas le bâtiment central de la Maison-Blanche), rentrer dans l'autre bâtiment et emprunter le tunnel qui desservait celui du Trésor.

À l'extérieur du bureau de Ryan, ses gardes du corps consultèrent également l'agenda de la journée, mais leur exemplaire incluait une liste émise par l'ordinateur central des informations criminelles, pour s'assurer qu'aucun ancien condamné n'était admis au saint des saints des États-Unis d'Amérique.

17

La frappe de l'or

Scott Adler était considéré comme trop jeune et trop inexpérimenté pour le poste, mais ce jugement venait de prétendus serviteurs de l'État qui avaient laborieusement manigancé leur ascension presque jusqu'au sommet, quand Adler avait fait toute sa carrière comme fonctionnaire au Département d'État depuis sa sortie de l'université Tufts, vingt-six ans plus tôt, son diplôme de droit et de sciences politiques en poche. Ceux qui l'avaient vu à la tâche pouvaient témoigner qu'il avait de l'astuce. Ceux qui jouaient aux cartes avec lui (Adler adorait faire un poker avant une rencontre ou une négociation importante) trouvaient qu'il avait une veine de cocu.

Son bureau au sixième étage du Département d'État était vaste et confortable. Derrière lui, il y avait une crédence garnie des photos encadrées traditionnelles : épouse, enfants, parents. Il tombait la veste pour travailler, sinon il se sentait engoncé. Ce qui avait le don d'irriter certains bureaucrates coincés du ministère qui jugeaient cela des plus déplacé. Il la remettait bien entendu pour recevoir des dignitaires étrangers mais il estimait que les réunions de service ne méritaient pas un tel inconfort.

Ce n'était pas un problème pour George Winston

qui jeta son pardessus sur une chaise en entrant. Comme lui, Scott Adler était un bosseur, et c'étaient les gens avec qui Winston se sentait le plus à l'aise. C'était peut-être un connard de fonctionnaire, mais ce fils de pute avait le sens du travail, et on ne pouvait pas en dire autant de pas mal de ses collègues. Il faisait de son mieux pour nettoyer le service de ses parasites mais ce n'était pas une tâche facile, et les règles de la fonction publique transformaient en course d'obstacles le licenciement des éléments non productifs.

« T'as lu le document sur la Chine ? demanda Adler, dès que le plateau du déjeuner fut sur la table.

– Ouais, vieux. Merde, c'est un sacré truc, reconnut Trader.

– Bienvenue au club. Les infos que nous récupère le renseignement peuvent être bougrement intéressantes. » Le Département d'État avait son propre service d'espionnage, baptisé Intelligence and Research, I&R, qui, sans faire double emploi avec la CIA et les autres services, arrivait parfois à extraire lui aussi de petits diamants bruts du bourbier de la diplomatie. « Alors, qu'est-ce que tu penses de nos petits frères jaunes ? »

Winston réussit à ne pas grogner. « Mec, je crois bien que j'arriverai plus à digérer leur putain de bouffe.

– En comparaison, nos pires requins de l'industrie ressemblent à mère Teresa. Ce sont des connards dépourvus de tout sens moral, George, point final. » Winston sentit aussitôt grandir son affection pour Adler. Un type tenant ce discours avait de réelles possibilités. C'était désormais son tour, en contrepartie, de se montrer froidement professionnel.

« Alors, ils sont poussés par l'idéologie ?

– Totalement – enfin, avec peut-être une touche de corruption, mais n'oublie pas, ils se figurent que leur roublardise politique leur donne le droit de mener grand train, et donc pour eux, il n'y a pas de corruption. Ils se contentent simplement de collecter le tribut des paysans et, là-bas, "paysan" reste un mot toujours fort usité.

– En d'autres termes, nous avons en face de nous des nobles féodaux ? »

Le secrétaire d'État opina. « Fondamentalement, oui. Ils ont un sens aigu de leur droit. Ils ne sont pas accoutumés à s'entendre dire non : résultat, ils ne savent pas toujours quoi faire face à des gens comme moi. C'est pour cela que nous sommes souvent désavantagés lors des négociations, tout du moins quand on veut durcir le jeu. Ce n'est pas souvent le cas mais l'an dernier, après l'attentat contre l'Airbus, c'est ce que j'ai fait, et l'on a enchaîné sur la reconnaissance officielle de la République de Chine. Cela a eu pour effet de les faire sortir de leurs gonds, même si le gouvernement de Taipei n'a pas officiellement déclaré l'indépendance du pays.

– Quoi ? » Quelque part, ce « détail » avait échappé à son collègue.

« Ouais, les Taiwanais savent la jouer fine. Ils ont toujours pris garde à ne pas braquer le continent. Même s'ils ont ouvert des ambassades partout dans le monde, ils n'ont jamais réellement proclamé leur indépendance : les Chinois de Pékin deviendraient fous. Peut-être que les gars de Taipei jugent que ce serait un manque de courtoisie, je ne sais pas. Dans le même temps, nous avons avec eux un accord que Pékin n'ignore pas. Si quelqu'un cherche des noises à Taiwan, la 7e Flotte viendra voir ce qui se passe et nous interdirons toujours toute menace militaire directe contre le gouvernement de la République de Chine. La Chine communiste n'a pas une marine capable de les inquiéter tant que ça, de sorte que jusqu'ici, les échanges se sont limités à des noms d'oiseaux...

– Ouais, eh bien, j'ai pris le petit déjeuner avec Jack ce matin, et on a discuté des pourparlers commerciaux.

– Et Jack a envie de durcir le jeu ? » demanda le

secrétaire d'État. Ce n'était pas vraiment une surprise. Ryan avait toujours préféré jouer franc-jeu mais c'était un luxe qu'on pouvait rarement se permettre dans les relations internationales.

« T'as tout compris », confirma Winston tout en mastiquant son sandwich. Un avantage des gars d'origine modeste comme Adler, c'est qu'ils savent ce qu'est un vrai repas. Il en avait par-dessus la tête des chichis de la gastronomie à la française. Pour lui, le déjeuner, c'était un bon bout de barbaque avec du pain autour. La cuisine française c'était parfait, mais pour le dîner, pas pour midi.

« Durcir, jusqu'à quel point ?

– Jusqu'à ce qu'on ait ce qu'on veut. Il faut qu'on les habitue à l'idée qu'ils ont besoin de nous bien plus que nous d'eux.

– Vaste projet, George. Et s'ils ne veulent pas écouter ?

– On le leur fera entrer dans la tête de force. Scott, t'as lu le même document que moi ?

– Ouais, confirma son ami et collègue.

– Les gars qu'ils privent de leur boulot sont nos concitoyens.

– Je sais. Mais tu dois te souvenir aussi qu'on ne peut pas imposer sa conduite à un État souverain. Ce n'est pas ainsi que marche le monde.

– OK, pas de problème, mais on peut quand même leur dire qu'ils n'ont pas non plus à nous imposer leurs pratiques commerciales.

– George, l'Amérique n'a pas toujours eu une attitude aussi stricte.

– Peut-être, mais depuis, on a voté la LRCE...

– Ouais, je n'ai pas oublié. Et aussi que ça nous a conduits à une guerre ouverte [1].

– Qu'on a gagnée, n'oublie pas. Peut-être que

---

1. Loi de réforme du commerce extérieur. Cf. *Dette d'honneur, op. cit.* (N.d.T.).

d'autres n'auront pas oublié la leçon non plus. Scott, nous avons un énorme déficit commercial avec la Chine. Le président dit qu'il faut que ça cesse. Il se trouve que je suis d'accord. Si nous pouvons leur acheter des biens, alors ils ont intérêt à venir acheter chez nous, sinon on ira chercher ailleurs nos baguettes et nos ours en peluche.

— Il y a des emplois en jeu, avertit Adler. Ils savent jouer cette carte. Qu'ils annulent des contrats et décident de ne plus nous acheter certains produits, et chez nous aussi, des gens perdront leur emploi.

— Idem, si on réussit à leur vendre plus d'articles, nos usines devront embaucher pour les fabriquer. Il faut savoir jouer gagnant, Scott, conseilla Winston.

— Certes, mais ce n'est pas un match de base-ball avec des règles et des garde-fous. Ce serait plutôt comme une régate dans le brouillard. On ne voit pas toujours l'adversaire et on ne repère presque jamais la ligne d'arrivée.

— Dans ce cas, je peux toujours t'acheter un radar. Qu'est-ce que tu dirais que je te refile un de mes gars pour y voir plus clair ?

— Qui ça ?

— Mark Gant. C'est mon as de l'informatique. Il touche vraiment sa bille pour aborder les questions d'un point de vue technique, monétaire. »

Adler réfléchit à la proposition. Le Département d'État avait toujours été défaillant de ce côté-là. Le monde des affaires, ce n'était pas vraiment dans la culture maison et l'apprendre dans les livres, ce n'était pas la même chose que de s'y frotter dans le monde réel, un fait que trop de « professionnels » de la diplomatie ne savaient pas toujours apprécier à sa juste mesure.

« OK, envoie-le-nous. Bien, jusqu'où est-on censé durcir le jeu ?

— Ma foi, j'imagine qu'il faudra que t'en discutes

avec Jack, mais d'après ce qu'il m'a dit ce matin, on veut tout remettre à plat. »

Plus facile à dire qu'à faire. Adler avait de l'affection et de l'admiration pour le président Ryan, mais il ne se cachait pas que Swordsman n'était pas un modèle de patience ; or, dans la diplomatie, la patience était fondamentale. C'était même l'essentiel. « OK, dit-il après un instant de réflexion. Je lui en parlerai avant de lancer des directives à mes collaborateurs. Ça pourrait devenir méchant. Les Chinois sont pas des rigolos.

– La vie n'est pas un cadeau, Scott », nota Winston.

Sourire d'Adler. « À qui le dis-tu... Bon, on va voir ce qu'en pense Jack. À part ça, comment se portent les marchés ?

– Ils se tiennent toujours bien. Le ratio prix/revenus est encore un peu excessif mais l'ensemble des profits est en hausse, l'inflation est maîtrisée et les investisseurs restent confiants. Le président de la Réserve fédérale tient bien la politique monétaire. On va obtenir les modifications qu'on voulait sur le code des impôts. Bref, ça s'annonce plutôt pas mal. Il est toujours plus facile de gouverner le navire quand la mer est calme, vois-tu... »

Adler grimaça. « Ouais, faudra que j'essaie, un de ces quatre. » Mais il avait reçu l'ordre de déclencher un typhon. Ça risquait de s'annoncer intéressant.

« Alors, quel est le niveau de préparation ? demanda le général Diggs à l'ensemble de ses officiers.

– Ça pourrait être mieux, admit le colonel qui commandait la 1re brigade motorisée. Ces derniers temps, on manque de crédits pour l'entraînement des troupes. On a le matériel, on a les hommes, et on passe beaucoup de temps sur simulateurs, mais ce n'est pas la même chose que d'aller frotter nos chenilles sur le terrain. » Le général ne put que hocher la tête en signe d'assentiment.

« C'est le même problème pour moi, mon général », dit le lieutenant-colonel Angelo Giusti qui commandait le 1er escadron du 4e régiment de cavalerie motorisée. Surnommé le « Quartier de Cheval » à cause de sa désignation 1er/4e, c'était une unité de reconnaissance dont le chef rendait compte directement au général de la 1re DB sans passer par le colonel commandant le régiment. « Je ne peux pas sortir mes hommes et il n'est pas évident de s'entraîner à la reconnaissance entre les quatre murs d'une *Kazerne*. Les paysans du coin se mettent à râler dès qu'on piétine leurs champs ; résultat, on doit faire semblant de pratiquer des reconnaissances en se cantonnant aux routes goudronnées. Eh bien, mon général, ça le fait pas, et ça me tracasse. »

Il était indéniable que traverser un champ de maïs avec des blindés n'était pas idéal pour le maïs, et même si chaque convoi de l'armée américaine était suivi d'un Hummer dont les passagers avaient sur eux un gros chéquier pour payer les dégâts, les Allemands étaient gens ordonnés, et les dollars yankees ne compensaient pas toujours ce désordre soudain dans les cultures. La tâche était autrement plus facile quand l'Armée rouge campait juste de l'autre côté de la clôture, prête à semer la mort et la destruction en Allemagne de l'Ouest. Mais l'Allemagne était désormais un pays souverain et réunifié, et les Russes se retrouvaient confinés de l'autre côté de la frontière polonaise et bien moins menaçants que jadis. Il y avait bien quelques camps où de grandes formations pouvaient manœuvrer mais leur liste d'attente était aussi remplie qu'un carnet de bal, de sorte que le Quartier de Cheval devait passer lui aussi l'essentiel de son temps en simulation.

« OK, fit Diggs. La bonne nouvelle, c'est qu'on va enfin bénéficier du nouveau budget fédéral. Les fonds alloués à l'entraînement augmentent, et on va pouvoir commencer à les utiliser dans douze jours. Colonel Masterman, avez-vous une idée pour les employer ?

— Eh bien, mon général, je pense pouvoir concocter quelque chose. Est-ce qu'on peut faire comme si on était toujours en 1983 ? » Au plus fort de la guerre froide, la 7e armée était préparée comme aucune autre formation dans l'Histoire, ce dont elle devait finalement apporter la preuve en Irak plutôt qu'en Allemagne, mais avec des résultats spectaculaires. 1983 avait été l'année où l'accroissement du budget avait eu son premier effet sur le terrain, ce que n'avaient pas manqué de relever les espions du KGB et du GRU qui avaient toujours cru jusque-là que l'Armée rouge avait une chance de vaincre l'OTAN. Dès 1984, même les plus optimistes des stratèges russes renoncèrent à tout jamais à cette illusion. Si les Américains parvenaient à rétablir ce rythme d'entraînement, tous les officiers réunis savaient qu'il y aurait des heureux dans les rangs, parce que même si l'entraînement était dur, c'était pour ça que les hommes s'étaient engagés. Un soldat sur le terrain est en général un soldat heureux.

« Colonel Masterman, la réponse est oui. Mais revenons-en à la question initiale. Quel est le niveau de préparation ?

— Aux alentours de quatre-vingt-cinq pour cent, estima le commandant de la 2e brigade. Sans doute quatre-vingt-dix et quelques pour l'artillerie...

— Merci, colonel, et je partage votre estimation, intervint le colonel qui commandait l'artillerie de la division.

— Mais nous savons tous ici que les canonniers ont la vie facile, ajouta le chef de la 2e brigade, en guise de pique.

— L'aviation ? s'enquit Diggs.

— Mon général, d'ici trois semaines, mes hommes seront totalement opérationnels. On a la chance de ne piétiner le maïs de personne quand on s'entraîne. Ma seule objection est qu'il leur est un peu trop facile de localiser des chars au sol quand ils doivent rester collés à l'asphalte, et que des conditions d'exercice un peu plus réalistes ne leur feraient pas de mal. Mais, mon général, mes aviateurs sont prêts à affronter n'importe qui ; surtout mes pilotes d'Apache. » Les pilotes des « serpents » avaient la réputation de se nourrir de viande crue et de bébés vivants. Les problèmes qu'ils avaient connus en Yougoslavie quelques années plus tôt avaient inquiété pas mal de monde et, depuis, l'aviation s'était empressée de procéder à un grand nettoyage.

« OK, donc, vous êtes plutôt tous en bonne forme et vous ne verrez pas d'inconvénient à être un peu plus affûtés, hmm ? » lança Diggs, et il obtint le concert d'assentiment qu'il escomptait. Dans l'avion qui traversait la mare aux canards, il avait eu le temps d'éplucher la bio de tous ses officiers supérieurs. Dans le lot, il n'y avait quasiment rien à jeter. L'armée de terre avait moins de problèmes que les autres armes pour conserver ses bons éléments. Les compagnies aériennes ne cherchaient pas à débaucher les chefs de tanks de la 1re DB, alors qu'elles continuaient à vouloir piquer des pilotes de chasse à l'Air Force, et si la police lorgnait sur les fantassins expérimentés, sa division n'en avait qu'environ quinze cents, ce qui était du reste une des faiblesses structurelles des divisions blindées : pas assez d'hommes armés de fusils et de baïonnettes. Une division de chars américaine était parfaitement organisée pour s'emparer du terrain (et immoler tous ceux susceptibles de se trouver sur la parcelle convoitée), mais elle n'était pas aussi bien équipée pour le tenir. L'armée américaine n'avait jamais été une armée de conquête. Son truc avait toujours été la libération, avec pour corollaire l'espoir que les autochtones lui donneraient un coup de main ou à tout le moins lui témoigneraient de la gratitude plutôt que de l'hostilité. L'idée imprégnait tellement l'histoire militaire américaine que ses officiers n'envisageaient quasiment jamais d'autres hypothèses. Le Vietnam était désormais trop loin. Diggs était trop jeune pour avoir connu ce conflit, et même si on lui avait fait sentir combien il pouvait s'en estimer heureux, il n'y pensait presque jamais. Le Vietnam n'avait pas été sa guerre, et il ne s'intéressait pas franchement aux tribulations que pouvait connaître l'infanterie légère en pleine jungle. Son truc à lui, c'était la cavalerie, et son idée du combat, c'étaient des chars et des obusiers évoluant en terrain découvert.

« OK, messieurs. Je veux vous voir chacun en tête à tête au cours des prochains jours. Ensuite, je veux passer en revue vos équipements. Vous aurez l'occasion de constater que je ne suis pas un mauvais bougre (ce qui voulait dire qu'il n'avait pas une grande gueule contrairement à pas mal de généraux ; il exigeait l'excellence, comme les autres, mais il ne pensait pas que démolir un soldat en public était le meilleur moyen d'y parvenir) et je sais que vous êtes tous des gars bien. D'ici six mois, voire moins, je veux que cette division soit prête à traiter tout ce qui pourrait se présenter. Absolument tout, j'insiste. »

Quoi donc, par exemple ? s'interrogea Masterman. Les Allemands ? Ça risquait de ne pas être évident de motiver les troupes, vu l'absence totale de menace crédible, mais le plaisir sans mélange du métier des armes n'était pas si différent de celui qu'on éprouvait sur un terrain de foot. Le mec normal avait tendance à s'éclater dans la boue en manipulant ses gros jouets, et au bout d'un moment, il finissait par se demander à quoi ça pouvait ressembler pour de vrai. Il y avait un pourcentage des troupes des 10e et 11e régiments de cavalerie qui avait combattu l'année précédente en Arabie Saoudite, et comme tous les soldats, ils racontaient leurs histoires. Qui pour la plupart n'avaient rien de sinistre. C'était le plus souvent l'occasion de disserter sur l'incroyable similitude avec les exercices et de qualifier les ennemis d'alors de « pauvres bougres en haillons » qui n'avaient en définitive pas mérité un adversaire de leur carrure. Mais cela ne faisait que les pousser à fanfaronner un peu plus. Une guerre victorieuse ne laisse en général que de bons souvenirs, surtout si l'engagement a été bref. On trinquait, on évoquait avec tristesse et respect le nom des camarades disparus, mais globalement, l'expérience n'avait pas été si mauvaise pour les soldats qui y avaient participé.

Ce n'était pas qu'ils avaient envie de se battre mais plutôt qu'ils se sentaient souvent comme des joueurs qui s'entraînent dur mais n'ont jamais l'occasion d'être sélectionnés. Intellectuellement, ils savaient que le combat était un jeu avec la mort, pas un match de foot, mais pour la plupart, cela restait une notion théorique. Les chefs de char tiraient leurs obus d'exercice et si la cible était en acier, ils avaient la satisfaction de voir des étincelles jaillir sous l'impact, mais ce n'était pas la même chose que de voir une tourelle jaillir au-dessus d'une colonne de flammes et de fumée... et de savoir que les vies de trois ou quatre types venaient d'être soufflées aussi facilement que des bougies sur un gâteau d'anniversaire. Les anciens de la seconde guerre du Golfe évoquaient parfois la drôle d'impression que ça faisait de constater les dégâts, en général par des expressions du genre : « Putain, c'était vraiment pas beau à voir, mec », mais ça n'allait pas plus loin. Pour des soldats, tuer n'était pas vraiment du meurtre, une fois qu'on avait repris ses distances : ils avaient été l'ennemi, les deux camps s'étaient livrés au jeu avec la mort sur le même terrain, l'un avait gagné et l'autre perdu, et si l'on ne voulait pas courir ce risque, on n'avait qu'à pas endosser l'uniforme, point. Ou : « Entraîne-toi mieux, connard, parce que là-bas, ça rigole pas. » Et c'était l'autre raison pour laquelle les soldats aimaient l'exercice. Pas seulement parce que c'était un rude boulot aussi intéressant que distrayant. Mais parce que c'était leur assurance-vie si jamais la partie commençait pour de bon : comme les joueurs, les soldats aimaient avoir tous les atouts dans leur main.

Diggs leva la séance mais fit signe au colonel Masterman de rester. « Eh bien, Duke ?

— J'ai fait ma petite enquête. Ce que j'ai vu est de bon augure, mon général. Giusti en particulier est un tout bon, et il est toujours pressé d'aller s'entraîner. J'aime ça.

— Moi aussi, s'empressa de confirmer Diggs. Quoi d'autre ?

— Comme il a été dit, l'artillerie est en excellente condition, et vos brigades de manœuvre se débrouillent plutôt bien, vu leur manque d'exercice sur le terrain. Ils ne devraient pas recourir autant à la sim, mais ils l'exploitent bien. Ils sont dans les vingt pour cent sous notre niveau opérationnel avec le 10ᵉ de cavalerie quand on jouait dans le Néguev avec les Israéliens, ce qui n'est pas mal du tout. Mon général, vous me donnez trois ou quatre mois d'entraînement sur le terrain et je vous promets qu'ils seront prêts à conquérir le monde.

— Ma foi, Duke, je vous signe le chèque la semaine prochaine. Vos plans sont prêts ?

— Après-demain. Je fais quelques virées en hélico pour repérer le terrain qu'on peut ou non utiliser. Paraît qu'il y a une brigade allemande qui a hâte de jouer les agresseurs contre nous.

— Ils sont bons ?

— C'est ce qu'ils prétendent. Faudra voir, j'imagine. Je recommande de leur envoyer d'abord notre 2ᵉ brigade. Elle est un peu plus affûtée que les deux autres. Le colonel Lisle est un gars comme on les aime.

– Son bagage a l'air effectivement excellent. Il doit décrocher son étoile à la prochaine promotion.

– Ce n'est que justice », reconnut Masterman *Et la mienne, alors ?* Mais il ne pouvait pas le demander tout de go. Il s'estimait bien placé, lui aussi, mais on ne pouvait jamais dire. Enfin, il était au moins sous les ordres d'un autre officier de cavalerie.

« OK, vous me montrerez vos plans pour le prochain épisode des aventures de la 2ᵉ brigade aux champs... demain ?

– Affirmatif, mon général ! » Et Masterman redressa la tête, salua et sortit d'un pas décidé.

« Dur jusqu'à quel point ? demanda Cliff Rutledge.

– Eh bien, répondit Adler, je viens d'avoir le président au téléphone et il dit qu'il veut ce qu'il veut et que notre boulot est de l'obtenir.

– C'est une erreur, Scott, avertit son chef de cabinet.

– Erreur ou pas, on bosse pour le président.

– J'entends bien, mais Pékin a réussi à ne pas nous voler dans les plumes après cette histoire avec Taiwan. Le moment est peut-être mal choisi pour leur mettre la pression.

– À l'instant même où nous discutons, des emplois disparaissent en Amérique à cause de leur politique commerciale, fit remarquer Adler. Quand est-ce qu'on estimera que trop c'est trop ?

– J'imagine que c'est à Ryan d'en décider, non ?

– C'est ce que dit la Constitution.

– Et vous voulez que je les rencontre, c'est ça ? »

Le ministre acquiesça. « Correct. Dans quatre jours. Mettez noir sur blanc votre position et passez-la-moi avant qu'on la leur expose, mais je veux qu'ils sachent qu'on ne plaisante pas. Le déficit commercial doit diminuer, et vite. Ils ne peuvent pas continuer à nous tondre et aller ensuite claquer le fric ailleurs.

– Mais ils ne peuvent pas nous acheter de matériel militaire, observa Rutledge.

– Et d'abord, qu'est-ce qu'ils peuvent bien vouloir en faire ? demanda Scott Adler, pour la forme. Quels ennemis ont-ils ?

– Ils vont nous dire que leur sécurité extérieure est leur affaire.

– Et nous leur répondrons que notre sécurité économique est notre affaire et qu'ils ne nous aident pas vraiment. »

En bref, il allait s'agir de faire observer aux Chinois qu'ils donnaient l'impression de fourbir leurs armes en vue d'une guerre – mais contre qui, et est-ce que cela pourrait servir les intérêts de la planète ? leur demanderait Rutledge avec un sang-froid étudié.

Rutledge se leva. « OK. J'ai de quoi défendre notre position. Je ne peux pas dire que ça m'enthousiasme, mais enfin je suppose que ce n'est pas ce qu'on me demande, hein ?

– Également correct. » Adler ne portait pas vraiment Rutledge dans son cœur. Son itinéraire et son passé relevaient plus de la politique politicienne que du mérite. Il avait été un peu trop proche de l'ancien vice-président Kealty, par exemple, mais une fois l'incident aplani, il avait su retourner sa veste avec une promptitude admirable. Il n'aurait sans doute pas de nouvelle promotion. Il était allé aussi loin qu'on pouvait sans avoir de réels liens politiques – prof à l'École Kennedy de Harvard où l'on vous enseignait à devenir commentateur aux infos du soir sur PBS[1] en attendant d'être remarqué par un jeune politicien ambitieux. Mais c'était un pur coup de veine. Rutledge était allé plus loin que pouvait le justifier son seul mérite, mais cela s'accompagnait d'un salaire confortable et d'un grand prestige dans les soirées à Washington où il était sur la plupart des listes d'invités de marque. Cela signi-

1. *Public Broadcast Service* : chaîne de télévision publique *(N.d.T.)*.

fiait que lorsqu'il quitterait la fonction publique, il pourrait multiplier par dix ses revenus en se faisant embaucher par un cabinet de consultants. Adler savait qu'il pourrait l'imiter mais il n'en ferait probablement rien. Il prendrait sans doute la direction de l'École Fletcher à Tufts pour essayer de transmettre son expérience aux jeunes générations de futurs diplomates. Il était encore trop jeune pour envisager la retraite, même s'il n'y avait guère d'avenir pour un ex-secrétaire d'État, et l'université, ce n'était pas si mal. Et puis, il pourrait toujours faire du conseil de temps en temps, publier des chroniques dans les journaux, où il jouerait le rôle du vieil homme d'État plein de sagesse.

« Bon, eh bien, je vais m'y remettre. » Et Rutledge ressortit et tourna à gauche pour rejoindre son bureau du sixième.

Et voilà, comme sur des roulettes..., se dit le chef de cabinet, même si ça ne roulait pas dans la bonne direction. Ce Ryan ne correspondait pas à l'idée qu'il se faisait d'un président. Ryan pensait que les relations internationales se ramenaient à braquer un flingue sur la tempe des gens et à leur lancer des ultimatums au lieu d'essayer de les raisonner. La méthode de Rutledge prenait plus de temps mais elle était bien plus sûre. Il fallait pratiquer le donnant-donnant. Bon, d'accord, il ne restait plus grand-chose à donner aux communistes chinois, sinon peut-être renoncer à la reconnaissance diplomatique de Taiwan. Il n'était pas difficile d'en comprendre la raison mais cela restait malgré tout une erreur. Cela avait mécontenté la Chine et on ne pouvait pas se permettre de laisser des « principes » imbéciles intervenir dans les réalités internationales. La diplomatie (comme du reste la politique, autre domaine où Ryan avait des carences flagrantes) était une question de réalisme. Il y avait un milliard de Chinois en République populaire, et il fallait respecter cette donnée. Certes, Taiwan avait un gouvernement démocratiquement élu et tout le bataclan, mais elle restait malgré tout une province dissidente de la Chine, ce qui en faisait une affaire intérieure. Leur guerre civile était une histoire de plus de cinquante ans, mais l'Asie était un continent où l'on envisageait les choses sur le long terme.

Hmm, se dit-il en s'asseyant à son bureau. On veut ce qu'on veut et on va obtenir ce qu'on veut... Rutledge prit un bloc et se carra dans son siège pour prendre quelques notes. C'était peut-être la mauvaise politique. C'était peut-être une politique idiote. C'était peut-être une politique qu'il désapprouvait. Mais c'était la politique et s'il voulait en monter les échelons – à vrai dire, glisser vers un autre bureau situé au même étage – il devait la présenter comme son credo personnel. Il se retrouvait un peu dans la situation d'un avocat. Eux aussi doivent défendre des causes perdues, non ? Ça n'en fait pas pour autant des mercenaires. Ça en fait des professionnels, or il était un professionnel.

Et de toute façon, on ne le prendrait jamais. On pouvait dire ce qu'on voulait d'Ed Kealty, jamais il n'irait raconter comment Rutledge avait tout fait pour l'aider à briguer la magistrature suprême. Il s'était peut-être montré fourbe vis-à-vis du président en titre, mais il était resté loyal envers son propre clan, comme devait l'être un homme politique. Et ce Ryan avait beau être futé, il ne s'était jamais douté de rien.

Et voilà, monsieur le président. Vous vous croyez peut-être malin, mais vous avez quand même besoin de moi pour formuler votre politique à votre place. Et toc.

« C'est un changement agréable, camarade ministre », observa Bondarenko en entrant. Golovko l'invita à s'asseoir et lui servit un petit verre de vodka, le carburant des réunions d'affaires ici. Le général de corps d'armée but la gorgée de rigueur et remercia son hôte.

Il passait en général après le travail, mais cette fois, la convocation avait été officielle, et juste après le déjeuner. Cela aurait pu l'inquiéter – naguère, ce genre d'invitation au siège du KGB aurait entraîné un rapide passage par les toilettes – mais c'était compter sans ses relations cordiales avec le chef de l'espionnage russe.

« Eh bien, Gennady Iosifovitch, j'ai parlé de vous et de vos idées avec le président Grushavoy. Cela fait longtemps que vous arborez vos trois étoiles. Nous avons estimé d'un commun accord qu'il était temps de vous en attribuer une quatrième, avec une nouvelle affectation.

– Vraiment ? » Sans être surpris, Bondarenko devint aussitôt méfiant. Il n'était pas toujours agréable de savoir sa carrière aux mains des autres, même si on les aimait bien.

« Oui. À partir de lundi prochain, vous serez le général d'armée Bondarenko, avant d'aller prendre le commandement en chef du district militaire d'Extrême-Orient. »

La nouvelle entraîna un brusque haussement de sourcils. C'était la récompense d'un rêve qu'il nourrissait depuis un certain temps. « Oh ! Et puis-je demander pourquoi là-bas ?

– Il se trouve que je partage vos inquiétudes concernant nos amis jaunes. J'ai reçu des rapports du GRU me signalant une multiplication des manœuvres de l'armée chinoise et, pour ne rien vous cacher, les informations émanant de Pékin ne sont pas celles que nous aimerions entendre. En conséquence, Eduard Petrovitch et moi estimons que nos défenses orientales exigent d'être renforcées. Telle sera votre tâche, Gennady. Acquittez-vous-en bien et vous aurez peut-être droit à d'autres bonnes surprises. »

Et cela ne pouvait dire qu'une seule chose, songea le général, tout en conservant un masque de flegme admirable. Au-delà des quatre étoiles de général d'armée, il ne restait que la grande étoile unique de maréchal, le point culminant de la carrière d'un soldat russe. Après cela, il n'y avait que commandant en chef de l'armée, ministre de la Défense, ou la retraite pour écrire ses Mémoires.

« Il y a certains éléments que j'aimerais emmener avec moi, des colonels de mon état-major, nota le général, songeur.

– C'est bien sûr votre prérogative. Dites-moi, qu'envisagez-vous de faire, là-bas ?

– Vous tenez absolument à le savoir ? »

Large sourire de Golovko. « Je vois, Gennady, vous voulez reconstituer l'armée russe à votre image.

– Pas à mon image, camarade ministre. Une image victorieuse, celle que nous avions en 1945. Il en est qu'on aimerait maculer, d'autres auxquelles on n'ose pas toucher. Laquelle selon vous a ma préférence ?

– Combien cela coûtera ?

– Sergueï Nikolaïevitch, je ne suis ni économiste ni comptable, mais je peux vous dire que le prix à payer pour le faire sera sans commune mesure avec celui à payer si l'on s'en abstient. » Et dorénavant, songea Bondarenko, il allait avoir un plus large accès aux informations confidentielles détenues par son pays. Il aurait mieux valu que la Russie consacre les mêmes ressources que l'URSS de naguère à ce que les Américains baptisaient pudiquement les « moyens techniques nationaux », à savoir les satellites de reconnaissance militaire. Mais il ferait avec ce qui existait, et peut-être qu'il pourrait toujours convaincre l'armée de l'air de procéder à quelques vols spéciaux...

« J'en parlerai au président Grushavoy. » Bien qu'il n'y eût pas grand-chose à espérer : les caisses restaient désespérément vides, même si la situation pouvait changer d'ici quelques années.

« Ces nouvelles découvertes minières en Sibérie vont-elles nous permettre de dépenser un peu plus ?

– Oui, mais pas avant plusieurs années, indiqua Golovko. Patience, Gennady. »

Le général termina sa vodka. « Je peux être patient, mais les Chinois... ? »

Golovko dut admettre que l'inquiétude de son visiteur était fondée. « Certes, ils ont multiplié récemment les manœuvres militaires. » Ce qui naguère encore était une source de préoccupation était devenu à force une sorte de routine qui, pour Golovko et bien d'autres, avait tendance à se noyer dans le bruit de fond quotidien. « Mais il n'y a aucune raison diplomatique de s'inquiéter. Les relations entre nos deux pays restent cordiales.

– Camarade ministre, je ne suis pas un diplomate, je ne suis pas non plus un espion, mais en revanche, j'ai étudié l'histoire. Je crois me souvenir que les relations entre l'Union soviétique et l'Allemagne nazie étaient cordiales jusqu'au 23 juin 1941. Les dirigeants allemands laissaient passer les trains soviétiques en direction de l'ouest, avec leur chargement de pétrole et de blé pour les fascistes. J'en conclus que ce discours diplomatique n'est pas toujours un indicateur fiable des intentions réelles d'une nation.

– C'est exact et c'est pourquoi nous avons un service de renseignements.

– Et je vous rappellerai de surcroît que la Chine populaire a déjà par le passé lorgné avec convoitise nos richesses minières de Sibérie. Une convoitise qui n'a pu que croître après nos récentes découvertes. Nous ne les avons pas annoncées publiquement mais nous pouvons supposer que les Chinois ont des informateurs ici même à Moscou, non ?

– C'est une éventualité qu'on ne peut écarter », admit Golovko. Il se garda d'ajouter que ces informateurs étaient presque à coup sûr de fervents communistes nostalgiques, qui regrettaient la chute du système soviétique et voyaient peut-être dans la Chine un moyen de restaurer la vraie foi du marxisme-léninisme, même si c'était avec une touche de maoïsme. Les deux hommes avaient été en leur temps membres du parti communiste : Bondarenko parce que la promotion dans l'armée soviétique l'exigeait, Golovko parce qu'il n'aurait sinon jamais pu se voir confier un poste au KGB.

Tous deux avaient énoncé les paroles voulues, réussi à garder les yeux à peu près ouverts durant les réunions du parti, l'un comme l'autre en reluquant les femmes dans l'assistance ou en rêvassant à des problèmes d'un intérêt plus immédiat. Mais il y en avait d'autres qui avaient écouté et réfléchi, qui avaient cru dur comme fer à ces balivernes politiques. Tant Golovko que Bondarenko étaient des pragmatiques, préoccupés surtout par une réalité qu'ils pouvaient toucher et sentir plutôt que par un modèle théorique appelé peut-être à disparaître un jour. Par chance pour eux, ils avaient trouvé leur voie dans des métiers plus soucieux de la réalité que de la théorie, où l'on tolérait plus facilement les hypothèses intellectuelles parce qu'on avait toujours besoin de visionnaires, même dans un pays qui se targuait de contrôler les visions de ses concitoyens. « Mais vous disposerez de tous les moyens nécessaires pour agir au mieux de vos intérêts. »

Pas vraiment, songea le général. Il allait avoir... quoi ? six divisions motorisées, une division de blindés et un régiment d'artillerie, des formations de l'armée régulière qui toutes étaient à soixante-dix pour cent de leur potentiel et sans grand entraînement. Sa première tâche, et pas la moindre, serait de transformer ces gamins en uniforme en vrais soldats de l'Armée rouge comme ceux qui avaient écrasé les Allemands à Koursk avant de fondre sur Berlin. Une prouesse, mais qui était mieux placé que lui pour l'accomplir ? Bondarenko avait en vue plusieurs jeunes généraux prometteurs et peut-être arriverait-il à en débaucher un ; en revanche, dans sa tranche d'âge, le général Gennady Iosifovitch Bondarenko s'estimait le meilleur cerveau des forces armées de la nation. Il allait en tout cas hériter d'un commandement pour le prouver sur le terrain. Il y avait toujours un risque d'échec mais il était de ceux qui voient une chance là où d'autres ne pressentent que le danger.

« Je présume que j'aurai les mains libres ? demanda-t-il après une ultime réflexion.

– Dans les limites du raisonnable, acquiesça Golovko. On préférerait que vous n'alliez pas nous déclencher une guerre.

– Je n'ai aucune envie d'aller jusqu'à Pékin. Je n'ai jamais apprécié leur cuisine », répondit Bondarenko sur un ton léger. Et il faudrait qu'il ait de meilleurs soldats. Les capacités au combat du mâle russe n'avaient jamais fait de doute. Il lui fallait juste un bon entraînement, un bon équipement et de vrais chefs. Bondarenko s'estimait en mesure de répondre à deux de ces exigences et il faudrait faire avec. Son esprit était déjà en Extrême-Orient pour y organiser son état-major : les gradés à conserver, ceux à remplacer, où les recruter. Il y aurait du rebut, des officiers de carrière qui se contentaient de remplir de la paperasse en attendant la retraite, comme si c'était la mission d'un officier d'active. Ces hommes allaient voir leur carrière s'interrompre – enfin, il leur laisserait trente jours pour se ressaisir et comme il se connaissait, il ne doutait pas d'en amener certains à redécouvrir leur vocation. Ses plus grands espoirs reposaient sur les simples soldats, ces garçons qui faisaient honte à l'uniforme de leur pays parce qu'on ne leur avait pas vraiment expliqué ce qu'il symbolisait et l'importance qu'il revêtait. Mais il comptait bien y remédier. C'étaient des *soldats*, les gardiens de la mère patrie, et ils méritaient d'être fiers de leur tâche. Avec un entraînement convenable, d'ici neuf mois, ils porteraient déjà mieux cet uniforme, ils se tiendraient un peu plus droits, fanfaronneraient un peu plus en permission, comme tout soldat qui se respecte. Il leur montrerait l'exemple, il deviendrait leur père de substitution, alternant menaces et cajoleries pour amener cette nouvelle portée à l'âge adulte. Un objectif propre à combler n'importe quel homme, et dans ses fonctions de commandant en chef des forces d'Extrême-Orient, qui sait s'il n'arriverait pas à devenir un nouveau modèle pour les forces armées de son pays ?

« Eh bien, Gennady Iosifovitch, que dois-je dire à Eduard Petrovitch ? » demanda Golovko en se penchant pour resservir à son invité cette excellente Starka.

Bondarenko leva son verre vers son hôte. « Camarade ministre, veuillez, je vous prie, dire à notre président qu'il a un nouveau commandant en chef des forces d'Extrême-Orient. »

18

Évolutions

La partie intéressante de la nouvelle affectation de Mancuso, c'est qu'il commandait désormais non seulement des forces aériennes, ce qui était somme toute logique, mais aussi des troupes au sol, ce qu'il avait plus de mal à comprendre. Ce dernier contingent comprenait la 3e division d'infanterie de marine basée à Okinawa et la 25e division d'infanterie légère de l'armée de terre, postée dans la caserne de Schofield sur l'île d'Oahu. Mancuso n'avait jamais eu directement sous ses ordres plus de cent cinquante hommes, tous embarqués à bord de ce qui restait à ses yeux son premier et dernier authentique commandement, l'USS *Dallas*. Cent cinquante, c'était un bon chiffre : assez grand pour dépasser la plus vaste des familles, mais assez réduit pour qu'on puisse encore connaître chaque nom, chaque visage. Rien de cela avec le commandement du Pacifique. Même élevé au carré, le chiffre de l'équipage du *Dallas* était encore bien inférieur aux effectifs qu'il pouvait désormais diriger depuis ce bureau.

Il avait suivi la formation Capstone. C'était un programme visant à familiariser les nouveaux officiers d'état-major aux autres armes. Il avait fait des marches dans les bois avec des soldats de l'armée, rampé dans la boue avec des Marsouins et même assisté à un ravitaillement en vol assis sur le strapontin d'un cargo C-5B (un spectacle des plus insolites que cet accouplement dans les airs de deux baleines volantes filant à trois cents nœuds), et joué avec la cavalerie à Fort Irwin, où il s'était essayé à la conduite et au tir avec des chars et des blindés. Mais voir tout ça, s'amuser avec les p'tits gars et maculer de boue son uniforme n'était pas vraiment la même chose que le combat réel. Il avait quelque vague idée des impressions visuelles, auditives ou olfactives que ça donnait. Il avait lu la confiance dans le regard de ceux qui portaient des uniformes d'une autre couleur et qui lui avaient répété peut-être cent fois que c'était du pareil au même. Le sergent qui commandait un char Abrams différait peu en esprit du torpilleur à bord d'une vedette d'attaque rapide et, par son assurance, un Béret vert n'était guère différent d'un pilote de chasse. Mais pour pouvoir commander tous ces hommes de manière efficace, il devait en savoir plus. Il aurait dû avoir une « formation interarmes » un peu plus soutenue. Il se dit qu'il pourrait toujours prendre les meilleurs pilotes de chasse de l'armée de l'air et de l'aéronavale et que, malgré tout, il leur faudrait des mois pour comprendre ce qu'il avait fait sur le *Dallas*. Merde, rien que leur enseigner l'importance de la sécurité d'un réacteur prendrait un an – à peu près ce qu'il lui avait fallu lui-même en son temps, et Mancuso n'avait pas à l'origine une formation sur « nuc », les bâtiments nucléaires. Il avait appris sur le tas. Toutes les armes étaient différentes dans leur approche de la mission, et c'était parce que les missions étaient toutes aussi différentes par nature qu'un berger allemand l'est d'un pitbull.

Il devait pourtant les commander tous, et les commander efficacement, s'il ne voulait pas qu'un jour une Mme Smith reçoive chez elle un télégramme lui annonçant la disparition prématurée de son fils ou de son époux, par la faute d'un gradé. Enfin, songea l'amiral Bart Mancuso, c'était pour cela qu'il avait une aussi large panoplie d'officiers d'état-major, jusques et y compris un marin de surface pour lui décrire le rôle de chaque bâtiment (pour Mancuso, tout bâtiment de surface était une cible potentielle), un gars de l'aéronavale pour lui expliquer le rôle d'un porte-avions, un marine et des fantassins pour lui expliquer la vie dans la boue, et quelques laveurs de carreaux de l'armée de l'air pour lui décrire ce dont leurs zincs étaient capables. Tous lui proposaient leur avis qui, sitôt qu'il s'en était emparé, devenait son idée personnelle parce qu'il était au commandement et que commander voulait dire être responsable de tout ce qui se passait dans le Pacifique ou aux alentours, y compris quand un premier maître faisait un commentaire égrillard sur les nichons que se trouvait posséder un autre premier maître – une innovation récente dans la marine, que Mancuso aurait pour sa part volontiers reportée d'une dizaine d'années encore... Dire qu'ils laissaient même les gonzesses monter à bord des submersibles ; l'amiral ne regrettait nullement de n'avoir pas connu ce progrès. Qu'est-ce que Mush Morton et sa meute de sous-marins de la Seconde Guerre mondiale en auraient pensé ?

Il s'estimait capable d'organiser des manœuvres navales, un de ces vastes exercices où la moitié de la 7e flotte était censée attaquer et détruire l'autre moitié d'icelle, avant de procéder à la simulation du débarquement d'un bataillon de marines. Les chasseurs de l'aéronavale devaient se colleter avec ceux de l'armée de l'air et quand tout serait fini, les enregistrements informatiques désigneraient le vainqueur et le vaincu, on réglerait les paris dans les bars et certains l'auraient mauvaise parce que les rapports d'aptitude (et avec eux les carrières) pouvaient dépendre du résultat des simulations.

De tous les services, Mancuso estimait que les forces sous-marines étaient les mieux préparées et c'était bien naturel, puisque son affectation précédente avait été celle de COMSUBPAC, commandant de la flotte sous-marine du Pacifique, qu'il avait toujours impitoyablement cherché à maintenir à niveau. En outre, le bref engagement auquel ils avaient participé deux ans plus tôt avait contribué à imprégner tous les équipages du sens de leur mission, au point que ceux des sous-marins lanceurs d'engin qui avaient réussi une traque d'anthologie contre un sub ennemi s'en vantaient encore lorsqu'ils étaient à terre. Ces bâtiments restaient en service comme auxiliaires de la force d'intervention rapide parce que Mancuso avait défendu son cas devant le patron de la marine, Dave Seaton, qui était son ami, et que Dave Seaton avait défendu son cas devant le Congrès pour obtenir une rallonge budgétaire, et que le Congrès s'était montré tout à fait docile. Surtout après que les deux derniers conflits eurent montré que les types en uniforme ne servaient pas qu'à ouvrir et fermer les portes aux élus. Par ailleurs, les sous-marins de la classe Ohio étaient bien trop coûteux pour être désarmés et ils servaient essentiellement à remplir de précieuses missions océanographiques dans le Pacifique Nord, pour le plus grand plaisir de ces amoureux des arbres (ou plutôt, en l'espèce, des baleines et des dauphins) qui avaient un peu trop d'influence politique aux yeux de ce guerrier en uniforme blanc.

Chaque jour commençait par un briefing matinal avec son état-major, réunion le plus souvent dirigée par le général de brigade Mike Lahr, son officier de renseignements. C'était une excellente disposition. Au matin du 7 décembre 1941, les États-Unis avaient appris l'intérêt qu'il y avait à fournir à l'état-major les informations indispensables, si bien que ce CINCPAC, contrairement à son infortuné prédécesseur, l'amiral

Husband E. Kimmel, avait amplement de quoi satisfaire sa curiosité.

« Salut, Mike, dit Mancuso tandis qu'un maître d'intendance lui servait son café matinal.

– Bonjour, amiral.

– Alors, quelles sont les nouvelles dans le Pacifique ?

– Eh bien, en gros titre, les Russes ont nommé un nouveau responsable à la tête de leur district militaire d'Extrême-Orient. Gennady Bondarenko. Sa dernière affectation était "responsable des opérations pour l'armée russe". Son itinéraire est loin d'être inintéressant. Il a débuté dans les transmissions, pas dans les forces combattantes, mais il s'est malgré tout distingué en Afghanistan vers la fin du conflit. Il s'est vu décorer de l'ordre du Drapeau rouge et il est Héros de l'Union soviétique, les deux obtenus avec le grade de colonel. De là, son ascension a été rapide. De solides relations politiques. A collaboré étroitement avec un certain Golovko, ancien agent du KGB qui travaille toujours dans l'espionnage et connaissance personnelle du président, je veux dire du nôtre. Golovko est en fait l'éminence grise du président russe Grushavoy, une sorte de Premier ministre sans titre. Grushavoy prend son avis sur quantité de problèmes et il fait la liaison avec la Maison-Blanche sur toutes les affaires dites d'intérêt mutuel.

– Parfait. Donc les Russes ont l'oreille de Jack Ryan grâce à ce type. C'est quel genre de bonhomme ?

– Très intelligent, très capable, d'après nos amis de Langley. Mais revenons-en à Bondarenko. Son dossier souligne également qu'il est très intelligent et très capable, un candidat idéal pour une nouvelle promotion. De ce côté, la cervelle et le courage personnel sont de précieux atouts, chez eux comme chez nous.

– Quel est l'état de préparation des forces qu'il commande ?

– Fort médiocre, amiral. Nous avons huit formations de la taille d'une division, six motorisées, une de blindés, une d'artillerie. Toutes semblent en première analyse fortement sous-équipées et elles ne passent guère de temps sur le terrain. Bondarenko va changer tout cela, s'il est fidèle à lui-même.

– Vous pensez ?

– À son poste précédent, il a remué ciel et terre pour rendre plus stricts les critères d'entraînement – et quelque part, c'est aussi un intellectuel. Il a publié l'an dernier un copieux essai sur les légions romaines, intitulé *Les Soldats des Césars*. On y retrouve entre autres cette fameuse citation de Flavius Josèphe : "Leurs exercices sont des batailles sans effusion de sang et leurs batailles des exercices sanglants." Toujours est-il qu'il s'agit d'un ouvrage historique nourri de références classiques, mais aux sous-entendus limpides : un plaidoyer pour une amélioration de l'entraînement de l'armée russe, et pour le recrutement de sous-officiers de carrière. Il s'est longuement consacré au commentaire de Vegetius sur la façon de former des centurions. L'armée soviétique n'avait pas vraiment de sergents au sens où nous l'entendons et Bondarenko fait partie de cette nouvelle génération d'officiers supérieurs qui disent que la nouvelle armée russe devrait réintroduire cette institution. Ce qui est de simple bon sens, estima Lahr.

– Donc, vous pensez qu'il va secouer ses hommes pour les remettre en condition. Et la marine ?

– Eh bien, ce n'est pas de son ressort. Il n'a la responsabilité que de l'aviation tactique et d'appui-sol, et des troupes terrestres, point final.

– Bon, faut dire que leur marine est tellement loin dans le trou des chiottes qu'ils ne voient même plus le rouleau de PQ, observa l'amiral. Quoi d'autre ?

– Tout un tas de trucs politiques que vous pourrez potasser tranquillement. Les Chinois restent toujours actifs sur le terrain. Ils procèdent en ce moment au sud

388

du fleuve Amour à des manœuvres impliquant quatre divisions.

– Tant que ça ?

– Amiral, cela fait bientôt trois ans qu'ils appliquent ce régime intensif. Rien de bien inquiétant mais ils ont consacré un gros budget à moderniser l'APL... Ces unités sont puissamment équipées en chars et canons motorisés. Ils effectuent quantité d'exercices d'artillerie à tir réel. La zone est idéale pour ça : pas des masses de civils, un peu comme le Nevada, mais en moins plat. Au début, on les surveillait de près mais c'est devenu désormais une activité de routine.

– Ah ouais ? Et qu'en disent les Russes ? »

Lahr se tortilla sur sa chaise. « Amiral, c'est sans doute la raison qui a motivé la promotion de Bondarenko. Cela remonte à l'époque où les Russes s'entraînaient au combat. Les Chinois ont une large supériorité numérique sur le terrain mais personne n'envisage d'hostilités. La situation politique est plutôt calme en ce moment.

– Hon-hon, grogna le CINCPAC derrière son bureau. Et Taiwan ?

– Un regain d'activité près du détroit, mais il ne s'agit que de formations d'infanterie, pas la moindre trace d'exercice amphibie. Nous examinons tout ça de près, de concert avec nos amis de la République de Chine. »

Mancuso hocha la tête. Il avait un plein classeur de plans à envoyer à la 7e flotte ouest, et il y avait presque toujours un de ses navires de surface en « visite de courtoisie » sur l'île. Pour ses marins, la République de Chine était une escale idéale pour faire relâche, avec quantité de femmes dont les services donnaient lieu à d'âpres négociations commerciales. Et avoir quasiment en permanence au mouillage un bâtiment américain peint en gris était une excellente garantie contre les tirs de missile. Venir simplement érafler la coque d'un bâtiment de guerre américain était considéré comme un *casus belli.* Et personne n'imaginait les communistes chinois prêts à se lancer dans une telle aventure. Pour maintenir ce *statu quo*, Mancuso obligeait ses porte-avions à des exercices permanents, entraînant ses intercepteurs et ses chasseurs comme au plus fort de la guerre froide. Il maintenait en outre toujours un sous-marin d'attaque rapide ou un sous-marin lanceur d'engin dans le détroit de Formose, un fait qui n'était ébruité que par des fuites épisodiques savamment orchestrées dans les médias. Ce n'était que très rarement qu'un submersible faisait relâche dans les ports de la région. Ils étaient plus efficaces quand on ne les voyait pas. Mais dans un autre classeur, il avait quantité de photos de bâtiments chinois vus au périscope et un certain nombre de leurs coques prises directement d'en dessous, un exercice excellent pour éprouver les nerfs des pilotes de submersibles.

Il leur demandait également à l'occasion de traquer les sous-marins chinois, comme il le faisait jadis avec le *Dallas* contre l'ancienne marine soviétique. Mais la tâche était bien plus aisée. Les générateurs nucléaires chinois étaient si bruyants que même les poissons les évitaient pour ne pas se bousiller les tympans, blaguaient les opérateurs sonar. La Chine populaire pouvait multiplier les gesticulations belliqueuses contre Taiwan, une confrontation réelle avec la 7e flotte aurait vite fait de tourner au carnage, et il espérait que Pékin le savait. Sinon, la découverte risquait d'être cuisante. Cependant les communistes avaient toujours des capacités amphibies des plus limitées et ne semblaient pas vouloir améliorer la situation.

« Bref, une journée de routine sur le théâtre des opérations ? demanda Mancuso comme la réunion touchait à sa fin.

– En gros, oui, confirma le général Lahr.

– Quels éléments avons-nous assignés pour garder à l'œil nos amis chinois ?

– Pour l'essentiel, de la surveillance aérienne et satellitaire. Nous n'avons jamais eu beaucoup d'agents opérant en Chine populaire. Du moins pas à ma connaissance.

– Pourquoi donc ?

– Ma foi, pour faire vite, il ne serait pas évident, pour vous comme pour moi, de nous fondre dans leur société, et la dernière fois que j'ai vérifié, j'ai constaté que la majorité de nos citoyens d'origine asiatique travaillaient pour des entreprises d'informatique.

– Bref, ils ne sont pas si nombreux dans la marine. Et dans l'armée de terre ?

– Même tableau, amiral. Ils sont nettement sous-représentés.

– Je me demande pourquoi.

– Amiral, je suis officier de renseignements, pas démographe, remarqua le général.

– Et j'imagine que c'est déjà bien assez difficile, Mike. OK, si vous avez quelque chose d'intéressant, faites-moi signe.

– Comptez sur moi, amiral. » Lahr se dirigea vers la porte, remplacé aussitôt par son chef des opérations qui lui donnerait l'état détaillé de ses forces en place sur le théâtre des opérations en ce beau jour, ainsi que la liste des bâtiments et des avions qui étaient hors service et nécessitaient des réparations.

Elle n'était pas moins séduisante, même si l'amener ici s'était révélé difficile. Tania Bogdanova ne s'était pas vraiment planquée, mais elle était restée inaccessible pendant plusieurs jours.

« Vous étiez occupée ? s'enquit Provalov.

– *Da*, un client spécial, dit-elle avec un hochement de tête. On a passé quelque temps ensemble à Saint-Pétersbourg. Je n'avais pas pris mon bip. Il déteste être dérangé », expliqua-t-elle, sans trop manifester de remords.

Provalov aurait pu lui demander le coût de cette prestation de plusieurs jours, et elle lui aurait sans doute répondu, mais il décida qu'il n'avait pas vraiment besoin de le savoir. Elle demeurait une vision, il ne lui manquait que les ailes pour devenir un ange. À condition bien sûr d'oublier les yeux et le cœur. Les premiers : froids, le second : inexistant.

« J'ai une question, dit l'inspecteur de police.

– Oui ?

– Un nom. Est-ce que vous le connaissez ? Klementi Ivanovitch Suvorov. »

Ses yeux révélèrent une trace d'amusement. « Oh oui. Je le connais bien. » Elle n'avait pas besoin d'expliquer ce que sous-entendait ce « bien ».

« Que pouvez-vous m'en dire ?

– Que voulez-vous savoir ?

– Son adresse, déjà.

– Il vit dans la banlieue de Moscou.

– Sous quel nom ?

– Il ignore que je le sais, mais j'ai vu ses papiers, un jour. Ivan Iourevitch Koniev.

– Comment avez-vous fait ? s'enquit l'inspecteur.

– Il dormait, bien sûr, et j'ai fouillé ses vêtements », répondit-elle d'un ton aussi dégagé que si elle lui avait indiqué sa boulangerie habituelle.

Bref, il t'a baisée et toi, en échange, tu l'as baisé aussi.

« Vous vous rappelez son adresse ? »

Elle hocha la tête. « Non, mais c'est dans une des nouvelles cités au-delà du périphérique extérieur.

– Quand l'avez-vous vu pour la dernière fois ?

– Une semaine avant la mort de Gregory Filipovitch », répondit-elle d'emblée.

C'est à cet instant que Provalov eut un éclair : « Tania, la nuit précédant la mort de Gregory, qui avez-vous eu comme client ?

– C'était un ancien soldat, je crois... attendez que je réfléchisse... Piotr Alekseïevitch... machinchose...

– Amalrik ? lança Provalov, manquant tomber de sa chaise.

– Oui, ça doit être ça. Il portait un tatouage au bras, le tatouage des Spetsnaz que beaucoup se sont fait faire en Afghanistan. Il était très imbu de sa personne mais ce n'était pas un très bon amant », ajouta la jeune femme, avec dédain.

Et il ne risque plus de l'être, aurait pu lui dire Provalov, mais il s'en abstint. « Qui avait organisé ce... rendez-vous ?

– Oh, c'était Klementi Ivanovitch. Il avait un accord avec Gregory. Ils se connaissaient depuis longtemps, c'était manifeste. Gregory se chargeait souvent d'organiser des rendez-vous particuliers pour les amis de Klementi. »

Suvorov aurait envoyé un ou deux de ses tueurs sauter les filles du souteneur qu'ils s'apprêtaient à dézinguer le lendemain... ?

Qui que soit ce Suvorov, il avait un sens de l'humour développé... ou alors, la véritable cible était bel et bien Sergueï Nikolaïevitch. Provalov venait de déterrer un élément d'information essentiel, mais il ne semblait pas vraiment éclairer son affaire. Encore un indice qui lui compliquait la tâche au lieu de la lui faciliter. Il en était revenu aux deux mêmes hypothèses : ce Suvorov avait payé deux ex-Spetsnaz pour tuer Raspoutine, puis il les avait fait liquider pour se prémunir contre d'éventuelles répercussions. Ou bien il les avait payés pour éliminer Golovko, puis tués parce qu'ils avaient commis une sérieuse boulette. Laquelle était la bonne ? Il faudrait qu'il retrouve ce Suvorov pour le savoir. Mais à présent, il avait un nom et une localisation probable. C'était déjà un point de départ.

19

Chasse à l'homme

Les choses s'étaient tassées au QG de Rainbow à Hereford, en Angleterre [1], au point que John Clark et Ding Chavez commençaient à manifester des signes d'impatience. Le programme d'entraînement était toujours aussi exigeant mais personne ne s'était encore noyé dans sa sueur, et les cibles, qu'elles soient en carton ou bien électroniques, n'étaient... eh bien, sinon pas aussi satisfaisantes qu'un véritable méchant en chair et en os, en tout cas pas aussi excitantes. Les membres de la cellule Rainbow s'abstenaient toutefois d'en parler, même entre eux, par peur de faire figure de vils amateurs assoiffés de sang. Mais mentalement c'était du pareil au même. L'exercice était une bataille sans effusion de sang et la bataille un exercice sanglant. Et c'était sans aucun doute parce qu'ils prenaient leur entraînement avec un tel sérieux qu'ils restaient toujours aussi parfaitement affûtés. De vrais rasoirs.

Le groupe n'avait jamais eu d'existence officielle, du moins en tant que tel. Mais on s'était passé le mot. Pas à Washington, pas même à Londres, mais quelque part sur le continent, le bruit avait couru que l'OTAN

---

1. Cf. *Rainbow Six*, Albin Michel, 1999, Le Livre de Poche, n°s 17185 et 17186.

disposait désormais d'une cellule antiterroriste d'une redoutable efficacité qui s'était illustrée lors de plusieurs missions extrêmement délicates et n'avait connu qu'un seul revers sérieux, face à des terroristes irlandais qui avaient toutefois très cher payé leur erreur de jugement. La presse européenne les avait surnommés les « Hommes en noir » à cause de leur tenue d'assaut et, par suite de leur relative ignorance, les journaux européens avaient fini par attribuer au groupe Rainbow une réputation de férocité que ne justifiait pas vraiment la réalité des faits. Au point que lorsque le commando s'était déployé aux Pays-Bas pour une mission sept mois auparavant, quelques semaines après qu'eut paru dans la presse le premier reportage et que les preneurs d'otages dans l'école eurent appris la présence de ces nouveaux intervenants, ils s'étaient bien vite lancés dans une séance de négociation avec le Dr Paul Bellow, le psychologue du groupe, qui avait débouché sur un accord évitant d'en venir aux hostilités, solution éminemment satisfaisante pour tout le monde. La perspective d'une fusillade dans une école bourrée de mômes n'avait pas franchement réjoui les Hommes en noir.

Ces derniers mois, plusieurs membres avaient été blessés ou reversés dans leur service d'origine et remplacés par de nouveaux éléments. L'un d'eux était Ettore Falcone, un ancien carabinier envoyé à Hereford, autant pour assurer sa propre protection que pour assister l'unité de l'OTAN. Par une belle soirée de printemps, Falcone parcourait les rues de Palerme avec sa femme et son bébé quand une fusillade s'était déclenchée juste sous ses yeux. Trois criminels étaient en train de canarder à la mitraillette un piéton, son épouse et leur garde du corps de la police ; en une fraction de seconde, Falcone avait dégainé son Beretta et descendu les trois agresseurs d'une balle dans la tête à dix mètres de distance. Son action était intervenue trop tard pour sauver les victimes, mais assez tôt pour lui attirer l'ire d'un *capo mafioso*, dont deux des fils avaient été impliqués dans la fusillade. Falcone avait publiquement craché sur leurs menaces mais l'opinion de têtes plus froides avait prévalu à Rome – le gouvernement italien ne tenait pas à voir renaître une querelle sanglante entre la mafia et ses forces de police : Falcone avait donc été rapidement transféré à Hereford pour y devenir le premier membre italien de Rainbow. Il s'y était rapidement montré la plus fine gâchette qu'on ait jamais vue.

« Nom de Dieu », souffla John Clark après avoir terminé sa cinquième série de cinq coups. Ce gars l'avait encore battu ! Ils l'appelaient l'Échassier. Ettore faisait un mètre quatre-vingt-sept et il était mince comme un basketteur, pas vraiment la taille et la carrure pour entrer dans une unité antiterroriste, mais bon sang ce mec savait tirer !

« *Grazie*, mon général », dit l'Italien, en empochant le billet de cinq livres qui avait accompagné cette dernière joute.

Et John ne pouvait même pas arguer que lui il avait déjà tiré pour de bon alors que l'Échassier n'aurait pratiqué que sur des cibles en carton. Ce bouffeur de spaghettis avait descendu trois mecs armés de SMG, et tout ça, avec sa femme et son môme à côté de lui. Ce type n'était pas seulement un tireur doué mais il en avait deux en bronze entre les jambes. Qui plus est, sa femme Anna Maria avait une réputation de cuisinière hors pair. Quoi qu'il en soit, Falcone l'avait surpassé d'un point dans leur concours sur cinquante balles. Et dire que John s'était entraîné toute la semaine en vue de la confrontation...

« Ettore, où diable avez-vous appris à tirer ? demanda Rainbow Six.

– À l'école de police, général Clark. Je n'avais jamais touché à une arme avant, mais j'avais un bon instructeur et j'ai bien appris la leçon », expliqua le sergent avec un sourire amical. Il ne manifestait pas la moindre arrogance, et quelque part, cela rendait son talent encore plus insupportable.

« Ouais, je suppose... » Clark remit son pistolet dans son étui de transport et s'éloigna du stand.

« Vous aussi, mon général ? s'enquit Dave Woods, l'instructeur de tir, comme Clark se dirigeait vers la porte.

– Parce que je ne suis pas le seul ? » demanda Rainbow Six.

Woods leva les yeux de son sandwich. « Putain de merde, à cause de ça, ce mec a fait grimper ma putain d'ardoise au Dragon Vert ! » Et pourtant, le sergent-major aurait pu donner des leçons de tir à Wyatt Earp en personne. Et au pub attitré du SAS et de Rainbow, il avait sans doute appris à ce bleu à descendre la brune britannique. Battre Falcone ne serait pas tâche facile. On n'avait pas vraiment de marge face à un gars qui presque chaque fois réalisait un score parfait.

« Eh bien, sergent-major, j'imagine que je dois être en bonne compagnie. » Clark lui flanqua une tape sur l'épaule avant de sortir en hochant la tête. Derrière lui, Falcone se faisait une nouvelle série. Il aimait de toute évidence être le numéro un et s'entraînait dur pour le rester. Il y avait un bail que Clark ne s'était plus fait battre au stand et il l'avait mauvaise. Mais il fallait être beau joueur et Falcone l'avait battu à la régulière.

Était-ce un signe de plus qu'il commençait à décliner ? Il ne courait plus aussi vite que les jeunots du groupe, bien sûr, et ça aussi, ça le travaillait. John Clark n'était pas encore prêt à être vieux. Il n'était pas prêt non plus à être grand-père, mais là, il n'avait guère eu le choix. Sa fille et Ding lui avaient offert un petit-fils et il ne pouvait pas vraiment leur demander de le lui reprendre. Il tâchait de garder la ligne, même si cela exigeait souvent (comme aujourd'hui) qu'il saute le déjeuner pour aller perdre cinq livres sterling au stand de tir.

« Alors, comment ça s'est passé, John ? demanda Alistair Stanley lorsque Clark pénétra dans les bureaux.

– Ce gamin est vraiment bon, Al, répondit John en rangeant son pistolet dans le tiroir du bureau.

– Sûrement. Il m'a piqué cinq livres la semaine dernière. »

Grognement de Clark. « J'imagine que ça fait l'unanimité. » John se laissa tomber dans son fauteuil pivotant, comme le « costard-cravate » qu'il était devenu. « OK. Du nouveau pendant que j'étais sorti claquer mon blé ?

– Juste ce message de Moscou. Il aurait pas dû arriver ici, du reste », nota Stanley en tendant le fax à son patron.

« Qu'est-ce qu'ils veulent ? demanda Ed Foley dans son bureau du sixième.

– Ils veulent qu'on les aide à former certains de leurs gars », répéta Mary Pat. Le message original était tellement dingue qu'il valait bien d'être répété.

« Bon Dieu, on va verser jusqu'où dans l'œcuménisme ? s'étonna son mari.

– Sergueï Nikolaïevitch estime qu'on lui doit bien ça. Et tu sais... »

Il ne put qu'acquiescer. « Ouais, bon, effectivement, peut-être. Mais faut malgré tout en aviser qui de droit.

– Ça devrait bien faire marrer Jack », nota la directrice adjointe des opérations.

« Putain de merde », s'exclama Ryan dans le Bureau Ovale quand Ellen Sumter lui eut tendu le fax émanant de Langley. Puis il leva les yeux. « Oh, pardon, Ellen. »

Elle sourit comme une mère à un fils précoce. « Oui, monsieur le président.

– Vous auriez pas... ? »

Mme Sumter avait fini par porter des robes dotées de grandes poches fendues. De la gauche, elle sortit un paquet rigide de Virginia Slims qu'elle offrit à son président qui en prit une et l'alluma avec le briquet à gaz également glissé dans le paquet.

« Ben, ça alors, j'en reviens pas...

– Vous connaissez cet homme, n'est-ce pas ? demanda Mme Sumter.

– Golovko ? Ouais. » Ryan eut un sourire torve, au souvenir du pistolet braqué sous son nez alors que le VC-137 fonçait sur la piste de l'aéroport de Moscou, bien des années auparavant. Il pouvait sourire aujourd'hui. Mais à l'époque, ça ne lui avait pas paru si drôle. « Oh que oui... Sergueï et moi sommes de vieilles connaissances. »

Étant la secrétaire du président, Ellen Sumter était habilitée à savoir à peu près tout, y compris le fait que le président Ryan s'offrait parfois une clope, mais il y avait des choses qu'elle ignorait et qu'elle ne saurait jamais. Elle était assez maligne pour être curieuse, mais aussi pour ne pas poser de questions.

« Si vous le dites, monsieur le président.

– Merci, Ellen. » Ryan se rassit et tira une longue bouffée de la mince cigarette. Pourquoi au moindre stress cédait-il de nouveau à ces saloperies qui le faisaient tousser ? Le seul avantage était qu'elles lui donnaient un léger vertige. Ça prouve que je ne suis pas un vrai fumeur, se consola-t-il. Il relut les deux pages du fax. La première était la copie de l'original adressé par Sergueï à Langley – ce n'était pas une surprise, il connaissait le numéro de ligne directe de Mary Pat et tenait à le faire savoir – et la seconde était une recommandation émise par Edward Foley, son directeur de la CIA.

Malgré l'emballage officiel, l'affaire était assez claire. Golovko n'avait même pas besoin d'expliquer pourquoi l'Amérique devait accéder à sa requête. Le couple Foley et Jack Ryan devaient savoir que le KGB avait assisté la CIA et le gouvernement américain dans le cadre de deux missions délicates et confidentielles, et le fait que l'une et l'autre eussent également servi les intérêts russes n'intervenait pas. Bref, Ryan n'avait pas le choix. Il décrocha le téléphone et composa un numéro en mémoire.

« Foley, répondit une voix masculine.

– Ryan. » Il entendit aussitôt son correspondant se redresser sur son siège. « J'ai reçu le fax.

– Et ?

– Et qu'est-ce qu'on est censés faire encore, merde ?

– Pour moi, je suis d'accord. » Foley aurait pu ajouter qu'il aimait bien Serguéï Golovko. Ryan aussi, comme il le savait. Mais l'affection n'entrait pas en ligne de compte. Ils étaient en train de décider de la politique du pays et cela transcendait les facteurs personnels. La Russie avait aidé les États-Unis ; aujourd'hui, elle leur demandait de lui rendre la pareille. Dans le cadre des relations normales entre nations, ce genre de requête, si elle avait un précédent, devait être accordé. Le principe était le même que celui qui vous amenait à refiler une échelle à votre voisin après qu'il vous avait prêté un tuyau d'arrosage la veille, sauf qu'à ce niveau, des gens se faisaient parfois tuer à la suite de telles faveurs. « Tu t'en occupes ou c'est moi ?

– La requête a été adressée à Langley, observa le président. Tu réponds. Tâche de trouver quels sont les paramètres. On ne veut pas compromettre Rainbow, n'est-ce pas ?

– Non, Jack, mais il n'y a guère de risque. L'Europe

a retrouvé son calme. Les gars de Rainbow se contentent de s'entraîner et de faire des cocottes en papier. Ces fuites... ma foi, on pourrait en remercier le connard qui a lâché le morceau. » Le directeur de la CIA était rarement tendre avec la presse. En l'occurrence, il s'agissait d'un vague fonctionnaire gouvernemental qui s'était montré un peu trop bavard mais en définitive, l'histoire avait eu l'effet escompté, même si l'article était truffé d'erreurs, ce qui n'était guère surprenant. Certaines avaient en effet auréolé Rainbow de qualités quasiment surhumaines, ce qui satisfaisait l'ego de ses membres et amenait leurs ennemis potentiels à réfléchir. Résultat, le terrorisme en Europe avait connu une sévère décrue après un regain d'activité aussi bref qu'artificiel (comme ils le savaient maintenant). Les Hommes en noir étaient tout simplement trop effrayants pour qu'on ose s'y frotter. Les malfrats préféraient toujours s'en prendre aux petites vieilles qui venaient de toucher leur retraite plutôt qu'au flic du coin de la rue. En cela, les criminels faisaient simplement preuve de logique. Une petite vieille ne peut guère offrir de résistance à un agresseur alors qu'un flic est armé.

« J'imagine que nos amis russes préfèrent rester discrets.

— Je pense qu'on peut compter sur eux pour ça, Jack.

— Une raison de ne pas accéder à leur requête ? »

Ryan entendit le Directeur central du renseignement (DCR) se tortiller sur son siège. « Je n'ai jamais été très enclin à balancer nos "méthodes" mais il ne s'agit pas en soi d'une opération de renseignements et, du reste, ils pourraient piocher la plupart des éléments dans les bouquins. Donc, j'imagine qu'on peut se le permettre.

— Approuvé », confirma le président.

Ryan crut deviner le hochement de tête à l'autre bout du fil.

« OK, la réponse partira aujourd'hui. »

Avec copie à Hereford, bien entendu. Celle-ci arriva sur le bureau de John avant la fermeture des bureaux. Il appela aussitôt Al Stanley et la lui tendit.

« Je suppose qu'on devient célèbres, John.

– Ça te plaît bien, pas vrai ? » observa Clark avec dégoût. L'un et l'autre étaient d'anciens agents clandestins et s'il y avait eu un moyen de dissimuler à leurs supérieurs leur nom et leur activité, ils l'auraient trouvé depuis belle lurette.

« Je présume que tu as décidé d'y aller. Qui est-ce que t'emmènes avec toi à Moscou ?

– Ding et le groupe Deux. Ding et moi, on est déjà allés là-bas. On a rencontré tous les deux Sergueï Nikolaïevitch. Ça nous évitera toujours de lui révéler de nouvelles têtes.

– Ouais, et si je me souviens bien, vous maniez le russe à la perfection.

– L'école de langues de Monterey est réputée, admit John avec un hochement de tête.

– Vous comptez être absents combien de temps ? »

Clark reporta son attention sur le fax et réfléchit quelques secondes. « Oh, pas plus de... trois semaines ? Leurs Spetsnaz sont loin d'être mauvais. On va leur monter un groupe d'entraînement et au bout d'un moment, on pourra sans doute les inviter ici, j'imagine... »

Stanley n'eut pas besoin de signaler que le SAS en particulier et le ministre de la Défense britannique en général en feraient une attaque mais qu'au bout du compte, ils devraient bien s'y plier. Ça s'appelait la diplomatie et ses principes dictaient la politique de la majorité des gouvernements de la planète, que ça leur plaise ou non.

« Je suppose qu'on n'aura pas le choix, John », admit Stanley qui entendait déjà les cris, les plaintes et les gémissements dans le reste du camp et surtout à Whitehall.

Clark décrocha son téléphone et pressa la touche du poste de sa secrétaire, Helen Montgomery. « Helen, voulez-vous m'appeler Ding et lui demander de venir ? Merci.

– Si ma mémoire est bonne, il se débrouille bien en russe, lui aussi.

– On a eu de bons profs. Mais il a une pointe d'accent méridional.

– Et le vôtre ?

– Plutôt de Leningrad – enfin, de Saint-Pétersbourg. Putain, tous ces changements, j'ai encore du mal à m'y faire. »

Stanley s'assit. « Moi aussi, et pourtant, ça fait déjà dix ans qu'ils ont amené le drapeau rouge au-dessus de la porte Spasky. »

Clark acquiesça. « Je me souviens quand je l'ai vu à la télé. J'étais sur le cul.

– Hé, John ! coupa une voix familière à la porte. Salut, Al !

– Entre et prends un siège, mon garçon. »

Chavez, officiellement commandant dans les SAS, tiqua à ce « mon garçon ». Chaque fois que John lui parlait de la sorte, il y avait anguille sous roche. Mais ça aurait pu être pire. « Gamin » annonçait en général un danger et maintenant qu'il était époux et père, Domingo ne cherchait plus trop à se mettre dans le pétrin. Il s'approcha du bureau de Clark et prit les feuilles qu'il lui tendait.

« Moscou ?

– On dirait que notre commandant en chef a donné son feu vert.

– Super, observa Chavez. Enfin, ça fait un bail qu'on n'a pas revu M. Golovko. J'imagine que la vodka est toujours aussi bonne.

– C'est un des rares trucs qu'ils réussissent, approuva John.

– Et ils veulent qu'on leur en enseigne d'autres ?

– On dirait.

– On emmène nos épouses ?

– Négatif. Ce coup-ci, c'est cent pour cent boulot.

– Pour quand ?

– Va falloir que je décide. D'ici une semaine sans doute.

– Ça colle.

– Comment va notre petit bonhomme ? »

Sourire. « Toujours à quatre pattes. Hier soir, il a essayé de se relever. Plus ou moins. J'imagine qu'il va se mettre à marcher d'ici quelques jours.

– Domingo, tu passes la première année à leur apprendre à marcher et parler. Les vingt suivantes, tu les passes à leur apprendre à s'asseoir et fermer leur gueule, avertit Clark.

– Hé, papy, le petit bonhomme fait toutes ses nuits et il se réveille avec un grand sourire. Merde, je peux pas en dire autant... » Ce qui était loin d'être faux. Quand Domingo se levait, tout ce qu'il avait comme perspective, c'étaient les exercices habituels et sept kilomètres de course à pied. Les deux étaient crevants et, à la longue, un tantinet chiants.

Clark hocha la tête. C'était un des grands mystères de l'existence, cette aptitude des bébés à se réveiller de bonne humeur. Il se demanda à quel moment on finissait par perdre cette habitude.

« Toute l'équipe ? demanda Chavez.

– Ouais, sans doute. Y compris l'*Échassier*, ajouta Rainbow Six.

– Il t'a encore mis la pâtée ?

– La prochaine fois que je prends ce fils de pute, ce

405

sera juste après le cross matinal, avant qu'il ait récupéré », nota Clark avec humeur. Il n'était jamais bon perdant, et certainement pas avec cette seconde nature que représentait pour lui le tir.

« Le Signor Ettore n'est tout simplement pas humain. Avec le PM, il est bon, sans plus, mais avec le Beretta, on dirait Tiger Woods maniant le cocheur d'allée. Personne ne peut faire le poids.

– J'y croyais pas jusqu'à aujourd'hui. J'aurais sans doute mieux fait d'aller déjeuner au Dragon Vert.

– Bien d'accord, John, approuva Chavez, préférant éviter tout commentaire sur le tour de taille de son beau-père. Hé, je te ferai remarquer que je ne suis pas non plus manchot avec un pistolet... Et le père Ettore m'a quand même foutu trois points dans les gencives.

– Ce con m'en a mis un dans la vue, avoua John au commandant de son groupe Deux. Le premier duel que je perds depuis le 3e SOG. » Et le groupe d'intervention spéciale, ça remontait quand même à trente ans. À l'époque, c'était contre son major, pour une bière, il avait perdu de deux points, mais avait pris sa revanche en le battant de trois juste après, se souvint-il non sans fierté.

« C'est lui ? demanda Provalov.

– On n'a pas de cliché, lui rappela son sergent. Mais il répond en gros au signalement. » Et la voiture vers laquelle il se dirigeait aussi. Plusieurs appareils s'apprêtaient à le prendre en photo.

Ils étaient tous les deux planqués dans une camionnette garée à un pâté de maisons de l'immeuble qu'ils surveillaient. Ils avaient tous les deux des jumelles, vertes, gainées de caoutchouc, de type militaire.

Le type correspondait à peu près. Il venait de sortir de l'ascenseur qui était descendu du bon étage. On avait vérifié un peu plus tôt dans la soirée qu'un certain

Ivan Iourevitch Koniev logeait au septième de cet immeuble bourgeois. On n'avait pas eu le temps d'interroger les voisins, et il faudrait de toute manière procéder avec discrétion. Il était loin d'être exclu que ceux-ci soient, comme lui, des anciens du KGB : en les interrogeant, on courait le risque de lui mettre la puce à l'oreille. Ce n'était pas un suspect ordinaire, ne cessait de se répéter Provalov.

La berline dans laquelle il monta était un modèle de location. On avait trouvé une voiture au nom de Koniev, Ivan Iourevitch, demeurant à cette adresse. Une Mercedes Classe C, et qui pouvait dire les autres véhicules qu'il pouvait posséder sous une autre identité ? Provalov était sûr qu'il devait avoir plusieurs jeux de papiers, tous réalisés avec soin. En tout cas, ceux de ce Koniev l'étaient sans aucun doute. Le KGB savait former ses hommes.

Le sergent au volant démarra et lança un message à la radio. Deux autres voitures de police étaient dans les parages, chacune avec deux inspecteurs expérimentés.

« Notre ami s'en va. La voiture de location bleue », annonça Provalov dans le micro. Les deux autres véhicules accusèrent réception.

La voiture était une Fiat – une vraie fabriquée à Turin, pas une Lada, la copie russe sortie des usines Togliatti, un des rares projets industriels soviétiques qui avaient à peu près réussi. L'avait-il choisie pour sa maniabilité ou juste parce que le tarif de location était intéressant ? Impossible à savoir. Koniev/Suvorov quitta le trottoir et la première voiture le prit en filature, à une rue d'écart, tandis que l'autre le précédait de la même distance, parce que même un ex-agent du KGB ne pensait pas toujours à vérifier *devant lui* si on le filait...

S'ils avaient eu le temps, ils auraient placé une balise émettrice sur la Fiat, mais ils ne l'avaient pas eu, et n'avaient pas bénéficié non plus de l'obscurité propice. S'il regagnait son appartement, c'est ce qu'ils feraient la nuit prochaine, sur le coup de quatre heures du matin. Un émetteur radio muni d'un aimant pour le plaquer à l'intérieur du pare-chocs arrière ; l'antenne pendait au-dessous comme une queue de souris, virtuellement invisible. Une partie des technologies utilisées par Provalov étaient directement héritées de celles employées à l'origine pour surveiller les espions étrangers aux alentours de Moscou, ce qui voulait dire qu'elles étaient fiables – du moins selon les critères russes.

La filature s'avéra plus aisée que prévu. Avoir trois véhicules pour y procéder facilitait la tâche. Repérer une voiture unique collée à vos basques n'avait rien de bien sorcier. Deux, on pouvait encore les identifier, puisque c'étaient toujours les deux mêmes qui devaient se relayer à intervalles réguliers. Mais trois rompaient à point nommé ce bel ordonnancement et, ex-KGB ou pas, Koniev/Suvorov n'était pas un surhomme. Sa vraie défense reposait sur le secret de son identité, et s'ils l'avaient démasquée, c'était par leur enquête et par un coup de chance – mais la chance était une vieille amie des flics. Pas du KGB. Avec leur manie de l'organisation, ils avaient négligé ce paramètre dans leur programme d'entraînement, peut-être parce que compter sur la chance était une faiblesse qui pouvait mener au désastre lors d'une mission. Un détail qui révélait à Provalov que Koniev/Suvorov avait passé pas mal de temps en mission sur le terrain. Quand on se frottait au monde réel, on avait tôt fait d'apprendre ce genre de leçon.

La filature était menée à distance maximale, plus d'un pâté de maisons, et dans ce quartier de Moscou, ils étaient vastes. La fourgonnette avait été spécialement aménagée dans ce but. Les supports de plaque minéralogique étaient de section triangulaire et d'une simple pression sur un bouton au tableau de bord, on pouvait choisir entre trois immatriculations différentes. De même, l'avant du véhicule était doté de plusieurs jeux de phares et de feux, ce qui permettait d'en changer la configuration, or c'était le genre de détail qu'un adversaire qualifié ne manquerait pas de guetter de nuit. Vous passiez une ou deux fois de l'un à l'autre aux moments où il ne risquait pas de vous apercevoir dans son rétro, et il aurait fallu qu'il soit un génie pour vous repérer. La tâche la plus difficile était celle du véhicule qui se replaçait en tête car il était difficile de prévoir les réactions du sujet : si jamais il prenait un virage imprévu, la première voiture devait se dépêcher de reprendre la piste, guidée par les deux autres, afin de pouvoir à nouveau ouvrir la marche. Tous les miliciens du détachement, toutefois, étaient des enquêteurs expérimentés de la Brigade criminelle qui avaient appris sur le terrain à traquer le gibier le plus dangereux qui soit : les hommes qui n'avaient pas hésité à supprimer un de leurs congénères. Même les meurtriers les plus stupides pouvaient être rusés comme des animaux et ils apprenaient un tas d'astuces en regardant les séries policières à la télé. Cela avait rendu pas mal d'enquêtes de Provalov plus difficiles que prévu, mais dans un cas comme celui-ci, le surcroît de difficultés lui servait à entraîner ses hommes bien mieux que n'importe quel cours théorique à l'école de police.

« Il tourne à droite, annonça le chauffeur au micro. On prend le relais. » La voiture de tête allait continuer jusqu'au prochain carrefour, prendre à droite et foncer pour ouvrir la marche. Celle de queue viendrait alors prendre la place du fourgon, se laissant distancer pendant quelques minutes avant de reprendre sa position. Il s'agissait d'une Lada, la marque de voitures de tourisme de loin le plus répandue en Russie, et donc parfaitement anonyme, surtout avec sa carrosserie crasseuse couleur blanc cassé.

« S'il n'a trouvé que ça pour nous semer, c'est qu'il a sacrément confiance en lui.

— Vrai, admit Provalov. Voyons ce qu'il nous invente encore. »

Ce fut tout vu quatre minutes plus tard. La Fiat prit encore une fois à droite, pour emprunter un passage sous une barre d'immeubles. Par chance, la voiture de tête se trouvait déjà de l'autre côté, cherchant à rattraper la Fiat, et elle eut la bonne fortune de voir Koniev/Suvorov déboucher trente mètres devant son capot.

« On l'a, crépita le haut-parleur. On lui laisse un peu de marge.

— Fonce ! » dit Provalov à son chauffeur qui accéléra jusqu'au prochain carrefour. Dans le même temps, il pressa le bouton pour échanger les plaques et commuter les feux, modifiant ainsi l'aspect de leur fourgon.

« Il est confiant », observa Provalov cinq minutes plus tard. Ils étaient repassés en tête de filature, la voiture de tête s'était laissé glisser derrière eux, l'autre véhicule de surveillance fermant la marche. Où qu'il puisse aller, ils le talonnaient. Il avait effectué sa manœuvre d'évasion, habile, certes, mais unique. Peut-être jugeait-il que c'était suffisant, qu'il n'était filé que par un seul véhicule : il avait donc emprunté ce passage souterrain, les yeux dans le rétro, et n'avait rien repéré. Parfait, se dit l'inspecteur de la milice. Dommage vraiment qu'il n'ait pas son pote américain à côté de lui. Le FBI aurait difficilement pu mieux faire, malgré l'abondance de ses moyens. C'était bien pratique que ses hommes connaissent les rues de Moscou et de sa banlieue aussi bien qu'un chauffeur de taxi.

« Il va dîner ou boire un coup quelque part dans le coin, observa le chauffeur de Provalov. Je parie qu'il s'arrête d'ici un kilomètre.

— On verra », répondit l'inspecteur, qui était enclin à lui donner raison. Il y avait dans le quartier dix ou onze restaurants chics. Lequel allait choisir leur gibier ?

Il s'avéra que c'était le « Prince Michel de Kiev », un établissement ukrainien spécialisé dans la volaille et le poisson, également réputé pour son bar. Koniev/-Suvorov arrêta sa voiture et la confia au chasseur pour qu'il aille la garer, tandis qu'il entrait dans le restaurant.

« Qui est le plus présentable parmi nous ? demanda au micro Provalov.

— Vous, camarade inspecteur. » Les hommes de ses deux autres équipes étaient habillés en prolos, et ça risquait de faire tache. La moitié de la clientèle du Prince Michel de Kiev était composée d'étrangers et une tenue correcte était exigée – la direction y veillait. Provalov descendit un peu avant et se dirigea d'un bon pas vers l'entrée. Le portier l'accepta après l'avoir détaillé – dans la nouvelle Russie, l'habit faisait le moine encore plus qu'ailleurs en Europe. Il aurait certes pu lui mettre sous le nez sa carte professionnelle mais cela n'aurait peut-être pas été très malin. Koniev/-Suvorov aurait pu être averti par un complice dans le personnel. C'est alors qu'il lui vint brusquement une idée : il se précipita dans les toilettes pour hommes et sortit son téléphone mobile.

« Allô ? dit une voix familière au bout du fil.

— Michka ?

— Oleg ? fit Reilly. Que puis-je pour toi ?

— Est-ce que tu connais ce restaurant, le Prince Michel de Kiev ?

— Ouais, bien sûr. Pourquoi ?

— J'aurais besoin de ton aide. Tu peux y être dans combien de temps ? » Provalov savait que Reilly habitait à moins de deux kilomètres.

« Dix minutes, un quart d'heure.

— Fais vite, alors. Je t'attendrai au bar. Mets une tenue présentable, ajouta le milicien.

– D'accord », répondit l'Américain en se demandant quelle explication il donnerait à sa femme si elle se demandait pourquoi il interrompait de la sorte leur tranquille soirée télé.

Provalov retourna au bar, commanda une vodka au poivre, alluma une cigarette. Son client était installé sept tabourets plus loin, en train de siroter un verre en solitaire. Peut-être attendait-il que sa table se libère. La salle était comble. Tout au fond, un quatuor à cordes jouait du Rimsky-Korsakov. Le restaurant était largement au-dessus des moyens de Provalov. Donc, ce Koniev/ Suvorov était friqué. Pas vraiment surprenant. Un tas d'ex-agents du KGB menaient la belle vie dans le système économique de la Russie nouvelle. Ils avaient des moyens et une expérience avec lesquels peu de leurs concitoyens pouvaient rivaliser. Dans une société tristement réputée pour sa corruption galopante, ils s'étaient fait une niche dans le marché, ils avaient un réseau de compagnons de route pour les épauler et avec qui ils pouvaient, pour des raisons diverses, partager leurs gains plus ou moins licites.

Provalov avait fini son premier verre et faisait signe au barman de lui remettre ça quand Reilly apparut.

« Oleg Gregorievitch ! » lança l'Américain. Il n'était pas idiot, se rendit compte l'inspecteur de la milice. La voix tonitruante et l'accent par trop yankee étaient le meilleur moyen de ne pas se faire remarquer dans un tel environnement. Il s'était aussi habillé avec chic, pour mieux souligner son origine étrangère.

« Michka ! s'écria Provalov en lui serrant chaleureusement la main avant de faire signe au barman.

– OK, on cherche qui ? demanda l'agent du FBI, d'une voix plus basse.

– Le complet gris, sept tabourets plus à gauche.

– Vu. Qui est-ce ?

– Pour le moment, il se fait appeler Ivan Iourevitch

Koniev. En fait, on pense qu'il s'agit de Klementi Ivanovitch Suvorov.

– Ah-ah, observa Reilly. Quoi d'autre ?

– On l'a filé jusqu'ici. Il a tenté de nous semer mais on avait mis trois voitures à ses trousses et on a pu le récupérer.

– Bien joué. Oleg. » Mal entraîné, mal équipé ou pas, Provalov était un vrai flic. Au Bureau, il aurait au moins été commissaire divisionnaire. Oleg avait l'instinct d'un vrai limier. Filer un gars du KGB dans les faubourgs de Moscou n'avait rien d'une sinécure. Reilly but une gorgée de sa vodka au poivre et se tourna légèrement sur son siège. De l'autre côté du sujet, il avisa une beauté brune en robe noire moulante. Encore une de ces poules de luxe, guettant apparemment le client. Ses yeux noirs parcouraient la salle avec la même attention que lui. La différence était que Reilly était un mec et que regarder – ou faire mine de regarder – une jolie fille n'avait rien d'incongru. En fait, il avait les yeux rivés sur le type. La cinquantaine, bien sapé, insignifiant, comme il était de rigueur pour un espion, l'air d'attendre sa table, le nez dans son verre et l'œil braqué sur la glace derrière le comptoir, un bon moyen de voir si on l'observait. Il avait bien entendu écarté d'emblée l'Américain et son copain russe. En quoi pourrait-il intéresser un homme d'affaires yankee, d'abord ? D'ailleurs l'Amerloque lorgnait la pute assise à sa gauche. Raison pour laquelle le regard du sujet ne s'attarda pas sur les deux types à sa droite. Oleg était sacrément futé, estima Reilly, de s'être servi de lui comme camouflage pour sa surveillance discrète.

« Du nouveau, récemment ? » demanda l'agent du FBI. Provalov lui narra ce qu'il avait appris de la prostituée, et ce qui s'était passé la nuit précédant les meurtres. « Bigre, c'est quand même gonflé, commenta

Reilly. Mais tu sais toujours pas qui était réellement la cible de l'attentat, hein ?

– Non », admit Provalov en attaquant son deuxième verre. Il devait y aller mollo sur l'alcool, il le savait, de peur de faire une connerie. Son gibier était trop fuyant et trop dangereux pour qu'il prenne le moindre risque. Il pouvait toujours l'interpeller pour l'interroger mais il savait que ce serait peine perdue. Les criminels de sa trempe, on devait les manier avec la même douceur qu'un ministre. Provalov laissa son regard couler vers la glace, ce qui lui permit de détailler à loisir le profil d'un assassin qui avait sans doute pas mal de meurtres à son actif. Pourquoi ce genre de type ne se baladait-il pas avec une auréole noire ? Pourquoi avait-il l'air si normal ?

« T'as autre chose à me raconter sur ce branque ? »

Le Russe secoua la tête. « Non, Michka. On n'a pas encore pu vérifier auprès du SVR.

– Vous craignez qu'il ait un informateur dans la maison ? » L'autre acquiesça.

« C'est un risque à envisager. » Et un risque manifeste. Les anciens du KGB devaient certainement se serrer les coudes. Il était fort possible qu'un complice travaillant à l'ancien QG, mettons un employé des archives, donne l'alarme dès que la police montrait de l'intérêt pour un dossier particulier.

« Merde... », fit l'Américain en songeant : le fils de pute... venir baiser une des nanas du mec avant de le dégommer. Il y avait dans ce cynisme quelque chose de désagréablement glacial, ambiance mafia de cinéma. Mais dans le monde réel, les vrais membres de Cosa Nostra n'étaient pas assez gonflés. Malgré leurs grands airs, les tueurs de la mafia n'avaient pas l'étoffe d'espions professionnels, ce n'étaient que de vulgaires chats tigrés face aux panthères qui hantaient cette jungle bien particulière.

Il poursuivit son examen du sujet. La fille derrière était une distraction, mais pas tant que ça.

« Oleg ?

– Oui, Mikhaïl ?

– Il regarde quelqu'un, du côté des musiciens. Ses yeux n'arrêtent pas de revenir toujours au même endroit. Il a cessé de balayer la salle comme au début. » Certes, le sujet continuait de scruter chaque nouveau client à son entrée, mais ses yeux revenaient sans cesse vers le même angle du miroir ; sans doute avait-il décidé que personne alentour ne présentait de danger pour lui. Oups. Enfin, songea Reilly, même le meilleur entraînement montre ses limites et, tôt ou tard, votre propre savoir-faire finit par se retourner contre vous. Vous tombez dans des habitudes, vous faites des hypothèses qui peuvent se révéler risquées. En l'occurrence, celle qu'aucun Américain ne pouvait l'observer. Après tout, il ne s'en était jamais pris à un seul Américain à Moscou, ni peut-être non plus durant toute sa carrière ; il se trouvait en terrain amical, pas à l'étranger, et comme chaque fois, il avait pris soin de brouiller les pistes en vérifiant qu'une voiture ne le filait pas. Eh bien, même les plus rusés avaient leurs limites. Comment disait-on, déjà ? La différence entre le génie et l'imbécile, c'est que le génie connaît ses limites. Ce Suvorov se prenait pour un génie... Mais qui cherchait-il ici ? Reilly pivota un peu plus sur son tabouret et scruta le fond de la salle.

« Qu'est-ce que tu vois, Michka ?

– Des tas de gens, Oleg Gregorievitch, surtout des Russes, quelques étrangers, tous bien sapés. Deux Chinois, genre diplomates, attablés avec deux Russes – l'air de hauts fonctionnaires. Le climat semble cordial. » Reilly réfléchit. Il était venu dîner ici trois ou quatre fois avec sa femme. La cuisine était excellente, le poisson surtout. Et ils avaient un excellent fournisseur de caviar, un des meilleurs qu'on puisse trouver à

Moscou. Son épouse en raffolait et elle allait devoir apprendre qu'il était infiniment plus coûteux de l'autre côté de l'Atlantique... Reilly avait pratiqué la surveillance discrète depuis tant d'années qu'il savait se rendre invisible. Il pouvait se couler quasiment n'importe où, sauf à Harlem...

Pas de doute, ce Suvorov regardait toujours au même endroit. L'air détaché peut-être, et par le truchement de la glace du bar. Il avait même pris soin de se jucher sur son tabouret de telle façon que son regard semblait tomber tout naturellement. Mais les individus comme lui ne faisaient jamais rien au hasard ou par accident. Ils étaient entraînés à tout penser jusqu'au moindre détail, même pour aller pisser un coup. Il était donc d'autant plus remarquable qu'il se soit fait avoir aussi bêtement. Par une pute qui avait fouillé ses affaires pendant qu'il roupillait après un orgasme. Enfin, si malins soient-ils, certains mecs réfléchissaient avec leur queue...

Reilly se retourna de nouveau... un des Chinois à la table du fond s'excusa, se leva et se dirigea vers les toilettes. Reilly envisagea aussitôt de l'imiter mais... non. Si c'était un coup arrangé d'avance, il risquait de se démasquer... Patience, Michka, se dit-il en reportant son attention sur leur sujet principal. Koniev/Suvorov reposa son verre et se leva.

« Oleg. Je veux que tu me montres où sont les toilettes, dit l'agent du FBI. Dans quinze secondes. »

Provalov compta mentalement, puis il tendit la main vers l'entrée des lavabos. Reilly lui donna une tape sur l'épaule et suivit la direction indiquée.

Le Prince Michel de Kiev était un restaurant huppé mais il n'avait pas de dame-pipi, contrairement à la plupart des établissements similaires en Europe, peut-être parce que les Américains étaient déroutés par cette coutume, ou peut-être simplement parce que la direction avait jugé la dépense inutile. À peine entré, Reilly avisa trois urinoirs, dont deux déjà occupés. Il alla pisser puis se dirigea vers les lavabos pour se laver les mains. Alors qu'il baissait la tête, il surprit du coin de l'œil les deux autres qui échangeaient un regard en biais. Le Russe était plus grand. N'y tenant plus, Reilly s'essuya rapidement à la serviette en rouleau, un modèle quasiment disparu en Amérique. Regagnant la porte, il glissa la main dans sa poche et en sortit à moitié ses clefs. Puis, alors qu'il tirait la poignée, il les fit tomber en grommelant un « zut » avant de se pencher pour les récupérer, invisible derrière la partition en acier. Reilly les ramassa sur le carrelage et se redressa.

C'est alors qu'il vit la manip. C'était bien joué. Ils auraient pu patienter un peu mais ils avaient sans doute négligé la présence de l'Américain et puis ils étaient tous les deux des professionnels entraînés. Ils se frôlèrent à peine et, de toute façon, ça se passait sous le niveau de la ceinture, à l'insu d'un observateur superficiel. Mais Reilly était tout sauf un observateur superficiel, et pour un initié le manège était évident. Une technique de transmission par frôlement si bien exécutée que même Reilly, malgré son expérience, n'aurait pas su dire dans quel sens l'échange s'était effectué. Et ce qui s'était transmis. L'agent du FBI quitta les lavabos, mine de rien, regagna son tabouret au bar, où il fit signe au barman de lui resservir un verre qu'il estimait bien mérité.

« Alors ?

– T'auras intérêt à identifier ce Chinetoque. Lui et notre ami ont échangé un truc dans les chiottes. Discret, vite fait bien fait », dit Reilly avec un sourire et un petit geste à la brune au bout du comptoir. Assez bien fait du reste pour que si Reilly avait dû témoigner et décrire ce qu'il avait vu devant un jury, n'importe quel étudiant en droit n'aurait eu aucun mal à lui faire admettre qu'il n'avait rien vu du tout. Mais cela déjà était révélateur : une telle maîtrise était soit le résultat d'une rencontre absolument fortuite entre deux individus parfaitement innocents – la plus pure des coïncidences –, soit l'œuvre de deux agents parfaitement entraînés effectuant à la perfection un manège minuté à la seconde près, à l'endroit idéal. Provalov était idéalement orienté pour voir les deux individus quitter les toilettes. Chacun faisait comme s'il ne remarquait pas l'autre, l'ignorant aussi royalement qu'on ignore un chien errant dans la rue – exactement l'attitude de deux inconnus s'étant côtoyés par hasard dans n'importe quelles toilettes pour hommes. Mais cette fois quand Koniev/Suvorov eut repris sa place au tabouret du bar, il s'occupa de son verre et cessa d'interroger régulièrement le miroir. En fait, il se tourna même pour saluer la fille sur sa gauche, puis fit signe au barman de la resservir, ce qu'elle accepta avec un sourire aussi commercial que chaleureux. Son visage proclamait qu'elle avait trouvé le micheton pour la nuit. Elle aurait pu faire du cinéma, se dit Reilly.

« Eh bien, notre copain semble avoir trouvé chaussure à son pied, lança-t-il à son collègue russe.

– Elle est mignonne, nota Provalov. Vingt-cinq ans, par là ?

– Pas loin, peut-être moins même. Jolis pare-chocs.

– Pare-chocs ?

– Les nibards, Oleg, les nibards », expliqua l'agent du FBI. Puis : « Ce Chinetoque est un espion. T'as vu quelqu'un dans le coin pour le filer ?

– Personne à ma connaissance, répondit l'inspecteur. Peut-être qu'il n'est pas identifié comme tel.

– Ouais, ben voyons, tous les gars de votre contre-espionnage sont partis prendre leur retraite sur la mer Noire, c'est ça ? Merde, je les ai eus assez souvent aux basques.

– Ce qui veut dire que je suis un de tes agents, alors ? » demanda Provalov.

Rire de l'Américain. « Préviens-moi quand tu veux passer à l'Ouest, Oleg Gregorievitch.

– Le Chinois en costume bleu ciel ?

– C'est lui. Petit, cinq pieds quatre pouces, cent cinquante-cinq livres, bedonnant, cheveux courts, la quarantaine bien entamée. »

Provalov convertit mentalement – un mètre soixante, soixante-cinq, soixante-dix kilos – tout en se tournant pour dévisager le type, à une quinzaine de mètres de là. Il avait l'air parfaitement ordinaire, comme la majorité des espions. Cela fait, Provalov retourna aux toilettes téléphoner à ses agents restés dehors.

Et ce fut à peu près tout pour la soirée : Koniev/Suvorov quitta le restaurant une vingtaine de minutes plus tard, la fille à son bras, pour rejoindre directement son appartement. L'un des hommes restés derrière suivit le Chinois à sa voiture qui était munie de plaques diplomatiques. On rédigea des rapports, puis tous les flics rentrèrent chez eux après une trop longue journée de travail, en se demandant ce qu'ils avaient déterré et si cela pouvait se révéler important.

20

Diplomatie

« Eh bien ? demanda Rutledge en récupérant ses notes.

– Ça m'a l'air OK, Cliff, à condition que vous vous sentiez capable de transmettre convenablement le message, commenta le secrétaire d'État en regardant son subordonné.

– Je pense avoir saisi la méthode. » Puis, après un temps d'arrêt : « Le président tient à ce qu'il soit délivré en des termes non équivoques, n'est-ce pas ? »

Adler acquiesça. « Ouaip.

– Vous savez, Scott, je n'en ai encore jamais collé une de ce calibre.

– Jamais eu envie ?

– Aux Israéliens, quelquefois. Aux Sud-Africains..., ajouta-t-il, pensif.

– Mais jamais aux Chinois ou aux Japonais ?

– Scott, je n'ai jamais été négociateur commercial, n'oubliez pas... » Mais cette fois, oui, parce que cette mission à Pékin était censée être largement couverte et requérait donc un diplomate de haut niveau et non un simple attaché d'ambassade. Les Chinois étaient déjà prévenus. De leur côté, les négociations seraient menées publiquement par leur ministre des Affaires étrangères, même si elles allaient être dirigées en sous-main par un diplomate de rang inférieur, mais spécialiste du commerce international et déjà rompu aux tractations commerciales avec l'Amérique. Le secrétaire d'État Adler, avec le feu vert du président Ryan, avait commencé à laisser entendre à la presse que les temps et les règles pouvaient avoir légèrement changé. Il n'était pas convaincu que Cliff Rutledge soit le candidat idéal pour faire passer le message mais c'était à lui de jouer.

« Comment ça se passe avec ce Gant, du Trésor ?

– S'il était diplomate, nous serions déjà en guerre avec les trois quarts de la planète, mais j'imagine qu'il doit s'y connaître en maths et en informatique, enfin sans doute », concéda Rutledge, sans chercher à dissimuler son mépris pour ce juif de Chicago aux mœurs de nouveau riche. Qu'il eût été lui-même d'origines modestes, Rutledge semblait depuis longtemps l'avoir effacé de sa mémoire. Des études à Harvard et un passeport diplomatique contribuaient à vous faire oublier des souvenirs aussi dégradants qu'une jeunesse passée en HLM à se nourrir de restes.

« Souvenez-vous que Winston l'aime bien, et que Ryan aime bien Winston, vu ? » l'avertit Adler, d'une voix douce. Il décida de ne pas relever l'antisémitisme de protestant bon teint affiché par son subordonné. La vie était trop courte pour perdre son temps en futilités et Rutledge savait que sa carrière reposait entre les mains de Scott Adler. Il gagnerait bien mieux sa vie comme consultant une fois qu'il aurait quitté le Département d'État, mais s'en faire virer risquait de nuire gravement à sa valeur sur le marché.

« OK, Scott, et... ouais, j'ai effectivement besoin de renforts sur les aspects monétaires de ces tractations commerciales. » Le signe de tête accompagnant cette déclaration aurait presque été respectueux. Bien. Le gars savait quand il convenait de ramper. Adler n'envisagea pas un instant de lui parler de l'origine des documents qu'il avait dans la poche grâce au président. Il y avait quelque chose dans l'attitude de ce diplomate de carrière qui ne lui inspirait pas confiance.

« Et pour les communications ?

– Notre ambassade à Pékin est équipée Tapdance, y compris le nouveau système adapté au téléphone, le même qu'à bord des avions. » Mais il y avait encore des problèmes, récemment cernés par Fort Meade. Les appareils avaient du mal à se connecter et l'utilisation d'un relais satellite bricolé ne contribuait pas à améliorer les choses. Comme la plupart des diplomates, Rutledge ne se souciait guère de ces détails techniques. Il s'attendait à voir les informations confidentielles apparaître comme par magie sans trop se demander de quelle manière elles avaient été obtenues. En revanche, il mettait systématiquement en doute les motivations de la source, quelle que soit celle-ci. Tout bien considéré, Clifford Rutledge était le parfait diplomate. Il ne croyait pas à grand-chose au-delà de sa petite carrière personnelle, de ses vagues notions de concorde internationale et de sa capacité à y aboutir en évitant une guerre par la seule force de son génie.

Mais du côté positif, devait admettre Adler, Rutledge était un technicien compétent en matière de diplomatie, qui savait comment se pratiquait le troc et comment présenter une position dans les termes les plus aimables tout en demeurant ferme. Les Affaires étrangères n'en avaient jamais trop de ce calibre. On pouvait lui appliquer ce qu'on disait jadis de Theodore Roosevelt : « le plus charmant gentleman qui vous ait tranché la gorge ». Mais Cliff ne ferait jamais une chose pareille, même pour faire progresser sa carrière. Il devait utiliser un rasoir électrique, moins par crainte de se couper que par peur du sang.

« Quand décolle votre avion ? » demanda Eagle à son subordonné.

Le sac de Barry Wise était déjà prêt. Il était expert en la matière, il avait d'ailleurs intérêt, car il voyageait presque autant qu'un pilote de ligne. À cinquante-quatre ans, cet ancien marine à la peau noire travaillait pour CNN depuis le début de la chaîne, plus de vingt ans auparavant, et il avait tout vu : il avait couvert les Contras au Nicaragua comme les premières missions de bombardement sur Bagdad. Il était là quand on avait exhumé les charniers en Yougoslavie, et commenté en direct les routes du génocide rwandais, regrettant (même s'il en remerciait le ciel) de ne pas pouvoir diffuser l'odeur épouvantable qui hantait encore ses rêves. Professionnel de l'information. Wise considérait ainsi sa mission : faire passer la vérité des faits de l'endroit où ils se produisaient aux endroits où les gens s'y intéressaient – et contribuer à susciter cet intérêt si ce n'était pas le cas. Il n'avait pas vraiment d'idéologie personnelle même s'il croyait en la justice et l'un des moyens d'y parvenir était de fournir l'information correcte au jury – en l'occurrence le public des téléspectateurs. Lui et ses collègues avaient transformé l'Afrique du Sud d'État raciste en véritable démocratie, et ils avaient également joué un rôle dans la chute du communisme. La vérité, selon lui, était quasiment l'arme la plus puissante du monde, si l'on avait le moyen de toucher le citoyen lambda. Contrairement à la majorité de ses collègues, Wise respectait le citoyen lambda, du moins ceux qui étaient assez intelligents pour le regarder. Ils voulaient la vérité et son boulot était de la leur fournir au mieux de ses capacités, capacités dont il doutait parfois, car il s'interrogeait sans cesse sur la qualité de son travail.

Il embrassa sa femme en sortant, promit de ramener des choses pour les gosses, comme il le faisait toujours, et chargea son sac de voyage dans sa petite folie personnelle, un cabriolet Mercedes rouge. Il descendit vers le périphérique de Washington, puis poursuivit sa route, toujours vers le sud, pour rejoindre la base aérienne d'Andrews. Il devait y être tôt parce que l'armée de l'air redoublait de mesures de sécurité. Peut-être à cause de ce film crétin où des terroristes maîtrisaient tous les gardes armés (bien qu'appartenant à l'Air Force, pas aux marines, ils avaient des fusils et donnaient à tout le moins l'apparence d'être compétents) à bord d'un des appareils de la 89e escadre de transport, ce qui, estima Wise, était à peu près aussi probable que de voir un pickpocket s'introduire au Bureau Ovale et délester le président de son portefeuille. Mais les militaires suivaient le règlement, si absurde qu'il puisse paraître – un souvenir qu'il gardait de son service chez les marines. Et donc il franchit la multitude de points de contrôle dont les gardes le connaissaient mieux que leur propre commandant, pour attendre dans le luxueux salon des personnalités à l'extrémité de la piste 0-1 gauche l'arrivée de la délégation officielle. Ils embarqueraient alors dans le vénérable VC-137 pour l'interminable trajet jusqu'à Pékin. Les fauteuils étaient aussi confortables qu'on pouvait l'espérer sur un avion et le service valait celui de n'importe quelle première classe, mais les vols de cette longueur restaient toujours pénibles.

« Première fois que j'y vais, dit Mark Gant en réponse à la question de George Winston. Bien... qu'est-ce que vous pensez de ce Rutledge ? »

Le secrétaire au Trésor haussa les épaules. « Un petit con de diplomate de carrière, mais qui a fort bien réussi à grimper les échelons. Avec d'excellentes relations... naguère très proche d'Ed Kealty. »

L'ancien trader leva les yeux : « Oh ? Pourquoi Ryan ne l'a-t-il pas viré ?

– Jack ne se livre pas à ce genre de jeu, rétorqua

Winston, en se demandant si, dans ce cas précis, les principes n'allaient pas à l'encontre du bon sens.

– George, il est toujours un peu naïf, non ?

– Peut-être bien, mais c'est un type carré, et ça me convient parfaitement. Il nous a quand même soutenus à fond sur la nouvelle loi fiscale et le nouveau train de mesures sera bientôt voté par le Congrès. »

Ça, Gant y croirait quand il le verrait. « À condition que tous les groupes de pression de la capitale ne viennent pas se coucher devant ce train... »

Grognement amusé de son interlocuteur. « Bof, ça glissera peut-être mieux... Vous savez, Gant, ce serait chouette de pouvoir boucler toute cette bande... »

George, si vous croyez ça, c'est que le président commence à déteindre un peu trop sur vous. Mais il ne pouvait pas le dire à son secrétaire d'État et, après tout, l'idéalisme n'était pas une si mauvaise chose.

« Je vais déjà me contenter de bloquer ces salauds de Chinois sur cette question de balance des paiements. Ryan compte nous soutenir ?

– À fond, m'a-t-il dit. Et je le crois volontiers, Mark.

– J'imagine qu'on le saura bien assez tôt. J'espère en tout cas que ce Rutledge sait lire les chiffres.

– Il sort de Harvard, observa le ministre.

– Je sais », soupira Gant. Il avait lui aussi ses propres préjugés d'intellectuel, lui qui était issu de l'université de Chicago, vingt ans plus tôt. Après tout, Harvard n'était jamais qu'un nom sur une peau d'âne.

Rire de Winston. « Ce ne sont pas tous des abrutis.

– Je suppose qu'on verra bien, patron. Enfin... » Il déploya les roulettes de sa valise et prit en bandoulière la sacoche de son portable. « Ma voiture est en bas.

– Bon voyage, Mark. »

Elle s'appelait Yang Lien-Hua. Trente-quatre ans, enceinte de neuf mois, et complètement terrorisée. C'était sa deuxième grossesse. Son premier enfant avait été un fils qu'elle avait baptisé Ju-Long, un prénom de bon augure, qu'on pouvait traduire par « Grand Dragon » Mais l'enfant était mort à quatre ans, projeté sous les roues d'un autobus par un vélo roulant sur le trottoir. Sa disparition avait anéanti ses parents et ému jusqu'aux représentants locaux du parti communiste. Ils avaient diligenté une enquête qui avait disculpé le conducteur de bus mais n'avait jamais permis de retrouver le cycliste. La perte avait été si cruelle pour Mme Yang qu'elle était allée chercher le réconfort d'une manière que le gouvernement de son pays n'encourageait pas vraiment : à travers le christianisme, cette religion venue de l'étranger et méprisée dans les faits sinon dans les textes. En une autre époque, elle aurait pu trouver ce réconfort dans les enseignements de Bouddha ou de Confucius mais ceux-ci avaient également été en grande partie effacés de la conscience collective par le pouvoir marxiste qui persistait à voir dans la religion l'opium du peuple. Une collègue lui avait alors discrètement suggéré de faire la connaissance d'un sien « ami », un certain Yu Fa An. Mme Yang était allée le voir et c'est ainsi qu'elle devait faire ses premiers pas dans la trahison.

Le révérend Yu, découvrit-elle, était un homme fort cultivé qui avait beaucoup voyagé, ce qui renforçait encore sa stature à ses yeux. C'était également un auditeur attentif qui écouta chacune de ses paroles, tout en lui servant gentiment du thé et en lui tapotant doucement la main quand les larmes ruisselaient sur son visage. Ce ne fut que lorsqu'elle eut achevé le récit de ses malheurs qu'il entama son enseignement.

Ju-Long, lui dit-il, était auprès de Dieu parce que Dieu veillait tout particulièrement sur les enfants innocents. Même si elle ne pouvait le voir en ce moment, son fils, lui, pouvait la voir du haut du ciel, et même si son chagrin était parfaitement compréhensible, elle devait comprendre que le Dieu des hommes était un Dieu de miséricorde et d'amour qui avait envoyé sur terre son Fils unique, afin de montrer aux hommes la Vraie Voie et de lui offrir Sa propre vie en rémission de leurs péchés. Il lui tendit alors une Bible imprimée en gouyu qu'on appelait aussi le mandarin et l'aida à y retrouver les passages concernés.

Cela n'avait pas été facile pour Mme Yang mais si profond était son chagrin qu'elle ne cessait de revenir puiser des conseils auprès du prêtre et qu'elle amena finalement avec elle Quon, son époux. M. Yang devait se révéler un redoutable prédicateur, quel que soit le terrain. Lorsqu'il avait servi dans l'Armée populaire de libération, Quon avait reçu un endoctrinement politique si efficace et il avait si bien réussi les tests qu'on l'avait envoyé à l'école des sous-officiers où l'intégrisme politique était de mise. Mais Quon avait été un bon père pour son Grand Dragon et, pour lui aussi, le vide dans son système de croyance avait été trop vaste à combler. Ce fut le révérend Yu qui le combla et bientôt, les deux époux Yang étaient devenus des participants assidus à ses cérémonies religieuses discrètes ; peu à peu, ils avaient fini par accepter leur deuil en se persuadant que Ju-Long vivait toujours, et qu'ils seraient un jour à nouveau réunis avec lui en présence de ce Dieu Tout-Puissant dont l'existence leur devenait de plus en plus manifeste.

Jusque-là, la vie s'était poursuivie. Ils continuaient d'aller travailler tous les deux dans la même usine, logeaient toujours dans le même appartement ouvrier du quartier pékinois de Di'Anmen, près du parc Jingshan – le parc du Terril. Après leur journée à l'atelier, ils regardaient le soir les programmes de la télévision d'État et, à la longue, Lien-Hua retomba enceinte...

... Et s'attira des ennuis de la part d'un gouvernement dont la politique démographique était plus que draconienne. On avait depuis longtemps décrété que chaque couple marié ne pouvait avoir qu'un enfant. Une seconde grossesse requérait une autorisation officielle. Même si en général on ne la refusait pas aux familles dont le premier enfant était mort, il fallait remplir une demande, et dans le cas de parents jugés politiquement douteux, celle-ci était le plus souvent indéfiniment retardée, ce qui était un autre moyen de contrôler la population. Ce qui dans les faits voulait dire que la grossesse non autorisée devait être interrompue. L'intervention était pratiquée en toute sécurité dans un hôpital public et aux frais de l'État, mais c'était malgré tout une interruption de grossesse.

Le christianisme était considéré comme suspect par le gouvernement communiste et, comme il fallait s'y attendre, le ministère de la Sécurité d'État avait infiltré des agents parmi les ouailles du révérend Yu. Ils étaient trois (de peur que l'un ou l'autre ne se laisse corrompre par la religion et devienne à son tour un élément à risque) et avaient inscrit le nom des Yang en tête de liste des éléments politiquement non fiables. De sorte que lorsque Mme Yang Lien-Hua avait dûment déclaré sa grossesse, un courrier officiel était arrivé dans sa boîte, lui ordonnant de se rendre à l'hôpital Longfu, rue Meishuguan, pour y subir un avortement thérapeutique.

Ce dont Lien-Hua ne voulait en aucun cas. Même si son prénom voulait dire « Fleur de lotus », elle n'avait rien d'une fleur fragile. Une semaine plus tard, elle adressa une lettre aux services concernés, pour leur déclarer qu'elle avait fait une fausse couche. Compte tenu de la nature de ces bureaucraties, personne ne prit la peine de vérifier.

Ce mensonge ne lui avait offert que six mois de sursis dans un stress grandissant. Elle ne consulta pas de médecin, pas même ces « toubibs aux pieds nus » que le régime communiste avait inventés une génération plus tôt, pour la plus grande admiration des gauchistes de tout poil. Lien-Hua était saine et vigoureuse et la nature avait conçu le corps humain pour engendrer des rejetons en bonne santé bien avant l'avènement des obstétriciens. La jeune femme avait à peu près réussi à dissimuler son ventre distendu sous ses vêtements mal taillés. Ce qu'elle ne pouvait cacher en revanche, et se cacher, surtout, c'était sa peur. Elle portait en elle un nouveau bébé. Un enfant désiré. Elle voulait avoir une autre chance d'être mère. Elle voulait sentir un bébé téter son sein. Elle voulait pouvoir l'aimer et le dorloter, le regarder apprendre à ramper, se redresser, puis marcher, et parler, le voir grandir au-delà de quatre ans, entrer à l'école et devenir un adulte dont elle pourrait être fière.

Le problème, c'était la politique de contrôle des naissances. L'État l'appliquait de manière impitoyable. Elle savait ce qui pouvait arriver, la seringue emplie de formaldéhyde plantée dans la tête du nouveau-né à l'instant même de la naissance. Pour les Yang, c'était un crime prémédité, un meurtre de sang-froid, et ils étaient bien décidés à ne pas perdre ce second enfant qui, leur avait dit le révérend Yu, était un don de Dieu.

Et il existait un moyen. En accouchant à domicile sans assistance médicale, et si le bébé poussait son premier cri, alors l'État ne le tuerait pas. Il y avait des choses auxquelles même le gouvernement de Chine populaire répugnait, et parmi celles-ci, le meurtre d'un jeune enfant vivant. Mais tant qu'il n'avait pas poussé ce premier cri, il ne représentait guère plus qu'un morceau de viande à l'étal du marché. La rumeur courait même que le gouvernement chinois vendait à l'étranger des organes extraits de nouveau-nés avortés en vue de greffes ou de recherches médicales, et les Yang étaient tout prêts à y croire.

Donc, leur plan était que Lien-Hua accouche à domicile, après quoi ils pourraient mettre l'État devant le fait accompli et, par la suite, faire baptiser l'enfant par le révérend Yu. Raison pour laquelle Mme Yang avait entretenu sa condition physique, se contraignant à marcher deux kilomètres par jour, à se nourrir de manière raisonnable, bref, à se conformer à tous les conseils prodigués aux futures mères dans les manuels publiés par le gouvernement. Et si jamais les choses devaient tourner mal, ils iraient demander conseil au révérend Yu. Ce plan permettait à Lien-Hua de supporter le stress – à vrai dire, la terreur noire – engendré par sa situation illégale.

« Alors ? demanda Ryan.

– Rutledge a toutes les aptitudes requises et nous lui avons fourni les directives nécessaires. Il devrait les exécuter sans problème. Seule question : les Chinois seront-ils prêts à jouer le jeu ?

– S'ils refusent, ils vont le regretter », nota le président. Sans être froide, la voix affichait une certaine détermination. « S'ils croient pouvoir nous intimider, Scott, il est temps pour eux de découvrir qui est-ce qui commande.

– Ils se rebifferont. Ils ont pris des options sur quatorze Boeing 777 – pas plus tard qu'il y a quatre jours. C'est le premier truc qu'ils feront sauter si on leur déplaît. Or ça représente une masse d'argent et d'emplois pour Boeing à Seattle, avertit Adler.

– Je n'ai jamais apprécié le chantage, Scott. Par ailleurs, c'est un exemple classique de fausses économies. Si on cède à cause de ça, alors on perdra dix fois plus d'argent et d'emplois ailleurs – d'accord, ils ne seront pas tous au même endroit, ce qui empêchera les journalistes de la télé de braquer dessus leurs caméras, et donc d'embrasser le problème dans son ensemble, pour ne couvrir que ce qui tient sur une cassette Betacam.

Mais je ne suis pas là pour faire plaisir aux médias. Je suis là pour servir au mieux mes concitoyens, Scott. Et bon Dieu, c'est ce que je vais m'employer à faire, promit le chef de l'État.

— Je n'en doute pas un instant, Jack, répondit Adler. Tâche juste de ne pas oublier que la partie ne se déroulera peut-être pas tout à fait comme tu veux.

— C'est toujours le cas, mais s'ils durcissent le ton, ça va leur coûter soixante-dix milliards par an. On peut fort bien se passer de leurs produits. Eux peuvent-ils se passer des nôtres ? » demanda Ryan.

La question eut le don de mettre légèrement mal à l'aise le secrétaire d'État. « J'imagine qu'il faudra attendre pour voir. »

21

Frémissements

« Alors, quels sont les résultats d'hier ? » s'enquit Reilly. Il serait en retard à l'ambassade, mais son petit doigt lui disait que la situation était en train de se débloquer du côté de l'affaire RPG – comme il l'appelait. Or le directeur Murray y portait un intérêt personnel car le président s'y intéressait également : résultat, elle passait illico avant tous les dossiers qui encombraient son bureau.

« Notre ami chinois – je parle de celui des toilettes – est le troisième secrétaire de leur mission diplomatique. Nos copains du SVR le soupçonnent d'appartenir à leur ministère de la Sécurité d'État. À notre ministère des Affaires étrangères, on ne le considère pas comme un diplomate particulièrement brillant.

– C'est comme ça qu'on planque le mieux un espion, reconnut Reilly. Sous les apparences d'un sous-fifre anonyme. OK, donc, il est dans le coup.

– Je suis d'accord avec toi, Michka. À présent, ce serait sympa de savoir qui a transmis quoi à qui.

– Oleg Gregorievitch, si j'étais resté debout à les regarder, je n'aurais rien remarqué du tout. » C'était le problème avec les vrais pros. Ils avaient le tour de main d'un croupier de Las Vegas. Il fallait un bon objectif et une caméra de prise de vues au ralenti pour être certain, et c'était un tantinet encombrant en mission sur le terrain. Mais ils venaient de prouver (pour leur satisfaction personnelle au moins) que les deux hommes effectuaient une mission d'espionnage, et quoi qu'on puisse en penser, c'était déjà une avancée notable.

« T'as pu identifier la fille ?

– Yelena Ivanova Dimitrova. » Provalov lui tendit son dossier. « Juste une pute, mais une pute de luxe, bien entendu. »

Reilly l'ouvrit, parcourut les notes. Une prostituée fichée, spécialisée dans les étrangers. La photo était exceptionnellement flatteuse.

« T'as dû arriver tôt, ce matin, non ? » Sans doute, vu le boulot déjà abattu.

« Avant six heures », confirma Oleg. Pour lui aussi, l'affaire commençait à devenir palpitante. « Quoi qu'il en soit, Klementi Ivanovitch l'a gardée toute la nuit. Elle a quitté son appartement puis est rentrée chez elle en taxi à sept heures quarante ce matin. Elle avait l'air heureuse et satisfaite, au dire de mes hommes. »

Marrant. Elle ne quittait son client qu'après l'arrivée d'Oleg au bureau ? Quelque part, ça avait dû le travailler, songea l'Américain avec ironie. Sûr que ça l'aurait travaillé, à sa place. « Eh bien, tant mieux pour notre sujet. J'espère qu'il ne va pas s'en lasser trop vite, nota tout haut l'agent du FBI, en espérant remonter le moral de son collègue.

– On peut toujours espérer, acquiesça Provalov, flegmatique. J'ai quatre hommes en planque pour surveiller son appartement. S'il s'avise de s'absenter pour un petit bout de temps, on essaiera d'envoyer une équipe y installer des micros.

– Ils savent être discrets ? » Si ce Suvorov était aussi bien entraîné qu'ils l'imaginaient, il laisserait des mouchards pour lui signaler toute effraction, rendant l'entreprise pour le moins risquée.

« Eux aussi ont été formés au KGB. L'un d'eux a participé à la capture d'un agent français, dans le temps... À présent, j'ai une question à te poser, enchaîna le flic russe.

– Vas-y.

– T'as entendu parler d'une cellule antiterroriste spéciale basée en Angleterre ?

– Tu veux parler des "Hommes en noir" ?

– Oui. Tu sais quelque chose sur eux ? »

Reilly savait qu'il devait faire gaffe à ce qu'il disait, même s'il n'avait pas grand-chose à révéler. « À vrai dire, je n'en sais guère plus que ce que j'ai lu dans les journaux. C'est une sorte de groupe multinational de l'OTAN, formé pour partie de militaires, pour partie de policiers. Ils ont réussi pas mal de coups l'an dernier. Pourquoi cette question ?

– Une requête venue d'en haut, parce que je te connais. On m'a dit qu'ils venaient à Moscou pour participer à la formation de nos hommes – des groupes de Spetsnaz aux attributions similaires, expliqua Oleg.

– Vraiment ? Ma foi, je n'ai jamais été dans la section intervention du service, j'ai juste fait un bref passage dans une brigade locale du SWAT. Mais Gus Werner doit en savoir plus. Gus est le responsable de la division antiterroriste au siège. Avant, il dirigeait le HRT, le service de récupération d'otages, et il avait rang de commissaire divisionnaire. Je l'ai rencontré une seule fois, juste bonjour-bonsoir, mais Gus a une excellente réputation. Il est très estimé de ses subordonnés. Mais comme je t'ai dit, c'est la section intervention. Moi, j'ai toujours été plutôt avec les joueurs d'échecs.

– Le bureau d'enquêtes, tu veux dire ?

– Ouais, c'est ça. Ça devait être l'attribution initiale du FBI, mais le service a pas mal évolué au cours des années. » L'Américain marqua un temps avant de demander, histoire de recentrer la discussion : « Alors comme ça, vous surveillez de près ce Suvorov/Koniev ?

— Mes hommes ont reçu l'ordre d'être discrets mais oui, on va le serrer de près.

— Tu sais, s'il bosse vraiment avec ces espions chinois... tu crois qu'ils voulaient éliminer Golovko ?

— J'en sais rien mais on ne doit pas écarter l'éventualité. »

Reilly opina, estimant que ça ferait un rapport intéressant à balancer à Washington, voire à discuter avec le chef de poste de la CIA.

« Je veux les dossiers de tous ceux qui ont pu travailler avec lui, ordonna Sergueï Nikolaïevitch. Et vous, je veux que vous m'apportiez son dossier personnel.

— Oui, camarade directeur », répondit le commandant Chelepine avec un signe de tête.

La réunion matinale, dirigée par un colonel de la milice, n'avait ravi ni le directeur du SVR ni le chef de ses gardes du corps. Dans ce cas précis (et pour changer) la lenteur proverbiale de la bureaucratie russe avait été contournée et l'information transmise en exprès à toutes les personnes concernées. Y compris l'homme qui avait peut-être échappé par accident à un attentat dirigé contre lui.

« Et nous allons monter un groupe spécial d'intervention pour épauler ce jeune Provalov.

— Bien entendu, camarade directeur. »

Étrange, se dit Sergueï Nikolaïevitch, comme le monde peut changer vite. Il se rappelait du matin de l'attentat comme si c'était la veille — ce n'était pas le genre de choses qu'on pouvait oublier. Mais après le choc et la peur des premiers jours, il avait fini par se relaxer, par se convaincre que cet Avseïenko était la vraie cible de cette tentative de liquidation par la pègre

– il affectionnait ce terme vieillot – et qu'en fait jamais sa vie n'avait été directement menacée. Une fois cette idée ancrée dans la tête, tout l'épisode était devenu pour lui comme un banal accident de la circulation dont il aurait été le témoin. Même si un malheureux automobiliste avait été tué au bord de la route, ce n'était qu'un incident incongru à écarter d'emblée car impensable avec sa luxueuse limousine officielle, surtout avec Anatoly au volant. Mais voilà qu'il en était venu à se demander si l'accident ne lui avait pas en fait épargné la vie. Ce genre de choses n'était pas censé arriver... il n'avait absolument pas besoin de ça.

À présent, il se sentait encore plus terrifié qu'en cette matinée radieuse, alors qu'il contemplait l'épave fumante sur la place. Car cela pouvait vouloir dire qu'il était toujours en danger, une perspective qu'il redoutait tout autant que le premier venu.

Pis encore, son chasseur pouvait fort bien être un des siens, un ancien agent du KGB avec des relations aux Spetsnaz, et si jamais l'homme était également en contact avec les Chinois...

Mais pourquoi les Chinois voudraient-ils attenter à sa vie ? Et à vrai dire, pourquoi les Chinois voudraient-ils perpétrer une telle action criminelle hors de leurs frontières ? C'eût été d'une imprudence qui dépassait l'entendement.

Non, rien de tout cela ne tenait debout, mais en bon espion de carrière, Golovko avait depuis longtemps perdu l'illusion que le monde tenait debout. Ce qu'il savait en revanche, c'est qu'il avait besoin d'informations supplémentaires et qu'au moins, il était un des mieux placés pour ça. Il n'avait peut-être plus autant de pouvoir que naguère, mais ce qu'il lui en restait suffirait à ses ambitions.

Enfin, il l'espérait.

Il évitait de venir trop souvent au ministère. Simple mesure de sécurité routinière, mais logique. Une fois que vous aviez recruté un agent, vous n'aviez pas besoin de traîner aux alentours, sous peine de le ou la compromettre. C'était une des premières choses qu'on vous enseignait à la Ferme. Si vous compromettiez l'un des vôtres, vous risquiez d'avoir du mal à trouver le sommeil par la suite, parce que la CIA était en général active dans les pays où l'on avait tendance à tirer ou faire le coup de poing sans sommation – au gré des préférences de la police d'État, et cela, leur avaient expliqué les instructeurs, pouvait s'avérer des plus désagréables. Surtout dans un cas comme celui-ci où il avait entamé une liaison avec son agent ; avec le risque qu'en cas de rupture, elle décide de cesser une coopération qui, au dire de Langley, se révélait bougrement fructueuse, au point qu'ils en redemandaient. Effacer le programme qu'il lui avait fait installer sur sa machine serait difficile pour un génie de CalTech, mais on pouvait arriver au même résultat en lui plantant son disque dur et en réinstallant tout, parce que ce petit logiciel espion était planqué dans les fichiers-système et qu'une réinstallation le détruirait à coup sûr.

Bref, il n'avait pas franchement envie de zoner dans le coin, mais il était un homme d'affaires, en sus d'être un espion, et le client venait de l'appeler. La fille installée à deux postes de distance de Ming avait un problème d'ordinateur, or il était le technicien de chez NEC chargé de la maintenance du ministère.

Le problème s'avéra mineur – il valait mieux éviter que certaines femmes touchent à ces machines délicates. C'était comme de lâcher un gamin de quatre ans dans une armurerie... mais on ne pouvait pas crier ça tout haut en ces temps libérés, même ici. Par chance, Ming était invisible lorsqu'il était entré dans le bureau. Il s'était dirigé vers le poste concerné et avait réparé l'incident en trois minutes, expliquant à la secrétaire son erreur de manipulation en termes simples, faciles à comprendre et propres à la bombarder désormais expert informatique du service pour ce genre de pépins fréquents. Sur un sourire et une courbette polie à la japonaise, il s'apprêtait à prendre congé quand la porte du bureau intérieur s'ouvrit, livrant passage à Ming, suivie du ministre Fang, le nez plongé dans des dossiers.

« Oh, bonjour, Nomuri-san ! » s'écria Ming, surprise, alors que Fang lançait « Tchai ! » à tue-tête tout en faisant signe à une des autres filles de le suivre. Si le ministre avait aperçu Nomuri, il n'en laissa rien paraître, s'éclipsant aussitôt de nouveau dans son bureau privé.

« Bonjour, camarade Ming », dit Nomuri en anglais, avant d'ajouter, pour la forme : « Votre ordinateur fonctionne comme il faut ?

– Oui, tout à fait, merci.

– Bien. Enfin, si jamais vous rencontrez un problème, vous avez ma carte...

– Oh, oui. Vous êtes bien installé à Pékin, maintenant ? s'enquit-elle avec politesse.

– Oui, merci beaucoup.

– Vous devriez essayer la cuisine chinoise au lieu d'en rester à celle de votre pays même si, je dois l'admettre, j'ai pris goût ces derniers temps à la saucisse japonaise », observa-t-elle, autant pour lui que pour le reste de l'assistance, assortissant sa remarque d'une mimique éloquente.

Pour sa part, Chester Nomuri crut que son cœur s'était arrêté de battre dix bonnes secondes. « Ah, oui », parvint-il à articuler, dès qu'il put retrouver son souffle. « Effectivement, elles peuvent être délicieuses. »

Ming se contenta de hocher la tête, puis elle regagna son bureau et se remit au travail. Nomuri salua et fit une petite courbette à tout le monde avant de prendre congé à son tour. Sitôt dans le couloir, il fonça vers les toilettes, pris d'une envie pressante. Doux Jésus. Mais c'était un des problèmes avec les agents. Il leur arrivait parfois de prendre leur pied en mission, un peu comme un camé décolle sitôt que la dope agit sur son organisme... Ils se mettaient à titiller le dragon avec cet enthousiasme tout neuf, pour le seul plaisir d'y goûter encore, oubliant que la queue du monstre était bien plus proche de sa gueule qu'il n'y paraissait. Prendre plaisir au danger était stupide. Remontant sa braguette, Nomuri se dit qu'il avait su négocier le coup, qu'il n'avait pas bafouillé pour répondre à ce trait d'ironie. Mais il devait la mettre en garde. Quand on s'amusait à danser dans un champ de mines, on ne savait jamais vraiment où on mettait le pied, et découvrir son erreur était généralement douloureux.

C'est à cet instant qu'il réalisa pourquoi c'était arrivé, et l'idée le figea soudain. Ming était amoureuse. Elle était gaie parce que... voyons, pourquoi sinon aurait-elle dit une chose pareille ? Par jeu ? Considérait-elle tout cela comme un jeu ? Non, elle n'avait rien d'une allumeuse. Entre eux, question sexe, ça marchait bien, peut-être trop bien même, si tant est qu'une telle chose fût possible, songea Nomuri en retournant vers l'ascenseur. Après lui avoir sorti ça, elle allait sûrement débarquer ce soir. Sur le chemin du retour, il faudrait qu'il s'arrête chez le marchand de spiritueux refaire le plein de cet infâme whisky japonais à trente dollars le litre. Dans ce pays, un travailleur n'avait pas les moyens de se saouler à moins de se rabattre sur la gnôle locale, et ça, il n'osait même pas l'envisager.

Mais Ming venait de consacrer leur relation en risquant sa vie devant son ministre et ses collègues : pour Nomuri, c'était bien plus terrifiant que ses remarques déplacées sur sa queue et son penchant pour celle-ci. *Bon Dieu, ça commence à devenir trop sérieux*. Mais que pouvait-il y faire ? Il l'avait séduite, avait fait d'elle une espionne et elle avait craqué pour lui, simplement sans doute parce qu'il était plus jeune que le vieux con pour qui elle bossait, et qu'il était bien plus gentil avec elle. Bien, donc il était un bon coup au pieu, et c'était excellent pour son ego de mâle, et puis il était perdu en terre étrangère et devait bien s'éclater lui aussi, sans compter que faire ça avec elle était sans doute moins risqué pour sa couverture que d'aller lever une pute dans un bar. Et il n'avait même pas envie d'envisager la perspective de nouer une relation durable avec une vraie fille dans la vraie vie...

... Mais là, en quoi est-ce si différent ? se demanda-t-il. En dehors du fait que pendant qu'elle l'aimait, son ordinateur expédiait à travers les airs la copie de ses notes dactylographiées...

C'était ce qu'il faisait de nouveau, juste après la fermeture des bureaux, et le décalage de onze heures permettait que le message arrive sur le bureau des fonctionnaires du gouvernement après leur petit déjeuner. Dans le cas de Mary Patricia Foley, les matinées étaient devenues bien moins frénétiques. La cadette n'était pas encore à la fac mais elle préférait se préparer toute seule ses flocons d'avoine avant de prendre sa voiture pour se rendre au lycée, ce qui laissait à sa mère vingt-cinq minutes de plus pour traîner au lit. Vingt ans à jouer les espionnes, il y avait de quoi vous conduire à l'asile mais en fait, c'était une vie qu'elle avait appréciée, surtout ses années à Moscou, quand elle travaillait dans le ventre de la bête, en y gagnant un bel ulcère au passage, se remémora-t-elle avec un sourire.

Son mari pouvait en dire autant. Devenu le premier couple d'agents à monter si haut à Langley, ils arrivaient ensemble au boulot tous les matins – dans leur véhicule personnel plutôt que dans la voiture de fonction à laquelle ils auraient eu droit, mais encadrés néanmoins par deux voitures de patrouille bourrées d'agents armés parce que n'importe quel terroriste doté d'une once de jugeote pourrait voir en eux des cibles plus précieuses que des joyaux. Ça leur permettait de discuter en route – l'habitacle était inspecté toutes les semaines pour y traquer d'éventuels micros.

Ils se garèrent à leur emplacement habituel (et surdimensionné) au sous-sol de l'ancien QG, puis empruntèrent l'ascenseur de direction qui, allez savoir pourquoi, les attendait toujours pour gagner leurs bureaux du sixième.

Le bureau de Mme Foley était déjà rangé. Tous ses dossiers importants l'étaient aussi. Mais aujourd'hui, comme depuis une semaine, au lieu de parcourir les chemises aux bordures rayées garnies de documents classés ULTRA-CONFIDENTIEL / CODE CONFIDENTIEL, elle se précipita pour réveiller son ordinateur et récupérer son courrier électronique spécial. Ce matin encore, bonne pêche. Elle recopia provisoirement le message sur son disque dur, en fit une sortie papier et, dès que l'imprimante eut craché le texte, elle effaça l'original. Puis elle lut la copie et décrocha le téléphone pour appeler son époux.

« Ouais, chérie ?

– Y a du potage aux nids d'hirondelles », annonçat-elle au directeur de la CIA. C'était un plat chinois qu'il trouvait particulièrement dégueulasse et elle adorait le titiller.

« OK, chou, arrive. » Le patron savait qu'il devait être succulent pour qu'elle essaie de lui retourner l'estomac si tôt le matin.

« Du nouveau de Sorge ? demanda le président, soixante-quinze minutes plus tard.

– Oui, monsieur », confirma Ben Goodley en lui

tendant la feuille. Sans être long, le message était intéressant.

Ryan le parcourut. « Analyse ?

— Mme Foley veut l'examiner avec vous cet après-
midi. Vous avez un créneau à quatorze heures quinze.

— OK. Qui d'autre ?

— Le vice-président, puisqu'il est dans le coin. »
Goodley savait que Ryan aimait avoir Robby Jackson
pour toutes les infos d'intérêt stratégique. « Il est relativement libre cet après-midi, lui aussi.

— Bien. Arrangez-nous ça. »

Six pâtés de maisons plus loin, Dan Murray venait
d'arriver dans son vaste bureau (à vrai dire, bien plus
vaste que le bureau présidentiel) avec son détachement
de gardes du corps, parce que, en tant que principal
responsable du contre-espionnage et de l'antiterrorisme
dans le pays, il avait accès à quantité d'informations
convoitées par beaucoup. Ce matin n'avait fait qu'en
ajouter.

« Bonjour, monsieur le directeur », dit une des
femmes de son équipe. En plus de simple secrétaire,
c'était un agent assermenté et portant une arme.

« Hé, Toni ! » lança Murray. Elle était plutôt bien
roulée mais le directeur du FBI se rendit compte soudain qu'il venait à l'instant de se prouver que son
épouse Liz avait raison : il tournait au vieux saligaud.

Les piles de documents sur le bureau avaient été
réparties par la permanence de nuit selon un ordre précis : tout à droite, le matériel lié au renseignement, tout
à gauche, au contre-espionnage, et la grosse pile du
milieu, les enquêtes criminelles en cours exigeant son
attention ou un avis personnel. La tradition remontait
au premier patron, « M. Hoover », comme on l'appelait
toujours au FBI, qui semblait s'intéresser à toutes les

affaires dépassant le simple vol de vieilles voitures de service sur les parkings du gouvernement.

Mais Murray avait longtemps travaillé dans la section dite noire du Bureau, de sorte qu'il s'attaqua d'emblée à la pile de droite. Pas grand-chose. Le FBI lançait désormais ses opérations de renseignements de son côté, au grand dam de la CIA ; mais les deux services ne s'étaient jamais vraiment entendus, même si Murray aimait bien les Foley. Et puis merde, se dit-il, un peu de rivalité n'a jamais fait de mal à personne, tant que la CIA ne venait pas fourrer le nez dans une enquête criminelle, ce qui serait une tout autre affaire. Le rapport posé sur le haut de la pile émanait de Mike Reilly...

« Bigre... », souffla Dan Murray. Suivit un sourire intérieur. Murray avait sélectionné lui-même Reilly pour le poste à Moscou, malgré les objections de certains pontes du service qui voulaient tous sortir Paul Landau de la section renseignements. Mais non, avait décidé Murray, Moscou avait besoin d'un coup de main pour le travail de flic, pas pour la traque aux espions, et pour ça, ils avaient une longue expérience. Donc, il avait envoyé Mike, le digne fils de son père, Pat Reilly, flic lui aussi, qui avait flanqué à la mafia new-yorkaise une sérieuse indigestion. Landau se trouvait en ce moment à Berlin, où il collaborait avec le BKA, le *Bundeskriminalamt*, la Brigade criminelle allemande, pour assurer la liaison normale sur les affaires en cours, et il se débrouillait fort bien. Reilly, en revanche, était déjà un élément prometteur. Son père avait pris sa retraite avec le poste de commissaire divisionnaire. Mike devait pouvoir faire mieux.

Et sa façon de se lier avec cet inspecteur russe, Provalov, ne devrait pas non plus nuire à sa carrière. Bien. Donc, ils auraient découvert un lien entre un ex-agent du KGB et le MSE chinois... ? Et tout ça dans le cadre de l'enquête sur le gros boum-ba-da-boum dans la capitale russe ? Merde, se pouvait-il que les Chinois soient dans le coup ? Si oui, qu'est-ce que ça pouvait bien vouloir dire ? Et là, effectivement, le truc devrait intéresser les Foley. Le directeur Murray décrocha son téléphone. Dix minutes plus tard, le document de Moscou partait à Langley en fax crypté – et pour se garantir que la CIA n'allait pas s'attribuer les résultats du FBI, il en envoya par porteur une copie papier à la Maison-Blanche, où elle fut remise en main propre au Dr Benjamin Goodley qui ne manquerait pas de la montrer au président avant midi.

Il en était au point où il parvenait à reconnaître sa façon de toquer à la porte. Nomuri posa son verre et se leva d'un bond pour répondre, ouvrant le battant moins de cinq secondes après son premier *toc-toc-toc* si excitant.

« Ming !

– Nomuri-san ! »

Il l'attira à l'intérieur, ferma la porte, la verrouilla. Puis il la souleva du sol dans une étreinte dont la passion était feinte à moins de trois pour cent.

« Alors comme ça, tu as un faible pour la saucisse japonaise, hmm ? fit-il entre un sourire et un baiser.

– Tu n'as même pas souri quand j'ai dit ça. Ce n'était pas drôle ? s'inquiéta-t-elle alors qu'il commençait à lui déboutonner son corsage.

– Ming... » Puis il hésita et se lança – il venait d'apprendre le mot un peu plus tôt dans la journée : « *Baubei.* » Cela voulait dire « Ma bien-aimée ».

Elle sourit et répondit à son tour : « *Shing-gan* », ce qui, traduit littéralement, donnait « cœur et foie » mais qui, dans le contexte, voulait dire « corps et âme ».

« Mon amour..., reprit Nomuri après un nouveau baiser, as-tu parlé de notre relation à ton bureau ?

– Non, le ministre Fang pourrait voir cela d'un mauvais œil ; ça ne poserait sans doute pas de problème avec les autres filles si elles le découvraient, expliqua-t-elle, le sourire aguichant, mais on ne sait jamais...

— Alors, pourquoi courir ce risque en faisant une telle plaisanterie, à moins que tu n'aies voulu que ce soit moi qui te trahisse ?

— Tu n'as aucun sens de l'humour », observa Ming, mais elle s'empressa de glisser les mains sous sa chemise pour lui caresser le torse. « Enfin, ce n'est pas grave. Tu as d'autres qualités qui me conviennent... »

Ensuite, il fut temps de parler boulot.

« *Bau-bei ?*

— Oui ?

— Ton ordinateur marche toujours sans problème ?

— Oh, oui », lui assura-t-elle d'une voix assoupie.

De la main gauche, il la caressait doucement. « Est-ce que d'autres filles dans le service se servent de leur ordinateur pour surfer sur le Net ?

— Seulement Tchai. Fang se sert d'elle comme il se sert de moi. À vrai dire, il la préfère. Il trouve qu'elle a une bouche plus agile.

— Oh ? fit Nomuri, atténuant l'exclamation avec un sourire.

— Je te l'ai dit, le ministre Fang est un vieillard. Parfois, il a besoin de... certains encouragements, et Tchai, ça ne la dérange pas outre mesure. Elle dit que ça lui rappelle son grand-père. »

L'observation suscita tout au plus dans l'esprit de l'Américain une vague réaction de dégoût. « Alors comme ça, les filles du service échangent leurs impressions sur ton ministre ? »

Rire de Ming. C'était plutôt marrant. « Bien sûr. On le fait toutes. »

Bigre, songea Nomuri. Il avait toujours cru que les femmes étaient plus... discrètes, que seuls les hommes s'échangeaient ce genre de vantardises de vestiaire.

« La première fois qu'il m'a demandé ça, poursuivit-elle, je n'ai trop su que faire, alors j'en ai parlé à Tchai pour lui demander son avis. C'était elle la plus ancienne dans le service, tu comprends. Elle m'a dit de ne pas me poser de questions, d'en profiter et d'essayer de le rendre heureux, et que j'aurais peut-être la chance d'y gagner un chouette siège de bureau, comme le sien. Tchai doit savoir s'y prendre. Elle a eu une bicyclette neuve, en novembre dernier. Moi, eh bien... je crois qu'il m'aime bien uniquement parce que je suis un peu différente. Tchai a de plus gros seins que moi, et je crois que je suis plus jolie qu'elle, mais elle a bon caractère, et elle éprouve de la tendresse pour ce vieux bonhomme. Plus que moi, en tout cas. » Elle marqua un temps. « Et pas au point de vouloir un vélo neuf. »

« Qu'est-ce que ça veut dire ? demanda Robby Jackson.

— Ma foi, je ne sais pas trop, admit le patron de la CIA. Ce Fang a eu un long entretien avec notre vieil ami Zhang Han San. Au sujet des négociations avec notre délégation commerciale qui doivent débuter demain. Merde... (Foley regarda sa montre)... c'est dans moins de quatorze heures. Et il semblerait qu'ils veuillent nous demander des concessions au lieu de nous en proposer. Notre reconnaissance de Taiwan les a irrités plus que prévu.

— Tant pis pour eux, observa Ryan.

— Jack, je partage ton sentiment, mais essayons de ne pas trop prendre leur opinion à la légère, veux-tu ? suggéra Ed.

— Tu commences à parler comme Scott, nota le président.

— Et alors ? Si tu veux un béni-oui-oui à la tête de Langley, t'as fait une erreur de casting, répliqua le DCR.

— T'as raison, Ed, concéda Jack. Continue.

– Jack, il faut qu'on prévienne Rutledge que les Chinois ne vont pas apprécier ce qu'il a à leur dire. Ils pourraient ne pas être d'humeur à faire beaucoup de concessions.

– Eh bien, les États-Unis non plus, indiqua le président à son directeur de la CIA.

– Quelles chances y a-t-il qu'il s'agisse d'un coup monté... je parle de cette information ? s'enquit le vice-président Jackson.

– Vous voulez dire qu'ils se serviraient de cette source pour nous intoxiquer ? intervint Mary Patricia Foley. J'évalue le risque pratiquement à zéro. Aussi proche de zéro qu'on puisse l'envisager en situation réelle.

– MP, comment pouvez-vous être à ce point confiante ? s'étonna le président Ryan.

– Je ne peux pas vous le dire ici, Jack, mais en effet, je suis tout à fait confiante », insista Mary Pat, et Ryan nota le léger embarras de son mari. Ed avait toujours été le plus prudent des deux, et Mary Pat la va-t-en-guerre. Elle considérait ses agents comme une mère ses gosses et Ryan l'admirait pour ça, même s'il ne devait pas oublier non plus que cette attitude n'était pas toujours réaliste.

Il se tourna vers son mari, pour voir : « Ed ?

– Je l'appuie sur ce coup-ci. La source m'a l'air en béton. En béton armé.

– Donc, ce document représente le point de vue de leur gouvernement ? » demanda Tomcat.

Foley surprit le vice-président en hochant la tête : « Non, le seul point de vue de ce Zhang Han San. C'est un ministre influent et puissant, mais il n'est pas leur porte-parole officiel. Notez que ce texte ne mentionne nulle part leur position officielle. Zhang représente sans aucun doute une tendance, une tendance forte, au sein du Politburo. Mais il y a aussi des modérés dont ce document ne reflète pas la position.

– OK, super, dit Robby en se dandinant sur son siège, alors qu'est-ce que tu viens nous faire perdre notre temps avec ce truc ?

– Ce Zhang est très lié à leur ministre de la Défense... en fait, il pèse de tout son poids sur l'ensemble du domaine de la sécurité nationale. S'il étend son influence à la politique commerciale, nous avons un problème, et il faut en avertir sans tarder notre délégation », leur annonça le DCR.

« Alors ? » demanda Ming d'une voix lasse. Elle détestait se rhabiller pour partir, c'était synonyme d'une nuit de sommeil écourtée.

« Alors, tu devrais aller au bureau un peu plus tôt et installer ce programme sur l'ordinateur de Tchai. C'est juste une nouvelle version du gestionnaire de fichiers, la dernière, la 6.8.1, comme celle que je t'ai installée. » En réalité, la toute dernière commercialisée n'était que la 6.3.2, de sorte qu'il s'écoulerait au moins un an avant qu'une mise à jour ne soit en fait nécessaire.

« Pourquoi tu me demandes de faire ça ?

– Est-ce que c'est vraiment important de savoir, *Bau-bei* ? »

Elle hésita, réfléchit un bref instant, et cette seconde d'incertitude glaça l'espion américain. Et enfin : « Non, je suppose que non.

– Il faut que je t'offre encore quelque chose, murmura Nomuri en la prenant dans ses bras.

– Quoi donc ? » Tous les cadeaux précédents avaient eu leur petit effet.

« Ce sera une surprise... et une bonne », promit-il.

Il vit ses yeux étinceler à l'avance. Nomuri l'aida à enfiler son affreux blouson. La rhabiller n'était pas (et de loin) aussi agréable que la déshabiller, mais c'était prévisible. Quelques instants plus tard, ils se quittaient sur un dernier baiser à la porte. Il la regarda s'éloigner puis retourna à son ordinateur pour avertir pat-a-pain@brownienet.com qu'il avait concocté une nouvelle recette dont, espérait-il, elle lui dirait des nouvelles.

22

La Table et la Recette

« Tout le plaisir est pour moi, monsieur le ministre », dit Cliff Rutledge sur son ton le plus diplomatique, avec une poignée de main. Rutledge n'était pas mécontent que les Chinois aient adopté la coutume occidentale : il n'avait jamais réussi à bien assimiler le protocole de la courbette.

Carl Hitch, l'ambassadeur des États-Unis en Chine populaire, était là pour la cérémonie d'ouverture. C'était un diplomate de carrière qui avait toujours préféré travailler sur le terrain que de rester enfermé au ministère. Gérer au jour le jour les relations diplomatiques n'avait rien de très affriolant, mais à un poste comme celui-ci, il fallait avoir la main ferme. Hitch l'avait et il était apparemment apprécié du reste du corps diplomatique, ce qui ne faisait jamais de mal.

En revanche, tout était nouveau pour Mark Gant. La salle était impressionnante, vaste comme la salle du conseil d'une multinationale, conçue pour satisfaire des administrateurs se prenant pour des seigneurs de l'Italie médiévale. Le plafond était haut, les murs tendus de tissu – en l'occurrence, de la soie de Chine, rouge, bien entendu, de sorte qu'on avait un peu l'impression de s'aventurer dans le ventre d'une baleine – et la pièce décorée de lustres de cristal et de moulures en bronze. Tout le monde se vit offrir un minuscule verre de mao-tai qui, l'avait-on mis en garde, ressemblait à de l'essence à briquet.

« C'est votre premier séjour à Pékin ? » s'enquit un vague sous-fifre.

Gant se retourna pour toiser le petit bonhomme. « Oui, effectivement.

– Trop tôt pour une première impression, donc ?

– En effet, néanmoins cette salle est tout à fait imposante... mais la soie est pour votre peuple une longue et fructueuse tradition, poursuivit-il en se demandant si son discours avait l'air diplomatique ou simplement maladroit.

– En effet, oui », convint le fonctionnaire avec un hochement de tête accompagné d'un sourire tout en dents. Ni l'un ni l'autre ne révélèrent grand-chose au visiteur américain, sinon que son hôte ne se ruinait pas en dentifrice.

« J'ai beaucoup entendu parler de la collection d'art impérial.

– Vous la verrez, promit le fonctionnaire. Elle est incluse au programme officiel.

– Excellent. En complément de ma mission, j'aimerais pouvoir jouer les touristes.

– J'espère que vous nous jugerez des hôtes acceptables », dit le petit homme. Pour sa part, Gant se demandait si ce nain souriant et obséquieux allait s'agenouiller et lui proposer une pipe mais la diplomatie était pour lui un domaine inconnu. Ces types n'étaient pas des banquiers d'affaires qui se montraient des requins plutôt courtois, qui savaient vous régaler de mets fins avant de vous convier à vous asseoir pour vous trancher la queue. Mais sans jamais cacher le fait qu'ils étaient des requins. Ceux-là, en revanche... il n'était pas trop sûr. Ce degré de politesse et de sollicitude était une expérience inédite, mais au vu de son dossier d'information, il en venait à se demander si

452

cette hospitalité ne présageait pas un climat d'une hostilité peu commune dès qu'on passerait aux choses sérieuses. Si les deux attitudes devaient s'équilibrer, alors l'autre plateau de la balance risquait d'être sacrément lesté, pas de doute.

« Donc, vous ne dépendez pas des Affaires étrangères ? s'enquit le Chinois.

– Non. Je suis au Trésor. Je travaille directement pour le ministre Winston.

– Ah, alors vous êtes dans les affaires commerciales ? »

Donc, ce petit salopard s'est fait briefer... Mais c'était prévisible. À ce niveau du gouvernement, on ne prenait pas d'initiative. Tout le monde avait dû recevoir des instructions détaillées. Tout le monde avait dû lire le manuel sur les Américains. Les membres de la délégation américaine issus du Département d'État avaient fait de même. Pas Gant, en revanche, car il n'était pas un négociateur attitré et on ne lui avait dit que ce qu'il avait besoin de savoir. Cela lui donnait un avantage sur le Chinois désigné pour être son chaperon. Il n'était pas aux Affaires étrangères, donc on ne devait pas le juger important – mais il était en même temps le représentant personnel d'un très haut fonctionnaire américain, connu pour faire partie du cercle de ses intimes et cela renforçait son importance. Peut-être ses interlocuteurs le prenaient-ils pour le conseiller principal de Rutledge – et dans un contexte chinois, cela pouvait signifier que ce pourrait bien être lui le véritable maître des négociations et non le diplomate qui présidait officiellement la délégation, car les Chinois procédaient souvent de la sorte. Gant en vint à se dire qu'il pourrait peut-être leur embrouiller quelque peu les neurones... mais comment procéder ?

« Oh, oui, toute ma vie j'ai été un capitaliste », confirma Gant, décidant de la jouer relax et de s'adresser à ce type comme si c'était un être humain et non un enculé de diplomate communiste. « Comme d'ailleurs le ministre Winston et le président Ryan, vous savez.

– Mais ce dernier était surtout un agent secret, ou c'est du moins ce que je me suis laissé dire. »

Temps de planter la première banderille : « Je suppose que c'est en partie vrai mais son cœur penche toujours vers le milieu des affaires, je crois. Dès qu'ils quitteront la fonction publique, tant George que lui vont y retourner et là, ils deviendront les maîtres du monde. » Ce qui était presque vrai, s'avisa Gant qui se rappelait que souvent les meilleurs mensonges étaient des vérités.

« Et vous avez travaillé plusieurs années avec le ministre Winston ? » Un constat plus qu'une question, nota Gant. Comment y répondre ? Que savaient-ils réellement sur lui ? Ou bien était-il un mystère complet pour les communistes ? Si oui, pourrait-il l'exploiter à son avantage ?

Un sourire aimable, entendu. « Ma foi, c'est vrai, George et moi, on a fait pas mal d'argent tous les deux. Quand Jack l'a fait entrer dans son cabinet, George a décidé qu'il voulait m'avoir auprès de lui pour lui donner un coup de main sur certains dossiers politiques. En particulier celui de la fiscalité. C'est un vrai bordel et George m'a confié le truc. Et vous savez quoi ? On pourrait bien arriver à changer tout ça. Il semble que le Congrès s'apprête à voter ce qu'on leur propose et c'est quasiment un exploit d'amener ces idiots à faire ce qu'on veut », observa Gant, en contemplant sciemment le bibelot en ivoire sculpté qui trônait sur une étagère. Un artisan muni d'un couteau aiguisé avait dû passer pas mal de temps pour aboutir à ce résultat... *Eh bien, monsieur le Chinetoque, est-ce que je vous parais important, à présent ?* On pouvait penser ce qu'on voulait de ce type, il aurait fait un excellent joueur de poker. Son regard demeurait parfaitement indéchiffrable. Gant reporta son attention sur lui. « Excusez-moi... je parle trop. »

Le fonctionnaire sourit. « C'est fréquent en de telles circonstances. Pourquoi selon vous tout le monde ici a de quoi boire ? » D'une voix amusée, pour lui faire, qui sait, entrevoir qui était le vrai maître du jeu ?

« Je suppose... », observa Gant, d'un ton mal assuré, avant de s'éloigner, le sous-fifre (l'était-il tant que ça ?) sur ses talons.

De son côté, Rutledge essayait de deviner si la partie adverse savait quelles étaient ses instructions. Il y avait eu quelques fuites savamment orchestrées dans les médias mais Adler avait agi avec adresse, pour que même un observateur attentif – et l'ambassadeur de Chine à Washington en était un – ait du mal à en discerner l'origine, la teneur, et surtout la raison. Le gouvernement Ryan avait sans doute utilisé la presse avec une certaine habileté, estima Rutledge, parce que les fonctionnaires du cabinet suivaient pour l'essentiel les directives du secrétaire général de la présidence, Arnie van Damm, lui-même politicien retors. On ne trouvait pas dans le nouveau cabinet l'habituelle collection de vieux chevaux de retour qui avaient besoin de caresser la presse dans le sens du poil pour satisfaire leurs ambitions personnelles. Ryan avait pour l'essentiel choisi des collaborateurs qui n'avaient aucune visée personnelle, ce qui n'était pas un mince exploit – surtout quand la majorité donnaient l'impression d'être des techniciens compétents qui, à l'instar de Ryan, semblaient vouloir repartir de Washington leur vertu intacte, et reprendre leur existence normale sitôt achevée cette courte parenthèse dans la fonction publique. Le diplomate de carrière n'aurait pas cru possible que le gouvernement de son pays pût être transformé à ce point. Il en attribuait le crédit à ce pilote japonais déséquilibré qui avait entièrement décimé la tête de l'État par son geste insensé [1].

C'est à cet instant que Xu Kun Piao fit son entrée

1. Cf. *Dette d'honneur, op. cit. (N.d.T.).*

dans le grand salon de réception, accompagné de sa suite officielle. Xu était secrétaire général du parti communiste de la République populaire de Chine et président du Politburo, l'équivalent d'un Premier ministre, d'où, dans les médias américains, ce qualificatif de « Premier chinois » qui était pour le moins inapproprié mais avait fini par être adopté même par le monde diplomatique. À soixante et onze ans, il appartenait à la deuxième génération des dirigeants chinois. Les ultimes survivants de la Longue Marche avaient tous disparu depuis belle lurette – il restait bien quelques vieux dignitaires chenus qui prétendaient y avoir participé, mais un simple calcul permettait de vérifier qu'à l'époque ils tétaient le sein de leur mère et personne ne les prenait au sérieux. Non, la génération actuelle de leaders politiques était formée pour l'essentiel des fils ou des neveux de la vieille garde ; élevés dans un milieu privilégié et un relatif confort, ils n'en restaient pas moins conscients du fait que leur position demeurait précaire. D'un autre côté, il y avait les autres descendants politiques qui brûlaient d'aller plus loin que leurs parents et qui, pour y parvenir, n'auraient pas hésité à se montrer encore plus royalistes que le potentat communiste local. C'étaient les mêmes qui, devenus adultes, brandissaient bien haut leur *Petit Livre rouge* durant la Révolution culturelle après être restés bouche cousue mais les oreilles grandes ouvertes durant la brève mais ravageuse campagne des « Cent Fleurs » à la fin des années cinquante, qui avait piégé quantité d'intellectuels persuadés d'avoir réussi à se tenir à l'écart lors des dix premières années du pouvoir maoïste. Ils avaient été amenés à se démasquer par les appels de Mao à exprimer leurs idées : ils y avaient répondu naïvement, ne faisant ainsi que poser leur tête sur le billot dans l'attente de la hache qui devait s'abattre quelques années plus tard, lors de la brutale Révolution culturelle.

Deux éléments avaient permis aux membres du Politburo actuel de survivre : d'abord, ils avaient été protégés par leurs pères et le rang qui s'attachait à une si noble lignée. Ensuite, on les avait bien mis en garde sur ce qu'il convenait de dire et ne pas dire, précepte qu'ils avaient pris soin d'observer scrupuleusement, proclamant toujours avec force que les idées du président Mao étaient celles dont la Chine avait réellement besoin et que les autres, bien qu'intéressantes dans une étroite acception intellectuelle, étaient dangereuses en ce qu'elles distrayaient les ouvriers et les paysans de la Vraie Voie du Grand Timonier. De sorte que lorsque le couperet s'était abattu, porté en germe par le *Petit Livre rouge*, ils avaient été parmi les premiers à s'empresser de le montrer aux autres, échappant ainsi dans leur grande majorité à l'élimination – quelques-uns avaient certes été sacrifiés, mais aucun des éléments vraiment doués qui désormais siégeaient au Politburo. Ç'avait été une sélection darwinienne impitoyable à laquelle ils avaient tous survécu en se montrant un peu plus malins que tous les autres ; aujourd'hui, parvenus au faîte du pouvoir, ils estimaient l'heure venue pour eux de profiter de ce qu'ils avaient acquis à force d'intelligence et de précaution.

La nouvelle génération de leaders acceptait le communisme avec la même sincérité que d'autres croyaient en Dieu, parce qu'ils n'avaient jamais rien appris d'autre et n'avaient pas exercé leur agilité intellectuelle à étudier un autre credo, ou simplement chercher les réponses aux questions que le marxisme était incapable de résoudre. Leur foi était plus de résignation que d'enthousiasme. Élevés dans le confinement d'un système intellectuel étroitement balisé, ils ne s'étaient jamais risqués à l'extérieur car ils redoutaient trop ce qu'ils pourraient y trouver.

Ces vingt dernières années, ils avaient bien été forcés de laisser le capitalisme s'épanouir à l'intérieur des frontières de leur pays, parce que celui-ci avait besoin d'argent pour ne pas connaître le même échec économique que la République démocratique de Corée. La Chine avait connu elle aussi sa famine meurtrière dans les années soixante et elle en avait progressivement tiré la leçon ; les Chinois en avaient même profité pour lancer la Révolution culturelle, réussissant ainsi à exploiter sur le plan politique une catastrophe qu'ils s'étaient eux-mêmes infligée.

Ils voulaient que leur pays soit un grand pays. À la vérité, ils le jugeaient déjà comme tel, mais reconnaissaient que les autres nations portaient un jugement différent, aussi devaient-ils trouver le moyen de rectifier cette opinion absurde professée par le reste de la planète. Et pour cela, il fallait de l'argent, et pour avoir de l'argent, il fallait une industrie, or l'industrie exigeait des capitalistes. Une déduction à laquelle ils étaient parvenus bien avant ces imbéciles de Soviétiques. Et donc l'URSS s'était écroulée, tandis que la République populaire de Chine tenait bon.

Du moins, c'est ce qu'ils imaginaient. Ils examinaient (quand ils en prenaient la peine...) un monde qu'ils prétendaient comprendre et auquel ils se sentaient supérieurs par la seule vertu de leur couleur de peau et de leur langue – l'idéologie venait en second dans cette estime de soi : l'amour-propre avait des racines plus profondes. Ils s'attendaient à voir les autres s'incliner devant eux, et leurs premières années de relations diplomatiques avec le monde environnant n'avaient pas vraiment modifié ce point de vue.

Mais en cela ils étaient victimes de leurs propres illusions. Henry Kissinger s'était rendu en Chine en 1971 à la requête du président Richard Nixon, moins dans le but d'instaurer des relations diplomatiques normales avec la nation la plus peuplée de la planète que pour utiliser la Chine comme levier destiné à peser sur l'Union soviétique et l'amener à céder. En fait, Nixon avait entamé un processus si long qu'on jugeait que ses perspectives dépassaient les capacités de l'Occident – il relevait plutôt d'une attitude que les Occidentaux attribuaient en fait aux Chinois. De telles idées ne faisaient que trahir des préjugés ethniques plus ou moins sous-jacents. Le dirigeant d'un pays totalitaire est en général bien trop imbu de sa personne pour voir plus loin que sa propre existence, et tous les dirigeants de par le monde vivent en gros le même nombre d'années. Pour cette simple raison, ils pensent tous en termes de programmes réalisables sur une vie, rarement au-delà, parce que ce sont des hommes qui ont tous déboulonné la statue de leur prédécesseur et qu'ils n'entretiennent donc guère d'illusions quant au sort qui sera réservé à leurs propres monuments. Ce n'est que confrontés à la mort qu'ils considèrent l'œuvre accomplie et, du reste, Mao avait alors concédé, lugubre, à Henry Kissinger que tout ce qu'il avait réussi, c'était à modifier l'existence des paysans dans un rayon de quelques kilomètres autour de Pékin.

Mais les hommes dans cette salle d'apparat étaient encore trop loin du terme de leur existence pour penser ainsi.

Ils exerçaient leur magistère sur le pays. Édictaient les règles que les autres suivaient. Leur parole avait force de loi. On s'empressait d'accéder à leurs caprices. Les gens les considéraient comme ils avaient considéré jadis les empereurs et les princes. Tout ce qu'un homme pouvait désirer posséder, ils l'avaient. Plus que tout, ils détenaient le pouvoir. C'était leur volonté qui dirigeait cet antique et vaste empire. L'idéologie communiste n'était jamais que la magie servant à matérialiser leurs souhaits, la règle du jeu qu'ils étaient convenus de jouer cinquante ans plus tôt. Le pouvoir, tout était là. Ils pouvaient accorder ou ôter la vie d'un trait de plume – ou plus exactement, d'une parole, dictée à un secrétaire personnel qui la consignait en vue de la transmettre aux sous-fifres qui pressaient la détente.

Xu était un homme moyen en tout – taille, poids, yeux, visage... et intellect, ajoutaient certains. Rutledge avait lu tout ceci dans son dossier d'information. Le véritable pouvoir était ailleurs. Xu était une sorte de potiche, choisi sur sa bonne mine, en partie ; sur sa capacité à faire des discours, sans aucun doute ; et sur son aptitude à présenter l'idée de tel ou tel autre membre du Politburo en simulant la conviction. Comme un acteur hollywoodien, on lui demandait moins d'être intelligent que de jouer à l'être.

« Camarade Premier, dit Rutledge pour le saluer, avant de lui tendre la main que l'autre accepta.

– Monsieur Rutledge », répondit Xu dans un anglais passable. Un interprète était également là, pour les pensées plus complexes. « Bienvenue à Pékin.

– C'est un plaisir, et un honneur pour moi de pouvoir à nouveau visiter votre ancien et beau pays, dit le diplomate américain, manifestant ainsi un respect et une servilité de bon aloi, jugea le leader chinois.

– C'est toujours un plaisir de recevoir un ami », poursuivit Xu, répétant sa leçon. Rutledge s'était déjà rendu en Chine dans le cadre de ses attributions, mais jamais à la tête d'une délégation. Il était connu du ministre chinois des Affaires étrangères pour être un diplomate qui avait gravi peu à peu les échelons de la hiérarchie, un peu comme chez eux – un simple technocrate, mais de haut rang. Le chef du Politburo leva son verre : « Je bois à la réussite et au climat de cordialité de nos négociations. »

Rutledge sourit et leva son verre à son tour : « Moi de même, monsieur. »

Appareils photos et caméras saisirent l'instant. La presse circulait entre les invités. Les opérateurs se contentaient pour l'instant de prendre des « plans d'ambiance », comme l'aurait fait n'importe quel amateur avec son Caméscope. Ils embrassaient la salle en plan artificiellement large, pour que les téléspectateurs puissent mieux apprécier les couleurs, avec quelques plans rapprochés de sièges sur lesquels personne n'était censé s'asseoir et des vues en gros plan des principaux invités en train de boire et de se faire des politesses – on appelait ça la « prise B », dont le but était de montrer aux téléspectateurs à quoi pouvait ressembler une grande réception officielle au climat qualifié de « cordial ». La véritable couverture de l'événement serait assurée par les types comme Barry Wise et les autres commentateurs politiques, qui se chargeraient de raconter ce que les images étaient incapables de révéler.

Puis l'émission repasserait aux studios de CNN à Washington, installés au pied de la colline du Capitole, d'où d'autres commentateurs discuteraient de ce qu'on avait bien voulu laisser filtrer, avant de gloser sur ce que, dans leur infinie sagesse, ils estimaient être la politique à suivre par les États-Unis. Le président Ryan regarderait tout ceci à l'heure du petit déjeuner, en lisant les journaux et les résumés concoctés par son service de presse. Il ne manquerait pas dans l'intervalle d'émettre quelques commentaires laconiques à l'attention de sa femme, commentaires dont elle pourrait éventuellement discuter au déjeuner avec ses collègues de l'hôpital Johns Hopkins, dont ils discuteraient à leur tour avec leurs épouses, mais cela n'allait jamais plus loin. En ce sens, les opinions personnelles du président demeuraient le plus souvent un mystère.

La soirée s'acheva à l'heure prévue et les Américains regagnèrent l'ambassade dans leurs voitures officielles.

« Alors, qu'est-ce que vous pouvez nous raconter, hors micro ? demanda Barry à Rutledge, dans le sanctuaire de la banquette arrière de la Lincoln rallongée.

– Pas grand-chose, à vrai dire, répondit le sous-secrétaire d'État. Nous avons écouté tout ce qu'ils avaient à nous dire, et réciproquement, et on partira là-dessus.

– Ils veulent obtenir l'application de la clause de la nation la plus favorisée. L'auront-ils ?

– Ce n'est pas à moi d'en décider, Barry, et vous le savez. » Rutledge était trop fatigué par sa journée et le décalage horaire pour pouvoir tenir en ce moment une discussion argumentée. Il ne se fiait pas à ce qu'il pourrait lâcher en de telles circonstances et s'imaginait que Wise le savait fort bien. Raison pour laquelle il faisait pression sur lui.

« Alors, de quoi allez-vous parler ?

– Il est évident que nous aimerions voir les Chinois nous ouvrir un peu plus leurs marchés et tenir un peu mieux compte de nos objections, en particulier celles concernant les violations des brevets et de la propriété intellectuelle dont ont pu se plaindre récemment les entreprises américaines.

– L'affaire Dell ? »

Rutledge acquiesça. « Oui, précisément. » Puis il bâilla. « Excusez-moi... Le vol interminable... vous savez ce que c'est.

– J'étais dans le même avion, remarqua Barry Wise.

– Eh bien, peut-être que vous tenez mieux le coup que moi, hasarda Rutledge. Pouvons-nous remettre cette discussion à demain ou après-demain ?

– Comme vous voudrez », concéda le reporter de CNN. Il n'aimait pas trop ce connard prétentieux, mais c'était une source d'information. De toute manière, le trajet n'avait pas été long. La délégation officielle descendit à l'ambassade et les limousines reconduisirent les journaleux jusqu'à leurs hôtels.

L'ambassade pouvait héberger l'ensemble de la délégation officielle, surtout pour éviter que ce qui pourrait se dire soit enregistré par les micros du MSE qui truffaient toutes les chambres d'hôtel de la capitale.

Même s'ils n'étaient pas logés comme des princes, Rutledge avait néanmoins une chambre confortable. Ici, le protocole avait oublié Mark Gant qui ne bénéficiait que d'une petite chambre (mais avec toutefois un lit confortable) et d'une salle de bains avec douche dans le couloir. Il choisit de prendre un bain chaud suivi d'une de ces gélules de somnifère distribuées par le médecin qui accompagnait la délégation. Elle était censée lui garantir huit bonnes heures de sommeil, ce qui devrait suffire à le recaler avec l'heure locale d'ici le matin. La journée devait commencer par un solide petit déjeuner de travail, un peu comme pour les astronautes avant le départ d'une navette, une tradition américaine presque aussi bien ancrée que la bannière étoilée au-dessus du Fort McHenry.

Nomuri vit l'arrivée de la délégation commerciale à la télévision chinoise, qu'il regardait surtout pour affiner ses compétences linguistiques. Il y avait du progrès, même si la nature tonale du mandarin le rendait légèrement cinglé. Il avait cru jadis que le japonais était difficile mais, comparé au guoyu, c'était de la petite bière. Il détailla les visages, en essayant de les identifier. Le commentateur chinois lui fournit des indices, même s'il trébucha lourdement sur « Rutledge ». Enfin, les Américains massacraient bien les noms chinois, eux aussi, à l'exception des plus simples, comme Ming et Wang ; du reste, chaque fois que Ming écoutait un homme d'affaires américain tenter de se faire comprendre des autochtones, elle manquait s'étrangler. Le speaker poursuivait son commentaire en évoquant la position chinoise sur les négociations commerciales et toutes les concessions que l'Amérique devrait faire à la Chine – après tout, ne se montrait-elle pas généreuse en permettant aux Américains de dépenser leurs dollars sans valeur en échange des précieux produits fabriqués par la Chine populaire ? En cela, la Chine ressemblait fort au Japon quelques années plus tôt, mais le nouveau gouvernement japonais avait ouvert ses marchés. Même si la balance des échanges était encore à l'avantage du Japon, la compétition équitable avait fait taire les critiques américaines bien que les voitures japonaises fussent toujours moins bien accueillies en Amérique qu'elles avaient pu l'être naguère. Mais ça passerait, Nomuri en était sûr. Si l'Amérique avait une faiblesse, c'était de pardonner et d'oublier trop vite. De son côté, il avait toujours admiré les juifs. Ils n'avaient toujours pas oublié l'Allemagne et Hitler. C'était bien la moindre des choses. Sa dernière pensée avant de sombrer dans le sommeil fut pour se demander comment le nouveau logiciel tournait sur l'ordinateur de Tchai... si Ming l'avait bien installé. Il décida de s'en assurer sur-le-champ.

Il se releva, alluma son portable et... oui ! le système de Tchai était dépourvu du logiciel de transcodage mais il transmettait bel et bien le contenu du disque. OK, impec, ils avaient des linguistes à Langley pour se faire les dents dessus. Il n'avait pas envie de s'y frotter et se contenta donc de rapatrier les fichiers avant de retourner au lit.

« Merde ! » observa Mary Pat. Presque tous les fichiers étaient indéchiffrables mais ils émanaient d'une deuxième source Sorge. C'était évident en remontant l'itinéraire qu'ils avaient emprunté sur le Net. Elle se demanda si Nomuri faisait son cinéma ou s'il avait réussi à tomber une deuxième secrétaire travaillant dans les hautes sphères du gouvernement chinois. Ce ne serait pas vraiment la première fois qu'un agent en mission manifestait une telle vigueur sexuelle, mais ce n'était pas non plus la norme. Elle imprima le document, le sauvegarda sur disque, demanda à un linguiste de monter le lui traduire. Puis elle récupéra la dernière prise de Songbird. Ça devenait presque aussi régulier que l'édito du *Washington Post* et autrement plus passionnant. Elle se cala dans son fauteuil et entreprit de lire la traduction des dernières notes du ministre Fang Gan consignées par Ming. Il allait sans doute évoquer les négociations commerciales, espérait-elle, et pour y participer, nul doute qu'il... bref, ce ne pouvait qu'être un truc important, estima la DAO. Elle devait bientôt découvrir avec surprise l'étendue de son erreur d'appréciation.

23

Retour aux choses sérieuses

Des œufs au bacon, du pain grillé et des pommes de terre sautées, plus du café de Colombie. Gant était juif mais pas respectueux du rite et il se régala du bacon. Tout le monde était debout et lui parut en forme. Les « gélules noires » distribuées par le gouvernement (tous les appelaient comme ça, sans doute une tradition quelconque qu'il ignorait) avaient été manifestement efficaces, et même les sous-fifres avaient l'œil vif et la queue frétillante. Il nota que la plupart des discussions tournaient autour du championnat de la NBA. Les Lakers semblaient de nouveau imbattables. Gant vit que Rutledge était au bout de la table et devisait aimablement avec l'ambassadeur Hitch, un type à l'air flegmatique. Puis un employé d'ambassade nettement plus speedé se pointa avec une chemise en kraft aux marges bordées d'un liséré rayé rouge et blanc. Il la tendit à l'ambassadeur Hitch qui l'ouvrit aussitôt.

Gant se rendit compte immédiatement qu'il s'agissait de documents confidentiels. On n'en voyait pas fréquemment au Trésor, mais parfois quand même, et il avait reçu l'habilitation ULTRA-CONFIDENTIEL/ACCÈS RÉSERVÉ dans le cadre de ses fonctions au sein du cabinet personnel du ministre. Donc, il s'agissait de renseignements envoyés par Washington pour les négociations. Quelle en était la teneur au juste, il ne pouvait le voir, et ne savait pas s'il le verrait jamais. Il se demanda s'il pourrait essayer de faire jouer ses influences mais en dernier ressort, c'était à Rutledge d'en décider, et il ne tenait pas à offrir à ce petit con du Département d'État une occasion de montrer qui était le mâle dominant du troupeau. La patience était une vertu qu'il cultivait depuis toujours et ce n'était qu'une occasion de plus de la mettre en pratique. Il retourna à son petit déjeuner, puis décida de se lever pour refaire le plein au buffet. Le déjeuner à Pékin risquait de n'être guère appétissant, même s'il se tenait dans les locaux de leur ministère des Affaires étrangères, où ils se sentiraient obligés d'exhiber leurs spécialités nationales les plus exotiques... et il ne courait pas vraiment après les pénis de panda frits aux pousses de bambou confites. Au moins, le thé qu'ils servaient était-il acceptable, mais même le meilleur des thés n'était pas du café.

« Mark ? » Rutledge leva les yeux et lui fit signe de venir. Gant s'approcha avec son assiette regarnie d'œufs au bacon.

« Ouais, Cliff ? »

L'ambassadeur Hitch lui fit de la place pour s'asseoir et un maître d'hôtel arriva avec un couvert propre. Le gouvernement savait vous mettre à l'aise, quand il voulait. Il demanda un supplément de pommes de terres sautées avec du pain grillé. Un nouveau pot de café arriva, comme par enchantement.

« Mark, ça vient de tomber de Washington. Ce sont des informations classées ultra-confidentiel...

– Ouais, je sais. Je n'ai même pas le droit de les voir et encore moins de m'en souvenir. Alors, est-ce que je peux les voir, maintenant ? »

Rutledge acquiesça et lui glissa les papiers. « Qu'est-ce que vous dites de ces chiffres du commerce extérieur ? »

Gant prit une bouchée de bacon et s'arrêta de mastiquer presque aussitôt. « Merde, ils sont si bas ? Où sont-ils donc allés claquer tout ce fric ?

– Qu'est-ce que ça signifie ?

– Cliff, dans le temps, le Dr Samuel Johnson l'a exprimé ainsi : "Quoi que vous puissiez avoir, dépensez moins." Eh bien, les Chinois n'ont pas écouté ce conseil. » Gant feuilleta les pages. « Il n'est indiqué nulle part à quoi ils l'ont consacré.

– Essentiellement à des dépenses militaires, me suis-je laissé dire, intervint l'ambassadeur Hitch. Ou à tout ce qui peut avoir des applications dans ce domaine, surtout l'électronique. Aussi bien les produits finis que les machines permettant de les fabriquer. J'imagine que c'est un type d'investissement coûteux.

– Ça peut l'être, en effet », confirma Gant. Il décida de reprendre le dossier au début. Il vit qu'il avait été transmis avec le système de cryptage Tapdance. Ça en faisait un vrai brûlot. Tapdance n'était utilisé que pour les matériels les plus sensibles à cause de ses inconvénients techniques... donc, c'était du renseignement de première bourre, estima Télescope. Puis il vit pourquoi... Quelqu'un devait avoir placé des micros dans les bureaux de très hauts responsables chinois pour récupérer ce genre d'information... « Bon Dieu...

– Qu'est-ce que ça veut dire, Mark ?

– Ça veut dire qu'ils dépensent leur argent plus vite qu'il n'entre et qu'ils l'investissent en majeure partie dans des secteurs non commerciaux. Merde, ça veut dire qu'ils se comportent comme certains des imbéciles qu'on a au gouvernement. Ils pensent que l'argent est un truc qui apparaît quand on claque des doigts, qu'on peut le dépenser aussi vite, et qu'il suffit de claquer à nouveau des doigts pour en avoir encore... Ces gens-là vivent en dehors de la réalité, Cliff. Ils n'ont aucune idée des règles de la circulation monétaire. » Il marqua un temps d'arrêt. Il était allé trop loin. Un habitué de Wall Street comprendrait son laïus mais sans doute pas ce Rutledge. « Je vais dire ça autrement. Ils savent que cet argent provient du déséquilibre de leur balance commerciale avec les États-Unis et ils semblent manifestement croire que ce déséquilibre est un phénomène naturel, qu'ils peuvent imposer simplement parce qu'ils sont ce qu'ils sont. Ils estiment que le reste du monde leur en est redevable. En d'autres termes, si c'est ce qu'ils croient, les négociations s'annoncent difficiles.

– Pourquoi ? » insista Rutledge. L'ambassadeur Hitch, nota-t-il en revanche, hochait déjà la tête. Il devait avoir mieux compris ces barbares chinois.

« Les gens qui tiennent ce genre de raisonnement ne comprennent pas que les négociations sont basées sur des concessions réciproques. Mais ici, celui qui parle a l'air convaincu qu'il obtiendra tout ce qu'il veut parce qu'on le lui doit, point final. C'est en gros ce qu'a dû se dire Hitler à Munich. Je veux, vous me donnez, je suis content. On ne va quand même pas se coucher devant ces salauds ?

– Ce ne sont pas mes instructions, confirma Rutledge.

– Eh bien, devinez quoi... Ce sont celles qu'a reçues votre homologue chinois. Qui plus est, leur situation économique est de toute évidence bien plus précaire qu'on ne l'avait de prime abord envisagé. Vous devriez dire à la CIA d'améliorer le recrutement dans leur service de renseignements financiers », observa Gant. Il vit alors le regard de l'ambassadeur glisser vers un type à l'autre bout de la table, sans doute le responsable du bureau local de la CIA.

« Mesurent-ils la gravité de leur situation ? demanda Rutledge.

– Oui et non. Oui, car ils savent qu'ils ont besoin de devises fortes pour réaliser leurs plans d'investissement. Non, car ils pensent pouvoir continuer indéfiniment, qu'un déséquilibre est naturel dans leur cas parce

470

que... parce que quoi ? Parce qu'ils se prennent pour la race supérieure ? » lança Gant.

Encore une fois, ce fut l'ambassadeur Hitch qui opina. « On a baptisé cela le complexe de l'Empire du Milieu. Oui, monsieur Gant, ils se voient réellement ainsi : dans leur esprit, c'est aux autres peuples de venir à eux pour leur donner, et pas à eux d'aller mendier auprès des autres. Un jour, cela signera leur perte. Il y a là une arrogance institutionnelle... pour ne pas dire raciale, qu'il est difficile de décrire et plus encore de quantifier. » Puis Hitch se pencha vers Rutledge. « Cliff, nous allons avoir une journée intéressante. »

Gant réalisa aussitôt que ce n'était pas vraiment une bénédiction pour le sous-secrétaire d'État.

« Ils devraient être en train de prendre le petit déjeuner, à l'heure qu'il est », nota le secrétaire d'État Adler en sirotant son cognac dans le salon Est.

La réception s'était fort bien déroulée – en fait, Jack et Cathy Ryan trouvaient ces obligations aussi ennuyeuses que la rediffusion d'une série télévisée des années cinquante, mais elles faisaient autant partie de la fonction présidentielle que le discours annuel sur l'état de l'Union. Au moins le dîner était-il réussi – si l'on pouvait compter sur quelque chose à la Maison-Blanche, c'était sur la qualité de la cuisine – mais les convives étaient des gens de Washington. Pourtant, même si Ryan ne l'appréciait pas à sa juste mesure, il y avait eu là aussi un progrès manifeste par rapport aux années antérieures. Naguère le Congrès était peuplé en majorité de politiciens dont l'ambition dans la vie était le « service public », noble expression qui avait été usurpée par des individus qui considéraient un salaire annuel de cent trente mille dollars comme un revenu princier – c'était bien moins que ce que pouvait gagner n'importe quel cancre écrivant des logiciels pour une boîte de jeux informatiques, et bougrement moins que ce qu'on pouvait se faire en travaillant à Wall Street. Bon nombre d'entre eux aujourd'hui, surtout à la suite des discours prononcés par le président dans tout le pays, avaient réellement servi le public en accomplissant un travail utile jusqu'à ce que, écœurés par les machinations politiciennes, ils décident de se prendre quelques années sabbatiques pour réparer l'épave qu'était devenue Washington, avant de retrouver le monde réel du travail productif. La Première Dame avait passé une bonne partie de la soirée à discuter avec le nouveau sénateur de l'Indiana, dans la vie chirurgien pédiatrique de bonne réputation, qui consacrait tous ses efforts actuels à remettre sur pied les programmes de soins médicaux publics avant que ses collègues ne tuent un trop grand nombre des citoyens auxquels ils étaient censés porter assistance. Sa plus grande tâche était de convaincre les médias qu'un médecin pouvait en savoir autant que les lobbyistes de Washington sur la meilleure façon de soigner les malades, une litanie dont il avait rebattu les oreilles de *Surgeon* une bonne partie de la soirée.

« Ces trucs que nous a passés Mary Pat devraient pouvoir aider Rutledge.

– Je suis content que ce gars soit là pour les lui traduire. Cliff risque d'avoir une journée agitée pendant qu'on digère la bouffe et la gnôle, Jack.

– Est-ce qu'il est à la hauteur de la tâche ? Je sais qu'il était proche d'Ed Kealty. On ne peut pas dire que ça plaide en sa faveur.

– Cliff est un bon technicien, observa Adler après une autre gorgée de cognac. Et il a reçu des instructions claires, plus d'excellentes données pour l'aider tout du long. Des informations de la même qualité que celles fournies par Jonathan Yardley à nos gars lors des négociations sur le traité naval de Washington. Sans avoir vraiment leurs cartes sous les yeux, nous voyons comment ils pensent, et c'est quasiment aussi bien. Alors, oui, je pense qu'il a l'étoffe suffisante pour ce boulot, sinon je ne l'aurais pas envoyé là-bas.

– Que vaut notre ambassadeur sur place ? demanda Ryan.

– Carl Hitch ? Un type super. Diplomate de carrière, un vrai pro. Pas loin de la retraite mais ce type est comme un bon ébéniste : il ne saura peut-être pas dessiner les plans de toute la maison, mais il te réalisera une cuisine parfaite – et tu sais, je m'en contente volontiers pour un diplomate. Du reste, dessiner la maison, c'est votre boulot, monsieur le président !

– Ouais », observa Ryan. Il fit signe à un huissier qui leur apporta un pichet d'eau glacée. Il avait assez picolé pour ce soir et Cathy recommençait à le taquiner avec ça. *Ce que c'est que d'avoir épousé une toubib...* « Ouais, Scott, mais à qui je dois m'adresser quand je ne sais plus quoi faire, merde ?

– Ben ça, j'en sais rien », admit Eagle. Un trait d'humour, peut-être ? « Essaie de faire tourner les tables et de convoquer Thomas Jefferson et George Washington. » Il se tourna en rigolant et finit son cognac. « Jack, essaie juste de faire ton putain de boulot sans chercher à te mettre la pression. Tu te débrouilles très bien. Fais-moi confiance.

– Je déteste ce boulot, confia Swordsman en adressant un sourire amical à son secrétaire d'État.

– Je sais. C'est sans doute pour ça que tu l'accomplis aussi bien. Le ciel nous protège d'un type qui cherche à briguer la plus haute fonction publique. Merde, regarde-moi... Tu crois vraiment que j'ai voulu être secrétaire d'État ? C'était bien plus marrant de bouffer à la cafétéria avec mes potes et de râler contre le pauvre connard qui occupait le poste. Mais à présent... merde, c'est moi, le connard... C'est pas juste, Jack. Je suis un mec qui bosse.

– À qui le dis-tu !

– Eh bien, regarde les choses comme ça : quand tu rédigeras tes Mémoires, tu toucheras une grosse avance de ton éditeur. *Président par accident...* ce sera ça, le titre ? hasarda Adler.

– Scott, tu sais que t'es drôle quand t'as bu. Au moins, je pourrai me mettre à peaufiner mon jeu au golf.

– Qui a prononcé la formule magique ? intervint le vice-président Jackson en se joignant à la conversation.

– Ce type n'arrête pas de m'étriller, râla Ryan. Il me donnerait des envies de meurtre. C'est quoi, ton handicap, maintenant ?

– Je joue pas tant que ça, Jack... il est descendu à six-sept.

– Ce mec va finir par devenir pro... pour le Tournoi des retraités, dit Jack.

– En tout cas, Jack, je te présente mon père. Son avion était en retard et il a raté la présentation officielle des invités, expliqua Robby.

– Révérend Jackson, on a enfin réussi à se rencontrer. » Jack prit la main du pasteur noir. Pour la cérémonie d'investiture, il était à l'hôpital avec une crise de coliques néphrétiques, ce qui avait sans doute été encore moins drôle que la prestation de serment.

« Robby m'a dit le plus grand bien de vous.

– Votre fils est pilote de chasse, monsieur, et ces gars ont tendance à l'exagération. »

Le pasteur ne put qu'en rire. « Oh, ça je sais, monsieur le président, je sais.

– Comment avez-vous trouvé le dîner ? » s'enquit Ryan. Hosiah Jackson avait largement dépassé les soixante-dix ans, trapu comme son fils, avec une tendance à l'embonpoint, mais il émanait de lui cette immense dignité qui semble accompagner tous les prêtres noirs.

« Bien trop riche pour un vieillard, monsieur le président, mais je me suis régalé quand même.

– T'en fais pas, Jack ! P'pa ne boit pas », intervint Tomcat. Au revers de sa veste de smoking, il avait fixé un petit insigne : ses Ailes d'Or de l'aéronavale. Robby ne cesserait jamais d'être pilote de chasse.

« Et tu devrais faire comme lui, fils ! La marine t'a donné de bien mauvaises habitudes, la vantardise, par exemple. »

Jack dut voler au secours de son ami. « Monsieur, un pilote de chasse qui ne se vante pas est interdit de vol. Et du reste, comme l'a dit Dizzy Dean : si on peut y arriver, ce n'est pas de la vantardise. Robby peut y arriver... enfin, c'est ce qu'il dit.

– Ils ont entamé les négociations à Pékin ? demanda Robby avec un coup d'œil à sa montre.

– D'ici une petite demi-heure, répondit Adler. Ça risque d'être intéressant, ajouta-t-il en songeant aux documents Sorge.

– Je veux bien le croire, approuva le vice-président Jackson, en saisissant le message. Vous savez, c'est pas facile d'aimer ces gens.

– Robby, tu n'as pas le droit de dire une chose pareille, rétorqua son père. J'ai un ami à Pékin.

– Oh ? » Son fils n'était pas au courant. La réponse était tombée comme une bulle papale.

« Oui. Le révérend Yu Fa An, un excellent pasteur baptiste, formé à Oral Roberts. Mon ami Gerry Patterson a fait ses études avec lui.

– Pas un poste facile pour un prêtre... ou un pasteur, j'imagine », observa Ryan.

Le pasteur se sentit atteint dans sa dignité. « Monsieur le président, je l'envie. Prêcher la Parole du Seigneur, où que ce soit, est déjà un privilège, mais le faire en terre païenne est une bénédiction rare.

– Du café ? » s'enquit un huissier. Hosiah en prit une tasse, y ajouta de la crème et du sucre.

« Excellent, observa-t-il aussitôt.

– C'est un de nos petits avantages, p'pa, indiqua

Jackson fils avec affection. Il est encore même meilleur que celui de la Navy... enfin, nos serveurs sont recrutés dans la marine. C'est du Blue Mountain de la Jamaïque, précisa-t-il. Pas loin de quarante billets la livre.

– Seigneur, Robby, va pas le crier sur les toits. Celui-là, les médias ne s'en sont pas encore aperçus ! avertit le président. D'ailleurs, je me suis renseigné. On l'achète en gros, il revient à trente-deux la livre si on le prend en caisses.

– Ouah, la super-affaire ! » railla le vice-président.

Une fois achevée la cérémonie d'accueil, la session plénière débuta sans tambour ni trompette. Rutledge s'assit, salua de la tête les diplomates chinois de l'autre côté de la table, et commença son allocution. Elle débutait par les amabilités d'usage, aussi prévisibles que le générique au début d'un film.

« Les États-Unis, poursuivit-il, entrant dans le vif du sujet, sont préoccupés par certains points gênants de nos relations commerciales mutuelles. Le premier semble être l'incapacité de la Chine populaire à respecter son engagement antérieur à reconnaître les conventions et traités internationaux sur le dépôt des marques, la propriété intellectuelle et les brevets. Tous ces points ont été déjà discutés et négociés en détail lors de réunions précédentes, et nous avions pensé que ces divergences avaient été aplanies avec succès. Hélas, ce ne semble pas être le cas. » Il poursuivit en citant plusieurs exemples précis, qui, expliqua-t-il, illustraient bien le problème mais ne constituaient en rien une liste complète de ses « préoccupations ».

« De la même manière, poursuivit Rutledge, les engagements à ouvrir le marché chinois aux produits américains n'ont pas été respectés. Ce qui a entraîné un déséquilibre de la balance commerciale qui dessert nos relations mutuelles. Le déficit actuel approche les soixante-dix milliards de dollars, et c'est une situation que les États-Unis d'Amérique ne sont pas prêts à accepter.

« En résumé, l'engagement de la Chine populaire à honorer les obligations des traités internationaux et des accords bilatéraux avec les États-Unis n'a pas été suivi d'effets. La législation américaine reconnaît que notre pays est en droit d'adopter légalement les pratiques commerciales des autres nations. C'est la désormais célèbre loi de réforme du commerce extérieur, promulguée par le gouvernement américain depuis plusieurs années déjà. Je suis par conséquent au regret d'informer le gouvernement de la Chine populaire que les États-Unis comptent désormais appliquer cette loi aux échanges commerciaux avec la République populaire de Chine, à moins que les accords déjà conclus auparavant ne soient appliqués immédiatement », conclut Rutledge. *Immédiatement* était un terme qu'on n'utilisait pas souvent dans le discours diplomatique. « J'en ai fini avec ma déclaration liminaire. »

Dans son coin, Mark Gant faillit se demander si les autres n'allaient pas bondir au-dessus de la table en chêne verni en brandissant sabres et coutelas, sitôt finie l'intro de Rutledge. Il avait jeté le gant en termes vigoureux qui n'étaient pas destinés à ravir ses interlocuteurs. Mais le diplomate menant les négociations pour le camp adverse (c'était Shen Tang, leur ministre des Affaires étrangères) n'avait pas plus réagi que s'il venait de découvrir une erreur de cinq dollars à son désavantage sur une note de restaurant. Pas même un regard. Non, il continua de consulter ses propres notes, avant enfin de lever la tête lorsqu'il sentit venir la conclusion du laïus introductif. Ses yeux étaient aussi dépourvus de sentiment ou d'émotion que ceux du visiteur d'une galerie d'art examinant le tableau que son épouse voulait lui faire acheter pour masquer une fissure au mur du salon.

« Monsieur Rutledge, merci pour votre déclaration, commença-t-il à son tour.

« La Chine populaire veut tout d'abord souligner le plaisir qu'elle a à vous recevoir, et tient à ce qu'on lui rende acte de son désir d'entretenir des relations amicales avec l'Amérique et le peuple américain :

« Nous ne pouvons, toutefois, concilier ce désir sincère d'entretenir des relations amicales avec son initiative de reconnaître en la province renégate de l'île de Taiwan la nation indépendante qu'elle n'est pas. Une telle initiative vise à exacerber nos divergences, attisant les flammes au lieu de contribuer à les éteindre. Notre peuple n'acceptera jamais cette ingérence manifeste dans les affaires intérieures de la Chine et... » Rutledge leva la main pour l'interrompre. Cette infraction au protocole scandalisa à tel point le diplomate qu'il se tut.

« Monsieur le ministre, intervint Rutledge, le but de cette réunion est de discuter de commerce. La question de la reconnaissance diplomatique de la République de Chine sera bien mieux traitée en d'autres circonstances. La délégation américaine ne souhaite pas se laisser entraîner sur ce terrain aujourd'hui. » Façon diplomatique de dire : « Vous pouvez le prendre et vous le carrer où je pense. »

« Monsieur Rutledge, vous ne pouvez pas dicter à la République populaire ce que doivent être ses problèmes et ses préoccupations », observa le ministre Shen, sur un ton aussi égal que s'il discutait du prix de la laitue au marché. Les règles d'une telle réunion étaient simples : le premier qui perd contenance a perdu.

« Eh bien, poursuivez donc, si vous n'avez pas le choix », répondit Rutledge, d'une voix lasse. *Tu me fais perdre mon temps, mais de toute façon, on me paie, que je bosse ou pas*, proclamait son attitude.

Gant comprit la dynamique de l'ouverture : les deux pays avaient un ordre du jour et chacun essayait d'ignorer celui de l'autre pour mieux prendre le contrôle de la séance. On était aussi loin que possible d'une réunion d'affaires et plus proche d'une joute verbale – et pour faire le parallèle avec une autre joute, amoureuse, celle-ci, c'était comme si deux amants se retrouvaient au lit et ne trouvaient rien de mieux, en guise de préliminaires, que de se battre autour de la télécommande. Gant avait déjà vu toutes sortes de négociations, du moins l'avait-il cru jusqu'ici, mais là, c'était un truc entièrement inédit et pour lui carrément bizarre.

« Les bandits renégats de Taiwan font, de par leur histoire et leur héritage, partie intégrante de la Chine, et la République populaire ne peut ignorer cet affront délibéré à notre statut national perpétré par le régime de Ryan.

– Monsieur Shen, le gouvernement des États-Unis a de tout temps soutenu les gouvernements démocratiquement élus. Cela fait partie de notre éthique nationale depuis au moins deux siècles. Je rappellerai à la République populaire que nous vivons sous le même régime parlementaire depuis largement aussi longtemps. Cela peut paraître bref au regard de l'histoire chinoise, mais je vous rappellerai en outre que lorsque l'Amérique élisait son premier président et son premier Congrès, la Chine était gouvernée par un monarque héréditaire. Le régime en vigueur dans votre pays a changé bien des fois depuis cette époque mais pas celui des États-Unis. De sorte que nous sommes fondés, en notre qualité de nation indépendante au regard du droit international, mais aussi au titre du droit moral que nous accorde le fait d'être une forme de gouvernement durable et par conséquent légitime, aussi bien à agir comme nous l'entendons qu'à soutenir les gouvernements similaires au nôtre. Le gouvernement de la République de Chine est démocratiquement élu, et par conséquent il mérite le respect des pouvoirs choisis eux aussi par le peuple, comme l'est le nôtre. Quoi qu'il en soit, monsieur le ministre, le but de cette réunion est de discuter de commerce. Allons-nous le faire, ou bien continuer à perdre notre temps à palabrer de questions hors de propos ?

– Rien ne pourrait être plus à propos que le manque fondamental de respect manifesté par votre gouvernement – dois-je dire par le régime Ryan ? – envers le gouvernement de notre pays. La question de Taiwan est d'une importance capitale pour... » Et de continuer à ronronner ainsi durant quatre minutes d'horloge.

« Monsieur Shen, les États-Unis n'ont rien d'un "régime", quel qu'il soit. Nous sommes une nation indépendante au gouvernement librement élu par ses citoyens. Cette forme de gouvernement que nous avons décidé d'adopter quand votre pays était encore dirigé par la dynastie mandchoue mériterait que vous envisagiez de la copier à l'avenir, pour le plus grand bien de votre peuple. Et maintenant, allons-nous revenir à l'ordre du jour ou bien désirez-vous continuer à perdre votre temps et le mien à discuter d'un sujet pour lequel je n'ai reçu aucune instruction et qui par ailleurs m'intéresse fort médiocrement ?

– Nous ne nous laisserons pas rabrouer d'une façon aussi cavalière », rétorqua Shen, ce qui lui attira aussitôt le respect de Rutledge pour cette maîtrise inattendue de sa langue natale.

Le diplomate américain se carra contre le dossier de sa chaise, considéra poliment son interlocuteur et se mit à songer aux projets de son épouse pour la redécoration de la cuisine, dans leur maison de Georgetown. C'était bien un camaïeu de vert et de bleu qu'elle avait choisi ? Pour sa part, il préférait les tons ocre, mais il avait bien plus de chances d'avoir le dernier mot à Pékin qu'à Georgetown. Malgré une vie entière passée dans la diplomatie, il n'était pas en mesure d'avoir le dernier mot face à Mme Rutledge pour des questions comme la décoration intérieure...

La discussion se poursuivit de la sorte durant une heure et demie, au terme de laquelle vint la première suspension de séance. On servit du thé et un en-cas, tandis que les participants sortaient par les grandes portes-fenêtres pour gagner le jardin. C'était la première aventure de Gant dans l'univers diplomatique et il était sur le point d'apprendre comment les choses se déroulaient vraiment. Les délégués se réunirent par paire, un Américain, un Chinois. On pouvait les distinguer de loin sans peine : tous les Chinois sans exception fumaient, un vice partagé seulement par deux membres de la délégation américaine, qui semblaient apprécier de pouvoir s'y livrer dans ce pays. Ils étaient peut-être des terroristes en matière commerciale, nota le fonctionnaire des finances, mais ils ne l'étaient pas en matière de santé.

« Qu'en pensez-vous ? » demanda une voix. Gant se retourna et retrouva le même petit homme qui l'avait tanné la veille durant la réception. Il s'appelait Xue Ma, se souvint Gant. À peine plus d'un mètre cinquante, des yeux de joueur de poker, des talents de comédien. Plus intelligent qu'il n'en donnait l'impression, surtout. Bon, comment était-il censé réagir ? Dans le doute, décida Gant, autant se rabattre sur la vérité.

« C'est la première fois que je participe à des négociations diplomatiques. C'est d'un ennui profond, répondit Gant en buvant une gorgée de son (infect) café.

– Eh bien, c'est normal, nota Xue.

– Vraiment ? Ça ne se passe pas ainsi dans les affaires. Comment arrivez-vous à des résultats ?

— Toute entreprise a ses méthodes, observa le Chinois.

— Je suppose. Pouvez-vous m'en dire plus ? demanda Télescope.

— Je peux essayer.

— Pourquoi cette fixation sur Taiwan ?

— Pourquoi cette fixation des Nordistes contre les Sudistes, lors de votre guerre de Sécession ? rétorqua Xue, tout aussi habile.

— Bon, d'accord, mais au bout de cinquante ans, pourquoi ne pas tirer un trait et repartir à zéro ?

— Nous ne pensons pas en de tels termes, lança Xue avec un sourire supérieur.

— OK, mais en Amérique, on appelle ça se complaire dans le passé. » *Et prends ça dans les dents, sale Chinetoque !*

« Ce sont nos compatriotes.

— Mais ils ont choisi de ne pas l'être. Si vous voulez les récupérer, alors faites que ce soit avantageux pour eux. Par exemple, en parvenant ici à la même prospérité que celle qu'ils ont réussi à obtenir là-bas. » *Arriéré de communiste.*

« Si l'un de vos enfants faisait une fugue, ne chercheriez-vous pas à le faire revenir ?

— Sans doute, mais j'essaierais de l'attirer, pas de le menacer, surtout si je n'ai pas les moyens d'exercer une menace efficace. » *Et votre armée est aussi merdique que vous.*

C'est en tout cas ce que lui avaient indiqué les réunions préparatoires avant qu'ils ne prennent l'avion.

« Mais si d'autres encourageaient votre enfant à s'enfuir et à défier son père, est-ce que vous n'émettriez pas d'objection ?

— Écoutez, mon vieux..., commença Gant, en essayant de masquer la colère qui bouillait en lui (enfin, il espérait). Si vous voulez faire des affaires, faites-les. Si vous voulez bavarder, on peut aussi. Mais mon temps est précieux, comme celui de notre pays, et on peut garder le bavardage pour un autre jour. » Et c'est à cet instant que Gant réalisa que, non, décidément, il n'était pas un diplomate. « Comme vous le voyez, je ne suis pas doué pour ce genre d'échanges. Nous avons des gens qui le sont, mais je n'en fais pas partie. Je suis de ces Américains qui bossent sur du concret et gagnent de l'argent concret. Si ça vous amuse, libre à vous, mais ce n'est pas mon cas. La patience est une excellente vertu, je suppose, mais pas quand elle entrave la réalisation de l'objectif, et je pense qu'il y a un petit détail qui échappe à votre ministre.

– Lequel, monsieur Gant ?

– C'est nous qui aurons ce que nous sommes venus chercher à l'issue de ces négociations », dit Gant au petit Chinois, avant de se rendre compte aussitôt qu'il venait de commettre une bourde monumentale. Il finit son café, bredouilla une excuse, prétextant d'avoir à se rendre aux toilettes. Il en profita toutefois pour se laver les mains avant de ressortir. Il retrouva Rutledge, tout seul, en train d'admirer les plantes du jardin.

« Cliff, je crois que j'ai gaffé, confessa Gant.

– Comment cela ? demanda le sous-secrétaire d'État, avant d'écouter son collègue. N'en faites pas une montagne. Vous ne lui avez rien dit de plus que je ne leur ai déjà dit. C'est juste que les finesses du langage diplomatique vous échappent encore.

– Mais ils vont croire qu'on est impatients, ce qui nous rend vulnérables, non ?

– Pas si c'est moi qui me charge de parler en séance, répondit Rutledge avec un doux sourire. Ici, je suis Jimmy Connors à l'US Open, Mark. C'est moi qui ai le service.

– Les autres pensent pareil.

– Certes, mais nous avons l'avantage : ils ont plus besoin de nous que nous d'eux.

– Je croyais que vous n'aimiez pas adopter ce genre d'attitude avec vos interlocuteurs, observa Gant, intrigué.

– On ne m'a pas demandé d'aimer, juste de faire ce qu'on m'a dit, et gagner, c'est toujours un plaisir. » Il s'abstint d'ajouter qu'il n'avait pas encore eu l'occasion de rencontrer le ministre Shen, et n'avait par conséquent aucun « bagage personnel » pour l'entraver, comme c'était trop souvent le cas de certains diplomates connus pour placer les relations d'amitié au-dessus de l'intérêt de leur pays. Ils se justifiaient en général en se disant que l'autre salaud leur revaudrait ça la fois suivante, ce qui servirait en définitive les intérêts du pays. La diplomatie avait toujours été une affaire personnelle, un détail souvent négligé par les observateurs qui prenaient ces techniciens verbeux pour des robots.

Les cendriers avaient été vidés et les bouteilles d'eau renouvelées par les domestiques qui étaient sans aucun doute des employés politiquement fiables ou plus probablement des espions professionnels, dont la présence s'expliquait par le fait que leur gouvernement ne prenait jamais le moindre risque... ou en tout cas s'y efforçait. C'était en réalité un gâchis de personnel qualifié, mais savoir utiliser la main-d'œuvre à bon escient n'avait jamais été la préoccupation essentielle des communistes.

Le ministre Shen alluma une cigarette et fit signe à Rutledge de commencer. Il revint à l'Américain que Bismarck conseillait jadis le cigare lors des négociations, parce que certains trouvaient son épaisse fumée irritante, ce qui procurait un avantage psychologique au fumeur.

« Monsieur le ministre, les mesures commerciales de la République populaire sont décidées par un nombre réduit de personnes et ces mesures sont motivées par des raisons politiques. Nous autres Américains pouvons le comprendre. Ce que vous, en revanche, n'arrivez pas à saisir, c'est que notre gouvernement est réellement issu du suffrage populaire, et que notre peuple exige de nous voir redresser notre balance commerciale. L'incapacité de la République populaire à ouvrir son marché aux produits américains nous coûte de nombreux emplois. Or, dans notre pays, la mission du gouvernement est de servir le peuple, pas de le diriger, raison pour laquelle nous devons traiter ce déficit des échanges de manière efficace.

– Je partage entièrement cette idée qu'un gouvernement doit servir les intérêts du peuple et c'est pour cette raison que nous devons également considérer les souffrances que la question de Taiwan impose aux citoyens de mon pays. Ceux qui devraient être nos concitoyens ont été séparés de nous, et les États-Unis ont contribué à cette séparation d'avec nos parents... »

Le plus remarquable, songea Rutledge, c'était que ce vieux con radoteur n'ait pas encore crevé à force de fumer ces horreurs. Par leur aspect et leur odeur, elles ressemblaient aux Lucky Strike qui avaient emporté son grand-père à l'âge de quatre-vingts ans. Même si cela n'avait pas été un décès propre à conforter les thèses d'un médecin : papy Owens conduisait son arrière-petit-fils à la gare de Boston quand, au moment d'en allumer une, elle lui avait échappé pour tomber sur ses genoux et c'est en voulant la récupérer qu'il avait fait un écart du mauvais côté de la route. Et comme grand-père n'avait pas cru non plus à l'efficacité des ceintures... Le vieux bougre fumait comme un pompier, allumant chaque clope au mégot de la précédente, tel Bogart dans un film des années quarante. Enfin, peut-être était-ce la manière des Chinois d'appliquer leur politique de contrôle démographique... une manière pour le moins sordide.

« Monsieur le ministre des Affaires étrangères, commença Rutledge dès que fut venu son tour, le gouvernement de la République de Chine est issu d'élections libres et équitables. Aux yeux de l'Amérique, cela suffit à le rendre légitime. » Il se garda d'ajouter que le gouvernement de Chine populaire était par conséquent illégitime, mais l'idée planait sur la salle comme un nuage noir. « Et cela rend le gouvernement en question digne de mériter la reconnaissance des nations, comme vous n'aurez pas pu manquer de le remarquer au cours de l'année écoulée.

« La politique de notre pays est de reconnaître de tels gouvernements. Et nous ne changerons pas une politique fondée sur de fermes principes pour répondre aux vœux de pays tiers qui ne les partagent pas. Nous pourrons discuter jusqu'à ce que vous soyez à court de cigarettes, mais la position de mon gouvernement sur ce point restera inébranlable. Aussi, pouvez-vous admettre le fait et permettre à cette réunion de passer à un ordre du jour plus productif ou bien voulez-vous continuer à ressasser cette vieille scie jusqu'à ce que tout le monde s'endorme ? Vous avez le choix, bien entendu, mais ne vaut-il pas mieux travailler de manière fructueuse ?

– Il est hors de question que l'Amérique dicte à la République populaire ce qui ne regarde qu'elle. Vous prétendez avoir des principes et nous avons les nôtres, nous aussi : l'importance que nous attachons à notre intégrité territoriale en fait partie. »

Pour Mark Gant, le plus dur était de garder un masque impassible. Il devait faire comme si tout cela était à la fois logique et primordial, quand il aurait préféré de loin pianoter sur son ordinateur pour examiner les cours de la Bourse, voire, à tout prendre, bouquiner en douce sous le rebord de la table. Mais il ne pouvait quand même pas faire ça. Il devait faire semblant de trouver ce cirque passionnant, ce qui, en cas de succès, pourrait lui valoir une nomination aux prochains Oscars dans la catégorie du meilleur second rôle : « Pour avoir réussi à rester éveillé lors du concours le plus ennuyeux depuis les championnats d'Iowa de pousse de gazon, le gagnant est... » Il s'efforça de ne pas se dandiner sur sa chaise, mais ça ne fit que lui donner des fourmis dans le fessier, et ces sièges n'avaient pas été dessinés pour convenir au sien. Peut-être à ceux de ces Chinois maigrichons, mais sûrement pas à celui d'un pro élevé à Chicago, qui aimait se régaler au déjeuner d'un sandwich au cornedbeef arrosé d'une bière et qui ne faisait pas assez d'exercice. Le confort de son postérieur réclamait un siège plus large et plus mou, mais il n'en avait pas. Il essaya de trouver un sujet pour l'intéresser. Il décida que le ministre des Affaires étrangères avait une peau affreuse, comme si son visage avait pris feu et qu'un ami avait essayé d'éteindre les flammes avec un pic à glace. Gant essaya de s'imaginer cet événement fictif sans sourire. Puis il s'avisa que Shen fumait bien trop, allumant ses clopes en utilisant de vulgaires pochettes d'allumettes au lieu d'un briquet. Peut-être faisait-il partie de ces gens qui oublient partout leurs affaires, ce qui expliquerait aussi pourquoi il utilisait des stylos jetables bon marché plutôt qu'un accessoire plus en rapport avec son rang et son statut. Donc, cet important fils de pute avait souffert d'acné juvénile galopante et c'était une tête de linotte... ? Voilà qui méritait bien un sourire ironique, tandis que le ministre continuait de ronronner dans un anglais passable. Ce qui suscita une nouvelle réflexion. Il disposait d'un récepteur HF avec écouteur pour la traduction simultanée. Est-ce qu'il pourrait le régler pour capter plutôt une radio locale ? Ils devaient bien avoir une station musicale quelconque à Pékin...

Quand vint le tour de Rutledge, ce fut presque aussi pénible. L'exposé de la position officielle des États-Unis était aussi répétitif que celui des Chinois, plus raisonnable peut-être, mais pas moins chiant. Gant se dit que deux avocats discutant d'une affaire de divorce devaient débiter le même genre de conneries. Comme les diplomates, ils étaient payés à l'heure, pas au résultat. Les diplomates et les avocats... les deux faisaient la paire, songea Gant. Il ne pouvait même pas regarder sa montre. La délégation américaine devait présenter un front parfaitement lisse et uni, pour montrer à ces barbares chinois que les Forces de la Vérité et de la Beauté étaient d'une résolution inébranlable. Ou quelque chose de cet acabit. Il se demanda s'il aurait une impression différente lors d'une discussion avec des Anglais, par exemple, quand les interlocuteurs s'exprimaient en gros dans la même langue, mais ce genre de négociation devait s'effectuer par téléphone ou par courrier électronique et non avec tout ce cirque officiel...

Le déjeuner arriva presque à l'heure prévue, avec tout au plus dix minutes de retard parce que Shen déborda de son temps de parole, ce qui était à prévoir. La délégation américaine fila comme un seul homme vers les toilettes, où personne ne dit mot par peur des micros cachés. Puis tous ressortirent dans le jardin et Gant s'approcha de Rutledge.

« Alors c'est comme ça que vous gagnez votre vie ? demanda le trader, non sans une bonne dose d'incrédulité.

— J'essaie. Ces discussions se déroulent plutôt bien, observa le sous-secrétaire d'État.

— Quoi ? s'écria Gant, interloqué.

— Ouais, enfin, leur ministre des Affaires étrangères mène les négociations, c'est-à-dire que nous jouons avec leur équipe première, expliqua Rutledge. Cela signifie que nous serons en mesure de déboucher sur un véritable accord au lieu de nous taper une succession d'allers et retours entre les sous-fifres et le Politburo – ces intermédiaires peuvent vraiment foutre la merde. Il reste toujours un risque, bien sûr. Shen devra défendre ses positions tous les soirs avec eux, et peut-être même déjà à l'instant où nous parlons : il est invisible. Je me demande du reste à qui il rend compte au juste. Nous ne pensons pas qu'il a de réels pouvoirs plénipotentiaires, mais plutôt que le reste de ses collègues anticipe toutes ses réactions. Comme les Russes dans le temps. C'est le problème avec leur système : personne ne fait vraiment confiance à personne.

– Vous êtes sérieux ? demanda Télescope.

– Absolument. C'est ainsi qu'ils fonctionnent.

– Mais c'est ahurissant ! observa Gant.

– Pourquoi selon vous l'Union soviétique s'est-elle cassé la gueule ? nota Rutledge, amusé. Ils n'ont jamais pu agir efficacement à quelque niveau que ce soit parce qu'ils n'étaient pas foutus d'exercer convenablement le pouvoir dont ils étaient investis. C'était assez triste, en fait. Enfin, ils se débrouillent nettement mieux aujourd'hui.

– Alors, comment se déroulent les pourparlers ? Enfin, selon vous ?

– Si la seule chose qu'ils trouvent à nous reprocher est Taiwan, leur contre-argumentation sur le commerce risque d'être faiblarde. Taiwan est une affaire réglée, et ils le savent. Il se peut qu'on conclue avec eux un traité de défense mutuelle d'ici moins d'un an, et ils le savent aussi sans doute. Ils ont d'excellents informateurs sur place.

– Comment en êtes-vous si sûr ?

– Parce que nos amis de Taipei ont tout fait pour. On a toujours intérêt à ce que l'adversaire en sache un maximum. Cela facilite la compréhension mutuelle, évite les malentendus et quantité d'erreurs d'interprétation... » Rutledge marqua un temps. « Je me demande ce qu'ils ont prévu pour le déjeuner. »

Bon Dieu, se dit Gant. Puis il remercia le ciel de n'avoir pour mission ici que de donner des conseils économiques à ce diplomate. Ils se livraient entre eux à un jeu si différent de tout ce qu'il avait pu connaître jusqu'ici qu'il se faisait l'effet d'un chauffeur routier arrêté à une cabine téléphonique pour passer des ordres en Bourse avec son ordinateur portable...

Les journalistes des infos se pointèrent au déjeuner pour compléter leurs plans d'ambiance, à coups d'images de diplomates devisant aimablement sur des sujets comme la météo et la cuisine – les téléspectateurs s'imagineraient bien sûr qu'ils traitaient d'affaires d'État, quand en fait la moitié des conversations lors de telles rencontres tournaient autour de l'éducation des enfants ou de l'éradication du chiendent sur la pelouse. Tout cela n'était en réalité qu'une forme de stratagème qui n'était pas sans rappeler d'autres pratiques, comme Gant commençait seulement à l'entrevoir. Il vit Barry Wise s'approcher de Rutledge, sans micro ni caméra à proximité.

« Alors, comment ça se passe, monsieur le ministre ? demanda le reporter.

– Très bien. En fait, nous avons eu une excellente séance d'ouverture », l'entendit répondre Gant. Quel dommage, songea Télescope, que le public ne puisse pas voir ce qui se passait vraiment. Ce serait un succès d'audimat. Côté délire, n'importe quelle émission comique paraîtrait aussi drôle que *Le Roi Lear* et, côté animation, le championnat du monde d'échecs aurait des airs de championnat du monde de boxe poids lourds. Mais toutes les activités humaines avaient leurs règles et celles-ci étaient simplement différentes.

« Voici notre copain », observa le flic quand la voiture démarra. C'était Suvorov/Koniev avec sa Mercedes classe C. La plaque minéralogique correspondait, tout comme le visage aperçu aux jumelles.

Provalov avait réussi à mettre sur le coup la fine fleur de la police locale, avec même un renfort du Service fédéral de la sécurité, ex-Deuxième Direction principale de l'ex-KGB, les traqueurs d'espions professionnels qui avaient mené la vie dure aux agents étrangers en mission à Moscou. Ils étaient toujours aussi bien équipés, et même s'ils ne bénéficiaient plus du budget d'antan, il n'y avait rien à redire à leur formation.

Le problème, bien sûr, était qu'ils en étaient parfaitement conscients et qu'ils en concevaient une certaine arrogance corporatiste qui ne manquait pas d'irriter gravement ses collègues de la Brigade criminelle. Malgré tout, ils restaient des alliés bien utiles. C'était un total de sept véhicules qui assurait la surveillance. En Amérique, le FBI aurait mobilisé en plus un hélicoptère mais Michael Reilly n'était pas là pour faire ce genre d'observation condescendante, au plus grand soulagement de Provalov. L'Américain était devenu un ami, un mentor doué en matière d'enquête criminelle, mais il ne fallait pas pousser le bouchon trop loin. Des camions équipés de caméras vidéo étaient là pour enregistrer l'opération et toutes les voitures avaient deux agents pour que la conduite n'interfère pas avec la surveillance. Ils suivirent Suvorov/Koniev jusqu'au centre de Moscou.

Derrière, dans son appartement, une autre équipe avait déjà forcé la serrure et investi les lieux. Ce qui s'y déroula était aussi bien réglé qu'un ballet du Bolchoï. Une fois dans la place, les inspecteurs s'immobilisèrent, scrutant l'appartement en quête de mouchards éventuels, des trucs aussi innocents qu'un cheveu coincé dans une porte de placard pour révéler que quelqu'un l'avait ouverte. Provalov avait enfin récupéré le dossier de Suvorov au KGB et il avait la liste de tous les trucs qu'on lui avait enseignés – il s'avéra que sa formation avait été complète et que l'intéressé avait obtenu des notes, disons, passables la plupart du temps : pas assez remarquables pour lui valoir une chance d'aller opérer comme agent « secret » chez l'« Ennemi principal », à savoir les États-Unis, mais assez bonnes toutefois pour qu'il devienne spécialiste de l'espionnage diplomatique ; il avait passé l'essentiel de son temps à éplucher les informations recueillies par d'autres, mais il allait parfois se mouiller sur le terrain pour recruter et « mettre en place » des agents. À cette occasion, il avait noué des contacts avec toutes sortes de diplomates étrangers, y compris trois Chinois qui lui avaient servi à recueillir des informations diplomatiques mineures : en gros, des bruits de couloir, mais qu'on considérait malgré tout comme utiles. Sa dernière mission à l'extérieur s'était déroulée de 1989 à 1991, à l'ambassade d'Union soviétique à Pékin, où il avait une fois encore tenté de recueillir des informations diplomatiques, visiblement avec un certain succès cette fois-ci. Personne à l'époque n'avait mis en doute cette prouesse, nota Provalov, peut-être parce qu'il avait déjà remporté quelques victoires mineures contre le corps diplomatique de ce même pays alors qu'il était en poste à Moscou. Son dossier indiquait qu'il savait écrire et parler le chinois, des compétences acquises à l'école du KGB qui avait fait de lui un sinologue.

Une des difficultés des missions d'espionnage était que ce qui paraissait suspect était souvent innocent, et que ce qui paraissait innocent pouvait bien être suspect. Un espion était censé établir le contact avec des ressortissants ou d'autres espions étrangers, et celui-ci pouvait alors exécuter une manœuvre qu'on qualifiait de « retournement », consistant à transformer un adversaire en informateur. Le KGB avait procédé ainsi bien souvent, et une partie du prix à payer était que vos propres agents pouvaient en être victimes, moins encore quand vous aviez le dos tourné que quand vous les surveilliez. La période 1989-1991 avait été celle de la *glasnost*, l'ouverture qui avait détruit l'Union soviétique aussi sûrement que la petite vérole avait anéanti les tribus primitives. En ce temps-là, le KGB avait lui aussi ses problèmes, se rappela Provalov, alors imaginons que les Chinois aient recruté Suvorov ? L'économie chinoise venait tout juste de redémarrer à l'époque, ils avaient des fonds à distribuer, peut-être pas autant qu'avaient toujours semblé en avoir les Américains, mais assez cependant pour appâter un fonctionnaire soviétique menacé par la perspective de perdre bientôt son emploi.

Mais qu'avait fait Suvorov, depuis ? Il conduisait désormais une Mercedes, et ce n'était pas le genre de cadeau qu'on trouvait dans une pochette-surprise. La vérité était qu'ils n'en savaient rien, et que le découvrir n'allait pas être évident. Klementi Ivanovitch Suvorov, alias Ivan Iourevitch Koniev, ne payait pas d'impôts sur le revenu, mais cela ne le mettait qu'à égalité avec la majorité des citoyens russes qui ne voulaient pas se laisser emmerder par de telles futilités. Et là non plus, ils n'avaient pas voulu interroger ses voisins. On était en ce moment même en train de vérifier leur identité pour voir si l'un d'eux n'aurait pas été un ancien du KGB et donc, peut-être, un allié du suspect. Non, il n'était surtout pas question de lui mettre la puce à l'oreille.

L'appartement semblait « propre » au sens policier du terme. Dès lors, ils entamèrent la fouille. Le lit était en désordre. Suvorov/Koniev était un homme et donc pas franchement soigneux. Le mobilier et les objets étaient toutefois de qualité, pour l'essentiel de fabrication étrangère. Beaucoup d'appareils électroménagers allemands – une mode répandue chez les Russes aisés. Les enquêteurs qui portaient des gants de chirurgien ouvrirent le frigo pour procéder à un examen visuel (réfrigérateurs et congélateurs étaient des cachettes réputées). Rien de spécial. Puis les tiroirs de la commode. Le problème était qu'ils avaient un temps limité et que dans n'importe quel logement il y avait trop d'endroits pour planquer des trucs – qu'ils soient roulés dans une paire de chaussettes ou glissés à l'intérieur d'un rouleau de papier hygiénique. Ils ne s'attendaient pas à trouver grand-chose mais ils devaient au moins faire cet effort – il était plus compliqué d'avoir à expliquer à ses supérieurs pourquoi on nc l'avait pas fait que de justifier l'intérêt d'envoyer une équipe d'enquêteurs gâcher leur temps précieux de professionnels qualifiés. Ailleurs, on mettait le téléphone sur écoute. Ils avaient bien songé à placer des caméras ultra-miniaturisées. Elles étaient si faciles à dissimuler que seul un génie paranoïaque serait susceptible de les trouver, mais leur installation prenait du temps (le plus dur était de faire courir les câbles jusqu'au poste de surveillance), or du temps, ils n'en avaient pas. Résultat, le chef de groupe avait un portable dans sa poche de chemise, et la vibration de la sonnerie l'avertirait du retour de leur gibier, auquel cas ils remballeraient et fileraient en vitesse.

Il était à douze kilomètres de là. Derrière lui, les voitures de filature se relayaient, échangeant leur place avec l'habileté des avants de l'équipe nationale de foot enfonçant la défense adverse. Dans le véhicule de commandement, Provalov observait tout en écoutant le chef de la section du KGB/SVR, le Service fédéral de sécurité, guider ses hommes par radio à l'aide d'une carte. Toutes les voitures étaient sales et c'étaient des modèles anonymes, relativement anciens, qui auraient pu appartenir à des fonctionnaires municipaux ou des chauffeurs de taxis clandestins, prompts à foncer et manœuvrer pour se planquer au milieu de leurs semblables. En général, le second occupant était installé sur la banquette arrière, pour simuler le client d'un taxi, tandis que les chauffeurs avec leur portable pouvaient communiquer avec leur base sans éveiller les soupçons. Ça, nota le chef du SFS à l'intention du flic, c'était un des avantages des nouvelles technologies.

Puis leur vint le signal annonçant que le sujet venait de s'arrêter et de garer sa voiture. Les deux véhicules de surveillance en contact visuel poursuivirent leur route, laissant de nouveaux collègues s'approcher et s'immobiliser.

« Il descend, annonça un commandant du Service fédéral de sécurité. Je le suis à pied. » Le commandant était jeune pour son grade, preuve qu'il était précoce et prometteur. L'homme était en outre séduisant, vingt-huit ans, tenue chic et coûteuse, comme cette nouvelle génération d'hommes d'affaires moscovites. Il avançait en parlant au téléphone avec animation, tout le contraire d'un flic effectuant une filature discrète. Cela lui permit de se rapprocher à moins de vingt mètres du sujet pour épier le moindre de ses gestes. Et il fallait bien son regard d'aigle pour saisir une manœuvre des plus élégantes. Suvorov/Koniev s'assit sur un banc, la main droite déjà glissée dans sa poche de pardessus, tandis que de la gauche, il dépliait le quotidien du matin qu'il avait pris en sortant de la voiture – et c'est ce qui mit aussitôt la puce à l'oreille du commandant. Le journal était l'accessoire favori de l'espion, il permettait de cacher sa main pendant qu'elle opérait, à l'instar du prestidigitateur qui agite ostensiblement une main tandis que l'autre réalise en fait le tour. Et c'était si bien fait qu'un homme non averti n'aurait jamais pu saisir le geste. Le commandant alla s'installer sur un banc voisin, composa un autre numéro bidon sur son portable et feignit de parler à un associé, puis il vit le sujet de sa surveillance se lever et regagner avec une désinvolture étudiée la Mercedes garée au bord du trottoir.

Le commandant Efremov appela un vrai numéro sitôt que le sujet fut éloigné de cinquante mètres. « Ici Pavel Gregorievitch, je reste pour voir ce qu'il a laissé », annonça-t-il à la base. Il croisa les jambes, alluma une cigarette, attendant que le sujet soit remonté en voiture puis ait redémarré. Dès que la voiture fut hors de vue, Efremov se dirigea vers l'autre banc et tâtonna en dessous. Oui ! Un plot magnétique. Suvorov y recourait depuis un certain temps. Il avait collé un disque métallique sous les lattes en bois peint en vert, ce qui lui permettait d'y fixer une boîte aux lettres : un réceptacle magnétique d'environ un centimètre d'épaisseur, lui révéla sa main tâtonnante. Leur sujet était bel et bien « actif ». Il venait d'exécuter un dépôt.

À cette nouvelle, Provalov éprouva le même frisson que lorsqu'on est le témoin oculaire d'un crime. Là, il s'agissait d'un crime contre la sûreté de l'État. Ils le tenaient. Désormais, ils pouvaient à tout moment l'arrêter. Mais ils n'en feraient rien, bien sûr. Le chef des opérations assis à côté de lui ordonna à Efremov de récupérer la « boîte aux lettres » pour examen. Ils devraient faire vite, parce qu'il fallait la remettre en place. Ils ne tenaient que l'un des deux membres du duo d'espions. L'autre allait venir effectuer la récupération.

C'était l'ordinateur. Obligé. Ils l'allumèrent. En parcourant le disque, ils y trouvèrent quantité de dossiers mais l'un d'eux, notèrent-ils presque aussitôt, contenait un fichier crypté. Le programme de chiffrement était inédit pour eux. Il était américain, et ils en relevèrent le nom. Ils ne pouvaient guère faire mieux pour l'instant... Ils n'avaient pas sous la main de disquette pour recopier le fichier crypté. Cela, ils pourraient toujours y remédier et ils en profiteraient alors pour recopier aussi le programme de chiffrement. Ensuite, il faudrait qu'ils placent un mouchard dans le clavier. Cela leur permettrait de récupérer le mot de passe de Suvorov pour décrypter le fichier. Cette décision prise, l'équipe de fouille quitta l'appartement.

La phase suivante était quasiment réglée comme du papier à musique. Ils reprirent la filature de la Mercedes avec toujours le même ballet de véhicules mais le changement intervint quand un camion-benne (toujours la forme de vie dominante dans les rues de Moscou) s'approcha. Le sujet gara aussitôt la berline allemande et sortit d'un bond, juste le temps de fixer un bout de papier adhésif à un réverbère avant de remonter en voiture. Il ne s'attarda même pas à scruter les alentours, comme s'il avait effectué une opération de routine.

Mais ce n'était pas le cas. Il venait de poser un fanion, un signal destiné à prévenir un correspondant inconnu que la boîte aux lettres contenait quelque chose. Passant à pied ou en voiture, ledit inconnu aviserait le ruban et saurait alors où aller. Donc, il leur fallait examiner immédiatement le réceptacle et le remettre en place au plus vite pour ne pas avertir l'espion ennemi que sa petite manœuvre avait été déjouée. Cela, il ne fallait le faire qu'en toute dernière extrémité, parce que ce genre d'opération était comme de détricoter le chandail sur la peau d'une jolie femme. On ne s'arrêtait de tirer le fil que lorsque les nibards étaient dévoilés, confia le commandant du SFS à Provalov.

24

Infanticide

« C'est quoi, ça ? demanda le président lors de la réunion matinale.

– Une nouvelle source Sorge, baptisée *Fauvette*. J'ai peur qu'elle ne soit pas aussi bonne du point de vue renseignement, même si elle nous révèle malgré tout certains... détails sur leurs ministres », ajouta le Dr Goodley, avec une délicatesse feinte.

Qui que soit cette Fauvette, vit Ryan, elle – pas de doute, en effet, c'était une femme – tenait un journal très intime. Elle aussi travaillait avec le ministre Fang Gan ; celui-ci semblait manifestement entiché d'elle, et même si ce sentiment n'était pas exactement réciproque, la femme ne manquait pas de consigner en détail ses activités. Toutes ses activités, nota Ryan dont les yeux s'arrondirent.

« Dites à Mary Pat qu'elle pourra toujours fourguer ça à *Hustler*, si elle veut, mais franchement, merde, j'ai pas besoin de ça à huit heures du matin.

– Elle a cru bon de le joindre pour vous situer le genre de la source, expliqua Ben. Le matériel n'est pas aussi étroitement ciblé que celui que nous fournit Songbird, mais MP pense que c'est très révélateur sur le caractère du bonhomme, ce qui est toujours utile, sans compter qu'il y a malgré tout un certain contenu

499

politique lié aux détails concernant la vie sexuelle de Fang. Il apparaît que c'est un homme de... ma foi, d'une vigueur fort estimable, j'imagine, même si la jeune femme en question préférerait de toute évidence un amant plus jeune. Or, il se trouve qu'elle en avait un mais ce Fang lui a flanqué la trouille.

— Possessif, le vieux salopard, nota Ryan en parcourant le passage. Enfin, j'imagine qu'à cet âge, on se raccroche à ce qu'on peut. Est-ce que ça nous révèle quelque chose ?

— Monsieur, cela nous révèle quelque chose sur le type d'individus qui prennent les décisions là-bas. Ici, on les qualifierait de prédateurs sexuels.

— Dont nous avons quelques spécimens dans la fonction publique, nous aussi », observa Ryan. La presse venait de sortir un scandale analogue impliquant un sénateur.

« Enfin, pas dans ce bureau, fit remarquer Goodley à son président.

— C'est que votre président est marié à une chirurgienne. Qui sait manier les instruments tranchants, observa Ryan avec un sourire ironique. Donc, l'histoire de Taiwan, hier, n'était qu'une ruse parce qu'ils n'ont pas encore trouvé comment régler leurs problèmes de balance commerciale ?

— Apparemment, et en effet, cela semble un peu bizarre. MP pense par ailleurs qu'ils pourraient avoir une source ici, à un échelon mineur. Selon elle, ils en savent un petit peu plus qu'ils ne pourraient en avoir appris par la seule lecture de la presse.

— Oh, parfait, râla Jack. Alors, qu'est-ce qui s'est passé ? Les entreprises japonaises ont fourgué aux Chinois leurs anciens informateurs ? »

Goodley haussa les épaules. « On ne peut pas encore dire.

— Demandez à Mary Pat d'en toucher un mot à Dan Murray. Le contre-espionnage est l'affaire du FBI. Est-ce qu'il faut réagir tout de suite ou est-ce que cela risque de compromettre Songbird ?

– Ce n'est pas à nous d'en juger, monsieur, rappelant au chef de l'État qu'il était certes compétent, mais pas à ce point en la matière.

– Ouais, à un autre que moi. Quoi d'autre ?

– La commission sénatoriale sur le renseignement aimerait vouloir mettre son nez dans la situation russe.

– Charmant. Où est le problème ?

– Ils semblent nourrir des doutes sur la fiabilité de nos amis moscovites. Ils redoutent qu'ils n'exploitent les revenus de l'or et du pétrole pour reconstituer l'URSS et peut-être menacer l'OTAN.

– L'OTAN s'était étendue de quelques centaines de kilomètres vers l'est, la dernière fois que j'ai regardé. La zone tampon ne risque plus d'atteindre nos intérêts.

– Au détail près que nous sommes désormais tenus de défendre la Pologne, crut bon de rappeler Goodley à son patron.

– Je n'ai pas oublié. Eh bien, dites au Sénat de débloquer les fonds pour acheminer une brigade motorisée à l'est de Varsovie. On pourrait s'installer dans une des anciennes bases soviétiques, non ?

– Si les Polonais nous y autorisent. Ils ne semblent pas s'inquiéter outre mesure, monsieur.

– Sont sans doute plus préoccupés par les Allemands, hein ?

– Correct, et ils ont un précédent historique.

– Quand les Européens remarqueront-ils que la paix a fini par se faire une bonne fois pour toutes ? demanda Ryan, les yeux au ciel.

– Leur mémoire est chargée de pas mal de souvenirs historiques, certains fort récents, monsieur le président.

– J'ai bien un voyage prévu en Pologne, n'est-ce pas ?

– Oui, dans pas longtemps. Ils sont en train d'établir votre itinéraire.

– OK. Je dirai de vive voix au président polonais qu'il peut compter sur nous pour surveiller les Allemands. S'ils s'avisent de faire un écart... eh bien, on leur reprendra Chrysler. » Jack but une gorgée de café, regarda sa montre. « Autre chose ?

– Ça devrait être tout pour aujourd'hui. »

Le président lui adressa un regard malicieux. « Et dites à Mary Pat que si jamais elle me transmet d'autres billets de la Fauvette, je veux qu'elle y joigne les photos.

– Ce sera dit, monsieur », se marra Goodley.

Ryan reprit le rapport et le relut, plus lentement cette fois, entre deux gorgées de café et deux ricanements mais quelques grognements aussi. La vie était autrement plus facile quand il était le gars qui préparait ces rapports au lieu d'être celui qui devait se les carrer. Pourquoi ? N'aurait-ce pas dû être l'inverse ? Avant, c'était lui qui devait trouver les réponses et anticiper les questions, mais à présent que d'autres s'en chargeaient pour lui... sa tâche s'avérait paradoxalement plus difficile. Merde, ça ne tenait pas debout. Peut-être, conclut-il, parce que, après lui, l'information ne remontait pas plus haut. C'était à lui de prendre les décisions et donc, quelles que soient les options et les analyses émanant des échelons inférieurs, elles débouchaient en fin de compte sur lui. C'était analogue à la conduite d'une voiture : son voisin pouvait lui dire de tourner à droite à la première rue, mais c'était lui qui était au volant et qui devait effectuer le virage, et si jamais quelqu'un lui rentrait dedans, c'est sur lui que ça retomberait. Durant quelques instants, Jack se demanda s'il ne serait pas plus compétent, un ou deux échelons plus bas dans le processus de décision, se livrant au travail d'analyse, dictant avec confiance ses recommandations... mais gardant toujours présent à l'esprit qu'un autre recevrait les louanges en cas de réussite et les reproches en cas d'échec. C'est dans cette déconnexion des conséquences que résidaient la tranquillité et la sécurité. Mais c'était là un discours de pleutre, se dit Ryan. S'il y avait à Washington quelqu'un de plus apte que lui à prendre les décisions, il ne l'avait pas encore rencontré, et même si c'était là faire preuve d'arrogance, il l'assumait.

Mais il aurait quand même dû y avoir quelqu'un de plus apte, se redit Jack, alors qu'approchait l'heure de son premier rendez-vous de la journée, et ce n'était pas sa faute s'il n'y en avait pas. Il consulta son agenda. Toute la journée était consacrée à des conneries politiques... excepté que c'était tout sauf des conneries. Toutes les décisions qu'il prenait dans ces murs affectaient d'une manière ou de l'autre la vie de ses concitoyens et cela suffisait à les rendre importantes, pour eux comme pour lui. Mais qui avait décidé de faire de lui le papa de la nation ? Qu'est-ce qui le rendait si malin ? Les gens derrière son dos, ceux qui se trouvaient de l'autre côté des épaisses fenêtres du Bureau Ovale, tous attendaient de lui qu'il prît les bonnes décisions, et que ce soit en famille au dîner ou entre amis lors d'une partie de cartes, ils ne manqueraient pas de râler et de se plaindre de celles qui leur déplairaient, comme s'ils savaient mieux que lui... ce qui était toujours facile à dire, de loin. Ici, c'était une autre chanson. Et voilà pourquoi Ryan devait s'appliquer aux moindres détails, jusqu'aux menus des cantines – et ça, c'était pas de la tarte. Si vous aviez le malheur de donner aux gamins ce qu'ils aimaient, les nutritionnistes râlaient en réclamant qu'on leur serve des baies et des racines saines et biologiques, quand la majorité des parents auraient sans doute choisi des hamburgers et des frites parce que c'était ce que les gamins mangeraient de toute façon alors que la nourriture, même saine, ne leur serait pas d'une grande utilité s'ils n'y touchaient pas. Il avait déjà eu l'occasion d'aborder le sujet une ou deux fois avec Cathy, et ils étaient sur la même longueur d'onde : elle laissait leurs propres gosses se gaver de pizzas tant qu'ils voulaient, prétendant que c'était riche en protéines et que d'ailleurs les enfants avaient un métabolisme qui leur permettait d'absorber à peu près n'importe quoi sans effet nuisible, mais elle reconnaissait volontiers que cette opinion la mettait en porte à faux avec ses collègues de Johns Hopkins. Alors, qu'était censé penser Jack Ryan, président des États-Unis et bardé de diplômes – docteur en philosophie de l'histoire, licencié en économie mais aussi expert-comptable agréé (celui-là, il n'arrivait même plus à se rappeler pourquoi il avait pris la peine de le passer) –, quand les experts (y compris celle qui était son épouse) étaient en désaccord ? Cette réflexion suscita un autre grognement. C'est alors que l'interphone bourdonna et que Mme Sumter lui annonça l'arrivée de son premier rendez-vous de la journée. Jack avait déjà envie de lui taper une cigarette mais il ne pouvait pas faire ça avant d'avoir un trou dans son emploi du temps, parce que seuls Mme Sumter et quelques-uns de ses gardes du corps avaient le droit de savoir que le président des États-Unis souffrait, par intermittence, de ce genre de vice.

Bon Dieu, se répéta-t-il, comme si souvent à l'orée de sa journée de travail, qu'est-ce que je suis venu faire dans cette galère ? Puis il se leva, fit face à la porte, grand sourire accueillant estampillé présidentiel, cherchant à se rappeler qui diable venait en premier pour discuter des subventions agricoles aux fermiers du Dakota du Sud.

L'avion, comme d'habitude, décollait d'Heathrow. Cette fois, c'était un Boeing 737, le vol jusqu'à Moscou étant relativement court. Les hommes de Rainbow occupaient toute la première classe, ce qui devrait ravir le personnel de cabine (même s'ils ne s'en doutaient pas encore) car ces passagers se montreraient d'une simplicité et d'une courtoisie exceptionnelles. Assis à côté de son beau-père, Chavez regardait docilement la vidéo donnant les consignes de sécurité, même si les deux hommes étaient conscients que si leur appareil devait s'aplatir à huit cents à l'heure, il ne leur serait guère utile de savoir où se trouvait l'issue de secours la plus proche. Mais ce type d'événement était assez rare pour qu'on puisse l'ignorer. Ding sortit le magazine du filet devant lui et le feuilleta dans l'espoir d'y trouver un article intéressant. Il avait déjà acheté tous les produits disponibles au catalogue de la « boutique volante », non sans provoquer parfois l'amusement apitoyé de son épouse.

« Alors, le petit bonhomme fait des progrès pour marcher ? s'enquit Clark.

— Ma foi, l'enthousiasme qu'il manifeste pour ce genre d'exercice fait plaisir à voir, ce grand sourire chaque fois qu'il arrive à rallier la table basse depuis la télé, comme s'il venait de remporter le marathon, de décrocher la médaille d'or, un baiser de Miss Amérique et son billet pour Disneyland.

— Les plus grandes choses sont faites d'une accumulation de petites, Domingo, observa Clark, alors que leur appareil entamait son roulage. Et l'horizon est plus proche quand on est aussi petit.

— Je suppose, monsieur C. Mais c'est quand même marrant... et assez mignon, concéda-t-il.

— Alors, c'est pas si pénible d'être le père d'un petit bonhomme, pas vrai ?

— J'ai pas à me plaindre, reconnut Chavez en abaissant son dossier maintenant que le zinc avait décollé.

— Comment se débrouille l'ami Ettore ? » Retour au boulot, décida Clark. Ces histoires de grand-père, c'était bon un temps.

« Sa condition s'améliore. Il lui fallait un petit mois pour prendre le rythme. Il s'est fait un peu chahuter, mais dans l'ensemble, il l'a bien pris. Tu sais, il est malin. Un bon instinct tactique, surtout pour un flic, même pas un soldat.

– Être flic en Sicile, c'est pas vraiment la même chose que se taper des rondes sur Oxford Street, sais-tu ?

– Ouais, je suppose... mais en simulateur, il n'a pas encore fait une erreur de décision de tir, et ça c'est pas mal du tout. Le seul à avoir fait aussi bien jusqu'ici, c'est Eddie Price. » Le simulateur d'entraînement d'Hereford ne faisait pas de cadeau dans sa présentation des scénarios tactiques possibles, au point qu'il n'hésitait pas à présenter un gamin de douze ans qui ramassait un AK-47 pour vous sulfater si vous ne faisiez pas gaffe. L'autre plan diabolique était une femme portant un bébé qui se trouvait récupérer le pistolet d'un terroriste abattu avant de se tourner innocemment pour affronter les Hommes en noir. Ding avait déjà réussi à l'abattre une fois, pour retrouver le lendemain matin sur son bureau une poupée de son, la figure tartinée de ketchup. Chez les membres de Rainbow, le sens de l'humour était une tradition très développée, quoique un brin perverse.

« Bon, alors qu'est-ce qu'on est censés faire, au juste ?

– L'ancienne Huitième Direction du KGB, leur service de protection rapprochée des personnalités, expliqua John. Ils redoutent une recrudescence du terrorisme intérieur... les Tchétchènes, je suppose, mais aussi des éléments d'autres nationalités désireuses de sortir du giron de la Russie. Alors, ils veulent qu'on les aide à former leurs gars à traiter la menace.

– Quel est leur niveau ? » demanda Chavez.

Rainbow Six haussa les épaules. « Bonne question. Le personnel est composé d'anciens membres du KGB, mais avec une formation de Spetsnaz, sans doute des militaires de carrière, pas les appelés qui font leur ser-

506

vice de deux ans dans l'Armée rouge. Tous ont le grade d'officier mais avec une affectation de sergent. J'imagine qu'ils sont intelligents, convenablement motivés, sans doute en assez bonne condition physique, et qu'ils comprendront la mission. Cela dit, seront-ils à la hauteur de la tâche ? Sans doute pas, estima John. Mais d'ici quelques semaines, on devrait déjà les avoir mis sur la bonne voie.

– Bref, on va jouer les instructeurs ? »

Clark acquiesça. « C'est ce que j'ai cru comprendre, ouais.

– Pas mal », commenta Chavez, alors qu'apparaissait le menu du déjeuner. Pourquoi les repas servis dans les avions ne correspondaient-ils jamais à votre attente ? C'était un dîner, pas un déjeuner. Qu'est-ce qu'ils avaient contre les hamburgers et les frites ? Oh, enfin, ils pourraient toujours se boire une bonne bière. Un truc qu'il avait fini par apprécier chez les Anglais, c'était leur bière. De ce côté, il doutait d'avoir la même chance avec les Russes.

L'aube sur Pékin était aussi sinistre que le promettait la pollution de l'air, estima Gant. Pour une raison inexplicable, son horloge biologique s'était redécalée, malgré les gélules noires et le sommeil à heures fixes. Il s'était retrouvé éveillé aux premières lueurs de l'aube qui luttaient pour traverser une brume aussi épaisse qu'à Los Angeles les plus mauvais jours. Il n'y avait certainement pas d'Agence de protection de l'environnement dans ce pays ; pourtant ils n'avaient pas encore beaucoup de voitures... Le jour où ça arriverait, la Chine pourrait résoudre son problème de surpopulation en la gazant à grande échelle. Il n'avait pas suffisamment voyagé pour savoir si c'était un problème spécifique aux pays marxistes – cela dit, il n'en restait plus des masses pour trouver des contre-exemples... Gant n'avait jamais fumé – c'était un vice qui avait quasiment disparu du milieu des traders, où le stress des journées de travail habituelles suffisait amplement pour vous tuer sans apport extérieur – et ce niveau de pollution le faisait pleurer.

Comme il n'avait rien à faire et des masses de temps pour ça – une fois réveillé, il n'avait jamais pu se rendormir –, il décida d'allumer sa lampe de chevet et de parcourir certains des documents, dont la plupart lui avaient été donnés sans qu'on espère vraiment qu'il les lise. Le but de la diplomatie, avait un jour expliqué M. Spock dans *Star Trek*, était de *prolonger* une crise. Et il ne faisait pas de doute qu'en la matière, le discours sinuait assez pour qu'en comparaison le Mississippi paraisse aussi droit qu'un faisceau laser, mais comme un fleuve, il fallait bien au bout du compte qu'il débouche quelque part.

Ce matin, toutefois... qu'est-ce qui l'avait réveillé ? Gant regarda par la fenêtre, avisa la tache rose orangé qui se formait à l'horizon, derrière les immeubles à contre-jour. Il les trouvait moches mais il savait que c'était juste parce qu'il n'y était pas habitué. Les vieilles bâtisses de Chicago n'étaient pas franchement le Taj Mahal, et les baraques à charpente en bois de sa jeunesse n'étaient pas non plus le palais de Buckingham. Malgré tout, le sentiment d'exotisme restait dominant. Où que porte son regard, tout lui paraissait étranger et il n'avait pas encore l'esprit assez cosmopolite pour surmonter cette impression première. Elle avait quelque chose d'une musique de fond dans un centre commercial : pas tout à fait là, mais jamais vraiment absente. Il y décelait presque un pressentiment, mais il écarta cette idée. Rien ne motivait une appréhension quelconque. Il ignorait encore que les événements ne tarderaient pas à le démentir.

À son hôtel, Barry Wise était déjà levé, attendant qu'on lui monte son petit déjeuner – l'établissement appartenait à une chaîne américaine et le menu était une assez bonne approximation de son équivalent américain. Le bacon local serait sans doute différent mais même les poules chinoises pondaient des œufs, sans aucun doute. Son expérience de la veille avec les petits pains n'avait guère été concluante et Wise était de ceux qui ont besoin d'un solide breakfast pour attaquer la journée du bon pied.

À la différence de la plupart des correspondants et journalistes des chaînes américaines, Wise cherchait le sujet original. Son producteur était un partenaire, pas un donneur d'ordres. Il y voyait l'origine de ses nombreuses récompenses, même si sa femme bougonnait chaque fois qu'elle devait dépoussiérer tous ces foutus trophées exposés derrière le bar du sous-sol.

Il avait besoin d'un sujet inédit pour aujourd'hui. Son public américain risquait de se lasser s'il leur réservait images d'archives et plans d'ambiance pour illustrer des commentaires sur les négociations commerciales. Il avait besoin de couleur locale, un truc susceptible d'aider les Américains à entrer en résonance avec les autochtones. Pas évident, d'autant qu'ils avaient eu leur dose d'histoires de restaurants chinois qui étaient à peu près le seul truc du pays avec lequel la majorité des Américains étaient familiarisés. Quoi, alors ? Que pouvaient avoir en commun l'Américain moyen et le citoyen de la République populaire de Chine ? Pas grand-chose, estima Wise, mais il devait bien y avoir quelque chose d'exploitable. Il était debout quand le petit déjeuner arriva, contemplant le paysage par la baie vitrée tandis que le serveur rapprochait du lit la desserte à roulettes. Il se trouva qu'ils s'étaient emmêlés avec sa commande, du jambon à la place du bacon, mais le jambon avait l'air correct et il laissa passer, donnant même un pourboire au garçon avant de retourner s'asseoir.

Quelque chose, se répéta-t-il en se servant du café, mais quoi ? Ce ne serait pas la première fois qu'il serait confronté à ce problème. Les écrivains reprochaient souvent aux journalistes leur tendance à la « créativité », mais le processus était bien réel. Trouver des sujets intéressants était doublement plus dur pour les journalistes parce qu'au contraire des romanciers, ils ne pouvaient pas inventer. Ils devaient utiliser le réel, et le réel se montrait parfois pénible. Barry Wise tâtonna dans le tiroir de la table de nuit pour en sortir ses lunettes... et là, surprise !

Enfin, pas tant que ça. C'était une tradition bien ancrée dans n'importe quel hôtel américain : la Bible Gideon. Si elle était là, c'était sans doute uniquement parce que les propriétaires et les gérants étaient américains et qu'ils avaient dû passer un accord avec cette organisation chrétienne... mais quel drôle d'endroit pour trouver une Bible. La Chine populaire n'était pas précisément couverte d'églises. Y avait-il tant de chrétiens que ça ? Humph. Ça valait le coup d'enquêter. Il y avait peut-être là matière à un sujet... En tout cas, c'était toujours mieux que rien. Cette décision vaguement prise, il attaqua son petit déj. À l'heure qu'il était, son équipe devait être en train de se réveiller. Il demanderait à son producteur de lui trouver un pasteur quelconque, voire un prêtre catholique. Un rabbin, ce serait peut-être trop espérer. Cela voudrait dire aller chercher du côté de l'ambassade d'Israël, et là, c'était de la triche, pas vrai ?

« Comment s'est passée ta journée, Jack ? » demanda Cathy.

La soirée était imprévue. Ils n'avaient rien à faire, pas de dîner politique, pas de discours, pas de réception, pas de pièce ou de concert au Kennedy Center, pas même une réception intime de vingt ou trente personnes dans la partie résidentielle de la Maison-Blanche, réceptions que Jack détestait et Cathy adorait, parce qu'ils pouvaient y inviter les gens qu'ils connaissaient et qu'ils aimaient bien, ou en tout cas ceux qu'ils avaient envie de rencontrer. Jack n'avait rien contre les soirées proprement dites, mais il estimait que l'étage des chambres de la Maison (comme l'appelaient ses gardes du corps) était le seul espace privé qui lui restait – même leur résidence de Peregrine Cliff au bord de la baie de Chesapeake avait été rééquipée par la Sécurité. Désormais, elle était dotée de diffuseurs anti-incendie, d'au moins soixante-dix lignes téléphoniques, d'un système d'alarme digne d'un site d'entreposage d'armes nucléaires, et d'une annexe pour loger le détachement de gardes du corps qui s'y déployait les week-ends, lorsque les Ryan décidaient de voir s'ils avaient toujours une maison où se retirer quand ils en avaient par-dessus la tête de croupir dans ce musée officiel.

Mais ce soir, rien de tout cela. Ce soir, ils étaient presque redevenus des gens comme tout le monde. La différence était que si Jack voulait une bière ou un verre, il ne pouvait pas aller se servir à la cuisine. Pas question. Interdit. Il devait le demander à l'un des huissiers de la Maison-Blanche, qui prendrait l'ascenseur pour aller le chercher soit aux cuisines du sous-sol, soit au bar de l'étage supérieur. Il aurait pu bien sûr insister pour se préparer lui-même sa boisson, mais cela eût été insultant pour les huissiers, et même si ces hommes, en majorité noirs (d'aucuns disaient qu'ils descendaient en droite ligne des esclaves personnels d'Andrew Jackson), ne s'en formaliseraient pas, il semblait bien inutile de les vexer. De toute façon, Ryan n'avait jamais été du genre à faire faire son boulot par les autres. Oh, bien sûr, c'était sympa d'avoir ses chaussures cirées tous les soirs par un gars qui n'avait rien d'autre à branler et qui en retirait un confortable salaire aux frais du contribuable, mais ça lui semblait tout simplement déplacé de se faire servir ainsi, comme une tête couronnée, quand son père avait été simple inspecteur à la Brigade criminelle de Baltimore et qu'il lui avait fallu une bourse pour intégrer l'université de Boston. Était-ce à cause de ses origines ouvrières et de son éducation ? Sans doute des deux, estima Ryan. Ces racines expliquaient aussi son comportement actuel, assis dans un fauteuil, un verre à la main, devant la télé, comme s'il était un individu normal – pour changer.

L'existence de Cathy était en définitive celle qui avait le moins changé dans la famille, hormis qu'elle se rendait désormais au travail en hélico, un VH-60 Blackhawk des marines, luxe auquel ni la presse ni les contribuables ne voyaient d'objection – surtout pas depuis que *Sandbox* (« Bac à sable », son pseudo pour la Sécurité), alias Katie Ryan, avait été victime d'une attaque terroriste contre sa crèche. Les grands étaient partis regarder la télévision de leur côté et Kyle Daniel (*Sprite*, « Lutin ») était endormi dans son berceau. Et c'est pour cela que le Dr Ryan (nom de code *Surgeon*, « Chirurgien ») était elle aussi installée dans son fauteuil devant la télé, pour réviser ses bulletins de santé quotidiens tout en consultant une revue médicale car pour elle la formation permanente n'était pas un vain mot.

« Comment ça se passe à l'hôpital, chérie ?

— Plutôt pas mal, Jack. Bernie Katz a eu une autre petite-fille. Il n'arrête pas d'en parler.

— Duquel de ses gosses ?

— Mark. Il s'est marié il y a deux ans. On est allés à la cérémonie, rappelle-toi.

— Ah, l'avocat ? » Jack s'en souvenait vaguement, ça datait du bon vieux temps, avant cette maudite présidence.

« Ouais. Son autre fils, David, est toubib – il est à Yale, il termine son internat de chirurgien thoracique.

– Je le connais, celui-ci ? » Il était incapable de se souvenir.

« Non. Il a fait ses études en Californie. À l'UCLA. » Elle tourna la page de la dernière livraison du *New England Journal of Medicine*, puis décida de la corner. Elle avait trouvé un article intéressant sur une nouvelle découverte en matière d'anesthésie. Il faudrait qu'elle en discute à midi avec un des professeurs. Elle avait l'habitude de déjeuner avec ses collègues des différents services pour se tenir au fait de l'actualité médicale. La prochaine grande avancée, selon elle, serait en neurologie. Un de ses collègues de Hopkins avait découvert un médicament qui semblait provoquer la régénération des cellules nerveuses endommagées. Si cela débouchait, c'était le Nobel à tous coups. Ce ne serait jamais que le neuvième décroché par la faculté de médecine de l'université Johns Hopkins. Pour sa part, ses travaux sur les lasers chirurgicaux lui avaient déjà valu un prix Lasker – la plus haute distinction médicale en Amérique – mais ils n'avaient pas été assez fondamentaux pour qu'elle ait droit au voyage de Stockholm. Elle ne s'en formalisait pas. L'ophtalmologie n'était pas une discipline pour la recherche théorique mais rendre la vue aux gens était bougrement gratifiant. Peut-être que le seul avantage de l'accession de Jack à la fonction présidentielle et de son statut de Première Dame était qu'elle avait désormais une bonne chance d'obtenir la direction de l'Institut Wilmer quand Bernie Katz déciderait de raccrocher (et s'il l'envisageait). Elle pourrait toujours pratiquer – il était exclu qu'elle y renonce –, mais elle aurait en même temps la possibilité de superviser la recherche dans son domaine, de décider de l'attribution des subventions de recherche, des grandes orientations à prendre, et elle était convaincue d'y faire du bon travail. Alors, peut-être qu'après tout cette histoire de présidence n'était pas un gâchis total.

Son seul vrai problème était que les gens s'attendaient à la voir se fringuer comme un top model, et si elle avait toujours aimé s'habiller, se transformer en mannequin de défilé ne l'avait jamais attirée. Elle estimait bien suffisant de pouvoir porter de belles robes du soir lors de ces fichues réceptions officielles auxquelles elle était tenue d'assister (et sans avoir à sortir un sou de sa poche, puisque toutes les robes étaient offertes par leurs créateurs). Du reste, la presse féminine n'appréciait pas trop ses choix vestimentaires habituels, comme si le port de la blouse blanche de laboratoire était une lubie personnelle – non, c'était son uniforme, au même titre que celui des marines en faction aux portes de la Maison-Blanche, et elle le portait avec la même fierté qu'eux. Peu de femmes (ou d'hommes, d'ailleurs) pouvaient se targuer d'être parvenues au faîte de leur profession. Elle, si.

En définitive, la soirée s'était avérée tout à fait agréable. Elle n'avait rien contre la passion de son époux pour la chaîne Histoire, même quand il se mettait à bougonner devant telle ou telle erreur dans un documentaire. À supposer d'ailleurs que ce soit lui qui ait raison et le réalisateur qui ait tort... Son verre de vin était vide et comme elle n'avait rien de prévu pour le lendemain, elle fit signe à l'huissier de la resservir. La vie aurait pu être plus désagréable. Et puis, ils avaient eu cette terrible alerte avec ces salopards de terroristes mais grâce à la chance et surtout à ce fantastique agent du FBI qu'Andrea Price avait épousé, ils avaient survécu et elle doutait que pareil incident puisse se reproduire. Son détachement personnel de gardes du corps était là pour y veiller. Et son chef, l'inspecteur principal Roy Altman, inspirait autant de confiance dans sa tâche qu'elle estimait en inspirer dans la sienne.

514

« Et voilà, Dr Ryan, dit le chambellan en lui présentant le verre rempli.

– Merci, George. Comment vont les enfants ?

– L'aînée vient d'être acceptée à Notre-Dame, répondit-il avec fierté.

– C'est magnifique. Elle a choisi quoi, comme discipline principale ?

– Médecine.

– Excellent. Si jamais je peux l'aider en quoi que ce soit, faites-le-moi savoir, d'accord ?

– Oui, m'dame, volontiers. » George savait qu'elle ne blaguait pas. Les Ryan étaient très aimés du personnel, malgré leur gaucherie vis-à-vis de tout le tralala. Il y avait une autre famille dont s'occupaient les Ryan, la veuve et les enfants d'un sergent de l'armée de l'air dont personne ne semblait bien saisir le rapport avec eux. Et Cathy s'était chargée personnellement de deux enfants de membres du secrétariat qui souffraient de problèmes oculaires.

« Qu'est-ce que tu as de prévu pour demain, Jack ?

– Une allocution au Congrès des VFW [1], les anciens combattants d'outre-mer, à Atlantic City. J'y fais un saut en hélico après déjeuner. Pas mal, le discours que m'a pondu Callie.

– Je la trouve un peu bizarre.

– Elle est différente, admit le président, mais elle fait du bon boulot. »

Encore heureux, s'abstint de remarquer Cathy, que je n'aie pas à m'en taper trop de mon côté... Pour elle, un discours ça se limitait à expliquer à son patient comment elle allait lui réparer les yeux.

---

1. *Veterans of Foreign Wars :* association américaine des anciens combattants d'outre-mer. Créée en 1901 et possédant des délégations dans tous les États, elle a son siège à Kansas City, Missouri *(N.d.T.)*.

« Un nouveau nonce apostolique a été nommé à Pékin, indiqua le producteur. Un Italien, le cardinal Renato DiMilo. Un vieux bonhomme, je ne sais rien de lui.

– Eh bien, peut-être qu'on peut aller faire un tour à la nonciature et le rencontrer, réfléchit tout haut Barry pendant qu'il nouait sa cravate. T'as l'adresse et le numéro de téléphone ?

– Non, mais notre contact à l'ambassade peut nous retrouver ça vite fait.

– File-lui un coup de bigo », ordonna Wise d'une voix douce. Les deux hommes bossaient ensemble depuis onze ans, et c'est ensemble qu'ils avaient esquivé les balles et gagné ces trophées, ce qui n'était pas si mal pour deux anciens sergents des marines.

« D'ac. »

Wise jeta un coup d'œil à sa montre. Le timing était parfait, il pourrait préparer tranquillement son sujet, le balancer sur le satellite et Atlanta le monterait et le diffuserait à l'heure du petit déjeuner en Amérique. Ça devrait largement occuper sa journée dans ce pays de sauvages. Merde, pourquoi ne pouvaient-ils pas organiser leurs négociations sur le commerce en Italie ? Il gardait un souvenir ému de la cuisine italienne, du temps où il servait avec la flotte de Méditerranée. Et des Italiennes. Elles avaient un faible pour l'uniforme des marines. Enfin, elles n'étaient pas les seules.

Une chose que ni le cardinal DiMilo ni monseigneur Schepke n'avaient réussi à apprécier, c'étaient les petits déjeuners à la chinoise, qui étaient totalement étrangers à ce que les Européens pouvaient servir pour commencer la journée. C'est pourquoi tous les matins, Schepke préparait le petit déjeuner avant l'arrivée du personnel chinois, leur laissant juste la vaisselle, ce qui était bien suffisant pour les deux prélats. L'un et l'autre avaient déjà dit leur première messe qui les obligeait à se lever dès six heures du matin, un peu comme des soldats, s'était souvent dit le vieil Italien.

Le quotidien matinal était l'*International Herald Tribune*, un peu trop américano-centriste à son goût mais enfin, le monde était imparfait. Au moins le journal donnait-il les résultats de foot, et les deux hommes s'y intéressaient de près – c'était un sport que Schepke pouvait en outre encore pratiquer quand l'occasion se présentait. DiMilo, qui avait été lui-même un assez bon centre dans le temps, se contentait désormais de regarder et commenter les matches.

L'équipe de CNN avait son camion de reportage, un fourgon américain importé en Chine depuis une éternité. Il était équipé d'une mini-parabole d'émission, un petit miracle technologique qui leur permettait d'être en contact instantané avec tous les points du globe par le truchement des satellites de communication. Sa seule limite était qu'elle ne pouvait fonctionner quand le véhicule était en mouvement, mais un technicien s'occupait déjà de résoudre ce problème, ce qui constituerait un avantage indéniable, parce qu'une équipe mobile risquait moins les interférences d'éventuels brouillages, quel que soit le pays où elle devait opérer.

Ils disposaient également d'un GPS, qui leur permettait de se localiser partout, et de s'orienter dans toutes les villes dont ils avaient le plan sur CD-Rom. Avec ça, ils pouvaient se rendre à n'importe quelle adresse plus vite même qu'un chauffeur de taxi. Et grâce à leur téléphone mobile, ils pouvaient obtenir ladite adresse, en l'occurrence auprès de l'ambassade américaine, qui avait celle de toutes les légations étrangères, parmi lesquelles la nonciature où logeait le représentant du pape. Le téléphone leur permit également d'avertir de leur arrivée. Ce fut une voix chinoise qui répondit, suivie d'une autre à l'accent allemand, ce qui les surprit, mais toujours est-il que l'homme leur annonça qu'ils étaient les bienvenus.

Barry Wise avait son costume-cravate habituel et c'est donc un homme à l'aspect soigné (encore un souvenir des marines) qui frappa à la porte. Comme de juste, ce fut un autochtone (il avait failli dire indigène, mais c'était un rien raciste) qui l'accueillit et l'invita à entrer. Le premier Occidental qu'ils rencontrèrent n'avait pas l'air d'un cardinal : trop jeune, trop grand, et par trop germanique.

« Enchanté, je suis monseigneur Schepke.

– Bonjour, je suis Barry Wise, de CNN.

– Oui, fit Schepke avec un sourire. Je vous ai souvent vu à la télévision. Qu'est-ce qui vous amène ici ?

– Nous sommes venus couvrir les négociations commerciales sino-américaines mais nous avons décidé de chercher d'autres sujets d'intérêt. Nous avons découvert avec surprise que le Vatican avait une mission diplomatique en Chine. »

Schepke invita Wise dans son bureau et lui indiqua un fauteuil confortable. « Je suis ici depuis plusieurs mois mais le cardinal n'est arrivé que récemment.

– Pourrai-je le rencontrer ?

– Certainement, mais Son Éminence est en ce moment en communication téléphonique avec Rome. Pouvez-vous patienter quelques minutes ?

– Bien entendu », lui assura Wise. Il considéra l'évêque. L'homme était de carrure athlétique, imposant, très allemand. Wise s'était rendu à de nombreuses reprises dans ce pays, et il s'y était toujours senti un peu mal à l'aise, comme si le racisme qui avait engendré l'Holocauste était toujours latent, tapi et prêt à rejaillir. Dans une tenue différente, il aurait pu prendre Schepke pour un soldat, pourquoi pas un marine. L'homme semblait en bonne condition physique, plein d'intelligence, fin observateur, incontestablement.

« À quel ordre appartenez-vous, si ce n'est pas indiscret ?

– La Société de Jésus », répondit le prélat.

Un jésuite. Ça expliquait tout. « En Allemagne ?

– Correct, mais je suis désormais installé à Rome, à l'université Robert Bellarmine, et l'on m'a demandé d'accompagner ici Son Éminence, pour mes compétences linguistiques. » Son anglais était légèrement américanisé mais sans une once de canadianisme, grammaticalement parfait et d'une prononciation remarquablement précise.

Et pour ton intelligence, ajouta Wise, in petto. Il savait que le Vatican disposait d'un service de renseignements respecté, sans doute le plus ancien du monde. Donc, cet évêque était à la fois espion et diplomate, décida Wise.

« Je ne vous demanderai pas combien de langues vous parlez. Je suis sûr que vous me battez à plates coutures », observa le reporter. Il n'avait jamais vu ou entendu parler d'un jésuite idiot.

Sourire aimable de l'évêque. « C'est ma fonction. » Puis il avisa le standard téléphonique. Le témoin venait de s'éteindre. Schepke s'excusa pour entrer dans le bureau, puis il ressortit : « Son Éminence va vous recevoir. »

Wise se leva et suivit le prêtre allemand. L'homme qu'il découvrit était corpulent et furieusement italien. Il n'était pas en soutane mais portait une veste et un pantalon, une chemise (ou était-ce un gilet ?) rouge sous le col clérical. Le correspondant de CNN ne se souvenait plus si le protocole exigeait qu'il baise l'anneau du prélat mais le baisemain n'était pas son truc, de toute façon, aussi opta-t-il pour la franche poignée de main, à l'américaine.

« Bienvenue à la nonciature, dit le cardinal DiMilo.

Vous êtes notre premier journaliste américain. Je vous en prie... » Il le convia à s'asseoir.

« Merci, Éminence. » Wise se souvenait au moins du terme à employer.

« Comment pouvons-nous vous venir en aide ?

— Ma foi, nous sommes dans la capitale pour couvrir les négociations commerciales... et nous cherchions un sujet de reportage sur la vie à Pékin. Nous venons d'apprendre que le Vatican avait une ambassade et nous avons aussitôt pensé que nous pourrions avoir un entretien avec vous, Éminence.

— Magnifique, observa DiMilo avec un gracieux sourire sacerdotal. On trouve certes un petit nombre de chrétiens occidentaux à Pékin, mais ce n'est quand même pas Rome. »

Wise sentit une petite lumière s'éteindre. « Et des chrétiens chinois ?

— Nous n'en avons jusqu'ici rencontré que quelques-uns. Nous devons justement en voir un cet après-midi, du reste, un pasteur baptiste du nom de Yu.

— Vraiment ? » C'était une surprise. « Un baptiste autochtone ?

— Tout à fait, confirma Schepke. Un brave type, il a même fait ses études en Amérique, à l'université Oral Roberts.

— Un Chinois sorti d'Oral Roberts ? » s'étonna Wise avec une certaine incrédulité, tandis qu'un voyant EXCLUSIF ! se mettait aussitôt à clignoter dans sa tête.

« Oui, c'est assez peu commun, n'est-ce pas ? » observa DiMilo.

Il était déjà peu commun qu'un pasteur baptiste et un cardinal de l'Église catholique s'adressent la parole, songea Wise, mais que cela se produise en ce lieu était aussi incongru que de voir un dinosaure arpenter les pelouses de Washington. Sûr qu'Atlanta allait apprécier.

« Pouvons-nous vous accompagner ? » demanda le correspondant de CNN.

La terreur la prit peu après son arrivée au travail. Elle s'y attendait, mais ce fut malgré tout une surprise, et fâcheuse. Ce premier élancement dans le bas-ventre. La dernière fois, près de six ans plus tôt, la douleur avait annoncé la naissance de Ju-Long ; là aussi, cela l'avait surprise, mais cette grossesse-là était autorisée, et pas celle-ci. Elle avait espéré que les contractions commenceraient le matin, mais un dimanche, chez elle, quand ils pourraient se débrouiller, elle et son mari, sans complications supplémentaires ; seulement les bébés arrivaient quand ils l'avaient décidé, en Chine comme ailleurs, et celui-ci ne ferait pas exception à la règle. La question était de savoir si l'État lui laisserait le temps de pousser son premier cri, si bien que le premier élancement, le premier signe de contraction déclencha en elle un sentiment de terreur à la perspective de ce meurtre toujours possible. C'était la culmination de ces semaines d'insomnies et de cauchemars qui la trouvaient au matin trempée de sueur. Ses collègues avaient vu son visage et s'interrogeaient. Quelques filles de l'atelier avaient deviné son secret, même si elle n'en avait jamais discuté avec elles. Le miracle était que personne ne l'ait dénoncée – ce qui avait été sa plus grande frayeur – mais ce n'était pas le genre de choses qu'on pouvait s'infliger entre femmes. Certaines avaient également donné naissance à des filles qui étaient mortes « accidentellement » un ou deux ans après, pour satisfaire le désir de leur mari d'avoir un héritier mâle. C'était un autre aspect de la vie en Chine populaire qu'on abordait rarement dans les conversations, même entre femmes.

Et tandis que Yang Lien-Hua parcourait du regard l'atelier, elle sentait ses muscles annoncer que le travail était imminent, et tout ce qu'elle pouvait espérer, c'était que ça cesse, qu'elle ait un répit. Juste cinq heures, le temps de pouvoir rentrer chez elle accoucher ; ce ne serait peut-être pas aussi pratique qu'un week-end, mais ce serait toujours mieux qu'ici. « Fleur de lotus » se dit qu'elle devait se montrer forte et résolue. Elle ferma les yeux, se mordit la lèvre, essaya de se concentrer sur sa tâche, mais les élancements se transformèrent bientôt en sensation de gêne. Puis viendrait la douleur sourde, suivie par les vraies contractions qui l'empêcheraient de rester debout et à ce moment... quoi donc ? C'était son incapacité à prévoir les prochaines heures qui déformait ses traits plus encore que ne pourrait le faire la douleur. Elle redoutait la mort, et même si cette peur est commune à tous les êtres humains, la sienne concernait une vie qui était une part d'elle-même, sans être vraiment la sienne. Elle redoutait de la voir mourir, de la sentir mourir, de sentir disparaître une âme pas encore née, et même si elle était appelée à rejoindre Dieu, ce n'était certainement pas Son intention. Elle avait besoin de son conseiller spirituel. Elle avait besoin de son mari, Quon. Mais plus encore du révérend Yu. Comment pouvait-elle faire ?

L'installation de la caméra fut rapide. Les deux hommes d'Église observèrent les préparatifs avec intérêt, car c'était pour eux un spectacle inédit. Dix minutes plus tard, l'un comme l'autre furent déçus par les questions. Ils avaient déjà pu voir Wise sur le petit écran et s'attendaient à mieux de sa part. Ils ne se doutaient pas que le sujet qui l'intéressait se trouvait à quelques kilomètres et une petite heure de là.

« Bien, dit Wise une fois terminée l'interview prétexte. Pouvons-nous vous accompagner chez votre ami ?

« – Mais certainement », répondit Son Éminence en se levant. Il s'excusa parce que même les cardinaux devaient parfois se rendre aux toilettes avant de monter en voiture, en tout cas ceux qui avaient son âge. Mais le prélat réapparut bientôt et rejoignit Franz. Ce dernier allait encore une fois prendre le volant, au grand désappointement de leur chauffeur et domestique qu'ils soupçonnaient d'être un indic du ministère de la Sécurité. La camionnette de CNN les suivit alors qu'ils sinuaient dans les rues avant de s'arrêter devant la modeste demeure du révérend Yu Fan An. Ils n'eurent aucun mal à se garer. Les deux prêtres catholiques descendirent et sonnèrent à la porte du pasteur. Yu nota qu'ils portaient un gros paquet.

« Ah ! s'exclama Yu avec un sourire étonné quand il leur ouvrit. Qu'est-ce qui vous amène ici ?

– Mon ami, nous avons un cadeau pour vous », répondit Son Éminence en lui tendant le paquet. C'était de toute évidence une grosse Bible, mais sans être original, le cadeau était néanmoins agréable. Yu les invita à entrer, puis il avisa les Américains.

« Ces reporters nous ont demandé s'ils pouvaient se joindre à nous, expliqua monseigneur Schepke.

– Mais bien sûr », dit aussitôt Yu, en se demandant si Gerry Patterson aurait l'occasion de voir le reportage, et qui sait même, son lointain ami Hosiah Jackson. Mais ils attendirent pour installer leurs caméras qu'il ait d'abord ouvert son cadeau.

Ce que fit Yu après s'être assis à son bureau ; découvrant l'objet, il leva les yeux, affichant une surprise considérable. Il s'était certes attendu à une Bible, mais celle-ci avait dû coûter plusieurs centaines de dollars. C'était une édition de la Bible anglaise de 1611, traduite en mandarin... et magnifiquement illustrée. Yu se releva et contourna le bureau pour étreindre son collègue italien.

« Que le Seigneur vous bénisse pour ce présent, Renato, dit-il avec une émotion profonde.

— Nous Le servons l'un et l'autre de notre mieux. J'y ai pensé et il m'a semblé que c'était un objet que vous aimeriez avoir », répondit DiMilo comme il l'aurait fait remarquer à un brave curé de paroisse à Rome, parce que, en fin de compte, c'était bien ce qu'était Yu... Pas loin, en tout cas.

Dans son coin, Barry Wise se maudit de n'avoir pas filmé la scène. « On ne voit pas souvent une telle amitié entre catholiques et baptistes », observa le journaliste.

Yu se chargea de répondre et cette fois, la caméra tournait : « Nous avons le droit d'être amis. Après tout, on bosse pour le même patron, comme vous diriez en Amérique. » Il reprit la main de DiMilo et la serra chaleureusement. Il était rare qu'on lui fasse un cadeau venant du cœur, et c'était si étrange de le recevoir ici, à Pékin, des mains d'un homme que certains de ses collègues américains traiteraient de papiste, et qui plus est, de papiste italien. La vie avait donc bien un but. La foi du révérend Yu était assez ancrée pour qu'il ait eu rarement des doutes à ce sujet, mais se le voir confirmer de temps en temps était une bénédiction.

Les contractions étaient trop rapides, et trop fortes. Lien-Hua les endura le plus longtemps possible, mais au bout d'une heure, elle eut l'impression d'avoir le ventre criblé de balles. Ses genoux se dérobaient. Elle fit de son mieux pour se maîtriser, rester debout, mais c'était trop. Son teint devint cireux, et elle s'effondra sur le sol en béton. Une collègue arriva aussitôt. Mère également, elle saisit d'emblée.

« Tu es à terme ?

— Oui. » Un « oui » émis dans un sanglot douloureux.

« Je file prévenir Quon. » Et elle fonça aussitôt. C'est à cet instant précis que les choses se gâtèrent pour Fleur de lotus.

Le contremaître remarqua une ouvrière qui courait, et il tourna aussitôt la tête pour en découvrir une autre, prostrée au sol. Il s'approcha, tel un badaud après un accident de la circulation, moins par désir de porter secours que par curiosité. Il avait rarement prêté attention à Yang Lien-Hua. Elle s'acquittait convenablement de sa tâche, sans trop s'attirer de cris ou de reproches, et elle était appréciée de ses collègues ; c'était à peu près tout ce qu'il savait d'elle, et il estimait n'avoir pas besoin d'en savoir plus. Pas de sang. Il ne s'agissait donc pas d'un accident ou des suites d'une défaillance mécanique. Bizarre. Il la toisa quelques secondes, nota son inconfort et se demanda ce dont elle pouvait souffrir, mais il n'était ni médecin ni infirmier et ne désirait pas se mêler de ça. Bien sûr, si elle avait saigné, il aurait essayé de lui mettre un pansement, de lui poser un garrot, mais ce n'était pas le cas, aussi resta-t-il planté là sans rien faire, en bon responsable, faisant sentir sa présence, mais sans aggraver la situation. Il y avait une aide-soignante à l'infirmerie, à deux cents mètres de là. L'autre fille avait sans doute couru la chercher.

Le visage de Lien-Hua se crispa après quelques minutes relativement paisibles, alors que survenait une autre contraction. Il vit ses paupières se serrer, ses traits pâlir, sa respiration se transformer en halètement. Oh, comprit-il soudain, c'est donc ça. Comme c'était bizarre. Il était censé être au fait de ces questions, afin d'être en mesure de prévoir les remplacements de poste. Puis il s'aperçut d'autre chose. Ce n'était pas une grossesse autorisée. Lien-Hua avait enfreint la loi et ce n'était pas censé se produire, et cela pouvait avoir des retombées préjudiciables sur son atelier et sur lui, en tant que contremaître... lui qui voulait pouvoir se payer une voiture un jour...

« Qu'est-ce qui se passe ? » lui demanda-t-il.

Mais Yang Lien-Hua n'était pas en état de lui répondre. Les contractions se rapprochaient bien plus vite que pour la naissance de Ju-Long. Pourquoi ça n'a pas pu attendre samedi ? Pourquoi le Seigneur veut-il que mon enfant soit mort-né ? Elle faisait de son mieux pour prier entre deux douleurs, faisait tout son possible pour se concentrer, pour implorer la miséricorde de Dieu et son aide en ces instants de douleur, de terreur et d'épreuve, mais tout ce qu'elle voyait autour d'elle ne faisait que renforcer ses craintes. Elle ne lisait nul secours dans les yeux de son contremaître. Puis elle entendit à nouveau une cavalcade et, en relevant la tête, vit Quon approcher, mais avant qu'il n'arrive à sa hauteur, le contremaître l'avait intercepté.

« Que se passe-t-il ici ? lança l'homme, avec toute la rudesse du petit chef. Ta femme fait un bébé dans mon atelier ? Et un bébé non autorisé ? » C'était à la fois une question et une accusation. « *Ju hai !* » – « Salope ! »

Quon, quant à lui, voulait ce bébé autant que sa femme. Il ne lui avait pas avoué les terreurs qu'il partageait avec elle, parce qu'il avait trouvé cela indigne d'un homme, mais cette dernière remarque du contremaître fut la goutte qui fit déborder le vase. Retrouvant ses réflexes de militaire, Quon lui expédia un coup de poing, accompagné d'une imprécation de son cru : « *Pok gai !* » Littéralement, « Tombe dans la rue » mais en l'occurrence, c'était plutôt : « Dégage, connard ! » Le contremaître s'entailla le crâne en tombant, petit plaisir pour Quon qui se vengeait ainsi de l'insulte faite à sa femme. Mais il avait d'autres soucis dans l'immédiat.

Il releva son épouse et la soutint de son mieux pour l'aider à rejoindre l'endroit où étaient garés leurs vélos.

Mais à présent, que faire ? Comme elle, Quon aurait préféré que ça se passe sous leur toit où, dans le pire des cas, elle pourrait se faire porter malade. Mais là, il ne pouvait pas plus arrêter le processus qu'empêcher la terre de tourner. Il n'avait même pas le temps ou l'énergie de maudire le ciel. Il devait affronter la réalité comme elle se présentait, cahin-caha, à chaque seconde, et aider de son mieux sa femme bien-aimée.

« Oui, confirma Yu en dégustant son thé. À l'université Oral Roberts dans l'Oklahoma. J'ai d'abord passé un diplôme d'ingénieur-électricien, puis j'ai fait un doctorat de théologie avant d'être ordonné prêtre.

– Je vois que vous êtes marié, nota le reporter en indiquant une photo au mur.

– Ma femme est repartie à Taiwan, s'occuper de sa mère qui est souffrante.

– Alors, comment avez-vous fait connaissance ? demanda Wise, évoquant l'amitié entre Wu et le cardinal.

– C'est à l'initiative de Fan An, expliqua ce dernier. C'est lui qui est venu accueillir un nouveau venu dans... eh bien, on pourrait dire dans sa branche. » DiMilo faillit ajouter qu'ils aimaient bien boire ensemble mais il se retint, de peur de nuire à la réputation du pasteur devant ses paroissiens ; beaucoup de baptistes en effet refusaient d'absorber toute forme d'alcool. « Comme vous pouvez l'imaginer, les chrétiens ne sont pas si nombreux dans cette ville et ils doivent se serrer les coudes.

– Ne trouvez-vous pas étrange qu'un catholique et un baptiste se témoignent une telle amitié ?

– Pas du tout, répondit aussitôt Yu. Qu'y aurait-il d'étrange ? Ne sommes-nous pas unis dans la même croyance ? » DiMilo acquiesça vigoureusement à l'énoncé de cet article de foi aussi sincère qu'imprévu.

« Et qu'en pensent vos fidèles ? » s'empressa de demander alors le journaliste américain.

Le garage à bicyclettes devant l'atelier était fort encombré car bien rares étaient les ouvriers chinois à posséder une voiture, mais alors que Quon aidait Lien-Hua à en gagner l'extrémité, ils furent repérés par un des vigiles de l'usine. Celui-ci faisait sa ronde, très imbu de sa personne, au guidon de son triporteur motorisé, un engin encore plus indispensable à son statut social que son uniforme et son insigne. Ancien sergent, comme Quon, dans l'Armée populaire de libération, il n'avait jamais perdu son sens de l'autorité et cela se sentait dans sa façon de s'adresser aux autres.

« Stop ! lança-t-il depuis son scooter. Que se passe-t-il ? »

Quon se retourna. Lien-Hua, qui venait d'avoir une nouvelle contraction, avait les genoux fléchis, le souffle court, et il devait presque la traîner jusqu'à leurs vélos. Soudain, il comprit que ça ne marcherait pas. Il était tout simplement impossible qu'elle arrive à pédaler. Ils étaient à onze rues de leur immeuble. Il pourrait sans doute l'aider à monter jusqu'à leur appartement, mais comment l'amènerait-il jusque-là ?

« Ma femme... elle est malade », dit Quon, peu désireux (et redoutant) d'exposer la réalité du problème. Il connaissait ce vigile, son nom était Zhou Jinglin, et le type lui paraissait plutôt bon bougre : « J'essaie de la raccompagner à la maison.

– Où habites-tu, camarade ?

– Cité de la Longue Marche, au 72. Tu peux nous aider ? »

Zhou les examina. La femme paraissait mal en point. Même si son pays ne valorisait pas l'initiative personnelle, c'était une camarade en difficulté, et l'on était censé manifester sa solidarité, et par ailleurs leur appartement n'était qu'à une douzaine de rues, même pas un quart d'heure de trajet avec son engin lent et pétaradant. Il prit sa décision, fondée sur la solidarité ouvrière.

« Charge-la à l'arrière, camarade !

– Merci, camarade ! » Et Quon fit passer sa femme vers l'arrière du triporteur, la prit sous les fesses pour la hisser et la déposer dans le plateau en acier rouillé, derrière la cabine. Il monta à ses côtés, puis, d'un geste de la main, fit signe à Zhou de redémarrer vers l'ouest. Cette dernière série de contractions se révélait violente. Lien-Hua haletait, puis elle laissa échapper un cri, au grand désarroi de son mari, mais hélas, surtout, du conducteur qui, se retournant, découvrit une femme se tenant le ventre, en proie aux plus vives douleurs. Ce n'était certainement pas beau à voir et Zhou, s'étant déjà résolu à prendre une initiative, décida qu'il était peut-être temps d'en prendre une seconde. Leur itinéraire empruntait la rue Meishuguan et passait donc juste devant l'hôpital de Longfu qui, comme la plupart des CHU de Pékin, avait un service des urgences. Cette femme allait très mal, c'était une camarade, un membre de la classe ouvrière qui méritait son aide. Il se retourna. Comme tout bon mari, Quon s'efforçait de réconforter son épouse, mais il ne pouvait pas faire grand-chose tandis que le triporteur cahotait sur la chaussée inégale à vingt kilomètres-heure.

Oui, décida Zhou, il devait le faire. Il tourna doucement le guidon pour virer, emprunta la rampe plus adaptée à des camions de livraison qu'à des ambulances et s'arrêta.

Il fallut plusieurs secondes à Quon pour se rendre compte qu'ils avaient stoppé. Il regarda autour de lui, prêt à aider sa femme à descendre, quand il vit qu'ils n'étaient pas devant son immeuble. Désorienté par les trente minutes qu'il venait de vivre dans l'affolement, il ne comprit pas où ils se trouvaient, jusqu'au moment où il vit une femme en uniforme émerger de la porte. Elle portait une espèce de bandeau autour de la tête – une infirmière ? Étaient-ils à l'hôpital ? Non, il ne pouvait pas laisser faire ça.

Yang Quon descendit, rejoignit Zhou. Il allait lui faire remarquer qu'il s'était trompé, qu'ils n'avaient rien à faire ici, mais les aides-soignants témoignaient d'une célérité peu coutumière – comme par un fait exprès, c'était le calme plat aux urgences – et une civière arriva aussitôt, poussée par deux hommes. Yang Quon essaya de protester mais il fut refoulé sans ménagement par les deux robustes brancardiers, tandis que Lian-Hua était déposée sur la civière et conduite à l'intérieur avant qu'il ait eu le temps de dire ouf. Il inspira un bon coup, leur emboîta le pas et fut aussitôt intercepté par deux employés qui lui demandèrent les renseignements indispensables pour remplir le formulaire d'admission, le figeant aussi sûrement (mais bien plus ignominieusement) qu'un homme armé d'un fusil.

En salle d'urgence, une femme médecin et une infirmière regardèrent les brancardiers transférer la jeune femme sur une table d'examen. Il ne leur fallut que quelques secondes pour saisir la situation. Elles échangèrent un regard. Quelques secondes encore et elle était débarrassée de son bleu de travail, exposant son ventre distendu, aussi manifeste que le soleil levant. Il était tout aussi manifeste qu'elle était en plein travail et qu'il n'y avait pas réellement urgence. On pouvait la conduire à l'ascenseur et la faire monter à l'étage, où se trouvait le service d'obstétrique. La toubib rappela les brancardiers et leur dit de transférer la patiente. Puis elle se rendit au téléphone pour prévenir ses collègues de la maternité. Sa « mission » accomplie, elle retourna en salle de garde feuilleter un magazine en fumant une cigarette.

« Camarade Yang ? demanda un autre fonctionnaire, plus haut placé.

– Oui ? répondit le mari inquiet, encore bloqué dans la salle d'attente par les deux employés de l'accueil.

– On conduit votre femme à l'étage, dans le service d'obstétrique. Mais..., ajouta l'employé, il y a un problème.

– Lequel ? demanda Quon, devinant la réponse, mais espérant malgré tout un miracle.

– Nous n'avons aucune trace dans nos dossiers de la grossesse de votre épouse. Vous dépendez pourtant de notre district sanitaire... vous habitez bien au 72, cité de la Longue Marche ?

– Oui, c'est là que nous habitons », balbutia Quong, cherchant désespérément un moyen de se sortir de ce piège. Il n'en voyait nulle part.

« Ah. » Le fonctionnaire hocha la tête. « Je vois. Merci. À présent je dois passer un coup de fil. »

C'était le ton sur lequel il venait de prononcer cette dernière phrase qui terrifia Quon : Ah oui, je dois vérifier qu'on a bien sorti la poubelle. Ah oui, le carreau est cassé, je vais essayer de trouver un vitrier. Ah oui, une grossesse non autorisée, je vais appeler là-haut les prévenir de tuer le bébé dès son apparition.

À l'étage, Lien-Hua pouvait lire la différence dans leurs regards. Au moment de l'accouchement de Ju-Long, il y avait de la joie, de l'impatience dans le regard des infirmières qui l'assistaient. On devinait les sourires qui plissaient les yeux au coin des masques chirurgicaux... mais pas cette fois-ci. Quelqu'un était entré alors qu'elle était dans la salle de travail numéro 3, avait glissé un mot à l'infirmière ; celle-ci avait rapidement tourné la tête vers la table où était installée Lien-Hua et, dans ses yeux, la compassion avait soudain laissé place à... autre chose. Lien-Hua n'aurait su dire quoi exactement mais elle en comprit le sens. Même si elle y répugnait, l'infirmière était prête à aider celui qui se chargerait de la tâche, parce qu'elle le devait. La Chine était un pays où les gens faisaient ce qu'on leur ordonnait de faire, quel que soit leur avis ou leur sentiment. Lien-Hua sentit venir une autre contraction. Le bébé voulait naître, sans savoir qu'il était voué à la destruction au nom de l'État. Mais le personnel hospitalier le savait. Avec Ju-Long, ils s'étaient tenus tout près d'elle, veillant à ce que tout se passe bien. Pas cette fois. Cette fois, ils se tenaient à l'écart, préférant ne pas entendre les cris d'une mère qui se battait pour faire venir... la mort.

Au rez-de-chaussée, Quon avait compris, lui aussi. Il lui revenait à présent le souvenir de son premier-né, Ju-Long, le contact de son petit corps entre ses bras, ses gazouillis, son premier sourire... ses premiers efforts pour s'asseoir, ramper, se redresser, ses premiers pas dans leur petit appartement, ses premiers mots... mais leur petit Grand Dragon était mort, broyé sous les roues d'un autobus. Un destin funeste l'avait arraché à ses bras et jeté sur la chaussée comme une épave, un détritus... et voilà que l'État s'apprêtait à assassiner son deuxième enfant. Et tout cela allait se produire juste au-dessus de lui, à quelques mètres à peine, sans qu'il y puisse rien... Ce sentiment d'impuissance n'était pas inconnu des citoyens de Chine populaire où la loi d'en haut était la loi, même quand elle s'opposait aux plus profondes aspirations humaines. Les deux forces luttaient dans l'esprit de l'ouvrier Yang Quon. Ses mains tremblaient alors qu'il se débattait avec ce dilemme. Il plissait les yeux, fixant sans le voir le mur de la salle, mais le fixant quand même... une solution, il devait bien y avoir une solution...

Voilà : il y avait un taxiphone. Et il avait des pièces. Et il se rappelait le bon numéro. Alors Yang Quon décrocha le combiné et composa le numéro, incapable de trouver en lui les ressources pour modifier lui-même le destin, mais espérant les trouver chez un autre...

« Je vais répondre, dit en anglais le révérend Yu, qui se leva et sortit décrocher le téléphone.

– C'est quelqu'un, hein ? remarqua Wise en s'adressant aux deux prêtres catholiques.

– Un homme remarquable, convint le cardinal DiMilo. Un bon pasteur pour ses ouailles, et l'on ne peut guère espérer mieux. »

Monseigneur Schepke tourna la tête en remarquant le ton de Yu au téléphone. Il y avait un problème, et à l'entendre, un problème sérieux. Quand le pasteur réintégra le salon, son visage était éloquent.

« Qu'est-ce qui se passe ? » s'enquit Schepke dans son mandarin sans faille. Peut-être valait-il mieux tenir les journalistes américains en dehors de tout cela.

« Une des paroissiennes, expliqua Yu en récupérant son veston. Elle est enceinte, elle est même en train d'accoucher... mais sa grossesse n'était pas autorisée et son mari redoute qu'à l'hôpital ils ne tentent de tuer le nouveau-né. Je dois y aller.

– *Franz, was giebt's hier ?* » demanda DiMilo en allemand. Le jésuite répondit en grec ancien pour être vraiment sûr que les Américains ne pigent pas.

« Nous vous en avons déjà parlé, Éminence, expliqua monseigneur Schepke dans la langue d'Aristote. Il s'agit proprement d'un meurtre et cette décision n'a que des prétextes idéologiques et politiques. Yu veut aller aider les parents à empêcher cette abomination. »

DiMilo réagit en moins d'une seconde. Il se leva, tourna la tête. « Fa An ?

– Oui, Renato ?

– Puis-je venir vous épauler ? Peut-être que notre statut de diplomates présentera enfin un intérêt pratique », déclara Son Éminence dans un mandarin compréhensible bien que mal accentué.

La réaction du pasteur fut tout aussi rapide : « Oui. Excellente idée ! Renato, on ne peut pas laisser mourir cet enfant ! »

Si le désir de procréer est le plus fondamental chez l'homme, alors il n'y a guère de motivation plus grande pour un adulte que de se porter au secours d'un enfant en danger. Pour cela, des hommes n'hésitent pas à se précipiter dans un immeuble en flammes ou à se jeter à l'eau. Dans le cas présent, trois hommes d'Église allaient se rendre dans un hôpital public pour défier le pouvoir de la nation la plus peuplée de la terre.

« Que se passe-t-il ? demanda Wise, surpris par ces brusques changements de langue et la soudaine agitation des trois prélats.

– Une urgence pastorale. Une des paroissiennes de Yu est à l'hôpital. Elle a besoin de sa présence auprès d'elle et nous allons avec lui pour l'aider dans ses devoirs pastoraux », expliqua le cardinal. Les caméras tournaient toujours mais c'était le genre de séquence qui sautait au montage. Oh, et puis tant pis, se dit Wise.

« C'est loin d'ici ? On peut vous aider ? Vous voulez qu'on vous conduise ? »

Yu réfléchit et décida qu'il ne pourrait pas faire avancer son vélo aussi vite que la camionnette des Américains. « C'est très aimable à vous. Volontiers.

– Eh bien, dans ce cas, allons-y. » Wise se leva et se dirigea vers la porte. Son équipe remballa le matériel en quelques secondes et lui emboîta le pas.

L'hôpital Longfu s'avéra être situé à moins de trois

kilomètres, le long d'une artère nord-sud. Le bâtiment, estima Wise, avait dû être dessiné par un architecte aveugle, tant sa laideur le désignait sans conteste comme un édifice public, même dans ce pays. Les communistes avaient dû liquider dans les années cinquante tous les individus dotés d'un sens esthétique, et depuis, plus personne n'avait osé occuper la place vacante. Comme la plupart de leurs confrères, les journalistes de CNN déboulèrent à la porte de l'hôpital avec la détermination d'une unité de l'antigang. Le cadreur avait la caméra à l'épaule, le preneur de son était à côté de lui, Barry Wise et le producteur fermaient la marche, l'œil aux aguets, cherchant le bon angle de prise de vues. Qualifier le hall de sinistre était une litote. Une prison d'État au Mississippi avait une atmosphère plus riante, sans parler de l'odeur de désinfectant, celle qui fait se recroqueviller les chiens dans la salle d'attente du vétérinaire et pousse les enfants à s'accrocher désespérément à votre cou en redoutant l'imminence de la piqûre.

Pour sa part, Barry Wise redoubla de vigilance. Cette vigilance, il la devait à son entraînement de marine, même s'il n'avait jamais participé à des opérations de combat. Une nuit de janvier à Bagdad, il s'était mis à regarder par la fenêtre quarante minutes avant que les premières bombes ne soient larguées par les avions furtifs, et il avait continué d'observer jusqu'à ce que le bâtiment que les stratèges de l'Air Force avaient baptisé la tour AT&T soit touché de plein fouet.

Wise saisit le bras du producteur et lui dit de garder l'œil ouvert. L'autre ex-marine acquiesça. Il avait été frappé par la résolution soudaine qui se lisait sur le visage des trois hommes d'Église, eux qui avaient été si cordiaux jusqu'à ce que retentisse le téléphone. Pour que le vieux cardinal italien fasse une tête pareille, il devait se passer quelque chose de sérieux, estimèrent les deux journalistes, et ça, ça faisait toujours un bon sujet, alors qu'ils n'étaient qu'à quelques secondes de leur faisceau satellite avec Atlanta. Tels des chasseurs à l'affût du moindre froissement de branchages dans la forêt, les quatre journalistes de CNN guettaient l'apparition du gibier, prêts à mitrailler.

« Révérend Yu ! » s'écria Yang Quon, en se précipitant vers eux – il courait presque.

« Éminence, voici mon paroissien, M. Yang.

– *Buon giorno* », dit aimablement DiMilo. Du coin de l'œil, il vit les journalistes filmer, mais en prenant soin de se tenir à l'écart, témoignant d'une discrétion à laquelle il ne s'attendait guère. Pendant que Yu discutait avec Yang, il rejoignit Barry Wise pour lui exposer la situation.

« Vous avez raison de dire que les relations entre catholiques et baptistes ne sont pas toujours aussi amicales qu'il le faudrait, mais sur cette question, nous faisons corps. À l'étage, des fonctionnaires de ce gouvernement s'apprêtent à mettre à mort un bébé. Nous voulons lui sauver la vie. Franz et moi allons tout faire pour.

– Cela pourrait avoir des conséquences, avertit Wise. On ne rigole pas avec le personnel de sécurité de ce pays, j'ai déjà eu l'occasion de le constater. »

DiMilo était tout sauf impressionnant. Il était petit, âgé, avec une bonne quinzaine de kilos en trop. Il avait le crâne dégarni, la peau flasque. Il devait être essoufflé après avoir monté ces deux volées de marches. Et pourtant, le cardinal mobilisa tout ce qu'il avait de force virile pour se métamorphoser sous les yeux mêmes de l'Américain. Le sourire cordial et les manières douces se dissipèrent comme de la vapeur dans l'air froid. À présent, on aurait dit plutôt un général sur le champ de bataille.

« La vie d'un enfant innocent est en jeu, signor Wise. » Il n'eut pas besoin d'en dire plus. Sur quoi, il rejoignit son collègue chinois.

« Tu l'as eu ? demanda Wise en se tournant vers son cadreur, Pete Nichols.

– Je veux, mon neveu ! » lança l'intéressé, l'œil collé à son viseur.

Yang pointa le doigt. Yu se précipita. DiMilo et Schepke lui emboîtèrent le pas. À l'accueil, le responsable décrocha un téléphone et appela quelqu'un. L'équipe de CNN suivit les autres dans l'escalier pour gagner l'étage.

Contre toute attente, le service d'obstétrique était encore plus sinistre que le rez-de-chaussée. Ils entendirent les cris, les pleurs et les gémissements des femmes en train d'accoucher parce qu'en Chine, le système de santé publique ne gâchait pas ses médicaments pour des femmes en couches. Wise avisa le père du bébé qui s'était immobilisé dans le couloir, cherchant à distinguer dans cette cacophonie les cris de sa femme. Apparemment sans succès, car il se dirigea vers le bureau de la surveillante.

Wise n'avait pas besoin de comprendre le chinois pour saisir la teneur de leur discussion. Le père, Yang, avec le soutien du révérend Yu, exigeait de savoir où se trouvait son épouse. La surveillante leur demandait ce qu'ils venaient fiche ici et leur intimait l'ordre de déguerpir immédiatement. Yang, le dos raidi, tant par la dignité que par la terreur, refusa de bouger et réitéra sa question. Une fois encore, l'infirmière lui enjoignit de décamper. À ce moment, Yang enfreignit pour de bon le règlement en se penchant au-dessus du comptoir pour empoigner la surveillante par le col. Visiblement, elle était scandalisée jusqu'au tréfonds de son être qu'on puisse avec une telle outrecuidance défier l'autorité de l'État. Elle essaya de reculer mais il la tenait ferme et, pour la première fois, elle vit que la peur avait disparu de ses yeux, remplacée par une rage meurtrière, parce que, pour Yang, l'instinct de survie venait de jeter bas tout le conditionnement social inculqué depuis trente-six ans. Sa femme et son enfant étaient en danger et pour eux, ici et maintenant, il serait prêt à affronter à mains nues un dragon cracheur de feu, et tant pis pour les conséquences ! L'infirmière prit la tangente en lui indiquant un endroit sur sa gauche. Yang s'y dirigea, les ecclésiastiques sur ses talons, l'équipe de CNN à leur suite. De son côté, l'infirmière se tâta le cou en toussant pour retrouver sa respiration, encore trop surprise pour avoir peur, cherchant encore à comprendre comment et pourquoi on avait osé enfreindre ses ordres.

Yang retrouva Lien-Hua dans la salle de travail numéro 3. Les murs étaient de briques vernissées jaunes ; le carrelage était de même couleur, mais, avec l'usure des ans, il avait viré au gris-brun.

Pour Fleur de lotus, le cauchemar avait été interminable. Seule, toute seule dans cet antre de la vie et de la mort, elle avait senti les contractions fusionner en une violente crampe de tous les muscles abdominaux, qui poussait l'enfant par le col de l'utérus vers un monde qui ne voulait pas de lui. Elle l'avait lu sur le visage des infirmières, ce chagrin, cette résignation qu'elles devaient arborer dans les autres services de l'hôpital quand la mort venait leur prendre un patient. Toutes avaient appris à accepter l'inéluctable et elles essayaient de s'en abstraire, parce que ce qu'on réclamait d'elles répugnait tant à leur instinct que le seul moyen de le supporter était... d'être ailleurs. Mais ce pauvre stratagème ne marchait pas, et même si elles ne se l'avouaient entre elles que du bout des lèvres, quand elles rentraient chez elles après une journée de travail, elles se jetaient sur leur lit pour pleurer des larmes amères à l'idée de ce qu'en tant que femmes, elles avaient dû faire subir à des nouveau-nés. Certaines étreignaient ces petits cadavres d'enfants qui n'auraient jamais la chance de pousser leur premier cri, cherchant par ce geste dérisoire à témoigner une tendresse féminine à un être qui ne saurait jamais ce que c'est, sinon par le contact avec les esprits des autres bébés assassinés qui devaient errer en ces lieux. D'autres versaient dans l'excès contraire, jetant les bébés à la poubelle, comme ces rebuts qu'ils étaient aux yeux de l'État. Mais même pour ces infirmières, ce n'était jamais l'objet de plaisanteries – à vrai dire, elles n'en parlaient jamais, sinon peut-être pour indiquer que leur tâche était remplie ou préciser à la rigueur : « Il y a une femme au 4 qui a besoin de l'*injection*. »

Lien-Hua ressentit les sensations mais, pis, elle devina les pensées et son âme implora la miséricorde divine. Était-ce si mal d'être mère, même si elle avait le tort de fréquenter l'église ? Était-ce si mal d'avoir un deuxième enfant pour remplacer celui que le sort lui avait arraché ? Pourquoi l'État lui refusait-il la joie d'être mère ? N'y avait-il aucune issue ? Elle n'avait pas tué son premier enfant, comme on le faisait dans tant d'autres familles chinoises. Elle n'avait pas assassiné son petit Grand Dragon, avec ses yeux noirs et brillants, son rire comique et ses petites mains tendues. Une autre force l'avait arraché à son étreinte, et elle désirait en avoir un autre, elle en avait besoin, de tout son être. Rien qu'un. Elle ne demandait pas grand-chose. Elle ne tenait pas à élever deux enfants de plus. Non, rien qu'un seul. Un seul qui puisse la téter et lui sourire le matin. Elle en avait besoin. Elle travaillait dur pour l'État, ne réclamait pas grand-chose en échange, mais ça, elle le réclamait. C'était son droit absolu d'être humain.

Mais à présent, seul le désespoir l'habitait. Elle essaya de retenir les contractions, d'empêcher l'accouchement de se produire, mais elle aurait aussi bien pu tenter d'arrêter la marée avec une pelle. Son petit venait au monde. Elle le sentait. Elle le lisait sur les traits de la ságe-femme. Celle-ci regarda sa montre et se pencha vers la porte de la salle de travail, agitant le bras à l'instant précis où Lien-Hua luttait contre le réflexe qui la poussait à terminer la mise au monde, et ainsi livrer son enfant à la Faucheuse. Elle luttait, contrôlait sa respiration, essayait de maîtriser ses muscles, haletant au lieu de respirer profondément, luttant encore et toujours, mais c'était un combat perdu d'avance. Elle le savait bien, à présent. Son mari restait invisible, au lieu d'être là pour la protégcr. Il avait été assez fort pour l'amener ici, mais pas assez pour les protéger de leur sort, elle et son enfant. Avec le désespoir vint la relaxation. Le moment était venu. Elle reconnut la sensation pour l'avoir vécue auparavant. Inutile de lutter désormais. Il était temps de se rendre.

Le médecin-accoucheur vit la sage-femme agiter le bras. C'était toujours plus facile pour un homme, aussi était-ce le plus souvent à eux que revenait de donner l'« injection ». Il prit dans la réserve la seringue de 50 cc puis se rendit à l'armoire à pharmacie, la déverrouilla et en sortit la grande bouteille de formaldéhyde. Il emplit la seringue, ne prit même pas la peine d'évacuer les bulles – l'injection étant destinée à tuer, une telle précaution était superflue. Il retourna dans le couloir et se rendit à la salle de travail numéro 3. Il avait pratiqué et réussi une césarienne délicate quelques heures auparavant et s'apprêtait à terminer sa journée de travail par cette intervention. Ça ne lui plaisait pas. Il le faisait parce que c'était son boulot, que c'était la politique de l'État. Quelle idiote, faire un bébé sans autorisation. C'était entièrement sa faute à elle, non ? Elle connaissait la loi. Tout le monde la connaissait. Il était impossible de l'ignorer. Mais elle l'avait enfreinte malgré tout. Cependant, on ne la punirait pas. Pas vraiment elle, en tout cas. Elle n'irait pas en prison, elle ne perdrait pas son travail, n'aurait pas à payer d'amende. Elle rentrerait simplement chez elle, l'utérus dans le même état que neuf mois auparavant : vide. Elle serait un peu plus âgée, un peu plus sage, et saurait que si cela devait se reproduire, ce serait infiniment mieux de subir un avortement au deuxième ou au troisième mois, avant de risquer de s'attacher. Sans aucun doute, c'était bien plus satisfaisant que d'avoir à subir pour rien l'épreuve de l'accouchement. C'était triste, mais bien des choses dans la vie étaient tristes, et cette épreuve, elles l'avaient toutes choisie. Le médecin avait choisi d'être médecin, et la femme du 3 avait choisi d'être enceinte.

Il entra au 3, le masque sur le visage, parce qu'il ne voulait pas risquer de donner à la femme la moindre infection. C'est pour cela qu'il utilisait une seringue stérile, au cas où il déraperait et la piquerait par erreur.

Bien.

Il s'installa sur le tabouret qu'utilisent les obstétriciens tant pour les accouchements que pour les avortements tardifs. La procédure utilisée en Amérique était un peu moins désagréable. Perforer la fontanelle, aspirer le cerveau, broyer le crâne, puis extraire le fœtus avec bien moins de difficulté et par suite de conséquences traumatisantes pour la femme.

Bien.

Il l'examina. Le col était parfaitement dilaté et effacé. Oui, effectivement, la tête apparaissait. Petite chose chevelue. Mieux valait patienter encore une minute ou deux pour qu'une fois qu'il aurait accompli sa tâche, elle puisse expulser le fœtus en une seule poussée. Il était un peu trop concentré sur sa tâche pour entendre l'agitation dans le couloir.

Yang ouvrit lui-même la porte. Et il la découvrit là, sur la table gynécologique. C'était la première que voyait Yang Quon, et cette façon de relever et d'écarter les jambes des femmes lui évoqua d'emblée une entrave destinée à faciliter les viols. Sa femme avait la tête rejetée en arrière, l'empêchant de voir apparaître le nouveau-né et c'est alors qu'il comprit pourquoi.

Le médecin-accoucheur était là... Et dans sa main, il y avait une grande seringue emplie de...

... Ils arrivaient à temps ! Yang Quon bouscula le docteur et le fit choir de son tabouret. Il se précipita vers son épouse.

« Je suis là ! Le révèrend Yu est venu avec moi, Lien. » C'était comme une lumière surgissant dans les ténèbres.

« Quon ! » s'écria Lien-Hua, sentant l'envie de pousser et finalement désireuse de le faire.

Et puis voilà que la situation se compliqua encore. L'hôpital disposait de son personnel de sécurité mais, alerté par l'employé à l'accueil, l'un des vigiles avait appelé la police qui, elle, était armée. Les deux agents apparus au bout du corridor furent d'abord désarçonnés par la présence de ces étrangers munis d'un équipement vidéo. Puis ils les ignorèrent pour se ruer dans la salle de travail où ils découvrirent une femme en train d'accoucher, un médecin par terre et quatre hommes, dont deux étaient également des étrangers !

« Bon sang, qu'est-ce qui se passe ici ! beugla le chef, l'intimidation restant l'instrument de contrôle essentiel en Chine populaire.

— Ces individus m'empêchent de travailler ! » répondit le docteur, criant à son tour. S'ils n'intervenaient pas rapidement, le fichu bébé allait naître et respirer et, dès lors, il ne pourrait plus...

« Quoi ? lança le flic.

— La grossesse de cette femme n'était pas autorisée et il est de mon devoir d'éliminer le fœtus. Ces gens m'empêchent d'opérer. Veuillez les faire sortir. »

Les flics ne se le firent pas dire deux fois. Ils se tournèrent vers les intrus : « Vous allez sortir immédiatement !

ordonna le chef, tandis que son subordonné portait déjà la main à son arme de service.

– Non ! s'écrièrent aussitôt en chœur Yang Quon et Yu Fa An.

– Le docteur l'a ordonné, vous devez obéir », insista le flic. Il n'avait pas l'habitude qu'on résiste à ses ordres. « Vous allez sortir maintenant ! »

Le docteur crut y voir le signal pour achever sa tâche répugnante et ainsi pouvoir rentrer chez lui. Il redressa le tabouret et le remit en position.

« Vous n'allez pas faire ça ! » Cette fois, c'était Yu, avec toute l'autorité morale que pouvaient lui donner son éducation et son statut.

« Allez-vous le faire sortir ? » gronda le toubib.

Debout près de la tête de sa femme, Quon était mal placé pour faire quoi que ce soit. Sous ses yeux horrifiés, il vit le docteur saisir la seringue et rajuster ses lunettes. À cet instant précis, sa femme, qui avait paru absente depuis deux minutes, inspira un grand coup et se mit à pousser.

« Ah », fit le docteur. La tête du bébé était entièrement dégagée et tout ce qu'il avait à faire...

Comme bien des ecclésiastiques, le révérend Yu avait eu l'habitude de côtoyer le mal et il le considérait avec le même flegme que bien des policiers aguerris, mais voir un bébé se faire assassiner sous ses yeux était tout simplement intolérable. Il bouscula l'un des policiers et, saisissant le médecin par la nuque, il le fit basculer sur la droite et se jucha sur lui.

« Tu l'as eu ? demanda Barry Wise dans le corridor.

– Ouaip ! » confirma son cadreur.

Ce qui outrait le jeune flic n'était pas l'agression contre le toubib mais plutôt le fait que ce... ce citoyen ait osé porter la main sur un membre de la police populaire. Scandalisé, il dégaina son pistolet et la situation jusqu'ici confuse devint soudain mortelle.

« Non ! » s'écria le cardinal DiMilo en se précipitant

vers le jeune flic. Ce dernier se tourna vers l'origine du cri et découvrit un *gwai* – un étranger – âgé et bizarrement attifé, qui se jetait sur lui avec une expression hostile. Sa réaction immédiate fut de lui assener de sa main libre un gauche en pleine figure.

Le cardinal Renato DiMilo n'avait pas reçu de coup de poing depuis qu'il était écolier et l'atteinte à son statut de religieux et de diplomate n'en fut que plus choquante... surtout venant de ce gamin ! Il recula sous la violence du coup avant de repousser son agresseur, désireux de se porter au secours du pasteur, de l'aider à éloigner du bébé prêt à naître le docteur assassin. Celui-ci, en équilibre sur un pied, brandissait sa seringue à la verticale. Le cardinal s'en empara et l'expédia contre le mur. Elle ne se brisa pas, car son corps était en plastique, mais l'aiguille métallique se plia.

Si les flics avaient mieux saisi ce qui se passait, ou s'ils avaient été mieux formés, ils en seraient restés là. Mais ce n'était pas le cas et ils insistèrent. Le chef avait dégainé son pistolet type 77. Il s'en servit pour flanquer un coup de crosse sur la nuque de l'Italien mais le coup, mal porté, ne fit que le déséquilibrer et lui entailler le cuir chevelu.

Ce fut au tour de monseigneur Schepke d'intervenir. Son cardinal, l'homme qu'il était de son devoir de servir et protéger, venait d'être agressé. Il était prêtre. Il ne pouvait pas recourir à la force. Il ne pouvait pas attaquer. Mais il pouvait se défendre. Ce qu'il fit, saisissant l'arme du policier pour la redresser et la dévier. Mais à ce moment le coup partit et même si la balle alla s'aplatir contre la dalle en béton du plafond, le bruit dans la salle exiguë fut assourdissant.

Le plus jeune des deux flics crut soudain que son collègue était agressé. Il pivota, tira, mais rata Schepke et atteignit le cardinal DiMilo dans le dos. La balle de calibre 30 le transperça, endommageant la rate. La

544

douleur surprit DiMilo mais ses yeux restaient fixés sur le bébé en train d'apparaître.

Le fracas de la détonation avait fait sursauter Lien-Hua et la poussée qui suivit fut un pur réflexe. Le bébé émergea et serait tombé la tête la première si le révérend Yu n'avait pas tendu les mains pour le recueillir, sauvant sans doute ainsi la vie du nouveau-né. Il se retrouva couché sur le flanc et c'est alors qu'il découvrit que le second coup de feu avait grièvement blessé son ami catholique. Tenant toujours le bébé, il se redressa tant bien que mal et lança au jeune policier un regard vengeur.

« *Huai Dan !* » s'écria-t-il. *Bandit !* Oubliant le nourrisson dans ses bras, il se jeta sur le jeune policier confus et terrifié.

Aussi machinalement qu'un robot, ce dernier tendit le bras et, froidement, logea une balle dans le front du pasteur baptiste.

Yu pivota et tomba sur la forme tassée du cardinal, atterrissant sur le dos, de sorte que sa poitrine amortit la chute pour le nouveau-né.

« Range ça ! » s'écria l'aîné des flics à son jeune partenaire. Mais le mal était fait. Le révérend Yu était mort, le sang s'écoulait à flots de son occiput en maculant le carrelage sale.

Le docteur fut le premier à réagir intelligemment. Le bébé était né et il ne pouvait plus le tuer. Il le prit entre les bras du cadavre de Yu, et le tint par les pieds, s'apprêtant à lui taper sur le postérieur mais il cria tout seul. Bien, songea le toubib aussi machinalement que le jeune flic avait tiré, cette folie aura eu au moins un résultat positif. Qu'il ait été prêt à tuer moins d'une minute auparavant était un tout autre problème. À ce moment, ce n'était qu'un tissu non autorisé. À présent, c'était un citoyen à part entière de la République populaire et son devoir de médecin était de le protéger. La contradiction ne le troubla pas outre mesure parce qu'elle était inédite pour lui.

Suivirent plusieurs secondes où chacun essaya de saisir ce qui était arrivé. Monseigneur Schepke vit que Yu était mort. Il ne pouvait avoir survécu à pareille blessure. Il devait reporter toute sa sollicitude sur le cardinal.

« Éminence », dit-il en s'agenouillant pour lui redresser la tête sur le carrelage ensanglanté.

Le cardinal Renato DiMilo était étonné de souffrir aussi peu car il savait que sa mort était proche. La rate était pulvérisée, l'hémorragie interne était mortelle. Il n'avait plus le temps de se pencher sur son passé ou d'envisager le futur immédiat, mais malgré tout, s'exprima une dernière fois sa mission pastorale : « L'enfant, Franz, l'enfant ? demanda-t-il d'une voix hachée.

– Le bébé vit », répondit au mourant monseigneur Schepke. Sourire apaisé. « *Bene* », souffla Renato avant de fermer les yeux pour la dernière fois.

Le plan final de l'équipe de CNN montrait le bébé posé sur la poitrine de sa mère. Ils ignoraient le nom de cette femme au visage empreint de confusion mais quand elle sentit sa fille, ses traits se métamorphosèrent alors que son instinct maternel reprenait le dessus.

« On a intérêt à se tirer vite fait, Barry, suggéra le cadreur dans un souffle.

– Je crois que t'as raison, Pete. » Wise sortit à reculons et prit à gauche pour regagner l'escalier au bout du couloir. Il tenait désormais un sujet digne de lui rapporter un Emmy. Il avait rarement vu un drame humain d'une telle intensité et il fallait que ce témoignage sorte, et qu'il sorte vite.

Dans la salle de travail, l'aîné des flics hochait la tête, les oreilles carillonnant encore, cherchant toujours à saisir ce qui avait bien pu arriver, quand il se rendit compte que l'intensité de la lumière avait baissé : la caméra était partie ! Il devait faire quelque chose. Il se redressa, sortit en trombe, regarda sur sa droite et vit le dernier Américain disparaître dans la cage d'escalier. Abandonnant son jeune collègue, il se précipita dans cette direction, s'engagea dans l'escalier et dévala les marches.

Wise traversa le hall, menant son équipe vers l'entrée principale devant laquelle était garé leur fourgon-émetteur. Ils y étaient presque quand un cri les fit se retourner. C'était le flic le plus âgé, la quarantaine environ. Il avait à nouveau dégainé son pistolet, suscitant la surprise et l'inquiétude parmi les gens dans le hall.

« Continuez », lança Wise à ses gars. Ils poussèrent les portes et sortirent. Le fourgon les attendait, avec son antenne satellite rabattue sur le toit : la clef de la diffusion de leur reportage.

« Stop ! ordonna le flic, qui apparemment connaissait au moins un mot d'anglais.

– OK, les mecs, on se la joue hyper-relax, lança Wise aux trois autres.

– On maîtrise », répondit Pete, le cadreur. Il n'avait plus la caméra à l'épaule et gardait les mains discrètement planquées.

Le flic rengaina son arme et s'approcha, la main tendue. Il lança : « Donnez-moi bande ! Donnez-moi bande ! » Son accent était épouvantable.

« Cette bande m'appartient ! protesta Wise. Elle est à moi et à ma société. »

L'anglais du flic n'était pas bon à ce point. Il se contenta de répéter : « Donnez-moi bande !

– OK, Barry, dit le cadreur. Je l'ai... »

Il souleva la caméra, pressa la touche EJECT et éjecta la cassette Beta qu'il tendit à l'agent de police, l'air vaincu et renfrogné. Le flic la prit, visiblement satisfait, et tourna les talons pour réintégrer l'hôpital.

Il était bien loin de se douter que comme n'importe quel cameraman d'actualité, Pete Nichols était capable d'opérer une substitution avec autant de maestria qu'un joueur de poker à Las Vegas. Il adressa un clin d'œil à Barry Wise et les quatre hommes s'engouffrèrent dans la camionnette.

« On la balance tout de suite ? demanda le producteur.

— Tâchons de ne pas trop nous faire remarquer, suggéra Wise. On s'éloigne d'abord un peu. »

Ce qu'ils firent, vers l'ouest en direction de la place Tienanmen, où la présence d'une camionnette de reportage munie d'une parabole émettrice n'avait rien d'incongru. Wise était déjà à son téléphone-satellite pour appeler Atlanta.

« Ici le mobile de Wise, à Pékin, avec un sujet à transmettre, annonça-t-il dès qu'il fut en ligne.

— Hé, Barry, répondit une voix familière. Ici Ben Golden. Qu'est-ce que tu nous as trouvé ?

— Un truc brûlant ! indiqua Wise à son chef de régie, à l'autre bout de la planète. Un double meurtre et une naissance... L'un des types qui s'est fait descendre est un cardinal, pas moins que le nonce apostolique à Pékin. L'autre est un pasteur baptiste chinois ; ils ont été abattus tous les deux devant notre objectif. T'as peut-être intérêt à prévenir le service juridique.

— Putain ! observa Atlanta.

— On se prépare à te balancer le sujet brut, afin que tu le récupères tout de suite. Moi, je bouge pas. On causera ensuite. Mais rapatrie la vidéo d'abord.

— Bien reçu. On reste en attente sur le canal 06.

— Zéro Six, Pete », indiqua Wise à son cadreur qui s'occupait également de la liaison montante.

Nichols était accroupi près du panneau de contrôle. « Paré... la cassette est mise... je cale l'émetteur sur le Six... Je lance la bande... top transmission... top ! » Aussitôt, le signal en bande Ku fila vers le ciel jusqu'au satellite qui orbitait à 35 800 kilomètres à la verticale des îles de l'Amirauté, dans la mer de Bismarck.

CNN ne prend pas la peine de crypter ses signaux vidéo. Cela complique inutilement les liaisons techniques et peu de gens s'amusent à pirater un signal qu'ils peuvent aussi facilement récupérer gratis sur le câble ou le satellite quelques minutes après, voire en direct avec juste quatre secondes de décalage.

Mais celui-ci était transmis à une heure inhabituelle, ce qui était du reste aussi bien pour le siège d'Atlanta car cela laisserait aux responsables de la chaîne le temps de le visionner. Une fusillade n'était peut-être pas le reportage idéal à servir à l'Américain moyen pour accompagner ses Rice Crispies.

Il fut également récupéré par les services secrets qui tiennent CNN en très haute estime, et n'ont de toute façon pas coutume de disséminer l'information. Mais celle-ci parvint malgré tout au WHOS, le Service des interceptions de la Maison-Blanche, une structure essentiellement militaire installée au sous-sol de l'aile Ouest. Là, l'officier de permanence était juge de son importance. S'il était classé *critique*, le président devait en être averti dans le quart d'heure, ce qui impliquait de le réveiller sur-le-champ, une décision qu'on ne prenait pas à la légère quand il s'agissait du commandant en chef. Un simple classement *Flash* pouvait attendre un peu plus... disons... (l'officier de permanence regarda la pendule murale)... ouais, jusqu'au petit déjeuner. Alors, on appela plutôt le conseiller à la sécurité auprès du président, le Dr Benjamin Goodley. À lui de voir s'il devait prévenir son chef. Après tout, il appartenait au Service national du renseignement.

« Ouais ? » rugit Goodley au bout du fil ; il venait de lorgner l'heure sur son radio-réveil.

« Dr Goodley, ici les Interceptions. On vient de capter un truc de CNN à Pékin qui va sûrement intéresser le patron.

– C'est quoi ? » demanda Cardsharp. Puis, à l'écoute

de la réponse, il lança : « Quel degré de certitude avez-vous ?

– L'Italien pourrait avoir survécu, d'après les images – enfin, à condition d'avoir un bon chirurgien à proximité –, mais le Chinois a la cervelle en bouillie. Hors de question qu'il ait pu en réchapper, monsieur.

– Qu'est-ce qui s'est passé ?

– On n'a aucune certitude. Il se peut que la NSA ait intercepté la conversation téléphonique entre ce Wise et Atlanta mais on n'a encore rien vu là-dessus.

– OK, redites-moi tout ça lentement, en détail, ordonna Goodley, à présent qu'il était à peu près réveillé.

– Monsieur, nous avons récupéré des images montrant la mort de deux hommes abattus par balles et la naissance d'un bébé à Pékin. La vidéo provient de Barry Wise, l'envoyé spécial de CNN sur place. La séquence présente trois coups de feu. Le premier projectile est allé se loger au plafond de ce qui semble être la salle de travail d'un hôpital. Le deuxième a atteint un type dans le dos. On l'a identifié comme le nonce apostolique en poste à Pékin. Le troisième a le crâne d'un type identifié comme un pasteur baptiste. Il s'agit d'un citoyen chinois. Dans l'intervalle, on assiste à la naissance d'un bébé. Cela dit, nous... un petit instant, Dr Goodley. OK... je reçois un trafic Flash de Fort Meade. OK, ils l'ont eu eux aussi et ils ont intercepté la transmission radio avec Échelon [1]. Ils sont en train de l'analyser. OK, d'après ce message, le cardinal est mort, il s'agit du cardinal Renato DiMilo – pour l'orthographe exacte, il faudra peut-être vérifier auprès des Affaires étrangères. Quant au pasteur chinois, il s'agi-

_____

1. Dispositif (contestable et contesté) mis en place par les services de renseignements américains pour intercepter, en les filtrant à partir d'une série de mots clés « sensibles », toutes les communications internationales transitant par voie hertzienne, câble et satellite : téléphonie mobile, courrier électronique, fax, radio, messagerie, etc. *(N.d.T.)*.

rait d'un certain Yu Fa An, même réserve pour l'orthographe. Ils se trouvaient là pour... oh, d'accord, ils étaient là pour empêcher un avortement à terme, et ils semblent avoir réussi, mais ces deux curetons se sont fait descendre pour le coup. Le troisième est un évêque du nom de Franz Schepke – le nom sonne allemand –, lui semble avoir survécu... ah, ce doit être le grand qu'on aperçoit sur la cassette. Il faut que vous la visionniez. C'est un sacré boxon, monsieur, et quand ce Yu se pointe, on croirait cette vidéo prise à Saigon pendant l'offensive du Têt. Vous savez, celle où le colonel de la police sud-vietnamienne abat l'espion du Nord d'une balle de Smith Spécial dans la tête, avec les ruisseaux de sang qui jaillissent de la tempe... Pas vraiment le truc à mater pendant votre petit déj, vous voyez ? » observa l'officier de permanence. L'allusion était sans équivoque. La presse avait longuement épilogué sur l'incident, preuve de la barbarie du gouvernement sud-vietnamien. Elle n'avait pas expliqué (l'ignorant sans doute) que l'homme abattu était un officier de l'armée nord-vietnamienne capturé en zone de combat alors qu'il portait une tenue civile et que, par conséquent, aux termes de la convention de Genève, il était considéré comme un espion passible d'une exécution sommaire.

« OK, quoi d'autre ?

– Est-ce qu'on réveille le patron pour ça ? Je veux dire, il s'agit quand même d'un groupe de diplomates et les implications sont sérieuses. »

Goodley réfléchit quelques secondes. « Non. Je lui ferai un topo à son réveil.

– Monsieur, il est quasiment certain que ça va faire l'ouverture du journal de sept heures sur CNN, avertit l'officier.

– Eh bien, disons que je l'avertirai dès qu'on aura un peu plus que des images. À présent, je pense que je vais tâcher de roupiller encore une heure avant de filer à Langley. » Il reposa le téléphone avant d'entendre la réaction de son correspondant. Son boulot avait sans aucun doute une auréole de prestige, mais il bousculait son sommeil, sa vie sociale et sa vie sexuelle. Dans des moments comme aujourd'hui, il se demandait bien ce qu'il pouvait avoir de si foutrement prestigieux.

25

Bris de clôture

La vitesse des communications modernes entraîne de bien curieuses déconnexions. En l'occurrence, le gouvernement américain était au courant de ce qui s'était passé à Pékin bien avant celui de la République populaire. Les images diffusées au Service des interceptions de la Maison-Blanche étaient apparues dans le même temps au Centre opérationnel du Département d'État et un haut responsable présent avait aussitôt décidé, assez naturellement, de transmettre sans délai l'information à l'ambassade des États-Unis à Pékin.

L'ambassadeur Carl Hitch était à son bureau et prit l'appel sur sa ligne cryptée. Il demanda par deux fois au ministère de lui confirmer la nouvelle avant d'émettre sa première réaction, un sifflement. Ce n'était pas souvent qu'un ambassadeur en poste se faisait tuer dans un pays hôte, et moins encore par des fonctionnaires dudit pays. Bon sang, se dit-il, comment Washington va bien pouvoir réagir ?

« Merde », souffla-t-il. Il n'avait pas encore eu l'occasion de rencontrer le cardinal DiMilo. La réception officielle était prévue dans quinze jours et elle n'aurait plus jamais lieu.

Qu'est-ce qu'on voulait qu'il fasse ? D'abord, estima-t-il, envoyer un message de condoléances à la nonciature. Sans doute le ministère préviendrait-il également le Vatican par le truchement de la nonciature de Washington. Peut-être même le ministre Adler s'y rendrait-il en personne pour présenter ses condoléances officielles. Bon sang, le président Ryan était catholique et il était fort possible qu'il s'y rende lui-même...

OK, se dit Hitch, maintenant les choses à faire ici. Il demanda à son secrétariat d'appeler la résidence du nonce mais seul un domestique chinois répondit. Bon. Sans intérêt. De ce côté, on aviserait plus tard... Et l'ambassade d'Italie ? songea-t-il ensuite. Après tout, le nonce était citoyen italien. Ouais, sans doute. Il consulta son agenda et appela l'ambassade sur sa ligne personnelle.

« Paolo ? C'est Carl Hitch... Merci, et vous ? J'ai une bien mauvaise nouvelle à vous annoncer, j'en ai peur. Le nonce apostolique, le cardinal DiMilo, vient de se faire tuer dans un hôpital de Pékin. Abattu par un policier chinois... ça va passer bientôt sur CNN, mais je ne saurais vous dire quand au juste... on est hélas certains de l'information... je n'ai pas encore tous les détails, mais j'ai cru comprendre que ça s'est produit alors qu'il essayait d'empêcher la mort d'un enfant, ou l'un de ces avortements tardifs qu'on pratique ici... ouais... dites donc, il n'était pas issu d'une grande famille ? » (Hitch saisit un bloc pour noter). « Vincenzo, vous dites ? Je vois... ministre de la Justice il y a deux ans ? J'ai essayé d'appeler là-bas, mais je n'ai eu qu'un domestique chinois. Un Allemand ? Schepke ? (Encore des notes.) Je vois. Merci, Paolo. Au fait, si je peux faire quoi que ce soit... Bien sûr, d'accord. Au revoir. » Il raccrocha.

Merde. Bon et maintenant ? se demanda-t-il en fixant son bureau. Il pouvait bien sûr porter la mauvaise nouvelle à l'ambassade d'Allemagne, mais non, qu'un autre s'en charge.

Pour l'heure... un coup d'œil à sa montre. L'aube

était encore loin de Washington et les gens là-bas allaient découvrir une tornade à leur réveil. Il se dit que sa mission était de vérifier ce qui s'était produit pour s'assurer que Washington possédait des données fiables. Comment pouvait-il faire ? Sa meilleure source d'information était monseigneur Schepke mais le seul moyen de le contacter était de faire le guet devant la nonciature et d'attendre son retour. Hmm, les Chinois le retiendraient-ils quelque part ? Non, sans doute pas. Une fois leur ministère des Affaires étrangères au courant de l'incident, ils se confondraient probablement en excuses. Ils allaient sans aucun doute renforcer les mesures de sécurité autour de la nonciature, ce qui devrait éloigner les journalistes mais ils ne se risqueraient pas à toucher un diplomate accrédité, surtout après en avoir déjà descendu un. C'était vraiment bizarre. Carl Hitch était dans la diplomatie quasiment depuis l'âge de vingt ans. Jamais il n'avait connu d'événement semblable, en tout cas pas depuis l'époque où Spike Dobbs avait été retenu en otage par des guérilleros afghans et qu'il avait perdu la vie lorsque la tentative de sauvetage russe avait foiré. Certains soutenaient que ç'avait été délibéré, mais même les Russes n'étaient pas si cons. De même, dans le cas présent, l'acte n'avait pas été délibéré non plus. Les Chinois étaient des communistes et les communistes ne s'amusaient pas à ce petit jeu. C'était étranger à leur nature ou à leur formation.

Alors, qu'est-ce qui s'était passé au juste ?

Et quand allait-il en parler à Cliff Rutledge ? Et quelles conséquences cela risquait-il d'avoir sur les négociations commerciales ? Carl Hitch se dit qu'il allait avoir une soirée bien remplie.

« La République populaire n'a d'ordres à recevoir de personne, conclut le ministre Shen Tang.

– Monsieur le ministre, répondit Rutledge, les États-Unis n'ont pas l'intention de donner des ordres à qui que ce soit.

« Vous menez la politique nationale qui répond aux besoins de votre pays. Nous le comprenons et le respectons. Nous exigeons toutefois, en échange, que vous compreniez et respectiez également notre droit à mener nous aussi une politique nationale qui réponde aux besoins de notre pays. Et dans ce cas, cela veut dire faire appel aux dispositions de la loi de réforme du commerce extérieur. »

C'était brandir là une grosse épée de Damoclès et tout le monde dans la salle en était conscient, estima Mark Gant. La LRCE permettait à l'exécutif d'appliquer aux importations d'un pays quelconque les mêmes réglementations que celui-ci appliquait aux importations américaines. C'était en quelque sorte l'adaptation aux échanges internationaux de la loi du talion. Dans ce cas précis, toutes les mesures que prenait la Chine pour exclure de ses marchés les produits américains seraient appliquées à l'identique aux importations chinoises, et avec un excédent commercial annuel de soixante milliards de dollars, ils le sentiraient passer. Plus de devises fortes indispensables à leur gouvernement pour s'approvisionner en Amérique ou ailleurs. Le commerce était synonyme d'échanges, mes produits contre tes produits, une belle théorie qui trop souvent ne se concrétisait pas.

« Si l'Amérique met l'embargo sur les importations chinoises, la Chine en fera de même avec les produits américains, rétorqua Shen.

– Ce qui ne sera ni de votre intérêt, ni du nôtre », fit observer Rutledge. Et cette menace ne prendra pas. Mais ça, il n'avait pas besoin de le préciser.

« Et la clause de la nation la plus favorisée ? Et l'entrée à l'OMC ? protesta le ministre des Affaires étrangères.

– Monsieur le ministre, l'Amérique ne peut envisager favorablement ces deux demandes tant que votre pays espère bénéficier d'une totale liberté d'exportation tout en fermant son marché intérieur aux produits importés. Le commerce, monsieur le ministre, est synonyme d'échanges, l'échange équitable de vos biens contre les nôtres », insista de nouveau Rutledge, pour la douzième fois peut-être depuis le déjeuner. Peut-être que l'autre pigerait, ce coup-ci. Mais c'était injuste. Il avait déjà pigé. Simplement, il refusait de l'admettre. C'était le principe de la politique intérieure chinoise appliqué aux relations internationales.

« Et encore une fois, vous imposez votre volonté à la République populaire ! » contra Shen, avec assez de colère, réelle ou feinte, pour suggérer que Rutledge venait de lui piquer sa place de parking.

« Non, monsieur le ministre, en aucun cas. C'est vous, monsieur, qui essayez d'imposer la vôtre aux États-Unis. Vous dites que nous devons accepter vos conditions commerciales. Et là, monsieur le ministre, vous vous trompez. Nous ne voyons pas plus d'intérêt à acheter vos produits que vous à acheter les nôtres. » *Sauf que t'as vachement plus besoin de nos devises que nous de tes os en caoutchouc pour distraire nos clébards !*

« Nous pouvons très bien acheter nos avions à Airbus plutôt qu'à Boeing. »

Ça commençait à devenir lassant. Rutledge avait envie de répliquer : *Et sans nos dollars, comment vas-tu les payer, Charlie ?* Mais Airbus proposait d'excellentes formules de crédit, autre façon pour une entreprise européenne subventionnée de jouer « équitablement » avec une entreprise privée américaine. Aussi préféra-t-il répondre : « Oui, monsieur le ministre, vous pouvez le faire et nous pouvons commercer avec Taiwan, la Corée, la Thaïlande ou Singapour, aussi facilement qu'avec vous. » *Et eux, ils seront ravis d'acheter leurs avions chez Boeing !*

« Mais cela ne sert pas plus vos concitoyens que les nôtres, conclut-il, raisonnable.

– Nous sommes un État et un peuple souverains », s'entêta Shen. Rutledge en conclut que son interlocuteur cherchait à garder la maîtrise de la conversation. C'était une stratégie qui avait déjà réussi bien des fois, mais il avait reçu l'ordre de négliger toutes les simagrées diplomatiques, or les Chinois n'avaient toujours pas saisi. Peut-être d'ici quelques jours..., estima-t-il.

« Tout comme nous, monsieur le ministre », dit Rutledge.

Puis il consulta ostensiblement sa montre, et son vis-à-vis saisit le message.

« Je suggère d'ajourner la réunion jusqu'à demain, conclut le ministre chinois des Affaires étrangères.

– Bien. J'ai hâte de vous revoir demain matin, monsieur le ministre », répondit l'Américain qui se leva et se pencha par-dessus la table pour serrer la main de ses interlocuteurs. Le reste de la délégation l'imita, même si Mark Gant n'avait pas de vis-à-vis en ce moment. Les Américains quittèrent la salle et descendirent rejoindre leurs limousines qui attendaient.

« Ma foi, c'était animé », observa Gant sitôt qu'ils furent dehors.

Rutledge arborait même un sourire. « Ouais, c'était même assez distrayant, non ? (Une pause.) Je crois qu'ils essaient de mettre notre patience à rude épreuve. En fait, Shen est un type plutôt flegmatique. La plupart du temps, il aime se la jouer peinarde.

– Donc, il a des ordres, lui aussi ? hasarda Gant.

– Bien sûr, mais il rend compte à un comité, leur Politburo, quand nous, nous rendons compte à Scott Adler qui rend compte à son tour au président Ryan. Vous savez, au début, j'étais irrité par les instructions que j'avais reçues en arrivant ici, mais en fin de compte, je trouve ça plutôt marrant. On n'a pas souvent l'occasion de montrer les crocs. Nous sommes les

États-Unis d'Amérique et nous sommes censés être doux, calmes et accommodants. C'est ce que j'avais l'habitude de faire. Mais là... ça fait du bien. » Ce n'est pas pour autant qu'il approuvait le président Ryan, bien sûr, mais passer de la canasta au poker apportait un changement bienvenu. Il est vrai que Scott Adler aimait jouer au poker. Ça expliquait peut-être pourquoi il s'entendait aussi bien avec cet abruti à la Maison-Blanche.

Le trajet jusqu'à l'ambassade était bref. Les Américains de la délégation l'effectuèrent en silence, ravis de ces quelques minutes de répit. Ces heures de négociations exigeaient la même attention scrupuleuse que la lecture d'un contrat pour un conseiller juridique, traquant sous chaque mot les sous-entendus et les nuances, comme on chercherait un diamant perdu dans un cloaque. Alors ils récupéraient, enfoncés dans leurs sièges, les yeux fermés ou contemplant, sans mot dire, le paysage sinistre du dehors, sans chercher à réprimer un bâillement, jusqu'à l'arrivée devant la grille de l'ambassade.

Le seul problème, ici comme ailleurs, c'était qu'il était toujours aussi difficile de s'extraire des limousines quand on avait dépassé l'âge de six ans. Mais dès qu'ils eurent réussi à descendre des véhicules officiels, ils constatèrent qu'il se passait quelque chose d'anormal. L'ambassadeur Hitch les attendait en personne, ce dont il n'avait jamais pris la peine jusqu'ici. De par leur rang et leur fonction, les ambassadeurs n'ont guère l'habitude de jouer les portiers.

« Que se passe-t-il, Carl ? demanda Rutledge.

— Un gros pépin, répondit Hitch.

— Quelqu'un est mort ? lança le sous-secrétaire d'État, désinvolte.

— Ouais », fut la réponse inattendue. Sur quoi l'ambassadeur les invita à entrer. « Venez. »

Les principaux responsables de la délégation suivirent l'ambassadeur dans la salle de conférences. Ils constatèrent que le chef de mission était déjà là – le second de l'ambassadeur qui dans bien des cas est le vrai patron – et le reste des diplomates de haut rang, y compris le type que Gant pensait être le chef de poste de la CIA. Bon Dieu, que se passe-t-il ? se demanda Télescope. Tous s'installèrent autour de la table et Hitch leur balança la nouvelle.

« Oh, merde, fit Rutledge. Comment ça s'est passé ?

– On ne sait pas trop encore. On a mis notre attaché de presse à la recherche de ce Wise, mais jusqu'à plus ample informé, personne ne connaît la cause de l'incident. » Hitch haussa les épaules.

« La Chine est au courant ? s'enquit Rutledge.

– Ils doivent l'apprendre à l'heure qu'il est, opina le possible agent de la CIA. On doit supposer que la nouvelle a mis du temps à filtrer à travers leur bureaucratie.

– Comment croyez-vous qu'ils vont réagir ? » demanda un des sous-fifres de Rutledge, épargnant à son supérieur la peine de poser cette question évidente et pour le moins stupide.

La réponse de Hitch le fut tout autant. « Là-dessus, vous avez autant d'idées que moi.

– Bref, aussi bien une gêne mineure qu'une sérieuse galère, observa Rutledge.

– Je pencherais plutôt pour la galère », convint Hitch. Il n'aurait su l'expliquer rationnellement mais son intuition le lui disait et Carl Hitch était un homme qui se fiait à son intuition.

« L'avis de Washington ? s'enquit Cliff.

– Ils ne sont pas encore levés, je vous signale. » Comme un seul homme, tous les membres de la délégation regardèrent leur montre. Le personnel de l'ambassade l'avait déjà fait bien sûr. Le soleil ne s'était pas encore levé sur la capitale fédérale. S'il devait y avoir des décisions de prises, elles ne le seraient que dans les prochaines heures. Personne n'allait beaucoup dormir avant longtemps, parce qu'une fois les décisions prises, c'est à eux que reviendrait la responsabilité de les mettre en œuvre, de présenter à la Chine populaire la position officielle de leur pays.

« Des idées ? lança Rutledge.

— Le président ne va pas trop apprécier, observa Gant, estimant que pour une fois il en savait autant que les autres. Sa première réaction va être le dégoût. La question est : cela va-t-il déteindre sur ce pour quoi nous sommes ici ? Je pense que oui, mais ce sera fonction de l'attitude de nos amis chinois.

— Quelle sera leur réaction ? (Rutledge s'était tourné vers Hitch.)

— Je ne sais pas trop, Cliff, mais je doute qu'on l'apprécie. Ils vont considérer l'incident comme une intrusion – une ingérence dans leurs affaires intérieures – et leur réaction sera assez brutale, j'imagine. En gros, ils vont nous dire : "C'est vraiment pas de veine." Si c'est le cas, il y aura une réaction viscérale en Amérique et à Washington. Ils ne nous comprennent pas aussi bien qu'ils se l'imaginent. Chaque fois, ils se sont systématiquement plantés et ils ne m'ont jamais donné l'impression d'avoir fait des progrès de ce côté-là. Non, je suis inquiet, conclut Hitch.

— Eh bien, c'est notre boulot de les remettre sur la bonne voie. Vous savez, réfléchit tout haut Rutledge, en définitive, cela pourrait travailler en notre faveur. »

Hitch se hérissa : « Cliff, ce serait une grave erreur de vouloir jouer cette carte. Mieux vaut les laisser tirer eux-mêmes leurs conclusions. La mort d'un ambassadeur est une affaire grave, insista Hitch, au cas où certains en auraient encore douté. D'autant plus quand il se fait tuer par un fonctionnaire de leur gouvernement. Mais, Cliff, si vous cherchez à leur faire ravaler ça, ils vont s'étrangler, et je ne crois pas non plus que ce soit ce que nous voulons. Non, je pense que le mieux est de demander une suspension des négociations pendant un jour ou deux, pour leur laisser le temps de se retourner.

— Ce serait un signe de faiblesse de notre part, Carl, observa Rutledge avec un hochement de tête. Je pense que vous avez tort. Je trouve qu'on ferait mieux de leur mettre la pression et de leur faire comprendre que le monde civilisé a des lois et qu'on attend d'eux qu'ils s'y plient. »

« C'est quoi, cette folie ? demanda Fang Gan, les yeux levés au ciel.

— Nous ne sommes pas trop sûrs, avoua Zhang Han San. Un homme d'Église aurait fait du scandale, apparemment.

— Ainsi qu'un policier avec plus de plomb que de cervelle. Il sera châtié, bien sûr, suggéra Fang.

— Châtié ? Pourquoi ? Pour avoir fait appliquer nos lois sur le contrôle des naissances ? Pour avoir protégé un médecin de l'agression d'un étranger ? (Zhang hocha la tête.) Non, Fang, on ne peut pas. Je me refuse à nous voir perdre ainsi la face.

— Zhang, que représente la vie d'un policier anonyme en comparaison de la place de notre pays dans le monde ? insista Fang. L'homme qu'il a abattu était un ambassadeur, un ambassadeur ! Un étranger accrédité dans notre État par un autre.

— État ? cracha Zhang. Une ville, tout au plus, mon ami, et même pas... un quartier de Rome, encore plus petit que Qiong Dao ! » Qiong Dao, l'île de jade, où se trouvait un des nombreux temples bâtis par les empereurs, et qui n'était guère plus grande que ce monument. Puis il lui revint ce que disait Staline : « Et combien de divisions a ce pape, d'abord ? Bah ! acheva-t-il avec un geste de déclin.

— Il a bel et un bien un État, dont nous avons accrédité l'ambassadeur dans l'espoir d'améliorer notre position sur la scène internationale, rappela Fang à son ami. Sa mort sera vivement regrettée, pour ne pas dire plus. Peut-être n'était-il qu'un de ces diables étrangers qui font du scandale, Zhang, mais pour le bien de la diplomatie, nous devons faire mine de regretter sa disparition. Et si cela exige la disparition d'un policier anonyme, tant pis » – les policiers, ce n'est pas ce qui manque, s'abstint d'ajouter Fang.

« Pour quelle raison ? Pour s'être opposé à nos lois ? Même un ambassadeur n'en a pas le droit. C'est une violation des règles diplomatiques. Fang, quelle sollicitude soudaine vis-à-vis des diables étrangers », conclut Zhang, reprenant l'expression qui de tout temps avait servi à qualifier les peuples inférieurs venus de ces contrées tout aussi inférieures.

« Si nous voulons commercer avec eux, et que nous voulons les voir acheter nos produits pour pouvoir récupérer leurs devises, alors nous devons les traiter comme des hôtes.

– Un hôte s'abstient de cracher par terre, Fang.

– Et si les Américains réagissent à cet incident ?

– Alors nous leur dirons de s'occuper de leurs affaires, répondit Zhang, sur le ton sans réplique de celui qui a depuis longtemps pris sa décision.

– Quand le Politburo doit-il se réunir ?

– Pour en discuter ? s'étonna Zhang. Pourquoi ? La mort d'un fauteur de troubles étranger et d'un... homme d'Église chinois ? Fang, que de précautions ! J'ai déjà discuté de l'incident avec Shen. Il n'y aura pas de réunion plénière du Politburo pour une telle futilité. Nous nous retrouverons après-demain, comme prévu.

– Comme tu voudras », répondit Fang avec un hochement de tête soumis. Zhang avait le pas sur lui au sein du Politburo. Il avait une grande influence sur les ministres de la Défense et des Affaires étrangères et surtout, il avait l'oreille de Xu Kun Piao. De son côté, Fang avait son propre capital politique surtout pour les affaires intérieures, mais pas autant que Zhang, de sorte qu'il l'employait avec plus de parcimonie, quand il pouvait y trouver un avantage. Ce qui n'était pas le cas présentement. Sur quoi, il regagna son bureau où il convoqua Ming pour retranscrire ses notes. Puis, un peu plus tard, il ferait venir Tchai. Elle savait si bien le soulager des tensions de la journée.

Ce matin, au réveil, il se sentit en meilleure forme que d'habitude. Sans doute parce qu'il avait pu s'endormir à une heure décente, estima Jack en pénétrant dans la salle de bains.

Ici, on n'avait jamais un seul jour de répit, du moins pas au sens où on l'entendait habituellement. Pas question de faire la grasse matinée : huit heures vingt-cinq restait jusqu'ici son record, s'il remontait jusqu'au terrible jour d'hiver où toute cette histoire avait commencé – et chaque journée se déroulait selon la même routine, y compris le toujours redouté briefing sur la sécurité nationale, où vous découvriez que certains étaient vraiment convaincus que sans vous le monde cesserait de tourner.

Un coup d'œil dans la glace. Il aurait besoin d'une coupe, mais pour ça, le coiffeur se déplaçait, ce qui n'était pas si tragique, sauf qu'on y perdait le plaisir de se retrouver avec les autres clients pour discuter d'histoires de mecs. Être l'homme le plus puissant du monde vous isolait de tant de ces petits détails si importants. La cuisine était bonne, les boissons sans reproche, et si vous n'aimiez pas les draps, on vous les changeait plus vite que la lumière, et tout le monde sursautait au son de votre voix. Henry VIII n'avait pas été mieux traité... mais Jack Ryan ne s'était jamais imaginé dans le rôle d'un monarque. Cette notion de royauté de droit divin était quasiment perdue, sinon dans quelques contrées éloignées où de toute façon il ne vivait pas. Mais tout le protocole de la Maison-Blanche semblait pourtant conçu pour lui donner l'impression d'être un roi, et l'impression était déroutante, insaisissable, à l'instar d'un nuage de fumée de cigarette : elle était là, mais chaque fois qu'on voulait la cerner, elle se dissipait. Le personnel se montrait toujours si désireux de servir, aimable mais collant, bien résolu à leur faciliter la vie, coûte que coûte. Le vrai problème était l'effet que cela risquait d'avoir sur les gosses. S'ils se mettaient en tête qu'ils étaient des princes et des princesses, tôt ou tard, ils risquaient d'avoir à déchanter très vite. Mais ça, c'était son problème, estima Jack en se rasant. Son problème et celui de Cathy. Personne d'autre ne pouvait élever leurs enfants. C'était leur boulot. Le seul problème était que toutes ces conneries de la Maison-Blanche leur bouffaient quasiment tout leur temps.

Le pire, toutefois, c'était qu'il était en permanence obligé de se déguiser en pingouin. Hormis au lit et dans la salle de bains, le président devait toujours être bien habillé – sinon que dirait son entourage ? Et donc Ryan ne pouvait sortir dans le couloir sans au minimum un pantalon et au moins une vague chemise. Chez lui, un individu normal se baladait pieds nus et en slip, mais si un chauffeur routier pouvait avoir cette liberté dans son logis, le président des États-Unis ne l'avait pas dans le sien.

Puis il ne put s'empêcher de s'adresser un sourire narquois dans la glace. Il ressassait toujours les mêmes choses tous les matins, et s'il voulait réellement qu'elles changent, il pouvait toujours. Mais il redoutait de sauter le pas, il redoutait de prendre des décisions qui entraîneraient des licenciements. En dehors du fait que ça la ficherait mal dans les journaux – et quasiment toutes ses décisions étaient commentées dans la presse –, il aurait du mal ensuite à se regarder dans la glace le matin en se rasant. Et puis franchement, il n'avait pas non plus besoin de descendre lui-même acheter son journal.

Du reste, si l'on mettait de côté le protocole vestimentaire, ce n'était pas si désagréable. Le petit déjeuner-buffet était sympa, malgré le gâchis de nourriture. Ryan se régalait d'œufs jusqu'à trois fois par semaine, même si madame faisait la moue. Les enfants optaient en général pour des céréales ou des brioches, cuites toutes chaudes dans les cuisines du sous-sol et servies sous différentes formes

Early Bird était le service gouvernemental de presse fourni à tous les hauts fonctionnaires mais, au petit déjeuner, Swordsman préférait les vrais journaux sur papier, avec la page de bandes dessinées et la rubrique sportive sur lesquelles *Early Bird* faisait bien sûr complètement l'impasse. Et il y avait CNN, qui démarrait à sept heures pile dans la salle à manger de la Maison-Blanche.

Ryan leva les yeux quand il entendit le message invitant les parents à ne pas laisser leurs enfants regarder la séquence qui allait suivre. Ses gosses, comme de juste, s'arrêtèrent aussitôt pour regarder.

« Berk, c'est dégueulasse ! observa Sally Ryan quand un Chinois reçut une balle en plein front.

– C'est en général ce qui se produit lors d'une blessure à la tête », lui dit sa mère, même si elle grimaça elle aussi. Cathy charcutait les gens, mais pas comme ça. « Jack, qu'est-ce que c'est que cette histoire ?

– Tu en sais autant que moi, chérie », observa le président.

Puis l'écran laissa place à des images d'archives montrant un cardinal. Jack saisit la mention « nonce apostolique » et se pencha pour monter le volume avec la télécommande.

« Chuck ? dit-il alors au garde du corps le plus

proche. Appelez-moi Ben Goodley au téléphone, si vous pouvez.

— Tout de suite, monsieur le président. » Il fallut une trentaine de secondes, puis on lui passa le sans-fil. « Ben, qu'est-ce qui se passe à Pékin, nom de Dieu ? »

À Jackson, Mississippi, le révérend Gerry Patterson avait coutume de se lever tôt pour se livrer à son jogging matinal et il alluma la télé de la chambre pendant que sa femme était à la cuisine en train de lui préparer son chocolat chaud (il désapprouvait la consommation de café tout autant que celle d'alcool). Sa tête pivota quand il entendit le nom du révérend Yu et son sang se glaça aux mots « pasteur baptiste ici même à Pékin... ». Il revint dans la chambre juste à temps pour voir un Chinois s'effondrer et un flot de sang jaillir de sa tête. L'image ne lui permit pas de reconnaître ses traits.

« Mon dieu... Skip... Seigneur, non... », souffla l'ecclésiastique, bouleversé. Les prêtres affrontent quotidiennement la mort, inhumant les paroissiens, consolant les fidèles endeuillés, priant Dieu de veiller sur chacun. Mais cela ne la rendait pas plus facile à supporter pour Gerry Patterson, d'autant qu'elle venait de frapper sans avertir, sans une « longue et cruelle maladie » pour s'y préparer, sans même l'âge pour atténuer l'effet de surprise.

Skip avait... combien ? Quarante-cinq ans, guère plus. Un homme encore jeune, songea Patterson, assez jeune et vigoureux pour évangéliser ses ouailles. Mort ? Tué ? Assassiné ? Mais par qui ? Assassiné par ce pouvoir communiste ? Un serviteur de Dieu assassiné par ces barbares infidèles ?

« Et merde, dit le président en négligeant ses œufs. Qu'est-ce que vous savez d'autre, Ben ? Pas de tuyaux de Sorge ? »

Puis Ryan regarda autour de lui, conscient d'avoir prononcé un mot qui était lui-même classé secret. Les gamins ne le regardaient pas mais Cathy si. « D'accord, on en discutera quand vous serez là. » Jack coupa la communication et reposa l'appareil.

« Qu'est-ce qui se passe ?

– Un beau merdier, chérie », confia-t-il à Surgeon. En une minute, il lui expliqua le peu qu'il savait. « L'ambassadeur ne nous a rien dit de plus que ce qu'a déjà diffusé CNN.

– Tu veux dire qu'avec tout ce fric qu'on dépense avec la CIA et tout le bastringue, CNN reste encore notre meilleure source d'information ? s'étonna Cathy, un rien incrédule.

– T'as tout compris, chérie, admit son mari.

– Mais enfin, ça ne tient pas debout ! »

Jack essaya d'expliquer : « La CIA ne peut pas être partout, et ça ferait un peu drôle si tous nos espions se baladaient avec un Caméscope où qu'ils aillent, tu ne crois pas ? »

Moue de Cathy. « Mais...

– Ce n'est pas si facile, Cathy, et les journalistes font le même métier : recueillir de l'information, alors il leur arrive d'être les premiers.

– Vous avez quand même d'autres moyens de découvrir les choses, non ?

– Cathy, tu n'as pas besoin d'en savoir plus. »

C'était une rengaine qu'elle avait déjà entendue souvent, mais sans jamais réussir à s'y faire. Elle revint à son journal pendant que son mari se rabattait sur ses communiqués. Il nota que l'incident de Pékin s'était produit trop tard pour l'édition matinale, encore un truc propre à faire bicher les journalistes de télé et râler leurs confrères de la presse écrite.

Quelque part, le débat sur le budget fédéral de l'éducation ne semblait plus aussi important ce matin, mais Ryan avait appris à parcourir les éditoriaux parce qu'on pouvait deviner les questions que les journalistes allaient poser lors des conférences de presse, et c'était un moyen pour lui de s'y préparer.

À sept heures quarante-cinq, les enfants étaient prêts à se faire conduire en voiture à l'école, et Cathy en hélico à Johns Hopkins. Kyle Daniel l'accompagnait, avec son détachement personnel de gardes du corps, composé exclusivement de femmes qui veilleraient sur elle au dispensaire de l'hôpital comme une véritable meute de louves. Katie retournerait à sa crèche, reconstruite au nord d'Annapolis. Il y avait moins d'enfants désormais, mais les effectifs de surveillance avaient été renforcés. Les grands allaient au collège Saint Mary. À l'heure prévue, le VH-60 de l'infanterie de marine se posa sur l'aire aménagée de la pelouse Sud. La journée commençait pour de bon. Toute la famille Ryan descendit en ascenseur. Papa et Maman accompagnèrent les trois plus grands à l'entrée Ouest où, après la séance de baisers, ils montèrent dans la voiture qui démarra. Puis Jack suivit Cathy jusqu'à son hélicoptère, l'embrassa, et le gros Sikorsky décolla, piloté par le colonel Dan Malloy, pour son saut de puce jusqu'à Baltimore. Sur quoi, Ryan regagna l'aile Ouest et se rendit au Bureau Ovale.

Ben Goodley l'y attendait.

« C'est grave ? demanda-t-il dès son entrée.

— Oui, confirma aussitôt le conseiller à la sécurité nationale.

— Qu'est-ce qui s'est passé ?

— Ils ont tenté d'empêcher un avortement. » Ben Goodley lui expliqua rapidement les pratiques locales. « De toute évidence, la femme sur la bande avait un bébé non autorisé et son pasteur était venu lui porter assistance – il s'agit du Chinois qui s'est pris un pruneau en pleine tête. Un pasteur baptiste formé à Oral Roberts, l'université de l'Oklahoma, incroyable, non ? Toujours est-il qu'il s'est rendu à l'hôpital accompagné du nonce apostolique qui devait manifestement bien le connaître. Difficile de savoir l'enchaînement des événements, en tout cas, ça s'est très mal terminé, comme le montre la cassette.

— Pas de déclarations ?

— Le Vatican déplore l'incident et a exigé des explications. Mais ça empire. Le nonce, le cardinal DiMilo, était issu d'une grande famille. Son frère Vincenzo est un parlementaire – il a déjà occupé des fonctions ministérielles –, si bien que le gouvernement italien s'est joint aux protestations. Idem pour les Allemands, parce que le collaborateur du cardinal est un évêque allemand, monseigneur Schepke, un jésuite qui s'est fait quelque peu rudoyer durant l'incident, ce qui fait que l'Allemagne n'est pas ravie non plus. Ce monseigneur Schepke a été brièvement retenu au poste, mais a été libéré au bout de quelques heures quand les Chinois se sont avisés de son immunité diplomatique. On estime au Département d'État que le gouvernement chinois pourrait le déclarer *persona non grata* et l'expulser en espérant ainsi tirer un trait sur cette histoire.

— Quelle heure est-il à Pékin ?

— La nôtre moins onze, donc vingt et une heures, là-bas.

— Notre délégation commerciale va avoir besoin d'instructions sur la marche à suivre. Il faut que j'en discute avec Scott Adler dès qu'il arrivera ici.

— Et pas seulement ça, Jack. » C'était la voix d'Arnold van Damm, à la porte du bureau.

« Quoi d'autre ?

— Le pasteur baptiste qui s'est fait tuer, je viens d'apprendre qu'il avait des amis chez nous.

— L'université Oral Roberts, dit Ryan, Ben m'a dit.

– Les fidèles ne vont pas apprécier, Jack, prévint Arnie.

– Hé, vieux, moi non plus, je te signale, fit remarquer le président. Tu connais déjà mon opinion sur l'avortement ?

– Je la connais, admit van Damm, se remémorant les problèmes qu'avait eus Ryan lorsqu'il avait donné pour la première fois sa position de président sur la question.

– Et leur méthode est pour le moins barbare... Or voilà deux gars qui se pointent dans ce foutu hôpital pour tenter de sauver la vie d'un bébé, et ils se font tuer pour leur peine ! Bon Dieu... dire qu'il faut qu'on traite avec ces types-là ! »

Un autre visage apparut à la porte : « Ah, je vois que t'es au courant, observa Robby Jackson.

– Oh que oui. Un putain de spectacle pour accompagner le petit déj.

– Mon vieux connaissait le type.

– Quoi ? fit Ryan.

– Tu te souviens, la réception, la semaine dernière ? Il t'en a parlé. P'pa et Gerry Patterson financent tous les deux sa paroisse dans le Mississippi... et d'autres aussi, d'ailleurs.

« C'est une tradition chez les baptistes. Les paroisses riches viennent en aide à celles qui connaissent des difficultés et il semble bien que ce devait être le cas avec ce Yu. Je n'ai pas encore eu l'occasion d'avoir mon père au téléphone, mais c'est sûr qu'il va pousser une gueulante, tu peux le parier.

– Qui est Patterson ? intervint van Damm.

– Un prédicateur blanc, il a une vaste église climatisée dans la banlieue de Jackson. Un type très bien, du reste. P'pa et lui se connaissent depuis toujours. Patterson a fait ses études de théologie avec ce Chinois, je crois.

– Ça risque de faire du vilain, observa le secrétaire de la présidence.

– Arnie, mon petit, ça fait *déjà* du vilain », rectifia Jackson.

Le cadreur de CNN était un peu trop bon ou il se trouvait au bon endroit, car il avait saisi les deux coups de pistolet dans toute leur majesté.

« Qu'est-ce que va dire ton vieux ? » demanda Ryan.

Tomcat les laissa mariner avant de lancer : « Il va appeler sur ces sales enculés l'ire du Tout-Puissant. Il va qualifier le révérend Yu de martyr de la foi du Christ, digne des Maccabées de l'Ancien Testament et de tous ces pauvres bougres que les Romains jetaient aux lions. Arnie, est-ce que t'as déjà eu l'occasion de voir un pasteur baptiste en appeler à la Vengeance du Seigneur ? Ça vaut toutes les finales du Super Bowl, mec ! promit Robby. Le révérend Yu est en ce moment même fièrement dressé devant le Seigneur Jésus, et ceux qui l'ont tué ont déjà leur chambre réservée dans les feux éternels de l'enfer. Attendez de l'avoir entendu une fois... c'est impressionnant, les mecs. Je l'ai déjà vu faire. Et Gerry Patterson ne sera pas loin.

– Et le pire, c'est que je ne peux pas lui donner tort. Nom de Dieu, souffla Ryan. Ces deux hommes sont morts pour sauver la vie d'un bébé. S'il faut périr pour quelque chose, il y a de plus mauvaises causes. »

« Ils sont morts tous les deux en hommes, monsieur C. », commenta Chavez. Ils se trouvaient à Moscou. « J'aurais voulu être là-bas avec un flingue. » La nouvelle avait particulièrement affecté Ding. La paternité avait changé son point de vue sur quantité de sujets, entre autres sur celui-ci. La vie d'un enfant était sacro-sainte, et dans son univers éthique, toute menace contre un enfant était synonyme de mort immédiate. Et dans le monde réel, il était connu pour porter souvent une arme, et savoir s'en servir avec efficacité.

« Chacun voit midi à sa porte », fit observer Clark à son subordonné. Mais s'il avait été là-bas, lui aussi, il aurait désarmé ces deux flics chinois. Sur la cassette vidéo, ils n'avaient pas l'air si menaçants. Et on ne tuait pas les gens comme on lançait une mode. Domingo avait toujours son tempérament latin, se dit John. Enfin, ce n'était pas vraiment un défaut...

« Qu'est-ce que t'as dit, John ? demanda Ding, surpris.

– Je dis que deux types bien sont morts hier et j'imagine que Dieu saura les accueillir auprès de Lui.

– T'es déjà allé en Chine ? »

Il hocha la tête. « À Taiwan, une fois. En perm. Il y a bien longtemps[1]. C'était pas mal, mais en dehors de ça, pas plus près que le Nord-Vietnam. Je ne parle pas la langue et j'ai du mal à me dissimuler dans la foule. » Deux facteurs qui l'effrayaient un peu. La capacité à se fondre dans l'environnement était une condition *sine qua non* pour un agent secret.

Ils étaient au bar d'un hôtel de Moscou à l'issue de leur première journée de cours à leurs étudiants russes. La bière pression était buvable. Aucun des deux hommes n'était d'humeur à boire de la vodka. La vie en Angleterre les avait trop gâtés. Ce bar qui accueillait surtout des Américains diffusait CNN sur un grand téléviseur près du comptoir, et cette histoire faisait la une de la chaîne sur toute la planète. Le gouvernement américain, concluait le reporter, n'avait pas encore réagi à l'incident.

« Ben alors, qu'est-ce que fait Jack ? s'étonna Chavez.

– J'en sais rien. On a en ce moment même une délégation qui est à Pékin pour négocier un traité commercial, lui rappela Clark.

---

1. Cf. *Sans aucun remords, op. cit.*

– Les discussions diplomatiques risquent d'être animées », observa Domingo.

« Scott, on ne peut pas laisser passer ça », dit Jack. Un coup de fil de la Maison-Blanche avait conduit la voiture officielle d'Adler à venir directement au lieu de se rendre à son ministère.

« Ce n'est pas à strictement parler en rapport avec les négociations commerciales, observa le secrétaire d'État.

– Peut-être que vous avez envie de discuter avec des gens comme ça, coupa le vice-président Jackson, mais nos concitoyens au-delà du périphérique de Washington sont peut-être moins convaincus.

– On doit tenir compte de l'opinion publique dans cette affaire, Scott, renchérit Ryan. Et vous le savez, vous avez tout intérêt à tenir compte également de *mon opinion*. L'assassinat d'un diplomate n'est pas un détail qu'on peut ignorer. L'Italie est membre de l'OTAN. L'Allemagne aussi. Et nous avons des relations diplomatiques avec le Vatican, sans compter qu'il y a quelque soixante-dix millions de catholiques dans ce pays, plus quelques millions de baptistes.

– OK, Jack, dit Eagle, levant les mains en signe de protestation. Je ne cherche pas à les défendre, d'accord ? Ce dont je parle, c'est de la politique étrangère des États-Unis, et pour la faire, nous ne sommes pas censés nous laisser guider par nos émotions. Les gens dehors nous paient pour qu'on fasse travailler nos méninges, pas nos glandes. »

Ryan poussa un long soupir. « OK. Peut-être que je le sentais venir. Poursuivez.

– Nous publions une déclaration déplorant ce regrettable incident en termes vigoureux. Nous demandons à l'ambassadeur Hitch d'appeler leur ministre des Affaires étrangères pour lui dire la même chose, en des termes peut-être encore plus nets, quoique moins diplomatiques. Nous leur laissons une chance de se retourner avant qu'ils ne deviennent des parias sur la scène internationale, peut-être de passer un savon à ces flics un peu trop nerveux... qui sait, merde, de les fusiller, vu le genre de lois en vigueur là-bas. Bref, on laisse le temps au bon sens de reprendre ses droits, d'accord ?

– Et je raconte quoi, moi ? »

Adler y réfléchit quelques secondes. « Racontez ce que vous voulez. On peut toujours leur expliquer que nous avons encore ici de nombreux pratiquants et que vous devez ménager leur sensibilité, qu'ils ont exacerbé l'opinion publique américaine, et que dans ce pays, l'opinion publique, ça compte. Ils le savent d'un point de vue intellectuel mais, instinctivement, ils n'ont pas encore pigé. C'est pas un problème, poursuivit le secrétaire d'État, aussi longtemps que ça leur est rentré dans la cervelle, parce qu'il arrive parfois que le cerveau commande l'instinct. Ils doivent comprendre que le reste du monde n'apprécie pas ce genre d'attitude.

– Et s'ils n'y arrivent pas ? intervint le vice-président.

– Ma foi, on a une délégation commerciale pour leur montrer les conséquences de ce comportement barbare. » Adler regarda les trois autres. « On est bien tous d'accord là-dessus ? »

Ryan baissa les yeux vers la table basse. Il y avait des moments où il avait envie d'être chauffeur routier, de pouvoir pousser une bonne gueulante, mais c'était encore une liberté refusée au président des États-Unis. *OK, Jack, faut que tu te montres raisonnable et sensé.* Il releva la tête. « Oui, Scott, on est tous d'accord là-dessus.

– Du nouveau sur la question du côté de nôtre... euh, nouvelle source ? »

Ryan secoua la tête. « Négatif. MP n'a encore rien envoyé.

– Si jamais elle...

– Vous en aurez un double aussitôt, promit le chef de l'exécutif. Filez-moi quelques éléments. Je vais devoir faire une déclaration... au fait, quand, Arnie ?

– Vers onze heures, ça devrait être pas mal, décida van Damm. Je vais en parler à quelques journalistes.

– OK, si jamais l'un de vous a de nouvelles idées dans la journée, je veux les entendre. » Sur ces mots, Ryan quitta son fauteuil et leva la séance.

26

Serres et rocailles

Fang Gan avait travaillé tardivement ce jour-là, suite à l'incident qui avait entraîné à Washington un lever matinal. Résultat, Ming n'avait pas pu retranscrire tout de suite les notes de ses discussions, et son ordinateur ne les avait donc pas envoyées sur le Net aussi tôt que d'habitude ; toutefois Mary Pat avait reçu son mail aux alentours de neuf heures quarante-cinq. Elle le parcourut, en fit une copie pour son mari puis le transmit par fax crypté à la Maison-Blanche où Ben Goodley le porta au Bureau Ovale. La page de garde ne comprenait pas le commentaire initial de Mary Pat consécutif à la première lecture de la transmission. « Oh, merde...

— Ces enculés ! gronda Ryan, à la surprise d'Andrea Price, qui se trouvait être à la porte à cet instant.

— Vous avez à m'informer de quelque chose, monsieur ? demanda-t-elle, tant il avait paru furieux.

— Non, Andrea, juste cette histoire sur CNN ce matin. » Ryan marqua une pause, géné de s'être ainsi laissé aller de la sorte en sa présence. « Au fait, comment va votre mari ?

— Ma foi, il a capturé ces trois braqueurs de banque à Philadelphie et tout cela sans un coup de feu. Mais je ne vous dis pas mon inquiétude. »

Ryan s'autorisa un sourire. « C'est un gars en face

de qui je n'aimerais pas me trouver lors d'une fusil-lade. Dites-moi, vous avez vu CNN, ce matin, n'est-ce pas ?

– Oui, monsieur le président, et nous avons repassé l'enregistrement au PC.

– Votre opinion ?

– Si j'avais été là, j'aurais dégainé. C'était un meurtre de sang-froid. Ça la fout mal à la télé, quand on voit des bavures pareilles, monsieur.

– Ça, vous l'avez dit », approuva le président. Il faillit lui demander son opinion sur ce qu'il convenait de faire. Ryan respectait le jugement de Mme O'Day (mais au bureau, c'était toujours Mme Price), mais il aurait été injuste de lui demander de se pencher sur les affaires internationales et du reste, il avait déjà quasi-ment pris sa décision. D'ailleurs, il décrocha son télé-phone et appela Adler sur sa ligne directe.

« Oui, Jack ? » Une seule personne avait accès à cette ligne directe-là.

« Quoi de neuf, côté Sorge ?

– Rien de bien surprenant, hélas. On pouvait prévoir qu'ils se prépareraient à soutenir un siège...

– Comment réagit-on ? demanda Swordsman.

– On dit ce qu'on pense, mais surtout, on tâche de ne pas envenimer les choses, répondit le secrétaire d'État, toujours aussi prudent.

– Bien », grogna Ryan, même si c'était précisément le bon conseil qu'il avait attendu de son ministre. Puis il raccrocha. Il lui revint qu'Arnie lui avait dit un jour qu'un président n'avait pas le droit de se mettre en colère, mais c'était exiger beaucoup. N'avait-il donc pas le droit de réagir comme on était en droit de l'at-tendre d'un homme, un vrai ? Quand était-il censé arrê-ter de se comporter comme un putain de robot ? Il l'appela.

« Tu veux que Callie te prépare quelque chose en vitesse ? demanda Arnie, au téléphone.

– Non, répondit Ryan en hochant la tête. J'improvi-
serai.

– C'est une erreur, avertit le secrétaire général.

– Arnie, laisse-moi être moi-même une fois de
temps en temps, OK ?

– OK, Jack », répondit van Damm et c'était une
chance que le président ne voie pas son expression.

Ne va pas encore aggraver la situation, se dit Ryan
derrière son bureau. *Ouais, sûr, comme si c'était possible...*

« Salut, P'pa », dit Robby Jackson. Il était installé
dans son bureau à l'angle nord-ouest de l'aile Ouest.

« Robert, est-ce que tu as vu...

– Oui, nous l'avons tous vu, assura le vice-président.

– Et qu'est-ce que vous envisagez de faire ?

– P'pa, on n'a pas encore décidé. N'oublie pas que
nous devons négocier avec ces gens. Les emplois d'un
grand nombre d'Américains dépendent de notre
commerce avec la Chine et...

– Robert », l'interrompit son père. En général, le révérend Hosiah Jackson utilisait le vrai prénom de Robby
quand il était en rogne. « Ces gens, comme tu dis, ont
assassiné, assassiné un homme de Dieu – non, excuse-
moi, deux hommes de Dieu, dans l'exercice de leur sacer-
doce, alors qu'ils essayaient de sauver la vie d'un enfant
innocent, et on ne négocie pas avec des assassins.

– Je le sais, ça ne m'enchante pas plus que toi et, tu
peux me faire confiance, Jack Ryan non plus. Mais
quand on décide de la politique étrangère de son pays,
on doit envisager toutes les hypothèses, parce que si
jamais on se trompe, des gens peuvent y perdre la vie.

– Il y a déjà eu des vies perdues, Robert, fit observer
le révérend Jackson.

– Je le sais. Écoute, P'pa, j'en sais plus que toi là-dessus, d'accord ? Je veux dire, nous avons des sources d'information qui n'ont pas la primeur de CNN », dit à son père le vice-président qui avait dans la main le tout dernier rapport Sorge. Il aurait bien voulu pouvoir le montrer à son père parce qu'il savait qu'il était assez intelligent pour saisir l'importance des secrets que Ryan et lui partageaient. Mais il était totalement exclu qu'il puisse ne fût-ce qu'évoquer un tel sujet avec qui que ce soit, sans que son interlocuteur ait l'habilitation maximale, et cela incluait son épouse, tout comme Cathy Ryan. Hmm, se dit Jackson, peut-être que c'était un problème qu'il devrait aborder avec Jack. Vous deviez pouvoir être en mesure de discuter de ces questions avec une personne de confiance, ne serait-ce que pour tester ce qui était bien ou mal. Leurs épouses n'étaient pas des risques pour la sécurité, quand même ?

« Quoi par exemple ? s'enquit son père, n'attendant pas vraiment une réponse.

— Comme le fait que je ne peux pas discuter de certaines choses avec toi, P'pa, et tu le sais très bien. Je suis désolé. Les règles s'appliquent à moi comme à tous les autres.

— Alors, qu'est-ce que vous comptez faire ?

— Nous allons dire aux Chinois que nous sommes furieux et que nous espérons bien qu'ils vont rectifier le tir, présenter leurs excuses et...

— Présenter leurs excuses ! rétorqua le révérend Jackson Robert, ils ont assassiné deux personnes !

— Je le sais, P'pa, mais on ne peut pas envoyer là-bas le FBI arrêter tout leur gouvernement, non ? Nous sommes peut-être puissants mais nous ne sommes pas Dieu, et j'ai beau avoir la même envie que toi de leur balancer la foudre sur la tronche, je ne peux pas.

— Alors, qu'est-ce qu'on va faire, bon sang ?

— Je t'ai dit qu'on n'a pas encore décidé. Je te ferai signe le moment venu, promit Tomcat.

– J'y compte bien. » Hosiah raccrocha, avec une violence inhabituelle.

« Bon sang, P'pa... », souffla Robby, dans le vide. Puis il se rendit compte à quel point son père était représentatif de la communauté religieuse. Le plus dur à imaginer, c'était la réaction de l'opinion. Les gens réagissaient à un niveau instinctif aux images qu'ils voyaient à la télé. Si vous montriez un chef d'État balançant un chiot par la fenêtre de sa voiture, la SPA pourrait exiger une rupture des relations diplomatiques et serait bien capable de mobiliser assez de gens pour bombarder la Maison-Blanche d'un million de mails ou de télégrammes. Jackson avait le souvenir d'un procès en Californie où le meurtre d'un chien avait plus ébranlé l'opinion que le rapt et l'assassinat d'une petite fille. Mais au moins le salopard qui avait tué la petite avait-il été capturé, jugé et condamné à mort, alors que le connard qui avait jeté la pauvre bête sur une autoroute n'avait jamais pu être identifié, malgré la récompense promise pour son arrestation. Enfin, tout ça s'était produit dans la région de San Francisco. Peut-être que ceci expliquait cela. L'Amérique n'était pas censée baser sa politique sur les émotions mais c'était une démocratie, par conséquent ses élus devaient prêter attention aux sentiments du peuple... et il n'était pas facile, surtout pour les individus rationnels, de prédire les émotions de l'opinion. Les images qu'ils venaient de voir à la télévision pouvaient-elles bouleverser les bases du commerce international ? Sans aucun doute, et ça c'était un enjeu immense.

Jackson se leva pour se diriger vers le bureau d'Arnie. « J'ai une question à te poser, lança-t-il d'emblée en entrant.

– Vas-y.

– Comment, selon toi, l'opinion va-t-elle réagir ?

– Je n'en sais trop rien, répondit le secrétaire général de la présidence.

– Comment pourrait-on être fixés ?

– En général, on attend de voir. Je ne suis pas très porté sur les extrapolations et les sondages. Je préfère jauger l'opinion par les moyens habituels : les éditoriaux de la presse, le courrier des lecteurs, les messages qu'on reçoit. Pourquoi, ça te tracasse ?

– Ouaip, reconnut Robby.

– Mouais. Moi aussi. Les partisans du "Droit à la vie" vont sauter là-dessus comme un lion sur une gazelle estropiée, tout comme ceux qui n'aiment pas le gouvernement chinois. Et il y en a un paquet au Congrès. Si les Chinois pensent obtenir cette année la clause de la nation la plus favorisée, ils se plantent complètement. Pour eux, c'est une vraie catastrophe, question relations publiques, mais je ne pense pas qu'ils soient en mesure de comprendre ce qu'ils ont déclenché. Et je les vois mal s'excuser devant quiconque.

– Ouais, eh bien, mon père vient tout juste de me sonner les cloches à cause de ça, avoua le vice-président Jackson. Si le reste du clergé lui emboîte le pas, ça va être une véritable tempête. Les Chinois devront s'excuser haut et fort s'ils veulent limiter les dégâts. »

Van Damm acquiesça. « Ouais. Mais ils n'en feront rien. Ils ont bien trop d'orgueil, ces cons.

– L'orgueil prélude à la chute, observa Tomcat.

– Oui, mais ce n'est qu'après qu'on sent sa douleur, amiral », rectifia van Damm.

Ryan entra, tendu, dans la salle de presse de la Maison-Blanche. Les caméras habituelles étaient là. CNN et Fox allaient sans doute retransmettre en direct, C-SPAN aussi, probablement. Les autres chaînes allaient probablement se contenter d'enregistrer la conférence puis en monter des extraits destinés aux bulletins repris par les stations locales ainsi qu'à leur grand journal national en début de soirée. Il s'approcha du pupitre et but une gorgée d'eau avant de fixer le visage de la petite trentaine de reporters assis devant lui.

« Bonjour, mesdames et messieurs », commença-t-il en agrippant légèrement les bords du pupitre, comme il avait tendance à le faire quand il était en colère. Il ignorait que les journalistes connaissaient ce tic et pouvaient le remarquer sans peine.

« Nous avons tous vu ces images épouvantables à la télévision ce matin, la mort du cardinal Renato DiMilo, le nonce apostolique en République populaire de Chine, et du révérend Yu Fa An, qui était citoyen chinois mais avait fait ses études à l'université Oral Roberts en Oklahoma. Avant tout chose, les États-Unis d'Amérique tiennent à exprimer leurs condoléances aux familles des deux hommes. En second lieu, nous enjoignons la République populaire de diligenter sans délai une enquête approfondie sur cette horrible tragédie, afin de déterminer le ou les responsables éventuels, et s'il y en a, de le ou les poursuivre avec la plus grande fermeté.

« La mort d'un diplomate, abattu par un fonctionnaire officiel, est une violation flagrante des conventions et traités internationaux. C'est un acte profondément barbare qui doit être puni avec la dernière rigueur. Les relations pacifiques entre États ne peuvent exister sans diplomatie et la diplomatie ne peut s'exercer que par le truchement d'hommes et de femmes dont la sécurité personnelle est sacrée. C'est ce qu'on a connu pendant des milliers d'années.

« Même en temps de guerre, la vie des diplomates a toujours été protégée dans chaque camp, précisément pour cette raison. Nous exigeons du gouvernement de la République populaire de Chine qu'il s'explique sur ce tragique événement et prenne les mesures nécessaires pour qu'une telle tragédie ne puisse se reproduire à l'avenir. Ceci conclut ma déclaration. Des questions ? » Ryan leva les yeux, essayant de dissimuler son appréhension face à la tempête imminente.

« Monsieur le président, dit l'Associated Press, les deux ecclésiastiques qui ont péri étaient là pour empêcher un avortement. Cela affecte-t-il votre réaction à cet incident ? »

Ryan se permit de manifester sa surprise devant la stupidité de la question. « Mon opinion sur l'avortement est connue de tous mais je pense que tout le monde, même les partisans du *libre choix*, ne peut que s'élever contre ce qui vient de se passer. La femme en question n'avait pas choisi d'avoir un avortement mais le gouvernement chinois a tenté de lui imposer sa volonté en tuant un fœtus arrivé à terme, au moment de la naissance. Quiconque se livrerait à une telle pratique aux États-Unis se verrait inculper de meurtre, et pourtant telle est la politique de la République populaire. Comme vous le savez, je suis personnellement opposé à l'avortement pour des raisons morales mais ce que j'ai vu à la télévision ce matin est encore pire. C'est un acte d'une barbarie incompréhensible. Ces deux hommes courageux ont tenté de l'empêcher et leurs efforts leur ont coûté la vie, mais Dieu merci, le bébé semble avoir survécu. Une autre question ? »

Et Ryan de désigner une emmerdeuse patentée.

« Monsieur le président, dit le *Boston Globe*, la réaction de notre gouvernement se base sur la politique de contrôle des naissances en République populaire de Chine. Est-ce notre rôle de critiquer la politique intérieure d'un État souverain ? »

Bon Dieu, songea Ryan, ils remettent ça ?

« Voyez-vous, il était une fois un certain Adolf Hitler : il a tenté de contrôler la population de son pays – en fait d'une bonne partie de l'Europe – en éliminant les handicapés mentaux, les individus jugés socialement indésirables ou ceux dont il n'aimait pas les convictions

584

religieuses. Or, l'Allemagne était un État souverain avec lequel nous avons même conservé des relations diplomatiques jusqu'en décembre 1941. Mais êtes-vous en train de dire que l'Amérique n'a pas le droit de s'opposer à une doctrine que nous jugeons barbare, au seul prétexte que c'est la politique officielle d'un État souverain ? C'est la thèse que Hermann Goering a tenté de défendre au procès de Nuremberg. Voulez-vous que les États-Unis d'Amérique y adhèrent ? »

La journaliste était plus accoutumée à poser des questions qu'à y répondre. Puis elle vit les caméras tournées vers elle et comprit que ce n'était pas son jour. Sa réponse aurait donc pu être moins bancale : « Monsieur le président, est-il possible que votre opinion sur l'avortement ait affecté votre réaction à cet événement ?

— Non, madame. J'étais contre le meurtre déjà bien avant d'être opposé à l'avortement, rétorqua Ryan, glacial.

— Mais vous venez de comparer la République populaire de Chine à l'Allemagne hitlérienne, fit remarquer la journaliste du *Globe*. Vous ne pouvez quand même pas dire une telle chose.

— Dans l'un et l'autre cas, il s'agit d'une méthode de contrôle démographique qui va à l'encontre des traditions de l'Amérique. Ou dois-je comprendre que vous approuvez la pratique de l'avortement tardif sur des femmes qui ont choisi de ne pas en subir ?

— Monsieur, je ne suis pas le président, répondit la journaliste du *Globe* qui se rassit, esquivant la question mais pas le rougissement embarrassé.

— Monsieur le président, commença le *San Francisco Examiner*, que cela nous plaise ou non, la Chine s'est choisi les lois qui lui conviennent, et les deux hommes qui ont péri ce matin enfreignaient lesdites lois, n'est-ce pas ?

— Le pasteur Martin Luther King enfreignait les lois de l'Alabama et du Mississippi à l'époque où j'étais lycéen. L'*Examiner* serait-il opposé à son combat de l'époque ?

– Eh bien, non, bien sûr, mais...

– Mais nous considérons la conscience humaine comme une force souveraine, n'est-ce pas ? répliqua Jack Ryan. Ce principe remonte à saint Augustin, qui a dit qu'une loi injuste n'était pas une loi. N'est-ce pas un principe que vous approuvez, vous autres des médias ? Ou alors uniquement lorsque vous êtes d'accord avec la personne qui s'y conforme ? Auquel cas ce serait de la malhonnêteté intellectuelle. Je suis personnellement opposé à l'avortement. Vous le savez tous. Cette position m'a valu de sévères critiques, dont bon nombre émises par vous, bonnes gens. Très bien. La Constitution nous donne le droit à tous d'avoir nos opinions. Mais elle ne m'autorise nullement à ne pas appliquer la loi contre ceux qui commettent des attentats contre les cliniques pratiquant l'IVG. Je peux partager leur point de vue mais je ne peux tolérer le recours à la violence pour faire valoir des opinions politiques. On appelle cela du terrorisme et c'est interdit par la loi, or j'ai prêté le serment de faire appliquer équitablement la loi en toutes circonstances, quels que puissent être mes sentiments sur tel ou tel sujet.

« En conséquence, si vous, vous ne l'appliquez pas avec équité, mesdames et messieurs, ce n'est plus un principe mais de l'idéologie, et ce n'est pas le meilleur moyen de gouverner nos existences et notre pays.

« À présent, pour en revenir à la question plus générale, vous dites que la Chine a choisi ses lois. Est-ce vraiment le cas ? La République populaire n'est pas, hélas, un pays démocratique. C'est un endroit où les lois sont imposées par une élite restreinte. Deux hommes courageux ont péri hier en s'opposant à ces lois, et en tentant – avec succès – de sauver la vie d'un enfant à naître. Tout au long de l'histoire, des hommes ont donné leur vie pour des causes moins nobles. Ces hommes sont par définition des héros, mais je ne pense pas que quiconque dans cette salle, ni d'ailleurs dans tout autre pays, pense qu'ils méritaient de mourir, héroïquement ou pas. La résistance passive n'est pas censée être punie de mort.

« Même au plus sombre des années soixante, quand les Noirs américains se battaient pour faire reconnaître leurs droits, la police des États du Sud n'a jamais perpétré de massacre. Et les flics locaux ou les membres du Ku Klux Klan qui ont franchi cette ligne jaune ont été arrêtés par le FBI et condamnés par la justice.

« En bref, il existe une différence fondamentale entre la République populaire de Chine et l'Amérique et, des deux systèmes, je préfère nettement le nôtre. »

Ryan s'échappa de la salle de presse dix minutes plus tard, pour découvrir Arnie accoudé en haut de la rampe.

« Parfait, Jack.

– Oh ? » Le président avait appris à redouter ce ton de voix.

« Ouais, tu viens de comparer la République populaire de Chine à l'Allemagne nazie et au Ku Klux Klan.

– Arnie, comment se fait-il que les médias témoignent une telle sollicitude à l'égard des pays communistes ?

– Pas du tout, et du reste...

– Mon cul, oui ! J'ai juste osé comparer la Chine à l'Allemagne nazie et ils ont bien failli en chier dans leur froc. Eh bien, tu sais quoi ? Mao a tué plus de gens que Hitler. C'est de notoriété publique – je me souviens encore du moment où la CIA a divulgué le rapport qui l'attestait – mais ils l'ignorent. Est-ce qu'un citoyen chinois tué par Mao est moins mort qu'un pauvre bougre de Polonais tué par Hitler ?

– Jack, ils ont leur sensibilité, objecta van Damm.

– Ah ouais ? Eh bien, juste pour une fois, j'aimerais qu'ils manifestent ne serait-ce que l'ombre d'un principe. » Et sur ces mots, Ryan tourna les talons pour regagner son bureau d'un pas décidé, visiblement en pétard.

« Du calme, Jack, du calme... », lança Arnie, dans le vide. Le président avait encore à apprendre le premier principe de la vie politique : être capable de traiter un fils de pute comme son meilleur ami parce que le sort de la nation l'exige. Le monde serait plus facile à vivre s'il était aussi simple que Ryan le désirait, se dit le secrétaire de la présidence. Mais il ne l'était pas, et ne semblait pas en prendre le chemin.

Quelques rues plus loin, au Département d'État, Scott Adler, après avoir accusé le coup, était en train de prendre des notes pour tâcher de réparer les dégâts que son président venait de provoquer. Il allait falloir qu'il discute avec lui à tête reposée d'un certain nombre de choses, entre autres de ces fameux principes auxquels il tenait tant.

« Alors, qu'est-ce que vous en avez pensé, Gerry ?
— Hosiah, je pense que nous tenons là un vrai président.
— Quelle est l'opinion de votre fils ?
— Gerry, leur amitié date de vingt ans, du temps où ils étaient étudiants à l'Académie navale. J'ai rencontré Ryan. C'est un catholique, mais je pense qu'on peut passer outre.
— Absolument. » Patterson faillit en rire. « Après tout, une des victimes d'hier l'était aussi, auriez-vous oublié ?
— Et un Italien, qui plus est. Il devait boire pas mal de vin.
— Ma foi, Skip était connu pour boire un verre de temps en temps, confia Patterson à son collègue.

– Je l'ignorais, répondit le révérend Jackson, décontenancé.

– Hosiah, nous vivons dans un monde imparfait.

– Encore heureux qu'il n'ait pas été danseur. » C'était presque une blague, mais pas tout à fait.

Le révérend Patterson crut bon de rassurer son ami sur ce point : « Skip ? Non, à ma connaissance, je ne l'ai jamais vu danser... À propos, j'ai une idée.

– Laquelle, Gerry ?

– Si, dimanche qui vient, vous prêchiez dans mon église, et moi dans la vôtre ? Je suis sûr que nous évoquerons tous les deux la vie et le martyre d'un Chinois.

– Et sur quel passage des Écritures comptez-vous fonder votre sermon ?

– Les Actes des Apôtres », répondit aussitôt Patterson.

Le révérend Jackson réfléchit. Il n'était guère difficile de deviner le passage exact. Gerry était féru d'exégèse biblique. « J'admire votre choix, mon ami.

– Merci, pasteur Jackson. Que pensez-vous de mon autre suggestion ? »

Le révérend Jackson n'hésita qu'un instant. « Révérend Patterson, je serais honoré de venir prêcher dans votre église et c'est avec plaisir que je vous convie à venir faire de même dans la mienne. »

Quarante ans plus tôt, quand Gerry Patterson jouait au base-ball dans le club de seconde division patronné par l'Église, Hosiah Jackson était un jeune prêtre noir baptiste et la simple idée de prêcher dans l'église de Patterson aurait provoqué un lynchage. Mais, Dieu merci, ils étaient l'un comme l'autre des hommes de Dieu, et ils pleuraient la mort – le martyre même – d'un autre homme de Dieu, d'une autre couleur encore. Tous les hommes étaient égaux devant le Créateur et cela seul importait pour la foi qu'ils partageaient. Les deux hommes envisagèrent rapidement les changements que chacun devrait apporter à son style, car

589

même si tous deux étaient baptistes et prêchaient le même Évangile à leurs fidèles, leurs paroisses n'étaient pas exactement les mêmes et nécessitaient donc une adaptation. Mais celle-ci serait aisée.

« Merci, Hosiah. Vous savez, parfois, nous devons bien admettre que notre foi nous transcende. »

Pour sa part, le révérend Jackson s'avouait impressionné. Il n'avait jamais douté de la sincérité de son collègue blanc, ils avaient déjà, du reste, eu l'occasion de discuter de problèmes de liturgic et de théologie. Hosiah était même prêt à admettre, en privé, que Patterson avait des connaissances supérieures en ce dernier domaine, dues sans doute à des études plus longues, mais des deux, Hosiah Jackson était peut-être légèrement meilleur orateur, de sorte que leurs talents mutuels se complétaient.

« Que diriez-vous de déjeuner ensemble pour peaufiner les détails ? proposa Jackson.

– Aujourd'hui ? Je suis libre.

– Parfait. Où ?

– Le country club ? Vous ne jouez pas au golf, si ? » s'enquit Patterson. Avec un peu de chance, ils pourraient se faire un parcours, pour une fois qu'il avait son après-midi devant lui.

« Je n'ai jamais touché à un club de golf de ma vie, Gerry. »

Hosiah ne put s'empêcher de rire. « Robert, si. Il s'y est mis durant ses études à Annapolis et n'a pas arrêté depuis. Il dit qu'il met la branlée au président chaque fois qu'ils se rencontrent. » Il n'était jamais allé non plus au Willow Glen Country Club et se demanda s'il comptait des Noirs parmi ses membres. Sûrement pas. Le Mississippi n'avait pas autant changé que ça, même si Tiger Woods avait eu l'occasion d'y jouer un tournoi du circuit professionnel, ce qui était déjà une brèche dans les barrières raciales.

« Ma foi, il me battrait aussi, sans doute. La prochaine fois qu'il descend, peut-être qu'on aura l'occasion de jouer ensemble. » L'adhésion de Patterson lui avait été offerte par le club, encore un avantage d'être pasteur d'une paroisse aisée.

Et pour être franc, blanc ou pas, Gerry Patterson n'en manifestait pas moins une foi ardente, le révérend Jackson le savait. Il prêchait l'Évangile avec tout son cœur. Hosiah était assez vieux pour se rappeler qu'il n'en avait pas toujours été ainsi mais, ça aussi, ça avait changé, une bonne fois pour toutes, Dieu soit loué...

Pour l'amiral Mancuso, les problèmes étaient à la fois similaires et un peu différents. Lève-tôt, il avait regardé CNN comme tout le monde. De même que le général de brigade Mike Lahr.

« Ok, Mike, qu'est-ce que c'est que cette histoire ? demanda le CINCPAC quand son responsable du renseignement arriva pour son briefing matinal.

— Amiral, ça m'a l'air d'un monumental sac de nœuds. Ces curetons sont allés fourrer leur nez où il fallait pas, résultat des courses, ils en ont payé le prix. Plus sérieusement, le NCA est sérieusement en rogne. » NCA était l'acronyme de *National Command Authority*, l'autorité nationale de commandement, à savoir le président Jack Ryan.

« Qu'est-ce que vous pouvez me dire ?

— Eh bien, on peut déjà envisager que ça va chauffer entre l'Amérique et la Chine. La délégation commerciale que nous avons à Pékin va sans doute se prendre quelques retombées.

— S'ils s'en prennent un peu trop, ma foi... » Il n'acheva pas sa phrase.

« Donnez-moi le scénario-catastrophe, ordonna le CINCPAC.

— Dans la pire hypothèse, toute la Chine fait bloc, nous rappelons notre délégation mais aussi notre ambassadeur et le climat entre les deux pays connaît un net refroidissement.

– Et ensuite ?

– Ensuite... la question est plutôt d'ordre politique mais il ne serait pas inutile pour nous de l'envisager sérieusement, amiral », conseilla Lahr à son chef, qui de toute façon prenait quasiment tout au sérieux.

Mancuso considéra sa carte murale du Pacifique.

L'*Entreprise* avait repris la mer pour effectuer des manœuvres entre l'île Marcus et les Mariannes. Le *John Stennis* mouillait à Pearl Harbor. Le *Harry Truman* se dirigeait vers Pearl après avoir fait le détour par le cap Horn – le gabarit des porte-avions modernes leur interdisait le passage par le canal de Panama. Le *Lincoln* terminait son réarmement à San Diego et s'apprêtait à reprendre la mer. Quant au *Kitty Hawk* et à l'*Independence*, ses deux vieux bâtiments à moteurs diesel, ils se trouvaient encore dans l'océan Indien. Et encore, il pouvait s'estimer heureux. Les 1re et 7e flottes se retrouvaient avec six porte-avions opérationnels pour la première fois depuis des années. Donc, s'il avait besoin de projeter ses forces, il avait les moyens de donner à réfléchir à la menace adverse. Il avait également à sa disposition de nombreux effectifs aériens. La 3e division d'infanterie de marine et la 25e division légère de l'armée de terre, basées ici même à Hawaï, ne devraient pas intervenir dans ce scénario. La marine et l'aviation pouvaient affronter les communistes chinois mais il ne disposait pas des moyens amphibies pour envahir la Chine et, d'ailleurs, il n'était pas assez fou pour s'imaginer qu'une telle décision soit recommandée, quelles que soient les circonstances.

« Qu'avons-nous à Taiwan, en ce moment ? – Le *Mobile Bay*, le *Milius*, le *Chandler* et le *Fletcher* sont en représentation. Les frégates *Curus* et *Reid* participent à des manœuvres avec la marine chinoise. Les sous-marins *La Jolla*, *Helena* et *Tennessee* patrouillent dans le détroit de Formose ou le long des côtes chinoises pour couvrir les unités de leur flotte. »

Mancuso acquiesça. Il gardait en général plusieurs bâtiments lance-missiles à proximité de Taiwan. Le *Milius* était un destroyer de classe Birke et le *Mobile Bay* un croiseur, tous deux équipés du système Aegis pour rassurer les nationalistes chinois face à la menace éventuelle de tirs de missiles contre leur île. Mancuso ne pensait pas que les communistes commettraient la folie de lancer une attaque contre une ville où mouillaient plusieurs bâtiments de la marine américaine, d'autant que les navires équipés Aegis avaient de bonnes chances d'intercepter tout ce qui volait dans leur direction. Mais on ne pouvait jamais dire et cet incident en Chine continuait à prendre de l'ampleur... Il décrocha le téléphone pour avoir le SURFPAC, l'officier responsable de la flotte des bâtiments de surface du Pacifique.

« Ouais, répondit le vice-amiral Ed Goldsmith.

– Ed ? Bart. Dans quel état sont les bâtiments que nous avons actuellement dans le port de Taipei ?

– Vous appelez à cause de cette histoire sur CNN, c'est ça ?

– Affirmatif, confirma le CINCPAC.

– Tout à fait correct. Aucune défaillance matérielle à ma connaissance. Pour l'instant, ils terminent leur tournée d'exhibition, visite des civils au port et tout le bastringue. Les hommes passent une bonne partie de leur temps sur la plage. »

Inutile de demander ce qu'ils y faisaient. Il avait été jeune marin, lui aussi, même si c'était ailleurs qu'à Taiwan.

« Ça ne leur ferait peut-être pas de mal de les placer en pré-alerte.

– Noté », admit le SURFPAC. Mancuso n'avait pas besoin d'en dire plus. Les bâtiments allaient désormais afficher l'état d'alerte trois sur leurs systèmes de combat. Les radars SPY[1] seraient mis en veille permanente sur un des navires Aegis. Un des avantages de ce système était que les bâtiments ainsi équipés pouvaient passer en soixante secondes de l'état de semi-veille à l'état pleinement opérationnel : il suffisait de tourner quelques clefs. Ils devraient juste faire preuve d'un minimum de prudence. Le faisceau du radar SPY était assez puissant pour cramer tous les composants électroniques à plusieurs milles nautiques à la ronde, mais il suffisait de régler convenablement leur focalisation, une opération du reste informatisée. « OK, amiral, je transmets le message.

– Merci, Ed. Je vous donne un topo complet un peu plus tard dans la journée.

– À vos ordres », répondit le SURFPAC. Il allait aussitôt répercuter cet ordre à ses chefs d'escadre.

« Quoi d'autre ? demanda Mancuso.

– Toujours pas d'information directe en provenance de Washington, amiral, précisa le général Lahr.

– C'est un des avantages d'être commandant en chef, Mike, on vous laisse le droit de réfléchir par vous-même un minimum. »

« Quel putain de gâchis », observa le général d'armée Bondarenko en contemplant son verre. Il ne parlait pas des nouvelles du jour mais de son commandement, même si le mess des officiers de Tchabarsovil était confortable. Les officiers généraux russes ont toujours aimé avoir leurs aises et le bâtiment datait de l'époque des tsars. Il avait été édifié durant la guerre russo-japonaise, au début du XXe siècle, et agrandi à plusieurs reprises. On distinguait la transition entre les parties pré- et post-révolutionnaires du bâtiment. À l'évidence, les prisonniers de guerre allemands n'étaient pas venus

---

1. SPY-ID : radar à réseau de phase pour la détection aérienne travaillant en bande E/F, fabriqué par Lockheed Martin/RCA *(N.d.T.)*.

aussi loin vers l'est – c'est eux qui avaient édifié la plupart des datchas de l'ancienne élite du parti. Mais la vodka était bonne et la compagnie pas si désagréable.

« Ça pourrait aller mieux, camarade général, reconnut l'aide de camp de Bondarenko. Mais on peut déjà améliorer pas mal de détails et il y a très peu de choses à supprimer. »

C'était une façon aimable de dire que le district militaire d'Extrême-Orient s'avérait moins un commandement militaire qu'un exercice sur le papier. Des cinq divisions motorisées placées théoriquement sous ses ordres, une seule, la 265e, était à quatre-vingts pour cent de sa capacité. Le reste se réduisait au mieux à quelques régiments, voire au seul encadrement. Il avait également le commandement théorique d'une division blindée – l'équivalent d'un régiment et demi –, plus treize divisions de réserve qui existaient encore moins sur le papier que dans les rêves de quelque chef d'état-major. La seule chose dont il disposait en abondance, c'était de vastes stocks d'équipement mais une bonne partie remontait aux années soixante, voire avant. Les meilleures troupes dans sa zone géographique de commandement n'étaient en fait pas placées sous sa tutelle. Il s'agissait des gardes frontières, des formations divisées en bataillons qui avaient appartenu au KGB et qui constituaient désormais quasiment une arme à part entière sous le commandement direct du président russe.

Il y avait aussi une vague ligne de défense qui datait des années trente et qui le montrait bien. Pour cette ligne, de nombreux chars (dont certains étaient même d'origine allemande) étaient enfouis dans des casemates. En fait, le dispositif évoquait surtout la ligne Maginot des Français, autre ouvrage de défense remontant à la même époque. On l'avait édifiée pour protéger l'Union soviétique d'une attaque japonaise, puis améliorée sans conviction au cours des ans pour la protéger de la République populaire de Chine – un ouvrage jamais oublié mais jamais vraiment remis en service non plus. Bondarenko l'avait inspecté en partie la veille. Depuis l'époque des tsars, les officiers du génie de l'armée russe avaient toujours fait preuve de talent. La disposition de certains blockhaus tirait parti d'une manière astucieuse et même brillante de la topographie, mais leur problème essentiel était résumé par cet aphorisme des Américains : *Si on peut le voir, on peut le toucher, et si on peut le toucher, on peut le détruire.* L'ouvrage de défense avait été conçu et construit à une époque où les tirs d'artillerie s'effectuaient au jugé et où les aviateurs s'estimaient heureux quand ils larguaient leur bombe sur le bon patelin. Aujourd'hui, on pouvait se servir d'un canon de 150 avec la précision d'un fusil à longue portée et on pouvait choisir par quel carreau d'une fenêtre expédier sa bombe dans un bâtiment précis.

« Andreï Petrovitch, votre optimisme me réchauffe le cœur. Quelle est votre première recommandation ?

— Il ne sera pas difficile d'améliorer le camouflage des blockhaus qui longent la frontière. Ils ont été cruellement négligés depuis des années, dit à son chef le colonel Aliev. Cela réduira considérablement leur vulnérabilité.

— Suffisamment pour qu'ils résistent à une attaque sérieuse pendant... soixante minutes, Andruchka ?

— Peut-être même quatre-vingt-dix, camarade général. C'est toujours mieux que cinq, non ? » Il s'interrompit pour boire une gorgée de vodka. Les deux hommes buvaient depuis une demi-heure. « Pour la 265e, nous devons commencer sans tarder un programme d'entraînement sérieux. Pour être franc, le chef de régiment divisionnaire ne m'a pas vraiment impressionné, mais je suppose qu'on doit lui laisser une chance.

— Ça fait si longtemps qu'il est en poste ici, peut-être qu'il aime la cuisine chinoise.

– Général, je suis en poste ici depuis que je suis lieutenant, objecta Aliev. J'ai encore souvenance des commissaires politiques qui nous racontaient que les Chinois avaient rallongé la baïonnette de leurs AK-47 afin de traverser la couche de graisse supplémentaire qu'on s'était prise depuis qu'on avait renoncé au marxisme-léninisme authentique pour nous empiffrer.

– C'est vrai ?

– Tout à fait, Gennady Iosifovitch.

– Bien, alors que sait-on de l'Armée populaire de libération ?

– Ils sont nombreux, et ils s'entraînent dur depuis quatre ans environ, beaucoup plus que nous.

– Ils peuvent se le permettre », observa Bondarenko avec aigreur. L'autre constatation qu'il avait faite depuis son arrivée était la maigreur du budget dévolu au matériel d'entraînement. Mais la situation n'était pas non plus désespérée. Il avait des munitions en quantité industrielle, stockées et empilées depuis trois générations. Ainsi avait-il pléthore d'obus pour les canons de 100 mm de ses chars T-54/55, aussi nombreux que dépassés depuis longtemps, sans oublier un océan de gazole planqué dans d'innombrables cuves souterraines. Le seul et unique élément dont il disposait en abondance au district militaire d'Extrême-Orient, c'était les infrastructures, édifiées par l'Union soviétique pendant des générations de paranoïa institutionnelle. Mais ce n'était pas la même chose qu'avoir une armée à commander.

« Et l'aviation ?

– Presque entièrement clouée au sol, répondit Aliev, d'un air morose. Faute de pièces détachées. On en a fait une telle consommation en Tchétchénie qu'il n'en reste plus assez pour assurer la maintenance, et le district militaire de Moscou conserve la priorité.

– Oh ? Nos dirigeants s'attendent à voir la Pologne nous envahir ?

– L'Allemagne se trouve également de ce côté, observa l'officier.

– Ça fait trois ans que je me bats contre cette idée avec le haut commandement, grommela Bondarenko, en se remémorant son passage au poste de chef des opérations pour toute l'armée soviétique. Mais les gens préfèrent s'écouter eux-mêmes qu'écouter la voix de la raison chez les autres ». Il leva les yeux vers Aliev. « Et si les Chinois arrivent ? »

L'aide de camp haussa les épaules.

« Alors là, on a un problème. »

Bondarenko se rappela les cartes. On n'était pas si loin du nouveau filon aurifère... et les gars du génie, jamais flemmards, qui étaient en train de construire une foutue route pour y accéder...

« Demain, Andreï Petrovitch. Demain, nous entamons un régime d'entraînement pour l'ensemble du commandement », annonça le commandant en chef des forces d'Extrême-Orient.

27

Transport

Diggs était loin d'être ravi par ce qu'il contemplait, mais ce n'était pas franchement inattendu. Un bataillon de la 2e brigade du colonel Lisle était de sortie, pour manœuvrer sur la zone d'exercice – avec une grande maladresse, estima Diggs. Cela dit, il devrait réviser son jugement. On n'était pas en Californie, au Centre national d'entraînement de Fort Irwin, et la 2e brigade d'Irvin n'était pas le 11e régiment de cavalerie blindée dont les hommes s'entraînaient quasiment tous les jours et, de ce fait, connaissaient le métier des armes aussi bien qu'un chirurgien le maniement du bistouri. Non, la 1re division blindée était devenue une force de garnison depuis la disparition de l'Union soviétique, et tout ce temps perdu dans ce qui restait de la Yougoslavie, à vouloir jouer au « maintien de la paix », n'avait pas franchement aiguisé ses talents guerriers. C'était un terme que Diggs détestait. Qu'ils aillent au diable, avec leurs forces de maintien de la paix, songea le général, ces hommes étaient supposés être des soldats, pas des flics en treillis.

La force adverse pour cet exercice était une brigade allemande et, à première vue, une bonne unité, équipée de chars Leopard II. Enfin, les Allemands avaient peut-être la fibre militaire inscrite dans leurs gènes, mais ils n'étaient pas mieux entraînés que les Américains, or c'était l'entraînement qui faisait la différence entre un foutu blaireau de civil et un vrai soldat. L'entraînement, ça voulait dire qu'on savait où regarder et quoi faire quand on voyait un truc apparaître. L'entraînement, ça voulait dire savoir ce qu'allait faire le char à votre gauche sans avoir besoin de regarder. L'entraînement, ça voulait dire savoir réparer son blindé ou son obusier quand un truc tombait en panne. L'entraînement, en définitive, ça voulait dire la fierté, parce que avec l'entraînement venait la confiance, la certitude d'être le plus sale fils de pute dans la Vallée de la Mort, et la conviction qu'on n'avait rien à redouter.

Le colonel Boyle pilotait l'UH-60 A dans lequel était monté Diggs. Ce dernier était installé sur le strapontin situé en retrait, juste entre les deux sièges des pilotes. Ils croisaient à cinq cents pieds – quinze cents mètres – au-dessus du sol.

« Oups... le peloton juste en dessous vient de tomber sur un os », annonça Boyle en pointant le doigt. De fait, le clignotant jaune sur la tourelle du char de tête se mit à envoyer son signal : *Je suis mort.*

« Voyons voir si le sergent du peloton réussit à s'en sortir », dit le général Diggs.

Ils observèrent et, en effet, le sergent fit reculer les trois chars subsistants pendant que l'équipage du M1A2 évacuait le cercueil. En pratique, l'un comme l'autre auraient sans doute survécu à n'importe quel « impact » administratif infligé par les Allemands. Personne encore n'avait réussi à fabriquer un projectile capable de transpercer le blindage Chobham, mais ça pourrait arriver un jour, raison pour laquelle on ne faisait rien pour encourager les équipages à se croire immortels à bord d'un tank invulnérable.

« OK, le sergent connaît son boulot », observa Diggs, tandis que l'hélico filait vers un autre site. Le général vit le colonel Masterman noircir les pages de son calepin. « Qu'est-ce que vous en pensez, Duke ?

– Je pense qu'ils ont une efficacité d'environ soixante-quinze pour cent, mon général. Peut-être un peu plus. Il faudra les mettre sur le SIMNET pour les secouer un peu. » Le SIMNET – *Simulator Network* – était un des meilleurs investissements de l'armée de terre. C'était une simulation en réseau constituée par un hangar entier de simulateurs de M1 et de Bradley connectés sur un superordinateur et reliés par satellite à deux autres hangars analogues, ce qui permettait de livrer des batailles extrêmement complexes et réalistes par des moyens électroniques. L'ensemble avait coûté fort cher et même s'il ne pouvait reproduire la véritable expérience du terrain, c'était néanmoins un complément sans égal.

« Mon général, le temps qu'ils ont perdu en Yougoslavie n'a pas vraiment aidé les petits gars de Lisle, observa Boyle.

– Je sais bien, reconnut Diggs. Je ne vais briser la carrière de personne, pour l'instant », promit-il.

Boyle se retourna sur son siège de pilote pour sourire : « Bien, mon général. Ce sera répété.

– Qu'est-ce que vous pensez des Allemands ?

– Je connais leur patron, le général d'armée Siegfried Model. Très fort. Et un client sérieux autour d'une table de poker. Vous êtes prévenu, mon général.

– C'est vrai, ça ? » Jusqu'à tout récemment, Diggs était encore à la tête du Centre national d'entraînement, et il avait eu l'occasion à plusieurs reprises d'aller tenter sa chance à Las Vegas, à guère plus de deux heures de son poste, en remontant l'I-15.

« Je sais ce que vous pensez, mon général. Réfléchissez-y à deux fois », avertit le colonel.

Le général préféra esquiver : « Vos hélicos m'ont l'air de faire du bon boulot.

– Affirmatif. La Yougoslavie nous a permis de nous

entretenir correctement, et tant que j'ai du coco, je peux entraîner mes gars.

– Et le tir à balles réelles ? s'enquit le général commandant la 1re DB.

– Ça, on n'y a plus eu droit depuis un bail, mon général, mais encore une fois, les simulateurs sont presque aussi bons, répondit Boyle dans l'interphone. Mais je parie que vous avez envie que vos crapauds à chenilles y goûtent un peu. » Et là, Boyle avait tout bon. Rien ne remplaçait un exercice à tir réel dans un Abrams ou un Bradley.

La planque autour du banc du parc s'avéra interminable et ennuyeuse. Pour commencer, bien sûr, ils avaient récupéré le réceptacle et l'avaient ouvert pour y découvrir deux feuilles de papier, imprimées en caractères cyrilliques parfaitement lisibles mais codés. Il avait donc fallu les photographier pour les envoyer au service du chiffre. Cela n'avait pas été évident. En fait, la tâche s'était révélée impossible, et les agents du Service fédéral de sécurité avaient été amenés à conclure que le Chinois (si c'était bien lui) avait recours à l'ancienne pratique du KGB d'utiliser des blocs jetables à usage unique. Cette méthode de cryptographie était indéchiffrable en théorie parce qu'il n'y avait aucun motif, aucune formule, aucun algorithme à casser[1].

Le reste du temps fut consacré à attendre de voir qui viendrait récupérer le message.

Cela prit en définitive plusieurs jours. Le SFS mit trois véhicules sur le coup. Deux étaient des fourgons abritant des appareils à téléobjectif braqués sur la cible. Dans l'intervalle, l'appartement de Suvorov/Koniev

1. Sur ces techniques, cf. Neal Stephenson, *Cryptonomicon*, I, II et III, Payot/Rivages, 2000-2001, Le Livre de Poche, nos 7236 et 7244 *(N.d.T.)*.

était surveillé avec la même attention que le défilant des cours à la Bourse de Moscou. Le sujet lui-même était soumis à une filature constante par des agents expérimentés (jusqu'à dix), en majorité des agents du contre-espionnage formés au KGB, de préférence aux hommes de la Brigade criminelle de Provalov, mais avec une dose homéopathique de ces derniers puisque (en théorie) ils avaient toujours la responsabilité de l'enquête. Ce devait rester une banale affaire criminelle jusqu'à ce qu'un ressortissant étranger (leur secret espoir) ait récupéré le colis sous le banc.

Comme c'était un banc dans un parc, des promeneurs s'y asseyaient régulièrement. Des adultes avec leur journal, des enfants avec leur bande dessinée, des ados la main dans la main, de paisibles commères et même deux vieux qui se retrouvaient tous les après-midi pour jouer aux échecs sur un petit échiquier magnétique. Après chacune de ces visites, on vérifiait la cachette pour s'assurer qu'elle n'avait pas été déplacée ou dérangée, toujours en vain. Le quatrième jour, on en vint à imaginer tout haut l'hypothèse d'un coup monté. Ce serait la méthode adoptée par Suvorov/Koniev pour vérifier s'il était ou non filé. Si oui, il était sacrément malin, le fils de pute, estimèrent de concert tous les agents en surveillance. Mais ça, ils le savaient déjà.

L'ouverture survint en toute fin d'après-midi du cinquième jour, et c'était bien l'homme qu'ils espéraient. Son nom était Kong Deshi : un petit fonctionnaire inscrit sur la liste officielle des diplomates accrédités, quarante-six ans, taille moyenne, et s'il fallait en croire la fiche d'information du ministère des Affaires étrangères, capacités intellectuelles tout aussi moyennes – une façon polie de dire qu'on le prenait pour un parfait abruti. Mais d'autres l'avaient déjà noté, c'était la couverture idéale pour un espion, de celles qui faisaient perdre un temps considérable aux services de contre-espionnage qui s'échinaient à traquer sur toute la planète des diplomates idiots qui s'avéraient n'être rien de plus que des diplomates idiots car l'espèce était florissante. Le sujet marchait tranquillement en compagnie d'un autre ressortissant chinois aux allures d'homme d'affaires. Ils s'assirent et continuèrent à deviser en faisant de grands gestes jusqu'au moment où le second se retourna pour regarder quelque chose que Kong lui indiquait. Alors, la main droite de Kong glissa furtivement, presque invisible, sous le banc pour récupérer le réceptacle et sans doute le remplacer par un autre avant de reposer la main sur ses genoux. Cinq minutes plus tard, après une cigarette, les deux hommes étaient repartis pour regagner la bouche de métro la plus proche.

« Patience », avait dit par radio le chef des agents du SFS, ils avaient donc attendu plus d'une heure, jusqu'à ce qu'ils soient certains qu'il n'y avait pas de voiture garée dans les parages pour surveiller la boîte aux lettres. Ce n'est qu'alors qu'un agent du SFS alla s'asseoir sur le banc avec son journal du soir, et discrètement récupéra le colis. Sa façon de jeter son mégot indiqua au reste de l'équipe qu'une substitution avait eu lieu.

Au labo, on découvrit immédiatement que le colis avait un cadenas, ce qui éveilla aussitôt l'attention. On le passa aux rayons X et l'image révéla qu'il contenait une pile, quelques fils et un rectangle semi-opaque, l'ensemble représentant un dispositif pyrotechnique. Quel qu'il soit, le contenu était par conséquent précieux. Un serrurier habile mit vingt minutes à forcer le cadenas et le réceptacle fut ouvert, révélant plusieurs feuilles de papier couvertes de caractères cyrilliques qui furent aussitôt extraites et photographiées. Les lettres formaient une suite parfaitement aléatoire : la séquence d'une clef à usage unique. Ils n'auraient pu espérer trouver mieux. Les feuillets furent soigneusement repliés et remis à l'identique dans le réceptacle puis le mince boîtier métallique qui ressemblait à un étui à cigarettes bon marché fur replacé sous le banc.

« Et maintenant ? demanda Provalov à l'agent du Service fédéral de sécurité chargé de l'affaire.

– Maintenant, la prochaine fois que notre sujet envoie un message, nous serons en mesure de le lire.

– Et alors, nous saurons, enchaîna Provalov.

– Peut-être. En tout cas, nous en saurons un peu plus que maintenant. Nous aurons la preuve que ce Suvorov est un espion. Cela, je peux déjà vous le garantir », décréta l'agent du contre-espionnage.

Provalov dut admettre en revanche que pour élucider son affaire de meurtre, ils n'étaient guère plus avancés que quinze jours auparavant, mais au moins les choses bougeaient-elles, même si la piste les enfonçait toujours plus dans le brouillard.

« Alors, Mike ? demanda Dan Murray, à huit fuseaux horaires de distance.

– Rien encore à nous mettre sous la dent, monsieur le directeur, mais il semblerait que nous ayons traqué un espion. Le nom du sujet est Klementi Ivanovitch Suvorov, vivant actuellement sous l'identité d'Ivan Iourevitch Koniev. » Reilly déchiffra l'adresse. « La piste mène à lui, ou du moins il *semble*, et nous l'avons repéré alors qu'il établissait un contact probable avec un diplomate chinois.

– Bon Dieu, qu'est-ce que ça peut bien vouloir dire ? se demanda tout haut le directeur du FBI, à l'autre bout de la ligne cryptée.

– Là, vous me posez une colle, monsieur le directeur, mais il ne fait pas de doute que c'est devenu une affaire intéressante.

– Vous devez être très lié à ce Provalov.

– C'est un bon flic, et oui, effectivement, monsieur, nous nous entendons bien. »

Cliff Rutledge ne pouvait pas en dire autant de ses relations avec Shen Tang.

« Votre couverture médiatique de cet incident était déjà déplorable mais les remarques de votre président sur notre politique intérieure constituent une violation de la souveraineté chinoise ! s'exclama le ministre chinois des Affaires étrangères, criant presque, pour la septième fois au moins depuis le déjeuner.

– Monsieur le ministre, répliqua Rutledge, rien de tout cela ne serait arrivé si votre policier n'avait pas abattu un diplomate accrédité, ce qui, convenons-en, n'est pas un acte des plus civilisés.

– Nos affaires intérieures ne regardent que nous, rétorqua aussitôt Shen.

– Certes, monsieur le ministre, mais l'Amérique a ses propres convictions et si vous nous demandez de respecter les vôtres, alors nous sommes en droit de vous demander de manifester un minimum de respect pour les nôtres.

– Nous commençons à nous lasser des ingérences de l'Amérique dans les affaires intérieures de la Chine. D'abord, vous reconnaissez notre province rebelle de Taiwan. Ensuite, vous encouragez des étrangers à venir se mêler de notre politique intérieure. Puis vous envoyez un espion, sous couvert de foi religieuse, enfreindre nos lois en compagnie d'un diplomate d'un pays tiers, là-dessus vous filmez un policier chinois dans l'exercice de ses fonctions, et pour terminer, c'est votre président qui nous condamne pour vos ingérences dans nos affaires intérieures. La République populaire ne tolérera pas plus longtemps cette conduite inqualifiable ! »

Et maintenant, tu vas nous demander l'application

de la clause de la nation la plus favorisée, c'est ça ?
songea dans son coin Mark Gant. Bigre, ça valait largement une réunion avec des banquiers d'affaires – les
pires requins – à Wall Street.

« Monsieur le ministre, vous jugez notre comportement inqualifiable, répondit Rutledge, mais nous, nous
n'avons pas de sang sur les mains. Cela dit, je crois
me souvenir que nous sommes tous ici pour discuter
de problèmes commerciaux. Pouvons-nous revenir à
l'ordre du jour ?

– Monsieur Rutledge, l'Amérique n'a pas le droit,
d'un côté, de donner des leçons à la République populaire en matière de politique intérieure, et de l'autre de
nous dénier nos droits.

– Monsieur le ministre, l'Amérique ne s'est en
aucun cas immiscée dans les affaires intérieures chinoises. Si vous tuez un diplomate, vous devez vous
attendre à une réaction. Quant à la question de la République de Chine...

– Il n'y a pas de République de Chine ! » Le
ministre des Affaires étrangères hurlait presque.
« C'est une province renégate, et c'est vous qui avez
violé notre souveraineté en reconnaissant leur prétendue indépendance !

– Monsieur le ministre, la République de Chine
est une nation indépendante, avec un gouvernement
librement élu, et nous ne sommes pas le seul pays à
reconnaître ce fait. C'est la politique des États-Unis
d'Amérique d'encourager les peuples à l'autodéter-
mination. Le jour où les citoyens de la République de
Chine décideront de retourner dans le giron du continent, ce sera leur choix. Mais puisqu'ils ont choisi
librement d'être ce qu'ils sont, l'Amérique choisit de
les reconnaître. De même que nous escomptons voir
les autres États reconnaître que l'Amérique possède un
gouvernement légitime parce qu'il représente la
volonté de son peuple, de même est-il du devoir de

l'Amérique de reconnaître la volonté des autres. »
Rutledge se rassit, manifestement lassé par le cours
qu'avaient pris les débats de l'après-midi. Le matin,
passe encore, il s'y était attendu. Les Chinois devaient
bien se défouler un peu, mais là, ça devenait un tantinet
pénible.

« Et si une autre de nos provinces fait sécession,
allez-vous la reconnaître ?

– Le ministre m'informerait-il d'autres troubles
politiques en République populaire ? lança aussitôt
Rutledge, un peu trop vite et avec un peu trop de désinvolture, se dit-il presque aussitôt. Toujours est-il que
je n'ai pas reçu d'instructions pour cette éventualité. »
C'était censé être une réponse (semi-) humoristique à
une question idiote, mais le ministre Shen avait manifestement oublié aujourd'hui son sens de l'humour. Il
tendit le doigt et le brandit sous le nez de Rutledge,
menaçant, à travers lui, les États-Unis.

« Vous nous trompez. Vous vous ingérez dans nos
affaires. Vous nous insultez. Vous nous reprochez
l'inefficacité de notre économie. Vous nous refusez un
accès équitable à vos marchés. Et vous êtes là, à ponti-
fier comme des parangons de vertu. Nous ne le tolérerons pas plus longtemps !

– Monsieur le ministre, nous vous avons ouvert
toute grande notre porte pour commercer avec notre
pays, et la vôtre, vous nous l'avez claquée au nez.
C'est à vous de l'ouvrir ou de la fermer, concéda-t-il,
mais nous pouvons également fermer la nôtre si vous
nous y contraignez. Nous n'avons aucun désir de le
faire. Nous désirons établir des relations commerciales
équitables et libres entre le grand peuple chinois et le
peuple américain, mais les obstacles à ces échanges ne
doivent pas être cherchés en Amérique.

– Vous nous insultez et ensuite, vous espérez nous
voir vous inviter chez nous ?

– Monsieur le ministre, l'Amérique n'insulte personne. Une tragédie s'est produite hier en République populaire. Vous auriez sans doute préféré l'éviter mais toujours est-il qu'elle est survenue. Le président des États-Unis vous a demandé d'enquêter sur cet incident. Cela n'a rien d'excessif. De quoi nous accusez-vous ? Un journaliste a rapporté les faits. La Chine réfuterait-elle les faits diffusés à la télévision ? Prétendriez-vous qu'un média américain a fabriqué l'événement ? Je ne pense pas. Nous dites-vous que ces deux hommes ne sont pas morts ? Hélas, non. Nous dites-vous que votre policier a eu raison de tuer un diplomate accrédité et un pasteur tenant dans ses bras un nouveau-né ? demanda Rutledge, de son ton le plus posé. Monsieur le ministre, tout ce que vous avez répété depuis trois heures est que l'Amérique a eu tort de protester contre ce qui a toutes les apparences d'un meurtre de sang-froid. Or nous nous sommes contentés de réclamer à votre gouvernement d'ouvrir une enquête sur l'incident. Monsieur le ministre, l'Amérique n'a rien dit ou fait d'excessif, et nous sommes las de ces accusations. Ma délégation et moi sommes venus pour discuter d'échanges commerciaux. Nous aimerions voir la République populaire ouvrir un peu plus ses marchés pour que les échanges commerciaux soient de véritables échanges, pour qu'il y ait une libre circulation des biens par-delà les frontières internationales. Vous réclamez la clause de la nation la plus favorisée avec les États-Unis. Elle ne s'appliquera que si votre marché est aussi ouvert à l'Amérique que le marché américain l'est aux produits chinois, mais elle s'appliquera dès que vous aurez effectué les changements que nous réclamons.

— La République populaire en a assez d'accéder aux exigences insultantes de l'Amérique. Assez de tolérer vos affronts à notre souveraineté. Assez de vos ingérences dans nos affaires intérieures. Il est temps pour l'Amérique de prendre en compte nos justes requêtes.

La Chine désire établir des relations commerciales équitables avec les États-Unis. Nous ne demandons pas plus que ce que vous accordez aux autres : la clause de la nation la plus favorisée.

– Monsieur le ministre, vous ne l'aurez que le jour où vous ouvrirez votre marché à nos biens. Le libre échange n'est possible que s'il est équitable. Nous protestons en outre contre la violation par la RPC des accords et traités sur le droit des marques et la propriété intellectuelle. Nous protestons contre le pillage des brevets par vos industries étatisées qui n'hésitent pas à fabriquer des produits américains, sans autorisation ni dédommagement d'aucune sorte...

– Alors à présent, vous nous traitez de voleurs ?

– Monsieur le ministre, je vous ferai remarquer que ce n'est pas moi qui ai employé ce terme. Il est toutefois indéniable que des produits sont fabriqués en Chine par des usines appartenant à des entreprises d'État, sans qu'elles aient obtenu l'autorisation de fabriquer des copies, alors que ces produits exploitent des inventions américaines dont leurs auteurs n'ont pas été rétribués. Je peux vous fournir de nombreux exemples, si vous le désirez. » La réaction de Shen fut un geste agacé, que Rutledge crut pouvoir traduire par non merci, ou quelque chose comme ça.

« Je ne vois pas l'intérêt de constater les preuves des déformations et des mensonges montés de toutes pièces par l'Amérique. »

De son côté, Gant, bien calé sur sa chaise, assistait à l'empoignade comme un spectateur de championnat de boxe, en se demandant si l'un des adversaires allait réussir à mettre l'autre KO. Sans doute pas.

Ils étaient trop solides et savaient trop bien esquiver les coups.

S'ensuivaient beaucoup de gesticulations mais sans résultat concret. Bref encore un truc bien ennuyeux, spectaculaire en apparence, mais sans intérêt pratique.

Il prit quelques vagues notes, plus pour se souvenir du déroulement de la séance. Cela pourrait toujours faire un chapitre distrayant dans son autobiographie. Quel titre lui donner : *Le négociant et le diplomate* ?

Trois quarts d'heure plus tard, la séance s'acheva sur les poignées de main habituelles, aussi cordiales que la réunion avait été tendue, ce qui ne laissa pas de surprendre Mike Gant.

« Il n'y a rien de personnel là-dedans, expliqua Rutledge. Je suis d'ailleurs surpris qu'ils y attachent une telle importance. Ce n'est pas comme si on les accusait nommément de quoi que ce soit. Merde, même le président s'est contenté de réclamer l'ouverture d'une enquête. Pourquoi sont-ils aussi susceptibles ?

— Peut-être redoutent-ils de ne pas obtenir ce qu'ils veulent des négociations, spécula Gant.

— Certes, mais pourquoi à ce point ? insista Rutledge.

— Peut-être que leur balance du commerce extérieur est encore plus déficitaire que ne le suggère mon modèle informatique, nota Gant avec un haussement d'épaules.

— Mais même si c'est le cas, ils ne s'engagent pas vraiment sur la voie qui permettrait de l'améliorer. » Rutledge claqua le poing contre la paume dans un geste de frustration. « Ils n'ont pas un comportement logique. Bon, d'accord, je veux bien que cette histoire de fusillade les ait mis en rogne, et bon, c'est vrai, peut-être que le président Ryan a poussé le bouchon un peu loin avec certaines de ses remarques... et Dieu sait qu'il peut se montrer rétrograde sur la question de l'avortement. Mais rien de tout cela ne justifie une réaction aussi passionnelle...

— La peur ? se demanda Gant.

— La peur de quoi ?

— Si leurs réserves monétaires sont inférieures encore aux estimations, alors ils pourraient se trouver en très mauvaise posture, Cliff. Plus mauvaise que nous ne l'imaginons.

– À supposer que ce soit le cas, Mark... en quoi cela serait-il si grave ?

– Deux raisons, expliqua Gant, en s'avançant un peu sur le siège de la limousine. D'abord, ça veut dire qu'ils n'ont pas les liquidités pour acheter des produits ou pour finir de payer ceux qu'ils se sont déjà procurés. C'est gênant, et vous l'avez dit vous-même, c'est un peuple orgueilleux. Je ne les vois pas reconnaître leurs torts, ou montrer leur faiblesse.

– C'est indéniable, admit Rutledge.

– L'orgueil peut conduire les peuples à pas mal d'ennuis, Cliff », poursuivit Gant, réfléchissant tout haut. Il avait le souvenir à Wall Street d'un fonds de pension qui avait perdu cent millions de dollars en une seule séance parce que son directeur général s'entêtait dans une attitude qu'il estimait correcte quelques jours auparavant mais qui s'était révélée manifestement erronée dans l'intervalle. Pourquoi ? Parce qu'il n'avait pas voulu passer pour une mauviette. Alors, plutôt que de passer pour une mauviette, il avait crié sur les toits que tous les autres étaient des imbéciles. Mais quel était l'équivalent en matière de relations internationales ? Un chef d'État faisait quand même preuve d'un peu plus de cervelle, non ?

« Ça se passe plutôt mal, mon ami, confia Zhang à Fang.

– C'est la faute de cet imbécile de policier. Oui, il était prévisible que les Américains réagiraient violemment, mais pour commencer, ça n'aurait jamais dû se produire si cet agent de police n'avait pas commis un excès de zèle.

– Le président Ryan... pourquoi nous déteste-t-il à ce point ?

– Zhang, par deux fois, tu as comploté contre les Russes, et par deux fois, tu as ourdi tes petites machinations contre les Américains. Il n'est pas impossible qu'ils soient au courant, qu'ils aient deviné ton manège. L'idée ne t'est pas venue que ce pourrait être la raison de leur reconnaissance du régime de Taiwan ? »

Zhang Han San hocha la tête. « C'est impossible. Jamais rien n'en a été consigné par écrit. Et de toute façon, notre sécurité est sans faille.

– Quand on raconte tout haut des choses à des gens qui ont des oreilles pour entendre, Zhang, ils ont tendance à s'en souvenir. Il ne reste plus beaucoup de secrets. Nous ne pouvons pas plus dissimuler les affaires d'État que l'on peut dissimuler le lever du soleil », poursuivit Fang en se promettant de veiller à ce que cette phrase apparaisse dans le compte rendu de l'entretien que lui rédigerait Ming. « Tout finit par se savoir...

– Alors, qu'est-ce que tu nous conseillerais ?

– Les Américains ont réclamé une enquête. Eh bien, on va leur en donner une. Les faits que nous découvrirons seront ceux qui nous arrangent. Si pour cela un policier doit mourir, il y en a bien d'autres pour le remplacer. Nos relations commerciales avec les Américains sont plus importantes que ces futilités, Zhang.

– Nous ne pouvons pas nous permettre de nous abaisser devant ces barbares.

– Dans ce cas précis, nous ne pouvons pas nous permettre de *ne pas le faire*. Nous ne pouvons mettre en danger notre pays pour une histoire d'orgueil mal placé. »

Fang soupira. Son ami Zhang avait toujours été un homme orgueilleux. Capable d'ampleur de vues, certainement, mais trop imbu de sa personne et du poste qu'il convoitait. Pourtant, celui qu'il avait choisi était délicat. Il n'avait jamais désiré avoir lui-même la première place, mais plutôt être l'éminence grise de l'homme placé au sommet, tels ces eunuques qui avaient influé sur les empereurs durant plus de mille ans. Fang sourit presque, estimant qu'aucun pouvoir, si important fût-il, ne valait de devenir un eunuque, même à la cour royale, et que Zhang ne désirait pas non plus sans doute aller jusqu'à cette extrémité. Mais être l'homme de pouvoir tapi dans l'ombre était sans doute plus difficile pour lui qu'être celui assis sur le trône... et pourtant, se souvint Fang, Zhang avait été l'instigateur principal de l'accession de Xu au poste de secrétaire général. Xu était intellectuellement insignifiant, un homme aimable d'allure princière, fort capable de s'exprimer en public, mais sans ampleur de vues.

Et cela expliquait bien des choses. Zhang avait aidé Xu à prendre la tête du Politburo précisément parce que c'était une coquille vide, et que Zhang comptait bien combler ce vide intellectuel avec ses propres idées. Évidemment. Il aurait dû s'en apercevoir plus tôt. Ailleurs, on croyait que Xu avait été choisi pour ses positions médianes sur tous les sujets – un conciliateur, un homme de consensus, comme on disait à l'étranger. En fait, c'était un homme sans réelles convictions, à même d'adopter celles de n'importe qui à condition que celui-ci (Zhang en l'occurrence) se présente le premier et décide des orientations du Politburo.

Xu n'était pas non plus entièrement un pantin, bien sûr. C'était le problème avec les individus, ils se raccrochaient à l'illusion qu'ils pensaient par eux-mêmes et les plus idiots avaient effectivement des idées, rarement logiques et presque jamais utiles. Xu avait embarrassé Zhang plus d'une fois, et comme il était président du Politburo, Xu avait de fait un vrai pouvoir personnel, même s'il n'avait pas la jugeote pour en faire bon usage. Toutefois, les trois quarts du temps, il se contentait d'être le porte-voix de Zhang. Et ce dernier avait à peu près les mains libres pour exercer sa propre influence et mettre en œuvre ses propres vues en matière de politique nationale. Il le faisait totalement à l'insu du monde extérieur et quasiment à l'insu du Politburo, car presque toutes ses rencontres avec Xu étaient privées et la plupart du temps Zhang ne s'en ouvrait à personne, pas même à Fang.

Ce dernier estimait, et c'était loin d'être la première fois, que son vieil ami était un caméléon. Mais s'il faisait preuve d'humilité en ne briguant pas un poste à la hauteur de son influence, il contrebalançait cette qualité par son orgueil, et pis, il ne semblait pas conscient des faiblesses qu'il révélait. Il croyait, soit que ce n'était pas un défaut, soit qu'il était le seul à le connaître. Tous les hommes avaient leurs faiblesses, et les plus grandes étaient invariablement celles qu'ils ignoraient. Fang regarda sa montre et prit congé. Avec de la chance, il serait chez lui à une heure décente, après avoir retranscrit ses notes avec Ming. Rentrer à l'heure, c'était pour le moins inédit.

28

Vers la confrontation

« Ces fils de putes, observa le vice-président Jackson en touillant son café.

— Bienvenue dans le monde merveilleux de la raison d'État, Robby », dit à son ami Ryan. Il était sept heures quarante-cinq au Bureau Ovale. Cathy et les enfants étaient partis en avance et la journée avait démarré sur les chapeaux de roue. « On avait bien des soupçons mais voilà la preuve, si tu veux l'appeler ainsi. La guerre avec le Japon et notre petit problème avec l'Iran avaient leur origine à Pékin – enfin, pas exactement, mais ce Zhang, qui aurait agi à la place de Xu, a été leur complice.

— Eh bien, c'est peut-être un sale fils de pute, mais je ne le félicite pas pour sa jugeote », estima Robby après quelques instants de réflexion. Puis il se ravisa : « Enfin, je suis peut-être injuste. De son point de vue, ces plans étaient fort astucieux – utiliser ainsi des hommes de paille. Il ne risquait rien lui-même, il lui suffisait ensuite d'agir pour tirer profit des risques qu'avaient pris les autres. C'était sans aucun doute efficace en apparence, j'imagine.

— Question : quel sera son prochain mouvement ?

— Entre ce qui vient de se produire et les comptes rendus que Rutledge nous envoie de Pékin, je dirais qu'on a intérêt à prendre ces gars un peu plus au sérieux », observa Robby. Puis il parut reprendre du poil de la bête. « Jack, il faut qu'on mette plus de gens sur cette affaire.

– Mary Pat va se mettre en rogne si jamais on a le malheur de lui suggérer ça..., avertit Ryan.

– Merde, tant pis pour elle. Jack, c'est le sempiternel problème avec la collecte de renseignements. Si tu mets trop de gens sur le coup, tu risques des fuites, ôtant dès lors toute valeur à tes informations – mais d'un autre côté, si tu ne les exploites pas du tout, tu aurais aussi bien pu t'épargner la peine de les collecter. Où traces-tu la frontière ? » C'était une question rhétorique. « Si tu dois pécher par excès de prudence, ce doit être vis-à-vis du pays, pas de la source.

– C'est une vraie personne de chair et de sang qui se trouve à l'origine de ce bout de papier, Rob, souligna Jack.

– J'en suis bien conscient. Mais d'un autre côté, il y a deux cent cinquante millions de personnes à l'extérieur de ce bureau, Jack, et le serment que nous avons prêté l'un et l'autre était pour eux, pas pour quelques salopards au pouvoir à Pékin. Ce que nous révèle ce document, c'est que le gars qui fait la politique en Chine est prêt à déclencher une guerre, et que deux fois déjà, on a dû envoyer nos petits gars se battre dans des conflits qu'il a contribué à déclencher. Bon Dieu, mec, la guerre est censée être une idée révolue, mais ce Zhang semble ne pas s'en être encore aperçu. Qu'est-ce qu'il peut bien encore nous mijoter ?

– C'est pour ça qu'on a monté le réseau Sorge, Rob. L'idée est de le découvrir à temps pour avoir une chance de l'empêcher. »

Jackson acquiesça. « Peut-être. Dans le temps, on a eu une source baptisée Magic qui nous révélait tout sur les intentions ennemies, mais quand cet ennemi a lancé sa première attaque, nous étions assoupis – parce que

Magic était si important qu'on n'en a jamais parlé au CINCPAC, si bien qu'il n'a fait aucun préparatif pour éviter Pearl Harbor[1]. Le renseignement est fondamental, mais il a toujours ses limites opérationnelles. Tout ce que ce document nous dit en réalité, c'est que nous avons en face de nous un ennemi potentiel à peu près dépourvu d'inhibitions. Nous connaissons sa tournure d'esprit, mais pas ses intentions ou les actions qu'il a déjà mises en œuvre. Qui plus est, Sorge nous fournit des mémoires d'entretiens privés entre un gars qui fait la politique et un autre qui tente d'influer sur celle-ci. Quantité d'éléments sont laissés de côté. Tout ça me fait bougrement l'effet d'un journal destiné à se couvrir, tu ne trouves pas ? »

Ryan jugea la critique tout à fait pertinente. Comme les gens de Langley, il s'était peut-être par trop laissé aller à l'euphorie au sujet d'une source qu'ils n'avaient jamais approchée auparavant. Songbird était bonne mais pas sans limitations. Et des limitations importantes.

« Ouais, Rob, t'as sans doute raison. Ce Fang tient probablement un journal pour avoir un truc à sortir du tiroir si jamais un de ses collègues au Politburo cherche à l'enculer.

— Bref, ce qu'on lit là n'est pas parole d'évangile, observa Tomcat.

— Sûrement pas, concéda Ryan. Mais c'est néanmoins une bonne source. Tous ceux qui ont examiné ces documents n'ont aucun doute sur leur authenticité.

— Je ne nie pas leur authenticité, Jack, je dis simplement qu'il n'y a pas que ça, insista le vice-président.

— Message reçu, amiral. » Ryan leva les mains en signe de capitulation. « Qu'est-ce que tu recommandes ?

— Déjà, prévenir le ministre de la Défense, et les

---

1. Sur ce « paradoxe du renseignement », cf. Neal Stephenson, *Cryptonomicon*, I, II, III, *op. cit. (N.d.T.)*.

chefs d'état-major, les généraux des services opérationnels et de renseignement et sans doute le CINCPAC, ton copain Bart Mancuso, ajouta Jackson avec un certain dédain.

– Qu'est-ce que tu n'aimes pas chez ce gars ? demanda Swordsman.

– C'est une tête de linotte, répondit le pilote de chasse. Les sous-mariniers ont toujours du mal à se décider... mais je t'accorde qu'il sait manœuvrer. » Et la manœuvre qu'il avait effectuée contre les Japs avec ses vieux sous-marins était plutôt habile, devait bien admettre Jackson.

« Des recommandations spécifiques ?

– Rutledge nous dit que les communistes chinois donnent l'impression d'avoir très mal encaissé l'histoire avec Taiwan. S'ils en tiraient prétexte pour intervenir ? Par exemple avec une frappe de missiles contre l'île ? Dieu sait qu'ils n'en manquent pas, et nous avons en permanence des bâtiments qui mouillent là-bas.

– Tu crois vraiment qu'ils seraient assez cons pour lancer une attaque contre une ville alors qu'un de nos bâtiments est au port ? » demanda Ryan. Vicieux ou pas, ce Zhang n'allait sûrement pas risquer aussi bêtement une guerre avec l'Amérique.

« Non, mais s'ils ignorent que le bateau est là ? S'ils ont des renseignements erronés ? Jack, les tireurs ne reçoivent pas toujours de bonnes indications des gars de l'arrière. Fais-moi confiance, j'y suis allé, je connais, j'en ai même ramassé des cicatrices, j'te signale.

– Les navires peuvent très bien se défendre, non ?

– Pas s'ils n'ont pas mis en route tous leurs systèmes, et un SAM de la marine peut-il intercepter un missile balistique ? se demanda tout haut Robby. J'en sais rien. On pourrait demander à Tony Bretano de se pencher sur la question.

– OK, passe-lui un coup de fil. » Ryan marqua un temps. « Robby, j'ai un rendez-vous dans quelques minutes. Il faudra qu'on reparle de tout ça. » Puis d'ajouter : « Avec Adler et Bretano.

– Tony touche sa bille question matériel ou gestion, mais il a encore des progrès à faire en géopolitique.

– Eh bien, donne-lui des leçons.

– À vos ordres, mon général ! » Le vice-président se dirigea vers la porte.

Ils remirent en place le réceptacle sur le plot magnétique moins de deux heures après l'en avoir retiré, en remerciant le ciel (les Russes se le permettaient désormais) que le mécanisme de blocage n'ait pas été un de ces nouveaux verrous électriques. Ces derniers pouvaient s'avérer très difficiles à forcer. Mais le problème avec de tels dispositifs de sécurité était qu'ils avaient un peu trop souvent tendance à déconner et détruire ce qu'ils étaient censés protéger, ce qui ne faisait que compliquer une tâche déjà bien assez complexe. L'univers de l'espionnage était un monde où tout ce qui pouvait aller de travers le faisait invariablement, de sorte qu'à la longue, tous les joueurs avaient choisi d'adopter tous les moyens possibles pour simplifier au maximum les opérations. Le résultat était que ce qui marchait pour un type marchait pour les autres, et quand on voyait quelqu'un suivre les mêmes procédures que vos agents et vos espions, vous saviez que vous aviez devant vous un collègue.

C'est pourquoi on avait renouvelé les effectifs de la planque autour du banc – elle n'avait bien sûr jamais été suspendue, au cas où Suvorov/Koniev déciderait de réapparaître à l'improviste pendant que le réceptacle destiné au transfert était parti au labo. Il y avait donc une rotation permanente de voitures et de camions, sans compter une surveillance depuis un immeuble à portée visuelle du banc. Le sujet chinois était observé, mais personne ne le vit poser de mouchard pour signaler un dépôt dans la boîte aux lettres. Mais ce pourrait fort bien être un simple appel sur le bip de Suvorov/Koniev... quoique non, car ils devaient supposer que toutes les lignes au départ de l'ambassade de Chine étaient sur écoute et que le numéro serait aussitôt intercepté, permettant sans doute de retrouver son propriétaire. Les espions devaient redoubler de précautions car leurs adversaires étaient à la fois ingénieux et acharnés. Ce qui en faisait les plus prudents des hommes. Mais si difficiles à repérer qu'ils puissent être, une fois qu'ils l'étaient, ils étaient en général perdus. Et tous les agents du SFS espéraient bien qu'il en irait ainsi avec Suvorov/Koniev.

Dans ce cas précis, il leur fallut attendre la tombée de la nuit. Le sujet quitta son appartement, prit sa voiture et roula quarante minutes, en empruntant le même itinéraire que l'avant-veille – sans doute pour vérifier qu'il n'était pas filé et contrôler d'éventuels mouchards que les agents du SFS n'auraient pas encore réussi à repérer. Mais cette fois, au lieu de rentrer chez lui, il se dirigea vers le parc et gara sa voiture à deux rues du banc, qu'il rejoignit à pied par un chemin détourné, en s'arrêtant à deux reprises pour allumer une cigarette, ce qui lui donna tout le temps pour se retourner et regarder derrière lui. Tout se déroulait selon les règles. Il ne vit rien, même si trois hommes et une femme le suivaient à pied. La femme poussait un landau, ce qui lui donnait un prétexte pour s'arrêter à intervalles réguliers afin de remettre la couverture du bébé. Les hommes se promenaient tranquillement, sans regarder le sujet ni quoi que ce soit de particulier.

« Là ! » s'écria un des agents du SFS. Cette fois, Suvorov/ Koniev ne s'assit pas sur le banc : il se contenta d'y poser le pied gauche pour relacer sa chaussure et rajuster son revers de pantalon. La récupération fut réalisée avec une telle habileté que personne ne réussit à la voir mais cela paraissait une coïncidence tirée par les cheveux qu'il ait précisément choisi ce banc-là pour renouer ses lacets – du reste, un agent du SFS pourrait d'ici peu aller vérifier s'il avait ou non procédé à un échange. Sa récupération effectuée, le sujet regagna sa voiture, par un autre circuit détourné, en allumant encore deux américaines en chemin.

Le plus drôle, nota l'inspecteur Provalov, c'est à quel point le manège devenait évident une fois qu'on savait qui regarder. Ce qui était jusqu'ici perdu dans l'anonymat était désormais aussi clair que le nez au milieu de la figure.

« Bon, alors, qu'est-ce qu'on fait maintenant ? demanda l'inspecteur de la milice à son homologue du SFS.

– Rien », répondit l'inspecteur de la Sécurité fédérale. « On attend qu'il ait laissé un autre message sous le banc, ensuite, on le récupère, on le décode, on trouve ce qu'il manigance au juste. Alors seulement, on prendra une décision.

– Et mon enquête criminelle ? insista Provalov.

– Oui, quoi ? C'est devenu une affaire d'espionnage, camarade inspecteur, et elle a la priorité. »

Ce qui était vrai, dut bien admettre Oleg Gregorievitch. L'assassinat d'un maquereau, d'une pute et d'un chauffeur était une broutille comparée à un crime contre la sûreté de l'État.

Sa carrière dans la marine ne finirait sans doute jamais, se dit l'amiral Joshua Painter. Et ce n'était pas si mal, après tout. Fils de paysans du Vermont, il était sorti de l'Académie navale près de quarante ans plus tôt, il était passé par Pensacola, puis avait enfin réalisé le rêve de sa vie : pilote de chasse dans l'aéronavale. Il l'avait été pendant vingt ans, plus une parenthèse de pilote d'essai, avant de commander une escadre aérienne, puis un porte-avions, puis un groupe, et enfin d'acquérir son bâton de maréchal aux postes de SACLANT/CINCLANT/CINCLANTFLT [1], trois lourdes casquettes qu'il avait portées sans trop d'inconfort durant un peu plus de trois ans avant de raccrocher pour de bon l'uniforme. La retraite s'était traduite par un boulot à peu près quatre fois mieux payé que dans l'armée, qui consistait en gros à servir de consultant aux amiraux qu'il avait eu l'occasion de repérer avant qu'ils ne montent en grade pour leur dire ce qu'il aurait fait à leur place. En fait, ces conseils, il les aurait donnés gratis à n'importe quel mess d'officiers de n'importe quelle base de la marine américaine, à la rigueur contre un dîner, quelques bières et une occasion de respirer l'air du large.

Mais à présent, il était au Pentagone, de nouveau payé par le gouvernement, cette fois comme conseiller civil et collaborateur spécial du ministre de la Défense. Tony Bretano, estimait Josh Painter, n'était pas un imbécile, c'était même un très brillant ingénieur et un excellent patron de bureau d'études. Il était enclin à chercher les solutions mathématiques aux problèmes de préférence aux solutions humaines, et il tendait à mener les gens à la baguette. L'un dans l'autre, ce Bretano aurait sans doute fait un officier de marine fort correct, en particulier à bord d'un sous-marin nucléaire.

Son bureau du Pentagone était plus petit que celui qu'il avait occupé au titre d'OP-5 – chef-adjoint des opérations aéronavales – dix ans plus tôt, un poste aujourd'hui supprimé.

---

1. *Supreme Allied Commander Atlantic* : commandant en chef des forces alliées dans l'Atlantique (OTAN)/ *Commander-in-Chief Atlantic Command* : commandant en chef des forces de l'Atlantique/ *Commander-in-Chief Atlantic Fleet* : commandant en chef de la flotte de l'Atlantique *(N.d.T.)*.

Il avait sa secrétaire attitrée ainsi qu'un jeune et brillant commandant pour l'assister. Il était pour beaucoup de personnes la voie d'accès au ministre de la Défense, au nombre desquelles, assez bizarrement, on comptait le vice-président.

« Je vous passe le vice-président, ne quittez pas, lui annonça sur sa ligne privée une standardiste de la Maison-Blanche.

– Aucun risque, répondit Painter.

– Josh ? Robby.

– Bonjour, monsieur », répondit Painter, Ça gênait toujours Jackson qui avait naguère servi plus d'une fois sous les ordres de l'amiral, mais Josh Painter se sentait incapable d'appeler par son prénom un élu du peuple. « Que puis-je pour vous ?

– J'ai une question. Le président et moi envisagions un truc ce matin, et je n'ai pas su lui répondre. Est-ce qu'un Aegis peut intercepter et neutraliser un missile balistique ?

– Je ne sais pas mais j'en doute. On a examiné le problème durant la guerre du Golfe et... oh, OK, ça y est, ça me revient. On a jugé qu'ils pourraient sans doute arrêter un Scud parce que c'est un missile relativement lent mais c'est à peu près le maximum de leurs capacités. C'est une question de logiciel, celui embarqué à bord du missile surface-air. » Le même problème qui s'était posé avec les Patriot, cela leur revint à tous les deux. « Comment la question est-elle venue sur la table ?

– Le président s'inquiète de voir les Chinois en balancer un sur Taiwan alors que nous avons un navire à quai dans les parages... Alors il aimerait mieux que ce bâtiment soit en mesure de se protéger, vous voyez ?

– Je peux y jeter un œil, promit Painter. Vous voulez que j'étudie ça avec Tony dans la journée ?

– Affirmatif, confirma Tomcat.

– Bien compris, monsieur. Je vous rappelle dans l'après-midi.

– Merci, Josh. » Et Jackson raccrocha.

Painter regarda sa montre. De toute façon, c'était à peu près l'heure pour lui d'y aller. Il prit à droite le couloir de l'anneau E, toujours chargé, puis de nouveau à droite, pour gagner les services du ministre de la Défense, en passant d'abord devant le poste des gardes, puis ceux des secrétaires et des collaborateurs. Il était pile à l'heure et la porte du bureau privé était ouverte.

« Salut, Josh, dit Bretano.

– Bonjour, monsieur le ministre.

– OK, quoi de nouveau et d'intéressant dans le monde aujourd'hui ?

– Ma foi, monsieur, nous avons une requête qui vient d'arriver de la Maison-Blanche.

– Et de quoi s'agit-il ? » demanda Thunder. Painter expliqua. « Bonne question. Pourquoi la réponse est-elle si difficile à trouver ?

– C'est un problème qu'on examine périodiquement, mais en fait, le système Aegis a été conçu à l'origine pour traiter la menace des missiles de croisière, or ceux-ci ont une vitesse maximale de Mach 3, environ.

– Mais le radar Aegis est pratiquement idéal pour ce type de menace, c'est ça ? » Le ministre de la Défense était parfaitement au courant du fonctionnement des systèmes radar informatisés.

« C'est un sacré bon système, effectivement, monsieur, confirma Painter.

– Et lui donner les capacités pour cette mission n'est qu'un problème de logiciel ?

– En gros, oui. En tout cas, il faut certainement modifier le logiciel embarqué dans les têtes chercheuses, peut-être également les radars SPY et SPG[1]. Ce n'est pas franchement mon domaine, monsieur.

– Écrire un logiciel, ce n'est pas la mer à boire, et ça ne coûte pas non plus les yeux de la tête. Merde, chez TRW, j'avais un spécialiste d'envergure mondiale qui était un expert en la matière... À une époque, il a travaillé au service chargé du projet de l'IDS. Alan Gregory... retraité de l'armée avec le grade de colonel de réserve, et je crois bien licencié de Stony Brook. Et si je lui demandais de venir étudier ça avec nous ? »

Painter fut surpris de constater que Bretano, qui avait dirigé une grande entreprise et avait failli être récupéré par des chasseurs de têtes pour prendre la direction de Lockheed-Martin, avant de se faire intercepter par le président Ryan, avait aussi peu d'égards pour la procédure.

« Monsieur le ministre, avant de faire une telle chose, nous devons...

– Mon cul, oui, l'interrompit Thunder. Je peux gérer à ma guise les sommes jusqu'à un certain plafond, non ?

– Oui, monsieur le ministre, confirma Painter.

– Et j'ai vendu toutes mes actions de TRW, vous vous souvenez ?

– Oui, monsieur.

– Donc, je ne viole aucune de ces putains de lois éthiques, n'est-ce pas ?

– Non, monsieur, dut bien admettre Painter.

– À la bonne heure. Alors, appelez-moi TRW, à Sunnyvale, et demandez Alan Gregory. Je crois qu'il est vice-président adjoint, maintenant. Dites-lui qu'il saute illico dans un avion, qu'on a besoin de lui ici pour examiner ce problème. Voir quelles difficultés

---

1. Lockheed Martin/RCA SPY-1D : radar à réseau de phase pour la détection aérienne, travaillant en bande E/F. Raytheon/RCA SPG-62 : radar de contrôle de tir en bande I/J *(N.d.T.)*.

éventuelles il y aurait à mettre à niveau Aegis pour lui procurer une capacité limitée de défense anti-missiles.

– Monsieur, cela risque de ne pas faire plaisir à certains de nos autres sous-traitants. » *Y compris, du reste, TRW...*

« Je ne suis pas là pour leur faire plaisir, amiral. Je me suis laissé dire que j'étais là pour défendre efficacement le pays.

– Oui, monsieur. » Difficile de ne pas aimer le bonhomme, même s'il avait le tact bureaucratique d'un rhinocéros.

« Eh bien, tâchons de voir si Aegis a la capacité technique de remplir cette mission particulière.

– À vos ordres, monsieur.

– Combien de temps ai-je pour filer en voiture jusqu'au Capitole ? demanda ensuite le ministre.

– Une trentaine de minutes, monsieur. »

Bretano ronchonna. La moitié de son temps de travail se passait à expliquer des choses au Congrès, parler à des agents qui avaient déjà fait leur religion et ne posaient des questions que pour faire bien sur la chaîne parlementaire C-SPAN. Pour Tony Bretano, l'archétype de l'ingénieur, tout cela semblait une façon bougrement improductive d'employer son temps. Mais on appelait ça la fonction publique... Dans un contexte un rien différent, on parlait d'esclavage, mais Ryan était encore plus piégé que lui, ce qui ne lui laissait pas vraiment le droit de se plaindre. Et puis, il s'était porté volontaire, après tout.

Ils étaient plutôt enthousiastes, tous ces officiers subalternes des Spetsnaz, et Clark se souvint qu'il suffit souvent de convaincre les troupes d'élite qu'elles sont effectivement une élite, puis attendre qu'elles se montrent à la hauteur de cette nouvelle image. Il n'y a pas que ça, bien sûr. Les Spetsnaz étaient des agents spéciaux par leurs attributions. Ils étaient en gros la copie des SAS britanniques. Comme souvent pour les questions militaires, ce qu'un pays inventait, les autres tendaient à le copier, et c'est ainsi que l'armée soviétique avait sélectionné des hommes d'une condition physique exceptionnelle et d'une fiabilité politique sans faille – Clark n'avait jamais su au juste comment on testait cette dernière –, avant de leur assigner un nouvel entraînement pour les transformer en commandos d'élite. Le concept initial avait échoué pour une raison évidente sauf pour les dirigeants de l'URSS : la grande majorité des soldats soviétiques étaient des appelés qui servaient deux ans et s'en retournaient chez eux. Alors que le membre du SAS britannique n'était considéré comme intégré au service qu'au bout de quatre ans avec ses galons de caporal, pour la simple et bonne raison qu'il faut déjà plus de deux ans pour apprendre à être un soldat apte aux missions ordinaires, déjà bien moins que ce qu'il faut pour apprendre à réfléchir sous le feu – encore un problème du reste pour les Soviétiques qui n'encourageaient par vraiment la réflexion personnelle chez tous ceux qui portaient l'uniforme, surtout l'appelé de base. Pour compenser, ils avaient concocté une série d'armes astucieuses. Le couteau à lame éjectable, par exemple. Chavez avait eu l'occasion de le tester un peu plus tôt dans la journée : une simple pression sur un bouton intégré au manche d'un couteau de combat propulsait sa lame de bonne taille à cinq ou six mètres avec une précision correcte. Mais l'ingénieur soviétique qui l'avait conçu devait regarder un peu trop de films parce qu'il n'y avait qu'au cinéma que les hommes tombaient d'un seul coup, en silence, un couteau fiché dans la poitrine. La majorité des victimes trouvaient l'expérience passablement douloureuse et beuglaient comme des veaux. Lorsqu'il était instructeur à la Ferme, Clark avait toujours mis en garde les recrues : « Évitez d'égorger les gens. Ils se débattent dans tous les sens en faisant du bruit. »

À l'inverse, à côté de la conception et de la réalisation originales du couteau à lame éjectable, leurs silencieux de pistolets étaient de la merde, de vulgaires boîtes de conserve bourrées de laine d'acier qui s'autodétruisaient après moins de dix coups, alors que fabriquer un silencieux convenable requérait environ un quart d'heure de travail pour n'importe quel tourneur de métier. John soupira. Il n'arriverait jamais à comprendre ces gens.

Mais les hommes, pris individuellement, étaient parfaits. Il les avait regardés courir avec le groupe 2 de Ding et pas un de ces Russes ne s'était fait lâcher. C'était en partie une question d'orgueil, bien sûr, mais surtout d'aptitude. Le passage au stand de tir avait été moins convaincant. Ils n'étaient pas aussi bien entraînés que les gars de Hereford et loin d'être aussi bien équipés. Leurs armes prétendument silencieuses étaient assez bruyantes pour faire sursauter en chœur John et Ding... Malgré tout, l'enthousiasme de ces petits gars était impressionnant. Tous ces Russes avaient le grade de lieutenant et tous avaient la qualification de saut en parachute.

Tous se débrouillaient pas mal du tout à l'arme légère, et leurs tireurs d'élite étaient de fait aussi bons que Homer Johnston et Dieter Weber – à l'extrême surprise de ce dernier. Les fusils de précision utilisés par les Russes faisaient un rien pacotille, mais ils tiraient plutôt bien – du moins jusqu'à huit cents mètres.

« Monsieur C., ils ont encore du chemin à faire, mais ils ont l'état d'esprit. Deux semaines, et ils seront sur la bonne voie », déclara Chavez en lorgnant sa vodka d'un œil sceptique. Ils étaient au mess des officiers russes et il y avait de l'alcool en abondance.

« Rien que deux ?

– En deux semaines, ils auront tous affiné leurs compétences et ils maîtriseront les nouveaux armements. » Rainbow était en train d'acheminer cinq panoplies complètes d'armes pour le groupe de Spetsnaz : dix mitraillettes MP-10, des pistolets Beretta calibre 45 et, surtout, l'équipement radio qui permettait au groupe de communiquer même sous le feu. De leur côté, les Russes conservaient leurs fusils Dragunov, en partie par fierté, mais enfin ils fonctionnaient, et ils suffiraient bien pour la mission. « Le reste, ça s'acquiert avec l'expérience, John, et ça, on ne peut pas le leur donner. Tout ce qu'on peut faire, c'est leur établir un bon planning d'entraînement, pour le reste, ils se débrouilleront.

– Ma foi, personne n'a jamais dit que les Russkofs ne savaient pas se battre. » Clark éclusa son verre. La journée de travail était finie et tout le monde faisait pareil.

« Pas de veine que leur pays soit un tel bordel, observa Chavez.

– C'est à eux de faire leur ménage, Domingo. Et ils le feront si on reste pas dans leurs pattes. » *Enfin, sans doute.* Le plus dur, pour John, c'était de les envisager autrement que comme des ennemis. Il était déjà venu plusieurs fois brièvement à Moscou, aux mauvais jours, dans le cadre de missions secrètes « illégales » qui, après coup, lui semblaient aussi aventureuses que s'il s'était baladé à poil dans la Cinquième Avenue avec un écriteau proclamant qu'il haïssait les juifs, les Noirs et la police new-yorkaise. Mais à l'époque, c'était le boulot, rien de plus. Sauf que depuis, il avait vieilli, il était devenu grand-père et, de toute évidence, il était devenu bien plus trouillard que dans les années soixante-dix et quatre-vingt. Bon Dieu, les risques qu'il avait pu prendre, à l'époque ! Plus récemment, il avait eu l'occasion de se rendre au QG du KGB (pour lui, ça resterait toujours le KGB), au 2, place Dzerjinski, invité par le directeur. Bien sûr, Arthur, et la fois suivante, il embarquerait dans la soucoupe des extraterrestres qui se posait tous les mois dans sa cour et il accepterait leur invitation à déjeuner sur la planète Mars. Pour lui, c'était à peu près aussi incroyable.

« Ivan Sergueïevitch ! » lança une voix. C'était le général de corps d'armée Youri Kirilline, le nouveau chef des forces spéciales russes, un homme qui redéfinissait sa tâche à mesure qu'il la découvrait, ce qui n'était pas chose courante dans cette partie du monde.

« Youri Andreïevitch ! » répondit Clark. Il l'avait appelé en utilisant sa fausse identité du temps de la CIA par simple convenance, car John en était certain, les Russes savaient tout de lui. Donc, il n'y avait pas de mal à ça. Il leva la bouteille de vodka. Elle était à la pomme, parfumée par des pelures de fruits macérant au fond, et pas mauvaise du tout. De toute façon, la vodka était le carburant de toutes les réunions d'affaires en Russie, et puis il faut toujours faire comme les gens du pays.

Kirilline descendit son premier verre comme s'il l'avait attendu toute la semaine. Il l'emplit à nouveau puis le leva à la santé du compagnon de John : « Domingo Stepanovitch ! »

Ce qui n'était pas trop mal vu. Chavez lui rendit la pareille.

« Vos hommes sont excellents, camarade. Ils vont beaucoup nous apprendre. »

Camarades ! pensa John. *Le con !*

« Vos gars sont enthousiastes, Youri, et ils bossent dur.

– Combien de temps ? » coupa Kirilline. Ses yeux ne trahissaient pas le moins du monde l'absorption de vodka.

Peut-être qu'il est immunisé, songea Ding. Quant à lui, il fallait qu'il fasse gaffe, s'il ne voulait pas que John doive le raccompagner chez lui.

« Deux semaines, répondit Clark. C'est ce que m'a dit Domingo.

– Si vite ? » Kirilline avait l'air agréablement surpris.

« C'est une bonne unité, mon général, reprit Ding. Ils ont les compétences de base. Ils sont dans une condition physique impeccable, et ils sont intelligents. Tout ce qu'il leur faut, c'est se familiariser avec leurs nouvelles armes, et un entraînement un peu plus ciblé qu'on va leur préparer. Après ça, ils seront prêts à former le reste de vos forces, c'est bien cela ?

– Correct, commandant. Nous allons établir dans tout le pays des unités spéciales d'intervention et de contre-terrorisme. Les hommes que vous entraînez cette semaine en entraîneront d'autres dans quelques mois. Nous avons été pris de court par le problème tchétchène et nous devons désormais envisager avec sérieux la menace terroriste. »

Clark n'enviait pas Kirilline. La Russie était un vaste pays où subsistaient bien trop de nationalités héritées de l'ex-Union soviétique, voire de l'empire tsariste, dont une bonne part n'avaient jamais trop apprécié l'idée de devenir russes.

L'Amérique avait jadis connu ce problème mais pas avec cette ampleur et la situation en Russie n'allait pas s'améliorer de sitôt. La prospérité économique était le seul remède – les gens prospères ne se chamaillent pas, c'est trop risqué pour la porcelaine ou l'argenterie – mais la prospérité était encore loin.

« Eh bien, monsieur, poursuivit Chavez, dans un an d'ici, vous aurez une force solide et crédible, à condition que vous obteniez le financement nécessaire à sa mise en place. »

Kirilline bougonna. « C'est bien la question, et sans doute aussi dans votre pays, n'est-ce pas ? – Ouais. » Clark ne put retenir un rire. « Ça aide bien si le Congrès vous aime.

– Vous avez toute une pléiade de nationalités dans votre unité, observa le général russe.

– Ouais, enfin, on est essentiellement une unité de l'OTAN, mais on a l'habitude de travailler ensemble. Notre meilleur tireur est un Italien.

– Vraiment ? Je l'ai vu mais... »

Chavez le coupa. « Mon général, Ettore est la réincarnation de James Butler Hickock... » Devant la perplexité du général, il précisa : « Alias Wild Bill Hickock. Ce gars-là serait foutu de signer son nom à coups de pistolet. »

Clark remplit les verres. « Youri, il nous a tous piqué du fric au stand de tir. Même à moi. – Pas possible ? » observa Kirilline, songeur, avec dans le regard la même note d'incrédulité que Clark quelques semaines plus tôt. John lui tapa sur le bras.

« Je sais ce que vous pensez. Apportez des sous quand vous ferez un match avec lui, camarade général, conseilla John. Vous en aurez besoin pour lui régler ses paris.

– Ça, on verra, déclara le Russe.

– Hé, Eddie ! lança Chavez, hélant son second.

– Oui, mon commandant ?

– Dis voir au général ce que tu penses de l'ami Ettore.

– Cet enculé de Rital ! jura l'adjudant Price. Il a même réussi à piquer vingt livres à Dave Woods.

– Dave est notre instructeur de tir à Hereford, et il n'est pas mauvais, lui non plus, expliqua Ding. Ettore mériterait de participer aux jeux Olympiques... peut-être qu'on pourrait l'envoyer à Camp Perry, John ?

– J'y ai pensé, on pourrait envisager de l'inscrire à la Coupe du président l'an prochain... », fit Clark, songeur. Puis il se retourna vers le général : « Allez-y, Youri, lancez-lui un défi. Peut-être que vous réussirez là où nous avons tous échoué.

– Tous, hein ?

– Merde, tous, sans exception, confirma Eddie Price. Je me demande même pourquoi le gouvernement italien nous l'a refilé. Si la mafia veut lui faire la peau, je leur souhaite bien du plaisir, à ces salauds.

– Faut que je voie ça », persista Kirilline, au point que ses visiteurs en vinrent à s'interroger sur ses capacités mentales.

« Eh bien, vous verrez, *tovarichtch general* », promit Clark.

Kirilline, qui avait appartenu à l'équipe de tir de l'Armée rouge quand il était lieutenant puis capitaine, ne pouvait concevoir qu'on puisse le battre dans un match au pistolet. Il se disait que ces gars de l'OTAN devaient se moquer de lui, comme il aurait pu le faire s'il avait été à leur place. Il fit signe au barman et commanda de la vodka au poivre pour la prochaine tournée, qui était pour lui. Mais l'un dans l'autre, il aimait bien ces visiteurs de l'OTAN et leur réputation parlait pour eux. Ce commandant Chavez, par exemple (en fait, il était de la CIA, Kirilline le savait, et un bon espion, en plus, d'après sa fiche au SVR), lui faisait l'effet d'un bon soldat, avec une confiance acquise sur le terrain, comme il se doit pour un vrai militaire. Clark, pareil (et là aussi, un type fort capable, d'après son dossier), avec lui aussi une large expérience, tant de soldat que d'espion. En plus, son russe était superbe et très châtié : son accent de Saint-Pétersbourg lui aurait permis (lui avait sans doute permis, rectifia Kirilline) de passer pour un autochtone. C'était si étrange que de tels hommes aient pu jadis être ses ennemis jurés. S'ils avaient dû se battre, le combat aurait été sanglant, et son issue navrante. Kirilline avait passé trois ans en Afghanistan et il avait appris de première main jusqu'à quel point la guerre pouvait être horrible. Il avait entendu les récits de son père, général d'infanterie couvert de décorations, parler ce n'était pas la même chose que d'en être témoin, et d'ailleurs, on n'évoquait jamais les scènes les plus épouvantables parce qu'on avait tendance à les effacer de sa mémoire. Après quelques verres au comptoir, on n'évoquait pas le visage d'un pote qui se liquéfiait sous l'impact d'une balle : ce n'était pas vraiment le genre de truc qu'on pouvait décrire à quelqu'un qui ne comprendrait pas, et on n'avait pas besoin de le décrire à ceux qui comprenaient. Alors, on se contentait de lever son verre et de trinquer à la mémoire de Grisha, Mirka ou l'un des autres, et entre frères d'armes, c'était bien suffisant. Ces hommes l'avaient-ils fait ? Sans doute. Ils avaient déjà perdu des camarades, lorsque des terroristes irlandais avaient attaqué leur propre base. Attaque certes suicidaire mais à l'origine de lourdes pertes chez ces hommes pourtant surentraînés[1].

Et c'était tout l'enjeu du métier des armes. On s'entraînait pour faire pencher la balance de son côté, mais on ne pouvait jamais la faire basculer entièrement.

Venue à Taipei s'occuper de sa vieille mère gravement malade, Yu Chun avait passé une journée de cauchemar. Elle avait reçu un coup de fil affolé d'un voisin lui demandant d'allumer tout de suite sa télé, pour voir son mari se faire abattre d'une balle dans la tête devant ses yeux incrédules. Et cela n'avait été que la première de ses épreuves.

La suivante avait été de se rendre à Pékin. Les deux premiers vols pour Hongkong étaient complets, et cela l'avait forcée à poireauter quatorze heures, triste et solitaire, dans l'aérogare, visage anonyme perdu dans une mer de visages semblables, seule avec son chagrin, jusqu'à ce qu'enfin elle puisse embarquer pour la capitale chinoise. Ce vol n'avait pas été de tout repos et elle était restée blottie dans son fauteuil de la dernière rangée, contre la fenêtre, en espérant que personne ne

---

1. Cf. *Rainbow Six, op. cit. (N.d.T.)*.

remarquerait l'angoisse qui se lisait sur ses traits. Enfin, elle avait vu le bout de l'épreuve et avait réussi à descendre de l'avion. Elle avait même passé avec une relative facilité le barrage de la douane et de l'immigration car, faute de bagages, elle ne pouvait guère être soupçonnée de contrebande. Puis tout recommença lorsqu'elle prit le taxi pour rentrer chez elle.

Sa maison était littéralement cachée derrière un mur de policiers. Elle essaya de se glisser au travers comme on se faufile dans la queue au marché mais la police avait reçu l'ordre de ne laisser entrer personne dans l'immeuble, pas même ceux qui y logeaient. Il fallut vingt minutes et trois policiers successifs, de grade croissant, avant de parvenir à une décision. Il s'était maintenant écoulé trente-six heures depuis qu'elle était levée, dont vingt-deux de voyage. Pleurer ne servait pas à grand-chose dans sa situation et c'est la démarche titubante qu'elle se résolut à se rendre chez son voisin, un des paroissiens de son mari qui gérait un petit restaurant dans leur immeuble même. Wen Zhong était un grand bonhomme grassouillet, au caractère enjoué, apprécié de tous. Dès qu'il vit Chun, il l'étreignit et l'invita chez lui, proposant aussitôt une chambre pour dormir et quelques verres pour l'aider à se relaxer. Yu Chun s'endormit en quelques minutes. Sans doute allait-elle dormir quelques heures, estima Wen en se disant qu'il avait des choses à faire de son côté. La seule chose que la jeune femme avait réussi à lui dire avant de tomber d'épuisement était qu'elle voulait ramener sous leur toit la dépouille de Fa An pour lui offrir une sépulture décente. Cela, Wen ne pouvait le faire seul, mais par téléphone, il avertit d'autres paroissiens du retour de la veuve du pasteur. Il avait cru comprendre que l'inhumation devrait avoir lieu sur l'île de Taiwan, d'où était natif Yu. Mais il était exclu que ses fidèles puissent adresser un dernier adieu à leur chef spirituel bien-aimé sans organiser eux aussi une cérémonie : il donna donc une nouvelle série de coups de fil pour organiser un service funèbre dans le petit appartement où ils avaient coutume de se réunir pour prier. Il ne pouvait guère deviner qu'un des paroissiens appelé au téléphone rendait compte directement au ministère de la Sécurité d'État.

Barry Wise n'était pas mécontent de lui. Même s'il ne gagnait pas autant que ses collègues des prétendus « grands » réseaux, il estimait qu'il était largement aussi connu que leurs présentateurs vedettes (les Blancs, en tout cas) et qu'il émergeait du lot en étant, lui, un journaliste scrupuleux qui allait en reportage sur le terrain, qui trouvait lui-même ses sujets et qui écrivait ses papiers lui-même. Barry Wise était un journaliste à cent pour cent. Point final. Il avait un laissez-passer pour la salle de presse de la Maison-Blanche et dans presque toutes les capitales, on le considérait non seulement comme un reporter inflexible mais comme un professionnel qui n'affabulait pas. Si bien qu'il était tour à tour respecté et détesté, selon le pouvoir en place ou la culture dominante. Ce pouvoir-ci, estima-t-il, avait peu de raisons de le porter dans son cœur. À ses yeux, ce n'étaient que de sales barbares. Les flics de ce pays se croyaient de toute évidence investis d'un pouvoir de droit divin par les pontes du gouvernement qui s'imaginaient avoir une grosse queue, sous prétexte qu'ils pouvaient plier les autres à leurs exigences. Pour Wise, c'était au contraire le signe qu'on en avait une toute petite, mais ce n'était pas le genre de truc qu'on clamait sur les toits, parce que, petite ou pas, ils avaient en revanche des flics avec des pistolets et ces pistolets n'avaient pas une taille ridicule.

Ces types avaient toutefois d'énormes faiblesses, Wise le savait également. Ils observaient le monde avec un verre déformant et s'imaginaient que c'était la réalité. Ils étaient pareils à des scientifiques incapables de voir plus loin que leur théorie personnelle, qui s'échinent à plier les données expérimentales pour les faire coller à celle-ci, ou qui finissent par ignorer celles que leur théorie ne peut expliquer.

Mais ça allait changer. L'information filtrait. En autorisant la liberté du commerce, le gouvernement chinois avait également autorisé la pose d'une forêt de lignes téléphoniques. Bon nombre étaient reliées à des fax et un nombre encore plus grand à des ordinateurs, de sorte qu'une masse d'informations circulait dorénavant dans tout le pays. Wise se demanda si le pouvoir en avait bien mesuré toute les conséquences. Sans doute pas. Ni Marx ni Mao n'avaient vraiment compris le pouvoir de l'information, parce que c'était là qu'on trouvait la Vérité pour peu qu'on se donne la peine de creuser les choses, or la Vérité n'était pas la Théorie. La Vérité décrivait les choses telles qu'elles étaient en réalité, et c'est ce qui la rendait si désagréable. On pouvait la nier, mais uniquement à ses risques et périls parce que, tôt ou tard, elle vous revenait en pleine gueule. La nier ne faisait qu'aggraver l'inévitable parce que plus on tardait à l'admettre, plus le retour de bâton était violent. Le monde avait pas mal changé depuis les débuts de CNN. Jusqu'en 1980, un pays pouvait démentir n'importe quoi mais les signaux de la chaîne d'info, le son et surtout les images descendaient directement du ciel. On ne pouvait pas vraiment démentir des images.

Et voilà ce qui faisait de Barry Wise le croupier à la roulette de l'Information et de la Vérité. Il s'acquittait honnêtement de sa tâche, pour survivre au milieu de ses pairs, et parce que les clients l'exigeaient. Sur le libre marché des Idées, la Vérité finissait toujours par rester seule en lice, parce qu'elle n'avait pas besoin d'être soutenue. La Vérité se tenait toute seule quand, tôt ou tard, le vent faisait dégringoler les mensonges.

C'était un noble métier, estimait Wise. Sa mission était de témoigner pour l'Histoire, et en chemin, il avait l'occasion d'y apporter sa (modeste) contribution, raison supplémentaire pour qu'il soit redouté de ceux qui voulaient faire de l'Histoire leur chasse gardée. Cette idée le fit sourire. Il y avait quelque peu contribué, l'autre jour, en aidant ces deux prêtres. Il ignorait où cela mènerait. Ça, c'était la tâche des autres.

Pour sa part, il avait encore du boulot à faire en Chine.

29

Billy Budd[1]

« Bon, quelle catastrophe s'annonce encore là-bas ?

— Les choses devraient se tasser si l'autre camp fait preuve d'un minimum de jugeote, estima Adler avec espoir.

— En ont-ils ? lança Robby Jackson, coupant l'herbe sous le pied d'Arnie van Damm.

— Monsieur, la réponse n'est pas aisée. Sont-ils stupides ? Non, sûrement pas. Mais voient-ils les choses de la même façon que nous ? Sûrement pas non plus. C'est le problème de fond avec ces gens-là...

— Ouais, de vrais Klingons, observa Ryan laconique. Des extraterrestres. Nom de Dieu, Scott, comment prévoir ce qu'ils vont faire ?

— À vrai dire, on ne peut pas, admit le secrétaire d'État. Ce ne sont pas les experts de valeur qui nous manquent, mais le problème est qu'ils daignent accorder leurs violons lorsqu'on a une décision importante à prendre. Et ils n'y arrivent jamais », conclut Adler. Il fronça les sourcils avant de poursuivre : « Voyez-vous, ces types sont les monarques d'une autre culture.

---

1. Billy Budd, le marin : héros du roman éponyme d'Herman Melville, écrit sans doute de 1885 à 1891 et resté inachevé. On en a retrouvé le manuscrit en 1924, après le décès de l'auteur (N.d.T.).

Elle était déjà fort différente de la nôtre bien avant l'introduction du marxisme et les idées de notre vieil ami Karl n'ont fait qu'aggraver les choses. Ce sont des monarques parce qu'ils détiennent le pouvoir absolu. Il y a certes des limitations à ce pouvoir, mais nous ne les saisissons pas vraiment, et par conséquent, il nous est difficile d'en tenir compte ou de les exploiter. D'accord, ce sont des Klingons. Donc il nous faut un M. Spock. Quelqu'un en a un sous la main ? »

Autour de la table basse, ce fut le concert habituel de reniflements narquois qui accompagnent une observation pas spécialement humoristique ou aisément contournable.

« Pas de nouvelles de Sorge aujourd'hui ? » s'enquit van Damm.

Ryan secoua la tête. « Non. La source ne produit pas tous les jours.

— Dommage, observa Adler. J'ai discuté des données acquises par Sorge avec certains de mes spécialistes du renseignement... toujours dans le cadre de mes réflexions théoriques...

— Et ? fit Jackson.

— Et ils pensent que ce sont des spéculations crédibles mais qu'on ne peut pas non plus les prendre pour argent comptant. »

Là, ce fut la franche hilarité autour de la table.

« C'est toujours le problème avec les informations de valeur. Elles ne recoupent pas toujours les idées en cours chez les experts de votre propre camp... à supposer qu'ils en aient, observa le vice-président.

— Là, t'es injuste, Robby, nota Ryan.

— Je sais, je sais. » Jackson leva les mains en signe de reddition. « C'est juste que j'ai du mal à oublier la maxime favorite des espions : "J'y mettrai la tête à couper." On se sent toujours bien seul, là-haut dans le ciel, avec un chasseur collé à son siège, lorsqu'on risque sa vie sur la base d'un bout de papier avec l'opinion d'un type tapée dessus, quand on ne connaît ni le mec qui l'a pondue ni les données sur lesquelles il l'a fondée. » Il s'interrompit pour touiller son café. « Vous savez, dans la marine, on avait l'habitude de se dire, enfin, plutôt d'espérer que les décisions prises dans cette pièce où nous parlons étaient assises sur des données solides. C'est un peu décevant de découvrir à quoi ça ressemble en vrai.

— Robby, quand j'étais lycéen, je me souviens de la crise des missiles à Cuba. Je me rappelle m'être demandé si la planète allait sauter. Mais j'avais malgré tout à traduire une demi-page de cette putain de *Guerre des Gaules* de César et puis j'ai vu le président à la télé, et ça m'a tout de suite rassuré parce que, merde, c'était le président des États-Unis et qu'il devait sûrement être au courant. Alors, j'ai fait ma version latine et j'ai dormi du sommeil du juste. Le président sait parce qu'il est le président, d'accord ? Et puis, je suis moi-même devenu président, et j'en sais pas un pet de plus que le mois dernier, mais tout le monde (il fit un grand geste du bras) est persuadé que je suis omniscient... merde ! *Ellen !* » lança-t-il assez fort pour être entendu à travers la porte.

Celle-ci s'ouvrit sept secondes plus tard. « Oui, monsieur le président ?

— Je pense que vous savez, Ellen..., se contenta-t-il de dire.

— Oui, monsieur. » Elle fourra la main dans sa poche et en sortit le paquet rigide de Virginia Slims. Ryan en prit une, avec le briquet jetable glissé à l'intérieur. Il alluma la clope, tira une longue bouffée. « Merci, Ellen. »

Son sourire était franchement maternel. « À votre service, monsieur le président. » Et elle retourna vers le bureau des secrétaires, en refermant derrière elle la porte incurvée.

« Jack ?

– Oui, Rob ? fit Ryan en se retournant.

– C'est honteux.

– D'accord, non seulement je ne suis pas omniscient mais je ne suis pas parfait non plus, ronchonna-t-il après avoir tiré une deuxième bouffée. Bien. Revenons-en à la Chine.

– Ils peuvent se brosser pour décrocher la clause de la nation la plus favorisée, nota van Damm. Le Congrès te menacerait de destitution si tu t'avisais de la demander, Jack. Et tu peux te douter que le Capitole va proposer à Taiwan tous les systèmes d'armes qu'ils désireront acheter lors du prochain tour de table.

– Ça ne me pose pas de problème. Et de toute façon il était hors de question que je les fasse bénéficier de cette clause, sauf s'ils décident de cesser de se comporter en sauvages.

– Et c'est bien là le problème, leur rappela Adler. Ils pensent que les sauvages, c'est nous.

– Je sens venir les ennuis », conclut Jackson, devançant tous les autres. Ryan estima que c'était son passé de pilote de chasse qui le faisait réagir si vite. « Ils sont totalement déconnectés du reste du monde. La seule façon de les ramener sur terre, c'est de recourir à la manière forte. Pas spécialement contre la population mais à coup sûr contre ceux qui prennent les décisions.

– Or ce sont eux qui contrôlent les armes, nota van Damm.

– Bien compris, Arnie confirma Jackson.

– Bref, comment fait-on pour aplanir les choses ? demanda Ryan, cherchant encore une fois à recentrer le débat.

– On ne cède pas. On leur dit qu'on exige la réciprocité de l'ouverture commerciale, ou ils se retrouveront face à des barrières douanières. On leur dit que cette petite crise avec le nonce interdit toute concession de notre part, et qu'il n'y a pas à discuter. S'ils veulent commercer avec nous, il faudra qu'ils reculent, martela le secrétaire d'État. Ils n'aiment pas qu'on leur dise ce genre de choses, mais c'est la réalité, et ils doivent finir par l'admettre. Ils en sont d'ailleurs bien conscients, pour l'essentiel », conclut le ministre.

Ryan parcourut du regard la pièce et recueillit un concert d'assentiments. « Parfait, assurez-vous que Rutledge ait bien capté le message, dit-il à Eagle.

— Oui, monsieur » et le secrétaire d'État hocha la tête. Tout le monde se leva pour sortir. Le vice-président se laissa couler en bout de file.

« Hé, Rob..., lança Ryan à son vieux pote.

— Marrant, j'ai regardé la télé, hier soir, pour me changer les idées, et je suis tombé sur un vieux film, que je n'avais plus revu depuis que j'étais tout gosse.

— Lequel ?

— *Billy Budd*, d'après le roman de Melville. L'histoire de ce pauvre vieux marin qui finit par se faire pendre. J'avais oublié le nom de son navire.

— Ouais ? » Ryan aussi.

« C'était *Les Droits de l'homme*. Un rien grandiloquent, pour un rafiot. J'imagine que Melville y avait mis un doigt de malice, comme souvent les écrivains, mais au bout du compte, c'est quand même pour ça qu'on se bat, non ? Même la marine britannique ne se battait pas aussi bien que nous à l'époque. *Les Droits de l'homme*, répéta Jackson. Oui, c'est un noble sentiment.

— Quel rapport avec notre problème, Rob ?

— Jack, la première règle de la guerre est la mission : d'abord, qu'est-ce qu'on est allés foutre là-bas, et ensuite, qu'est-ce qu'on compte y faire ? Les droits de l'homme constituent un assez bon point de départ, tu trouves pas ? Au fait, CNN va tourner demain à l'église de papa et à celle de Gerry Patterson. Chacun va prendre la chaire de l'autre pour prêcher lors des cérémonies à la mémoire des défunts et CNN a décidé que ça constituait un événement en soi qui méritait bien un direct. Pas mal vu, estima Jackson. Quand j'étais gosse, c'était pas vraiment le climat, dans le Mississippi.

– Tu crois que ça va se passer comme tu dis ?

– Ce n'est qu'une supposition, admit Robby, mais je ne les vois pas rester sur la réserve, l'un comme l'autre. L'occasion est trop belle pour marteler que le Seigneur n'en a rien à cirer de la couleur de la peau, et que tous les hommes de bonne volonté doivent se serrer les coudes. Ils vont sans doute rajouter un couplet sur l'avortement – p'pa n'en est pas un fervent défenseur et Patterson non plus – mais ils vont surtout s'étendre sur la justice, l'égalité, et l'exemple de ces deux saints hommes qui ont rejoint Dieu après avoir accompli leur devoir.

– Ton père s'y entend en matière de sermons, hein ?

– Si on décernait un prix Pulitzer du prêche, il en aurait tout un mur, Jack, et Gerry Patterson n'est pas mauvais non plus – pour un Blanc... »

« Ah », observa Efremov. Il planquait dans l'immeuble plutôt que dans un des véhicules. C'était plus confortable et il était assez ancien dans le service pour mériter et apprécier d'avoir ses aises. Suvorov/Koniev était bien là, installé sur le banc, un quotidien du soir entre les mains. Ils n'avaient pas besoin de surveiller, mais ils surveillaient malgré tout, par précaution. Bien sûr, il y avait des milliers de bancs dans les squares ou les parcs de Moscou, et la probabilité que leur sujet revienne s'asseoir par hasard toujours sur le même était infime. C'est ce qu'ils pourraient plaider devant les juges le jour du procès... selon ce que le sujet tenait dans la main droite (son dossier du KGB le disait droitier et ce semblait bien être le cas). Il était si adroit qu'on avait du mal à deviner ce qu'il faisait, mais il le fit, et devant témoins. Sa main droite abandonna le journal, se glissa dans son veston et en ressortit un objet métallique. Puis la main marqua un bref temps d'arrêt, le temps de tourner la page (histoire de distraire un éventuel observateur, car l'œil humain était toujours attiré par le mouvement), avant de se faufiler sous le banc pour fixer le boîtier métallique au plot aimanté, puis de revenir saisir le journal, tout cela dans le même geste fluide, accompli si vite que la manipulation était indétectable. Enfin, presque, rectifia Efremov. Il avait déjà coincé des espions – quatre en tout, ce qui expliquait sa promotion au poste de commissaire – et chaque affaire avait eu son lot d'émotions, parce qu'il s'agissait de chasser et de capturer un gibier particulièrement insaisissable. Et celui-ci, qui avait été formé en Russie, était le plus insaisissable de tous. Ce serait pour Efremov le premier du genre, et il y avait un frisson supplémentaire à capturer non seulement un espion mais un traître... et qui sait, un traître coupable d'assassinat. Là aussi, encore une première. Selon lui, espionner n'impliquait pas de violer la loi. Non, une opération de renseignements consistait à opérer un transfert d'information, ce qui était déjà bien assez risqué. Y rajouter le meurtre était un risque supplémentaire et inutile pour un espion entraîné. C'était bruyant, or l'espion fuyait le bruit tout autant qu'un monte-en-l'air, et pour les mêmes raisons.

« Appelle Provalov », ordonna Efremov à son subordonné. Deux raisons. D'abord, il avait une dette vis-à-vis de l'inspecteur de la milice, qui lui avait refilé aussi bien l'affaire que le sujet. Ensuite, le flic pouvait connaître des détails utiles à sa partie de l'enquête. Ils continuèrent d'observer Suvorov/Koniev pendant dix minutes encore. Puis ce dernier se leva et retourna prendre sa voiture pour regagner son appartement, toujours dûment suivi par les véhicules de filature en rotation permanente. Après les quinze minutes réglementaires, un des hommes d'Efremov traversa la rue et récupéra le réceptacle sous le banc. Il était de nouveau cadenassé, indication que le contenu était peut-être plus important. Il fallait contourner le dispositif anti-effraction pour éviter la destruction de celui-ci, mais le SFS avait du personnel expérimenté et la clef d'ouverture du boîtier avait déjà été trouvée. Ils en eurent la confirmation vingt minutes plus tard, avec l'ouverture de celui-ci et la récupération des documents. Lesquels furent dépliés, photographiés, repliés, réintroduits et finalement reverrouillés dans la boîte qui fut aussitôt rapportée en voiture pour réintégrer son emplacement sous le banc.

Dans l'intervalle, au QG de la Sécurité fédérale, l'équipe de décryptage entrait le message dans un ordinateur qui contenait déjà la séquence de code à usage unique. Ensuite, il ne fallut que quelques secondes pour que la machine réalise une fonction assez analogue à la superposition du document avec une grille de lecture. Le texte en clair, bonne surprise, était en russe. Sa teneur en était une autre

« Putain de ta mère ! » s'exclama le technicien. Puis il tendit la page à l'un de ses supérieurs dont la réaction fut un tantinet différente. Ensuite, il se rendit au téléphone et composa le numéro d'Efremov.

« Paul Georgevitch, il faut que vous voyiez ça. »

Provalov était là quand le chef du service du chiffre entra.

Le texte décodé était dans une chemise en papier kraft, que le patron du chiffre lui tendit sans un mot.

« Eh bien, Pasha ? demanda l'enquêteur de la Brigade criminelle.

– Eh bien, nous avons déjà la réponse à notre première question. »

Le message disait :

La voiture a été achetée chez le même concession-naire du centre de Moscou. Il n'y a rien à redire de ce

côté. Les hommes qui ont accompli la mission sont tous les deux morts à Saint-Pétersbourg. Avant que je puisse envisager une nouvelle tentative, j'aurais besoin que vous me précisiez le délai, ainsi que les modalités de paiement à mes commanditaires.

« Donc, Golovko était bien la cible, observa Provalov. Et le patron du renseignement de notre pays doit la vie à un maquereau...

– Apparemment, oui, reconnut Efremov. Notez qu'il ne réclame pas lui-même de paiement. J'imagine qu'il a dû être gêné aux entournures d'avoir raté sa cible à la première tentative.

– Donc, il travaille pour les Chinois ?

– C'est bien ce qu'il semble également », observa le commissaire du SFS, réprimant un frisson intérieur. Pourquoi les Chinois feraient-ils une chose pareille ? N'est-ce pas pour ainsi dire un acte de guerre ? » Il se carra dans son siège, alluma une cigarette et regarda son collègue au fond des yeux.

Aucun des deux hommes ne savait quoi dire. D'ici peu, la situation ne serait plus de leur ressort. L'un et l'autre se levèrent pour rentrer dîner.

Le matin était plus éclatant que d'habitude à Pékin. Mme Yu avait réussi à dormir d'un sommeil réparateur et même si elle se réveilla avec une légère migraine, elle sut gré à Wen de lui offrir un ou deux verres avant de se retirer. Puis elle se rappela soudain la raison de sa présence à Pékin et toute sa bonne humeur disparut. Le petit déjeuner se réduisait à du thé vert, qu'elle but, le nez dans sa tasse, hantée par le souvenir de la voix de son époux qu'elle n'entendrait plus jamais. Lui qui avait toujours été enjoué au moment du repas matinal, ne manquant jamais, comme elle à l'instant, de rendre grâce au ciel pour ce repas et de remercier Dieu de lui accorder un autre jour pour Le servir. Tout cela était bien fini. Mais elle aussi avait des devoirs à accomplir.

« Que pouvons-nous faire, Zhong ? demanda-t-elle dès l'apparition de son hôte.

– Je vais vous accompagner au poste de police et nous réclamerons la dépouille de Fan An, puis je vous aiderai à rapatrier notre ami vers sa terre natale, et nous organiserons un service religieux à sa mémoire dans...

– Non, vous ne pouvez pas, Zhong. La police interdit tout accès. Même moi, ils ont refusé de me laisser passer, malgré mes papiers en règle.

– Alors, nous tiendrons la cérémonie dans la rue, et ils nous regarderont prier pour notre ami », décréta le restaurateur avec une tranquille résolution.

Dix minutes plus tard, elle était prête à partir. Le poste de police n'était qu'à quatre rues, dans un immeuble en tous points banal, à l'exception de la plaque surmontant la porte.

« Oui ? » fit le planton en notant la présence de visiteurs devant son bureau. Il leva les yeux des formulaires qui mobilisaient son attention depuis plusieurs minutes et découvrit un homme et une femme à peu près du même âge.

« Je suis Yu Chun, annonça Mme Yu, qui remarqua aussitôt un vague intérêt dans les yeux du planton.

– Tu es la femme de Yu Fa An ?

– C'est exact.

– Ton mari était un ennemi du peuple », répondit alors le flic, sûr au moins de ce fait, mais c'était bien à peu près sa seule certitude dans cette affaire gênante.

« Je ne le crois pas, mais tout ce que je réclame, c'est son corps, afin de pouvoir le rapatrier en avion et l'inhumer auprès des siens.

– J'ignore où se trouve le corps.

– Il a été abattu par un policier, intervint Wen, son corps est donc entre les mains de la police. Aussi, pourrais-tu avoir l'amabilité, camarade, de téléphoner au

650

service compétent, afin de nous permettre de récupérer la dépouille de notre ami ? » Tout cela sur un ton des plus accommodants.

Mais ce dernier ignorait sincèrement quel numéro appeler, de sorte qu'il prévint un collègue du service administratif. Il répugnait certes à le faire avec ces deux civils plantés devant son bureau, mais il n'avait guère le choix.

« Oui ? répondit une voix, à la troisième sonnerie de l'interphone.

– Ici le sergent Jiang, à l'accueil. J'ai ici une certaine Yu Chun qui vient réclamer le corps de son mari, Yu Fa An. J'ai besoin de savoir où l'orienter. »

La réponse prit quelques secondes à l'homme à l'autre bout du fil. Il devait se rappeler... « Ah oui, dis-lui qu'elle peut se rendre sur les rives de la rivière Da Yuhne. Le corps a été incinéré et les cendres balancées dans l'eau hier soir.

– Le corps de Yu Fa An a été incinéré et ses cendres dispersées dans la rivière, camarade.

– Mais c'est cruel ! » s'écria Wen. Sur le coup, Chun était trop abasourdie pour réagir.

« Je ne peux pas vous aider plus, dit Jiang à ses visiteurs avant de retourner à sa paperasse, leur signifiant ainsi la fin de l'entretien.

– Où est mon mari ? réussit à balbutier Yu Chun au bout d'une trentaine de secondes de silence.

– Le corps de ton mari a été incinéré et ses cendres dispersées, répéta Jiang sans lever les yeux, car il ne voulait surtout pas soutenir son regard en de telles circonstances. Je ne peux pas t'aider plus. Vous devez sortir, à présent. »

Mais elle insista : « Je veux mon mari !

– Ton mari est mort et sa dépouille a été incinérée. Allez, déguerpissez, maintenant ! insista le sergent, qui aurait bien voulu qu'elle file pour pouvoir reprendre son boulot.

– Je veux mon mari, répéta-t-elle plus fort, attirant sur elle des regards dans le hall.

– Il est parti, Chun, lui murmura Wen Zhong qui lui prit le bras pour la conduire vers la porte. Venez, nous prierons pour lui dehors.

– Mais pourquoi a-t-il, je veux dire, pourquoi ont-ils... »

Elle en avait trop subi en l'espace de vingt-quatre heures.

Malgré cette nuit de sommeil, Yu Chun était encore perdue. Son époux depuis plus de vingt ans avait disparu, et voilà qu'elle ne pouvait même pas voir l'urne contenant ses cendres... C'en était trop pour une femme qui n'avait jusqu'ici jamais effleuré un policier dans la rue, jamais commis la moindre infraction – sinon peut-être d'être chrétienne... mais quel mal y avait-il à cela ? Un de leurs paroissiens s'était-il jamais rendu coupable d'atteinte à la sûreté de l'État ? Non. Alors, pourquoi était-ce tombé sur elle ? Elle avait l'impression qu'un camion venait de la renverser en pleine rue et qu'on avait décrété qu'elle était responsable de l'accident.

Elle n'avait aucun choix, aucun recours, légal ou non. Ils ne pouvaient même plus retourner chez elle, cet appartement dont le salon leur avait souvent tenu lieu de chapelle, afin d'y prier pour le salut de l'âme de Yu et implorer la miséricorde divine. Faute de mieux, ils iraient prier... où ? se demanda-t-elle. Chaque chose en son temps. Elle et Wen ressortirent, fuyant tous ces regards qui avaient convergé sur eux dans le hall comme une volée de balles. Ces regards pesants furent bien vite oubliés mais le soleil à l'extérieur était comme un nouvel intrus dans ce qui aurait dû être un jour de recueillement et de prière solitaire adressée à Dieu dont la pitié n'était pas vraiment manifeste en cet instant. Mais au lieu de cela, l'éclat du soleil lui blessait les yeux, instillant une lumière indésirable dans les ténèbres qui auraient dû lui inspirer, sinon lui accorder, l'apaisement. Elle avait son billet de retour pour Taipei via Hongkong, où elle pourrait au moins pleurer auprès de sa mère qui attendait la mort, elle aussi, car elle était de santé précaire et avait dépassé les quatre-vingt-dix ans.

Pour Barry Wise, la journée avait commencé depuis longtemps. Ses collègues d'Atlanta l'avaient porté aux nues à propos de son dernier reportage. Peut-être un nouvel Emmy en perspective, disaient-ils dans leur mail. Wise appréciait certes les trophées mais ils n'étaient pas la raison de son travail. Non, il le faisait, c'est tout. Il n'aurait même pas pu dire qu'il l'aimait, car les informations qu'il rapportait étaient rarement gaies ou agréables. C'était juste son boulot, celui qu'il avait choisi. S'il y avait un aspect qu'il appréciait, c'était bien la nouveauté. Tout comme les spectateurs se levaient chaque jour en se demandant ce qu'ils allaient voir sur CNN, des résultats de base-ball aux exécutions capitales, il s'éveillait lui aussi chaque jour en se demandant quel sujet il allait traiter. Il avait souvent une idée de l'endroit et du thème approximatif, mais on n'était jamais sûr à cent pour cent, et c'était dans cet aspect inédit que résidait dans ce boulot l'aventure. Il avait appris à se fier à son instinct, même s'il ne savait pas trop d'où il venait ni comment il fonctionnait, mais toujours est-il que son instinct lui soufflait aujourd'hui que l'une des victimes de la fusillade de la veille lui avait dit être marié, et que son épouse se trouvait à Taiwan. Peut-être serait-elle déjà revenue ? Cela valait le coup d'essayer. Il avait essayé de convaincre Atlanta de contacter le Vatican mais de toute façon, ce serait le bureau de Rome qui s'en chargerait. L'avion rapatriant la dépouille du cardinal DiMilo volait déjà vers l'Italie où sans nul doute quelqu'un ferait des pieds et des mains pour que CNN couvre l'événement en direct et l'enregistre pour le rediffuser au moins dix fois de suite à travers toute la planète.

Il y avait une machine à café dans sa chambre. Il ouvrit le paquet récupéré au bureau local de la chaîne et s'en prépara. Comme chez bien des gens, le café l'aidait à réfléchir.

OK, donc, pour l'Italien, le cardinal, c'était une affaire réglée : le corps était parti, le cercueil avait été expédié par un 747 d'Alitalia qui devait à l'heure actuelle survoler l'Afghanistan. Mais l'autre, le Chinois, le pasteur baptiste qui s'était pris une balle dans la tête ? Il avait bien dû laisser un cadavre, lui aussi, et puis il avait des paroissiens... et surtout, il avait dit qu'il était marié. Donc, il devait avoir une veuve quelque part, qui voudrait récupérer la dépouille pour l'inhumer. Alors, il pourrait toujours tenter de l'interviewer... ça ferait un bon enchaînement, qui permettrait à Atlanta de resservir les images du massacre. Il était sûr que le pouvoir de Pékin l'avait inscrit sur leur liste officielle d'emmerdeurs patentés, mais qu'ils aillent se faire foutre, se dit Wise en dégustant son café. C'était plutôt un compliment, non ? Ces mecs étaient racistes comme tout. Jusqu'aux passants qui s'écartaient sur son passage, en voyant sa peau noire. Même à Birmingham au temps de Bull Connor, on ne traitait pas les Noirs américains comme des extraterrestres débarqués d'une autre planète. Ici, tout le monde se ressemblait, tout le monde s'habillait pareil, s'exprimait pareil. Merde, ils auraient bien besoin de quelques Noirs, rien que pour relever un peu la sauce. Plus des Suédois bien blonds sans oublier quelques Italiens pour monter un restaurant correct...

Enfin, sa tâche n'était pas de civiliser le monde, juste de raconter aux gens ce qui s'y passait. Le sujet du jour n'était pas les négociations commerciales. Aujourd'hui, avec son équipe et leur fourgon-satellite, ils allaient retourner chez le révérend Yu Fa An. Une intuition. Sans plus. Mais ses intuitions l'avaient rarement trompé.

Ryan goûtait une deuxième soirée tranquille. Mais c'était la dernière. Il devait se taper une nouvelle allocution de politique étrangère. Pourquoi ne pouvait-il se contenter d'annoncer celle-ci par un communiqué de presse, et basta ? Personne encore n'avait pu le lui expliquer – du reste, il n'avait pas demandé, par peur de passer (une fois de plus) pour un crétin aux yeux d'Arnie. C'était comme ça, point final. Le discours et le sujet n'avaient rien à voir avec l'identité du groupe auquel il s'adressait. Il devait certainement y avoir une façon plus simple d'informer le monde de ses opinions. De ce côté-là aussi, Cathy ne pouvait que partager son point de vue. Elle en était venue à détester ces simagrées encore plus que lui, parce que ça la détournait de son travail et de ses malades. Elle se plaignait souvent que ses obligations d'épouse de président nuisaient à l'exercice de sa profession de chirurgien. Jack se refusait à y croire. C'était plutôt que, comme toutes les femmes, Cathy avait besoin d'un sujet pour passer ses nerfs, et ce sujet-là était quand même autrement plus sérieux que ses plaintes plus triviales, comme de ne pas pouvoir faire la cuisine de temps à autre (ce qu'elle regrettait pourtant bien plus que n'auraient pu l'admettre les militantes du MLF). C'est que Cathy avait passé plus de vingt années à apprendre à être un cordon-bleu, et dès qu'elle en avait le loisir (rarement), elle se glissait dans les vastes cuisines de la Maison-Blanche pour échanger idées et recettes avec le maître coq. Pour l'heure, toutefois, elle était blottie dans un fauteuil confortable, où elle annotait les dossiers de ses patients tout en dégustant un verre de vin, tandis que

Jack regardait la télé. Et pour une fois, sans avoir sur le dos les gardes du corps et les domestiques.

Mais Jack ne regardait pas vraiment la télé. Ses yeux étaient braqués vers le poste, mais il avait l'esprit ailleurs. C'était un regard qu'elle avait appris à connaître au cours de l'année écoulée, analogue à ce demi-sommeil, les yeux ouverts, lorsque son cerveau triturait un problème. À vrai dire, elle faisait cela, elle aussi : réfléchir à la meilleure façon de traiter le cas d'un patient, alors qu'elle déjeunait à la cafétéria de l'hôpital. Son cerveau créait une image, comme dans un dessin animé, simulant le problème et cherchant des solutions théoriques. Mais ça ne lui arrivait plus aussi souvent. Les applications du laser qu'elle avait contribué à développer en arriveraient bientôt au point où un appareillage automatique pourrait réaliser les interventions – ce n'était pas une nouvelle que ses collègues ou elle clamaient sur les toits, évidemment. La médecine devait continuer à s'entourer d'une aura, sinon vous perdiez le pouvoir de dire à vos patients ce qu'il convenait de faire sur un ton qui vous garantissait qu'ils le feraient.

Pour une raison que Cathy ne s'expliquait pas, cela ne s'appliquait pas à la fonction présidentielle. Enfin les membres du Congrès le soutenaient la plupart du temps – c'était bien la moindre des choses, du reste, puisque les demandes de Jack étaient en général des plus raisonnables – mais pas toujours, et souvent pour les raisons les plus futiles. « C'est peut-être bien pour le pays, mais ce n'est pas bien pour ma circonscription, aussi... » Et ils oubliaient illico qu'à leur arrivée à Washington, ils avaient prêté le serment de servir leur pays, et pas leur ridicule petite circonscription. Quand elle s'en était ouverte à Arnie, il avait éclaté de rire avant de lui expliquer comment les choses se passaient dans le monde concret – comme si un médecin ne le savait pas ! fulmina-t-elle. Bref, Jack devait faire la part de ce qui était concret et de ce qui ne l'était pas et ne le serait jamais. Les affaires étrangères, par exemple. Il était bien moins difficile pour un homme marié d'avoir une aventure extraconjugale que de vouloir raisonner avec les dirigeants de certains pays. Autant dans le premier cas vous pouviez toujours vous dire que c'était fini au bout de trois ou quatre fois, autant ces fichus chefs d'État vous collaient aux basques avec stupidité.

C'est au moins un des avantages de la médecine. Tous les docteurs de la planète traitent en gros les patients de la même manière parce que le corps humain est le même partout et qu'un traitement efficace à Baltimore le sera tout autant à Berlin, Moscou ou Tokyo, même si les patients n'ont pas la même tête et ne parlent pas la même langue... Dans ce cas, pourquoi ne pouvaient-ils pas penser de la même façon ? Ils avaient pourtant la même cervelle. Cette fois, c'était à son tour de bougonner, comme souvent son mari.

« Jack ? » Elle reposa ses notes.

« Ouais, Cathy ?

– À quoi tu penses ? »

En gros que j'aimerais bien qu'Ellen Sumter soit là avec une cigarette. Mais il ne pouvait lui dire qu'il fumait en cachette dans le Bureau Ovale ; si elle s'en doutait, elle n'en laissait rien paraître, car elle n'était pas du genre à vouloir lui chercher querelle, et de toute manière il ne fumait jamais devant elle ou les gosses. Cathy lui passait ses faiblesses, pourvu qu'il s'y adonne avec la plus extrême modération. Mais sa question portait sur la cause de ce besoin de nicotine.

« À la Chine, chérie. Ils ont franchement piétiné les plates-bandes, ce coup-ci, mais ils ne semblent pas se rendre compte de l'étendue des dégâts.

– Ils ont quand même tué ces deux personnes...

– Tout le monde n'attache pas le même prix à la vie, Cathy.

– Les toubibs chinois que j'ai pu rencontrer... ma foi, ce sont des médecins, et on discute entre nous comme des médecins.

– Je suppose... » Ryan vit apparaître un écran publicitaire durant l'émission qu'il faisait semblant de regarder et il se leva pour monter à la cuisine de l'étage se chercher un nouveau bourbon. « Je te ressers, chou ?

– Oui, volontiers. » Avec son sourire sapin-de-Noël.

Jack prit le verre de vin de sa femme. Donc elle n'avait rien de prévu pour le lendemain. Elle avait fini par apprécier le chardonnay-château-sainte-michelle qu'ils avaient découvert à Camp David. Pour lui, ce soir, c'était du bourbon Wild Turkey avec des glaçons. Il aimait cette odeur âcre du seigle et du maïs, et ce soir il avait renvoyé le personnel pour savourer le luxe de se préparer lui-même son verre...

Il aurait même pu se faire un sandwich au beurre de cacahuètes, s'il avait voulu. Il redescendit avec les deux verres, en profita pour caresser la nuque de sa femme, déclenchant comme toujours chez elle ce si charmant frisson.

« Alors, qu'est-ce qui va se passer en Chine ?

– On le découvrira de la même façon que tout le monde : en regardant CNN. Sur certains coups, ils sont bien plus rapides que nos espions. Et nos agents ne savent guère mieux prédire l'avenir que les courtiers de Wall Street. » *Sinon, il y a beau temps que t'aurais repéré cet oiseau rare chez Merrill Lynch. À la ribambelle de milliardaires poireautant devant son bureau.*

« Alors, qu'est-ce que t'en penses, toi ?

– Je suis préoccupé, Cathy, avoua Ryan en se rasseyant.

– Par quoi ?

– Par ce que nous serons amenés à faire s'ils se remettent à déconner. Mais on ne peut pas leur lancer d'avertissement. Cela ne ferait que précipiter la catastrophe, ils seraient foutus de commettre une bêtise rien que pour nous prouver leur force. C'est ainsi avec les États. On ne peut pas les raisonner comme des individus. Les gens qui prennent les décisions là-bas réfléchissent avec...

– Leur queue ? lança Cathy avec un petit rire.

– Ouaip. » Jack hocha la tête. « Beaucoup suivent leur queue, où qu'elle puisse les mener, du reste. Nous connaissons plusieurs dirigeants étrangers dont les manies les feraient éjecter de n'importe quel bordel bien tenu. Ils adorent montrer à tout le monde comme ils sont durs et virils, et pour ça, ils se comportent comme des bêtes...

– Avec leurs secrétaires ? »

Ryan acquiesça. « Bon Dieu, le président Mao se tapait des jeunes vierges de douze ans comme on change de chemise. J'imagine qu'à son âge, c'était tout ce qu'il pouvait faire...

– Il n'y avait pas de Viagra à l'époque, remarqua Cathy.

– Ah bon, t'espères que ce médicament va aider à rendre le monde plus civilisé ? » lança-t-il avec un sourire ironique. Ça paraissait improbable.

« Disons que ça contribuera à protéger pas mal de gamines de douze ans. »

Jack regarda sa montre. Encore une demi-heure avant l'extinction des feux.

D'ici là, peut-être qu'il pourrait vraiment regarder la télé pendant un petit moment.

Rutledge venait de se lever. Sous sa porte, on avait glissé une enveloppe qu'il ramassa et ouvrit. C'était un communiqué officiel du Département d'État, ses instructions pour la journée, qui n'étaient pas terriblement différentes de celles de la veille. Pas question de faire la moindre concession, ce qui était pourtant le seul lubrifiant des discussions avec les Chinois. Il fallait leur donner quelque chose en échange si l'on voulait obtenir quoi que ce soit mais les Chinois ne semblaient pas se rendre compte qu'un tel principe valait dans les deux sens. Rutledge se dirigea vers la salle de bains en se demandant s'il régnait un climat identique avec les diplomates allemands en mai 1939. Quelqu'un aurait-il pu empêcher la guerre d'éclater ? Sans doute pas. Certains chefs d'État étaient trop stupides pour saisir ce que leur disaient leurs diplomates, ou peut-être que l'idée d'une guerre ne déplaisait pas à tout le monde. Enfin, même la diplomatie avait ses limites.

Le petit déjeuner fut servi une demi-heure plus tard, ce qui laissa à Rutledge tout le temps voulu pour se doucher et se raser de près. Ses collaborateurs étaient déjà dans la salle de séjour. La plupart lisaient les journaux pour se tenir au courant de ce qui se passait au pays. Ils savaient déjà, ou croyaient savoir, ce qui allait se passer ici. Beaucoup de bruit pour rien. Rutledge partageait cette opinion. Il se trompait, lui aussi.

30

Et les droits de l'homme

« T'as l'adresse ? » demanda Wise à son opérateur, qui était au volant. C'était lui le chauffeur de l'équipe, à cause de sa main sûre et de son véritable génie pour flairer les embouteillages.

« Je l'ai, Barry, t'inquiète. » Mieux encore, Pete l'avait rentrée dans leur système de navigation par satellite pour que l'ordinateur leur indique l'itinéraire. Le monde conquis par les ondes, songea Wise, avec un sourire ironique.

« Ça sent la pluie, observa-t-il.

— Bien possible, convint le producteur.

— À votre avis, qu'est-ce qui est arrivé à la nana qui a eu le bébé ? demanda le cadreur, à l'avant.

— Elle est sans doute chez elle avec sa gamine, à l'heure qu'il est. J'ai pas l'impression qu'ils les gardent longtemps à l'hosto, dans ce pays, spécula Wise. Le problème, c'est qu'on ignore où elle crèche. Pas moyen de creuser le sujet dans cette direction. » Et c'était vraiment pas de veine, aurait pu ajouter Wise. Ils avaient bien le nom de famille, Yang, sur la cassette originale, mais les prénoms des deux époux étaient inaudibles.

« Ouais, je parie qu'il y a une tripotée de Yang dans l'annuaire.

— C'est probable », admit Wise. Il n'aurait même

661

pas su dire s'il existait l'équivalent d'un annuaire téléphonique à Pékin, ou si la famille Yang avait le téléphone, et de toute façon, personne dans son équipe ne savait déchiffrer les idéogrammes chinois. Bref, ils étaient dans une impasse.

« Encore deux rues, annonça le cadreur au volant. Plus qu'à tourner à gauche... là... »

La première chose qu'ils aperçurent, ce fut une masse d'uniformes kaki : la police locale, alignée comme des sentinelles en faction, ce qui était du reste le cas. Ils garèrent la camionnette et descendirent ; aussitôt on les scruta comme s'ils débarquaient d'une soucoupe volante. Pete Nichols avait déjà sa caméra calée sur l'épaule, ce qui ne contribua pas vraiment à ravir les flics : on les avait mis au courant des agissements de l'équipe de CNN à l'hôpital Longfu, si funestes pour l'image de la Chine populaire. Tant et si bien qu'ils leur jetaient des regards venimeux – qui n'auraient pu mieux convenir aux objectifs de Wise et de son équipe.

Le journaliste s'avança tranquillement vers le plus galonné de la bande.

« Bonjour », lança-t-il aimablement.

Le brigadier se contenta de hocher la tête. Son visage était parfaitement neutre.

« Pourriez-vous nous rendre service ?

– Quel service ? » demanda le flic dans son anglais hésitant, aussitôt furieux d'avoir ainsi admis qu'il connaissait la langue. Il aurait mieux fait de jouer les idiots, se rendit-il compte quelques secondes plus tard.

« Nous cherchons une certaine Mme Yu, la veuve du révérend Yu qui habitait ici.

– Pas ici, répondit le brigadier avec un signe de dénégation. Pas ici.

– Dans ce cas, nous attendrons », lui annonça Wise.

« Monsieur le ministre », dit Rutledge en guise de salut.

Shen était en retard, ce qui surprit la délégation américaine. Cela pouvait indiquer qu'il adressait un message à ses hôtes visant à leur signifier leur piètre importance. Il pouvait aussi avoir dû attendre les nouvelles instructions du Politburo ; ou peut-être simplement sa voiture avait-elle refusé de démarrer ce matin. Pour sa part, Rutledge penchait vers l'option numéro deux. Le Politburo voulait être tenu au courant de l'avancée des discussions. Shen Tang avait sans doute une influence modératrice, en expliquant à ses collègues que la position américaine, si injuste fût-elle, serait difficile à ébranler dans ce round de négociations, et donc que le choix le plus avisé, à long terme, serait d'accepter d'emblée la position adverse, quitte à rattraper les pertes lors du prochain round, dans un an – après tout, avait-il dû leur dire, de tous les facteurs historiques, c'était sans doute le sens du fair-play des Américains qui leur avait coûté le plus de négociations.

C'était en tout cas ce que Rutledge aurait fait à sa place et il savait que Shen n'était pas un imbécile. En fait, c'était un technicien compétent en matière de diplomatie, capable d'évaluer rapidement une situation. Il devait bien se douter – non, rectifia Rutledge, il devait savoir, en tout cas, il aurait dû – que la position américaine était guidée par son opinion publique et que cette opinion publique était hostile à la Chine populaire parce que le gouvernement de ce pays avait commis une énorme gaffe. Alors, s'il avait réussi à faire admettre ses vues au reste du Politburo, il allait ouvrir la séance par une concession symbolique, propre à indiquer l'orientation des débats, ce qui permettrait à Rutledge de lui reprendre quelques points avant la clôture de la séance de l'après-midi. C'est ce que ce dernier espérait parce que ça lui permettrait d'atteindre son objectif sans trop d'histoires, ce qui ne pourrait que le faire bien voir de ses supérieurs. Il prit donc une dernière gorgée de thé et se rencogna dans son siège, attendant que Shen entame les discussions du matin.

« Nous avons du mal à comprendre la position américaine sur cette affaire comme sur bien d'autres... »

Oh-oh...

« À bien des égards, l'Amérique a choisi d'attenter à notre souveraineté. Tout d'abord, la question de Taiwan... »

Rutledge écouta la traduction simultanée. Donc, Shen n'avait pas réussi à convaincre le Politburo d'adopter une stratégie raisonnable. Ce qui signifiait encore une journée de discussions infructueuses et peut-être (même si c'était encore peu probable) l'échec complet des négociations. Si l'Amérique était incapable de soutirer des concessions à la Chine et se trouvait par conséquent obligée de recourir à des sanctions, ce serait ruineux pour les deux camps et cela ne risquait pas de favoriser la détente internationale. La tirade de son interlocuteur dura trente-sept minutes, montre en main.

« Monsieur le ministre, commença Rutledge quand fut venu son tour. J'ai moi aussi du mal à comprendre votre intransigeance... » Il poursuivit de même sur sa voie bien balisée, n'introduisant qu'une légère variante lorsqu'il précisa : « Nous tenons à vous avertir qu'à moins que la Chine n'autorise l'ouverture de ses marchés à l'importation de produits américains, mon gouvernement se verra contraint de recourir aux dispositions de la loi de réforme du commerce extérieur... »

Rutledge vit le visage de Shen se colorer légèrement. Pourquoi ? Il devait être au courant de la nouvelle règle du jeu. Rutledge avait dû la lui seriner au moins cinquante fois ces derniers jours. Bon, d'accord, il n'avait jamais « tenu à l'avertir », ce qui était certes une façon diplomatique de dire : *Bon, arrête de faire chier, le Chinetoque, on plaisante plus, merde*, mais le sens de ses déclarations antérieures avait été passablement explicite et Shen n'était pas un idiot ou bien, se demanda Cliff Rutledge, s'était-il entièrement mépris sur le sens de ces négociations ?

« Bonjour », dit une voix féminine.

Wise se retourna brusquement. « Salut. On s'est déjà vus ?

– Vous avez brièvement eu l'occasion de voir mon mari. Je suis Yu Chun », dit la femme alors que Barry se relevait en hâte. Son anglais était plutôt bon, appris sans doute en regardant la télé qui enseignait la langue (variante américaine, en tout cas) à toute la planète.

« Oh... » Wise cligna plusieurs fois les yeux. « Madame Yu, je vous prie d'accepter mes condoléances pour la disparition de votre mari. C'était un homme d'un grand courage... »

Elle hocha la tête pour ces paroles aimables mais qui réveillaient le douloureux souvenir de l'homme qu'avait été Fan An. « Merci », parvint-elle à dire d'une voix étranglée, cherchant à contenir comme une digue les émotions qui menaçaient de la submerger.

« Est-ce qu'un service religieux est prévu en souvenir de votre époux ? Si oui, madame, nous voudrions vous demander l'autorisation de l'enregistrer. » Wise n'avait jamais réussi à se faire à l'école journalistique du : « Oh, vous avez perdu un être cher, quel effet ça fait ? » Il avait vu la mort bien plus souvent qu'un marine, et où qu'on se trouve, c'était partout la même chose. La Faucheuse passait, venait vous arracher un être cher, et le vide qu'elle laissait ne pouvait être comblé que par des larmes, un langage universel. Son avantage était que tous les hommes, où qu'ils soient, le comprenaient. Son inconvénient était que pour les amener à l'exprimer, on devait les faire souffrir un peu plus, et Wise avait parfois du mal à se soumettre à cette obligation, nonobstant son intérêt pour l'actualité du jour.

« Je ne sais pas... Nous avions l'habitude de tenir nos cérémonies religieuses là-bas, dans notre appartement, mais la police ne veut pas me laisser entrer.

– Puis-je vous aider ? proposa Wise, sincère. Il arrive que la police écoute des gens comme nous. » Il indiqua le barrage, à une vingtaine de mètres de là. Puis, discrètement, pour Pete Nichols : « En selle... »

Il était difficile pour les Américains d'imaginer ce que pensaient les flics de ce spectacle quand le trio s'ébranla dans leur direction, Yu en tête, suivie de ce grand Noir et du Blanc avec sa caméra.

Elle se mit à discuter avec le brigadier, le micro de Wise glissé entre eux deux. D'une voix calme et polie, elle demanda la permission de rentrer chez elle.

Le brigadier hochait obstinément la tête, en un geste qui se passait de traduction.

« Attendez une minute, intervint Wise. Madame Yu, pouvez-vous me servir d'interprète, s'il vous plaît ? » Elle acquiesça. « Brigadier, vous savez qui je suis et vous savez ce que je fais, n'est-ce pas ? » La question provoqua un assentiment bref et peu amène. « Pour quelle raison interdit-on à cette dame de retourner chez elle ?

– J'ai des ordres, traduisit Chun.

– Je vois. Êtes-vous conscient que cela va donner une image déplorable de votre pays ? Les gens dans le monde entier vont voir ça et trouver cette attitude déplacée. » Yu Chun traduisit scrupuleusement ses propos au brigadier.

« J'ai mes ordres », répondit-il par son truchement. Il était manifeste qu'ils auraient aussi bien pu s'adresser à une statue.

« Peut-être que si vous appeliez votre supérieur », suggéra Wise et, à sa surprise, le flic chinois sauta sur l'occasion, décrocha sa radio et appela le poste.

« Mon lieutenant arrive », traduisit Yu Chun. Le brigadier était manifestement soulagé, à présent qu'il avait pu se décharger du problème sur un officier placé sous les ordres directs du commandant du poste.

« Bien, retournons l'attendre près du camion », suggéra Wise. Une fois qu'ils furent arrivés, Yu alluma une cigarette chinoise sans filtre et essaya de retrouver son calme. Nichols reposa sa caméra et tout le monde se relaxa durant quelques minutes.

« Vous étiez mariés depuis combien de temps, m'dame ? demanda Wise, hors caméra.

— Vingt-quatre ans.

— Des enfants ?

— Un fils. Il poursuit ses études en Amérique, à l'université d'Oklahoma. Des études d'ingénieur, indiqua-t-elle à l'équipe de télé.

— Pete, dit tranquillement Wise. Positionne l'antenne et balance le signal.

— D'accord. » Le cadreur passa la tête à l'intérieur de la cabine pour établir la connexion montante. Sur le toit, la parabole se mit à pivoter pour s'orienter sur le satellite de communication qu'ils utilisaient d'habitude quand ils travaillaient ici. Dès que son indicateur indiqua l'accrochage du faisceau, il sélectionna de nouveau le canal 6 et s'en servit pour informer Atlanta qu'il allait émettre un signal en direct de Pékin. Aussitôt, un producteur maison se mit à surveiller le signal entrant, et ne vit rien sur son écran. Il aurait pu laisser tomber mais il connaissait trop bien Barry Wise, et celui-ci ne bloquait pas ainsi un faisceau direct s'il n'avait pas une bonne raison. Aussi, il se cala confortablement dans son fauteuil et dégusta son café, puis il signala en régie qu'il y avait un faisceau direct émis de Pékin, sans indication de la nature ou de la portée du sujet traité. Mais le directeur des programmes savait lui aussi que Wise et son équipe avaient déjà envoyé un reportage digne d'un Emmy pas plus tard que l'avant-veille et qu'à sa connaissance, aucun des grands réseaux ne s'intéressait pour l'instant à ce qui se passait à Pékin – CNN surveillait le trafic de tous les satellites de communication avec la même assiduité que la NSA, pour voir ce que faisait la concurrence.

D'autres personnes s'étaient mises à converger vers la maison-chapelle des Wen. Plusieurs fidèles parurent surpris de découvrir la camionnette de CNN, mais quand ils virent que Yu Chen était avec les journalistes, ils se détendirent un peu, comptant sur elle pour leur expliquer ce qui se passait. Arrivant isolés ou par groupes de deux, ils furent bientôt une trentaine, la plupart tenant apparemment une Bible à la main. Wise fit signe à Nichols de se remettre à tourner, mais cette fois-ci en envoyant le signal directement vers Atlanta.

« Ici Barry Wise, qui vous parle en direct de Pékin. Nous sommes devant la maison du révérend Yu Fa An, le pasteur baptiste décédé avant-hier avec le cardinal Renato DiMilo, qui était nonce apostolique – c'est-à-dire ambassadeur du Vatican auprès de la Chine populaire. J'ai ici auprès de moi sa veuve, Yu Chen. Elle et le révérend étaient mariés depuis vingt-quatre ans, et ils ont un fils qui poursuit actuellement ses études à l'université d'Oklahoma. Comme vous pouvez l'imaginer, c'est une pénible épreuve pour Mme Yu, d'autant plus pénible que la police locale lui refuse l'accès à son propre domicile. Or celui-ci servait également de chapelle à leur petite assemblée de fidèles, et comme vous pouvez le constater derrière moi, ces derniers se sont réunis afin de prier pour l'âme de leur chef spirituel disparu, le révérend Yu Fa An.

« Mais il semblerait que le pouvoir local n'ait pas l'intention de les laisser procéder à la cérémonie dans leur lieu de culte habituel. J'ai pu m'entretenir personnellement avec le responsable des forces de police sur place. Il a, dit-il, reçu l'ordre de ne laisser entrer personne et a bien l'intention de le faire respecter. » Wise s'approcha de la veuve.

« Madame Yu, allez-vous rapatrier le corps de votre mari pour l'inhumer à Taiwan ? » Il était rare que Wise se laisse aller à manifester de l'émotion mais la réponse à sa question le fit fléchir.

« Il n'y aura pas de corps. Mon mari... ils l'ont pris et l'ont incinéré avant de disperser les cendres dans le fleuve », déclara Chun au reporter, et soudain son visage se défit et sa voix se brisa.

« Quoi ? » balbutia l'Américain. Lui non plus ne s'était pas attendu à une telle nouvelle, c'était visible sur ses traits. « Ils l'ont incinéré sans votre permission ?

— Oui, dit Chun d'une voix étranglée.

— Et ils ne vous ont même pas rendu les cendres pour que vous puissiez les ramener chez vous ?

— Non, ils m'ont dit qu'ils les avaient dispersées dans le fleuve.

— Eh bien... » Ce fut tout ce que réussit à dire Wise. Il aurait eu envie d'émettre une réponse plus percutante mais il était censé garder un minimum d'objectivité, et donc mieux valait qu'il s'abstienne de prononcer le juron qui lui brûlait les lèvres. *Bande d'enculés de sauvages*. Même les différences de culture n'expliquaient pas tout.

C'est à cet instant que le lieutenant de police arriva en vélo. Il se rendit aussitôt auprès du brigadier, lui dit quelques mots, puis se dirigea vers l'endroit où se trouvait Yu Chun.

« Qu'est-ce qui se passe ici ? » demanda-t-il en mandarin. Il eut un mouvement de recul quand micro et caméra s'invitèrent à la conversation. *Qu'est-ce qui se passe ici ?* révélait sa mimique éloquente, alors qu'il fixait les Américains.

« Je veux rentrer chez moi mais ils ne veulent pas

me laisser passer, expliqua Yu Chun en indiquant le brigadier. Pourquoi ne puis-je pas rentrer chez moi ?

– Excusez-moi, intervint Wise en s'adressant au flic. Je suis Barry Wise. Je travaille pour CNN. Parlez-vous anglais, monsieur ?

– Oui.

– Et vous êtes ?

– Je suis le lieutenant Rong.

– Lieutenant Rong, pouvez-vous me donner la raison de vos ordres ?

– Cette maison abrite une activité politique interdite par arrêté municipal.

– Une activité politique ? Mais c'est une résidence privée... un logement, non ?

– C'est un lieu de rassemblement pour une activité politique, s'entêta Rong. Une activité politique interdite, crut-il bon d'ajouter.

– Je vois. Eh bien, merci, lieutenant. » Wise recula pour s'adresser directement à la caméra, pendant que Mme Yu rejoignait ses coreligionnaires. La caméra la suivit alors qu'elle prenait à part un des paroissiens, un bonhomme à la carrure imposante dont les traits dénotaient une résolution manifeste. L'homme se tourna alors vers les autres et s'adressa à eux d'une voix forte. Aussitôt, tous ouvrirent leur Bible. Le gros type ouvrit la sienne à son tour et se mit à lire un passage, toujours de la même voix de stentor. Les autres, se laissant guider, plongèrent le nez dans les Saintes Écritures.

Wise compta trente-quatre personnes en tout, à peu près également réparties entre les deux sexes. Tous avaient la tête baissée sur leur Bible ou celle de leur voisin immédiat. C'est à ce moment qu'il se tourna pour observer le visage du lieutenant de police. Celui-ci afficha d'abord de la curiosité, puis il comprit et prit bientôt un air scandalisé. De toute évidence, l'activité « politique » pour laquelle le domicile du couple avait

670

été déclaré illégal était l'exercice d'une pratique religieuse. Wise se fit la réflexion que les médias avaient eu tendance à oublier un peu trop vite la vraie nature du communisme, mais voilà qu'elle se manifestait de nouveau devant eux. Le visage de l'oppression n'avait jamais été agréable à contempler. Mais ici, il semblait devenir encore plus moche.

Wen Zhong, le restaurateur, continuait de mener la cérémonie improvisée, récitant la Bible mais en mandarin. Les autres tournaient les pages à mesure, suivant avec soin les versets, selon la tradition baptiste ; Wise en vint à se demander si ce type corpulent n'allait pas les faire entrer en transe sous ses yeux. Si oui, il avait l'air sincère et c'était la qualité essentielle pour un prédicateur. Yu Chun se dirigea vers lui et il se pencha pour lui poser le bras sur l'épaule en un geste qui n'avait rien de chinois. C'est à cet instant qu'elle craqua et se mit à pleurer ; il n'y avait aucune honte à ça, elle venait de perdre celui qui était son époux depuis plus de vingt ans dans des circonstances particulièrement douloureuses, avant de se voir insultée par l'acharnement d'un pouvoir qui, non content de le tuer, avait refusé à sa veuve la possibilité de contempler une dernière fois son visage bien-aimé ou même de lui offrir un coin de terre où pouvoir se recueillir.

Ces types sont des barbares, se répéta Wise ; il savait qu'il ne pouvait pas dire ce qu'il pensait devant les caméras et n'en était que plus furieux : mais sa profession avait des règles qu'il n'avait pas l'intention d'enfreindre. Mais il avait une caméra, et la caméra montrait des choses que ne pouvaient véhiculer de simples paroles.

À l'insu de l'équipe de tournage, Atlanta avait décidé de transmettre leur faisceau en direct avec le commentaire hors champ d'un journaliste en studio parce qu'ils n'avaient pas réussi à attirer l'attention de Barry Wise sur la voie de retour. Le signal montait jusqu'au satellite de communication, redescendait sur Atlanta puis remontait sur quatre autres satellites de télédiffusion d'où il arrosait toute la planète, dont une ville qui s'appelait Pékin.

Tous les membres du Politburo chinois avaient la télé dans leur bureau, et tous avaient accès à la version américaine de CNN qui était pour eux une précieuse source de renseignements politiques. CNN arrosait également les principaux hôtels de la capitale avec leur foule d'hommes d'affaires et d'autres visiteurs, sans compter les rares Chinois qui y avaient accès, entre autres les hommes d'affaires qui commerçaient avec l'étranger et avaient donc besoin de savoir ce qui se passait hors de leurs frontières.

Dans son bureau, Fang Gan quitta ses dossiers pour regarder la télé qui était toujours allumée en permanence quand il travaillait. Il prit la télécommande pour monter le son et entendit un commentaire en anglais qui couvrait la version originale en chinois. Il avait du mal à saisir car son anglais n'était pas excellent, aussi convoqua-t-il Ming pour qu'elle lui traduise.

« Camarade ministre, c'est un reportage sur un événement qui se passe ici même à Pékin, lui dit-elle d'emblée.

– Ça, je peux le voir, mon petit ! rétorqua-t-il avec humeur. Qu'est-ce qu'ils racontent ?

– Ah oui... C'est en rapport avec ce Yu qui a été abattu par la police avant-hier... et aussi sa veuve... il s'agit à l'évidence d'un service funèbre... oh, ils indiquent que le corps de Yu a été incinéré et ses cendres dispersées... d'où la détresse accrue de sa veuve, disent-ils.

– Quel est l'abruti qui a pu faire une chose pareille ? » s'interrogea tout haut Fang. Par nature, il n'était pas porté à la compassion mais un homme sage ne pratiquait pas délibérément la cruauté. « Continue, petite !

– Ils sont en train de lire la Bible des chrétiens, je n'arrive pas à distinguer les paroles, elles sont couvertes par le commentateur anglais... il n'arrête pas de se répéter... il dit... ah oui, il dit qu'ils essaient d'établir la liaison avec le reporter à Pékin, ce Wise, mais ils ont des difficultés techniques... il répète toujours ce qu'il disait au début, c'est une cérémonie funèbre pour le défunt, avec des proches... non des membres de son groupe religieux, plutôt, voilà, c'est à peu près tout, à vrai dire... Ah, à présent ils rappellent ce qui s'est passé auparavant à l'hôpital Longfu, ils évoquent également ce religieux italien dont la dépouille arrivera bientôt dans son pays. »

Fang bougonna et décrocha son téléphone pour demander le ministre de l'Intérieur.

« Allume ta télé ! dit-il aussitôt à son collègue du Politburo. Il faut que tu reprennes le contrôle de la situation, mais tâche de le faire intelligemment ! Cela pourrait être catastrophique pour nous, encore plus qu'avec ces imbéciles d'étudiants sur la place Tienanmen. »

Ming vit son chef grimacer avant de raccrocher en grommelant « L'imbécile ! » puis de hocher la tête avec un mélange de colère et de tristesse.

« Ce sera tout, Ming », lui dit-il au bout d'une minute.

Sa secrétaire regagna son bureau et son ordinateur, en s'interrogeant sur ce qu'il allait advenir suite à la disparition de ce Yu. Certes, l'événement avait été tragique, deux morts singulièrement vaines, qui avaient à la fois contrarié et irrité son ministre par leur stupidité. Il s'était même déclaré partisan d'un châtiment exemplaire pour le policier à la gâchette trop facile, mais cette suggestion n'avait pas abouti, le pouvoir redoutant de perdre la face. Ming haussa les épaules et reprit ses tâches quotidiennes.

Les ordres du ministre de l'Intérieur furent rapidement transmis, mais Barry Wise n'en savait rien. Il lui fallut encore une minute pour capter les voix de la régie d'Atlanta dans son oreillette. Aussitôt après, il eut de nouveau le son et reprit son commentaire des événements, cette fois-ci en direct pour le public de la chaîne. Il ne cessait de tourner la tête tandis que Pete Nichols continuait de filmer cette cérémonie religieuse improvisée dans une rue étroite et sale. Wise vit le lieutenant de police parler dans sa radio portative – il crut reconnaître un modèle Motorola, comme ceux des flics américains. L'homme parla, écouta, parla encore, puis reçut une confirmation. Sur quoi, il remit l'appareil dans son étui et se dirigea vers le reporter de CNN. Celui-ci nota sur son visage une résolution qui ne lui disait rien qui vaille, d'autant qu'en chemin, le lieutenant Rong adressa discrètement quelques mots à ses policiers qui pivotèrent aussitôt comme un seul homme, encore immobiles mais l'air toujours aussi déterminé, tout en fléchissant les muscles, prêts à intervenir.

« Vous devez couper caméra, dit Rong.

– Pardon ?

– La caméra, couper, répéta le lieutenant de police.

– Pourquoi ? demanda Wise, son cerveau fonctionnant aussitôt à cent à l'heure.

– Les ordres, répondit l'autre d'un ton sec.

– Quels ordres ?

– Ordres QG de la police.

– Oh, bon, d'accord », fit Wise. Puis il tendit la main.

« Coupez caméra tout de suite ! insista le lieutenant Rong en se demandant ce que signifiait ce geste.

674

– Où est cet ordre ?

– Quoi ?

– Je ne peux pas couper ma caméra sans un ordre écrit. C'est une règle pour la chaîne qui m'emploie. Avez-vous un ordre écrit ?

– Non, répondit l'autre, soudain désarçonné.

– Et l'ordre doit être signé d'un capitaine. Un commandant, ce serait mieux, mais il faut au moins un capitaine pour qu'il soit valable, poursuivit Wise avec culot. C'est une règle de ma chaîne.

– Ah », réussit à dire l'autre. On aurait cru qu'il venait de buter contre un mur invisible. Il secoua la tête, comme s'il voulait s'éclaircir les idées après l'impact, recula de cinq mètres, ressortit sa radio et rendit compte à son mystérieux interlocuteur. L'échange se prolongea près d'une minute, après quoi il revint. « Ordre arrive bientôt, annonça-t-il à l'Américain.

– Merci », répondit Wise avec un sourire poli et l'esquisse d'une courbette. Le lieutenant repartit, l'air pour le moins perplexe, jusqu'à ce qu'il ait regroupé ses hommes. Il avait des instructions à transmettre à présent, des instructions qu'ils comprenaient, eux comme lui, ce qui était toujours un sentiment rassurant pour un citoyen chinois, surtout revêtu d'un uniforme.

« Des problèmes, Barry », annonça Nichols, laconique, en braquant sa caméra vers la rangée de flics. Il avait entendu la discussion au sujet de l'ordre écrit et n'avait réussi à garder un visage impassible qu'en se pinçant les lèvres. Barry avait le chic pour embobiner les gens en beauté. Il avait même réussi le coup plus d'une fois avec des présidents.

« Je vois. Continue de tourner », répondit Mike, hors micro. Puis, pour Atlanta : « Quelque chose est en train de se passer, et j'avoue être inquiet. La police semble avoir reçu des ordres d'en haut. Vous l'avez entendu comme moi : ils nous ont demandé d'arrêter de filmer et nous avons réussi à obtenir un délai en leur deman-

675

dant un ordre écrit d'un officier supérieur, en conformité avec le règlement de la chaîne », poursuivit Wise, sachant que quelqu'un à Pékin devait regarder ces images. Le truc avec les communistes, il le savait, c'est qu'ils étaient des maniaques de l'organisation, et jugeaient donc une demande d'ordre écrit parfaitement raisonnable, si farfelue qu'elle puisse paraître à un étranger. La seule question maintenant, c'était de savoir s'ils n'allaient pas suivre l'ordre transmis oralement par radio sans attendre le papier réclamé par l'équipe de CNN. Lequel des deux avait la priorité ?

La priorité immédiate, bien entendu, était de maintenir l'ordre dans la capitale. Les flics sortirent leur matraque et commencèrent à faire mouvement vers les baptistes.

« Je me mets où, Barry ? demanda Pete Nichols.

– Pas trop près. Veille à bien cadrer tout le champ, ordonna Wise.

– Pigé », répondit son opérateur.

Ils suivirent le lieutenant Rong alors qu'il se dirigeait vers Wen Zhong, à qui il adressa de vive voix un ordre qui fut illico rejeté. L'ordre fut répété. Le microcanon de la caméra saisit tout juste la réponse à la troisième demande.

« *Diaro ren, chou ni ma di be !* » lança le Chinois obèse à la figure de l'officier de police. Quel qu'ait pu être le sens de l'imprécation, elle amena plusieurs fidèles à écarquiller les yeux. Elle valut surtout à Wen de se faire éclater la pommette d'un coup de matraque. Il tomba à genoux, le visage déjà ruisselant de sang, mais bien vite il se redressa, présenta son dos au flic et tourna une autre page de sa Bible. Nichols changea de position afin de pouvoir zoomer sur le livre et le sang qui gouttait sur les pages.

Se voir ainsi tourner le dos ne fit que décupler la rage du lieutenant Rong. Son deuxième coup de matraque atteignit Wen à l'occiput. Il l'amena à fléchir les genoux mais, fait incroyable, sans réussir à l'abattre. Alors, de la main gauche, Rong l'empoigna par l'épaule pour le forcer à se retourner et, cette fois, le troisième coup l'atteignit en plein plexus. C'est le genre d'impact qui terrasse un boxeur professionnel, et de fait, le restaurateur s'effondra. Une fraction de seconde après, il était à genoux, une main agrippant sa Bible, l'autre crispée au-dessus de l'estomac.

Dans l'intervalle, les autres flics avaient convergé vers le petit attroupement, maniant la matraque contre des gens qui restaient tassés sur eux-mêmes mais refusaient de fuir. Yu Chun était du nombre. Pas très grande, même pour une Chinoise, elle prit en plein visage l'impact d'un coup qui lui brisa le nez. Le sang jaillit à flots.

Cela fut bref : il y avait trente-quatre paroissiens et douze flics, et les chrétiens ne manifestaient pas vraiment d'opposition, moins par conviction religieuse que par un conditionnement culturel à ne pas résister aux forces de l'ordre. Et c'est ainsi que tous restèrent sur place, encaissant les coups sans broncher, pour finir à terre, le visage maculé de sang. Les policiers se retirèrent presque aussitôt comme pour mieux dévoiler leur travail à la caméra de CNN qui enregistrait scrupuleusement les images, lesquelles se retrouvèrent en quelques secondes diffusées à travers la planète entière.

« Vous recevez ça ? demanda Wise à Atlanta.

– Ça dégouline sur nos écrans, Barry, confirma le réalisateur, depuis son fauteuil pivotant au siège de la rédaction de CNN. Tu peux dire à Nichols que je lui dois une bière.

– Bien compris. » Puis il reprit son commentaire : « Il semble que la police locale ait reçu l'ordre de disperser ce rassemblement religieux considéré comme politique et propre à menacer le gouvernement. Comme vous pouvez le constater, aucune de ces personnes n'est armée, et aucune n'a opposé la moindre résistance à l'attaque des forces de police. Mais à présent... » Il s'interrompit en avisant un autre vélo qui remontait la rue à toute vitesse dans leur direction. Un flic en uniforme en descendit et tendit un papier au lieutenant Rong. Que le lieutenant porta aussitôt à Barry Wise.

« Voici ordre. Coupez caméra ! exigea-t-il.

– Je vous en prie, permettez-moi d'y jeter un œil », répondit Wise, rendu si furieux par la scène à laquelle il venait d'assister qu'il était prêt à se laisser fracasser le crâne à son tour, rien que pour permettre à Pete de balancer l'image sur le satellite. Il parcourut la page et rendit la feuille. « Je ne peux pas le déchiffrer. Excusez-moi, poursuivit-il, cherchant délibérément à harceler son interlocuteur en se demandant jusqu'où il allait tenir, mais je ne sais pas lire votre langue. »

On aurait dit que les yeux de Rong allaient lui sortir de la tête. « Il est écrit : coupez caméra !

– Mais je ne peux pas lire, et personne non plus dans ma chaîne », rétorqua Wise, en gardant toujours le même ton posé.

Rong vit la caméra et le micro braqués dans sa direction et c'est à cet instant qu'il se rendit compte qu'il s'était fait avoir. Et en beauté. Mais il comprit aussi qu'il devait jouer le jeu.

« Il est écrit ici : vous devoir éteindre caméra maintenant, épela-t-il tandis que son doigt parcourait un à un chaque symbole sur la page.

– D'accord, je suppose que vous me dites la vérité. » Wise se redressa et se tourna face à la caméra. « Eh bien, comme vous venez de le constater, la police locale vient de nous donner l'ordre d'interrompre notre retransmission. Disons pour résumer que la veuve du révérend Yu Fan An et plusieurs de ses paroissiens se sont réunis aujourd'hui pour prier en hommage à leur pasteur défunt. Il s'avère que le corps du révérend Yu a été incinéré et ses cendres dispersées. Sa veuve, Yu Chun, s'est vu refuser l'accès à son domicile par les forces de police, prétendument pour activités politiques subversives, ce que l'on doit entendre, j'imagine, comme l'exercice d'une pratique religieuse, et comme vous avez pu le constater en direct, la police locale a violemment chargé les membres de cette communauté religieuse. Et c'est à présent notre tour d'être fermement priés de décamper. C'était Barry Wise, en direct de Pékin, à vous les studios. » Cinq secondes plus tard, Nichols ôta la caméra de son épaule et retourna la ranger dans le fourgon. Wise se retourna vers le lieutenant de police et lui adressa un sourire poli, tout en pensant : *Tu peux te le fourrer dans le cul bien profond, connard !* Mais il avait fait son boulot, réussi à diffuser son sujet. Le reste n'était plus de son ressort.

31

La protection des droits

CNN retransmet ses bulletins d'information vingt-quatre heures sur vingt-quatre vers les récepteurs-satellite de la planète entière. Le reportage tourné dans les rues de Pékin fut donc regardé par les services secrets américains mais aussi par des comptables, des femmes au foyer et des insomniaques. Parmi cette dernière catégorie, un nombre non négligeable avaient accès à un PC et, étant insomniaques, beaucoup eurent l'idée d'adresser aussitôt un mail à la Maison-Blanche. Presque du jour au lendemain depuis un certain temps déjà, le courrier électronique avait remplacé les télégrammes quand on désirait exprimer son opinion au gouvernement et celui-ci semblait tenir compte de ces messages, ou du moins les lire, les compter et les classer. Cette dernière activité était effectuée au sous-sol de l'ancien bâtiment de l'exécutif, monstruosité victorienne jouxtant la Maison-Blanche côté ouest. Les responsables de ce service bien particulier rendaient compte directement à Arnold van Damm, car cela fournissait une mesure statistiquement assez précise de l'état de l'opinion, d'autant qu'ils disposaient également d'un accès électronique à tous les grands instituts de sondage du pays – et du monde entier. Cela dispensait la Maison-Blanche de réaliser ses propres sondages, même si le secrétaire général de la présidence en concevait un certain dépit. Il tenait néanmoins à surveiller de près les opérations, sans dédommagement ou presque pour sa peine. Arnie s'en moquait : pour lui, faire de la politique était aussi naturel que de respirer et il avait depuis longtemps choisi de servir fidèlement le président, surtout quand cela lui permettait de le protéger de lui-même et de ses fréquentes gaffes politiques.

Il n'y avait toutefois pas besoin d'être grand clerc pour analyser les messages qui se mirent à affluer peu après minuit. Un certain nombre avaient même un fichier joint en commentaire, et beaucoup EXIGEAIENT ! ! ! (en capitales grasses, signe de colère selon la Netiquette) des actions concrètes. Arnie devait remarquer un peu plus tard ce jour-là qu'il n'aurait pas cru qu'une telle proportion de baptistes s'intéressaient à l'informatique, réflexion qu'il se reprocha aussitôt.

Dans le même bâtiment, le Service des interceptions de la Maison-Blanche enregistra scrupuleusement le reportage de CNN et un coursier apporta aussitôt la cassette au Bureau Ovale. Ailleurs sur la planète, le direct de Pékin tomba à l'heure du petit déjeuner, amenant plus d'un téléspectateur à poser aussitôt sa tasse de café (ou de thé) sur la table avec un grognement de colère. Là aussi, cette diffusion entraîna dans plusieurs ambassades américaines l'envoi de brèves dépêches pour informer le Département d'État que certains gouvernements étrangers avaient très mal réagi à la diffusion du reportage de CNN et que plusieurs ambassades de Chine populaire avaient trouvé des manifestants devant leurs grilles, dont certains se montraient pour le moins véhéments. Cette dernière information fut rapidement répercutée au Service de protection diplomatique, la division des Affaires étrangères chargée d'assurer la sécurité des ambassades et des diplomates étrangers. Laquelle appela aussitôt la police de

Washington pour lui demander d'accroître sa présence en uniforme aux abords des diverses missions de Chine populaire en Amérique et d'envisager d'éventuels renforts si jamais des problèmes similaires devaient se produire ici même à Washington.

Lorsque Ben Goodley se rendit en voiture à Langley pour son briefing matinal, les divers services de renseignements américains avaient assez bien diagnostiqué le problème. Pour reprendre l'expression imagée de Ryan, la Chine populaire avait franchement piétiné les plates-bandes, ce coup-ci, et même eux n'allaient pas tarder à comprendre leur douleur. Ce qui était plus qu'une litote, comme allait le prouver la suite des événements.

L'avantage pour Goodley, si l'on peut dire, c'est que Ryan laissait invariablement sur CNN la télé du salon où il prenait son petit déjeuner, de sorte qu'il était parfaitement au courant de la nouvelle crise avant même d'avoir enfilé sa chemise blanche amidonnée et noué sa cravate rayée. Même les baisers à sa femme et aux enfants ce matin n'avaient pu apaiser sa colère devant l'incompréhensible stupidité de ces gens à l'autre bout du monde.

« Bordel de merde, Ben ! gronda-t-il dès que Goodley apparut dans le Bureau Ovale.

– Hé, patron, j'y suis pour rien, moi ! protesta son conseiller à la sécurité, surpris par une telle véhémence.

– Que sait-on au juste ?

– En gros, vous avez vu l'essentiel : la veuve du pauvre bougre qui s'est fait exploser la cervelle l'autre jour est venue à Pékin en espérant pouvoir rapatrier sa dépouille à Taiwan pour l'inhumer. Elle a découvert que le corps avait été incinéré et qu'on avait dispersé les cendres. Les flics ont refusé de la laisser regagner son domicile, et quand des fidèles de la paroisse sont venus participer à un service funèbre, la police a décidé de les disperser. » Il n'eut pas besoin de souligner la précision clinique avec laquelle l'opérateur de CNN avait filmé l'agression contre la veuve.

À tel point, du reste, qu'avant de descendre, Cathy Ryan avait diagnostiqué au moins une fracture du nez, ajoutant que la malheureuse aurait sans doute besoin d'un bon spécialiste en chirurgic faciale pour retrouver un visage présentable. Puis elle avait demandé à son mari pourquoi les flics pouvaient haïr quelqu'un à ce point.

« Parce qu'elle a la foi, je suppose, avait répondu Ryan.

– Jack, on se croirait revenu au temps de l'Allemagne nazie, avec les images de ces émissions que tu regardes sur la chaîne Histoire. » Et, toubib ou pas, elle avait grimacé en voyant à l'écran les résultats de l'agression des flics chinois sur des compatriotes armés seulement de leurs Bibles.

« Je les ai vues, moi aussi, déclara van Damm en entrant à son tour dans le Bureau Ovale, et on a déjà une marée de protestations de l'opinion publique.

– Putains de sauvages, jura Ryan comme Robby Jackson arrivait, complétant les effectifs de la réunion matinale.

– Là, je te reçois cinq sur cinq, Jack. Merde, je sais que p'pa va me tomber dessus, lui aussi, et c'est justement aujourd'hui qu'il a son service commémoratif à l'église de Gerry Patterson. Je sens que ça va être épique, Jack. Épique, promit le vice-président.

– Et CNN doit y être ?

– Sûr et archisûr, Arthur, ô mon gwand seigneu' et maîtwe pwésident », confirma Robby.

Ignorant l'ironie, Ryan se tourna vers le secrétaire de la présidence. « OK, Arnie, je t'écoute.

– Non, c'est moi qui écoute, Jack, rétorqua van Damm. Qu'est-ce que t'en penses ?

– J'en pense que je dois m'adresser à mes concitoyens. Une conférence de presse ? Compte tenu de ce qu'on a pu voir, je commencerai en disant que nous avons là une violation flagrante des droits de l'homme, d'autant plus insupportable qu'elle s'est déroulée sous les yeux de l'opinion internationale. Je dirai que l'Amérique a du mal à traiter avec des gens qui se comportent de la sorte, que les relations commerciales ne justifient ni n'effacent les violations graves aux principes sur lesquels se fonde notre démocratie et que nous devons par conséquent reconsidérer l'ensemble de nos relations avec la République populaire de Chine.

– Pas mal, observa le secrétaire de la présidence, en lui adressant un sourire d'instituteur à un élève doué. Regarde avec Scott ce que vous pouvez trouver comme autres options.

– Ouais. OK, question plus large : comment va réagir le pays ?

– La réaction initiale sera l'indignation, répondit Arnie. Ça donne des images chocs et les gens vont réagir comme ça : avec leurs tripes. Si les Chinois ont assez de bon sens pour présenter des excuses, l'affaire se tassera. Sinon... (Arnie fronça les sourcils, l'air soucieux)... sinon, j'ai le pressentiment que ça va mal se passer. Les diverses communautés religieuses vont faire un scandale. Les gouvernements italien et allemand s'estiment également outragés, donc nos alliés de l'OTAN vont eux aussi l'avoir mauvaise, quant au traitement qu'ils ont fait subir à cette pauvre femme, il ne va sûrement pas leur attirer des amis chez les féministes. Bref, toute cette affaire est un colossal gâchis pour les Chinois, mais je ne suis pas certain qu'ils appréhendent les conséquences de leurs actions.

– Alors, ils ne vont pas tarder à l'apprendre, par la

manière douce ou par la manière forte », leur suggéra Goodley.

Le Dr Alan Gregory semblait toujours descendre au même hôtel Marriott, donnant sur le Potomac, au droit des pistes d'approche de Reagan National. Il était encore une fois venu de Los Angeles par le même vol de nuit, qui ne s'était pas franchement amélioré au fil des années. Dès son arrivée, il avait sauté dans un taxi pour passer à l'hôtel prendre une douche et se changer, afin d'avoir l'air et de se sentir à peu près humain pour son rendez-vous de dix heures quinze avec le ministre de la Défense. Pour celui-ci, au moins, pas besoin de taxi : le Dr Bretano lui envoyait une voiture. Celle-ci arriva à l'heure dite ; elle était conduite par un sergent de l'armée, et Gregory monta à l'arrière où il découvrit un journal posé sur la banquette. Au bout de dix minutes à peine, ils s'arrêtèrent devant l'entrée côté fleuve, où un commandant de l'armée attendait pour l'accompagner, une fois passé le portique détecteur, vers l'anneau E.

« Vous connaissez le ministre ? s'enquit en chemin l'officier.

– Oh ouais, enfin, depuis peu. »

Il dut patienter une demi-minute dans l'antichambre. Mais pas plus.

« Al, prenez un siège. Du café ?

– Volontiers, merci, Dr Bretano.

– Tony », rectifia le ministre de la Défense. Il n'était pas très à cheval sur le protocole et il connaissait par ailleurs le genre de travail dont était capable son interlocuteur. Un majordome de la marine vint leur servir café, croissants et confiture, puis il se retira. « Comment était le vol ?

– Toujours pareils, les vols de nuit, monsi... Tony.

Tant qu'on s'en sort entier, on n'a pas le droit de se plaindre.

– Ouais, enfin, un des avantages du boulot, c'est que j'ai désormais un jet personnel à ma disposition en permanence. Je n'ai pas souvent l'occasion de marcher ou de conduire, et vous avez dû remarquer le détachement de sécurité à l'extérieur.

– Les mecs avec les phalanges qui raclent le sol ? plaisanta Gregory.

– Soyez pas vaches. L'un de ces gorilles est allé à Princeton avant d'entrer dans les commandos. »

Ça doit être celui qui lit des illustrés à ses petits camarades. Mais Al garda sa remarque pour lui. « Alors, Tony, pourquoi vouliez-vous me voir ?

– Vous avez déjà travaillé en bas, au SRD, si je me souviens bien ?

– Sept ans, confirma Gregory, à bosser sous terre, dans le noir, et ça n'a jamais marché. J'étais sur le projet de laser à électrons libres. Ça fonctionnait à peu près, sauf que ces foutus lasers ne sont jamais parvenus à répondre à nos espoirs, même après qu'on a eu piqué aux Russes leurs travaux. Soit dit en passant, ils avaient le meilleur spécialiste mondial en la matière. Le pauvre bougre s'est tué dans un accident d'alpinisme en 90. Enfin, c'est ce qu'on a dit. Il butait sur le même mur que nos gars. La "chambre à zigzags" comme on l'appelle, là où on excite les gaz chauds pour en extraire l'énergie nécessaire au faisceau. Impossible d'obtenir un confinement magnétique correct. Ils ont tout essayé. J'ai bossé dix-neuf mois avec eux. Et pourtant, ils ont de sacrés bons chercheurs, mais on a tous calé. Je crois que les gars de Princeton résoudront le problème du confinement avant nous. On a examiné leur procédure, bien sûr, mais eux, ils travaillent sur la fusion et le cadre est trop différent pour qu'on reproduise leurs solutions théoriques. En fait, c'est nous qui leur avons refilé une bonne partie de nos idées, et ils ont su en faire bon usage. Bref, l'armée m'a bombardé lieutenant-colonel mais trois semaines plus tard, ils me proposaient la retraite anticipée parce qu'ils n'avaient plus besoin de moi. C'est comme ça que j'ai pris le poste que m'offrait le Dr Flynn, chez TRW, et que je travaille pour vous depuis. » Résultat, Gregory touchait quatre-vingts pour cent de sa pension militaire après vingt ans de service, plus un demi-million par an comme chef de division chez TRW, sans compter les stock-options et une putain d'indemnité de départ.

« Ma foi, Gerry Flynn ne tarit pas d'éloges sur vous.

— C'est agréable de travailler pour lui, répondit Gregory avec un hochement de tête souriant.

— Il dit qu'il n'y en a pas deux comme vous à Sunnyvale pour écrire des programmes.

— Pour certains trucs... Ce n'est pas moi qui ai écrit le code de Doom – malheureusement –, mais je suis votre homme, question optique adaptative.

— Et pour les SAM ? »

Gregory hocha la tête. « J'y ai un peu bossé à mon entrée dans l'armée. Puis ensuite ils m'ont demandé de bidouiller leurs Patriot Block-4, vous savez, pour intercepter les Scud. Je leur ai filé un coup de main avec le logiciel des têtes. » À trois jours près, il aurait pu servir lors de la guerre du Golfe, s'abstint-il d'ajouter, mais aujourd'hui encore, son logiciel équipait tous les missiles Patriot en service.

« Excellent. Je veux que vous me jetiez un œil sur un truc. Ce sera sous contrat direct de la direction du ministère de la Défense – moi, en l'occurrence – et Gerry Flynn n'y verra aucune objection.

— De quoi s'agit-il, Tony ?

— De me trouver si le système Aegis de la Navy peut intercepter un missile balistique.

— Affirmatif. Il arrêtera un Scud, mais ils plafonnent

à Mach 3 environ. Mais vous parlez d'un vrai missile balistique... »

Le ministre acquiesça. « Ouais, un ICBM. Un missile balistique intercontinental.

– On en discute depuis des années... » Gregory but une gorgée de café. « Le système radar en est capable. Avec à la rigueur une petite remise à niveau, mais rien de bien méchant puisque, de toute façon, vous auriez déjà une alerte radar des postes de veille avancée. Sans compter que le SPY a une portée d'illumination de huit cents kilomètres, facile, et qu'on peut toujours le bidouiller, par exemple concentrer le faisceau pour lui faire cracher sept mégawatts dans une enveloppe concentrée sur un demi-degré. De quoi vous frire n'importe quel composant électronique à quelque sept ou huit kilomètres de distance. Bon, cela dit, vous vous retrouverez avec des gosses bicéphales et faudra vous racheter une nouvelle montre...

« Bien, reprit-il, le regard légèrement dans le vague. Tel que le système Aegis est conçu, le radar SPY vous fournit une localisation approximative pour l'interception de la cible, ce qui vous permet de balancer vos SAM dans la boîte de probabilité. C'est pour cela que les missiles ont une aussi longue portée. La première partie de la trajectoire s'effectue en pilotage automatique : ils ne manœuvrent pour la rectifier que durant les toutes dernières secondes. Pour ça, on a, côté navire, les radars SPG de guidage, et côté missile, sa tête chercheuse thermique pour accrocher la signature radio de la cible. C'est un système redoutable pour les avions parce que vous ne vous apercevez que vous êtes illuminé que dans les deux dernières secondes, et c'est plutôt coton de repérer en visu le missile pour tenter une manœuvre d'évasion dans un si bref laps de temps.

« Voilà, mais le hic avec un missile intercontinental, c'est que sa vélocité terminale est sans aucune comparaison, quelque chose comme huit kilomètresseconde... aux alentours de Mach 11. Ce qui veut dire que la fenêtre de ciblage est très étroite... dans les trois dimensions, mais surtout en profondeur. Sans parler qu'il s'agit d'une cible résistante. L'enveloppe d'un ICBM est solide, ce n'est pas du papier à cigarettes comme avec les propulseurs d'appoint. Il va falloir que je vérifie si une ogive de missile sol-air peut faire mieux que les égratigner... »

Le regard de Gregory redevint limpide quand il se fixa sur Bretano. « OK. On commence quand ?

– Commandant Matthews, dit Thunder dans son interphone. Le Dr Gregory est prêt à discuter avec les spécialistes d'Aegis. » Puis, se tournant vers son hôte : « Vous me tiendrez au courant, Al.

– Comptez sur moi. »

Le révérend Hosiah Jackson enfila sa plus belle soutane de soie noire, un cadeau fait main de ses paroissiennes, les trois bandes sur le bras indiquant son titre de docteur en théologie. Il se trouvait dans le bureau de Gerry Patterson, fort confortable au demeurant. Derrière la porte de bois peint en blanc, ses fidèles attendaient ; c'étaient tous des Blancs bien mis, plutôt prospères, dont certains sans doute allaient tiquer en voyant un pasteur noir s'adresser à eux – Jésus était blanc, après tout (ou juif, ce qui était à peu près la même chose).

Cela dit, les circonstances aujourd'hui étaient un peu différentes puisqu'ils étaient réunis en mémoire d'un homme que Gerry Patterson était le seul à avoir connu, un pasteur chinois nommé Yu Fa An, que leur prêtre appelait familièrement Skip et dont ils avaient soutenu la paroisse avec générosité depuis de longues années. Et c'était donc pour évoquer la vie d'un pasteur jaune qu'ils allaient écouter le sermon d'un Noir, alors que leur propre pasteur officierait devant des paroissiens de couleur. Un beau geste de la part de Gerry, estima Hosiah Jackson, en espérant malgré tout que cela ne lui attirerait pas d'ennuis. Il doit bien encore en rester quelques-uns, cachant leurs idées doctrinaires derrière le masque de la morale outragée mais (dut bien admettre le révérend Jackson) à cause de cela même, ce sont de pauvres âmes torturées.

Ces temps étaient révolus mais il en gardait un souvenir plus vivace que tous ces Blancs du Mississippi, parce qu'il avait été parmi ceux qui défilaient dans les rues – il avait été arrêté sept fois quand il travaillait au sein de la Conférence épiscopale du Sud – pour obtenir l'inscription de ses paroissiens sur les listes électorales. C'est que les ultraréactionnaires avaient eu du mal à l'encaisser : avoir le droit d'emprunter les bus, la belle affaire, en revanche, le droit de vote signifiait le pouvoir, un vrai pouvoir citoyen, la capacité d'élire ceux qui feraient les lois appliquées aux Noirs comme aux Blancs et ça, les ultras n'avaient pas aimé du tout. Mais les temps avaient changé et aujourd'hui ils l'acceptaient ; ils avaient même appris à voter républicain plutôt que démocrate, et le plus marrant dans l'histoire, pour Hosiah Jackson, c'était que son propre fils Robert était finalement plus conservateur que ces réactionnaires blancs bien sapés, et que dans le même temps, il avait fait un sacré chemin, pour le fils d'un petit pasteur noir du fin fond du Mississippi...

Mais il était l'heure. Patterson avait lui aussi un grand miroir derrière la porte pour vérifier sa mise avant de paraître devant les fidèles. Oui, il était fin prêt. Dans la glace, il avait un air solennel et autoritaire, comme on pouvait l'attendre de celui qui porte la Parole de Dieu.

Les fidèles chantaient déjà. Ils avaient un bel orgue, un vrai, à tuyaux, pas le machin électronique qu'il avait dans son église, en revanche, question chant... ils n'y pouvaient rien. Ils chantaient blanc, pas à tortiller. Oh, ils le faisaient certes avec dévotion, mais pas la passion exubérante à laquelle il était habitué... Cela dit, il aurait bien aimé avoir cet orgue. La chaire était bien équipée, avec une bouteille d'eau glacée, un micro fourni par les techniciens de CNN qui se tenaient discrètement en retrait, dans les angles au fond de l'église ; sans faire de bruit, ce qui était plutôt inhabituel pour des équipes de télé. Sa dernière pensée avant d'entamer son prêche fut que le seul autre Noir avant lui à être monté sur cette chaire devait être celui qui en avait peint les boiseries.

« Mesdames et messieurs, bonjour. Je m'appelle Hosiah Jackson. Vous savez probablement tous où se trouve mon église. Je suis ici à l'invitation de mon ami et collègue, Gerry Patterson, votre pasteur.

« Gerry a l'avantage sur moi, aujourd'hui, parce que, contrairement à moi et, j'imagine, à vous tous, il a bien connu l'homme en mémoire duquel nous sommes rassemblés ici.

« Pour moi, Yu Fa An n'était qu'un correspondant épistolaire. Il y a quelques années, nous avons eu, Gerry et moi, l'occasion d'évoquer notre ministère. Nous nous étions connus à l'aumônerie de l'hôpital de notre quartier. Pour l'un et l'autre, ç'avait été une bien mauvaise journée. Nous avions l'un et l'autre perdu des gens bien, à peu près au même moment, des suites de la même maladie, le cancer, et nous avions eu besoin l'un et l'autre de nous ressourcer dans la chapelle de l'hôpital. Je suppose que c'était pour poser à Dieu la même question. La question que nous nous sommes tous posée un jour ou l'autre : pourquoi cette cruauté, pourquoi un Dieu bon et miséricordieux permet-il de telles choses ?

« Eh bien, la réponse à cette question se trouve dans les Écritures, et en bien des endroits. Jésus lui-même se lamentait de la perte des vies innocentes, et l'un de Ses miracles a été de ressusciter Lazare, autant pour lui prouver qu'il était bien le Fils de Dieu, que pour lui prouver Son humanité, lui montrer à quel point Le touchait la perte d'un homme bon.

« Mais Lazare, comme nos deux paroissiens ce jour-là à l'hôpital, était mort des suites d'une maladie, et quand Dieu a créé le monde, Il l'a conçu de telle sorte qu'il y avait, et qu'il y a toujours, des choses à améliorer. Le Seigneur Dieu nous a dit d'assurer notre domination sur le monde, et c'était en partie parce que Son désir était de nous voir soigner les maladies, réparer tout ce qui ne marchait pas et ainsi de rapprocher le monde de la perfection en même temps que, suivant la Sainte Parole de Dieu, nous pouvions nous élever nous-mêmes vers Lui.

« Gerry et moi avons eu une longue et fructueuse conversation ce jour-là, et ce fut le début de notre amitié, comme ce devrait l'être entre tous les serviteurs de l'Évangile, parce que nous prêchons tous la même Parole du même Dieu.

« La semaine suivante, nous avons discuté de nouveau, et c'est là que Gerry m'a parlé de son ami Skip. Un homme de l'autre bout du monde, d'un endroit où les traditions religieuses ignorent le nom de Jésus. Eh bien, Skip s'en était imprégné à l'université Oral Roberts dans l'Oklahoma, comme tant d'autres, et ces traditions, il les avait si bien assimilées qu'il réfléchit longtemps, intensément, et décida d'entrer dans les ordres pour prêcher l'Évangile de Jésus-Christ... »

« Skip avait la peau d'une autre couleur que la mienne », disait au même moment Gerry Patterson, derrière une autre chaire, à moins de trois kilomètres de là. « Mais aux yeux du Seigneur, nous sommes tous pareils, parce que le regard du Seigneur Jésus transperce la peau pour examiner nos cœurs et nos âmes, et qu'il sait toujours ce qui s'y trouve.

– C'est vrai ! jaillit une voix dans l'assemblée des fidèles.

– Et c'est ainsi que Skip devint un serviteur de l'Évangile. Au lieu de retourner dans son pays natal, où la liberté de religion est garantie par le gouvernement, Skip décida de pousser plus loin, vers l'ouest jusqu'en Chine communiste. Pourquoi là-bas ? Oui, pourquoi ? L'autre Chine ne connaît pas la liberté de conscience. L'autre Chine refuse d'admettre qu'il puisse exister un Dieu. L'autre Chine est comme ces Philistins de l'Ancien Testament, le peuple qui persécuta les juifs des tribus de Moïse et de Josué, les ennemis de Dieu. Pourquoi Skip a-t-il pris cette décision ? Parce qu'il savait que nulle part ailleurs un peuple n'avait plus grand besoin d'entendre la Parole de Dieu, et que Jésus désire que nous prêchions aux païens, pour apporter Sa Sainte Parole à ceux dont l'âme le réclame, alors c'est ce qu'il a fait. Nul soldat américain débarquant sur les plages d'Iwo Jima n'a montré plus de courage que Skip, entrant en Chine rouge, sa Bible à la main, et commençant à prêcher l'Évangile dans un pays où la religion est un crime. »

« Et nous ne devons pas oublier qu'il y a là-bas un autre homme, un cardinal catholique, un vieillard célibataire issu d'une famille riche et influente, qui avait lui aussi décidé, il y a bien longtemps, de se joindre au clergé de son Église, rappela Jackson aux fidèles assis devant lui. Il s'appelait Renato, il vivait aussi loin de nous que Fa An, mais malgré cela, c'était aussi un homme de Dieu qui apportait lui aussi la Parole de Jésus en terre païenne.

« Quand les dirigeants de ce pays ont découvert l'activité du révérend Yu, ils l'ont privé de son travail. Ils espéraient ainsi l'affamer mais ceux qui avaient pris cette décision ne connaissaient pas Skip. Ils ne connaissaient pas Jésus, et ils ne savaient pas non plus ce qu'est la foi des fidèles, n'est-ce pas ?

– Fichtre, non ! monta des bancs une voix blanche masculine et c'est à ce moment que Hosiah sut qu'il les tenait.

– Non, monsieur ! Et c'est à ce moment que votre pasteur Gerry s'en aperçut et que les braves gens que vous êtes avez commencé à envoyer de l'aide pour secourir Skip Yu, pour soutenir l'homme que son gouvernement impie essayait de détruire, parce qu'il ne savait pas que tous les hommes de foi partagent le même attachement à la justice ! »

Le bras de Patterson jaillit. « Alors Jésus a tendu le doigt et Il a dit : "Voyez cette femme, elle donne quand elle ne possède rien, pas quand elle possède tout." Il est plus difficile à un pauvre de donner qu'à un riche. Et c'est à ce moment que vous autres, braves gens, avez commencé à aider mes paroissiens à soutenir mon ami Skip. Et Jésus a dit aussi : "Ce que vous faites pour le dernier de Mes frères, vous le faites aussi en mémoire de Moi." Et c'est ainsi que votre Église et mon Église ont aidé cet homme, ce serviteur de l'Évangile, isolé en terre païenne, parmi ce peuple qui nie le Nom et la Parole de Dieu, ce peuple qui vénère la dépouille d'un monstre nommé Mao, qui expose son corps embaumé comme s'il était la relique d'un saint ! Mais il n'était pas saint. Ce n'était pas un homme de Dieu. C'était tout juste un homme. C'était un criminel, l'auteur de meurtres collectifs pires que tous ceux que notre pays a jamais connus. Il était comme cet Hitler que nos pères sont allés combattre et détruire il y a soixante ans. Mais pour les dirigeants de son pays, ce tueur, ce meurtrier, cet assassin de la vie et de la liberté, est le nouveau dieu. Ce "dieu"-là est faux, martela Patterson, la voix gagnée par la passion. Ce "dieu"-là est la voix

695

de Satan. Par la bouche de ce "dieu" ne s'ouvraient que les portes de l'enfer. Ce "dieu" était l'incarnation du mal et ce "dieu" est mort, ce n'est plus qu'un vulgaire animal empaillé, pareil à ces volatiles qu'on voit parfois au-dessus du comptoir d'un saloon ou au massacre de cerfs que beaucoup parmi vous ont à leur mur – et ces païens continuent de l'adorer. Ils continuent d'honorer sa parole, et ils continuent de révérer ses idées, les idées qui ont tué des millions de gens pour la seule raison que leur faux dieu ne les aimait pas. » Patterson se redressa et rejeta ses cheveux en arrière.

« Certains disent que le mal que nous voyons dans le monde n'est que l'absence de bien. Mais nous ne sommes pas dupes. Il y a un diable dans la Création, et ce diable a des agents parmi nous, et certains de ses agents dirigent des pays, déclenchent des guerres, enlèvent des innocents de leur logis et les enferment dans des camps pour les massacrer comme du bétail à l'abattoir. Ce sont les agents de Satan ! Ce sont les adeptes du Prince des Ténèbres. Il en est parmi eux qui prennent la vie des innocents, et même la vie de petits bébés innocents... »

« Et donc ces trois hommes de Dieu se rendirent à l'hôpital. L'un d'eux, notre ami Skip, y allait pour assister une paroissienne en un temps d'épreuve. Les deux autres, les catholiques, l'avaient accompagné parce qu'ils étaient eux aussi des hommes de Dieu, et qu'eux aussi défendaient les mêmes valeurs que nous *parce que la Parole de Jésus EST LA MÊME POUR NOUS TOUS !* termina Hosiah Johnson d'une voix tonnante.

– Oui, m'sieur ! approuva la même voix qu'auparavant, et il y eut des hochements de tête parmi l'assistance.

– Et donc ces trois hommes de Dieu se rendirent à l'hôpital pour sauver la vie d'un petit bébé, un petit bébé que le gouvernement de cette terre impie voulait tuer – et pourquoi ? Ils voulaient le tuer parce que son père et sa mère croient en Dieu – et oh non, ils ne pouvaient pas laisser ces gens-là mettre au monde un enfant ! Oh non, ils ne pouvaient pas laisser des gens de foi faire naître un enfant dans leur pays, car c'eût été comme y inviter un espion. C'était un danger pour leur gouvernement impie. Et pourquoi un danger ?

« C'est un danger parce qu'ils savent, oui, ils savent qu'ils sont des païens impies ! C'est un danger parce qu'ils savent, oui, ils savent que la Sainte Parole de Dieu est la force la plus puissante qui soit au monde ! Et leur seule réponse à ce genre de danger est de tuer, d'ôter la vie que Dieu Lui-même donne à chacun de nous, parce que en niant Dieu, ils peuvent ainsi nier la vie, et vous savez, ces païens, ces incroyants, ces tueurs aiment à détenir ce genre de pouvoir. Ils aiment se croire eux-mêmes des dieux. Ils se délectent de leur pouvoir et ils aiment le mettre au service de Satan ! Ils se savent voués à passer l'éternité en enfer, alors ils veulent partager leur enfer avec nous, ici-bas sur terre, et ils veulent nous refuser la seule chose qui puisse nous libérer du destin qu'ils se sont choisi. Et voilà pourquoi ils ont condamné à mort ce petit bébé innocent.

« Alors, quand ces trois hommes se sont rendus à l'hôpital pour préserver la vie de ce bébé innocent, ils se sont littéralement substitués à Dieu. Ils ont pris Sa place, mais ils l'ont fait en toute humilité et avec toute la force de leur foi. Ils ont pris la place de Dieu pour accomplir Sa volonté, pas pour s'assurer un pouvoir personnel, pas pour être de faux héros. Ils sont allés là-bas pour servir, comme le Seigneur Jésus Lui-même a servi. Comme ses apôtres ont servi. Ces hommes sont allés là-bas pour protéger une vie innocente. Ils sont allés là-bas pour accomplir l'œuvre de Dieu ! »

« Vous l'ignorez sans doute, mais juste après mon ordination, j'ai passé trois ans dans la marine des États-Unis et j'ai servi comme aumônier de l'infanterie de marine. On m'avait affecté à la 2e division au Camp Lejeune, en Caroline du Nord. Durant mon service, j'ai appris à connaître ces gens qu'on appelle des héros, et sans aucun doute, quantité de marines entrent dans cette catégorie. J'ai eu à m'occuper des morts et des mourants après un terrible accident d'hélicoptère et ce fut un des plus grands honneurs de mon existence que de pouvoir assister et réconforter ces jeunes soldats à l'article de la mort parce que je savais, je savais qu'ils allaient bientôt voir Dieu. Je me souviens notamment de l'un d'eux, un sergent, qui venait de se marier le mois d'avant, et il est mort en disant une prière pour sa femme. C'était un ancien du Vietnam, ce sergent, et il était bardé de décorations. Il était ce qu'on a coutume d'appeler un dur à cuire, confia Patterson aux paroissiens noirs, mais là où ce marine fit le plus honneur à sa réputation, ce fut, à l'instant du trépas, de prier non pas pour lui, mais pour sa jeune épouse, en demandant à Dieu de la réconforter. Ce soldat est mort en vrai chrétien et il a quitté ce monde pour se présenter fièrement devant son Dieu, en homme qui a toujours su accomplir son devoir.

« Eh bien, il en est de même pour Skip. Il en est de même pour Renato. Ils ont sacrifié leur vie pour sauver un bébé. Dieu les a envoyés. Dieu leur a donné ses ordres. Et ils ont entendu les ordres, et ils les ont suivis sans flancher, sans hésiter, sans penser à autre chose qu'à faire ce qu'ils devaient faire.

« Et aujourd'hui, à douze mille kilomètres d'ici, il y a une nouvelle vie, un petit bébé, sans doute endormi à l'heure qu'il est. Et ce bébé ne se souviendra jamais de tout le tohu-bohu qui s'est produit juste avant sa naissance, mais avec des parents tels que les siens, ce bébé apprendra la Parole de Dieu. Et il apprendra tout ce qui s'est passé parce que trois courageux serviteurs de Dieu sont allés à cet hôpital et que deux d'entre eux y ont trouvé la mort pour accomplir l'Œuvre du Seigneur.

« Skip était baptiste. Renato était catholique.

« Skip était jaune. Je suis blanc. Vous êtes noirs.

« Mais Jésus s'en moque bien. Nous avons tous entendu Ses Paroles. Nous L'avons tous accepté comme notre Sauveur. Tout comme Skip. Tout comme Renato. Ces deux hommes courageux ont sacrifié leur vie pour le droit. Les derniers mots du catholique ont été pour demander si le bébé allait bien et quand l'autre catholique, le prêtre allemand, lui a répondu oui, tout ce que Renato a dit, c'est : *Bene* – C'est de l'italien. Ça veut dire "tout va bien". Il est mort en sachant qu'il avait fait ce qu'il fallait. Et cela, c'est loin d'être mal, n'est-ce pas ?

– C'est vrai ! » s'écrièrent trois voix dans l'assistance.

« Il y a tant d'enseignements à tirer de leur exemple », dit Hosiah Jackson à ses paroissiens d'emprunt.

« Le premier enseignement est d'abord que la Parole de Dieu est la même pour nous tous. Je suis noir. Vous êtes blancs. Skip était chinois. En cela, nous sommes tous différents, mais dans la Sainte Parole de Dieu, nous sommes tous les mêmes. De toutes les choses que nous devons apprendre, de toutes celles que nous devons garder dans notre cœur chaque jour de notre vie, c'est la plus importante. Jésus est notre Sauveur à tous, pourvu que nous L'acceptions, pourvu que nous Le portions dans notre cœur, pourvu que nous écoutions quand Il nous parle. C'est le premier enseignement que nous devons tirer de la mort de ces trois hommes courageux.

« Le deuxième enseignement à tirer est que Satan est toujours vivant là-bas, et que si nous devons écouter la Parole de Dieu, d'autres là-bas préfèrent écouter celle de Lucifer. Nous devons savoir reconnaître ces gens pour ce qu'ils sont.

« Il y a quarante ans, nous avions certains de leurs représentants parmi nous. Je m'en souviens, et vous aussi, sans doute. Nous l'avons surmonté. La raison en est que nous avons tous entendu la Parole de Dieu. Nous nous sommes rappelé que notre Dieu est un Dieu de miséricorde. Notre Dieu est un Dieu de justice. Si nous nous le rappelons, nous nous rappellerons bien d'autres choses. Dieu ne nous évalue pas à ce contre quoi nous luttons. Jésus regarde dans nos cœurs, et nous évalue à ce que nous défendons.

« Mais nous ne pouvons défendre la justice qu'en luttant contre l'injustice. Nous devons nous souvenir de Skip et de Renato. Nous devons nous souvenir de M. et Mme Yang et de tous leurs semblables, tous ces gens en Chine à qui l'on a refusé la chance d'entendre la Parole de Dieu. Les fils de Lucifer ont peur, oui, ils ont peur de la Sainte Parole de Dieu. Les fils de Lucifer ont peur de nous. Les fils de Satan ont peur de la Volonté de Dieu parce que c'est dans l'Amour de Dieu et dans la Voie du Seigneur que se trouve leur destruction. Ils peuvent bien haïr Dieu. Ils peuvent bien haïr la Parole de Dieu – mais ils craignent oui, ils CRAIGNENT les conséquences de leurs propres actes. Ils craignent la damnation qui les guette. Ils peuvent bien nier Dieu, mais ils connaissent Sa droiture, et ils savent que toutes les âmes aspirent à connaître le Seigneur !

« Et c'est pourquoi ils craignaient le révérend Yu Fa An. C'est pourquoi ils craignaient le cardinal DiMilo et c'est pourquoi ils nous craignent. Moi comme vous, braves gens. Ces fils de Satan nous craignent parce qu'ils savent que leurs paroles et leurs fausses croyances ne peuvent pas plus résister à la Parole de

Dieu qu'une caravane à la force d'une tornade de printemps ! Et ils savent que tous les hommes possèdent en eux dès leur naissance une parcelle de connaissance de la Parole divine. C'est pourquoi ils nous craignent.

« Eh bien, tant mieux ! s'exclama le révérend Hosiah Jackson. Donnons-leur une autre raison de nous craindre ! Que les fidèles de Dieu leur montrent leur pouvoir et que nous leur prouvions la conviction de notre foi ! »

« Mais nous pouvons être assurés que Dieu était auprès de Skip et du cardinal DiMilo. Dieu a conduit leur main courageuse et par leur truchement, Dieu a sauvé ce petit enfant innocent, dit Patterson à ses fidèles noirs. Et Dieu a accueilli en Son sein les deux hommes qu'il avait envoyés accomplir Son Œuvre, et aujourd'hui notre ami Skip et le cardinal DiMilo se tiennent devant le Seigneur, ces bons et fidèles serviteurs de sa Sainte Parole.

« Mes amis, ils ont rempli leur tâche. Ils ont accompli ce jour-là l'œuvre du Seigneur. Ils ont sauvé la vie d'un enfant innocent. Ils ont montré au monde entier ce que pouvait être la force de la foi.

« Mais notre tâche, allons-nous la remplir ? »

« La tâche du fidèle n'est pas d'encourager Satan », dit Hosiah Jackson aux fidèles assemblés devant lui. Il avait capté leur attention aussi sûrement que lord Lawrence Olivier en ses meilleurs jours – et pourquoi pas ? Ces mots n'étaient pas ceux de Shakespeare. C'étaient ceux d'un des ministres de Dieu. « Quand Jésus regardera dans nos cœurs, est-ce qu'il y verra des hommes qui soutiennent les fils de Lucifer ? Est-ce que Jésus verra des hommes qui donnent leur argent pour soutenir les assassins impies d'âmes innocentes ? Est-ce que Jésus verra des hommes qui donnent leur argent au nouvel Hitler ?

– Non ! s'écria en réponse une voix féminine. *Non !*

– De quel côté sommes-nous, nous, le peuple de Dieu, le peuple de foi... de quel côté ? Quand les fils de Lucifer tuent les fidèles, de quel côté êtes-vous ? Serez-vous du côté de la justice ? Du côté de votre foi ? Du côté des saints martyrs ? Du côté de Jésus ? » demanda Jackson à son assemblée inédite de fidèles blancs.

Et tous, d'une seule voix, répondirent : *« Oui ! »*

« Sacré nom de Dieu », souffla Ryan. Il s'était rendu dans le bureau du vice-président pour assister à la retransmission télévisée.

« J't'avais dit que mon vieux savait y faire. Putain, j'ai grandi en l'entendant à tous les repas, et ça me résonne encore dans la tête », dit Robby Jackson en se demandant s'il n'allait pas s'autoriser un petit verre, ce soir. « Patterson doit se débrouiller pas mal non plus. Mon vieux dit que c'est un bon, mais c'est quand même lui le champion.

– Il n'a jamais envisagé d'entrer chez les jésuites ? demanda Jack avec un sourire.

– P'pa est un prédicateur, mais c'est pas vraiment un saint. Le célibat, il aurait comme qui dirait du mal à l'assumer », avoua Robby.

Puis la scène à l'écran changea soudain pour montrer l'aérodrome international Leonardo da Vinci, près de Rome, où le 747 d'Alitalia venait d'atterrir et s'approchait maintenant de la passerelle de débarquement. Au pied, il y avait un fourgon et près de celui-ci, plusieurs limousines officielles du Saint-Siège. On avait déjà annoncé que le cardinal Renato DiMilo aurait droit à des funérailles nationales en la basilique Saint-Pierre de Rome, et CNN y serait pour retransmettre en intégralité la cérémonie, aux côtés de SkyNews, Fox et tous les grands réseaux. Ils avaient mis du temps à se réveiller, mais ça ne donnait que plus d'ampleur à la couverture de l'événement.

Pendant ce temps, dans le Mississippi, Hosiah Jackson redescendit lentement de la chaire alors que s'éteignaient les accords du dernier cantique. Il gagna d'un pas digne l'entrée du temple pour saluer tous les paroissiens à leur sortie.

Cela prit bien plus longtemps que prévu. À croire que chacun voulait lui prendre la main et le remercier d'être venu : les témoignages d'hospitalité dépassaient de loin ses rêves les plus optimistes. Et leur sincérité ne faisait pas de doute. Certains tinrent à s'entretenir avec lui quelques instants, jusqu'à ce que la cohue des fidèles qui sortaient les contraigne à descendre les marches et gagner le parking. Hosiah compta six invitations à dîner et dix personnes qui l'interrogèrent sur son église et les travaux éventuels dont elle aurait besoin. Finalement, il ne resta plus qu'un homme, un septuagénaire, cheveux gris filasse, nez crochu, qui semblait avoir eu son content de gnôle. L'air d'un type dont la carrière avait culminé au rang de contremaître adjoint à la scierie du coin.

« Bonjour, dit aimablement Jackson.

– Pasteur... », répondit l'homme, gêné, comme s'il voulait se confier.

Ce regard, Hosiah le connaissait bien. « Puis-je faire quelque chose pour vous, monsieur ?

– Pasteur... il y a des années... » Sa voix s'étrangla de nouveau. Il reprit : « Pasteur, j'ai péché...

– Mon ami, nous péchons tous. Dieu le sait. C'est pourquoi il nous a envoyé Son Fils pour nous aider à vaincre nos péchés. » Le prêtre saisit l'homme par l'épaule pour le calmer.

« Je faisais partie du Klan, pasteur. J'ai commis... des actes impies... J'ai... j'ai fait du mal à des nègres pasque j'les détestais et je...

– Quel est votre nom ? demanda doucement Hosiah.

– Charlie Picket », répondit l'homme. Et soudain Hosiah sut. Il avait une bonne mémoire des noms. Charles Worthington Picket avait été le Grand Kleegle du Klavern local. Il n'avait jamais été condamné pour un délit grave mais son nom était de ceux qui étaient le plus souvent cités.

« Monsieur Picket, toutes ces choses sont arrivées il y a bien longtemps, rappela-t-il à l'homme.

– J'ai jamais... enfin, j'ai jamais *tué* personne, pasteur. Véridique, j'ai jamais fait une chose pareille, insista Picket, un désespoir sincère dans la voix. Mais j'connaissais ceux qui l'ont fait, et j'l'ai jamais dit aux flics. J'les en ai jamais empêchés... Seigneur, j'savais pas, à l'époque, pasteur, j'étais... j'étais...

– Monsieur Picket, regrettez-vous vos péchés ?

– Oh oui, ô Seigneur, oui, pasteur. J'ai prié pour demander le pardon, mais...

– Il n'y a pas de "mais", monsieur Picket. Dieu vous a pardonné vos péchés, lui souffla Jackson avec une infinie douceur.

– Vous êtes sûr ? »

Un hochement de tête souriant. « Oui, j'en suis sûr.

– Pasteur, si vous avez besoin d'un coup de main pour votre église, la toiture, tout ça... vous m'faites signe, d'accord ? C'est aussi la maison de Dieu. P'têt que j'l'ai pas toujours compris, mais sûr que j'l'ai compris maint'nant, monsieur. »

Jamais sans doute jusqu'ici n'avait-il donné du « monsieur » à un Noir, sauf le canon sur la tempe. Enfin, se dit le ministre du culte, une personne au moins avait écouté son sermon et en avait tiré quelque chose. Pas un si mauvais résultat dans une activité comme la sienne.

« Pasteur, faut que j'fasse mes excuses pour toutes les paroles, toutes les sales pensées que j'ai eues. J'l'avais jamais fait, mais faut que j'le fasse à présent. » Il étreignit la main d'Hosiah. « Pasteur, j'regrette, autant qu'on peut regretter tout c'que j'ai pu faire à l'époque, et j'implore vot' pardon...

– Et le Seigneur Jésus a dit "Va et ne pèche plus." Monsieur Picket, voilà qui résume en une phrase toutes les Écritures. Dieu est venu pour nous pardonner nos péchés. Dieu vous a déjà pardonné. »

Finalement leurs regards se croisèrent. « Merci, pasteur. Et Dieu vous bénisse, monsieur.

– Et que le Seigneur vous bénisse également. » Hosiah Jackson regarda l'homme rejoindre son pick-up, en se demandant s'il ne venait pas de sauver une âme. Si oui, Skip serait sans doute fier de l'ami noir qu'il n'avait jamais rencontré.

32

Coalition/Collision

La route était longue de l'aéroport au Vatican, mais chaque mètre en fut retransmis par la caravane de motos de reportage, jusqu'au moment où le cortège déboucha sur la place Saint-Pierre, où les attendait un détachement de gardes suisses, revêtus de l'uniforme pourpre et or dessiné par Michel-Ange. Plusieurs s'avancèrent pour sortir du corbillard le cercueil qui contenait un prince de l'Église martyrisé bien loin d'ici, et franchissant les imposantes portes de bronze, ils allèrent le déposer dans l'immense nef de la basilique où, le lendemain, une messe de requiem serait célébrée par le pape.

Mais pour l'heure, il ne s'agissait pas d'une affaire religieuse, sinon pour le grand public. Pour le président des États-Unis, c'était devenu une affaire d'État. Il s'avérait que Thomas Jefferson avait eu raison, en fin de compte : le pouvoir du gouvernement dérivait directement de celui du peuple et Ryan devait agir maintenant, d'une façon qu'approuverait le peuple, parce que, en définitive, la nation ne lui appartenait pas. Elle appartenait au peuple.

Et une chose encore aggravait la situation : Sorge avait balancé un autre rapport ce matin, et si le président l'avait reçu plus tard, c'était parce que Mary Patricia Foley avait tenu par deux fois à s'assurer de l'exactitude de sa traduction.

Ben Goodley, Arnie van Damm et le vice-président étaient avec lui. « Alors ? demanda Ryan.

– Des enculés, répondit d'emblée Robby. Si c'est vraiment comme ça qu'ils pensent, on devrait arrêter de leur raconter nos vannes. Même à Top Gun au sortir d'une nuit d'exercice, les pilotes de l'aéronavale racontent pas des choses pareilles.

– C'est vraiment inhumain, reconnut Ben Goodley.

– J'imagine que, à la naissance, leurs dirigeants politiques ne sont pas équipés d'une conscience, commenta van Damm, résumant le sentiment unanime.

– Comment ton père réagirait-il à une telle information, Robby ? demanda Ryan.

– Sa réaction immédiate serait analogue à la mienne : atomiser ces salopards. Puis il se rappellerait ce qui se passe lors d'une vraie guerre et il se calmerait un brin. Mais, Jack, il faut qu'on les punisse. »

Ryan acquiesça. « OK. Mais si on interrompt nos relations commerciales avec la Chine, les premiers à trinquer seront les pauvres mecs dans les usines, pas vrai ?

– Bien sûr, Jack, mais qui les tient en otages ? Tu trouveras toujours quelqu'un pour sortir cet argument et si la peur de leur nuire t'empêche d'agir, alors tu peux être certain que leur situation ne s'améliorera jamais. Donc, tu ne peux pas te permettre de te laisser entraver ainsi, conclut Tomcat ou c'est toi qui deviens leur otage. »

Le téléphone sonna à cet instant. Ryan décrocha en bougonnant.

« Le secrétaire Adler, monsieur le président. Il dit que c'est important. »

Jack se pencha par-dessus son bureau et pressa la touche clignotante. « Ouais, Scott ?

– J'ai récupéré le téléchargement. Ce n'est pas vraiment une surprise, et les gens s'expriment différemment en public et en privé, rappelez-vous.

– Ça fait toujours plaisir à entendre, Scott, et si jamais ils parlent d'emmener quelques milliers de juifs en excursion en train à Auschwitz, on doit aussi faire comme si de rien n'était ?

– Jack, je vous rappelle que je suis juif... »

Ryan poussa un long soupir et appuya sur une autre touche. « OK, Scott, j'ai mis l'ampli. Allez-y.

– C'est simplement leur façon de s'exprimer. Oui, ils sont arrogants, mais ça, on le savait déjà, Jack ; si d'autres pays savaient comment nous nous exprimons, nous aussi, derrière les murs de la Maison-Blanche, on aurait des tas d'alliés en moins et des tas de guerres en plus. Parfois, l'espionnage est trop efficace. »

Ryan se dit qu'Adler était vraiment un bon secrétaire d'État. Son boulot était de trouver des issues simples et sûres aux problèmes, et il s'y employait à fond.

« OK. Des suggestions ?

– J'ai demandé à Carl Hitch de leur envoyer une note. Nous exigeons des excuses officielles.

– Et s'ils nous disent d'aller nous faire foutre ?

– Alors, on rappelle Hitch et Rutledge pour "consultation" et on les laisse mariner un petit moment.

– La note, Scott ?

– Oui, monsieur le président.

– Vous me l'écrivez sur de la toile émeri et vous me la signez de votre sang, lui dit Jack, glacial.

– Oui, monsieur. » Et le secrétaire d'État raccrocha.

Il était bien plus tard à Moscou quand Pavel Efremov et Oleg Provalov entrèrent dans le bureau de Sergueï Golovko.

« Je suis désolé de ne pas avoir pu vous recevoir plus tôt, s'excusa d'emblée le patron du SVR. Nous avons été débordés... avec les Chinois et cette fusillade à Pékin. » Il suivait l'affaire comme tout le monde sur la planète.

« Alors, vous allez avoir un autre problème avec eux, camarade directeur.

– Oh ? »

Efremov lui tendit le message en clair. Golovko le prit, remerciant l'homme avec sa courtoisie habituelle, puis il se rassit et se mit à le lire. Moins de cinq secondes plus tard, ses yeux s'écarquillèrent. Il murmura : « Ce n'est pas possible.

– Peut-être, mais c'est difficile à expliquer autrement.

– J'étais bien leur cible ?

– Apparemment, oui. (C'était Provalov.)

– Mais enfin, pourquoi ?

– Ça, on n'en sait rien, fit Efremov, et sans doute personne non plus ici à Moscou. Si l'ordre a été donné par le truchement d'un espion chinois, alors c'est qu'il émane de Pékin et celui qui l'a transmis en ignore sans doute les raisons. Qui plus est, l'opération a été montée de sorte à être aisément démentie, puisque nous ne pouvons même pas prouver que cet homme est un espion et non pas un simple employé d'ambassade ou, comme disent les Ricains, un vulgaire "correspondant". Du reste, l'homme a été identifié pour nous par un Américain », nota pour conclure l'agent du SFS.

Golovko leva les yeux : « Merde, comment ça ? »

Provalov expliqua : « Un agent de renseignements chinois à Moscou a peu de chances de relever la présence d'un ressortissant américain alors que tout citoyen russe est en puissance un agent du contre-espionnage. Michka était là, il s'est proposé pour nous aider et je l'y ai autorisé. Ce qui m'amène à vous poser une question.

– Que devez-vous dire à cet Américain ? » lança pour lui Golovko.

Le lieutenant acquiesça. « Oui, camarade directeur.

Il sait pas mal de choses sur l'enquête criminelle parce que je les lui ai confiées et qu'il m'a fait de judicieuses suggestions. C'est un policier doué. Et ce n'est pas un imbécile. Quand il va me demander comment progresse l'enquête, je lui raconte quoi ? »

La réponse immédiate de Golovko était aussi prévisible qu'instinctive : *Rien du tout*. Mais il se contint. Si Provalov ne disait rien, alors l'Américain aurait été idiot de ne pas se douter du mensonge, or lui-même l'avait dit, c'était tout sauf un imbécile. D'un autre côté, en quoi cela servait-il les intérêts de Golovko (ou de la Russie) que les Américains sachent que sa vie était en danger ? La question était aussi profonde que troublante. Pendant qu'il y réfléchirait, il décida de convoquer son garde du corps. Il sonna son secrétaire.

« Oui, camarade directeur ? dit le commandant Chelepine en se présentant à la porte.

– Un nouveau souci pour vous, Anatoly Ivanovitch. » C'était bien plus. Dès la première phrase, Chelepine blêmit.

Cela commença en Amérique avec les syndicats. Ces organisations ouvrières qui avaient perdu de l'influence au cours des décennies précédentes étaient à leur manière les structures les plus conservatrices du pays, car cette perte d'influence les avait rendues soucieuses de l'importance du peu qui leur en restait. Et pour s'y raccrocher, elles résistaient à tout changement susceptible de menacer le moindre avantage acquis du plus humble de leurs adhérents.

La Chine avait été de tout temps l'une des *bêtes noires*[1] du mouvement ouvrier. La raison en était simple : les travailleurs chinois gagnaient moins en une journée qu'un ouvrier syndiqué américain de l'automobile durant sa pause-café matinale. Cela faisait pencher

1. En français dans le texte *(N.d.T.)*.

la balance en faveur des Asiatiques et cela, l'AFL/CIO n'était pas prête à l'accepter.

Et tant mieux si le pouvoir qui gouvernait ces masses d'ouvriers sous-payés piétinait les droits de l'homme : cela ne le rendait que plus facile à critiquer.

Les syndicats ouvriers américains ont toujours été des modèles d'organisation, si bien que chaque membre du Congrès sans exception reçut des coups de téléphone. La plupart furent pris par des secrétaires mais ceux qui émanaient d'un secrétaire local ou régional de l'État ou du district de l'élu en question parvenaient jusqu'à lui, de quelque bord politique qu'il soit. On attirait son attention sur les menées barbares de cet État impie qui, incidemment, traitait ses ouvriers comme des chiens et surtout piquait le boulot des Américains avec ses pratiques commerciales injustes. Le montant exact du déficit correspondant était toujours rappelé à la virgule près, ce qui aurait pu mettre la puce à l'oreille des parlementaires et leur suggérer qu'il s'agissait d'une campagne orchestrée (ce qui était le cas), s'ils avaient pris la peine de comparer mutuellement leurs notes (ce qui ne fut pas le cas).

Plus tard dans la journée, des manifestations furent organisées et même si elles étaient à peu près aussi spontanées que celles tenues en Chine populaire, elles furent couvertes par les médias locaux ou nationaux, parce que ça faisait toujours des images à filmer et que les journalistes d'information étaient eux aussi syndiqués.

Entre les coups de fil et les retransmissions télévisées, vinrent les lettres et les messages électroniques, qui furent scrupuleusement comptés et recensés aux permanences des parlementaires.

Pour couronner le tout, vinrent les communiqués des diverses communautés religieuses que la Chine avait réussi à offenser quasiment toutes.

Le seul développement inattendu de cette journée,

fort habile au demeurant, ne vint ni d'un coup de fil ni d'une lettre à tel ou tel membre du gouvernement. Tous les industriels chinois installés dans l'île de Taiwan avaient des groupes de pression et des services de relations publiques aux États-Unis. L'un d'eux eut une idée qui se répandit comme une traînée de poudre. Dès midi, trois imprimantes crachaient en continu des autocollants portant le drapeau de Taiwan légendé : « Nous sommes les bons. » Le lendemain matin, les employés de toutes les boutiques d'Amérique le collaient sur tous les articles fabriqués dans l'île. Informés avant l'heure, les télévisions donnèrent un sérieux coup de main aux industriels taiwanais en informant le public de l'existence de la campagne avant même son lancement effectif.

Le résultat fut de réhabituer l'opinion américaine à l'idée qu'il y avait bel et bien deux pays appelés Chine et qu'un seul des deux massacrait les membres du clergé puis tabassait les fidèles qui essayaient de dire des prières dans la rue. Alors que l'autre jouait même au base-ball en seconde division.

Ce n'était pas souvent qu'on voyait des dirigeants syndicaux et des responsables du clergé manifester ensemble avec une telle véhémence, et leur voix fut entendue. Des instituts de sondage se précipitèrent pour prendre le train en marche et préparèrent leurs questionnaires de telle façon que les réponses étaient définies avant même d'être données.

Le brouillon de la note diplomatique parvint à l'ambassade des États-Unis à Pékin en tout début de matinée. Une fois décryptée par un agent du chiffre, elle fut présentée au secrétaire d'ambassade qui réussit à ne pas s'étrangler en la lisant et décida de réveiller illico l'ambassadeur Hitch. Une demi-heure plus tard, Hitch était à son bureau, endormi et grincheux d'avoir été tiré du lit deux heures plus tôt que d'habitude. Le libellé de la note n'était pas fait pour égayer sa journée. Il fut bientôt au téléphone avec les Affaires étrangères.

« Oui, c'est bien ce qu'on veut que vous disiez, lui confirma Scott Adler sur la ligne cryptée.

— Ils ne vont pas apprécier.

— Ça ne me surprend pas, Carl.

— OK, c'était juste pour vous prévenir.

— Carl, nous en sommes tout à fait conscients, mais le président en a franchement marre de...

— Scott, je vis ici, je vous signale. Je sais très bien ce qui s'est passé.

— Que vont-ils faire, selon vous ? demanda Eagle.

— Avant ou après m'avoir décapité ? rétorqua Hitch. Ils me diront où je peux me coller cette note. En y mettant les formes, bien sûr.

— Eh bien, faites-leur bien comprendre que le peuple américain exige des excuses. Et qu'on ne tue pas impunément des diplomates.

— D'accord, Scott. Je sais comment m'y prendre. Je vous rappelle un peu plus tard.

— Je serai debout, promit Adler, en songeant à la longue journée qui s'annonçait.

— À plus. » Et Hitch raccrocha.

33

Case départ

« Vous n'avez pas le droit de nous parler de la sorte, observa Shen Tang.

– Monsieur le ministre, mon pays a des principes que nous ne violons pas. Au nombre desquels se trouvent le respect des droits de l'homme, le droit de réunion, la liberté religieuse, le droit d'expression. Le gouvernement de la République populaire a cru bon de violer ces principes, d'où la réaction américaine. Toutes les autres grandes puissances reconnaissent ces droits. La Chine doit le faire aussi.

– *Elle doit ?* Vous osez nous dicter nos actes ?

– Monsieur le ministre, si la Chine veut entrer dans le concert des nations, alors, oui.

– L'Amérique n'a pas d'ordres à nous donner. Vous n'êtes pas les dirigeants du monde !

– Nous ne prétendons pas l'être. Mais nous pouvons décider des pays avec qui nous entretenons des relations normales, et nous préférons qu'ils reconnaissent les droits de l'homme comme toutes les autres nations civilisées.

– Et à présent vous dites que nous ne sommes pas civilisés ?

– Je n'ai pas dit cela, monsieur le ministre, reprit-il en regrettant son lapsus.

– L'Amérique n'a pas le droit d'imposer ses vues sur nous ou sur une nation quelconque. Vous venez nous imposer vos clauses commerciales, et maintenant vous nous demandez de conduire nos affaires intérieures à votre convenance. Il suffit ! Nous ne courberons pas l'échine devant vous. Nous ne sommes pas vos domestiques. Je rejette cette note. » Shen alla même jusqu'à la repousser vers Hitch pour donner plus de poids à son propos.

« C'est votre réponse, donc ? demanda Hitch.

– C'est la réponse de la République populaire de Chine, confirma Shen, impérieux.

– Fort bien, monsieur le ministre. Merci de m'avoir accordé audience. » Hitch s'inclina poliment et prit congé. Remarquable, songea-t-il, à quelle vitesse pouvaient se dénouer des relations normales – sinon amicales. À peine six semaines plus tôt, Shen était venu à l'ambassade pour un dîner de travail cordial, et ils avaient mutuellement porté des toasts à leurs pays sur le ton le plus aimable qui soit. Mais Kissinger l'avait dit : Les pays n'ont pas d'amis, ils ont des intérêts. Or la République populaire venait tout simplement de piétiner certains des principes les plus chers aux États-Unis. Point final. Hitch remonta en voiture et regagna l'ambassade.

Cliff Rutledge l'y attendait. Hitch l'invita d'un signe dans son bureau personnel.

« Eh bien ?

– Eh bien, il m'a dit de me le foutre où je pense – en termes choisis. Vous risquez d'avoir une séance animée, tout à l'heure. »

Rutledge avait déjà vu la note, bien sûr. « Je suis surpris que Scott l'ait laissée partir en l'état.

– Je suppose que la situation intérieure s'est un rien tendue. On a tous pu voir CNN et les autres reportages, mais c'est peut-être encore plus sérieux qu'il n'y paraît.

– Écoutez, je ne tolère pas plus que vous les actes des Chinois, mais tout ce ramdam pour deux ecclésiastiques abattus...

– L'un d'eux était diplomate, Cliff, lui rappela Hitch. Si jamais vous vous preniez une balle dans la peau, vous aimeriez autant qu'à Washington ils prennent la chose au sérieux, non ? »

La réprimande fit briller les yeux de Rutledge. « C'est le président Ryan qui nous met dans ce pétrin. Il est tout bonnement incapable de saisir les ressorts de la diplomatie.

– Peut-être, peut-être pas, mais c'est le président, point, et c'est notre boulot de le représenter, dois-je vous le rappeler ?

– Difficile de l'oublier », bougonna Rutledge. Il ne serait jamais sous-secrétaire d'État tant que cet abruti resterait à la Maison-Blanche, or ce poste était celui qu'il reluquait depuis quinze ans. Mais jamais il ne le décrocherait s'il laissait ses sentiments personnels, si justifiés fussent-ils, obscurcir son jugement professionnel. « Nous allons être rappelés ou expulsés, estima-t-il.

– C'est probable, reconnut Hitch. Ça sera sympa de suivre à nouveau le base-ball. Comment se comportent les Sox, cette saison ?

– M'en parlez pas. Encore une année de transition. Une de plus.

– Pas de veine. » Hitch hocha la tête, inspecta son bureau, mais il n'y avait pas de nouvelle dépêche. À présent, il lui fallait informer Washington de la réaction du ministre chinois des Affaires étrangères. Scott Adler était sans doute assis en ce moment dans son bureau du sixième, à attendre que sonne sa ligne directe cryptée.

« Bonne chance, Cliff.

– J'en aurai besoin », nota Rutledge en regagnant la porte.

Hitch se demanda s'il devait appeler chez lui pour dire à sa femme de commencer à faire les valises mais non, pas tout de suite. D'abord, appeler Washington.

« Bon, alors, qu'est-ce qui va se passer ? » demanda Ryan, qui était déjà couché. Il avait laissé des instructions pour être prévenu dès qu'ils auraient reçu la note diplomatique. Mais là, en écoutant la réponse d'Adler, il se montra surpris. Il avait estimé la réaction passablement molle dans son libellé, mais à l'évidence, les règles du vocabulaire diplomatique étaient encore plus strictes qu'il ne l'avait imaginé. « OK, et maintenant, Scott ?

— Ma foi, on attend de voir ce qui se passe avec la délégation commerciale, mais je serais d'avis qu'on les rappelle, eux et Carl Hitch, pour consultation.

— Les Chinois ne se rendent-ils pas compte qu'ils pourraient se voir infliger des mesures de rétorsion commerciale ?

— Ils n'y croient pas. Peut-être que si on les prend, ça les fera réfléchir à leurs erreurs de méthode.

— Je ne parierais pas trop là-dessus, Scott.

— Tôt ou tard, le bon sens doit triompher. Quand on vous touche au portefeuille, ça a tendance à attirer l'attention, remarqua le secrétaire d'État.

— J'y croirai quand je le verrai, répondit le président. Bonne nuit, Scott.

— Bonne nuit, Jack.

— Alors, qu'est-ce qu'ils ont dit ? demanda Cathy Ryan.

— Ils nous ont dit de nous le foutre au cul.

— Vraiment ?

— Vraiment », répondit Jack en éteignant la lampe de chevet.

Les Chinois se croyaient invincibles. Ça devait être sympa de croire ça. Sympa, mais risqué.

La 265ᵉ division motorisée était composée de trois régiments de conscrits – des Russes qui n'avaient pas choisi d'éviter le service militaire, ce qui en faisait des patriotes, des idiots, des apathiques ou des types assez las de leur existence pour que la perspective de passer deux ans sous l'uniforme, mal nourris et surtout mal payés, ne leur semble pas un trop grand sacrifice. Chaque régiment était composé d'environ quinze cents soldats, soit près de cinq cents de moins que l'effectif réglementaire. Au moins chacun disposait-il d'un bataillon de chars intégrés mais c'était tout ce qu'ils avaient en guise d'équipement mécanisé, et s'il n'était pas neuf, au moins était-il récent et assez bien entretenu. La division toutefois n'avait pas son régiment de chars de bataille intégré, le bras armé qui lui procurait ses capacités offensives. Manquait également à l'appel le bataillon divisionnaire antichar, avec ses canons Rapier. Bien qu'anachroniques, c'étaient des armes qu'appréciait Bondarenko parce qu'il avait pu s'exercer avec quand il était cadet à l'école des officiers, quarante ans plus tôt. Le nouveau modèle de transporteur de troupes BMP[1] avait été modifié pour être équipé d'un missile antichar AT-6, désignation OTAN « Spirale ». En fait, une version russe du Milan de l'OTAN, obtenue grâce à un espion anonyme du KGB dans les années quatre-vingt. Les troupes russes le surnommaient le Marteau pour sa facilité d'utilisation, malgré une ogive relativement modeste. Tous les BMP en emportaient dix, ce qui compensait plus qu'amplement l'absence du bataillon de canons tractés.

Ce qui préoccupait le plus Bondarenko et Aliev était le manque d'artillerie. Ce corps, qui avait toujours été le mieux formé et le mieux entraîné de l'armée russe,

---

1. *Bronevaya Maschina Piekotha* : véhicule blindé de combat d'infanterie motorisée *(N.d.T.)*.

n'était qu'à moitié représenté dans les forces de manœuvre d'Extrême-Orient, les bataillons se substituant aux régiments. La raison en était la ligne de défense fixe sur la frontière chinoise, abondamment pourvue en postes d'artillerie et fortifications, qui, même si elles étaient d'un dessin obsolète, étaient servies par des troupes aguerries et massivement équipées d'obus à tirer sur des positions déterminées à l'avance.

Le général prit un air renfrogné au fond de sa jeep de patrouille. Voilà ce qu'on lui avait refilé pour montrer ses qualités de stratège énergique. Un district militaire correctement préparé et entraîné n'avait peut-être pas besoin d'un homme comme lui. Non, il fallait qu'il aille gâcher ses talents dans un trou merdique comme celui-ci. Une fois, rien qu'une fois, est-ce qu'un officier de valeur se verrait récompenser de ses résultats au lieu de se voir gratifier d'un nouveau « défi », comme ils disaient ? Il grommela. Pas de sitôt. Les nuls et les abrutis avaient droit aux régions peinardes, sans la moindre ombre de menace et avec du matériel à foison.

Son deuxième souci était l'aviation. De toutes les armes russes, les forces aériennes avaient été celles qui avaient le plus souffert de la chute de l'Union soviétique. . Naguère, l'armée d'Extrême-Orient avait ses propres flottes de chasseurs tactiques, prêtes à traiter la menace des appareils américains basés au Japon ou sur les porte-avions de leur flotte du Pacifique, sans oublier les forces indispensables pour repousser les Chinois. À présent, elle avait tout au plus cinquante appareils opérationnels sur le théâtre et leurs pilotes devaient voler au mieux soixante-dix heures par an, tout juste de quoi s'assurer qu'ils étaient encore capables de réussir un décollage et un atterrissage. Cinquante chasseurs modernes, prévus surtout pour le combat aérien, pas pour l'attaque au sol. Plusieurs centaines d'autres rouillaient sur leurs bases, garés en général dans des abris étanches pour les préserver de l'humidité, les pneus desséchés, les joints internes fendillés par le vieillissement, à cause de la pénurie de pièces détachées qui clouait au sol presque toute l'aviation militaire russe.

« Vous savez, Andreï, je me souviens encore d'un temps où le monde tremblait de peur devant l'armée de notre pays. Aujourd'hui, s'ils sont secoués, c'est de rire, ceux du moins qui remarquent encore notre existence. » Bondarenko but une gorgée de vodka à sa flasque. Cela faisait longtemps qu'il n'avait plus bu d'alcool pendant le service, mais il faisait froid – le chauffage de la voiture était en panne – et il avait besoin de ce réconfort.

« Gennady Iosifovitch, la situation n'est pas aussi critique qu'il y paraît...

– Je suis d'accord ! Elle est bien pire ! gronda le commandant en chef des forces d'Extrême-Orient. Si les Chinetoques poussent au nord, j'apprendrai à manger avec des baguettes. Je me suis toujours demandé comment ils se débrouillent », ajouta-t-il avec un sourire ironique. Bondarenko était homme à trouver de l'humour dans n'importe quelle situation.

« Mais pour les autres, nous paraissons forts. Nous avons des milliers de chars, camarade général. »

Ce qui était vrai. Ils avaient passé la matinée à inspecter les monstrueux hangars contenant, tenez-vous bien, des T-34/85 fabriqués à Tcheliabinsk en... 1946 ! Certains avaient encore des canons neufs, jamais utilisés. Les Allemands avaient tremblé dans leurs bottes à l'idée de voir ces tanks débouler à l'horizon, mais ce n'était que ça : des vieux chars de la Seconde Guerre mondiale, plus de neuf cents unités, de quoi équiper trois divisions. Et il y avait même des troupes pour les entretenir ! Les moteurs tournaient toujours rond, bichonnés par les petits-fils de ceux qui les avaient utilisés au combat contre les fascistes. Et dans le même hangar, il y avait des obus, certains produits encore en 1986 pour les canons de 85. Le monde était fou, et l'Union soviétique sans aucun doute aussi, d'abord de conserver de telles antiquités, ensuite de dépenser de l'argent et des efforts à les entretenir. Et même maintenant, plus de dix ans après la disparition de l'empire soviétique, l'inertie bureaucratique était telle qu'on continuait d'envoyer des conscrits assurer l'entretien de cette collection de vieilleries. Pour quoi faire ? Nul ne savait. Il aurait fallu un archiviste pour ressortir les documents et même si cela pouvait intéresser un historien porté sur l'humour absurde, Bondarenko avait mieux à faire.

« Andreï, j'apprécie votre désir de toujours voir le bon côté des choses, mais en l'espèce, nous faisons face à une réalité bien concrète.

– Camarade, il faudra des mois pour obtenir la permission de clore cette procédure.

– C'est sans doute vrai, Andruchka, mais je me souviens d'une anecdote sur Napoléon. Il voulait planter des arbres au bord des routes de France pour abriter du soleil ses troupes de fantassins. Un officier de son état-major lui fit remarquer : Mais, mon général, il faudra vingt ans pour que les arbres aient atteint la bonne taille. Et Napoléon de répondre : Oui, effectivement, raison de plus pour s'y mettre tout de suite ! Et c'est pourquoi, colonel, nous allons nous aussi nous y mettre tout de suite.

– À vos ordres, camarade général. » Le colonel Aliev savait que l'idée en valait la peine, il se demandait juste s'il aurait le temps de mener à bien toutes les idées qui méritaient d'être entreprises. D'ailleurs, les troupes servant dans les hangars à blindés semblaient plutôt satisfaites de leur sort. Certains même sortaient les chars pour s'amuser un peu avec, se rendre jusqu'au polygone de tir, voire tirer quelques obus à l'occasion. Un jeune sergent lui avait avoué que c'était sympa, parce que ça donnait plus de réalisme aux films de guerre qu'il avait vus étant gosse. Entendre ça de la bouche d'un soldat, songea le colonel... Donner du réalisme aux films. Merde.

« Pour qui se prend-il, ce connard aux yeux bridés ? demanda Gant, alors qu'ils étaient sortis dans le jardin.

— Mark, nous leur avons balancé ce matin une note plutôt gratinée, et ils ne font qu'y réagir.

— Cliff, expliquez-moi, voulez-vous, pourquoi les autres ont le droit de nous parler comme ça, alors que nous, on n'a pas le droit de leur parler de la même manière ?

— Ça s'appelle de la diplomatie, expliqua Rutledge.

— Moi j'appelle ça de la couille en barre, oui ! siffla Gant. Là d'où je viens, quand un type vous fait chier comme ça, vous lui flanquez votre poing dans la gueule.

— Mais nous, nous ne faisons pas des choses pareilles.

— Pourquoi donc ?

— Parce que nous sommes au-dessus de ça, Mark, essaya de lui expliquer Rutledge. C'est l'histoire du petit roquet qui vous jappe dessus. Les gros molosses n'ont pas besoin de s'abaisser à ça. Ils savent qu'ils peuvent vous arracher la tête. Et nous savons qu'on peut s'occuper de ces gens s'il faut en arriver là.

— Il faut que quelqu'un aille leur dire, Cliffy, observa Gant. Parce que j'ai pas l'impression qu'ils ont encore bien saisi. Ils nous parlent comme si le monde leur appartenait. Ils croient qu'ils peuvent rouler des mécaniques devant nous, Cliff, et jusqu'au moment où ils vont s'apercevoir que ce n'est pas le cas, ils risquent encore de nous faire chier.

— Mark, c'est toujours comme ça que ça se passe. C'est tout. C'est la règle du jeu à ce niveau.

– Ah ouais ? rétorqua Gant. Cliff, pour moi, ce n'est pas un jeu. Je le vois, mais pas vous. Après ce break, on va retourner dans l'arène, et ils vont nous menacer. Et nous, on fait quoi ?

– On laisse courir. Comment peuvent-ils nous menacer ?

– Le contrat Boeing.

– Eh bien, Boeing devra se trouver un autre client pour ses avions, cette année.

– Vraiment ? Et les intérêts de tous ces travailleurs que nous sommes censés représenter ?

– Mark, à ce niveau, on travaille sur le plan d'ensemble, pas sur les détails, d'accord ? » s'énerva Rutledge. C'est que ce trader commençait à lui échauffer sérieusement les oreilles.

« Cliffy, le plan d'ensemble est composé de tout un tas de détails. Vous devriez y retourner et leur demander si ça leur plaît de nous vendre des trucs. Parce que si c'est le cas, il faut qu'ils jouent franc-jeu. Vu qu'ils ont bougrement plus besoin de nous que l'inverse.

– On ne parle pas comme ça à une grande puissance.

– Sommes-nous une grande puissance ?

– La plus grande, confirma Rutledge.

– Alors, comment se fait-il qu'ils nous parlent comme ça ?

– Mark, ça, c'est mon rayon. Vous êtes ici pour me conseiller, mais c'est votre première sortie sur le terrain, OK ? Je sais comment on joue. C'est mon boulot.

– Parfait. » Gant laissa échapper un grand soupir. « Mais quand on suit les règles et pas l'adversaire, la partie devient un tantinet pénible. » Gant s'isola un moment. Le jardin était plutôt sympa. Il n'avait pas encore assez pratiqué ce genre de rencontre pour savoir qu'il y avait presque toujours un jardin pour permettre aux diplomates de se dégourdir les jambes après deux ou trois heures d'empoignade autour de la table des négociations, mais il avait appris en revanche que c'était souvent l'endroit où se faisait une bonne partie du travail concret.

« Monsieur Gant ? » Il se tourna et vit Xue Ma, le diplomate espion avec qui il avait déjà bavardé.

« Monsieur Xue, dit Télescope.

– Que pensez-vous du progrès des discussions ? »

Mark en était encore à décrypter les tournures employées par son interlocuteur. « Si vous appelez ça des progrès, j'aime mieux ne pas savoir ce que vous qualifiez de régression. »

Sourire de Xue. « Un échange animé est souvent plus intéressant que de mornes palabres.

– Vraiment ? Tout cela me surprend. J'ai toujours cru que les échanges diplomatiques étaient plus polis.

– Vous les trouvez impolis ? »

Gant se demanda de nouveau si c'était ou non un piège, mais décida de passer outre, tant pis. Il n'avait pas besoin de ce poste gouvernemental, de toute façon. Du reste, l'accepter avait entraîné d'énormes sacrifices personnels. Quelque chose comme deux ou trois millions de billets. Ça lui donnait peut-être le droit de dire le fond de sa pensée, merde !

« Xue, vous nous accusez d'atteinte à votre souveraineté nationale parce que nous protestons contre les meurtres que votre gouvernement – ou ses agents, je suppose – ont commis devant les caméras. Les Américains n'aiment pas les meurtriers.

– Ces individus enfreignaient nos lois, lui rappela Xue.

– Peut-être, concéda Gant. Mais en Amérique, quand des gens enfreignent les lois, on les arrête et on les juge devant une cour et des jurés, avec un avocat de la défense pour garantir que le procès est équitable, et on ne flingue certainement pas les gens d'une balle dans la tête quand ils tiennent dans leurs bras un nouveau-né.

– Ce fut certes malencontreux, admit presque Xue, mais comme je l'ai dit, ces individus enfreignaient bien nos lois.

– Et donc vos flics leur ont joué leur numéro de juges/jurés/bourreaux. Xue, pour des Américains, c'était un comportement de barbares. »

Cette fois, le mot finit par faire mouche. « L'Amérique ne peut pas parler à la Chine de cette manière, monsieur Gant.

– Écoutez, monsieur Xue, c'est votre pays, et vous pouvez le diriger comme ça vous chante. On ne va pas vous déclarer la guerre pour ce que vous faites à l'intérieur de vos frontières. Mais aucune loi ne nous oblige non plus à commercer avec vous, de sorte que nous pouvons très bien cesser d'acheter vos biens – et j'ai une nouvelle à vous annoncer : le peuple américain cessera d'acheter vos produits si vous continuez de faire des coups dans ce genre.

– Votre peuple ? Ou votre gouvernement ? demanda Xue avec un sourire entendu.

– Êtes-vous à ce point stupide, monsieur Xue ? riposta Gant, du tac au tac.

– Que voulez-vous dire ? » La dernière insulte avait réussi à fendre la coquille, nota Gant.

« Je veux dire que l'Amérique est une démocratie. Les Américains prennent quantité de décisions de leur propre chef ; parmi celles-ci, il y a la façon de dépenser leur argent, et l'Américain moyen n'achètera pas des trucs fabriqués par de sales barbares. » Gant marqua un temps. « Figurez-vous que je suis juif, d'accord ? Il y a une soixantaine d'années, l'Amérique a fait une connerie. On a vu ce que Hitler et les nazis faisaient en Allemagne, et on n'a pas réagi assez vite pour les en empêcher. On a vraiment raté le coche, et une masse de gens ont été tués pour rien. J'ai vu des reportages là-dessus à la télé depuis que je suis tout môme, et il est hors de question que ça se reproduise jamais tant qu'on sera là ; alors, quand des types dans votre genre font des trucs comme ceux auxquels on vient d'assister, ça rallume aussitôt la petite lumière de l'Holocauste dans la tête des Américains. Vous avez pigé, maintenant ?

— Vous ne pouvez pas nous parler de la sorte. »

Encore la rengaine ! Les portes s'ouvraient. Il était temps de retourner dans la salle pour la reprise de la confrontation diplomatique.

« Et si vous persistez à vous en prendre à notre souveraineté nationale, nous irons acheter ailleurs, lança Xue, assez satisfait.

— Parfait, nous aussi. Et vous avez besoin de notre argent bien plus que nous de votre pacotille, monsieur Xue. » Il doit bien avoir fini par comprendre, se dit Gant. Son visage trahissait à présent une certaine émotion. Tout comme ses paroles : « Nous ne nous coucherons jamais devant les attaques américaines contre notre pays.

— Nous n'attaquons pas votre pays, Xue.

— Mais vous menacez notre économie, rétorqua Xue, alors qu'ils arrivaient à la porte.

— Nous ne menaçons rien du tout. Je vous dis que mes concitoyens n'achèteront pas des produits à un pays qui commet des actes de barbarie. Ce n'est pas une menace. C'est un fait. » Ce qui était une insulte encore plus grave, même si Gant n'en prit pas toute la mesure.

« Si l'Amérique nous punit, nous punirons l'Amérique. »

Trop, c'était trop, merde. Gant entrouvrit la porte et s'arrêta pour se retourner vers le diplomate/espion : « Xue, pour faire un concours de bite avec nous, faudrait peut-être l'avoir un peu plus grosse. » Et sur ces fortes paroles, il pénétra dans la salle. Une demi-heure plus tard, il en ressortait. Les échanges avaient été acerbes, véhéments, et aucun des deux camps n'avait jugé utile de prolonger la séance aujourd'hui – même si Gant doutait fort qu'il y en eût d'autres, une fois que Washington aurait appris la teneur des échanges de la matinée.

D'ici deux jours, il allait se retrouver, complètement lessivé par le décalage horaire, dans son bureau de la 15ᵉ Rue. Il fut surpris de découvrir qu'il avait hâte d'y être.

« Du nouveau du Pacifique Ouest ? demanda Mancuso.

– Ils viennent de mettre à la mer trois sous-marins, un Song et deux des Kilo que les Russes leur ont vendus, répondit le général Lahr. On les a à l'œil. Le *La Jolla* et le *Helena* sont dans les parages. Le *Tennessee* retourne à Pearl pour le milieu de la journée. » L'ancien sous-marin stratégique était en patrouille depuis cinquante jours et c'était suffisant. « Nos bâtiments de surface sont tous de retour en mer. Aucun n'est prévu pour faire relâche à Taipei d'ici douze jours.

– Donc, les putes de Taipei ont quinze jours de repos ? ironisa le CINCPAC.

– Et les patrons de bar. Si vos marins sont comme mes soldats, ils ont peut-être besoin de se détendre un peu, répondit le général, souriant lui aussi.

– Ah, se retrouver jeune et célibataire, observa Bart. Autre chose dans le secteur ?

– Exercices de routine de leur côté, forces terrestres et aériennes combinées, mais c'est loin au nord près de la frontière russe.

– Leur condition ? »

Lahr haussa les épaules. « Assez bonne pour donner aux Russes matière à réfléchir. Dans l'ensemble, l'APL est toujours aussi bien entraînée, mais on a noté une recrudescence du travail à ce niveau depuis trois ou quatre ans.

– Les effectifs ? » demanda Bart en se tournant vers sa carte murale qui était bien plus utile à un marin qu'à un fantassin : la Chine n'y était en effet matérialisée que par une tache beige sur le bord gauche.

« Ça dépend où. Disons que s'ils s'enfoncent au nord, en Russie, ce sera comme une nuée de cafards dans un taudis new-yorkais. Faudra pas mal de Baygon pour en venir à bout.

– Et vous dites que les Russes sont clairsemés sur leur flanc est ? »

Lahr acquiesça. « Ouaip, amiral. Si j'étais ce Bondarenko, je me ferais pas mal de souci. Certes, tout ça, c'est jamais qu'une menace théorique, mais quand même, c'est le genre de menace qui m'empêcherait de dormir.

– Et qu'en est-il de l'annonce de la découverte d'or et de pétrole en Sibérie orientale ? »

Lahr acquiesça. « Ça rend la menace moins théorique. La Chine est importatrice de pétrole et il leur en faut toujours plus pour assurer le développement économique qu'il ont prévu... et pour ce qui est de l'or, eh bien, tout le monde court après depuis trois mille ans déjà. C'est une denrée négociable et fongible.

– Fongible ? » C'était un mot nouveau pour Mancuso.

« Eh bien, prenons votre alliance. Elle a très bien pu faire partie autrefois de la double couronne du pharaon Ramsès II, expliqua Lahr. Ou du collier de Caligula. Ou du sceptre de Napoléon. Vous le prenez, vous le martelez, et c'est de nouveau une matière première. Et une matière première précieuse. Si le filon russe est aussi important que le suggèrent nos renseignements, sa production se vendra dans le monde entier. Et l'or, on peut l'utiliser à quantité de choses, de la joaillerie à l'électronique.

– Gros, le filon ? »

Lahr haussa les épaules. « Assez gros pour se racheter une flotte du Pacifique toute neuve, et avec du rabe. »

Mancuso siffla. C'était en effet une somme.

Il faisait nuit noire à Washington, et Adler veillait tard encore une fois, à son bureau. Le poste de secrétaire d'État était en général chargé, or ces derniers temps, il l'était encore plus que d'habitude, et Scott Adler commençait à s'habituer aux journées de quatorze heures. En attendant des nouvelles de Pékin, il relisait les rapports sur le courrier reçu. Sur son bureau trônait un téléphone crypté STU-6. L'appareil consistait en un dispositif de cryptage complexe greffé sur un téléphone numérique fabriqué par AT&T. Ce dernier communiquait par liaison satellitaire. Mais même si le signal balancé par les satellites de communication du ministère de la Défense arrosait toute la planète, un éventuel auditeur n'aurait capté qu'une succession de bruits parasites évoquant un filet d'eau coulant d'un robinet. Le système de brouillage recourait à un algorithme à clef de 512 bits que les meilleurs ordinateurs de Fort Mead arrivaient à casser à peu près une fois sur trois, et après plusieurs jours d'efforts ininterrompus. C'était à peu près ce qu'on pouvait faire de mieux en matière de sécurité. Les techniciens essayaient d'intégrer le système de cryptage Tapdance aux unités STU pour générer un signal totalement aléatoire et le rendre ainsi parfaitement indéchiffrable, mais cela soulevait des difficultés techniques que personne n'avait jugé bon d'expliquer au secrétaire d'État, et c'était du reste aussi bien. Il était diplomate, pas mathématicien. Finalement, le STU émit sa petite sonnerie grêle. Il fallut onze secondes aux deux unités à chaque bout de la liaison pour se synchroniser.

« Adler.

– Rutledge à l'appareil, Scott, dit la voix à l'autre bout du monde. Ça s'est mal passé, informa-t-il aussitôt son ministre. Et ils annulent leur commande de 777 à Boeing, comme on le redoutait. »

Adler fronça les sourcils. « Super. Pas la moindre concession sur les fusillades ?

– *Nada.*

– Des raisons quelconques d'être optimiste ?

– Pas une, Scott. Pas la queue d'une. Ils bétonnent comme si on était les Mongols et eux la dynastie Qin. »

Il faudra que quelqu'un leur rappelle que la Grande Muraille s'est en fin de compte révélée un vaste gâchis de briques. « OK. Il faut que j'en discute avec le président, mais vous allez probablement rentrer d'ici peu. Et sans doute Carl Hitch aussi.

– Je vais lui dire. Aucune chance qu'on puisse envisager des concessions quelconques, histoire de ne pas couper les ponts ?

– Cliff, la probabilité que le Congrès passe sur le différend commercial est en gros équivalente à celle de voir Tufts en demi-finale. Plus faible, même. » Après tout, l'université Tufts avait une équipe de basket, on pouvait rêver. « Non, on ne peut rien leur donner qu'ils puissent accepter. S'il doit y avoir une avancée, c'est à eux ce coup-ci de faire le premier pas. Il y a une chance ?

– Aucune.

– Eh bien, dans ce cas, il faudra le leur faire entrer dans la tête par la force. » Le seul point positif, c'était que ces leçons-là étaient les plus riches d'enseignements. Et qui sait, même pour des Chinois.

« Qu'a dit le *diao ren* capitaliste ? » demanda Zhang. Shen lui répéta ce que lui avait relaté Xue, mot pour mot. « Et quel est son poste ?

– C'est le collaborateur personnel du ministre américain du Trésor. Par conséquent, nous pensons qu'il a l'oreille aussi bien de son ministre de tutelle que du président, expliqua Shen. Il n'a pas pris une part active dans les négociations, mais après chaque séance, il s'entretient en privé avec le vice-ministre Rutledge. Quelle est la nature exacte de leurs relations ? Nous ne la connaissons pas avec certitude, et il est évident que ce n'est pas un diplomate expérimenté. Il se comporte comme un capitaliste arrogant pour nous insulter avec une telle grossièreté, mais je crains qu'il ne représente la position américaine avec plus de franchise que son ami Rutledge. Je pense qu'il donne à son supérieur les orientations à suivre. Rutledge est un diplomate aguerri, et les positions qu'il prend ne sont pas les siennes, c'est évident. Lui-même serait prêt à nous accorder des concessions. J'en suis certain, mais Washington lui dicte sa conduite, et ce Gant est sans doute le porte-parole de Washington.

– Dans ce cas, vous avez eu raison d'ajourner les négociations. Nous allons leur laisser une chance de reconsidérer leur position. S'ils croient pouvoir nous donner des ordres, ils se trompent lourdement. Vous avez annulé la commande d'avions ?

– Bien sûr, comme nous en étions convenus la semaine dernière.

– Alors ça devrait leur donner matière à réfléchir, observa Zhang d'un ton suffisant.

– S'ils ne quittent pas la table des négociations.

– Jamais ils n'oseraient. » *Tourner le dos à l'Empire du Milieu ? Absurde.*

« Ce Gant a encore ajouté une chose : en bref, qu'on avait besoin d'eux – enfin, de leur argent – plus qu'ils n'ont besoin de nous. Et il n'a pas complètement tort, non ?

– Nous n'avons pas besoin de leurs dollars au point d'hypothéquer notre souveraineté. Croient-ils vraiment pouvoir nous dicter notre politique intérieure ?

– Oui, Zhang, tout à fait. Ils donnent à cet incident une importance absolument incroyable.

– Ces deux policiers devraient être fusillés pour leur acte, mais nous ne pouvons permettre aux Américains de nous dicter ce genre de conduite. » L'embarras créé par l'incident était une chose – et embarrasser l'État était souvent un crime capital en République populaire – mais la Chine devait prendre cette décision seule, pas sur ordre de l'étranger.

« Ils trouvent cette attitude barbare, ajouta Shen.

– Barbare ? C'est à nous qu'ils disent ça ?

– Vous savez que les Américains ont un penchant pour la sensiblerie. Nous le leur pardonnons souvent. Et leurs dirigeants religieux ont une influence certaine dans leur pays. Notre ambassadeur à Washington nous a déjà câblé plusieurs fois des mises en garde à ce sujet. Il vaudrait mieux qu'on prenne un peu de temps pour laisser les choses s'apaiser et franchement, il vaudrait mieux châtier ces deux policiers, ne serait-ce que pour calmer l'opinion américaine. Mais je suis d'accord avec vous : on ne peut pas les laisser nous dicter notre politique intérieure.

– Et ce Gant a prétendu que leur *ji* est plus gros que le nôtre, c'est ça ?

– C'est ce que m'a dit Xue. Notre dossier sur lui indique que c'est un opérateur en Bourse, qu'il a été pendant des années un proche collaborateur de l'actuel ministre Winston. Il est juif, comme beaucoup d'entre eux...

– Leur ministre des Affaires étrangères est également juif, non ?

– Adler ? Oui, confirma Shen après un instant de réflexion.

– Bref, ce Gant nous révèle donc quelle est leur véritable position ?

– Probablement », concéda le ministre Shen.

Zhang s'avança sur son siège. « Alors, vous allez

leur dire le fond de notre pensée. La prochaine fois que vous voyez ce Gant, dites-lui *chou ni ma de bi.* » C'était une imprécation pour le moins vigoureuse, qu'il valait mieux dire à un Chinois quand on avait déjà une arme à la main.

« Je comprends », répondit Shen, sachant qu'il n'avait jamais dit ça à personne, excepté peut-être au dernier de ses garçons de bureau.

Zhang sortit. Il devait discuter de tout ça avec son ami Fang Gan.

Composition réalisée par NORD COMPO

Imprimé en France sur Presse Offset par

BRODARD & TAUPIN

GROUPE CPI

La Flèche (Sarthe).
N° d'imprimeur : 17817 – Dépôt légal Éditeur 30707-04/2003
Édition 1
LIBRAIRIE GÉNÉRALE FRANÇAISE - 43, quai de Grenelle - 75015 Paris.
ISBN : 2 - 253 - 17284 - 7